人民艺术家·王蒙
创作70年全稿

小说编

短篇小说
（二）

王蒙和夫人崔瑞芳

目 录

在我 ……………………………………………………（ 1 ）
他来 ……………………………………………………（ 6 ）
铃的闪 …………………………………………………（ 9 ）
致爱丽丝 ………………………………………………（ 14 ）
Z城小站的经历 ………………………………………（ 18 ）
失去又找到了的月光园故事 …………………………（ 21 ）
风马牛小说二题 ………………………………………（ 26 ）
来劲 ……………………………………………………（ 37 ）
较量 ……………………………………………………（ 42 ）
手 ………………………………………………………（ 46 ）
庭院深深 ………………………………………………（ 48 ）
吃 ………………………………………………………（ 60 ）
选择的历程 ……………………………………………（ 68 ）
虫影 ……………………………………………………（ 81 ）
没情况儿 ………………………………………………（ 98 ）
夏天的肖像 ……………………………………………（121）
组接 ……………………………………………………（134）
夏之波 …………………………………………………（148）
坚硬的稀粥 ……………………………………………（166）

1

阿咪的故事	(184)
神鸟	(192)
初春回旋曲	(198)
纸海钩沉——尹薇薇	(205)
我又梦见了你	(216)
现场直播	(222)
话、话、话	(231)
济南	(236)
室内乐三章	(243)
小说瘤	(254)
灵芝与五粮液	(257)
名壶	(265)
调试	(270)
奥地利粥店	(280)
棋乡轶闻	(286)
XIANG MING随想曲	(297)
白先生的梦	(302)
白衣服与黑衣服	(306)
寻湖	(321)
没有	(328)
怒号的东门子	(334)
枫叶	(343)
满涨的靓汤	(350)
短篇小说之谜	(363)
杏语	(368)
仉仉	(376)
我愿意乘风登上蓝色的月亮	(390)

地中海幻想曲 …………………………………（406）
美丽的帽子 ……………………………………（410）
邮事 ……………………………………………（413）

在　　我[*]

在我们这个人口、房屋、车辆都一天比一天拥挤的城市里，西墙根下的那片空地，那片既栽活了一些树、又培植了几块巴掌大的草坪、又摆上一些简陋的洋灰板凳的空地，实在是非常珍贵的绿洲。它成为新建的一片居民楼的居民最经常使用的户外活动场所，成为儿童踢足球、青年谈恋爱的美丽的乐园。甚至那个不到六十厘米宽，不到一米五长的洋灰板凳，居然成为了孩子们的乒乓球台——你信不信？用一根树棍做"球网"，用两个废铅笔盒做"球拍"，两个孩子可以抽杀防守得难分难解。用塑料铅笔盒"球拍"的女孩子可以打出林慧卿式的下旋球。旁边还有三个孩子排着队等着接替输下来的球员呢。

而每天清晨，这里便是中老年人的天堂。鹤翔桩，太极拳，太极剑，健身球，鹅毛毽……充满了幸福、健康、安定团结与长寿的气氛。而那些匆匆地赶路上班的，推出自行车准备骗腿跨上去的，端着一钢精锅豆浆、锅盖翻转来承负着热腾腾的一摞油饼的，直到已经站在不远的36路无轨电车站牌下的人们，都会不约而同地把头转过来，向这一群求幸福求长寿的人致以注目礼，时间自十秒钟到三分钟不等。

特别是今天早晨，情况很不一般。好几位等电车的人甚至在电车到来之后弃权，宁可失去及时乘上还不太挤的电车的机会也要一

---

[*] 本篇原作者崔瑞芳，发表时署名王蒙。

饱眼福。

　　来了一老一少——一女一男。

　　一位身着黑衣裤的老太太,瘦削清癯,二目如电,闪转腾挪,旋转如风,俯仰腾跃,身轻如燕。她的一套短打,使观众惊呆了。尤为令人骇异的是——她竟是一双小脚！缠足！每个看到她的小脚的观众初时都要一怔,甚至有几分难过。然而,人不堪其忧斯人不改其乐,老太太面含微笑,充满自信,以她特有的精到的技艺身手,更以她的豪迈而又温柔深沉的精神状态征服了观众,甚至一霎时你觉得那种三角粽子式的小脚尽管从整体上看是一种令人羞耻和厌恶的野蛮,但具体到斯人身上,则不但没有损害,反而成全了她的独特的武艺风格了。中华武林明星灿烂,其有类有种乎？

　　男子看样子三十多岁,膀大腰圆、虎背熊腰,只在那儿一站便威风凛凛。他梳着大背头,上身是淡蓝色的针织蝙蝠衫,前胸上写着Coca Cola——可口可乐,下身是专门练功用的灰底红线灯笼裤,脚穿布底功夫鞋,脸上还架着一副太阳镜。他这身中西合璧、古今通用的打扮够别致了,也能收到令人一怔并感到不舒服的冲击效果。但他练起单刀来以后,但见寒光闪闪,劈砍带风,雄武勇猛,力有千钧,招招式式,功夫深厚,绝无拖泥带水或打折扣浅尝辄止的地方,整个精神面貌,更是坚无不摧,攻无不克。所有围观旁观远观的人,便只有啧啧叹服的份儿了。

　　真神下界以后,小毛神也就自动退避了。今天出现这两位高手,原来伸胳膊伸腿、抱球画圈、金鸡独立、大喘气、吊嗓子的一批男女,一个个不约而同、屏神静气地退到了一边——谁还敢去陪衬、去献丑、去现眼呢？

　　西边一角,围观的人们正看得起劲,只觉得背后有人推推搡搡。挤进来一位陌生人,农民打扮,粗布小褂上系着一条宽宽的紫红色带子。黑黝黝的皮肤,专注的目不斜视的发红的眼睛,微张着的口,厚厚的突出的下唇,外观与神态显然与这里的城市居民拉开了距离。

他那种挤挤搡搡地往前拥的劲儿也带着农民特有的朴直。正因为这种外观,才使言语尖刻、不喜谦让的这个城市的人们原谅了他的无礼。当然也由于人们把心放在两位武林高手的技艺欣赏上了,舍不得花费宝贵时间与这位小大哥费口舌。

与此同时,人群的东面让出了一条路。原来是两位外国旅游客人。外国绅士宽肩膀,长腿,灰白头发,面含微笑。外国淑女身材俨然,浑身芳香。陪同的还有一位端庄而又赔笑的中国人。这里隔马路便是翠竹饭店,是只收外汇券的高档旅馆。一男一女外国客人亲亲热热地含笑走了过来,一看就知道他们的自我感觉极佳。见到这练功的场面,如获至宝,立刻就"豌豆腐"(奇妙)"耐斯"(美好)地赞叹起来。绅士是带着照相机的,立刻在女士的协助下打开皮盒,调整好了相机,对准二位练功的人咔嚓咔嚓地按起快门。这里的居民早已习惯与马路对过的翠竹饭店的外国客人们友好相处,大家没有特别注意。

陪同外国客人的那位中国人,我们姑且假定他是翻译吧,面色却忽明忽暗,忽松忽紧,颇有点进退维谷的样儿。估计他主要是为老年女同胞武星的脚的尺寸形态而焦急不安。这样的脚被外宾摄入镜头,合适吗?不让人家拍,合适吗?因脚被缠便要求这位女同胞停止锻炼,干脆大门不出二门不迈以免破坏我们的"耐斯"形象,行吗?做得到吗?但他最后终于咬牙下决心释然了,毕竟老人家的功夫与神态极佳。脚小是历史的不幸遗产,练功是现实的精气神,何况旁边还有一位力拔山兮气盖世的现代派武星大汉呢,那形象绝对与东亚病夫无涉,而是当今泱泱大国的龙的传人!说不定是民族英雄霍元甲再世!

这时外宾与陪同叽里咕噜地讲起话来。陪同听后连连点头,便前去与二位武星商议。说是外宾问二位能否表演一下对打?不是真"对打",表演而已,目的无非是照几张相,彩色放大。请二位留下姓名地址,照好后每人奉送照片。免费。纪念。

二位微微一笑。彩色照片无甚稀罕,无劳外宾寄赠照片,故而姓名地址也不必留。表演对打嘛,不妨一试。见笑了。

不卑不亢,爽快随和。二位立即缓缓地比画起来。这时,太阳刚刚从地平线上升起,一束橙黄色的光线斜照过来,二位"武星"明明暗暗、即即离离,在晨曦中更显得身影美妙,动作轻灵。殷勤的翻译向围观的群众做着手势,示意大家要退让谦恭,不要妨碍外宾摄影。群众果然都很自觉,从翻译而不是从外宾本人的神态上,看出外宾并非等闲游客,应该注意保持距离。外宾大喜,"欧开"连呼。开始,二位"武星"还是为了摄影而比画,动作愈来愈快,愈来愈像真的了,围观的群众鼓掌喝彩吹口哨叫好,情绪高涨。外宾照相机咔咔连响,愈发助神。这时刷的一下,汉子抢跳一步,下蹲时突然大转体,走刀向老太太下三路盘去,左手食指中指并拢,指向对手,右腿弓,左腿绷,喝一声"呔!"老太太翻身跃起,上身倒向一侧,两臂自如地前后伸展,腿在空中一盘,一声"好!"群众同声喝彩。一声"咔嚓",瞬间纳入永恒。二人收式,一个亮相。又一声"咔嚓",大事不好!

原来就在外宾拍这个最精彩的亮相镜头的百分之一秒里,那位农民打扮的小哥们儿刷地冲了上来。还没等别人明白过味儿来,他已经站在二位武星之间,呆头呆脑,探颈塌肩,张口傻看,夺取了镜头的中心位置。

一片嘘声,挖苦辱骂。哪儿的?哪儿来的?你算老几?脸皮厚得鬼都害怕!不撒泡尿照照镜子!上他妈哪儿加塞儿呀?那位八成是羊角风,月子里就坐下了!直到最有侮辱性的提问:我说,谁的裤裆破了把他漏出来的?

"翻译"更是气得皱眉,脸色煞白。找过去与他理论,严肃批评他缺少文明礼貌,缺少外事常识,有辱国格⋯⋯上纲上线,如火如荼。他却麻木不仁,带几分得意,满不在乎地转身挑挑子走了。到这时候大家才明白,原来他是卖蝈蝈的。他挑着两挑蝈蝈笼子,蝈蝈们正在聒噪。方才大家太专心赏武事了,竟然冷落了那些最不甘冷落的虫儿们。

有一位义愤填膺的观众走过去与"翻译"搭讪,建议应由公安部门给那位闯镜头的"傻冒儿"以必要的教育云云。一位样子颇似"待业"的小青年听到后喊了一嗓子:干脆毙了算了!于是一阵哄笑。"翻译"也笑了。

外宾却高兴异常,连呼"贾斯特豌豆腐(正好)!""普瑞提古德(妙极了)!"

许多日子以后,我国的一本综合性文艺杂志转载了该年度世界风俗摄影竞赛的部分获奖作品。其中获得二等奖的一张照片,恰恰是这个场面:左面是半蹲舒拳如白鹤亮翅的老太太。看不清她的小脚。看来外宾还是友好的。中间是一个傻乎乎的陌生人,呆木的表情中显示出一种我行我素的坚定性、独立性与朴质。由于他探着脖,睁大了眼睛正对镜头,在这张照片上,他兴致勃勃、跃跃欲试地看着每一个看照片的人,不管你从哪个角度欣赏照片,首先就会碰到他的咄咄逼人的目光。右边是伸掌作"单鞭"式的壮汉,腿如铁铸,掌劈万钧,后手钩起如鹰爪,气宇恢宏,吞吐河山。摄影之页还附有简短的文字说明,从构图、呼应、形式与内容的统一方面分析了这张照片的特色。

后来据说这三个人都通过不同的渠道得到了有自己形象的这张获奖摄影作品的复制品。二位武星一见到"傻冒儿"都觉得堵心欲呕,便都拿起剪刀,把自我以外的两个人剪下去。留下自己的英姿,给自己的三亲六友观看。一位放在玻璃板下。另一位镶到镜框里。

只有"傻冒儿"留下了整张的照片。而且,他把照片贴在自己床位上方的顶棚上了。他可以躺在床上从容地回忆和自我欣赏。他可以躺在床上直愣愣地与另一双直愣愣的目光相较量。

发表于《中国作家》1986年第1期

他　来[*]

他来了。她走了。他走了。她来了。

真的？

山坡上留下了深的与浅的,大的与小的,重合的与分离的脚印。

留下了笑声,叫声,答声,叹声。听见的与没有听见的。听着了和没有听着的。回响与没有回响。

留下了那一年的身影,在那一年光照下面。

留下了一首歌,他们终于一起唱了。一首鲜红的、嫩绿的、海一样蓝的歌。如遍野的山花的歌。如山风呼啸的歌。如山雨后青草的歌。

一首刚刚开始唱的歌。

突然的狂风。大雪,冻结。脚印吹去了,身影散乱了。歌声凝固如冰冷的石头。

他不知道她了。

她不知道他了。

当他醒来的时候已经没有她。当她醒来的时候已经没有他。也许她和他的相遇本来只是幻梦。只是年轻人的幼稚的模仿。只是少年的傻气。只是旧书的被翻破的纸页的霉潮。只是自我安慰的本能的创造物。只是一个过了时的其实是人人都有的温暖而又残酷的

---

[*] 本篇原作者崔瑞芳,发表时署名名王蒙。

故事。

只有生活。只有旋转。只有必须有的油盐酱醋的瓶罐。阿司匹林。出站、进站、检票。一米七全民所有。叫通总机没叫通分机,也得付四分钱。

当大雪飘飘如花,她也许常常出现在昔日的山坡上。沙沙声响,她捧起洁白的雪花,寻找和辨认,用白雪填充青春的黑洞。用雪花装点无花的原野。分明已经丢失了往日的面影。她仍然固执,她仍然凝视这黑洞的深层。她等待,她渴望,望眼欲穿。她终于看到冰雪开始消融,山径侧边萌了绿芽,水流发出了永远的笑声,卵石洁净,坚强如玉。

下次就会有他。

她来了。他没来。

她走了,他来了。他已经是长者,辛勤、持重而又欢乐。他做了许多小鸟,每只鸟儿唱着一首欢乐的歌、探寻的歌。天空。

你在哪里?可是果然?

我曾有过誓言。我曾有过约许。我曾蓦然心动。我的心曾经充盈了那么多春的丰满。我曾经那样地感谢过你。虽然爬山的时候腿已经吃不住劲儿,虽然他感到那令人僵直的风寒。哪怕是一跛一拐,他终于来了。是这里么?

是这里么?这里雾气弥漫,古树参天,鹰翅投下了巨大的阴影,枯草落叶堆积如山。每一块石头都像是他的归宿。

他走不动了。

他垂下了头。总有这样的期限。虽然还想多放一点鸟儿。还想多栽一点葡萄。还想多登几座山峰,苍松之上是雪冠,雪冠之上是蓝天、是太阳。在蓝天之上、太阳之上又是什么呢?

然而他已经看到了自己的童年,降生时候的愤怒的呼喊,浮沉于惊涛骇浪之中,帆樯已经折断。

他看到了自己的一生,愚傻,苦,强烈浓聚,值得。

多么芳香,多么温煦。是一声响亮的哨子。是她的絮语。是轻声的呼唤。是荡着的摇篮。是春水里的蝌蚪、小鱼。

雪,雪,到处是弥漫的雪的雾。他已经睁不开眼。他奋起抖落自己脸上眉上身上衣上的雾状的雪。他终于依稀看见那块灿烂如火的冰石了,那就是他当年的歌儿。

他冲向那歌曲,那诗,那声调,那永远的快乐的旋律。是他自己寻找到的路。气温又降低了,他知道,他不能有一刻松懈,不能有一刻停止。他向前冲,他挥舞着自己如挥舞青龙偃月大刀。他后悔自己没有带火把来。但又笑,哪有那么多预见,哪有那么多谋略,哪有那么多运筹学与优选法?他苦苦地活到了六十多岁,经过了一次又一次的翻转和跌落,他终于抱住那冰石了。把冰石放在自己的胸前,他的胸如火焰。

歌声。歌声融化了。歌声重又飘扬,歌声重又充满自由温柔的震颤。一样的骄傲,一样的响彻云霄,一样的扬起的头颅。他又唱起来了,他要唱到最后。

冰雪轰然坍落,天空蓝得耀眼,他听得一声"啊——"的呼喊。

他的举动惊扰了她的忆念。泉水清澈如玉。她看着自己的倒影,看得见每一根白发。已经比那一年的母亲还要老了么?就像垂柳和冰川。然而在底层呢?她往深处看时分明看见了当日的身影,如放大的照片,是真正的全景。原来在一个山上,在寻找同一个生命。

然而正在她极度兴奋的时候,冰石释放出来的久远的歌扰乱了清泉。水波四溅,水纹如皱,倒影分解破碎幻灭,一切都在模糊离去。

他听到了"啊——"他流出了热泪。他不顾这一切的究竟,他要沿着这呼唤。

窗外是平静的海面,蓝天如许。

发表于《中国作家》1986 年第 1 期

铃 的 闪

　　我的写作常常被丁零零的电话声所打扰。一开头安装上电话我曾经欢欣若狂，我再不会为了给一个要紧的地方打一个要紧的电话而在公用电话室急躁地等待着，搓手搓脚。一个贫里贫气的小伙子或一个嗲声嗲气的姑娘家已经先我拿起了电话机，他们在电话里的每一句闲话废话玩笑话车轱辘话，还有各种完全累赘的语气词惊叹词就像洗牙的钻头研磨虫子牙一样研磨着我的神经。而当我拿起了电话机——常常一口气需要打或者回四五个电话——的时候，我看到了我后面已经有人排队等待，我感到我接连打那么多电话实在是违反人道。何况您拨十次九次可能是不通，或者比不通更糟，拨完了六位数字，耳朵边什么声音都没有了，好像是电话局刚刚被炸。

　　为打电话的事我给妻子制造了无数负担和痛苦。这半辈子我在给妻子找麻烦方面做出的成绩远比写作散文诗方面出色。妻子上班前我递给她一张纸，她一看便惊叫起来。我也惊叫起来——竟连这么一点忙也不帮，连这样一点义气都不讲，还不如宋江。连这样的电话都需要我亲自去叫，岂不是榨尽我的最后一丝诗意？纸片上写着338888，446666，779999……人类制造的从0到9的数字足够整治我们一辈子又一辈子。稿费尚未收到，家具订货过期九个月为何没有消息，对不起我不能与这个法国人一起吃饭，广东佛山出的香港脚药水已经买到，到站的时间星期四二十三点五十九分……

　　安上了电话先拨117。四点五十二分。四点五十二分。四点五十二分半……四点五十四分。然后123。……风力二三级转四五级,风向偏东西南北。然后113。长途?不要。就差拨119,我们着火了!110,抢匪!

赵诗人么?赵老师么?小赵么?老赵么?苦吟同志么?你猜我是谁?你怎么连我的声音也听不出来了?你他妈的当处长了是怎么的,怎么连我也不认了?喂喂喂你哪儿?你不是拔丝厂吗?你才是拔丝山药呢!那你是天源酱园?东来顺饭馆?西四婚姻介绍所?长城饭店?空调公司文物店?哈啰哈啰……甚至早晨没有起来的时候,晚上已经睡下以后,中午刚一冲盹儿,都有电话丁零丁零。你不得安生。诗离你而去。打错了电话的人比打对了电话的人态度还蛮横,他根本不允许这个电话安在你家,他不允许你说"错了"。他不允许你不是他要找的那个张会计李采购王科长而是一个写诗的你自己。

为了诗我用棉被把电话机围起。我捍卫着我的诗的菊花一样的高洁。被遮盖的电话那样丑陋,好像是一个私婴的尸体。电话铃声响了,这种响声具有一种更加刺耳的锐利。它穿透了你的先验的不友好。它历尽艰难传递给你一个不知就里的信息。它不屈服于你的先天的折磨。它是无罪的无祚儿的,它不必向你的诗你的棉被屈膝。它叩击着你的良心和道义。它激起了你的好奇。也许很重要?很紧急?很新鲜?很有趣?很有益?它的响声好像又变了。莫非是长途或者国际长途,来自——南极?不是我刚刚写了一首致南极探险家的诗么?我忽然又感到那棉被裹着的是一个土造地雷,导火索正毒蛇般地咝咝……

许多的日子过去了。我学会了接电话,接打错了的和最无聊的电话。我学会硬着头皮拒绝丁零的召唤,拒绝接自己最想接的电话而在事后受到亲属友人的埋怨和自己的懊悔的折磨。我学会了想接就接想不接就不接或者想接偏不接想不接却又接了电话。最后我还是接了所有的电话。因为我写天鹅绒一样的诗。诗人的心是柔软的。柔软的心总是不可能一直硬挺下去。就设想我不在好了。就算我没在好了。比如说我现在正在——西沙群岛或者楼下的啤酒馆,我还会为这个电话机丁零而痛苦、而心怀歉意吗?

但我明明在着呢。我偏偏意识到自己的存在并沿着电话铃电话线意识到又一个人的存在和他的对话的意愿。对话的意愿应该是神圣的。电话耳机里射出来的是人的语言而不是中子弹。这真感人,简直令人忧伤。我无法拒绝一个电话就像无法拒绝你伸过来的手。我被征服了……我终于学会了在电话边活下去。在电话的搅扰和诱惑、在电话带来的希望和恼怒和哭笑不得下面活下去。而且写诗。写南极,西沙群岛,啤酒馆,爱情,也还有——电话边的时光。

又过了许多日子,我写了许多据说成功的其实多半是蹩脚的诗。人们给我换了电话机,上面有一个小机关,把小柄柄按下来电话便不再出声,只有灯光的示意。

我并没有利用过这个现代化设施。我宁愿尊重和倾听电话先生的信息。现代化比棉被捂残酷多了,我年龄已过半百。我无法把自己塑造成一个残酷的人。还是在我百年之后再实行现代化反电话非电话化吧。一个外国(现代化的国家)人告诉我,他的电话备有多功能电脑。他工作的时候由电脑"接"电话。电脑"接"起电话便放录音带说,你要找的 X 先生不在家,请把你的姓名电话留下来,X 先生将会给你回电话。对方自报家门,电脑自动录下音。善哉电脑!这就使 X 先生取得了主动,只和那些经过选择、确认宜于对话的人通话。到了读书读累写文章写累谈话谈得喘不过气与思考问题思考得后脑发麻的时候 X 绅士便放电话录音,然后择其应回电话者回之有趣者而回之,择其不必回不想回回之无味者而不回之。这不也是人权吗?谁知晓,偏偏对方也是靠电脑来掌握电话的,当 X 先生给亲爱的(例如)Y 女士回电话时,他听到的也是录音:请把你的电话留下来……于是不再有人与人的激动人心的对话……只有电脑与电脑的平静的千篇一律的"交谈"……

11

这一天终于来了。我活了五十多年,吃了那么多饭、那么多药,穿破了那么多双袜子,原来就是为了这一天。我成为真正的诗人了。我和诗一样的饱满四溢。我豁出去了,您。我写新的诗篇,我写当代,我写矿工和宇航员,黄帝大战蚩尤,自学成才考了状元,合资经营太极拳,白天鹅宫殿打败古巴女排,水鱼专业户获得皇家学位之后感到疏离。我写波音767提升为副部级领导,八卦公司代办自费留学护照,由于限制纺织品进口人们改服花粉美容素,清真李记白水羊头魔幻现实主义,嘉陵牌摩托发现新元素,番茄肉汤煮中篇小说免收外汇券。我忘记了一切,我赞美历史、现实、生活、国内和国外。我赞美咱们的这股乱乎劲儿。我在电话电子铃音响大作中写作。我相信那每一声咚咚嘟嘟都为我动情,对我呼唤。我关上电话机小开关写作。我写常林钻石被第三者插足非法剽窃。我写天气古怪生活热闹物资供应如天花乱坠。我忘记了电话存在。我写北京鸭在吊炉里solo梦幻罗曼斯。大三元的烤仔猪在赫尔辛基咏叹《我冰凉的小手》。社会主义现实主义与意识流无望的初恋没有领到房证悲伤地分手。万能博士论述人必须喝水所向披靡战胜论敌连任历届奥运会全运会裁判冠军。一个短途倒卖连脚尼龙丝裤的个体户喝到姚文元的饺子汤。裁军协定规定把过期氢弹奖给独生子女。馒头能够致癌面包能够函授西班牙语打字。鸦片战争的主帅是霍东阁的相好。苏三起解时跳着迪斯科并在起解后就任服装模特儿。决堤后日本电视长期连续剧大明星罚扣一个月奖金。我号召生活!

生活号召我!电话铃不响了,然而信号灯绿光一闪一闪。仍然,仍然一闪一闪。它无言。它眨着眼。它期待得好苦。然而不,我不能,我已经与我的诗神一起飞舞。它继续一闪一闪,闪了五分钟又五分钟。它被我抽去了声音,无能为力,哑人一样无声地期待着我的顾盼。也许它来自一个沉默多年的老人,由于他的慧眼,在我的拙劣的诗里发现了吸引他与我对话的东西。也许它传达的是一种邀请,邀请我到那青青的草地去。我不敢。也许是一个抗议,因为庸俗,因为渺小,因为怯懦,名实分离。也许只是一个灵魂的寂寞的呼声,是一声没有回应的呼唤。你哭了?也许是预言,是咒语,是人心的情报,是芝麻开门的秘诀,是醍醐灌顶的洗礼。也许它来自外星,来自地狱,来自谪仙和楚国的三闾大夫。然而,它更可能只是大漠只是雪岭只是冰河只是一片空旷寂寥遥远的安慰的深情。是我的诗我的生活里太缺少的悠久。它有许多话要告诉我。它要告诉我真正的诗。还有友谊。我已从信号的闪光中听到了声音,只怕拿起电话机后我却听不懂它的话语。然而已经晚了,已经无法拯救,来生的诗是来生的事。而我善于微笑,胜任愉快,喜怒不形于色。它还在闪光,还在等待,我不知道它的耐心如钢热情如火。它使我深深地痛苦。我知道我如果接了这个电话我的公寓楼就会倒塌煤气漏烟保姆辞工,全部诗集就会付之一炬。我继续写生活的燃烧,不仅有三十六条腿的劈柴与家用电器的短路而且有你。我不知道我是在用几支笔写作。我不知道我写了些什么。我不知道我的哥哥这次还能不能原谅。但我分明看到了那绿光信号仍然在坚持闪耀。那对我的关切、忠告、温存和期望文雅而又忧伤。那是泪光。别怨我!我们感到了同样的难过。诗折磨着生活电话折磨着诗。于是我泪下如雨相信诗总会有读者诗神永驻诗心长热尽管书店不肯收订。

发表于《北京文学》1986年第2期

致 爱 丽 丝

一天上午我好不容易得闲写我的中篇新作,新安上的电子音乐门铃响了。门铃采用的是《致爱丽丝》的旋律,但是每个音都不准,听起来更像一个三天没有用饭的老太婆的有气无力而又神经质的呻吟。我连忙去开门,是一位微笑的、潇洒的长发青年。

"您在写小说?"

"呵,呵……"

"为什么您写的小说就能够发表,就能够得奖呢?请您说老实话,如果您的那些小说是我写的,署我的名,登得出去么?"

"这个这个……比如说过去我看别人写字,歪歪扭扭的……"

"请不要教训我。您不是王羲之也不是怀素。我也不是。然而我喜欢写小说,我有灵气,我在塑造语气。你玩弄语言!有一个编辑这样说。然而什么是玩弄呢?郎平硬扣了一阵子突然轻吊,她是不是玩弄呢?说啊,说呀……"

"呵,呵……"

"就是有一些您这样的人,表面上还创过新什么的,实际上你们挡着我们的道。您也该请一请了,留点纸印我们的东西吧……"

"然而,不矛盾……"

"那就看看我的这篇习作吧,咱们先说好,您别生气,您看不惯就算我没写还不行吗?货卖与识家……"

他写得不长,我很快看完了,觉得鬼话连篇,但不无讽喻,至少联想的能力尚有可取。也算一种幽默感吧,虽然档次不算高。我有了主意该怎么给他提意见,但我找不到他了。在我读他的《绿色的太阳》的时候他已悄然离去。我走到院门口,东张西望,有不少长发青年步行或骑自行车骑摩托车从门前过,但都不是他。我鼓起勇气,准备把这篇"作品"发表出去,并希望作者迅速与我联系。逾期三个月不来,其稿费我将代为捐助给本市宣武门托儿所。

又:他来了又走了后,我的门铃便哑了,不知该青年知其由否?

附:绿色的太阳

半夜里我叫醒了全家,我说你们看天上出的绿色的太阳是不是我们家的电子石英挂钟得了诺贝尔奖。妻子说我捣乱说没有太阳说让我煎两个气球吃了止泻补气。儿子推我继续睡他说他明年如果去不了外国就和那个拉胡琴的大姐结婚。父亲说天有九日后来都长大了翅膀硬了远走高飞一去不复返。女儿说她要买卖丰田汽车她要上函授夜大电视大学算学历拿文凭交上千块钱的学费全部由机关报销。妻子说你如果不吃苹果苹果就会烂得更多而且说不定又涨价。

我扛着铁锹在公共汽车站旁种树。我幻想在树上结出蘑菇云以前也许直升飞机能降落下来。挖坑挖出了一个会说话会写小说会阿谀奉承的蛤蟆。蛤蟆不但会蛙鸣而且会犬吠会马嘶会牛吼会鸡啼一共会四五种外语不知道是从哪里留学归来的。我问蛤蟆为什么不戴蛤蟆镜它说怕脱离群众影响不好。我恍然大悟我的提级升迁出名中彩为什么都没有了希望。汽车来了却没有轮子,乘客们纷纷掏兜给它一些乒乓球卫生球黑枣小铃铛大烧饼当车轮。司机不开车售票员不售票大家便民主推选我去推车。我推车推得太快被国家体委选去做长中短跑教练。我干了一个月嫌领导不给我发西服台灯沙发灭蚊器美术日记羊皮夹克便退职写小说并到火坑参加笔会住宾馆。

宾馆经理悄悄与我谈情。请我吸罐装液化石油气。问我愿不愿意担任美容粥公司的名誉董事长。说是美容粥已经在大西洋跨国公司登记了专利权并受到免征所得税十五天的特殊照顾。说是美容粥内含维他命UVWXYZ和有机物无机盐两千四百三十七种。经过国家检验颁发了优质奖杯服用后单眼皮变成双眼皮双眼皮变成四层眼皮而且大腿延长四十公分。我问是不是有批件是不是画过圈圈画得圆不圆。他说他已学会了电脑圆规画圈技术。我觉得这个经理智商太低比较庸俗便建议他去四川饭店照胃镜到《人民文学》编辑部去截肢到《法制文学》编辑部去投案自首。他生气了说我太保守没有更新已经落后于潮流为什么不进武当山少林寺做霍元甲的小和尚。

  我去看望我的第一个老师我已忘记了他的名字只记得他是山南河东研究中心总统主席议长委员常务理事秘书长主任科员办事员见习生实习大夫。他养的一群百灵吱吱喳喳畅所欲言争得不亦乐乎不亦君子乎。他们讨论是吃小米重要还是喝水重要。如果吃小米重要为什么还要喝水如果喝水重要为什么还要吃小米。如果说吃小米和喝水都重要也就是说吃小米和喝水都不重要那是无法接受的。而如果说吃小米和喝水都不重要那么实际上便是说二者都重要那么为什么一只百灵只长一个喙而不是双喙。我的老师非常有兴趣给它们洒了一些敌敌畏来苏儿健身素。我们从这个象征里探求出了真正要紧的哈雷彗星然后用英语说姑得白。

  我感到忧伤感到痛苦感到意识流感到信息反馈感到别无选择感到夜的眼睡得香。我唱毕加索后期印象派的计时之宝心中自有索尼东芝。我去宴会厅酒肉桌冠盖席去找我的第二个老师当代的陶渊明一介书生清高寂寞冷冷如钩月藏之名山传之千古。结果乘地铁去了圆明园旧址看见了阔别百余年的澳大利亚袋鼠。一头棕熊正在唱抒情小曲啊我的花头巾我的小白杨我的韭菜馅玉米面团子我最忠于你。公鸡哈哈大笑母鸡翩翩起舞熊唱得醉了大哭着要求正式发励章。出于一种习惯我去和它握手寒暄叫它兄弟它说它想吃人掌想当保姆想给幼儿园当阿姨。我的第二个老师立即解释它是粗中有细心眼儿善良如同张飞的舅妈。我给她一块火星泡菜。

  然后我去看我的哥哥。他素以脾气随和没有杀人放毒爆炸记录而以善良闻名于集邮册上。他每次见到我都拿大顶鞠躬三百七十五度热烈拥抱我的黄牛皮鞋跟。他写文章发表在海面上称赞我是超过芭蕾舞的乌兰诺维耶娃而他甘愿给我理发做九级波浪。我进门的时候听见他正在大喊不管是不是我的弟弟该吃醋熘小汤圆的时候就不能吃乌鸦炸酱面,不要说弟弟就是鲁迅也得报户口写心得横穿马路左顾右盼,我的弟弟有什么了不起他去过蚂蚁窝孵蛋大迁移吗？我知道他又在用腌我的手指献酒菜给人头马牌苏格兰杜松子。他的个性便是说便宜话拉便宜手买便宜货讨便宜儿子。近些年他搬入凤巢但仍然缺少蛋黄胆固醇钢铁支架。我回头要走他拉着我吃艾窝窝还给我唱何日君再来我要求只吃胃舒平酵母片。

　　我觉得天气还不错地球挺热闹蛋卷冰激凌质量超过香港连石头翩翩也起舞。我决心参加宇宙飞船到水星土星阴阳八卦星上出席国际学术讨论会。我要带回会哭会笑会打人会亲吻能要我的命能给我输氧和吃硝酸甘油片的微型造反机器脑。我要使人们相亲相爱焖好扁豆就着辣子肉丁一起吃。我要使人们喝了我的酒以后不是醉醺醺的而是特别清醒。他们喝了人性大曲便能写诗能背诵元素周期表能听说写联合国各成员国的母语子语女语女婿语。我要开一个出版社专门出版那些出版不了自己的诗集的哭泣着的诗人的新歌曲。它们的销路赛过生日蛋糕和亚马哈摩托车。凡是会写诗的人都将领到免费五件蝙蝠衫和一件春秋套头衣以及黄杨树根抽象雕塑。我要给那些心怀偏见动不动发火的仙鹤拔牙整容挖出迷人的笑靥。我要给中小学教师和商店店员发放去巴黎旅游的蜻蜓券并人寿保险。我要办一个函授中心由孙大圣教授种植猕猴桃酒饱含青春宝可以七十二变。我要办公园饭馆音乐茶座酒馆进入的人不必写保证书。我要使所有的法律都变成小船变成路灯变成烧饼夹糖葫芦……但我不知道我的这篇作品的命运。我默默地致爱丽丝。

发表于《啄木鸟》1986 年第 2 期

Z 城小站的经历[*]

我的身体随着颠簸的火车轻轻地摇晃，正像我的烦乱的心。火车突然震颤得叮咣作响，仿佛震出了许多平日沉睡在心底的思绪。我为什么不安？我为什么失眠而且一夜一夜地叹气？我为什么若有所失、若有所待、若有所苦地寻觅？在诸事顺遂的今日，我到底什么时候为了什么欠下了这心灵的债，总是不得安生？

这一切就要得到解答，这是我梦寐以求的机会。在无数忙乱的公务与私务之中，忽然有了这样一个空隙，这样一个巧合，简直是天意。十分钟以后，我就要在 Z 镇下车，重温失去的旧梦。按照严密的火车时刻表，这次我将要有漫长的二十五分钟的时间，回忆、凝视、鞠躬、哭……也许这二十五分钟就是人的一生，就是百年，就是一个地球的成形与消失……一个又一个银河系的历史。

也许我还可以再活二十五年。再活二十五年我便是七十七岁。也许我可以再活二十五年另加二分之一个二十五年，我也才不过八十九岁。比八十八岁活得长，比九十岁活得短。其实都与二十五分钟一样漫长、完整而又珍贵，一样戛然而止。我还将会有许多新的业绩、光荣、知悟、体验和获得。哪怕还有许多新的失败、新的错误和痛苦……然而，最重要的是从 Z 镇下车以后的这二十五分钟。

车轮均匀地向前滚动，躁狂不安的颤抖渐渐平息。一片绿茵茵

---

[*] 本篇原作者崔瑞芳，发表时署名王蒙。

的草地微微掀起了柔波。一株株嫩嫩的小树还没来得及贴近互相问候便不得不离你而去。风儿把柳丝的温情撩得高高的。

到底还是我只身一人前来了,是我的不是吗?可谁又能帮助我思想,帮助我感受,帮助我处理和选择这一组符号的最佳排列组合?她能吗?她能胜任我正在做的或者至少与我合拍吗?我又打击她了,原谅我。是我一次又一次地深夜将她叫醒,比叫醒更烦人的是我的叹气声把她扰醒。夜深深,静悄悄,这时候每颗星星都与邻近的星喁喁低语,线装书正在给地球仪吟唱她的幽雅的情诗,暖水瓶专注地引导着自己的呼吸。万物把我吵醒了,我从自己的叹气的声音里听到童年的儿歌,听到河水哗哗与夏日虫鸣。我忽然感到与妻是那样近,我是那样幸福,我们的生命与爱情都是那样饱满和久长,就像所有的日子都为我们而染上色彩而发出芬芳而生出酸甜苦辣的多种滋味。我当然要说,就在这个时候,我一次又一次地给妻讲述 Z 城小站的故事。

她为什么不厌其烦地愿意听呢?她屏息听着,听着,她的心和我的心一起跳动。她为什么不提出任何进一步的问题呢?我不是什么都没讲清楚,我讲的不是比那些被指责为晦涩的作品更晦涩吗?不是连我自己也想不清说不出道不明我的 Z 城小站的经历吗?是艰苦岁月里的一段罗曼史?是对漂母一饭之恩的道德感激之心?是一种充满理性思辨又充满幻梦色泽的想象?或者仅仅是一种松弛,一种调剂,一种飞奔中的偶然的平静的驻足?我说不清。但是我以为,每个人都有一个 Z 城小站的真实的或者虚构的故事。

"你应该去一次 Z 城小站。"妻说。

"不不不不。"我连忙否认,连忙分辩,"其实,Z 镇那儿并没有什么……"

"你要去一次,也许能找到。想着,却又见不到,看不清……这是很苦的。你去了,我也得到安慰……"妻坚持说。我似乎看到了正在从她眼角涌出的泪水。

我们不再说什么，轻轻呼着气，每个人心里似乎都有一粒正在萌动的种子。我本以为这是无法理解的，不可能的。工作、会议、家务，一切都严丝合缝，一切都充实饱满，根本没有留空隙。

妻的同情和鼓励使我忽然产生了勇气。人生本来就要做许多事，包括许多不那么必要也不那么有道理的事。那个梦，那段往事，那个小小的人儿，不也是并不必要也并没有道理的么？生命，这本身就不是逻辑论证的结果，所以也永远不应该成为论证的对象。

二十多年了，那鲜花，那茶水，那小板桥，那铁路边的小屋，那一团一团的烟雾……谁需要论证呢？既没有招标投标，也没有数据表格。只有温暖，只有依恋，只有从来没说出口的愿望和从来没表白过的心……咯噔噔，咯噔噔，一百米，八十米，六十米，四十米……在最痛苦的日子，你得到了最神秘的安慰。谁说火星上没有人呢？谁说月亮的这一面和那一面都没有生命呢？我们是从哪里来的？我们为什么珍爱星光月影？我们为什么听得懂天空和黑夜的语言？我们为什么懂得痛苦也懂得爱恋？为什么有一个小站小桥小屋小人儿牵动我的心，你能说那一切不在等待我吗？你能说Z城小站是我心中的幻影吗？也许正是我是Z城小站的幻影呢？

一组组打乱又接续起来的词语，一组组破碎了又组合排列起来的符号。就在这一刹那，Z城小站从我的眼前飞驰而过。

"为什么不停车？为什么不停车！"我愤怒地去质问列车员。

忙于给旅客送开水的列车员看了看戴在自己的挽起袖子的手臂上的手表，不解地看了我一眼，清楚无误地告诉我：

"已经停过了，停了一分钟。时刻表就是这样规定的。莫非师傅您没在意？"

发表于《小说界》1986年第5期

失去又找到了的月光园故事[*]

我的老朋友告诉了我这样一个故事。

在那十年,在他和她早已被迫离开了那个古老而美丽的城市以后,他们又有两次回到生之养之的这个城市来了,他们去寻找那个幽雅美丽的园中之园。

这是一处非常有名的大公园。不知哪个朝代的皇帝曾经在这里巡幸。不知哪个时期的农民起义军曾在这里驻扎。不知有多少诗人曾为之吟咏,不知哪一次的外国侵略军的兽蹄曾践踏了这个园子。后来又修复了,开放了,衰败了,关闭了,又修复了,又开放了,繁荣吵闹异常。

大公园中又有一处小园。在土山与假山石的遮掩之中,走过玲珑的石径,穿过没踝的深草,是一座如月光一样青灿灿的石牌坊。牌坊不大,像玩具,像堆起的积木,却足够少年的他和她手拉手通过。然后是一座曲折如练的石桥,走在这桥上如走在蓝天上。桥下的小湖里有几朵睡莲,开放得像切成花的红心水萝卜,水底的石子因光的折射显得大而凸现。他说他看见了月光里有两条小不盈寸的鲫鱼苗。她说她只看见一条。两条,两条,一条,一条,他们争起来,半晌不说话,拉开距离,有四尺,在桥的两侧低头一心找鱼,结果,一条也

---

[*] 本篇原作者崔瑞芳,发表时署名王蒙。

没有了。

大概是被他们的争执吓走了。

天黑下来了,他们坐在湖边的石头上。有时有个把游人从这里走过,但他们只是走过就是了,没有人流连,流连也不超过三分钟。那时候他们还太年轻,他们不知道大人们是不会把这样小巧的小园子放到眼里的。大人们曾经走过世界,走过沧海、峻峰、草原、沙漠和无休无止的河流。

忽然像是要下雨,有雷声,小园安静得很,土山与假山那边却时时传来似乎很远的笑声、话声、歌声、脚步声。一个小小的闪电使他俩互相看到了对方贴近的脸。他吻了她。

他第一次知道一个姑娘的脸庞有多么柔软。

她第一次知道他的心跳得有多么厉害。

下雨了,三点,两点。是不是刘大白的诗?不下了。笑声。又一个遥远的闪电。当他们离去的时候,月光和天空皆如水的清澈,牌坊、小桥、假山石的阴影清楚而又重叠,如梦。

这里永远地纪念着他们的羞怯和天真,燃烧和平静,真实和幻想。他们从此常常到这里来。他们奇怪,为什么竟没有别的少男少女发现这个充满爱情的地方。

这个园子是属于他俩的。真是了不起啊。

他们给小园子起名叫"月光园"。最有力的证据是他们给小园子(只是小园子)留了个影,用的是从民主德国进口的莱卡相机和胶片,日光下照出来的小园子的风景照,却充满了月光的效果。青石牌坊青石桥,泛出的是月亮的光。

令人惊叹!阳光下这里也充盈着月光。

后来轮到了他们离开这个地方,经沧海,过沙漠,爬峻岭,渡长河。月光园的照片放在他俩的相册上,友人们看到他们的相册的时候迷惑不解,为什么在他们的结婚照、生子照、全家福、会议照、接见照之中,放这么一张"空镜头"呢?

他们自己翻到这张小小的旧照片的时候也若有愧然的一笑。那时候他们的年纪是太小了，他们的天地太小了呵！

十年动乱使他们在狼奔豕突之后得到了平静，紧张恐怖之后得到了大放松，终于找到机会回到那个美丽而残破的城市访旧。

他俩感慨万端地来到这个公园，平静地走着年轻时候走过不知多少次的路。一样的夜色，一样的湖波，一样的土山和假山石，一样的游人很多，即使"天下大乱"也罢……然而，没有月光园了。

根本没有这么一个月光园。这甚至比"文化革命"初期揪斗的威胁更使他俩感到恐怖。一瞬间他俩都感到了一种自觉记忆丧失自觉精神分裂自觉幻视幻听自觉世界和灵魂同时消逝而又不能自已的恐怖和莫大的痛苦。莫非他们根本没有来过这么一个园？莫非从来没有过这么一个小园？莫非他们从来没有年轻过？没有那样地爱过吻过心跳过？莫非从来没有过那样的轻雷那样的雨点那样的微风亦即那样的轻雷那样的雨点那样的微风只存在于童年读过的刘大白的诗中？或者干脆也没有过刘大白，没有过诗，没有过童年，没有他和她他俩？

他们好不容易控制住了自己。他们冷静地、细心地进行了踏勘。没有任何一条路堵塞，没有任何一道水不通，没有任何一块空间不知去向，没有任何一个角落被隔离、被忽略、不与其他角落衔接。千真万确的是，月光园没有了。根本没有"月光园"！

拆了？

他们问公园的工作人员，问游人，问老友。被问的人显出迷惑不解的神色，没有人理解他俩的问题。

他俩悄悄地躲开了这个令人毛骨悚然的题目。躲开了这个公园。躲开了这个城市。他们觉得说不出的空荡和麻木。当他们坐进开往他们新的所在地的火车的硬座车厢的时候，他们松了一口气，却更觉惨然。

三年以后他俩又回来了一次。又去了公园，又在极其平静和理智的气氛中悄悄寻找了月光园一次。谁也没有点破，似乎是漫不经心地走到了熟悉的老路上，从一个路口拐了进去……依然是什么都没有。

没有疑惑。更没有恐怖。只有一个浅浅的苦笑。

八十年代开始的时候，他俩回到了阔别二十余年的这座最为亲切的城市。

他们去看望了许多亲人老友。他们回顾了自己所有的青春的足迹，他们重温了所有通往熟悉地点的道路和所有连接着熟悉道路的地点。

但是没有去这所公园。

只是完全偶然的原因，一九八六年春天，他俩来到了公园。他俩刚刚做了祖父母。他俩有了一个孙子，就像当年有了儿子。孙子显得很幸福。

他们真正漫不经心地走着，一道土山，一道假山，一声歌，一声笑，一只蝙蝠低低在他们面前飞，他们的感觉就像刚刚喝过一点酒。蓦地，泛着青光的牌坊，像在哪儿见过似的。如练的弯曲的桥，你压着我、我压着你的石块，这是什么？是假山？是……是她——月光园？

一切如昔。小巧玲珑。如玩具，如积木，如月光，如少年的梦，如刘大白的诗，两点三点的雨。如他们自己。

多了兰花样的华灯，一个红些，一个绿些，照得小桥鲜妍，睡莲好像比当年还要娇嫩，还要小巧。多了好几对青年男女，依偎得何等深情，他们不怕人。他和她心乱了，一瞬间好像经历了生与死，投生与轮回，昏迷与复苏。然后平静了。心如水的清澈。

他俩坐在石头上，像三十五年前一样。却又不像三十五年前。他俩觉得那几对年轻人才更像当年的自己，却终于不像。他俩觉得月光园应该属于青年，又终于觉得仍然属于他们，在他们有生之日。

虽然第二天要做许多年轻时没想到过的重要的事。

"你能不写一篇小说?"我的老友问道,"写一个失而复得,得而复失,似失似得,似得似失的园中之园的故事。"

发表于《中国西部文学》1986年第9期

风马牛小说二题

史 琴 心

世界上最令人痛苦的美德是爱清洁。这是一句相当新鲜的、具有刺人的力量的话。在几天夜间无眠,似睡非睡的状态中,她像做造句练习一样地不知怎么糊里糊涂地造出了这样一个句子。她曾经有过短暂的犹疑:爱清洁能不能算是一种美德呢?

爱清洁或许算不上一种美德,然而年龄却算是一个压力。压力这样大。年龄只有在度过了以后才知道是重要的。十七岁的时候,十九岁的时候,甚至二十五岁的时候,她是怎样地充满漫不经心的孩子气啊。

她不喜欢这扇窗户。她非常喜爱自己的新居。因为它清洁,方整,而且只有一间宽敞明亮的散发着新鲜的油漆味儿的居室。一纸箱又一纸箱的书都是她自己从楼下扛到六层楼来的。她喜欢住在这幢居民楼的最高层,为了少听一些那不相干人的脚步、谈笑和气喘吁吁。但她没有料到,不久就在她的窗前平地立起了一具高耸的烟囱。红褐色的砖,整齐傲慢的砖纹,僵硬直挺的身躯和诱人的森严的铁梯……冬天它使人感到几分温暖,哪怕喷出饱含有害物质的浓烟。夏天则只是多余,只是刺目,只是呆傻,好像是扎在生活里的一根刺。

为什么竟会是这样畏畏缩缩、躲躲闪闪?不也兴奋过、喜悦过、痛苦过也渴望过吗?一次又一次的"交朋友"的失败的经历……每一次失败都使下一次的反应更谨慎,更多疑,更冷淡。与其答应这个人,还不如两年前、三年前、五年前、八年前就答应那个、那个、那个、那个人呢……这是怎样的晦气的追悔和失算呀。

于是,语文教员史琴心进入了三十六岁。

三十六岁是一个不能容忍呆傻地矗立着的烟囱的年纪。

有几只可爱的鸽子在天空飞。

她不能想象在三十六岁的年纪,邀请一位她中意的男友到她这里来。地上铺着塑料地面装饰,墙上挂着每隔半个小时便发出悦耳的曲调的日本产石英电子钟,写字台上摆着一个清白的少女雕像。她真羡慕这些生活在天国里的少女。她的床更是洁净得一尘不染,床单每两天换一次。她不但绝对不允许任何人坐一坐她的床,甚至,她的床从来没被任何粗野卑俗的目光接触过。遇到有人敲门的时候,她先要检查帷帐是否拉严实了。

她不能想象让一个陌生的男友闯到这只属于她的小天地来,在这一切清洁整齐、一切神圣的淡雅素静之中发现一具高大鄙陋扰人清目的烟囱。

这烟囱似乎具有一种肮脏的恶魔的性格。它的存在是对她的一个威胁。

帕瓦罗蒂的来访引起了轰动。她拜托一位在文化部工作的老同学帮忙,买到了最后一场演唱会的票。她这才知道了什么是辉煌。歌的辉煌,声音的辉煌,人的辉煌,大厅的辉煌。她变成了一朵浪花,起伏在辉煌的歌声的汪洋里。

她忽然注意到,坐在她身旁的一位中年男子的眼睛里流着泪水,她不由得也流泪了。

"史老师,您也来了。"散场的时候,他对她说话。

她一怔。心狂跳起来。

"我的孩子在您班上,我参加过您召集的家长会。"他解释说。

他的声音是那样安详而又温柔。一个没有深思过人生的巨大的悲苦的人是不会发出这样的声音的。这声音听起来既近在耳边又好像迢迢遥远。

"您听歌的时候哭了。"她忽然说。（她永远不能原谅自己的冒失。而且她没有说"流泪"，说的是"哭"，"哭"是属于孩子的，只有孩子对孩子才说"哭"。）

在一片辉煌的灯光、歌声、掌声和欢呼里，有一只雪白的鸽子飞翔。

从假山石上落下了一滴又一滴的水。像泪。

那人微笑了，"我想起了孩子的妈妈……二十年前，我们一起唱过这支歌。我们唱得是多么寒碜啊！人家帕瓦罗蒂……人能唱出这样的歌，一生中能听到一次这样的歌声真是幸福。然而，她——我是说孩子的母亲，不在了。"

（他是这样说的吗？他果真这样说了么？他为什么要说这些？她为什么要听这些？会不会他根本没有说什么，而是歌声和泪迹使史琴心产生了幻觉？一个敏感的三十六岁的单身女子大概是会有幻觉的，她读过一篇这样的"意识流"小说……）

一夜，她难以入睡。周围是歌，歌，歌，当帕瓦罗蒂的辉煌的歌声渐渐退却的时候，又响起了声声进入她的心中的一个沉思的、安详的、温柔的声音。

第二天她看见了一群鸽子，一群鸽子围绕着夏日的被弃置的烟囱飞翔。她看到了它们的拳起的娇小的红爪子。她看到了它们的灰黑色的毛茸茸的翅膀，发白的胸脯。有一只鸽子翅膀是雪一样的白，而扇形的尾巴是乌黑的。鸽子忽然拉开距离，忽然集合成群，忽然斜散着冲向上空，忽然陆陆续续停留下来，栖息在光秃秃的烟囱上。真是杰作。

栖息在烟囱上，有的在最高处的烟囱嘴上，有的盘桓一番，选择一个最佳的铁镫，上上下下，前前后后，烟囱变成了鸽子的休息场，变成了鸽子树,变成了鸽子塔。鸽子在烟囱上是那样自由,安全,闲适,不受侵犯。它们啄理羽毛,发出咕咕的声音,扑打扑打翅膀。有一只鸽子刚刚飞起,倏然又下落在原来的位置上。它大概不知道该怎样享用和使用自己的自由了。史琴心一笑。

为什么觉得烟囱丑陋而且粗笨呢?鸽子不是喜欢它、需要它吗?不带任何偏见的,自由飞翔的鸽子赋予了烟囱新的特质。

也许可以邀请这位新结识的学生家长来做客,他也会喜爱鸽子的吧。

她忽然又感到了一种巨大的压力,任何类似的来访都是威胁,都是侵犯。她有一个个多么宁静的从来不受搅扰的自己的夜晚啊。

而烟囱变成了自由和独立的象征,变成了地面对于天空的傲岸,给自由飞翔的鸽子提供了栖息盘桓中转的依托,给活泼泼的不羁的生物提供了不受侵犯的休息。做一只洁白的鸽子栖止在耸入云霄的夏日的烟囱上是多么惬意啊。做一根烟囱无言地接纳着成群的鸽子的聚合是多么惬意啊。

在高处,这世界一定更加辉煌。他是怎么说的?这样辉煌的歌声一生只能听到一次……他的泪珠里不正映射着那辉煌的"我的太阳"么?

应该有这样的可以栖息的高塔。

应该有这样的鸽子翩翩飞来。

她哭了,眼泪热得烫眼眶。

夕阳的余晖从楼下一片平房的灰瓦顶子上,从空中悬浮的灰尘颗粒上渐渐黯淡下去。没有辉煌了,只有温柔。夜幕迟迟没有降临。忘了么?一只白鸽突然从烟囱上俯冲下来,落在史琴心的新居——六层楼住宅的窗台上了。

鸽子鸽子,你该是带了信来。

史琴心隔着窗玻璃凝视着胆怯的鸽子。鸽子隔着玻璃窗凝视着胆怯的史琴心。

时间就是这样一秒钟又一秒钟,一分钟又一分钟,然后一天又一天,一年又一年地溜走的啊。幸福就是这样从身边,从眼角,从手心里溜走的啊……史琴心与鸽子相对凝视,无可奈何。

　　这时墙上的电子石英钟响起了美妙的音乐,响起了敲门声,舒缓,坚决,有节奏,正与美妙的音乐合拍。

　　他来了。

　　　　多么辉煌
　　　　灿烂的阳光
　　　　但在我心中
　　　　还有一个太阳

　　她冲到了门边,不顾一切大开了门……她怔住了。

　　门外站着一位陌生的青年,头发一根根烫成小花竖立在头上,身着米黄色短袖猎装,下身穿一条短得不能再短的运动裤,露出丰满健壮的大腿小腿,脚上穿的是一双拖泥带水的球鞋。在黝黑的皮肤的光泽之中,他张开嘴,露出洁白的牙齿,他讨好地说:

　　"史老师,我,我,我来抓鸽子……我的鸽子在您屋的窗台上,对不起您……"

　　史琴心完全没有听懂他的话,她可能下意识地点了点头,也许还做了一个"你请"的手势,小伙子已经进屋来了。"请您关一下灯。"这青年说。史琴心没有反应过来,小伙子便自己关了灯,倒像他很熟悉这间屋子似的。他熟练地打开了窗户,抓住了鸽子,道了谢,又拉开了灯,走了。

　　地上留下了男青年的肮脏的球鞋的脚印。窗子没有关好。夜色中烟囱变得阴郁而且执拗。

　　史琴心这才发现,她的遮床的帷幕竟然是大开的。

　　也许这一切只发生了一两分钟。鸽子,烟囱,窗,男青年,他们都对她不抱恶意,然而,她所珍重的什么就这样被践踏了。

她呜呜地哭起来,想起了一次又一次不成功的爱情,她恨所有这些和她会过面的人,她不情愿。她觉得没有道理,不公平。

……后来她睡了,梦里,有满天的阳光,满天的鸽子,满天的歌。

音 响 炎
——不科学幻想故事

据悉,音响技术的发展前景是:1. 微型化。新式的日用音响设备可以装在口袋里,附在手表上,附在眼镜腿上,像假牙一样安在口腔里,像戒指一样戴在手指上,甚至可以吸在面庞上、上唇上、下巴上,看去只像是一个美人痣。2. 多功能化。迄今为止的音响设施都是调节音量的,今后则可调质,根据频率组合共分温柔、浑厚、深沉、威严、锐利、活泼六大型,每型又分若干支型子型,如温柔又分缱绻、体贴、娇嗔、痴热、文雅、含蓄等支型,每支型不但分男声女声,高音中音低音声部,而且分含喜含狂含忧含怒等色彩类别……3. 自动化,由电脑控制,可储存一千万至五千万种程序,分社交、讲演、谈情、吵架、外事、汇报、检讨等几大类型,每种类型分别可用联合国通用的中、英、法、俄外加西(班牙)与日语讲话,并按照用语分为最文明、较文明、文明、不甚文明、不文明、极粗野等色彩类别。如吵架类,使用时只需略加操纵,便可用六种语言发出忽高忽低的吵声:"你不讲道理!你是错误的!你这样下去很危险!你已经走上了邪路!我们的争论是大是大非问题!不投降,便灭亡……"直至"你混蛋!你是臭大粪!你绝无好下场!你妈跟和尚困过觉……"而谈情类则可用不同音质音调音量语种不停地说:"我爱你!我想念你!我每天都梦见你!你给了我温暖!你就是我的阳光!你就是我的玫瑰!你拿走了我的心!我为你如醉如痴!我为你憔悴消损……"直至"我送给你14K 的金首饰!别忘了吃药片……"

至于演员用的专业音响系统,虽然造价高一些(从每部美金一万元至五百万元），性能却更精彩绝伦，堪称似人惊人超人了。它不但包括各种曲种剧种，而且有拟梅兰芳的、拟程砚秋的、拟连阔如的、拟花四宝的、拟刘广宁的、拟张桂兰的、拟帕瓦罗蒂的、拟夏里亚平的、拟"猫王"的、拟卓别林的、拟约翰·列侬的、拟邓丽君的……各种声音储存。

如此这般，Y国到了Z年，音响发达，已经到了"但闻音响声，不闻人语响"的程度。演员在台上演戏唱歌朗诵，政治家在广场礼堂发表施政演说并与政敌公开辩论，推销员推销新型产品，导游为远客介绍名胜古迹，商人洽谈贸易，少男少女海誓山盟谈爱说情，父亲教训儿子，女儿伸手要钱，法官审讯犯人，丈夫讨好妻子，科长讨好处长，处长讨好司机……到处都是有声有色的话语、歌声、笑声、哭声、叹气、欢呼、怒吼……唯独谁也不知道哪个声音是真正出自说话人发声人的肺腑。不但不一定是出自肺腑，而且不一定是出自喉咙口腔唇舌，倒多半是出自带电脑的超级音响设施。

这是多么可怕呀！少女不知道是谁在向自己求爱——是一个男孩子还是一件音响。观众不知道自己该不该鼓掌与为谁鼓掌，是为新升空的舞台明星喝彩还是实际上在为新式演出用自动化微型音响的设计师与工艺师喝彩。外交家不知道该与谁辩论，那个滔滔不绝、颠倒黑白、信口雌黄、巧言令色的对手究竟是某国的外交部长、驻联合国大使呢，还是只不过是一部外交辩论音响。甚至吵架的时候一想到对手很可能正在闭目养神、抱元守一，而只不过是轻轻按了一下音响的"吵架键"，便使你既吵不下去也绝不能原谅宽恕对方。这种形势逼着你只有开动己方音响设备的吵架系统，最后吵得两个人都厌烦了，都气愤地摘下（或抠下挖下拔下取下）自己的设备，掼在地上，踩在脚下，大喝一声："烦死了！吵什么！滚你妈的！"

（读者放心，搞音响设计、工艺、材料、装配的技术人员早预见了这种状况，他们的音响是"禁蹬又禁踹、禁砸又禁拽、禁摔又禁踩"的，叫做刀山敢上，火海敢闯，百炼成钢，海枯石烂不变声的。）

最难过的是人们不但无法判断旁人的声音,而且无法判断旁人的长相服饰身体发肤。她脸上有两个痣,哪个是货真价实的痦子,哪个是音响?连相面的都犯愁,本来,相面铁口,是观痦而识吉凶、知天命的。她头发上多了一个卡子,他衣领上多了一粒纽扣,她手指上多了一个镏子,他钢笔的笔帽比别人的长……是不是都是隐形音响呢?

音响、音响,普天之下,莫非音响!音响科学家正在研制新产品:狗用音响,使用这种设备能使狗吠变成法国号的协奏曲。猫用音响,使用这种设备能使猫叫春变成夏威夷电吉他曲。厨房用音响,使用这种设备能使葱花放入热油锅时发出钱塘海潮的雄伟声响而当小铲敲打锅边时变成真正的滚石乐披头士。还有洗手间专用音响设备呢,您可以在那里听到气声、花腔、叫板、咏叹、下滑音、切分音……美不胜收,令人爱不释耳。

Y国Z年度诗歌大奖赛一等奖获奖者、著名诗人殷正湘仿颂孔夫子诗的体例吟诗一首,诗曰:

音响音响　大哉音响
音响之前　再无音响
音响之外　更无音响
音响之后　全是音响
音响之中　更是音响
整个宇宙　都是音响
无人无畜　但有音响
无贤无愚　但有音响
无无无有　只有音响
大哉音响　大哉音响

科学家很快把殷得奖诗人的诗制成软件,输入各式音响设施,于是到处是男一声女一声、老一声少一声、哭一声笑一声、洋一声土一声的"大哉音响,大哉音响……"

如此这般，Y国渐渐流行起一种音响综合症，患这种病的人不相信别人，不相信自己，不相信爱情的温柔甜蜜，不相信政治家的激昂慷慨，不相信外交家的滔滔雄辩，不相信歌唱家的婉转歌喉，不相信诗人的动情朗诵，不相信痛苦者的哭天抢地，不相信得意者的谈笑风生，不相信空中小姐的彬彬有礼，不相信行刑的枪声，不相信婴儿的啼哭，不相信病危者的呻吟……什么都不相信，甚至不相信风，不相信雨，不相信河流，不相信地震……这种极度的怀疑症，经会诊为抑郁型感情障碍精神病的一种，每天需要服用大量的"多虑平"类药物，否则患者会不吃不喝，对一切丧失兴味，直至失去生活的信心而轻生自裁。

在会诊过程中，有四位医生提出疑问：病人是真的患病了吗？病人的主诉与病人亲属叙述的病情是真的出自他们的心与口吗？会不会是他们的自用音响系统在替他们制造假病情、假病历，骗取公费医疗药物与请假条？他们建议将病人剥光衣服送往各种检验单位用物理、化学、B型超声波、放射线手段进行检验，消除一切具有音响嫌疑的衣服、饰物、头发、假牙、指甲、趾甲、瘤痣……后再组织最好的精神病医师与赤裸裸的病人谈话，听取病人的诉说，如此这般，方能确诊用药治疗。

其他各位医师面面相觑。最后，治疗委员会主任拍板，给被这四位医师确认为"音响综合症"的患者检验肝功能后强制服用大剂量抗抑郁药物，并交给精神分析专家对之进行心理按摩治疗。

不久，又出现了另一种类型的音响性精神病，被专家会议确认命名为流行性乙型音响综合症。得这种病的人一天二十四小时不停地操纵变化自己用的音响系统，忽而发出男高音，忽而发出女低音，忽而慷慨激昂发表煽动演说，忽而曼声柔语做出爱情表白，自问自答，自争自辩，自哭自笑，自吹自擂，自怨自艾，自思自叹，自言自语，面黄肌瘦，两眼发直，大汗淋漓，牙关紧闭，四肢痉挛，心律过速，血压增高，五花八门，光怪陆离，乱作一团……直至虚脱休克昏死过去。专家认为,这属于现代国际新型躁狂类精神病,得这种病是社会发达科技进步的重要光辉标志,需要在医生密切指导下服用大量碳酸锂类药物,严重者需要用两千伏特以上高压电对病人进行闪电式电击,击倒后再行光荣治疗。

与此同时,艺术家们在订购、使用和保护特种音响设施上狠下功夫。人人苦思冥想、挖空心思,创造运用特种音响设施的绝活儿。什么音乐,什么器乐,什么话剧、歌剧、戏曲……全靠音响!当音响帮助人人声若洪钟、声若雷霆、声若二百四十七把圆号一块儿吹以后,一位使自己的音响设备不断发出驴吼声的歌唱家突然走红。当音响能够帮助所有的话剧演员发出最温柔动听的求爱气声以后,一位天才明星主演《罗密欧与朱丽叶》中的罗密欧时,一见到"朱丽叶",便操纵设备,发出机枪扫射、大炮轰鸣、战斗机俯冲、坦克隆隆的声响,这一独出心裁的表演使他获得了该年度最佳男星称号,使濒于灭亡的话剧事业出现了生机。

于是,Y国出现了音响综合症的第三次浪潮,号称流行性现代丙型音响炎。这次浪潮以一切音响的颠倒错位为特点,病人喝茶的时候喜欢发出汽车急刹车的声响,喝酒的时候发出造爱的声响,握手的时候发出不断打喷嚏的声响,睡觉的时候发出猫打架的声响,见到老友发出刮大风的声响,见到自己尊敬的长者发出大便干燥时用力排出的声响,见到小孩子发出杀猪的声响,吵架的时候发出碰杯与大嚼的声响,碰杯与吃饭的时候发出木匠拉大锯的声响。求爱的人不再发出"我爱你,你是我的灵魂"的话语,反而要说:"你绝无好下场,你个死挨刀的!"这两句话使思春的少女们如醉如狂,倾倒没治。医生想给这第三次浪潮患者治病,留医嘱时却无论如何说不出话来,他按顺时针方向旋转微型按钮,结果发出的是武打与拳击的砰砰、嗨嗨声,再拧按钮,他说的"一天四次每次四片"的话语竟然变成了"球进了……"是足球赛现场的海潮一样的欢呼,后来又出现了警棍抽打在闹事青年的肉体上的闷声与挨打者的尖声嚎叫。

终于，数年之后，经过了国会长达三个月的辩论（辩论中刀枪剑戟、飞机大炮火箭、鱼雷炸弹原子弹各种武装音响齐鸣），通过了一项限制在公共场所使用音响设备与限制音响设备的扩音量及取缔音响用电脑的法令。法令公布前后，反对党组织了十五次抗议行动，发生了三千零五十四人次暴力事件。又过了若干年，微型自动调量调质音响转入地下，走私、私用、黑市买卖、集团转贩倒卖等活动日益猖獗。又经过国会长期辩论，决定建立反音响机构与反音响秘密警察，所有公职人员就职时都必须一只手抚摸着《圣经》，另一只手高举着，宣誓"本人从未使用音响……"

总之，"斗争"尚未结束，是非亦难定论，有人预料，Y国政局从此不稳。唯一差堪告慰者是自从国会通过了采取反音响措施后，怪病逐渐减少，各种需要用声音的演员也开始认真练声了。

发表于《收获》1986年第5期

来　　劲

　　您可以将我们的小说的主人公叫做向明，或者项铭、响鸣、香茗、乡名、湘冥、祥命或者向明向铭向鸣向茗向名向冥向命……以此类推。三天以前，也就是五天以前一年以前两个月以后，他也就是她它得了颈椎病也就是脊椎病、龋齿病、拉痢疾、白癜风、乳腺癌也就是身体健康益寿延年什么病也没有。十一月四十二号也就是十四月十一、十二号突发旋转性晕眩，然后照了片子做了 B 超脑电流图脑血流图确诊。然后挂不上号找不着熟人也就没看病也就不晕了也就打球了游泳了喝酒了做报告了看电视连续剧了也就根本没有什么颈椎病干脆说就是没有颈椎了。亲友们同事们对立面们都说都什么也没说你这么年轻你这么大岁数你这么结实你这么衰弱哪能会有哪能没有病呢！说得他她它哈哈大笑呜呜大哭哼哼嗯嗯默不做声。

　　于是乘着超豪华车在高速公路上迅跑。好不容易叫了一辆出租车，两眼盯着计费器，心中充满恐惧和疑惑生怕吃了亏。坐在牛车上走过刚刚收割过、没有铲掉茬子更没有平掉垄沟的田野，颠得屁股老高老疼。骑着马最好还是骑着骆驼走过荒凉的戈壁，梭梭柴使你打了几个冷战。走在沙漠里和走在海滨的沙滩上对于两腿来说也许并没有那么大的差异。飞机起飞，空中小姐端来了加满冰块的果汁和看电影时听对话和背景音乐和突然出现的莫名其妙的插曲用的耳机。火车的软席车厢里也坐满了"倒爷"，倒卖牛仔裤、胸罩、活王八与黑稻米。向明出差、旅游、外调、采购、推销、探亲、参观、学习、取经、参加笔会、展销、领奖、避暑、冬休、横向联系、观摩、比赛、访旧、怀古、私访、逃避追崩、随便转一转、随便看一看、住宾馆住招待所住小学教室住人民防空工事住地下洞住浴池住候车室住桥洞下面住拘留所住笼子。然后她到达了找到了误会了迷失了失落了错过了他要去的地方。

于是许多的车队来迎接献花鸣爆米花频频挥手掌声如雷。都说他是改革者是开拓型企业家是经济犯罪分子是为民请命是牛皮大王是上面支持的是被点了名的。于是谁也不认识谁它找不着接人的接人的找不着需要接的。掌声稀稀落落,脸上没有表情。于是老战友和老战友的妻子紧紧握住他的手,"你没有变""你老多了""我一眼就认出了你""我简直不认识你了",然后耳语相问要不要买点山楂梅花参。于是一摆手就扛起了行李,就到行李托运处挂失去了。

他立即到职赴任在欢迎会上宣布了三点施政纲领。她到处打电话找一个吃得好住得好设备好花钱少的地方。它扑了一个空觉得回去不好交代便叫了几个加急长途电话。她参加了第一次评委会坚决提出一切评奖不得照顾关系不得搞平衡。他一报到在领饭票的同时便交出了自己写的中英两种语言文字的论文稿。它立即检查了全部器官打了各种新发明新进口的药针。他奔走在各机关之间要求补发工资惩治诽谤者。它找来了文字音像资料没日没夜地钻研听取论证进行鉴定。她拜访所有的老熟人老领导轮番反复致敬。它一到目的地便为返程车船马狗票而使出了浑身解数三进三出七进七出。

觉得这里确是一个美好的地方,瘦湖楚楚,石山历历,名人题签,琳琅满目。觉得这里缺乏管理,缺乏养护,人满为患。尘土、污染、垃圾到处可见。觉得真是变了样了,高楼大厦,柏油马路,百货店全展销出口转内销的毛线衣,毛线衣的款式花色超出了一切记忆和想象,穿上它们好像变成了洋绅士、洋淑女。自由市场的鸭舌头鹅冠顶鱼与熊掌比天堂里的仙女还多。觉得还是又穷又破,用洋灰代替木材没有一片大理石,所谓咖啡厅雅座只配用来喝复方甘草合剂牙痛药水。青年人留的长发多日不洗不像披头士倒像在逃犯,打的领带松松垮垮,露出了肮脏的衬衣领子。建筑物上没有一块花岗岩没有一座喷水泉没有一座铜雕。觉得一点也不落后不但有书法热而且有交响乐热而且有鹤翔桩而且有艺术体操狮子滚绣球花样游泳人仰马翻而且一个小女孩准备建立国际轰炸机贸易股票公司。不但有现实主义有革命现代京剧而且有现代主义意识流非非派,飞飞飞是天桥练单杠的,凤飞飞是台湾著名歌星,而且吹吹打打之中一匹一批黑马种牛仔猪雄象被牵出台。觉得最好还是先修几个过得去的厕所免得随地吐痰随地便溺,随时又挤又推又撞打电话像骂娘坐公共汽车用过期票喝啤酒一直喝到霍乱般地喷涌而呕,用一个肮脏的塑料杯子先交押金三毛。

便应邀去看戏、电影、歌舞、时装表演。去欣赏、领会、认识、讨论、评估、判断、审决、裁定、帮助、培养修饰艺术。有热闹的喧哗和清凉的淡化,有唐尧虞舜的力比都与电脑时代的人脑的抽缩,有诚挚的呼吁与玩世的笑声与假装的喊叫。有真的探索与假装出来的神秘空灵。有诚挚的鼻涕与做作的眉毛。有各式各样的吃了艺术家的松花鸭蛋老腌鸡蛋与挨了艺术家的吐啐的、忧心忡忡的、严严密密的、大大咧咧的、左顾右盼的、一心埋头的评论家们。有狗屁不通的觉醒了自身的价值的陈词滥调的最新挑战。

便说这艺术充满了新意,是洋人扔掉的裹脚条,是秦汉以前的殉葬的俑,是哥斯达黎加咖啡里兑拿破仑白兰地与新疆烤羊肉串用的安息小茴香(即孜然)的东西方审美文明的新交融,是停留在四十年代、五十年代的老框框不能超越,是连我都看不懂的鬼画符,是观众投票选出的最佳金猴金鱼、金扇子,是挡住了去路的一丘之石,是史无前例花团锦簇,是口子开得太大了现在堵也堵不住的阴沟,是新的斗鸡眼视角,是一次紧急磋商的小题目。反正最后他她它和他们都鼓了掌都泻了肚。

讨论完了接见请吃饭,清汤挂面鸡汤卧蛋参汤泡蒜牛皮汤泡鳝。

大家给项铭香茗 Xiang Ming 敬酒敬醋敬胡椒芥末。说是这样年轻老练一定会被表扬被重用被崇拜一代新星突破。有几个这样的二十世纪的人是真正的二十世纪乃至二十一世纪的模特儿带来了微光带来了强光带来了可卡因带来了荷尔蒙带来了深刻带来了现代感带来了前途带来了野性的浪潮。其他不算。说是这样下去很危险迷航以后中途倒栽葱撞在山头上变成碎片时发出光辉巨响。说是不管怎么冲突最后还是要在孔丘的佛掌里小解翻砂凝固去掉毛刺功德圆满无疾而去变得过时了如瓜皮小帽下的尾巴。说是反正不论怎么样中国的月亮就是不圆除去他自己比太阳上的空洞还完美。说是你还是埋头搞业务不要出差开会。说是你要见多识广才是真正的创造型开拓型欧洲共同体客机。说是你至今没离婚是不是观念的问题。说是现在人欲横流人心不古还是要存天理灭人欲，台湾"考试院长"孔德成的手迹高高挂在曲阜孔府，包括北京琉璃厂也已经修起了孔膳堂饭庄，也卖烤鸭，不吃就死不瞑目。

  Xiang Ming 忍不住提出了下列问题：鸡蛋黄究竟会诱发心脏病还是有益健康？过去了的时光能不能重新倒流？新的形态与旧的形态哪个更易朽速朽？大学文凭多了是说明教育事业前进、人们的文化素质提高还是相反？一个人说得最多的话是否便是最喜欢说最想说的话？吸烟与吃名贵中药与看电视连续剧哪一样更催人早死？骂倒别人是不是就证明自己聪明？有人说他走得过快有人说过慢能不能证明他走得不快不慢正合适？会说英语的人究竟是不是一定找个洋配偶然后把小舅子也接出去？个体、集体、全民哪个更积极主动？高谈阔论的人有几个人不是骗子？四合院与摩天大楼哪一个更现代化？区分离休与退休、改正与平反的语言学家为什么没有得金奖？古人与今人拔河谁能取胜？蜈蚣金龙大风筝与波音 747 飞机哪个更伟大？做事的人与指手画脚的人哪个更聪明？冬天与夏天哪个季节更容易发生上呼吸道感染？追悼会与生活会上的发言哪个更可靠？精简机构与增加编制哪个更有效？武侠与伤痕哪个更富有崇高与英雄主义？理论家与艺术家哪一个更神经衰弱？出差与旅游哪个更费钱？向前走一百步向后走一百步是否就是回到了原处？患肠炎的人是否犯有浪费食物罪？病人住院与出院究竟是否与病情有关？诗人弄不懂的诗、画家弄不懂的画、钢琴家弄不懂的钢琴曲是否非诗人非画家非钢琴家就一定更加不懂？我爱你与我恨你究竟哪个更表现了爱情？外汇兑换券与人民币哪个更体现了民族文化传统？寂寞与红火哪个更富有进取色彩？水和酒哪个更浓？艺术与金钱哪个更美？向明与祥命哪个更像我自己？公园与监狱哪里更适合气功入定？假遗老与假洋鬼子哪个更是国粹土特产？洋河大曲低度新产品里是否掺了水？人醒了是否就意味着不做梦？是不是所有的外宾都有可能邀请你出访？急步迅跑是不是因为背后有疯狗追？把小说改成电影脚本到底算改编还是算编剧？是工作的人收入多还是不工作的人收入多？是不是所有的女子都是美的所有的科学家都科学？是不是装在纸套里的筷子一定比摆在桌面上的筷子干净？为什么喝汤一定不能踢里秃噜，为什么中国人要服从欧洲的礼节，吃东西而不吧唧吧唧地响还有什么滋味？抽水马桶是不是一定比夜壶先进？

他她它正在结结巴巴一泻千里地发问的时候就被静电棒逐出被客气地引出被恭敬地请上了主席台手术室贵宾席太平间化装后台。被授予一九八二至三二八国际地球生物年歇里贝尔庚当奖，列入世界名人录黑名单成为最佳男女煮脚……

Xiang Ming 想，现在的事可真来劲！

发表于《北京文学》1987 年第 1 期

较　　量

不去,不去,绝对不去!
不去,不去,绝对不去!
我不是叫人告诉你了么?我没有时间。对不起,我实在没有时间。工作,是的,山一样的工作。会议,文件,讲话,拍板,签发。还有,我总要读点书,想点问题,总要去看看,去谈谈。是的,我并不想完全放弃我的专业。放弃了专业也不能整天出席开幕式、闭幕式、纪念式、发奖式、庆祝式、欢迎式、欢送式、致敬式……红白喜事!而且,而且,像你这样的学会已经有几十几百几千,打着改革的旗号、群众组织的旗号成立起来,躺在大锅里要饭吃……而且你们刚成立三个月,成立三个月还搞什么纪念,还过什么生日!如果拉着我们这些人成天给你们随喜、凑份子、站脚助威抬轿,工作还做不做了?事业还搞不搞了?群众还见不见了?这样下去,简直是……

赵主任下班回到家,妻子一跟他说参加中华风光学会成立三个月纪念会的事,他就火了。他已经复信谢绝、请秘书代谢、电话谢绝、当面谢绝、婉言谢绝、斩钉截铁地谢绝五六次了。怎么又找到自己家来,找到老婆头上!赵主任把已经在肚子里转过多次的愤慨之词又在肚里转了几遍,强压怒火,垂头丧气地说:

"没时间,我实在去不了。"

"恐怕不太好。"妻子微笑着说,显得比他有教养也有涵养,"小鲁来找了好几次了,上次人家在家里等了你一个多小时,你见着人家没说几句话就一口回绝……"

"我当时赶着去开另一个会……"

"噢,另一个会就能赶,他这个会就连露个面都不成吗?小鲁说了,你不用去讲话,不用把会开完,你到主席台上坐一坐,坐十分钟就行……"

"这不是形式主义吗?我成了摆样子的了!"

"你净说这些空话有什么用?人家小鲁也很实在。人家说,你去,会议的规格就不同了,就可以租到会议厅的正厅,就可以来记者、发消息、上电视,就可以报销会议经费,还可以提高标准……而且,你去了,张老、李老、刘书记、苏主席他们才可能去,而且,张老还会答应当他们学会的名誉会长,学会的经费……"

"那我更不去了!"赵主任提高嗓门,"噢,让张老当他们的名誉会长,朱教授当会长,小鲁把自己封一个副会长,再让我们所有的头头脑脑去祝贺,其实这个学会,我看是大家给小鲁抬轿……"

"怎么能这样说?小鲁也是给大家服务么!夏天在青岛,冬天在深圳特区,人家已经宣布了学术活动的计划了么!"

赵主任看了看妻子,觉得奇怪,怎么完全站在小鲁方面?几天来,已经不止一个人向他忠告:不去不好。难道不去参加中华风光学会的成立三周月纪念真有点大逆不道、倒行逆施,导致了众叛亲离的后果么?

妻子胸有成竹地安排晚饭。

饭桌上,儿子喝了一大口啤酒以后,问道:"爸爸,您真的不去风光学会的会?"

"嗯嗯。"

"那就是您不对了。小鲁从前跟咱们住街坊,您'文化大革命'当中在家听候处理那阵,他妈妈还给咱们家提溜过两条带鱼……再说,咱们喝的这个啤酒,也是托人家小鲁买的呀!"

"什么?"

"什么什么的！您做了官,六亲不认了,我们得认呀！世界上最可怜的人是脱离了群众……"

　　"这个鱼罐头,也是小鲁送来的。"妻子平静地说,不等赵主任的抗议,连忙接着说:"我把那条香烟送给他了,你抽烟抽多了,容易得癌……"

　　电话铃响了,赵主任起身走向卧房兼书房,回头告诉家人:"要是小鲁的电话谈那个事,我不接。就说不在好了。"

　　妻子和儿子相视一笑。

　　在隔壁房间,听不到具体的声音,但是听得出笑声和话声的和谐融洽。

　　一晚上赵主任埋头处理文件,快十二点了,他才顾上拿起当日的报纸看。

　　有极轻柔的敲门声。

　　妻子去开门。回来说,小鲁来了,只需要对他讲一句话,一分钟就行。

　　小鲁给他鞠了一个躬,坚定沉着,谦虚文雅,用讨好的目光死死盯住赵主任,吐字清晰地说:"我从张老那里来,他答应了出席我们的会,担任我们的名誉会长。这是他最近发表的一篇回忆长征的文章,他叫我带给您,还说请您指正。对不起,打搅您了……"

　　张老参加这个会？上次张老为合资企业开工剪彩,他没去,后来机关里的同志都告诉他,张老问了:"赵主任呢,怎么没有来？"

　　第二天,机关的同志都劝他此会还是参加的好,你不参加,人们只能认为你是摆架子,比张老的架子还大,对张老也不够尊敬。

　　"那就再问问李老、刘书记、苏主席、黄厅长、陆局长他们……"他对秘书说。

　　半个小时后,秘书告诉他:"李老说如果张老去他就去,刘书记说已经得知张老和李老都去的,所以他也一定去。苏主席说多半会去的。黄厅长、陆局长……说听您的,您去他们就去……"

三天以后，到了开会的那一天。一大早，小鲁来了个电话，只说了一句："他们都来……"

　　赵主任长叹一声："去，去，一定去！"

　　到了会场，进了贵宾休息室，见到了刘书记、苏主席、黄厅长、陆局长……只是并没有张老和李老的影子。赵主任一阵怒火上冒，觉得自己上了小鲁的当。他可知道现在一些年轻人啦，拿他的名字去骗张老，再拿张老来压他。说也怪，他又有理又有权，但最后总是乖乖地听从小鲁他们摆布。

　　小鲁兴高采烈，忙上忙下，与各位首长专家握手、摄影、摄像、倒茶、送纪念品，容光焕发。

　　赵主任顾不上再寻思张老李老为什么没来，掌声热烈，气氛红火，融洽和谐的气氛使他不再钻牛角尖。一次成功的会议，正等待着他们这些贵宾迈上主席台，主席台上挂着鲜艳的红绸横幅。他已经学会，出场的时候含笑扫视一下大庭广众，略略地挥一挥手。

发表于《人民日报》1987年1月4日

手

太忙。友谊也就成了奢侈。一位没有忘干净名字的小学同学。想谈谈,吃着烤白薯走过的胡同,老师的绰号,爱噘嘴的同位子女生。一位老同事,结婚时吃了许多脆枣,值夜班时六轮手枪走了火……叙旧就像什锦火锅,好吃,但要吃得起。他推辞掉了。

等离休以后,他一定天天吃什锦火锅,喝着董郎一类的酒怀旧。冲这一点,也得废除终身制。

但是秘书还是要他接见了她。她老伴十天前死了。死者是无官无名无足轻重的角色,是他的下属的下属的下属。但是死了,重要了最后一回。而且女同志说,有重要的话,面谈。

女同志含泪给他鞠了一个深躬。五十多岁样子,头发差不多都白了,喘气挺重。他吃了一惊。年轻的时候,他们这一辈人对领导倒是衷心拥戴尊敬。轮到他当领导了,他更习惯的是被抱怨,如果不是被嘲笑和被没完没了的纠缠。

"谢谢您!谢谢您!"女同志用嘶哑的嗓音说,准是哭哑了的,"我丈夫最后的时刻还说到了您。"

什么?说到我?怎么会说到我?吓了一跳。死人的事是很麻烦的。不开追悼会就更麻烦。要停尸谈判。讣文上要加更好的形容词。党龄要往早里算。不光彩的一切要往没里平反。还要解决亲属的城市户口。通往火化的道路坎坷崎岖。

女同志含泪而又不无欣慰地继续讲下去:"我丈夫说,他一事无成,他微不足道。但您关心他,您关心了他。您是唯一关心了他的领导。现在您的职位和声望更加显赫了,而他得到了您的关心。您使一个小人物临终时感到了温暖。谢谢您!死者感谢您,九泉含笑。后死者也感谢您……对不起,我耽误了您的时间,再见,告辞了……"

请留步!这是怎么回事?素昧平生,毫无印象,却奉献了跨越两界的感激之情……无功受谢……但是,怎么办呢?对一个服丧的未亡人说,不,我根本不认识你,也不认识你的丈夫,你的感谢像是在发昏,没有什么值得温暖和感激的……

"这个这个,"他说,"请保重,请节哀。有什么困难,有什么需要我们做的……请留下地址和姓名……"他看到了女同志的眼里的泪花,他的眼睛也湿润了。

五天以后,随着汽车驶过一个坑洼时的大颠簸,他想起来了。两年前,他担任厅长的时候,去省委开会,随着一个颠簸,车抛锚了。司机说,要半个小时才能叫另一辆车来。他没有法子,便走入附近的一个居民楼。恰好他的一位下属的身患不治之症的下属住在这所楼里。他去看望了他。他看到一个苍白的蓬首垢面的病人,因他的到来而显出笑容。他永远忘不了病人从被子下面伸出的细瘦枯黄带汗的手。那手握他的时候,竟比他的健康高贵的手有力得多。回家后他为洗手打了三遍扇牌肥皂。他没有说是因为车的引擎出了毛病。他没想到这个病人又活了那么长时间。

他不知道应该自责还是自慰。是用一种古板的诚实、冒着刺伤善良者的危险退回他不配得到的感激?还是就这样接受一个人临终前念念不忘的刻骨铭心的感情?他看了看自己的手,觉得掌心发热。确实有许多待援的手伸向了他。

发表于《人民日报》1987 年 1 月 4 日

庭 院 深 深

那时候我刚刚搬回城里来。惊魂乍定,当人们视我为正常的人的时候不知道该哭还是该笑。当人们能够大声说"雪是白的,而煤是黑的"的时候不知道该欢呼还是该保持痛苦的沉默。我住在一个亲戚家里,妻子住在集体宿舍,孩子住在另一个亲戚家里,仅有的一点"财产"放在另外一个亲戚家里。无怪乎中国人懂得亲戚关系的重要性。那时候可以唱《洪湖赤卫队》了。一唱起"洪湖水,浪呀么浪打浪"的时候,我禁不住满眼是泪。

一天晚上,两个陌生人来找我。一个是晒得黑黑的男人,一个是白白净净的女子,两人都操着浓重本色的外地口音。见到生人,我有点局促不安,觉得这事有点蹊跷,便语无伦次地问人家有没有带介绍信。

"你是作曲家刘鸣吗?"

我摇摇头。

"你不是儿童歌曲《小燕子》的作者吗?"他们倒是很亲热,好像我是他俩的表弟。

"这个这个,"我推诿不过去,"小燕子小白兔,这算什么作曲家!我以为人们早已经忘记了……我瞎写过一点点,非常可怜的一点点。"我几乎哭出声来,"后来就不写了……"

"可是我们的老院长交代,一定要找到你!为了找你,我们俩打问了多少地方啊!"两个人异口同声地说。

两个人都是音乐学院的老师,一个姓陈,一个姓李,他们的院长,就是鼎鼎大名的赵恒安教授。

"下个月要在我们学院召开一个关于群众歌曲的座谈会,赵院长说,一定要把你请来。"

"我,刚搬回来,工作还不知道分到哪儿,也许分到煤厂或者环境卫生局吧?我与儿童歌曲在一起,只有一年多的经历,以后二十多年,都是和煤炭和扫地混在一起。"

他们笑了,那么宽厚,那么叹惜。"那就更需要恢复您的业务活动……来回的车费在我们学院报销……"

我迷惑,不知道我的业务活动为什么不是盖有年矣的采煤或者扫街而是昙花一现的作曲。作曲!我要好好地控制自己。报销!就是说我已经是国家的人了。光明正大地上车,理直气壮地买卧铺,出差!我要出差了,出作曲家的差!

赵院长!李老师!陈老师!刘鸣啊,小燕子,穿黑衣,小白兔,耳朵长……夺人魂魄的童声合唱!

我去开了会。我来到了他们所在的古老得不能再老便也永生不衰的城市。笼罩在所有建筑物与街面上的尘土,就像极安全的保护层一样。我去看望了赵院长、陈老师和李老师。最难忘的是他们的住所,那像是一座圣洁的宫殿。油漆剥落的黑门、高高的院墙,老远便可以看到正在由绿变黄变红的树冠。足有一间屋子那么大的门洞,然后是一座似乎遥远的、与我久违了的院落。窗前有丛竹盆花有废弃了但风韵犹存的石凳石桌。赵院长住在正房,两位老师住在两厢。南屋住的是一位新婚不久的青年助教,小朱,十足的毛孩子。奇怪的是布局:一个院子连着一个院子,住宅在最外面一个院子,通过这座院子的南屋边侧的小门,是中间的院落。中间院落八间房子是学院的资料室,每个门上都曾贴满封条,挂上铁锁,直到封条变朱,铁锁生锈。这时门早已被打开,封条已经断裂,但还没有清洗除去。铁锁白天打开，到了晚上仍然要挂上，室内横七竖八地堆满了各种书籍、乐谱，架上和地上都是唱片和唱片的碎片。这八间房子本身就在鸣响，就在唱歌，关于一场劫数和并没有被劫数毁掉的善良、高尚、艺术。庭院深深深几许？院里有两株枣树，枣树枝上缀满放红的枣儿。枣儿温柔而又俏皮，它们竟然完全没有接受"文化大革命"的洗礼。有一只老猫蹲在树杈上欢迎作曲家和准作曲家的归来。猫的目光沉重而且充满狐疑。两间南屋的侧旁，又是一座未上油漆的小木门，穿过这个门，进入了第三重院子。第三重院子只有南房和西房，分外高大。房里坐着一些面黄肌瘦、衣衫褴褛、两眼灼灼发光的人，筹备恢复院刊的事宜。就是说，这是院刊编辑部的办公室，只有台阶上摆着的美人蕉显得鲜艳。编辑部的人约我写文章，我多少要努一点力，才能做到不怀疑自己可以写文章，也不怀疑这些穿着褪色灰、蓝华达呢布料标准制服的人能重新办起享过盛誉的这所学院院刊。造访了这样一座三重院以后，我最感到不可思议的是为什么一个有这样深深院落的国家会爆发"文化大革命"。

后来赵恒安院长和李老师、陈老师请我吃了饭。饭馆设在闹市路口，三层楼。黑漆剥落的大圆桌，我们四个人占了不到半个边。一片嘈杂，不但许多人在吃酒，也有人在划拳，在吵架，在叮叮当当地用筷子敲响碗碟。我们喝了不少的酒，吃了辣子鸡丁与四喜丸子。我喝得很多，有点醉，畅谈了对艺术和人生的许多辛酸而又犀利的见解，惊异于一见如故的友谊竟是这样醇厚动人，惊异于人和人能这样快地相通相和。

  人之相知，贵相知心！
  人生得一知己足矣！
  乐莫乐兮新相知！
  海内存知己，天涯若比邻！

我们回味着这些旧而弥新的话语。我们几乎是不无得意地诉说着各自的坎坷经历——对于能够活到今天而且在这里吃酒感到分外痛快。我说:"我从来都充满信心!我早就说过,世界上还是好人多!不管怎么斗来斗去,像狼一样不是你吃掉我、就是我吃掉你,最后,人和人的心是贴在一起的!"

"你没有失去赤子之心!你一定还能够做许多美妙的儿童歌曲!"赵院长慨然地说。两老师也都点头附和。

我的新生命就是从这次音乐学院之行开始的。闹市口三层楼上,痛饮三杯以后,我的脸变得红润了,而这红润一直保持了下来。

三个月以后,我为院刊写下了自认为是相当精彩的文章。我又去这个城市,亲自去送稿子。

已经入冬,刚刚落过一次大雪。为了不给别人添麻烦,下了火车以后我先就近吃了半斤馅饼,然后满嘴油光光地去编辑部。

第一层院子悄无声息。披雪的竹子显得分外秀气。雪给旧石桌加上一层银面,呈现出一种沉稳的深思情调。有一只公鸡似乎是由于寂寞无聊而啼鸣了一声,而后由于目的不明便戛然而止。它缓缓地迈动步子,在薄雪花上留下小小的竹叶似的足迹。第二个院子有来来往往的几个中年人,都忙着自己的事,没有人注意我,我也不认识任何人。已经从共庆劫后余生发展到了各自忙着干事的时刻了。枣树上的积雪随着人们的走动而些许飘落,好像冥冥中有什么东西在运转动作。第三个院子尤其安静,我打开院刊编辑部正房的门,又掀开一个白门帘子,进到屋里。

屋里没人。办公桌虽然简朴,但都是新的。从桌面的情况看,都有主人,都在工作。屋子正中安放着一个旧式的铸铁炉子,炉子烧得很暖。炉子上有一把铝水壶,水壶里的水快要滚了,细声细气地发出曲折有致的声音。我坐在破旧的沙发上,欣赏着散乱地摆放在各个桌子上的稿纸、信笺、胶水、订书机、笔架,欣赏壶水的冬日咏叹调,觉得无比的舒服。我已经好久没有过过这种舒服的日子了,我已经好久不知道世上有这样舒服的院落、舒服的房间、舒服的火炉、舒服的旧沙发了。胃里的馅饼开始发酵释放温暖的疲倦，我的感觉像是喝醉了酒。我睡着了。

我的文章就是这样送到的。我就是这样开始了第二次音乐生涯，而且，从此，我不再把精力集中在儿童歌曲的创作，而是转而从事音乐的理论研究了。

尽管赵院长、李老师、陈老师和许多知我爱我的朋友都鼓励我继续从事儿童歌曲的创作，尽管我自己也一再地重温做《小燕子》的旧梦并且一次又一次地重新尝试，尽管六一儿童节的时候我被邀请参加少先队的升旗仪式，在军号与小鼓的伴奏下被戴上了红领巾，本地的妇联与共青团领导人接见了我并勉励我继续献身于为孩子服务的事业，尽管不止一个人说我还有童心……然而，我没有写出来，我写不出来。我在梦里常常做出一首又一首美妙的儿童歌曲，一醒，无踪无迹。我脑子里浮现出的儿童的天使般的旋律天使般的声音，总是不等我捉住就迅速地被狂风暴雨惊涛骇浪和种种庸俗计算的场景所淹没。我希望我能回到小燕子与小白兔的心境，但刚一靠拢这种心境就被不知什么样的一只手（也许是脚）给推（踢）开。而且，当我发现我已经写不了儿童歌曲的时候我一滴泪也没有，似乎早已料到似的。本来，当李陈二位老师来找我并且提到《小燕子》的时候我差一点就失声痛哭了。

如你们大家所知道的，三闹两闹我成了音乐理论家。一家东拼西凑的文摘刊物说我是"艺术批评家"，一家随风倒的大言不惭的报纸在报屁股上发表文章说我是"艺术哲学家"。天知道什么叫艺术哲学家，反正加点新型冠冕大伙都快活。"戴帽子"确实是人类文化的一大创造。

而我就沿着这么一条音不音论不论、创（作）不创评不评的路子"发达"起来了。

我相信这一切都应该感谢赵教授和两位老师。我相信当时还没有变得像如今这样时髦的偶然性，机缘与非决定论。我不止一次地想过，如果赵恒安教授不是在五十年代偶然地接触了《小燕子》，或者虽然接触了《小燕子》却因为忙、因为学院派的矜持、因为缺少睡眠或者因为与妻子吵架破坏了情绪而根本不注意这个歌子和他的作者，还会有许多可能的甚至几乎是必然的偶然。任何一个偶然都会使他们不发出召唤。而没有召唤，我也就只能是心如死灰，我不会再与任何音乐打交道。从档案上看，我更适合分配到煤厂或者环境卫生局。从一九七九年我的心情来说，我只希望找一个平安的工作度我余年。我希望我能去做收发、能去电影院收门票，更富有幻想色彩的便是去图书馆当管理员。我知道那些年每一百个知识分子里就有九十个申请去做清闲的养老性工作。

头几年，我和赵院长通过几次信，寥寥数语，一片真情。我称他为老师，他鼓舞我耐得寂寞，献身孩子。他把他的著作译作寄给我，我也把我满天飞发表的论文寄给他。其实我不寂寞，而是名噪一时。从煤矿回来的时候连音乐家协会的会员都不是。五年以后，我已经是本市的音乐家协会主席。

一九八三年我给赵教授写信寄文章，没有回信，一九八四年新年春节我写信拜年，也没有得到回音。从报纸上的消息里我得知，赵院长已经离开学院院长的岗位担任该市的人大常委会副主任。一九八四年秋天，赵副主任到我市来开会，事先没有告诉我。我听说后，连忙到招待所去请，总算把这位有恩于我的大教授请到家里——已经是三室一厅了——招待了一顿晚饭。言谈之中才听出他对几年来的音乐创作和音乐理论颇多微词，他看不惯像雨后的蘑菇一样冒出来的一批年轻人正在像雨后的蛤蟆一样到处呱呱地叫。他相当委婉地对我说：

"你现在情况不同了。你年轻，又有本事，又会来事儿，叫做乘扶摇而直上兮，挹彼朝阳。你的前途未可限量……"

"您永远是我所敬爱的前辈……"我诚惶诚恐，愧恧无地。

"什么前辈,不能望其项背！不过是垂死挣扎罢了,只怕当垫背的人家还不要呢！"

我大惊,出了一头汗,觉得是自己的不是了。正想请罪敬受教益,他却换了一副轻松口气,谈论起文坛乐坛的一些桃色新闻来。

我给李、陈老师也写过几封信,少有回音。

鱼相忘于江湖。我想。我们的日子都好过了,各搞各的业务、事业,与一九七八年七九年共庆劫后余生的心境处境大不相同。这也是可喜的吧？报纸上不是喜欢说形势喜人,长势喜人,成绩喜人吗？

然而,涸辙或刚刚离开涸辙的曾经相濡以沫的鱼儿们,彼此是永不相忘的。不是相"忘"于江湖,至多是相"不通信"或相"不聚会"于江湖罢了。互相记忆着,纪念着,感谢着与祝福着,却又少通消息,身边都是一派汪洋。无际的广阔与缥缈,这不正是鱼生涯的美丽么？

然后,不断地传来消息。非鱼。说是赵恒安教授对我不满,在几次讲话里不点名地甚至点名地批评了我。甚至于说什么对于这样的人他就是不服气。我不信。我讨厌向我传递这种消息的好事之徒。然而,一位儿童歌曲的作曲家、年轻的后起之秀,拿来了赵教授亲笔给他的信：

……对那些锲而不舍地为孩子服务的人我是尊敬并引为同道的。而对另一种人,他们靠写儿童歌曲起家,靠孩子混入文艺队伍,拿孩子当敲门砖敲开门之后,立刻把孩子丢在一边,用莫名其妙故作高深的什么音乐评论艺术哲学来装点头上的虚假圆光,并卑劣地攫取高位,达到个人向上爬的目的。对这种人,我绝对不能服气！我只恨自己瞎了眼,不该向他伸出援助之手！

我涨红了脸,几乎控制不住自己。这是说我吗？我什么时候坏成了这个样子？他有什么根据这样恶语伤人,不惜用最世故最陈腐最庸俗最肮脏的词字来中伤我,而我一直是用怎样美好的情操来感恩戴德地思念他、颂扬他呀！以堂堂前辈之身份,他说什么不服气？

我对他可是绝对服气的哟!这不是说我吗?全中国写过儿童歌曲的人我如数家珍,全中国搞音乐评论的人我了如指掌,怎么可能有第二个人能与赵老的谴责沾边呢?

我没有哭。我只是更加悲哀绝望地确认,我确确实实是俗欲蔽窍江郎才尽,再也写不出一首《小白兔》《小燕子》来了。

这里面一定有一点误会。我相信。赵老清高狷介,"没有无缘无故的爱也没有无缘无故的恨"。反求诸己,几年来处顺境而得意忘形乎?发议论而逾矩出格乎?出头面而沾沾自喜乎?行人际而目无尊长乎?执师礼而不忠不敬乎?求"艺""术"而背离大道乎?多谈笑而玩世乏恭乎?以及一切待人接物,与名与利,生活起居,文明礼貌,风纪仪容,男女授受……凡有未能免俗的地方、律己不严的地方、粗疏不周的地方,我都反省了一遍。确实感觉今是而昨非,人是而己非,发现了不少问题、教训。自觉千疮百孔、体无完肤、汗流浃背、如坐针毡,真不知何以自处以谢天下。

然而,我仍然不明白我到底做了些什么,使敬爱的赵老如此悲愤,如此恶言。

我想给他们写信,直接或间接地问问对我有些什么指教,又觉得很难措词,觉得师出无名,觉得问之突兀、问之无礼,觉得讲也讲不清楚。弄不好倒像是杀上门去叫阵,使背后或有的流言变成当面无可挽回的龃龉。信没写成。这样的信比《德彪西论》或者《龟兹古乐探源》难写得多。

两年以后,我终于有机会第三次去那座古城。下了火车还想去吃馅饼,想不到馅饼铺翻修一新,变成了供应南北大菜、海味山珍的高档菜馆,门口停着好几辆豪华旅游车和小轿车。我来到昔日一醉在此的闹市口,那里矗立着一座银行大楼、一幢省府联合办公大楼、一幢多功能大礼堂和另一幢门前有道道喷泉的当地与港商联营的"贵人大酒家"。古旧的城市正在焕发新的形色,抚今思昔,令我感慨不已。

最令人激动的还是去看望赵院长与李、陈老师。说下大天来,我相信我们的友谊,相信共同的命运带来的共同的语言,一经谋面,一切或有的隔阂,必定烟消云散。我来到了他们居住的地方……我找不到他们居住的地方了。虽然已经看到了古城如此巨大的变化并对一切变化早有思想准备,我仍然吃了一惊。

没有寂静古老的小院连着小院了,在原址上出现了两幢像是在模具里压出来的楼,岿岿然,摩登然。我首先找到了赵恒安副主任的家,四室一厅的房子住着两套,当然是鸟枪换炮。紫红绒面拼接式沙发。钢琴。墙上挂着外国工艺品。一个牧羊女浮雕令人沉醉。长角魔鬼面具。艺术柜里摆着一队皇家卫队玩偶,上上弦以后客人就可以检阅皇家卫队。茶具是双层镂花的外国瓷器。喝的是八九块钱才能买到五十克的真正西湖龙井。

"也许你要巴西咖啡?"赵老笑容可掬地问。

"或者,要不要喝点酒?茅台还是科尼亚科(一种法国产白兰地)?"又问。

赵老谈兴很浓,古今中外,艺术人生,做人做事,从政从商,他都有自己的见解。仍然是一见如故,仍然是故人挚友。他谈得热情、高雅、开阔、潇洒,既保持着足够的尊严与身份,同时又十分地尊敬着来客——我。在谈到艺术哲学、儿童歌曲——我有意地把话题引了过来,我不能白来一趟,言不及义——他哈哈大笑:

"创作是不能勉强的啊!现在不写以后写么,写不出来慢慢写么!工作也总是要人做的,理论也总是要人做的喽!哲学也总是要探讨的啦,言之成理便是一家之言嘛!如切如磋,如琢如磨,正是兴旺发达的表现呀!"

显然,或者是他根本没写过那封信,或者是写了指的却委实不是我,或者是一时听了什么话写了,早忘了。道声惭愧,倒是我狗肚子鸡肠了。

我问到陈老师与李老师,并说我总是得不到他们的回信。赵老问我是怎么给他们写的信。我说,每次只写一封,有时是寄给陈并托转给李,有时是寄给李并托转给陈,赵老连忙摆手,一面摆手一面笑,笑得把法国酒呛到喉咙里。他咳嗽剧烈,我给他捶背,给他端痰盂。许久,他大喘着告诉我:

"怎么能这样写信呢?这样写信虽然节省邮票,但究竟有没有诚意,对谁有诚意呢?"

看看我的迷惑不解的表情,他解释说:"这几年,他们二位有不少分歧的意见。偏偏一九八二年提工资,提了李老师,没有提陈老师。八四年评职称,又评上了陈老师,没有……加上一些人在中间传话,搞得两个人关系很紧张……只好让他们两个人都退了下来。本来,我是一再推荐,这两个人谁都可以当院长接我的工作的,结果是两败俱伤……现在关系仍然紧张……"

"我要去看看他们。"我有点激动,好像还有点责任感,有点信心。

"算了算了。很难办,如果先去看陈老师,再去看李,李就会给你吃闭门羹。先看李,后看陈,陈也会不接待你。如果你瞒着一个看一个,就更加得罪人……这不是,我也很久不去看望了。每年春节打个电话拜年,他们大概测不出我先给谁打的电话。"然后他建议,"你去看看小朱吧,就是原来住南屋的那个小伙子,他现在当院长了。"

小朱当院长了,这么快?真是没有想到,可想想我自己的状况,不也是个"没有想到"吗?

我还是去看了李老师与陈老师。不巧,两个人都不在。给我开门的他们的孩子各自用拒人于千里之外的目光看着我,我好难受。我在监视下给他们各自留了条子。

我去看小朱,倒也一见如故,他流露着机灵,也流露着得志者的狂气。言谈中,对赵、陈、李似乎都不算尊敬。当然,兔子不吃窝边草,他没有说他们有什么不好,只是时而说到什么人什么人"老化"

了，什么观点什么学说"过时"了。我忽然敏感，在他的心目中，我也该算是已经老化和过时的了吧？复出以后，我冒得快也老得快，真是把失去的时间补加进去，生活得愈来愈速熟即食方便化了。

应对中我略有分心，小朱便送给我三年的院刊合订本，也算是送客的暗示。合订本很厚，装订得很讲究，拿在手里很有分量。我便告辞。"下次再来，下次一定来，下次去贵人大酒家吃烤乳猪！"小朱，不，朱院长豪爽地笑着说。

我走出了十几米，回头望望。一幢工作楼十一层，一幢住宿楼九层，在当地，就是够高的了。两座高楼是那样熟悉又那样陌生，不容分说地取代了破落的深深小院。年轻有为的院长告诉我，两幢楼的建成正是他的政绩，他一上任就先抓基建，大得人心。特别是由于宿舍楼的建成，目前学院的老教授都能占有住房六至八间，副教授占有四至六间，讲师三至四间。助教和行政科以下职员，至少也住进了两间一套的单元房。真是成绩昭然，不能不服气。

"你们原来的院子多有特色啊！"我不无惋惜地说。

"那院子怎么解决得了这么多人的住房呢？赵老原来也只不过住了三间，加起来才四十平方米！现在呢，现在给了他使用面积一百四十多平方米！"朱院长雄辩地说。

两幢楼是差不多按全国统一标准盖的，规范得叫人五体投地。红砖、洋灰板、预制件，长方形的窗户排列整齐。亮着许多灯。窗帘倒是各式各样，电视天线五花八门，传出来各种声音。人们居安思定，安居乐业，速成地完成着现代化。天这么晚了，还有炸大虾的腥香之气飘逸出来。还有西德歌星尼娜唱的《九十九个气球》与柏辽兹的《幻想交响乐》此起彼伏。音乐学院的教职员工，谁家没有夏普或者菲利浦？还有钢琴、电子琴和管乐器的试奏呢。我腋下的院刊合订本越走越重。不知道现在的编辑部什么样子。反正不会有铸铁火炉，不会有水壶的咏叹。当然，也没有丛竹，没有枣，没有老猫和公鸡。也没有雪——不是季节。住高层楼房，离雪和雨也是远的。我自己不也住到楼里去了吗？叫做单元楼房。哦,你亲切寒碜的三连小院啊。

诗曰：

庭院深深深几许,大楼历历历何年？

滔滔新曲歌舒慰,眷眷故情写惘然……

发表于《人民文学》1987年第8期

吃

访 旧

　　住院的时候见到了分手三十多年的老同学。英敏进病房的时候看了一眼先她住到这间局级领导干部病房的苍白虚胖的病友。"心脏病或者糖尿病，"她想，"瞧，头发都灰白了，完全不懂得健身之道的体型。"病友迅速地瞥了她一眼，那目光的机敏清澈使英敏若有所动。

　　半小时之后，当英敏睁开眼睛，看到了一双仍然年轻的眼珠正从衰老憔悴的眼眶里盯视着她。

　　"您是不是杜英敏？"

　　"是的，那么，您？"

　　"小英子！"

　　"地——球——仪？"

　　姓狄，又胖，原来绰号是皮球，杜英敏觉得皮球不足以表现狄清仪的风度，给改了称呼……

　　由于寂寞，由于生病，由于病中暂时的对于熙熙攘攘的纷争热闹的脱离，住院期间，年过半百的她们似乎恢复了一对中学女生的无间友谊。谈论中学时代的往事，就像谈论不可企及的神话。

　　狄清仪先出的院，留下电话住址，千叮万嘱："小英子，出院以后一定到我家去，带上老伴儿！"

……一出院就又忙起来了。"还没去看过狄清仪呢。"心里像是有笔账。

"明天下午三点我到你家。吃饭？不吃饭。你知道，我胃病还没有痊愈。四点我还要赶到××座谈会上去，认认家门，喝杯茶……"

她没有带老伴儿。狄清仪的老伴已经去世一年多了。唉！

进狄清仪的很不错的住宅的时候，杜英敏又一次沉浸在青春易逝、转瞬老矣的感慨中。一打开门……却完全是一副宴请的气氛。空气里弥漫着类似炸大虾的油香与海味鲜香与老陈醋、芥菜的气味。前厅的五斗橱上已经摆满了凉盘、酒瓶、饮料瓶子，厨房里刀板声、锅铲声铿铿锵锵。连簸箕里的待清除的垃圾也花花绿绿，琳琅满目。

"这是怎么了？我刚吃完午饭。晚饭？现在怎么能吃晚饭？四十分钟以后我就得走，车还在下面等着呢。什么？司机打发走了？我……我的胃……"

狄清仪累得气喘，只是重复着："三十多年没见，来一趟不吃饭就走怎么行？"她告诉杜英敏，为了做饭，她找了两个帮手，两个帮手都请了假，专门来帮助她招待客人的。她的三个孩子，今天也都将提前下班，为的是来见杜阿姨。

多么热情，多么好客，多么隆重！而肝癌，万恶的肝癌夺走了狄清仪的终身伴侣的生命。她能不吃吗？为了友谊！

为了友谊她取消了下午和晚间的一切活动。为了友谊她忐忑不安而又强颜欢笑。为了友谊她拼命吃喝，当天夜间再次叫急救车送到了医院。

狄清仪也累病了，卧床好几天。

出院以后，接到了狄清仪的电话，她要来"回拜"了。杜英敏和丈夫商量："我们应该炒哪几样菜，烧哪几样汤，做哪几道甜点，才能报答上次人家招待的深情厚谊，才能算是不失礼呢？"

迎 宾

一位高贵而又亲密的老友，一位来自国外、受过洋洋的教育而又具备深深的"土"根的客人将要来了。严重的问题是：请他吃什么？

爸爸说："妈妈正在生病，这次包在我身上。我会做龙须面，这就像杂技，他见也没见过的……"

"算了算了！"爸爸的话没讲完就被女儿打断了，"您的龙须面我们算是够了，跟个死疙瘩似的，根本就不合格。"

儿子说："目前世界的潮流是追求高维生素和高蛋白。您的龙须面，只有高脂肪与高糖类，就是高碳水化合物。动不动就过油，就煎炒烹炸，烟熏火燎，这实在是中国烹调的一大缺点……"

"胡说，你懂什么中国烹调？你吃过燕窝鱼翅满汉全席吗？"

"我没吃过又怨谁呢？在我小的时候，您弄来过全席、半席、八分之一席、十六分之一席吗？还满汉全席呢，大清帝国早就亡了七十多年……"

妈妈制止了父子的争吵，和平而又坚定地说："龙须面只能当点心吃。再说，你的龙须面的水平很不稳定……"

女儿讥诮说："还杂技呢，来个破假洋鬼子，老爹您干脆给人家翻个'倒毛'吧！"

"你……"

妈妈排除干扰，继续说："每次来客人都伤透了脑筋，左一个花样右一个新招，没有一样吃好了的。没有把握的事，等客人走了咱们自己再试嘛，做成狗屎也不要紧嘛……最后还不是得靠我收拾残局？别说空话了，来客人，还得靠我的'老三篇'——鱼香肉丝、香酥鸭和什锦火锅！这三样，从我的姥姥那一辈就喜欢吃，也会做！"

爸爸、儿子、女儿都用鼻子哼了一声。

妈妈认为这至少是无反对意见的表示，布置了采购任务以后，自己忙活起来——累得哼哼唧唧的。

有朋自远方来的这一天到了。早上,以妈妈为首的全家便投入了烹调准备。妈妈嫌女儿切的肉丝太粗,长短不一,自己夺过刀来。才两下,手一滑,割破了手指。便埋怨刀为什么这样钝,责任在儿子,他应该磨刀的。手指风波过去了,又发现鸭子蒸得过了火,把肥鸭肉蒸得全部融化,把瘦肉蒸老了,还怎么做香酥鸭呢?

"咱们还是吃饺子吧。"女儿说,"您想想,人家住在高级饭店,三天一大宴,两天一小宴,川、粤、鲁、淮扬四大菜系的菜吃了个六够,谁还稀罕您的'老三篇'?别说肉丝切得有长有短有粗有细,鸭肉又蒸过了火,再说这个鸭子味就不对,就是一般长一般粗细的肉丝,现在哪还拿得上台盘?用几指膘的肉请客的年代早就一去不复返了,咱们又不是农村……"

"吃饺子富有生活气息。不仅仅是吃,而且是一种中国方式的生活,当然,是北方的。"父亲说,"一个人擀皮儿,大家一起包,客人也参加包,立刻缩短了距离,好像混得更熟了……"

"这叫参与意识!"儿子说,"客人如果仅仅作为食客,是尴尬的,是找不到自己的位置的。在外国,虽然不包饺子,但是客人和主人一起下厨房,一起洗碗……"

"你什么时候去过外国?张口外国闭口外国,外国的饺子也比中国的圆?"女儿尖刻地说。

"据说一个美国人吃过了中国饺子以后建议把研究星球大战的经费用来研究中国饺子。只有中国的饺子才能征服世界!"儿子说,不知憋着一股子什么气。

虽然有"外国"问题之争,吃饺子却倏地变成了人心所向,大势所趋。妈妈完全认同,愁眉苦脸地看着染血的绷带包着的手指,也变成了饺子派。

展开了饺子馅里要不要放虾仁的争论。女儿坚持放,说是不放虾仁就失落了饺子的灵魂。父亲赞成女儿的建议。妈妈坚决反对放,说是放虾仁就该放鲜美白亮的虾仁,而咱们的虾仁,又腥又臭,一放,什么别的味儿都没有了,只剩下变黄了的咸带鱼的味儿,其结果是淡化了饺子本身。儿子站在母亲一边,并且问:"你们知道这虾仁是怎么晒干的么?我那年去烟台,亲眼看见的。好虾吃鲜,变质的才晾晒。晾晒的时候,布满了苍蝇,许多是绿豆蝇!"

女儿大怒:"干吗说话这么恶心人?我不管了!"

父亲说:"二比二,听谁的?咱们家人口要是单数就好表决了。"

女儿更怒了:"我知道是多余我,我已经嫁了人了,但我不愿意跟他在一块儿!我看着他就像看一个——苍蝇!就不许我回来住了吗?"

恰在这时,电话响了,女儿的"苍蝇"出了车祸。虽然对方一再说是轻伤,女儿还是心神不定地走了。即使嫁了个苍蝇,毕竟也是丈夫啊!

一时六神无主。这时,好比天上掉下了观音菩萨,就在女儿出门的一刻,小姨来了。小姨问明情况,立即以极强的参与意识下令吃西餐,主菜是利比鱼柳、德式煨牛肉、新加坡式烧鹌鹑。三道,接待总统的规格。对于"哪儿来的鹌鹑"的问题,小姨回答说:"胡同东口的自选市场就有,多着哪,没人买。"

父亲犹犹豫豫。儿子欢呼赞美。母亲说:"哪儿有一进门就让你做菜的道理。"儿子抨击说这是假客气,是虚伪。父亲又责备儿子太不懂礼貌。父亲提出新的建议,干脆请上客人一起去吃饭馆。"历史的经验值得汲取,咱们家自己做饭,从来就没成功过。累得要死,钱也没少花,端出来的,是狗食!还比不上平常吃的炸酱面!"说完,他气得躲入书房吸纸烟。

小姨不理会牢骚怪话,立即挽起袖子干了起来,并立即派遣儿子去买柠檬、紫菜头、鹌鹑、胡椒和香叶。儿子说一不二地提起菜篮就走了。

离客人到来只剩下两个小时。

一小时后,儿子丧气地回来了。除了胡椒,其他几样都没有。这个自选市场没有,最大的另一个自选市场也没有,自己不能选的市场也没有。"连专收外汇券的友谊商场我也去了。"儿子说。

"上次我亲眼看见有那么多鹌鹑啊!"小姨似乎不能理解。

父亲立刻给司机打电话:"喂,待会儿我这儿有个外宾啊,你拉我们到喜盈门饭庄吃饭,什么?翻修了?不是修了半年了吗?那就到盈门喜——就是外资合营的那家,高级的……什么事先登记?那就上……什么,车有点毛病……"

"爸爸太不尊重司机,这不是,人家不拉你……"

"我叫出租车!冤大头,认了!"父亲恼怒了。他素常是相当大大咧咧的,但他不允许孩子当着小姨的面磨叨他。

"其实为来个客人做这么多饭,完全是旧观念。在外国,来客的目的是交际,吃点简单的东西就行了……"

"放屁!我又不是没见过外宾!他们在本国吃得确实不那么复杂,但到了中国,如果你的饭菜太简单,他也会敏感,感到你怠慢了他。至于外籍华人,他们的习俗比我们这些土生土长的中国人还要中国!"

"唉,要是让我做香酥鸭,早做好了。每次都是这样,各种各样的空理论、高主意多得像山像大海!而且都会说别人不对!再有一个小时,客人就来了,你们谁管?翻过来倒过去最后还不是摞在我头上……我受累不怕,要让我管你们就听我的呀,鸡一嘴鸭一嘴,把我烧菜的情绪全打击没了……"

客人来了,吃了鱼香肉丝和香酥鸭。由于动手晚了,什锦火锅没有做成。客人吃得似乎还挺满意。之后,这一家人唉声叹气,继续争论本来应该给客人吃什么及鱼香肉丝里的姜应该切成多大的片或丝。

烙 饼

多么想吃一张烙饼啊！

守诚是河北人。小时候，妈妈给他烙饼。后来和淑娴结了婚，从家乡拿来一个炽炉——像一个反扣着的瓦盆，漏着许多孔，专门烙饼用的。淑娴烙的饼更好吃。淑娴也是河北人。

那一年，炽炉摔破了。淑娴也出了车祸。

却遇到了玉菱，比淑娴还温柔体贴能干，而且——漂亮。到底该怎么说老天爷呢？

玉菱什么都好，就是不吃、不做、不喜欢烙饼。玉菱是湖南人，天天给守诚吃米饭和大鱼小鱼。

什么时候烙一次饼呢？

守诚自己动手做了一次。烙饼使他想到家乡、童年、母亲、前妻，他都快掉泪了。他以为，他的饼烙得很香，菠菜粉条鸡蛋也都适合就饼吃。但玉菱和孩子们却都不愿意吃。太硬，嚼不动，不好消化，吃了肚子痛。还真肚子痛了，吃了酵母片也不管事。

便不再吃烙饼了。

愈不吃，愈想吃，愈觉得烙饼之形色香味人间一绝。守诚梦中吃过好几次饼，醒后备觉凄凉。

我、要、吃、烙、饼！

时隔三年之后，守诚过四十岁的生日的时候，他决绝地宣布。

玉菱觉得守诚神色有异，便不顾已经为寿筵做好的精心安排，百分之百地谦让克制，三从四德，同意吃饼，并且软硬兼施、压服说服了孩子们的反对意见。

守诚自己和面。玉菱说："你千万把面和软一点，硬了实在是消化不了。"守诚来了气，面还没有和，饼还没有吃，你怎么会知道一定要硬要消化不了呢？难道我们不是吃烙饼，而是吃钢板吗？和你结婚那年,我三十六岁,我吃了三十六年的烙饼,哪一次消化不良啦?如果天天吃不消化的东西,我不早得了胃癌肠癌幽门癌了吗?面和硬点又怎么样?硬也是饼,不影响事物的本质,比带沙子的稻米粒好吃万倍!

开烙的时候,玉菱又说:"火小一点,火大了里生外煳,没法吃。"

"你别老干扰我好不好?吃一次烙饼怎么这么多事?你做米饭的时候我什么时候找过你的麻烦?你没有做过夹生饭、稀软饭、煳烟饭吗?我说过你什么呢?"

玉菱觉得确实更加有异,便躲开了厨房。

守诚回击了玉菱的干扰,却也接受了玉菱的实质性意见,把煤气火拧得小小的。

刚放上的生面胚,火小了,连热气都不冒。守诚生起气来,讨厌,瞎指挥!他一下子又把火拧大了。

他想起了炽炉、淑娴,往事依依。

"烧煳了,烧煳了……"玉菱和孩子齐声叫了起来。空气中已经布满了异味,锅盖下逸出蓝色的烟。

"什么煳了煳了的?煳了我吃!煳这么一点要什么紧?我就爱吃焦的嘛!三年了我没吃过一次烙饼……"守诚声色俱厉,声泪俱下,义愤填膺了。

……客观地说,这次烙饼,的确是做得坏得不能再坏了。但一家人硬是都吃了下去,饭后,谁也没吃酵母片,也没肚子痛。只是此后,无论坐在一起吃什么饭,似乎都缺少了一点兴致。

发表于《小说界》1987年第4期

选择的历程

　　说的是那一年我有点牙疼,只有那么一点点牙疼。那一年我相信医学是科学。科学是通向幸福与自由的航道。知识就是力量。上初中的时候三次跳鞍马我都没有完成体育教师指定的动作,但老师还是给了照顾友谊的及格分数。当然,这与缺少知识与健康及有少量的龋齿互为因果。

　　接下来说由于言行一致我头一天深夜便去排队。我打着伞并且穿着雨靴和雨衣。但我已记不清那天夜间是星空灿烂还是细雨蒙蒙还是大雨倾盆。强刺激会消除弱刺激的信号,底下您就会明白。那座口腔医院以做活地道而有名,报纸上登过先进事迹。登完先进事迹挂号的队愈加漫长。一位我所敬佩的登山运动员本来建议我拿去他的登山帐篷,他建议我住在挂号处小窗口下面,为了挂号他送给我一包强化(加了维生素与金铝铜铁锌)压缩饼干。

　　可敬的体重不够四十五公斤的女牙医什么都没有问就往上颚软组织里打了普鲁卡因麻药针。我还没有来得及看清她是双眼皮还是单眼皮她就被叫走了。然后一位实习生接下来把寒光闪闪的钳子送到我的口里,按照病人的观点实习生参与门诊是一切不幸的根源。所以我认定那位讲求效率和节奏的超前型运动员是该死的实习医生。他问了一句:"有感觉了吧?"

　　我点点头。没有疼的感觉还叫什么牙疼?人们包括我当然都是因为牙疼而不惜住帐篷去挂牙科的号,还没有人崇高圣明到因为牙不疼而去挂号的程度。接下来说的是凡活人便有感觉便一定不承认自己麻木不仁无感觉。而且,当可敬的医士向你威严地发问的时候你必须点头。人生的金科玉律恰恰是点头比摇头要好。为了表达得更准确一些接下来可以这样表达,可杀可不杀的一律不杀,可点头可不点头的可是一定要点头。

于是他拔我的牙,他拔我的下巴他拔我的脖子他拔我的头他把我整个的口腔都拔裂了。要不科学名称怎么叫口腔外科!不叫拔牙科而叫口腔外科,你马上变得多么深奥文明广博!口腔外科的钳子把我的灵魂从口腔内部拔到了外部,我满头冷汗两眼发黑,我昏倒了。

"你怎么这么娇气?"

我喘着气,考虑着三天之内送一份书面检讨来。娇气当然是严重的不纯。无产阶级则都是刮骨疗毒的关羽字云长的后代。只是在离开医院到了公共汽车上之后,我才感觉到被拔的牙的位置附近,突然变成了木头。伟大的科学的麻药啊,制造你的商人工人并没有偷工减料。在剧痛的延展之后我得到了麻木的升华,我的腮帮子!

这样你们就不难理解我堂堂二十世纪面向现代化之教授为何视拔牙为畏途,视口腔各科为日本宪兵队各刑讯室,视口腔医院为炼狱。牙,十余年来我把保护牙齿看得如此之重。保护人格,保护妻子,保护牙,这三个保护具有同样的悲壮连心性质!为此我每天刷五次牙,早晚各一次,三顿饭后各一次。我选择了无数种牙膏,每个月我用在买牙膏上的支出比用在吸烟饮酒上的还多。我成了牙刷的收藏家,长柄、短柄、长毛、短毛、竖毛、柔毛、一撮小毛……我不吃生冷、甜酸、热烫、坚硬、黏稠,我不但不嗑瓜子而且不吃油炸花生豆儿!

然而不幸的是,我牙疼了,天亡我也!

这样你们就不难理解为什么我牙疼之后惶惶不可终日。去医院?我实在没有这个勇气。这里出现了选择上的逻辑悖论。为什么去医院?因为疼。去医院怎么样?会一百倍一千倍地疼。当然,疼完了以后会好一些。医学的力量在于把你分散在十五年里的人生痛苦高度浓缩集中于二十五秒钟。哪样更好？好生费思量，关键在于你运用怎样的价值参照系统。在如今这美丑杂陈、新老并举、思想活跃、观念更迭、东西冲撞、南北对话、流派林立、旌旗蔽天的年月，在这各种各样的见解比全世界的人牙齿的总和不知道丰富多少倍的时代，我感到了真诚的选择的困惑。

历史只提出那些能够解决的问题。就在我为牙齿的疼痛与对策的思考而苦不堪言的时候，一位痛牙学会会长迁到了我的楼上。在楼道上我们握手，他像天使一样扇动着自由的翅膀并给我一张名片：

```
  中华国际痛牙学会中心会长

       史   学   牙

       住址   原地踏步
       电话   0000000
```

天不灭咱，奈痛牙何？我提着两包参茸壮肾丸去拜望史会长。史会长大悦拒礼，勉强收下。讲道：痛牙五种，种分五目。五五二五，金木水火。风虫冷热，钙镁磷钾。内外矫形，口腔多医。医分三教，教共九流。泰西牙医，欧美两翼。同行冤家，拔补磨洗。充水门汀，充玻璃珠，充银汞剂。失活干尸，开髓加冠，铜丝约束，青春美丽。中医古老，循本治标，各种牙疼，盖由火起。肝火胃火，心火肾火，肺火脾火，因火而气。水能克火，邪火难制。清火有道，灭火求医。东西南北，四大名医。民间验方，自异其趣。气功医牙，功能特异，拔而后生，生生不已，新牙如饮，冷暖自知……

史会长滔滔不绝，古今中外牙疼诸例诸论、诸派，他无不知晓，从拿破仑的上右五齿讲到希特勒的情妇爱娃的假牙拍卖行情，从东汉女尸的门齿讲到佛牙的导电性能与种种灵验，然后讲对待牙疾的保守疗派与激进疗派两大派数千年论战公案，就在他讲到最精彩之处我突然大喝一声:"痛杀我也!"昏了过去。

史会长歉歉然,谦谦然。他声明他是痛牙学会会长而不是牙科门诊部值班医生。他解释学会是一个学术团体,而县以下的牙医都是由手工业管理科管理和由农贸市场管理处发执照。他善意友爱地批评说我的牙疼得太具体,是一个形而下等而下的问题,他可以借给我一批《牙疼大全》《痛牙指南》《护牙刍议》之类的书参阅。师傅领进门,治牙在个人。古语有云,不会错的。

我不好意思如此贪婪便克己复礼,拿走两本。读之愕然如堕五十里雾中。痛感牙也有涯知也无涯,拔时有牙拔后无牙,思之既无牙又无涯,无比悲观地摩登起来。

我的大舅子近日才从外国进修研究归来。他痛斥我的愚昧无知与史会长的清谈误牙。他指出挟痛牙而远医院犹如阿Q之讳癞疾医。如果阿Q对秃头采取科学态度及早服用灰黄霉素维生素激素并搽用NWS系列护发素,说不定早已秀发垂腰。他指出牙疼不治则自龋齿而发展为牙周病牙髓炎,由牙髓炎而发展为骨髓炎骨结核脊髓癌,轻则截四肢重则丧命。他举例说公元一六三五年因牙疾而丧命的仅欧洲就达五千四百八十八人。他一针见血地指出"痛牙学"是伪科学,在发达国家根本不承认有这么一种科学。他建议组织口腔医生审核有关建立痛牙学科体系的可行性论证。我对他一切以发达国家的驴头是看的劲头表示了含蓄的批评,但深深感谢他的警告。忠言逆耳,他指出了我久拖不治牙的严重后果,我高度接受绝不因一牙而断肢亡头颅。

我下定决心再去拔牙,我想象不出这所口腔医院除了拔还有别的什么办法。我的系主任告诉我拔牙最愉快最科学最干净最解决问题,而钻牙磨牙补牙比拔牙的痛苦漫长无边得多。我的同事关切地告诉我拔牙一定要找男医生而不要找女医生,因为拔牙是个力气活。牙医的口粮定量是应该与码头搬运工拉平的。我没好意思说上次把我拔死过去的正是一位男性。同事们亲友们向我提出了关于治牙的种种经验、教训、忠告、窍门、守则。"君子赠人以言,小人赠人以财""物以类聚,人以群分",我和我的群落显然属于君子。君子之牙,痛矣哉,何况挂不上号!

连"挨"三天"个儿",挂不上号!说是号儿都从后门走了,群情昂然,牙疼不已。先是想闹一闹,又觉有失身份体统,牙未拔而事已闹丑已出,怎么能这样?回家与妻一说,妻道:咱们也有后门儿!后门儿后门儿,走者宁有种乎!

我便提了两瓶茅台(是否冒牌,责不在我)去找我妻子的远亲,在卫生部门工作的刘处长。刘处长说,第一,他分管中医院而不认识西医,特别是不认识口腔医院的任何人。第二,他反对去看西医,西医把人体肢解进行分析研究,反映的是工业革命初期的观念,牙疼医牙,脚疼医脚,治标而不治本,用刀、钳、针、凿、夹给人治病,把人当成组装的机械零件。西医治牙,补了再拔,拔了再拔,直到把一口牙拔光为止,如此而已,岂有他哉?中医则不然,把人体看成一个整体,一个系统,一个耗散结构,一个熵效应基盘。五行相生相克,五脏相运相辅,区区一牙,其本在心在肺在肾,模糊数学,现代逻辑,整体直觉,经验感应,代表的是后工业时代第五次浪潮掀翻起来以后的水平。他说,一些欧美的名医对中国留学生说过:真正的未来医学出于中华,盛于中华,尔等为何舍近求远到西洋来学医呢?是欧美诸士子到中华神州去求教才是!其实类似的意思毕加索当年就对张大千说过,世界上只有中国有艺术。同样,世界上只有中国才有真正的牙。简而言之,刘处长建议并自告奋勇协助我去中医医院治牙。

我大喜若无痛牙。只恨自己两眼向外向洋,活该受上次野蛮拔牙之苦,接下刘处长亲笔写的人情信,千恩万谢。那一年拔牙的时候,我相信的是西洋科学医学,信奉科学救牙的小儿科观念。而后光阴荏苒,岁月穿梭,无数的风风雨雨,始知有科学而无哲学,有科学哲学而无关系学,是一颗牙齿也救不得的。

刘处长的亲笔信写道:

赵主任：

　　近日可好？我因穷忙，疏于问候，乞谅。所嘱诸事，正在办理，我有安排，勿念。所传种种，事出有因，固可贺也。

　　我的老友王教授牙疾，有劳了。又及。

牙要这样，才能得救！

中医医院，人来人往，如上海之城隍庙。连男女厕所前也都排着长队，上完厕所出来的人边走边整理裤带，显然里边人多得使人来不及系好裤子便走了出来。我暗暗称奇，回想解放前中医是何等的萧条冷落，而今竟能如此红火，令我欣慰。再看看这么多病号跑来跑去，唯独我有刘处长的亲笔信，胸有成竹，便有天下攘攘，唯我独高之慨。我见到一位护士，便问："赵主任，赵主任在哪里？"

护士没有任何反应地走掉了，莫非患耳疾？又问几位护士医士模样的穿白大褂的人，都听不见，都不理。

"我有刘处长的信！"我喝道。

仍旧全然无效。

我以为是认错了地方，走出门外看了看招牌，不错。再次进院，锐气已丧。糊里糊涂与众病号一样，拥到这边，又拥到那边。"我找赵主任，我有刘处长的亲笔信！"我仍然努力叫嚷，更像是哀鸣，没有了信心和威风。

"挂号去！"医院工作人员不予理睬，众病人却向我怒斥。我转头寻找，却不见任何人注意我。正以为并无人意欲干涉的时候，又听到齐声怒斥："挂——号——去！"

我便糊里糊涂地去挂了号，并隔着挂号室的小窗户，向高高坐在挂号室内的护士叫了一声："我找赵主任！"

挂号室的窗户极小，位置又低。我弯下腰，低下头，却又要提起黑眼珠隔着窗户试图一睹挂号工作人员的风采。模模糊糊看到一个骄傲的视病人如草芥的伟人，我喊："我找赵主任！"并拿出了手里已经捏得发软的信。

"七号。"挂号室的不动声色的人含糊地说。

也许他说的是一号吧？也许是十一号？十七号？都可能,我的脖子已因曲折向下复向上的姿势而变酸了。

我无法再询问。排队的人把我扒拉到一边。为了赶往诊室,我拥挤着。我不断地被看病的人扒拉开。我火了,我也开始扒拉别人。拥过来又拥过去。我进了一号诊室,是一位女医生。该不是赵主任吧？我便扒拉开门口伸脖子的人离开一号诊室,进入七号,我看到了一位年轻的医生,也不会是赵主任。我又扒拉着与被扒拉着,像水珠一样地被人浪拥进了十一号诊室,医生皓发银须。"赵主任!"我欢呼,旋即被扒拉开了。进了八号诊室,那里的医生正与病人吵架。病人指着医生的鼻子说:"没见过你这样的医生!"医生指着病人的鼻子说:"没见过你这样的病人!"双方都很激动。我相信这也不是赵主任,因为赵主任不会和病人吵架,病人也不会和赵主任吵架。我并且从中得到灵感。"没见过"原来是极严厉的贬义词。没见过的东西一定是坏的。可是我也没见过赵主任呀,为什么一定要找赵主任呢？

我便进入了九号诊室,见到一位留长发的小伙子,他那里病人很少,显然不受病人信任。我坐在他面前,嗫嗫嚅嚅,说:"我本来想找赵主任……"

"我是赵主任。"他坚定地说。

我没有理由不相信,却又觉得不对劲。但牙疼使我顾不上继续考证赵主任是谁,便诉病史。

小伙子态度和蔼地叫我张开大嘴,用一根钢钎敲打我的牙齿,当敲打到痛牙的时候,我大叫起来。

赵主任同情地点了点头,开处方,字写得龙飞凤舞。开了半天,拿给我,我认不出来。我边辨认字体边向药房走去,忽然,我发现了处方是:去痛片 2×3×7。

就是说,去痛片一天吃三次,每次吃二片,给药量够我吃一周的!

再看签名,更认不出来,像周,又像刘,又像仇,又像许,反正有一点绝对肯定,就是说,不是赵!

骗人!

我闹了起来,十分委屈。后来四个自称是赵主任的人——包括男女老少,向我解释。他们说,中医当然很好,特别是治疗慢性病,虚弱的病方面。但是对于牙科,中医并没有什么特效的办法,这很不幸,然而这是事实。当然,这也是一家之言,内部参考,不得外传。从总体看,中医当然伟大,西医也认为中医伟大,去痛片对减轻痛感很有作用。你最好是吃一点去痛片然后去口腔医院找西医。你笃信中医,诚然令人感动。从理论上,自然不是说中医对牙疼毫无办法。邪火攻牙,是乃牙疼。你可以服用麝香、牛黄、羚翘、冰片、薄荷等苦寒药。但第一,此几种药服下去要一周以后生效,以你牙疼的迫切情况,能等得了一周吗?第二,此几种药都有下泻性质,吃少了无用,吃多了泻肚不止,伤了元气,牙就更不好办了。第三,几种药中最重要的是麝香,不过,卫生部一九××年××号文件已明令麝香要自己掏腰包,公费医疗不予报销,偏偏此药又那么贵,话又说回来,不贵也就不必发个专门的文件哩。

"我费了牛九虎二之力,还托了刘处长,难道只为了 2×3×7 片去痛片么!"我叫道。

"好好好,我们给你进行针灸治疗……"

给我扎了合谷穴又扎了耳朵,我无可奈何地取了去痛片回家。

扎针与吃药片还是管用的,症状果然减轻了些,我便也释然了些。管他中医西医,能治病就是好医。管他贵药贱药,对症便是好药。在牙疼问题上,何必搞许多门户之见呢。

五天之后,药片尚未吃完,牙又疼痛起来,扯得半边脸都木了。我坐卧不宁,饮食不进,彻夜不眠,不能工作,躺在床上呻吟,可能我呻吟的声音太响,夜静更深之时,一座楼里都震响着我的哀鸣。我真抱歉,这样,就惊动了我的楼上邻居,国际痛牙学会史学牙会长。

史会长西服革履，打着领带，别着领带针，左上兜里放着一块花色质料与领带相同的手帕，手帕露出一只角，散发出巴黎男用香水的气息。几天不见，当了会长的史学牙公便抖起来了，着实令人欷歔。他见了我的狼狈万状的丑态，叹道：

"噫！区区小牙，为何疼痛至此乃尔！敝会本来是学术机构，已经与荷兰皇家医学会建立横向联系，对于你的具体的牙，本可以不管也管不了的。无奈你的呻吟影响了我的休息，形而下的啰嗦妨碍了形而上的思辨。基于人道的考虑，我只好自我异化一番，给你看看。听了：

中医玄虚，西医琐细。传统幽邃，横移粗鄙。药片去痛，医之堕落。合谷扎针，隔靴搔皮。西医治牙，钢铁器具。嗡嗡旋转，车冲磨铣。钳工拔去，视牙如机。而今而后，向民学习。自有扁鹊，自有神医。人民力大，山河能移，日月改换，乾坤转捩，何况一牙之痛哉！"

史学牙会长找来几位老太太，用铜顶针（言明必须是铜的，铝制镍制都不行）蘸醋给我刮痧。我赤出上体，她们一次又一次从颈椎部刮往尾尻，刮出三条血印，满身醋味，比涨了三次钱的鱼乐饭庄的糖醋鱼还要鲜。史会长又找来一位膀大腰圆、力能扛鼎的气功师向我发功。气功师左足微点地，右腿弯曲，左掌在前，右掌在后，对着我疼木了的腮帮子运气贯气。我知道这种气功可以劈砖碎石，连钢刀也会在他的掌心的运气下变弯，生恐他再一发功会把我的全部口腔乃至头腔颈腔砸个粉碎，吓得簌簌地发起抖来。想不到，这么一抖，牙疼倒轻了些。史会长指着躺在床上发抖的我对我的爱妻说："瞧这气功多厉害！看，正气把邪气震慑得不住发抖！"说时迟那时快忽见气功师豹眼圆睁，用丹田之气大喝一声：

开！

我牙不疼了。出了一身汗，吃了鸡蛋羹，睡着了。

此后果然牙渐渐好了。我非常感动,见人便说民间医术之高超灵验,比横移而来的西医好,也比纵向继承的中医好,晚报派记者来采访我,采访完又到楼上史学牙家大吃大喝了一通。晚报上登出了《民间自有回春术》的专题报道。这条消息居然被《八小时以外》与《读者文摘》转载,我因牙疼而增加了知名度。一位生活在洛杉矶的老华侨来信说他因牙疾而痛苦不堪,读了这条消息才知希望在神州,他准备不久便启程返回祖国,希望我帮他与民间神医会面。我的治牙经验有助于爱国华人、海外赤子的回归,使我十分高兴。统战部也派人来了解情况。不久,史学牙会长迁走了,据说是由于他在学会的贡献,地位与住房标准都提高了,好极好极。两个月后忽然传出史学牙被捕,国际痛牙学会已被解散,史学牙是骗子,许多人受骗上当为他抬轿的消息。闻听这样的消息后我便不由得惴惴起来,不断反思自己与史学牙的关系的来龙去脉。为治牙而攀附会长乎?为会长而假报战果乎?送参茸壮肾丸而图谋私利乎?形同行贿乎?为会长之声威而自动被动抬轿乎?史学牙被捕,证明他是骗子,而吾与骗子为伍,则吾是何人乎?除治牙外,有无客观上的别样动机乎?见晚报报道而悦之,个中有无杂念乎?越想牙越疼,越想牙越疼,疼杀我也!

这次不但牙疼,而且全身性症状明显。发烧至三十八度,头晕目眩,恶心欲呕,连脚后跟都哆嗦。所有的同事都来看我,都劝我克服迁延侥幸心理,毋怕拔牙,毋找捷径,径直去找口腔医院。系主任对我说,世上的一切事都要老老实实地做的,既然牙疼,就要老老实实地疼,老老实实地去看病,老老实实地去拔牙,你这次一再延误,吃亏就吃在怕疼二字上。有怕必无老实,无老实必无成功。不感受一点压力,能把牙治好吗?事虽小而理大,岂容混淆是与非?

我叹服得五体投地,便说老实的态度便是科学的态度,无科学便无口腔的健康,至哉斯言!否定之否定,怎么否定也离不开科学!只是我欲科学而不能,挂不上号!上百万人口的城市,只此一家正规口腔医院,没有后门的头天晚上便要去医院门前排队,而我们老夫老妻,病夫弱妻,哪有当年排队挂号之豪兴？无豪兴便无壮举,无壮举便无号,便欲科学治牙亦不可能！而那些有后门的人,端坐家中,只需叫一声大舅二叔三姑四妈,便大模大样进入诊室,接受上好之治疗而且少算费用,夫何言哉！夫何言哉！

本来我对口腔医院的挂号情况不甚了解亦无多少意见,无奈诸同仁责备我不科学,我便不由自主地埋怨起科学的所在地来。越说越悲愤,还真来了劲。一旦埋怨起别人,自己也就添了些脸面。

系主任说,我市新任命了一位朱市长,礼贤下士,爱护知识分子,已经帮助许多教授学人解决了具体困难。他劝我给市长写一封信,有市长关怀,精神变物质,治牙如探囊取物,手到擒来。

我犹犹豫豫,同事们却很积极。说是我病中不方便写,便替我写。下笔千言,倚马可待。一会儿信便写好,信中叙述了牙疼之苦,批评了挂号走后门的不正之风,以情感人,以理服人,给我念了一遍,我提不出不同意见。立即誊清,要我签名。我正思忖写这样的信好不好,妻拿来了图章印泥。我的图章赫然盖在信纸上。同事们说将替我把信发到黄帽子邮筒中,四分钱邮票由他们贴。同志情谊,令人鼻酸。

信发了,我忐忑。老觉得自己做了一件不光荣不自觉的事。竟为一己的一颗病牙去打搅市长,全市一百万人,每人三十六颗牙共三千六百万颗,如果一起去找市长,还让市长怎样工作下去！说不定这种做法正是"文革"遗风,造反派脾气的流毒,好惭愧啊！

信发后第二天,接到了史学牙的信,告我他已平安无事,前此种种,纯系误会云云。并告我牙有事,可以找他。他即将担任另一个瘌痢头治疗学会的理事长。并从海外获得了一万五千西德马克的赞助,并问我的头发头皮有无异常,他愿随时提供方便。吓得我一天数次摸头摸发。

果然,次日在本市电视新闻中看到了瘌痢头治疗学会成立的场面,不少要人出席。史学牙满面春风,满场飞,极活跃。人们告诉我,这确实是一个开拓型的人物。

又一日,收到了口腔医院的公函,大意是:

> 你给朱市长的信已转来。你对挂号走后门的批评是正确的,基本属实。鉴于你是年过半百的有贡献的知识分子,经市长办公室批示,我们已指定主治医生资无痛为你治牙,你可于28日上午8时前来我院高级部54诊室就诊。来前毋庸挂号,治完补号即可,并欢迎继续对我们的工作提出批评建议。期待着你的合作,来我院治疗确是牙病患者的最佳选择!

我很兴奋。市长这样好,爱民如子!医院这样好,虚怀若谷!效率这样高,立竿见影,比东京牙医还要好!医生这样好,主治有资,正好无痛,天助我也!看来我一辈子积德行善,戒杀戒淫,终有后福了。

我却更加害怕起来。果真要去口腔医院看病牙了,好下天来,能不拔吗?区区一牙病烂迁延至此,照照镜子连形状也没有了,还有保全的希望吗?还能有不拔或拔而不疼的苟且偷安之心吗?不论是口腔医院还是天堂医院,不论是资无痛医生还是甄窨通医生,谁拔牙能不打麻药针?能不上钳子钎子,能不出血?能不挖个大黑窟窿?我费了九牛二虎之力,不就是因为怕拔牙么?我又费了九虎二牛之力,不是终于为自己争得了这痛苦的一拔了么?铁案如山,牙无再拖,最佳选择的结果只能是生米熟饭,别无选择了!牙齿何一荒唐而至此!

我一小时一小时地计算着时间。到了二十七日夜晚,我一分钟一分钟地看着表,彻夜无眠。反思人的一生牙齿消长的苦难历程。生也无牙,八月门牙,两周岁满口乳牙,而后堂堂诸牙,病痛亦与牙俱来。留之难,去之难,生之难,灭之更难!甚至火葬后进入骨灰罐时还有完整的与被侮辱与被损害的牙齿不得安息。为什么狗牙都长得那么好那么尖利呢?唉,终于到了二十八日清晨,妻子给我煮了荷包鸡蛋。我们俩相对凄然。妻说:

"不要怕疼!你要坚强些,再坚强些!"

两声"坚强",我几乎哭出声来,以诀别的庄严对妻说:"我去了,你保重!"

壮哉我也!我终于跨过了心理障碍关,怕拔怕疼关,雄赳赳气昂昂地进入口腔医院。以决绝的姿态克服了守门人的盘问,进入了高级部 54 诊室,俨然一个新我出现在护士小姐面前。"您来看牙么?"护士小姐微笑着问,露出一口白光灿灿的小牙。我便也微笑粲然,捂着疼肿了的腮帮子。

说明来意,拿出公函。护士小姐摊开手说:"真不巧,资无痛医生昨夜犯了脑溢血,已送到内科病房抢救,别的医生不了解这回事情,您知道,我们的诊治都是有计划的。您先回家吧,把信留下,我给您问问,安排好了再通知您……"

真扫兴!世上竟有这样的事,真欺负人!

可是……

走出口腔医院,挤上公共汽车,车走了三站以后,我忽然悟到,今天不必拔牙了,不需要火烧火燎地疼那么一家伙了,责任不在我!我尽了一切努力,命中不该今天拔牙,我有啥办法?牙而不拔,是天意也。

我极庆幸振奋,不拔的牙也不疼了。病牙虽然未拔,却比拔了还要畅快豁达!真奇事也!从老庄的观点看,拔即不拔,不拔即拔。从佛的观点看,牙即是悲,大悲即苦,苦海无边,回头是岸。从弗洛伊德氏的观点看,拔牙即发泄。从凯恩斯氏观点看,拔牙是一个增值过程。从萨氏观点看,疼是牙的本质的外化。从系统论的观点看,拔牙是一个系统工程。从布氏观点看,牙医是通向天堂的最大障碍物。从尼氏观点来看,牙痛是卑微和不幸的证明,是你并不为我而疼痛的痛苦,是伟大的不被理解的孤独的证明。而牙文化,比龋齿还要令人难以忍受……

我的牙还没有拔,却比拔了还要深刻。

发表于《花城》1987 年第 6 期

虫　　影

——为 BNW 护发灵所拟广告小说

每天早晨醒来,是一个充满希望的时刻。就像每天晚上入睡之时,他会感到一种不安,一种压力。一连睡几个小时,失去知觉地躺在床上,这很痛苦。而清晨的希望,便是夜晚的失却的报偿。

他要在槐树下面做早操。他要转动旋钮,听国际电台的英语广播。他计划着一天要读的书、制的图、讲的话、见的人、写的材料。有许多许多有意思的事情要做。

然而就在他系鞋带的时候,一个不知是什么的精灵,向他吹了一口冷气。

冷气顺着衣缝领缝钻了进去,在肚脐眼上转了一圈,没有了。但肚子隐隐作痛起来。

"有——毒——"

他分明听到了一声耳语。耳语最可怕。耳语比大吼大叫,比突然一声霹雳吓人得多。

"嘘……"他定了定神。太阳正在升起。夏令时间带来了更美更丰腴的早晨。树叶颤动着鸟鸣。传来了不远处无轨电车驶过时车轮发出的沙沙声音。

"本台消息,全国十二个省市的夏粮收成……"

清新刚健的声音,报告着从工农业生产第一线传来的捷报。他穿好了鞋子,跳了跳。不论鞋底还是脚掌,都柔韧而且有弹性。一定要振奋精神,要学习,要多做工作。已经失去了那么多时间,那么多生命,而他,他要说要做的是,只要给他可能,失去了那么多(三分之一还是二分之一)的他,仍然绝不示弱。

"针对这种现象……"广播员的声音好清爽。特别是"针对"两个字,zhēn 和 duì,清楚利落。什么是针对呢?像针一样地对着……

"他们是针对你的,他们是针对你的,他们是……"好像潮水,好像蛤蟆的轮唱,针对,针对,针对,你的,你的,你……

"真讨厌!"他喊了起来。

"忠强,你说什么呀?"妻还躺在床上,她听到了他的"讨厌",便问。

"我是说,有臭虫。"

"什么?咱们屋里有了臭虫?咬你了么?"妻紧张起来,嗓音也变了。

"不是,不一定。"忠强赶紧跑回屋里,"也许不是臭虫。反正很讨厌,反正让你有点疼,又有点痒,让你睡觉的时候老翻身……也许是蚊子吧?"

"蚊子?怎么会是蚊子呢?蚊子是有声音的,可我们没有听见蚊子嗡嗡地响啊!你身上有包么?一定是臭虫咬的……"

妻一面检查床、被褥、墙,一面检查丈夫的四肢全身。"咦,没有臭虫啊!没有虮子,也没有臭虫蜕的干皮,你身上没有包啊……"

"这个臭虫可能咬了也不留包……"忠强支应着退了出来。忽然笑了,"怕什么臭虫!这么大的人还怕小小的臭虫!"于是,他确信,没有什么臭虫了。

门铃响了。他去开门。开开门,不见人。

"谁按门铃了呢?"他怯生生地问,因为不知道问谁。人行道上,有人提着炸油饼,有人提着一捆捆的小萝卜走过。早晨上班的人都是忙碌的。

"关上门,快过来!"一声低语,紧张而又严肃。"他"怎么进来了呢？忠强满腹狐疑,却又坚信"他"已经进来了,而且应该按"他"的话去做。虽然,他看不清"他"的形象,只是一个褐红色的影子,脸是圆柱形的,像一个气鼓鼓的棒棒。

"就是针对你的。"棒棒说。

"为什么要针对我？针对我什么？我从来都是那么谦让……"

"你的头发！你难道认为你的头发是能够令人容忍的么……"

呵,头发！忠强打了一个寒噤。他已经年近花甲,却还长着一头浓密、乌黑、柔软、纤细的头发。一个糟老头子,要这样的头发做什么用？在他年轻的时候,在他初次陷入爱情的时候,他多么希望自己有好的仪表啊,哪怕只有一根好的胡子！不,那时候没有人夸奖过他,那时候他照镜子的时候感到的简直是无地自容,如果不说是痛不欲生！那时候的头发也是脏乱倔硬如烂鸡窝。他本来打算剃光头的,只因为头形不正,南瓜不是南瓜,茄子不是茄子,才改成留平头。一推平头就露出了后脑勺儿,像一枚光滑凸出的鹅蛋,简直贻笑大方！

而如今老了老了,倒有不止一个人称赞他的满头秀发——这是不是也受了什么荒诞错位之类的新观念的传染的结果呢？信什么就会有什么,真的。

但这又有什么可"针对"的呢？难道他的头发会妨碍什么人什么事吗？

他摇摇头,一笑。随之,影子不见了。非常轻松。

他和妻子一起吃早饭。牛奶、煎鸡蛋、烤馒头片、榨菜、茶。他很满足,他说:"现在确实是安居乐业,生活提高了。"

"可你的头发为什么这样黑呢？"

这是妻子的声音么？他吓了一跳。坐在对面的不是妻子,而是一个褐红色的棒棒的影子。

"头发……"他想反问,却发不出声音,似乎有点理亏。似乎真是理亏。

"他们问我,你的头发为什么这样黑。说是这么大岁数了,要这么黑的头发干什么？是不是弄虚作假染了的？"

"染了？我为什么要染发？"

"是啊，他们问的就是，为什么要染发？"

"如果我就硬是染了发呢？"

"咦？这是什么意思？你的头发本来就是黑的，为什么要染发？难道要染成白的？红的？绿的？紫的？金黄的？"

"我什么时候说要染发了？"

"咦，刚刚说了就不承认。再说，我这是把信息告诉你，让你注意啊！你跟我搅和什么！人家说，你这么黑的头发就是为了勾引女人！人家说，你每天都吃药、上油、吹风、打扮，花花哨哨，没安好心！人家说，你到处吹牛，说你的头发象征了你的智慧你的潇洒……你还说，以后黑头发的人每人提升一级，买糕点不用排队！"

"你……你……你是谁？"他哑声道。

浓重的阴影渐渐散去，妻正在喝最后一口茶，喝完茶，她擦了擦嘴。原来妻的头发也白了许多。"你的头发为什么不白呢？"

"你不要那样不虚心。"妻说，"我并没有说我赞成对你的头发的种种见解，我也从来没有怀疑过什么。我把一些人的议论告诉你，无非是提醒你注意罢了……"

"可我为什么要注意我的头发呢？我不是医生也不是理发师。我是工程师，我制造车床、铣床、镗床、磨床……却从来不制造人头也不制造头发，不制造生发油护发素洗发香波护发润丝也不制造吹风机卷发机推子剪子梳子……"

"行了行了，别啰嗦了，我今天要给孩子们上三节课！其实，我真喜欢你的头发……"妻和解地说。临别的时候，妻抚弄了他的头发。他笑了，容光焕发。确实，头发好，又有什么不好的呢？

妻的爱抚使他情绪有了些高涨。他打开自行车锁，从车座后面的弹簧中间掏出一块掖在那里的破烂抹布，把自行车上上下下前前后后抽打了一通，抽得尘土飞扬、神采飞扬。他眉飞色舞、双目清明，看得清枣树树干上的每一条纹路与树下忙碌爬行的每一只蚂蚁。空气的透明度与地上天上的一切物件的可见度都很优秀,没有任何阴影或者烟雾。他骑上叮叮吱吱作响的自行车飞速前行,穿行于各种车辆行人障碍之中如庖丁解牛,如入无人之境。

一进入办公室他就伏案工作。他进入了一个标准化了的世界。一切数据、线段、图形、符号规格的含义都是确定无误与全球通用的。在从事这样的工作的时候,连他的呼吸、脉搏与排汗也变得更加合乎规律了。

不知不觉之中已经过了两个小时。他完全没有察觉罗处长已经拧开了他的办公室的门,已经向他走来,已经出现在他的办公桌前。

"老忠!"罗处长的声音是亲切的。

"啊!"他大叫了一声。他吓了一跳。他完全没有准备地从技术的世界回到现实世界来。罗处长的轻声呼唤与突然出现使他一下子无法判明发生了什么事情。他的全部血液突然停止运转了一刹那,心脏憋闷,透不过气,毛骨悚然,他害怕地大叫起来。

他的歇斯底里的大叫使谨严整洁的罗处长狐疑而又不满。"你这是……怎么回事?"

"我……呵呵……是罗处长,请坐!"

罗处长皱了皱眉,轻声叹了口气,"我担着一定的风险来给你通个信息。你恐怕不好回避过去了……"

"回避什么?"

"你说回避什么?我不顾别人说什么我是你的人,特别来向你报信,要想个办法,要有个说法,起码,自己应该注意一些,小心一些,谨慎一些,稳一点,现在已经议论纷纷……"

"议论什么?"

"你说议论什么?"罗处长急得跺脚,"算了算了,我爱莫能助!我把心都交给你了,我把我的前途都押上了!我豁出去今年提不上工资,为了交情!可你呢,你也太不够哥们儿了!你还在与我打哑谜,绕弯子……"

"谁？哑谜？弯子？"忠强迷惑不解。

罗处长转身便走。忠强叫住他,问:"难道是关于头发的事？"

"你自己最清楚！"罗处长悲愤欲泣。

忠强呆在了那里,像个傻子,完全丧失了理解能力与反应能力。果然,又是头发。时间一分钟又一分钟地过去。风把树叶吹响,又不响了。汽车从办公楼前开过,引擎声从小变大,又从大变小变无。过去了二十分钟,他仍然呆呆地坐着,坐得呆呆的。

然后他低下头,又投入工艺技术的世界。

然而他已经控制不住自己。严正的、鬼祟的、恨恨的罗处长的表情不断在他眼前幻出。然后出现了一个又一个的头顶,全秃的、半秃的、落毛的、花白的。一个大臭虫在眼前爬行,为什么臭虫却是毛茸茸的？还留下了好几道影子。他的妻子很紧张,翻箱倒柜地找臭虫。难道臭虫是那么重要的吗？臭虫在飞,满天飞……

他觉得实在不舒服,便去医务室。他下了好几层楼,鞋底踩得楼梯咚咚地响。他下了决心,宁可放下工作,影响生产,也要把自己的头发弄清楚。弄不清楚,首先自己就不踏实。推开医务室的门,碰到的竟是厂长。厂长皱着眉看了他一眼,勉强地与他握了握手。那眼光好像是在说:"不好好上班跑到这儿来做什么？"握手的时候厂长眼睛没有看着他的眼睛,却是憎恶地盯住了他的头发,他觉得后颈部有些抽筋。

"您好,李工程师。"刚刚从医学院毕业的小王医生向忠强打招呼,"您哪里不舒服？"

"我,我……"是的,哪里不舒服呢？

"您发烧么？您咳嗽？您头晕？您消化不良、腹泻还是便秘？您失眠？您皮肤刺痒？您心律不齐？您某一部分疼痛？您变得容易疲倦和急躁……"

忠强否定了所有这些提问。

"那您是来看什么病的?"

"我……没有什么病!"

"那……您到医务室来,是为家属要点速效感冒丸和酵母片的么?还是需要驱蛔灵与眼药水?要不就是伤湿止痛膏?"

"我的家属……也都健康无恙,不需要灵、水、丸、片、膏!"

"那是谁建议您到医务室来的呢?您的爱人还是您的朋友?"

"我想说的是小王同志,王医生,请你看一看我的头发……我感到非常迷惑,我简直弄不清楚我的头发出现了什么样的问题……是的是的,我的头发很好。没有癞痢头,没有紫癜也没有白癜,没有变白也没有大量脱落。在我这样的年龄,头发大量变白或者大量脱落也没有什么不正常,当然。比如,赫鲁晓夫在我这样的年龄,就落光了头发。请等我说完。我并没有感到有什么不适,我完全相信,头发这种东西,没有血管也没有神经,既不会癌变也不会发炎或者发疯。当然,头发也不会说话,捅娄子,头发是最安全的。不是吗?不错,而且也并没有什么人包括我的爱人正面向我警告说我的头发出了什么毛病或招致了什么危险或者我应该对头发采取些什么防范纠正弥补措施,或者为头发的事向什么人致歉……这个这个但是可是……"

他突然停止了自己的"病情主诉",他对自己向小王这样一个比自己的最小的孩子年龄还小的见习医生没头没脑地诉苦这件事感到十分羞愧:我简直是精神病!我简直是在污染小王医生的心灵!他饱经沧桑。他豁达开朗。他正直自持,有所不为,有所不言。他受到了领导与厂内外车间内外各色人等的尊重。去年冬天,厂子有千分之二的指标给有突出贡献的人晋级,全厂有三个人晋了级,他就占了三分之一!他的满头黑发的照片张贴在了工会的光荣榜上!而他在大好的上班时间,而且是上午的黄金时间——他坚信人类在上午比在下午聪明,一切重大的发明创造都是在上午完成的——跑到医务室胡扯,他简直变成了上班时间跑医务室混充病号骗病假条的无赖一流的人物……他羞得抬不起头来。

大概是出自医生职业的要求与对长辈工程师的敬意，小王医生面带笑容倾听着病人的诉说，但忠强仍然看得出她不易觉察地微微皱了皱眉。显然，他的呓语使见习医生摸不着头脑，后来病人沉默了，医生也沉默了。这样沉默了大约八十秒钟。忽然，只见小王盯住了自己的头发，又盯住了自己的眼睛。头发——眼睛——头发——眼睛，几个回合之后，小王的目光变得平静温柔起来。平静温柔之中却流露出无法掩盖的轻蔑与怜悯，甚至于还有——以忠强五十余载的丰富人生阅历与敏锐观察力的名义——几分幸灾乐祸！这种眼神使忠强大吃一惊。当然，绝对地当然，小王医生对他是百分之百的善意的，而他的倒霉绝对不会为小王创造一丝一毫的机会，更不要说是利益了。但小王为什么也不能免俗，也要在确实看到他碰到了某种潜在的麻烦之后感到下意识的快意呢？为什么人们乐于欣赏别人的灾祸呢？

幸好这只是刹那间的事。然后小王医生充满理解与同情地说："不论怎样，您还是到医院去检查一下吧——这是三联单！当然，我也认为没有什么问题。您的头发真好！我要有这么好的头发就好了。检查了，费点时间，费点麻烦，可是能够确诊没有病变，自己也就放心了，别人呢也就不会再有什么可说的了。我们都相信科学的权威……再就是，您要注意劳逸结合……"

"没事，没事，没有针对……"又是一声若有若无的耳语，混杂着吃吃的笑声，褐红色的影子在眼前一闪。

"你……"忠强想问医生，自己为什么听到了耳语、笑声，看到了影子。旋即又认定不应该问，越问就越严重——经验提醒他说。

有新的病人进医务室，忠强只好讪讪地退去。

离办公室还有二十米，他听到了电话铃在响。他三步并两步地跑了起来，拿起听筒的时候觉得比接任何一次电话都紧张。"喂喂喂！"就在他喊出第一个喂的同时，"咔嗒"，对方把电话挂上了。

是谁呢？虽然他的办公室里装有电话，但电话铃很少响。未能接上的这个电话，显然已经响了很长时间。

他不知道做什么好。摸一摸口袋又拉一拉关一关抽屉，他恍然大悟。他戒烟已经五年了，他迫切地感到需要吸一支烟。摸出烟盒，撕开一个口，用左手的无名指从盒底往上一弹，一支烟跳将上来，抽出来，揉一揉，戳一戳，把烟浅浅地衔在嘴里，拖延着不点火……他为什么要戒烟呢？什么煤焦油！什么一氧化碳，什么三四苯丙芘，他什么都信，什么都听！五十多年了，从《十万个为什么》到党的文件汇编，从少年儿童读物到先进人物讲演集，上面刊登过的一切训条戒律建议四六句真言他都奉为圭臬，至今刷牙的姿势仍是按照一九五二年第一百零六期《中国少年报》第三版上的一篇文章的训示来做的。到了八十年代，一出现戒烟的宣传他就立即戒了烟……也许就是由于这种种科学的生活习惯使他的头发老当益密乌黑粲然？为什么要这样认真呢？在一切西方的香烟广告上，不是既宣传本牌子的烟的妙处又附上一行小字"××政府忠告市民，吸烟有害健康"吗？他要不要在自己的头发上悬一个小条子呢，用中英文写上"鄙人谨敬告各界，发黑实为不得已"……天地良心，他不是女演员，他从来没有经营过自己的头发啊！

电话铃又响了，呵，是妻。

"我告诉你一个消息。"妻的声音是平静的，平静中仍然流露出兴奋，通过漫长的电话线路，忠强听到了妻的兴奋的呼吸。"组织部门的一个老同事悄悄告诉我，你不要犯傻跟别人说，我现在只有一个人，我给你打电话不会有别人听见。可是大上午的你不在办公室你是上什么地方去了呢？别忙，我就告诉你……"（以下声音突然变弱，忠强没有听清。）

重复了三次之后，忠强勉强分辨出这么几个字："让你……当局长……"

……什么？

已经三起三落了。一年以前已经传遍整个机械工业系统,老局长将要退居二线,正在物色接班人,而第一批被考虑的对象里就有忠强。真有意思,除了他自己,人人对这个事情的源起、始末和进展状况都了如指掌,就像人人都有一个小舅子在组织人事部门供职,而且是供要职一样!五个月前,一位大人物正式找他谈了话,他决绝地谢绝了。妻也支持他,"不干不干,咱们可享不了那个做官的福,也担不起当官的挨的那个骂……"妻说。"我只不过是想搞一点业务。过去因为被迫害,我搞不成业务。现在,如果因为被重用仍然是搞不成业务,那可真是悲剧啊!"他声泪俱下了。于是大人物保证说,将会尊重他本人的心愿。

就这样平息下去了。然而局长的人选并没有确定,老局长也就一天天地更老着。怎么又重复再现了这个话题呢?

奇怪的是,这次居然没有引发声泪俱下的悲剧意识,他茫然。茫然之中又似乎颇受鼓舞。

"没事。没有针对。你的头发没事了!"欢呼声像花瓣似的从空中撒落。

他定了定神,天清气朗。他又被提名当局长。他一点也不想当局长。然而当局长的可能性意味着他的黑发没有什么大不了的可疑之处。例如,他绝对没有掠夺过黑发,更没有因为图发而砍了什么人的头,他没有利用黑发去为不科学的无执照的护发素做广告,没有因此而攫取巨额酬金。除了当局长,简直没有更好的办法来表白自己的黑发的清白。而局长的头发是没有问题的,就像局长的政治经历不会有什么问题一样。

吃午饭的时候罗处长跳跃着向他的桌子走来,像一只欢乐的青蛙。"老强同志,"他用不寻常的隆重称谓开始,"最新消息……啊,您已经知道了,当然。"他用手指一指忠强面前的一小碟拌海蜇与一小碟五香花生米,"我祝贺你……"他毫不犹豫地拿起忠强已经喝了两口的啤酒杯,"我们心照不宣……"他笑出了声。

他厌恶罗处长的举止。前不久他还对他发脾气。可怜的变脸者啊。又禁不住含笑自问:"真的没事啦?"

于是一身轻松,一身清洁,摆脱了许多粘附在身体上的秽物。

然而他已经拿了三联单。去不去医院检查呢?

当然去。已经去了医务室,已经从小王医生手里接过了三联单。小王同志在三联单的存根上已经登记了忠强的名字……不去,是对医务室的不尊重,对小王医生的不尊重,对他们单位的合同医院——大名鼎鼎的中×友好医院的不尊重,也是对医学的不尊重和对具有良好的声誉的自己的不尊重啊!如果不去检查身体,将何颜以对?将怎么去当局长或辞谢局长?

来到现代化的大医院他不禁诚惶诚恐。各种设施,各种技术,各种医护人员。查二便查血查唾液汗液。查头查脑查身查脚。查心肝脾胃肾。查声带查小舌查脚趾缝。查脉搏查血压查脑电心电脑血流。查颅腔胸腔腹腔鼻腔口腔。查 CTABF 扫描……原来每个部位每个项目上都蕴藏着致命的病变危险!他被折腾被震慑得心灰意懒。生老病死,我佛慈悲,真是何等的痛苦!查声带时医生把器具捅入他的咽喉,他哇的一声呕吐不止。从呕吐物中他竟然看到了一周前闻听到又要当局长的喜讯时吃过的拌海蜇!此后他再也没有吃过生冷的海蜇!海蜇竟然在他的胃里据守了一周又二小时!他怎么能没有病?怎么能不疑神疑鬼?后来医生在他的头发里找来找去,找了二十余分钟。

"医生同志,我的头发里有什么?"

不回答。

"我请问医生同志,请您告诉我,我的头发里究竟有什么?"

仍是不予置答。更加庄严。

"是不是有臭虫呢?"他悲凉地问。

"唔唔,会有的,是的是的,不会的……"医生的回答模棱两可。

医生决定取下他的二十根头发长期观察化验。

"我是说,您可以多取一点,为了精确……您知道,抽样的或然率就是说概率论的原则是正确的,但是并不可靠。疾病的问题是严格的,不能掺入就是说植入概率的概念……"

医生点了点头,向护士致意:"下一个……"

检查得隆重邃密,检查的结果却马马虎虎。又一周以后他来医院看结果,门诊部门从病历里看不出结果来。一位并没有检查过他的身体也没有听过他的主诉副诉的不可靠的小医生心不在焉地说:"没有结果就是没有什么大问题。如果——比如说如果您的细胞有恶变,就是说阳性反应,化验室就会立即送到门诊部,而且会找您的领导、您的家属来谈话,这是绝对不会含糊的……而现在,您的化验单没有送来……这说明什么呢?说明您可以放心……"

忠强愤慨起来,"这么说你们弄丢了我的化验报告单身体检查表检查报告单是一件好事喽?这么说不检查无结果就是最好的结果果果果喽……"他口吃起来。

这个水平与资历深为可疑的毛头小医生眨了眨眼,立起身来,头也不回地走了出去。

过了好大一会儿,小医生回来了,坚决地说:"我已经查过了,您的身体检查报告没有问题。"说完,他拉出一张证明纸,用龙飞凤舞的字体写道:

李忠强,男,成(年),身体各部分无异常……

他沉吟了一下,意犹未尽,便又加上:

健康状况良好,无问题,特此证明,切切。

"那么我的头发……"忠强急切地问。

小医生庄严地看了看他的头发,写道:

头发健康对头,无问题。

谢谢了,医院、医务室!谢谢了,现代西洋医学仪器手段与把人卸开、把里子翻到面子上来的检查身体的技术！我有证明了！我的头发没有事！我的头发健康对路！不，健康对头！已经有了书面结论，权威的，无可争议的！而且，遵照可爱的天使般的医生的指示，他的证明已经拿到挂号处盖了"中×友好医院医疗证明专用"章！一切的流言蜚语、见不得阳光的阴影和不怀好意的目光都将在医院的断然证明面前碰个粉碎，然后烟消云散！他再也不会因头发问题而多虑、而失眠、而伤脾、而岔气、而喝啤酒也喝不出滋味来！这是多么美妙、多么幸福啊！不必为你的每一根头发而分心，而是把你的全部身体全部智慧全部心灵包括全部每一根头发献给发展机器制造业的事业！只要机器造得更多更好更精密更先进像日本一样像西德一样，他的头发全部掉光了或全部变白了变红了变绿了变成草变成虫变成森林变成箭垛枪靶又要什么紧！无怪乎又在考虑他任局长了呢！真是透彻啊！因为当局长，所以无问题。因为无问题，所以当局长！连从未谋面的小医生在他千恩万谢地道再见的时候，也似乎嗫嚅着问了一句：

"您是不是即将被任命为局长？"

他微微一笑，不置可否。正是默认的兴高采烈的含蓄表示。他又觉得自己怪恶心。

五天以后，早晨醒来，在一个充满希望的时刻，在他系鞋带的时候，一个似曾相识的精灵向他吹了一口冷气。

"怎么？你又来啦！"

精灵吃吃地笑。一股冷气顺着衣缝领缝钻了进去，围着肚脐眼转了一圈，没有了。一会儿，肚子剧烈疼痛起来。"唔，唔！"他叫着，"你们这些朦朦胧胧的玩意儿快走开！你们不知道吗？我有了医院体检报告！而且说不定真的当上局长！你们还有什么事情可做？你们还有什么市场？你们只能唬没有医院证明的人！我不欢迎你们！这里没有你们容身的地方！"

吃吃地笑，辘辘地响，声音从肚子里发出来。

"你的头发，你的头发！你偷了头发，染了头发，做了头发的手脚！医院证明只能证明你暂时没有患发炎发癌发血栓发结石，却不能证明你未偷未染未做手脚！再说，你相信中×友好医院是你的事，我们为什么要相信呢？还有局长，局长的头发有什么？能比得上皇帝的新衣和汗毛么？能比得上敦煌壁画上仙女的丝裙么？能比得上澳大利亚纯种羊的毛绒么？以为一纸证明就可以封住我们的嘴，你太天真啦！我们照样攻你的头发，非攻倒不可！你居然以为医生也问你当局长的事？真恶心！你还微微一笑含蓄地表示高兴呢，别自作多情啦！你的二十根头发早已调到病痛坏死发学会常任理事会综合研究室去啦……"

肚子里的逻辑推理无懈可击，义正词严，气贯长虹！这就是他的肚子，他噢了一声，虚脱过去了。

当他醒过来时，他在病房里被抢救。已经灌服了大量蓖麻油，而且灌洗了肠子。他的浑身似乎都已经淘空了，他的体重减轻了二十五公斤。然而他的肚子仍然嘀嘀咕咕叽叽喳喳吱吱扭扭地响。别人听不出来，他听得出来，仍然是关于他的头发的流言蜚语。他的妻子也能听懂一小部分。这使他们俩恐慌起来，要求医生加强加大用药。医生用胶皮管子通过鼻孔插到他的胃里，灌服了大黄、巴豆、芒硝等峻下药。他泻无可泻了，肚子仍然叽叽不止。医生也慌了，请了老中医、气功师与外国专家协作会诊，还是忠强自己突然想到，用微弱的奄奄一息挣扎着说，能不能给他灌一点米汤。西医认为他现在太弱，不可能接受和消化食品——哪怕是些微的米汤，能够做的只有输液，一边输液一边不断用放射线与超声波扫描冲击他的肚子。中医则认为可以灌米汤，可以灌饺子汤面汤赤豆汤银耳汤参汤，还建议在他肚子上拔罐子。一般的罐子不行，必须是出土的纪元前七百年制作的陶罐，罐耳上必须有阴阳鱼的图案。

前三天按西医和外国专家的方案治疗，收效不显著，但也没更加恶化。西医和外国专家认为这是治疗成功的证明，中医和气功师则认为这是治疗无效、干脆可以说是彻底失败的证明。后者的意见占了上风，忠强的肚子里有了米汤面汤。然后气功师向他的肚子发功，并断言他的肚子里有许多虫子。然后拔了罐子，用的是打欠条从博物馆借来的陶罐。妻子说拔罐子的结果是拔出了一粒状似臭虫的影子。负责给他装罐撤罐的中医护士否认有这回事，并说这是谣言。

据说住院期间对他的头发的议论高潮迭起，险象丛生，真是满城争议忠强发。尖端的说法是说连他的头也是假的，是从黑市用外汇券买的走私货。还有人说已经从他的头发里检验出了 $T365×10^7$ 型艾滋病毒。据说有各种好事者找罗处长打听他的头发的事。据说罗处长一会儿说他的头发是黑的一会儿说是白的，一会儿说是假的一会儿说是真的。一会儿说冲这样的头发一定不能、一会儿说一定能当局长。所有这些说法都从窗缝门缝衣缝罐缝唇缝里吹进来，吹入他的肚脐眼，他的肚子老是好不了。最后一天他的妻子兴高采烈地跑来告诉他，新局长已经任命了，不是他，他可以松松快快地度过余年了，而且上边说了，由于他的肚鸣症，他可以提前办退休。

"但是我正在设计新型机床呢！"他喊起来，他的声音这样洪亮，使妻子、护士、医生和他自己都吓了一跳。

"你哪里像个病人，你根本就没有病啊！"妻子抚摸着他的满头黑发说。他又昏过去了。

不久，他出了院。他惊奇地发现，自己竟然对没有当上局长抱着遗憾的心情，而且一想到多半是因为二十根头发的培养化验出了问题才被排除于局长候选人名单之外，便觉得嘀嘀咕咕。而他无法不认为这种嘀咕具有一种他素日最为讨厌的庸俗卑劣的性质，他惭愧万分。之后头发缓缓地开始脱落和变白，进程绝对正常。仍然有各种朦朦胧胧的影子，肚子里仍然有各式各样的叽叽喳喳。他慢慢习惯了，一面听着叽喳，看着虫影，一面往肚子里灌崂山可乐和鹿茸王浆。身体渐渐康复。研制新机床的事终于有了头绪，已经请专家做了两次鉴定，基本通过。他开始办理申请专利。厂长找他谈了一次话，鼓励他的工作热情，肯定成绩，并且委婉地向他进言，不应该把大好时光用在对自己的头发和肚子的疑神疑鬼上。

"难道我愿意这样吗？"忠强有点激动，"我希望的只有一条，工作、工作、还是工作！国家需要的是机床，而不是机床设计者的头发鉴定！难道我们的生命浪费得还不够，还要浪费在无益的事情上吗？为什么要打搅，为什么要纠缠，为什么要琢磨我的头发呢？我的头发现在不是也开始秃开始白了吗？不是和大家一样了吗？该满意了吧？"

厂长递给他一支烟，并且给他倒了一杯白开水。厂长解释说，白开水比茶或咖啡对大病初愈的人更有益。厂长说：

"您还是不够坚强，不够成熟啊！您的这一场病，实在是缺乏应有的根据、应有的基础啊！对不起，忠强同志！在您生病期间，我们调查了这个事情——当然，大家关心你嘛！结果呢，并没有一个人对您的头发表示过不正常的兴趣嘛！您自己说，是谁对您头发不友善来着？您举得出琢磨您的头发的始作俑者的姓名性别年龄籍贯家庭出身和土改前后的家庭经济情况来么？您举得出任何一条理由，可以证明您的头发值得引起不寻常的关注来么？瞧，您举不出来！您瞎折腾什么嘛！"

厂长的话使忠强五内俱热，一口黏痰升了上来，几乎犯了呼吸道阻塞症。

他不服气，怎么会闹来闹去是他自己闹呢？

他问妻子："你一定要告诉我，到底是谁议论过我的头发？你放心，我一不会去算账二不会去告状，我本来就不是那样的人。我只是纳闷，我只是憋得慌……"

妻子摇摇头，说是不记得有什么人对他的头发怀有恶意。妻子说，向她提起头发的人，是她的爸爸，他的岳父。老人一千个疼自己的女儿,一万个满意女婿,一亿个好心。妻子断言,他向妻子查询本身就是找错了位置。

他去问罗处长。罗处长也摇头,"哪里有什么人对你的头发感兴趣呢?头发有什么要紧,人发还没有猪鬃经济效益高呢!"罗处长眨眨眼,坏坏地一笑,"至于最后没有任命你当局长,是不是与你的头发有关系嘛,就不是我们小萝卜头能知道的了。反正对外说嘛,还是说照顾你的业务。老兄,后悔了吧?何必当初那么清高呢?有官不做,悔之晚矣!"

"你混!"他说完,离开了罗处长。

看来他只能去问肚子,问精灵,问棒棒状的影子了。每天早晨,他不再在槐树下早操,不再听英语广播,一心一意地等肚鸣,等精灵,等影子。谁知,连等了一年,什么也没等到。"他们"不来了,他悲哀地想。

他去问小王医生,小王吞吞吐吐地说:"我觉得您有点……神经官能症。"小王给他一瓶一百片装的安定,建议他一天服用三次,一次两片。他感谢小王对他的信任。

他长叹一声。完全承认一切都是自己的错。无事生非,疑心生鬼。只能说明自己思想不过硬,修养不过硬,意志不过硬。再调查下去么?难道还嫌时间浪费得不够多?呜呼,干扰容易做事难呀!

两年之后,由于他坚持使用行销海内外的 BNW 护发灵,他的脱落了的头发又复生了,变白了的头发又变黑了。一家美容杂志的可敬的编辑约他就此写一篇经验介绍。他斟酌再三,决定不写。谁知道这里边有什么背景,谁知道美容编辑是不是接受了 BNW 护发灵的回扣?机床,机床,他再不能揽机床以外的事了。而且,他确实一点也不了解自己的头发。"那不是我的事。"他苦笑着,豁然。

发表于《收获》1987 年第 6 期

没 情 况 儿

诗曰：

情况有无处，交谊远近时，
天人应解语，冷暖寸心知。

我完全赞同作家死后进割舌地狱。而且赞成为作家专设挖眼地狱。创作，真是一件残酷的事情。当你成为一个作家，当你怀着自以为善良崇高实际上也未必能免俗的心肠去接触人、去接触生活，也许没有什么人比你们更敏感、更洞隐察微、更感慨联想无尽、更自我生发出许多故事。这一切都是创作的启示，创作的材料。创作的启示、材料对于作家是无上威严的绝对命令。哪怕是你的亲生父母，是你的救命恩人，是你最最知心信赖依靠的朋友，当你自以为从他们的某些音容笑貌当中获得了某种联想、构成某种想象、因而使你面对了一篇文学作品的胚胎的时候，你必须去写。没有人能为你的创作对象讲情。文学的法律里没有赦免和宽恕。你必须按照你的主观臆想与艺术的规律去写。也许你完全委屈了你笔下人物的最初原型。也许你为了表达你的深诚痛苦的同情而不无夸张地写了你的人物的缺陷扭曲。也许原来是正面的起码是无伤大雅的什么引起了你另一种假设。也许你是用嘲笑的口吻写下了严肃的事情。也许你是——必定的——写下了中国君子与英国绅士都不允许言谈涉及的某些人的隐私。也许你把萌芽写成了大树，把青萍之末的微风写成了风暴。也许你正话反说反话正说。也许对你的人物正像对你的发妻(或丈夫)打是疼骂是爱不打不骂拿脚踹。也许你把自己最痛苦的经历写成了喜剧因而显得毫无心肝。也许你竟然用美的光环照耀实际上使你哭出血来的悲哀的经历。也许你用尖刀一样的笔刺伤了读者特别是你的亲人密友,也许你唤起了最不愉快的记忆搅入了已经结疤的伤口……亲爱的读者,请接受我的忠告:可以接近小说,但是必须远离作家!请把我的话背诵下来:

> 作家是永远不能被原谅的,
> 作家永远无权力也无能力原谅他书中的人物。
> 文学永远不会原谅作家,生活永远不会原谅文学,
> 因而作家的灵魂是无可救援的,
> 只是在形象思维之外,他可能是个老好人。

你能原谅我吗?

你的妻子儿女呢?

我说,我要去看看家属。立刻有人做出了安排,陪同去了。敲门。"××来了!""××",是职务而不是姓名。反正姓名也是符号,然而是专用符号。你的妻子见到我就哽咽了。已经多年疏于往来了,只是在见到之后才想起了她往日的形象。她说:"可怜啊!"我说:"我不知道他已经走了。来到这里,打问起来,才告诉我。"她说:"最后的时刻,我问过他,是不是打电话告诉××。他说,不必了,××太忙……"

你的顽皮的小儿子已经长得那么高大了。我问:"还认识我吗?"回答:"认识。"女儿更是大人了,当然。

我想起你的妻子多次说过的话:"他们俩(你和小儿子)动不动就滚在一起打在一起,我都不知道劝谁好……"

唉,你的慈父的偏爱与宠惯,你的天真,你的喜怒无常的乖戾呀!

我们相识是在"五七干校""求学"的时候。

那次休假,我值班,在厨房擀面条吃。你走了进来,看着我擀面条的动作,赞说:"擀得真好!"你要求我传授一面推着擀面杖旋转前进,一面用两手左右平分轧面的经验。人之患在好为人师,我果然情绪高涨起来,居然毫不惭愧地为起"师"来了。天知道我的炊艺水平!请原谅我,朋友,如今想起来,也许你只是找一个由头与我结识罢了。你是一个心理学家,你完全掌握了我听到别人夸奖我会做饭时的得意心理。而你的话是地道的北京口音,是我到边疆以后很少听到的"京油子"味儿。北京,遥远的北京立刻成了我们俩的共同语言,热门话题。"你们家原来住哪儿呀?""什刹海。"(刹读成"霎")"你们家呢?""北沟沿儿,报子胡同里头,小绒线胡同,把角儿……"老北京!年轻人不会知道哪儿是沟沿儿,哪儿是报子胡同,他们只知道"赵登禹路"和"西四四条"。"我也不想别的,只想胡同口上的早点,一个蜜麻花,一个油饼,一碗白浆。""炒肝包子也不错呀!""还有豆腐脑儿浇汁……""还有炸糕……""还有杏仁茶……""还有油茶茶汤芸豆卷豌豆黄油鬼(条)套环儿排叉……""还有酸奶,那年回去我喝了多少酸奶……""啤酒……"说到啤酒的时候,我们快掉泪了……

当然,现在,在我上"五七干校"的地区也不乏酸奶和啤酒的供应了,说不定质量比北京还好。那里是啤酒花和各种畜产品、乳制品的产地。我曾经开玩笑说,在我离开了那里以后那里什么都有了。然而在我擀面的时候,没有,什么都没有。周围是长满骆驼刺的戈壁碱滩。春天有时候长出一种叫做"沙葱"的野生植物,味道像韭菜。我们采摘过,拿来包饺子吃。甚至还从戈壁荒滩上采来过野生的肉苁蓉,中医说是补阴的,吃得许多人泻肚不止。我们打了几眼机井,成本昂贵地拉来了高压线,抽水浇地,长出了几亩"三类苗"。地处风口,每天都是风,遇到冬春雪天,风吹来雪,堆在门口,早晨起床你根本推不开门。我们进干校的时候正时兴学习"朝阳农学院"的经验,学习著名的王大学的名言:"我们这里每年只刮一次风,一次风就刮三百六十五天……"我们都觉得他讲得深刻豪壮而且伟大，充满了改造思想的真谛和威严。我们还觉得他和另一位善于说这一类俏皮话的劳模——大人物创造了伟大的新修辞学。我们每天都畅谈蓝天作帐戈壁作床，风口浪尖炼红心。发给我们的干校的经验介绍说"五七战士"推车运建筑材料时有路不走，偏走沟沟坎坎，以炼人炼心。我们举行了盛大的文艺晚会，高唱"戈壁滩上把根扎"，经常讨论表态要走一辈子而不是一阵子"五七道路"。

而你用炸油鬼和杏仁茶来"引诱"我。当乡愁和食欲结合，并掩盖着"不逢时""不得志"的郁郁的时候，仅仅这一次嬉笑闲谈便已使我欣喜若狂，颇兴天涯何处无知己之叹。在由于"清理阶级队伍"而极端恶化了的人际气氛中，我们一见面便立即充分认同。

你的坦率实在惊人。第二次见面谈的时候——也许是第二天，也许是当天傍晚饭后，也许只是一两个小时以后，你一吐无余地向我介绍了你自己。你是孤儿，却又出身于中高阶层。小时候非常顽皮（我后来想起你的鼓着红红的圆脸的小儿子）。你不喜欢旧社会，不喜欢日本人和国民党，不喜欢上学。你早在一九四六年就去了解放区，你是老革命呢。你参了军，当到连级干部。你参加了解放上海，解放杭州。为了执行秋毫无犯的三大纪律、八项注意，你曾像电影上多次展示的那样在街道上过夜。你的战友曾被残敌的黑枪打死，献出了自己的年轻的生命。然而后来你为饶舌付出了高昂的代价，用你自己的话，被掐了芽儿。"掐芽儿"的具体情况我一直没有弄清楚，似乎也没有必要细问。说到这里，也就够了。你复员了，来到了边疆。你对边疆一百个不顺心不满意瞧不起。

"没情况儿！"你说，"这儿他妈的实在没情况儿！"

这里的"情况"一词大概是行伍语言。有情况，本来是指敌情。

我争辩说，这里的风土人情还是不错的。

于是你说出一大套尖酸刻薄的话，而且声明，你和你的妻子都不吃羊肉。你提到羊肉时的表情实在像是被强迫卖淫。你说得很逗趣,我们大笑起来,笑声使我以为你的牢骚说不定是假的,是极度夸张其词,是喜剧性的。喜剧的优点大概在于"欲彰弥盖",正像悲剧与朦胧诗的特色在于"欲盖弥彰"。欧阳修是"醉翁之意不在酒",你呢,"怨翁"之意不在风土。

然后,你用一个滑稽的、瀣里咣当的神态说:"年轻轻的,就把芽尖给掐了!"

你满眼噙着泪。我摆摆手。说这些做什么!

然后你谈起了你四年之前的北京之行。你是以进行"革命串连"的名义回北京的——瞧,你的处境至少比我还强嘛,还有免费乘火车旅行探亲的"串联"权嘛——你说,你一到北京,先去找了个馆子去喝啤酒。你绘声绘形,说起啤酒来丝丝哈哈,口腔与喉头一起运动,连脸上的每一根皱纹都焕发起来,颤抖起来。然后,你说起你的哑巴弟弟。你弟弟是先天哑人,他上过聋哑学校,现在在一个玩具厂做设计师,前不久还率领聋哑人的一个代表团访问过南斯拉夫。然后你说:

"我这次回去,主要是为了找她。她叫××,原来也是志愿军。一九五二年,我奉命护送一批女兵回国,到胶东半岛去学习。××和我就是这样认识的。一路上,××最调皮,专门和我作对。几次气得我暴跳如雷。那时候我的脾气比现在还急。然而临分手的时候,她哭了,我也哭了。我回朝鲜战场,不知道此生还能不能再与她相见。在朝鲜……唉,美国兵那个鸭绒睡袋可真他妈的有情况儿!冰天雪地,零下三十度,我找了一块平平的大青石,钻到睡袋里,蒙头便睡,一会儿就暖和得你化了,睡得真香。直到《停战协定》签字以后我才回来……"

底下一段你怎么讲的,我想不起来了,至今我不知道你与××为什么终于各自东西。我只知道你与你的妻子夫唱妇随、默契呼应,天造地就的一对儿。

你说:"我到了工厂,她在那里做描图员,一个单调的工作。我们十多年没见面也没通过信了。她见了我一点也不惊奇,一眼就认出来了。就在工厂大门口,人来来往往,还站着警卫,我们立着对看了好几分钟。我说,没想到是我吧?她说,怎么没带你爱人来。我的眼泪刷的一下子就流出来了。她说,瞧你,这回我又没成心气你。我就笑了。后来我们就一起在街上遛弯儿。我们一起在恩成居吃的机米饭熬白菜。恩成居本来是做海味叫做'谭家菜'的,经过红卫兵的批判帮助,他们也只卖大锅菜了。后来我们就在街上走,从西单走到天安门,在天安门广场绕了好几圈又走到东单、建国门、永安里。后来又往呼家楼、三里屯那边走。我们整整走了一夜。我们把抗美援朝的事,把军队的事,把回国的事,把我们俩都知道或者不知道的事都说了一遍,我们只说到一九五二年为止,底下的,都没问也都没说。后来她就没完没了地劝我少吸烟,少喝酒,她说我的头发秃得太多也太早了。她说她就知道这些年我一定喝了好些个酒,抽了好些个烟。你说她怎么知道的呢?还说我说话太刻薄,以后别那么损。然后她问我还有没说完的话吗?我说没有了。然后她建议,从此,我们不再联系,不再通信通电话,不再一个找另一个,不论生老病死,从此再不相见。她问我赞成不,我说赞成。她问我反悔不,我说不反悔。她是多么有情义,有理智,有决断呀!真了不得!她说,那就让我们立下誓言,我说好,我起誓。我们起了誓。天已经蒙蒙亮了。然后我们各自去吃早点,我看着她进了一个早点铺,我在那个早点铺前边上了108路无轨电车……你说,她比我小好几岁,怎么倒像个姐姐一样,一切都那么心中有数呢?"

我答不上来。

很感人。此刻(一九八七年十一月十一日上午十点)写到这里,我的鼻子发酸。我常常想象我是一个合唱队指挥,我要为这一夜他俩并肩前行指挥一个四部合唱,无字的合唱。

然而当时,他的这些诉说却不能使我完全接受,我甚至于不能完全地相信他的话。他的坦率和急于倾诉超出了常规。我们相识不到二十四小时,而这样的感情体验应该是绝对不能任意泄露的内心的秘密,轻率地说出来,这本身就是太不珍重!我不能原谅这种不珍重。我一贯认为,感情,特别是男女之间的感情应该是深沉的和神圣的。一切滔滔不绝的对于感情的渲染都使我反感。我觉得这太廉价。再有,他的京腔京调的"油子"味儿太浓。这种京油子腔适合说相声演喜剧,却非常不利于表达严肃深沉的情绪。今年(一九八七年),原籍北京的旅美台湾(瞧有多复杂!)著名诗人郑愁予来我家做客,说起京腔问题,他也持有同样的见解。他还举例说,比如"我们一定要爱国家"这八个字,用四川话、湖南话、广东话讲都比用北京话讲更有分量、更令人感到可堪信赖。他模仿着用几种方言讲了一遍,果然,北京话惨了。虽然北京话是普通话即国语的基础。

你的京腔起了一种认同中的间离作用,你更像布莱希特派而不是斯坦尼斯拉夫斯基派的演员。你唤起的不仅有情感而且有理性的阴沉的怀疑。也许更重要的是,那些年我已经成为一个非常布莱希特派的观众。在欣赏人生的种种活剧的时候,我已经惯于控制情感,否则我早就一命呜呼矣。我当时以为你讲得没头没尾,"小资产"。我像是"过来人",对你们的彻夜散步只不过是微微一笑。周围是狂风、骆驼刺、戈壁滩。每天学的是"老三篇""两报一刊"社论,做的是"清理阶级队伍""定性""一打三反"。你说的像是白日梦。

然而你还是感动了我。一九五八年以来,我还没有遇到过一个像你这样的人。一九六六年以来,我甚至不能想象周围还存在你这样的人。你的一切都能使我与北京与过去与一去不返的从前的我联系起来。你的多情使日益变得某些方面相当无情的我感到慰藉,感到亲近,感到某种调节和轻松。除了吸阿尔巴尼亚香烟,听江水英唱"面对着公字闸往事历历……"以外,你的出现使我的生活里重新多了一点温柔的因素。那时候我非常爱听江水英的唱腔,上海京剧演员李炳淑的嗓音甜美感人,唱到"忽然间红灯闪群情振奋,毛主席派三军来救江村。东海上驶来了救生快艇……"底下一句忽然从假嗓变成了真嗓,似乎是低下了十六度音程,似乎是运用了女中音的发声技巧,每听到这里我会涕泪交流,哽咽百结,觉得简直是唱出了人人的心中块垒。音乐的概括性与抽象性委实神奇。

下一次休假时间你便要我到你家去。有酒,有甲级香烟,有炒得很地道的肉菜。你的妻子是南方人,是艺术家,和你一样豪爽健谈。她的语调与用词是那样接近你,我惊讶于你对她的强大影响。她也左一个"没情况儿"右一个"没情况儿",用带南方口音的官话。她也和你一样地把没有钱说成"没有银子",把"打了一个耳光"说成"打了一个耳茄子"。她说她出过国,去过澳大利亚,说是她住的那一家澳大利亚旅馆里随时可以喝到橙子原汁。这真惊人。令人难以相信。

还有几个客人,都是艺术家。一位风度翩翩的大胡子画家是中俄混血儿。他的妻子是手风琴手。还有一位书香门第出身的大家闺秀,解放前的辅仁大学毕业生。即使全穿上清一色的干部服,她仍然会显出与众不同的风姿。她的丈夫在那样的年月也丝毫不改其温文儒雅。他们是把我当做一个同行,一个同类,而且是当做一个知名人士来看的。这使我的虚荣心得到了某些满足,却又忐忑不安。说这说那,谈笑风生,后来说起了唱歌。不知怎的我唱起了苏联索洛维约夫·谢多依作曲的《遥远啊遥远》。这个歌的开头两句的俄语发音大致是"达列阔依,达列阔依……""达列阔依"就是俄语的"遥远"。我无师自通地唱道:

　　大铁锅大铁锅,
　　一毛钱就卖两个,
　　你的铁锅漏水,
　　拿来再换一个……

我唱得忧郁悠长,完全是俄式男高音。唱得既像聂恰耶夫,又像苏军红旗歌舞团的男高音歌唱家格拉祖诺夫。刚唱了两句,"瞧这味儿……"你说话了,别人也都击节赞赏。而我的歌词又使人们笑得直不起腰来。我为什么这样唱呢?可能是为了掩饰我实际不懂俄语,而又不甘心用中文译词唱,中文译词唱什么"遥远的地方,那里浓雾在荡漾",唱不出俄罗斯的"味儿"。此外还有一个因素,玩笑着唱,便没有"怀修"之嫌。瞧我已经多么精明,"滴水不漏"了啊!

后来又唱了《我的太阳》,拼命模仿意式美声。欧索罗密噢,本身就很滑稽,因为北京人把软柿子称做"嘁啰蜜",是说那冬日的柿子甜如蜜,用嘴一嘁啰———一吸,吃得别提多舒服。我唱了半天柿子,自然也就抵制了来自意大利的爱情至上论的毒素。否则,谁敢在"文化革命"期间把情人唱成"我的太阳"!

众人掌声迭起,竟然真诚地问我为什么搞了写作却没有搞声乐。是我那次真的唱得好?还是你们酒喝多了?是臭味相投的"老九"们的热昏吹捧?也许因为你们很久没有听过洋歌洋嗓子了吧,到了赞美我的声乐天才的地步,呜呼,何其悲惨欤!

而你,一直是亲切随意,滔滔不绝,妙语连珠。你当面夸奖着、介绍着,应该说是宣传着每一个客人,又实褒明贬着你的妻:"她什么都不懂,没心没肺,四肢发达,头脑单纯。"你的妻似乎很习惯也很乐于接受你的评语,便问你:"什么时候找你的哥们儿凑点银子嘛,咱们一起到北京上海走一走,别光自己去!"你便说:"算了吧,我去了一趟,还没买车票,就拉了四百块钱的饥荒,到现在还没还呢!"然后你责问:"这碟炒三丁怎么量这么小,够几个人吃的?"她说:"得了,这里的猪肉还是跟××家要的呢……"

然后你叹息:"越来越没有情况儿了,什么吃的都没有。"说着,你夹了一筷子猪头肉,呷了一大口奇台白酒,又吸一口凤凰香烟,"吃点肉算什么?硬是让你吃不上。喝点酒算什么,让你喝不上。干校卖的酒,又臭又辣……"

我说离干校五公里处的生产兵团化工厂卖的散酒质量还不错。那天打完土坯,累得直不起腰来,我便去买回一壶酒喝了。

"那酒好什么？那酒一股子泔水味儿。我从来不喝杂牌子酒。"

"杂牌子酒有什么，在伊犁，我和民族同志一起，喝过药用酒精兑水……"

"那你行啊，我不行啊。你还能打土坯呢，我？我可不会打。"坚决而且明确。

"你别看他那么大个子，他什么都不会。除了煮鸡蛋，他不会做别的菜。有一次我不在家，他煮上鸡蛋睡着了。两个小时以后，只剩下了蛋黄。蛋白煮的时间太长，凝结成了小指肚大的一块硬石头。"你的妻不无自豪地介绍说。

你真可爱。可你又哪儿来的这么大"谱儿"呢？

"你喜欢看书吗？"我问。

"过去喜欢。我最喜欢的是罗曼·罗兰的一段话，也许是他选用的《马可福音》上的话：'真正的光明绝不是永远没有黑暗的时间，只是永不被黑暗所遮蔽罢了；真正的英雄绝不是永没有卑下的情操，只是永不被卑下的情操所屈服罢了。当你知道世界上受苦难的并非是你一个人的时候，那么，你的希望也将永远在绝望中再生了。'"

你朗诵得深沉庄严，两眼含着泪。

然后你问："现在又有什么书可读的呢？除了'老三篇'，就是'三篇老'。现在谁读书啊？谁读书就是活腻了……"

"总还可以私下找到点书。比如说，我最近在读《古文观止》，需要我帮你找点书吗？"

"不读。我现在是不读书不看报不听广播，三不主义。偷着找书读，让人发现了怎么办？我现在是抽烟、喝酒、砌城墙……"

"砌城墙？"

"就是打麻将啊。我爱打，可是我的牌最臭。你怎么样？"

"我的麻将牌没情况儿！"我说。我不由自主地学着你的语气，你富有感染力。

"可是你的唱歌有情况儿呀，你的文学也有情况儿！要没这些事,你也早就成了文豪了吧?"

"算了吧,不算我'土豪'就行啦。"

然后你叹息说,在座的所有的人,包括你的南蛮子老婆子,都是学有专长的人,只有你自己,一事无成……年轻轻的,掐了尖儿了啊!

临别的时候你滔滔不绝地告诉我:"下次来,下次咱们一块儿玩去。哪儿玩去?上红雁池水库游泳啊!我再介绍几个新的朋友给你。让南蛮子去找一点糯米,去找××要一点腊肉,去找××走后门儿买点腰花。其实她做得最好的是海米烧白菜,可上哪儿弄海米去呀……什么,你那儿有,那太好了,多带来一点吧。咱们乐一乐吧,咱们自己不乐一乐,又上哪儿找快乐去呢?"

你真可爱。友谊,热情,亲切,天真。高高的个头,宽宽的肩膀,长腿,身材比例显然优于多数同胞。尖头顶,稀疏的头发。宽颧骨,两只眼睛虽然不大,但配置得很开阔,眼珠鼓鼓的,滴溜滴溜,很有精神。鼻子端方周正,鼻尖尖得突出。最有特点是你的嘴,很美丽灵巧的小嘴,只是嘴唇——特别是下唇薄得稀罕,说起话来两片嘴唇的运动实在精彩极了。我不止一次想为你的嘴唇装一个减速装置,你的小薄嘴唇运动太快,一看就让人累得喘不过气来。而你的面孔,永远是满面春风,微笑不已的。

你是一个令人愉快的人。你的出现给我的单调压抑的生活带来了轻松和温暖。我兴奋地给尚在伊犁的妻写信,报告给她这样一个"乐莫乐兮新相知"的好消息。

而你的游泳的技术与组织安排也是出色的。你有很好的游泳裤。穿上游泳裤就更显示出你的健美的身体,虽然你的妻子不止一次地抱怨你的肚子没有良心——吃了那么多肉却又长不胖。她不是去过澳大利亚吗?她怎么不会运用喜瘦的现代洋人价值观!你的蛙泳、爬泳、侧泳、仰泳姿势都相当正规。你甚至可以玩几下蝶泳,在水里露出你的肩膀和胸背,然后气喘吁吁地叹息游蝶泳太消耗体力。这个水库的水湛蓝清澈,只是水来自高山融雪,温度偏低。即使在盛夏烈日曝晒下，一入水就觉得冰凉刺骨，却更能提精神。你熟稔地知道水库的每一条路每一块石头，知道哪里脏哪里净，哪里可以换衣哪里可以下水，哪里的水深可没人，哪里水浅绝对安全，和你一起游泳不但感到舒畅开阔，而且感到可靠安全。

果然你又介绍了几个新友人与我相识。其中印象最深的是一位三十岁左右的中俄混血儿女子。她身材苗条，嗓音低哑，胸部平板。她用特有的如今叫做"沙瓢"的嗓子唱苏联电影《人血不是水》的主题歌，声调迷人。歌词里似乎有"可是我的爱人呀"几个字，听得我惊喜而又疑惧。她没有孩子。当别人说起谁谁没有孩子时，她立即正面进行预防性出击，断然宣称：

"没孩子有什么不好？我就没有孩子，可我过得很好。"

大家点头称是。承认没有孩子确实也可以过得快活满足。没有人敢与她争论。

她的游泳水平也很高。相对说起来，你的妻子水性差些，她认认真真相当吃力地划水抬头换气，每逢抬起头来先吹出许多水珠水泡，口角边全是气泡。你立刻介绍，她游泳像一条龙睛鱼，最大特点是光吐泡儿，却游不动，吐了半天泡儿还在原地。于是我们大笑不止。本来，我由于身体、体力和游泳技术都不如你而颇有点自惭形秽的呢。

有一件事我始终很感激你。由于干校生活的单调无聊，由于走一辈子"五七道路"的遥遥无期，由于对陪我去到了伊犁却不能陪我回乌鲁木齐的妻儿的思念，有一天，我与校部一个工作人员闲谈，便说，算了吧，把我调到伊犁去吧，我希望能早日与家人团聚。没想到这样一说便当了真，不久，校部通知我，伊犁方面可以接受我，开了介绍信叫我到伊犁去报到。你坚决地阻拦了我，你从政治、文化、社会诸条件分析，认为我不应着急，还是将来等待"五七道路"的尽头和一个更适宜的安排。我说："那就在这儿走一辈子'五七道路'么？不是还说要'就地消化'吗？"你不屑一顾地说："甭听那一套。"如此这般，我就没有走。当然，走了也有走的好处。但我还是感激你帮助我做出了至少当时觉得还是很重要很正确的决定。而且不久，如你所料，我们都圆满结束了"五七"学业，分配了工作。不久，也都与家人团圆了。

一九八七年九月，我以××的身份前往乌鲁木齐参加中国艺术节"天山之秋"的活动。这一天，离乌返京前夕在野营地出席了一个招待会。招待会虽已结束，天还没黑，大概是使用"夏时制"的缘故。我要求汽车转到近在咫尺的红雁池去。马上就到了。我很惊讶，原来光秃秃的山包附近，盖了这么多幢居民楼、商店、学校、俱乐部，熙熙攘攘的人、来来往往的公共汽车。过去，这里车和人都是稀稀落落的。拐了几个弯，完全如我所熟悉所知晓的，我看见了似乎小了的静静的红雁池。秋天，水位已经大大降低，水面已经大大缩小。并不清洁的沙土地和不规则的石头崖。落日隐约，石崖铺开大片阴影。有一个人在游泳，依稀可以听到他划水的声音。我想起一次你与两个画家一起纵渡红雁池水库的情景来了。我由于缺乏自信，没有参加。我真羡慕你们。游了上千米，水又凉，直到回到出发的岸边你的嘴唇仍然是紫的，腿在打哆嗦。画家问我为什么不游。我说我技术不行。说实话我当时是非常羞愧的，我甚至觉得对不起你和你们的友谊。我非常怕你说什么刻薄话，将我的不参加远征游泳打成"胆小鬼"行为。但那次你几乎是以一种论战的热情与威力分析说："游泳有什么？有时候想游，有时候不想游。有时候体力好，技术发挥正常，有时候技术虽然好但是体力差些。有时候技术倍儿棒，体格也倍儿棒，但是做事比较慎重，为游泳冒险，来个坛子洑，沉底儿，人家犯不着。也有时候什么原因没有，就是没游。这有什么可问的？"你进行这么一番先发制人、以攻为守的理论宣讲，是为了保护我的自尊心吗？我可真感谢你！

池中有一个小岛，距岸四百多米，我曾不止一次地率领两个儿子游来游去，对他们进行游泳的训练课程。拐过去有一个突出的崖头，距水面五米以上，我曾在那里跳水，创造了我个人的跳水超级纪录。

干校学习结业后,没有多少事做。一九七三年夏天我几乎每天早晨带孩子来游泳。中午吃镶着伊拉克蜜枣的玉米面发糕,发糕由于曝晒而变酸变臭,但游累了我们吃得很香。吃完,直接骑自行车去机关参加"批林批孔"学习,有时直到学完了嘴唇还是紫的,红雁池的水凉嘛。没有人知道我一上午一中午做了些什么。所有这些乐趣都得感谢你,是你把我带到这个当时看来是最豪华舒适最宽阔自由的游泳场来的,而你已经不在人间。所有的山包,土地,沙地清水与过去没有现在有了的水库四周的楼房都显得寒碜、沉闷、遥远,甚至是陌生了。没有看着熟悉的东西却又觉得疏离陌生更令人叹息的了。是我眼皮儿高了吗?是我忘乎所以了吗?

我的朋友!

而那时,我觉得红雁池是世界上最美丽、最规整、最"开放"因而是最"洋气"的地方。在"史无前例"的日子里,我们男男女女居然能在那里欢乐游泳,用"沙瓤"嗓子唱不共戴天的仇敌"苏修"的电影插曲,多么大的胆子,多么大的自由!一次聚会还有几个人弹吉他呢,边弹边唱,唱的叫什么《驼铃》。我真惭愧,我一件乐器也不会。再不能像初次见面时那样用我的"美声"来镇一家伙了!弹吉他的中俄混血儿画家长着美丽的连鬓胡须,块头、风度俱佳。一九八二年新年,我出差广西南宁,夜间无事,随手拧着收音机,忽然听到了这位画家的声音。他已移居 A 国多时,我收到的是 A 国的华语广播。他谈他的生活情况,提到仍然喜欢吃在新疆吃惯了的串烤羊肉。他提到他的爱人怎么搞家务,用的称呼是海外习用的"我的太太"如何如何。后来,他的"太太"也回答了 A 国广播电台记者的提问,不知怎的,有点结结巴巴,有些话只说了上半句,木在那里,由富有经验的记者替她补充了下半句。他们二位——先生太太,本来就是风度翩翩却又不善辞令的啊!祝他们好!

总之,是你在那样沉闷单调的生活里带着我走进了一个"沙龙"。而我,是从来没有过关于"沙龙"的经验的。一九五七年春天,我去过一次北京的文联大楼，即现在的中华书局与商务印书馆处。看到那里——似乎是地下室——备有茶座并出售精白面粉制作的豆沙包子，我觉得是多么新奇，多么高雅得近乎贵族化啊。后来呢，没等到我进入"文艺圈子"，我就已经被永远地排除了。

然而你的沙龙本身似乎也单调得惊人。更准确地说，是贫乏。吃菜，喝劣质酒，一齐叫喊"没有情况儿"，用走调的嗓子唱几个老掉牙的歌，回忆北京，回忆油饼白浆、炒肝包子、豆腐脑浇汁、炸糕杏仁茶。即使是回忆了啤酒、回忆了全聚德烤鸭东来顺涮羊肉恩成居谭家菜（那美妙的"小资产"的一夜！）即使是连什么华北楼烤肉季森隆五芳斋鸿宾楼丰泽园和平和风国强莫斯科餐厅欧美同学会西餐部东直门外俄国东正教堂俄餐馆的全部酒汤菜点都回忆一个六够，又能有多少内容、多少味道、多少话题、多少意义呢！用海外华人爱用的外来语，叫做我们一经认同便又互相疏离了。你的沙龙不是穷极无聊吗？不是没有出息吗？不是"没落阶级意识"吗？单纯的回忆是苍白的，即使是关于当总统、娶媳妇、杀人或者被杀的回忆也罢。即使是贾宝玉关于林妹妹薛姐姐的回忆也罢。如果贾宝玉生活在二十世纪七十年代的边疆地区，他不是也应该——更应该——去插队落户或者走"五七道路"吗？老回忆荣宁二府做甚？滚你娘的蛋，挑上两筲泔水喂老母猪去！

人不能靠回忆生活，除了咬文嚼字的作家。越回忆就越让人觉得空虚无依傍。

我便开始规劝你。（多么不可救药的"人之患"噢！）你应该读书，我说。我他妈的读什么书？你说。比如小说，《欧阳海之歌》和《江畔朝阳》。玩蛋去吧，他们知道什么叫小说，什么叫文学？那就读"文化革命"以前的《铁道游击队》或者《野火春风斗古城》。写得不好，不看。你看过吗？没看过，谁看那个去，倒找钱也不看。你没看过，又说人家写得不好，这不公道，也太不谦虚。我就他妈的不谦虚！我就他娘的不看！现在的书，一本有情况儿的也没有！现在的作家一个有情况儿的也没有！看外国的或者古典的也行，我给你悄悄地找，屠格涅夫也行，《警世通言》也行。哪怕读点解闷儿的。我有路子，《福尔摩斯侦探案》我也找得着。

你不言语了，你沉着脸，低下头。你嘶声说："什么书我也读不下去。连报我也读不下去。连电影广告我也是让孩子替我看。其实，我也不爱看现在的电影。从一九五八年以后，我什么书也不读了！"

不要这样！我还想说，没说出来。

"那你就——学维吾尔语！"愚蠢而又自负的王蒙啊，你这不是拿自己当样板来推销吗？你就不想想，你愿意学并学了维语，就等于每个在新疆工作的汉族同志都愿意学适合学有条件学维吾尔语吗？

果然，你断然拒绝并大肆嘲笑了我的建议，你甚至把维吾尔语也贬低了一通，甚至用丑化的办法用此地某些无知汉人所说的歪曲透顶的所谓维吾尔语讲了几句，哈哈大笑。你不学，你把学习这门语言的行动和这门语言本身贬了个一文不值！你比任何爱学习肯学习正在学习的人都更加优越百倍！

"那你就写点东西吧。"更愚蠢主观的话从我的口腔里吐出来，"比如说，不说别的吧，你至少应该把你在朝鲜战场的经历写下来。你的文字是不错的，你喜欢文艺，你读过罗曼·罗兰，你很有感情也很幽默，你叙述什么事都又细致又生动又俏皮。我料定，你一定写得好，你不应该做那种不结果的花。如果你不擅虚构，你就老老实实写回忆，写人物，写真人真事也可以，你一定能写得成功……"我愈说愈来劲了。

"谁写那个去？谁知道这个那个该怎么评价？等你写出来，政策又变了。今天说你写得好，明天又批上了，怎么办？现在不是连《保卫延安》也批上了吗？"

你永远有理由。你永远有什么都不干的理由。我明白了。我知道我不能打动你。你振振有词。你牢骚满腹。你粪土当今的一切。

你傲然独秀。你怀才不遇。是别人欠了你的账。你最委屈最艰苦最贫困最受罪。你一百个值得同情。然而,你没有希望了。我黯然。我那时已经认定,你不会有什么情况儿了。

此后我们再不讨论这个车尔尼雪夫斯基、列宁都关注过的问题了:"怎么办?"或译:"做什么?"

你天生就有疏懒的基因吗?仅仅是环境使然?你这是被扭曲的结果还是太放肆的结果?是异化还是本性天然?把一切都推给"掐尖儿",行吗?在长篇小说《活动变人形》里我描写了痛苦一生、无所事事一生的倪吾诚。你,还有我的另一个好友,我现在还没有来得及把他的故事写成小说,不是也有类似倪吾诚的性格吗?是不是奥勃洛莫夫性格呢?真抱歉,我至今并未读过冈察洛夫的这部名作,我读过的只是杜勃罗留波夫的评论。中国的奥勃洛莫夫大概比俄国的奥勃洛莫夫更可怜,他们有这种性格,却没有那种高贵的出身与舒适的条件。真是小姐脾气丫环命啊!

我也怀疑我自己。建议你学维语与写作,显然是"推己及人,以己度人"。度者,衡量也,价值标准也。用自己的价值标准去关怀旁人、指导旁人、帮助旁人,甚至说不定是自以为去解救旁人,这在社会生活与人类历史上,在人际关系中,究竟是办成好事多还是把事情搞糟乃至予己予人带来灾难更多呢?如果后一种情况被我不幸而言中,是不是又等于承认了你的与倪吾诚的与奥勃洛莫夫的哲学了呢?那不就更坏了吗?

我不满足于回忆的沙龙与沙龙的回忆。我不知道你是不是满足。然而有一次你推心置腹地对我说过:"我们这些人有什么呢?我们拥护革命,拥护党,拥护社会主义……我们所想不通的,我们感到别扭的,不过是个人的一点小自由罢了。我们一起吃吃喝喝,说说唱唱,不过如此罢了……我的心情不舒畅啊!"

这是你谈的最最政治的一段话,总结性概括性的话,当然,也是在微醺的状态下谈的。确实没什么,完全合理。然而,如果说这就是你一生的悲剧的根源,说得通吗? 不太廉价吗? 如果说这就是你的政治宣言,不太寒碜了么?

在探望遗属的时候我看到了你溺爱过的小儿子,他长得高高大大,只是笑的时候仍然叫人联想起他的儿时,他的天真的顽皮。听说他也挺有艺术才能的,他现在在学艺术。你可以放心的,我的朋友!

你向我解释,他小时候得过很重的病,九死一生,死而后生。你解释说,他从小脾气大,遇到不顺心的事,能够哭一天一夜、两天两夜,能哭得浑身痉挛、牙关紧闭、手足抽搐,能哭死过去。上帝保佑,我还没见过这样的孩子。你的小儿子是有点奇特,他有股子横冲直撞的决绝劲儿,有股子压根儿就悲愤而又热狂的劲儿。是先天的吗? 是不是和你的本性一样呢?

记得我们终于完成了"五七干校"的进修学业,回到了乌鲁木齐。我的妻子也接回来了,时已一九七三年。为了隆重地去看望你,妻事先去理发馆细心做了头发。到你家,你的小儿子对于亲切地呼唤他的"阿姨"的回答是跳起来用满是泥巴的小手将她的头发弄脏弄乱。于是你暴跳如雷,向空中猛烈挥拳劈掌,跺脚蹬腿,如同一种特殊的武术或舞蹈。你气得满脸涨红,话不成句,但仍然使用了最高级的形容词动词,"你要死!""我宰了你!""剥下你的皮!""打烂你的屁股蛋子!""我给你打针去!""我把你捆起来!"诸如此类,气不择句,气得发抖。你的小儿子冷静而又信心十足地欣赏着你的娇媚的怒态,脸上呈现着满足的微笑,开心得很。你的妻子在旁解说:"他一来就跟小弟发这么大的脾气。他有时候气得手脚冰凉。我实在怕他。他有时候真打小弟啊,往死里打啊,有一次打得小弟都不能动啦。小弟就是这样啊,宁可被打死也绝对不认错的……"

我唯唯诺诺,并向仍然保持着微笑的妻暗示,坐远一点,谨防小弟的第二次攻势。

你女儿出息得高大而且美丽。记得我不止一次开玩笑地说,我们这一代人只消和我们的子女站在一起,看一看身量便知道"社会主义的优越性"了。我们是在旧社会度过童年和少年时代的，而我们的子女出生在新中国，这是需要对比的两代人。有一次我谈到这个话题的时候，在座的一位外国朋友还提到日本因为近二十年来生活水平、营养状况的改善平均身高已有所增加——如果我说得不对，请日本朋友原谅。中国城市的女孩子在择偶的时候相当注意身高条件，这也是事实。虽然一些舆论包括曲啸同志的感人的讲话批评了这种"唯高论"，但据说仍然流传着 $\sqrt{3}$ 为标准的说法。然而当时，你和你的妻子曾经怎样为了你们女儿的生长太快而忧虑啊！为了免受毕业后上山下乡之苦，你们为女儿找到了门路，报考光荣的部队文工团。那些年，沾了部队是多么体面！一切条件当然都是出色的。只是，招考人员指出，与年龄相较，你女儿身量过高。你们真着急，量来比去，恨不得将女儿的身材削去五厘米。你像一只老母鸡护着雏鸡一样地护着自己的孩子。记得一次女儿在学校碰上一点无足挂齿的小不愉快，你竟然激动万分地亲临第一线，去到学校与大小人儿理论，然后来到我家，不厌其烦绘声绘形地与我讲了一个多小时。这次，你去世以后，我也见到令爱了，她一切都好。大多了，当然。

　　你的大儿子性格似乎有些不同，沉默寡言，小小年纪颇有些长吁短叹。升入高中，他在我妻子任教的学校就读。你们认为是一个良机，便千方百计地把孩子调换到她任班主任的班次。妻不赞成你们这样做，认为这样做毫无必要，似乎也不符合教育学原理，只能增加尴尬。请原谅，这一切只能在你撒手而去之后告诉你。果然，妻说不久就发现了你的大儿子的毛病，毫无年轻人的热情与活力，根本不想学习，不完成教师布置的作业与其他要求，懒洋洋地混日子。我立即断定根子在父母。你们曾经毫无顾忌地当着孩子的面谈论那时上学如何之"无用"，读书如何之白读，将来下乡如何之可忧，以及如何"找路子"躲避下乡之苦云云。我们在场。我不赞成你这样做。我曾经当面提醒你，不要当着孩子发这些牢骚，不论当时教育上如何混乱，还是要鼓励孩子好好学习，天天向上，不要让我们这一代人的坎坷遭遇与不平心境给下一代蒙上阴影。

你默然。显然,你不赞成。后来,你大儿子果然提前退学,提前自行到郊区一个农场接受"再教育"去了。不久,"四人帮"就倒台了,高等学校入学考试也恢复了。我曾经以为,你会为自己的巧安排而后悔的呢。

一九七三年,我们一道从"五七干校"学成归来,这甚至给我带来狂喜的情绪。我们又能工作了。分配你去展览馆,你不去,在家一待就是大半年。我不甚理解,为什么还能待下去,为什么不能去展览馆。你要求去电影厂,然而,你会什么呢?你写过剧本吗?你导过电影吗?你上过镜头吗?你会化装、设计、置景、服装、道具、音响,或者洗印、剪辑、合成、复制吗?没有,全是没有。不会,全是不会。甚至我进一步想,你到底学过什么,会什么,我答不上来,我感到迷惑了。(按:实际并非如此,你还是有一定的经验和才能的,我只是如实描述当时的不无偏颇的想法罢了。难道在叙述我们的友谊由认同向疏离的变化的时候,我就不需要反省吗?当然不是。)

很长一段时期,你想的是出国。当七十年代后期,你的中俄混血儿朋友一个又一个移民到 A 国以后,你是多么羡慕啊!你的大胡子画家朋友走了,据说走的时候他与他的妻子哭了个死去活来。中国人、中国人,毕竟已经当了半个世纪的中国人了啊!大胡子画家也是和你一样主张无所作为的。当一九七四年北京举行"黑画展"的时候,大胡子画家告诉我,还是他正确,画家不画画,才能避免厄运啊。你说,他们先被叫到 A 国驻京使馆领事部,进行目测和面试。你插话说,凡残疾的、呆傻的、五官不正的一律不要——像验马呢,我当时想——然后给上一点钱,一律先去香港半年,这半年证明你未偷未抢未强奸杀人未发作鼠疫霍乱天花麻风花柳病——然后,允许你入境。唉!你还说,他们到了香港做手工裁缝活挣钱。你还说,临别时你还特别嘱咐他们去了 A 国要继续与中国保持联系而千万别与××挂钩……谁说你不维护我国的政治外交方针呢?

你毫不掩饰地表示,你想出国,你希望到天堂里生活,说那里人们只工作半天(按:并无此事),还说大胡子画家等会帮助你。

我认为是异想天开。

我还说过对你最不敬的话。我对妻说,他出国?出国去干什么?他会外语吗?一句不会。他会修下水道、剪草坪、刷盘子吗?不会也从来不肯。他会开汽车吗?他有学历学位学衔著作发明吗?哪怕是他会吹拉弹唱翻筋斗变戏法耍龙灯走旱船呢!全都是零,零,零!

我的最恶毒的话是这样的:到了A国,他只能饿死!

一九七六年,动身去A国之前,你来到我的办公室。当时我们似乎都以为,也可能从此难再相见。此前,我已经得悉你身患难治之症并写了信问候你。除了头发更加稀疏以外,你没有变。亲切热情而又饶舌地与我话别。我早已知道,你的大儿子已与一有A国国籍的女子成婚,因而早已去了A国。我认为你的A国梦是异想天开,显然,是我错了。你这次是去探亲。你兴致勃勃,以至我怀疑生病云云是讹传。问及此时,你哈哈大笑,当然是真的,真是癌症。你竟能这样达观,生死置之度外,真是失敬了。

半年以后我得知,你病重,已回国,住在北京你的亲戚那里——是那个哑巴弟弟吗?关于你在A国,我只听说了一句,就是在那里看病太贵。

说是你不想告诉我你已病倒在北京。我还是与妻去看了你。清一色的单元楼房,按房号找到了门。敲门,没有应声。

又敲门。

半响,你出来了,瘦得已经脱了形,你扶着门框站在那里,用被光弄恍惚了的眼睛看着我们,说:没有想到是你们。当然,你的神志绝对清醒。

你叙述你的病情,绝对清醒。你说,关键问题是你咽不下任何东西。什么东西都知道香,知道好吃,都想吃,但吃到嘴里咽不下去。这真可怕,真痛苦,但你叙述得冷静、细致、生动,甚至还夹着俏皮话,脸上不断现出笑容。说起话来,我才觉得你还是你,你就是你。病了、死了,你也永远是你。

后来你的妻子告诉我,直到临终,你忍受着巨大的痛苦,拒服止痛镇静药物。你说,你需要清楚地知道自己的病情,计算自己的生命,你不需要欺骗自己。你是这样说的,也是这样做的。你严格地掌握着一切。到了×月×日,你发话说,可以给新疆的组织上发电报了,然后你清醒地苦笑着说,他们来了也赶不上我的咽气了。果然,一切不出所料。你简直——伟大,而我过去以为你是一个意志薄弱的人。是我误解了你了么?

你的妻子问你,要不要告诉王蒙,你否定了。你说,他太忙,不要打搅他。仅仅是因为忙么?也许,我们只是朋友了一段时期,后来就不那么朋友了?也许是我身份变了感情变了已经与你有了难以逾越的隔阂?也许,你确实只是为了照顾我?谢谢了。

据说——不是你的妻子说的——还问过你,要不要告诉那位和你在北京街头散了一夜步的人,前志愿军的女战士。祝她永远幸福。你也否定了。你说,你们已明誓至死不再相会相联系,你至死应该信守你们的誓言。你忠诚,守信用。你很理智。我有时又猜想,你是不是还有别的想法,也许,你再不愿意回顾"雄赳赳,气昂昂,跨过鸭绿江"的日子,你缺少支持你回忆的力量……对么?

你就是这样清清楚楚地一步一步,一分一秒地走完自己生命的路程。甚至从你的遗体照片上——一个瘦得像骷髅一样的人架子的照片——也还可以看出你的尖尖的鼻子和薄薄的嘴唇,看出你的面孔,也看出你的神态,那么聪明、那么活泼、那么爱嘲笑人、那么——没情况儿。

然而有一点我不太明白。在你盼望了那么久,终于在有生之年去了一趟A国之后,在我与妻去看望你的那一次,你对A国之行怎么只字未提呢?莫非A国也没有情况儿?也许A国很有情况,而你已经老了、病了、参加不进去了,呵,更令人兴没情况之叹了,我的可怜的老友！那天，病情危重的你仍然是滔滔不绝。我劝你少说话。你说你见了我们很高兴，愿意说，高兴说。我无法再拦阻你。不同的是你的声音变弱了，在句子与句子之间有时需要深呼吸。但仍然谈笑风生，俏皮词成串。

还要说一些公平话。你终于去了电影厂并工作了十几年，你的工作是努力的，有成绩。也许你本来就应该学电影、搞电影，本来是有可能做出更多的成绩的。如果不是疾病夺去了你正处盛年的生命，在大有情况儿的现时你也会创造出许多新情况儿来的。你的讣文强调了你的革命经历和许多优点。全是事实。这么说，你其实是颇有情况儿的了。没情况儿不过是一种人性的嗟叹罢了。友人们与我谈起你时充满了怀念，他们说，你是一个好人。你的性格有点特殊，你一直有一股子躁动劲儿。

我也怀念你。你不认为我写的——对于一个已经去世的友人所写的——有不公正不厚道之处吗？

请回答。你会托梦给我吗？

发表于《人民文学》1988年第2期

夏 天 的 肖 像

丈夫走了,涛声大了。

涛声大了,风声大了,说笑声与蚊子的嗡嗡声,粗鲁的叫卖吆喝声,都更加清晰了。

涛声大了。每一朵浪花奔跑而且簇拥。欢笑、热情、痴诚地扑了过来,投向绵延沉重的海岸线。而海岸是冷静的,理智得像驻外大使。它雍容、彬彬有礼、不做任何许诺。无望的浪花溅起追逐的天真。怎样奔跑过来的,又怎样忧郁地、依恋地退转回去。

这是永远的温存,永远的期待,永远的呼唤。永远的向远方、向海天一线眺望的目光。

又是电话,电话叫走了丈夫,电话比曼然的心愿更强。只来了三天。丈夫,多病的儿子,她,这是一个世界。太阳、地球、月亮是一个世界。学校、家庭、机关,这也是一个世界。她本来生活在小世界里。丈夫走了以后,大世界、大海的世界更大,而且更凸起。开阔而又陌生。

毕竟已经在海滨度过了三天。新兴的海滨旅游地,新新鲜鲜地招揽人,却又嘈杂、肮脏而且恶俗。一个莫名其妙的矗立在大道口的雕塑说是海神,曼然看着她,觉得更像是住家所在胡同口卖猪肉的大姐,那大姐当着排队的众人的面把好肉割下来,用荷叶片包起来,放在柜台下边,送给关系户。人们用耐心而又不以为然的漠然目光看着大姐一样的雕塑。游客在沙滩上在台阶上在底座上在虚假的洋灰亭子里公然拉屎拉尿，把玻璃罐头瓶砸碎踢开迎接游泳者的赤脚趾。一个长发——只像逃犯可不像港仔——小伙子和他的同伙玩三张扑克牌的赌博，吸引了一群作壁上观的游客。警察也装作看不见——据说警察和小伙子们的交情不坏。然而人人都穿得不错，发饰、眼镜、遮阳伞与遮阳帽花样层出不穷。人们突然迫不及待地现代化起来了，匆匆忙忙地来开发这块沉睡了千万年的海滩。

然而一走进大海就全然不同。踩上细柔的沙和硌脚的石头。闻见温润腥香的海的气味。波浪振摇聚散的黄、蓝、绿光晃弄着她的眼睛。特别是那一个又一个鲁莽而又亲切的浪头推触着拥抱着过滤着她。而风开阔自由得叫人掉泪。突然置身在一个大得没有边儿的世界里，那是一种突然受到了超度的大欢喜。许多的窗户都吹开了。许多的撕落了的日历放飞起来，像满天的风筝。许多的褪了色的贺年片上的小玩偶换上新衣，眼珠活动，唱出了耗尽电池喑哑多年的圣诞曲。

便回到走到那十色五光与一片安宁的树叶里去。跳猴皮筋的时候唱起无字的歌曲。戴上红领巾与中队长臂徽指挥一个中队敲响了铁皮鼓。在日记上画了一艘帆船而且把眼泪落在船帆上。突然对爸爸和妈妈那样厌烦而宁可去问一只雨后的蜻蜓：你快乐吗？和几个同学一起不买票而挤到火车上到神秘的远方去。在春季运动会上为了得名次而摔折了胫骨。第一次懂得了友谊的刻骨铭心和被背叛和出卖的痛苦。宣布绝交又终于和好了，忽然感觉到自己变成了一个狡猾的姑娘，便不再把自己真正的考试成绩吐露出去……这一切都已经过去了么？这一切都存贮在大海里，等待着追寻和温习。

是不是从胎里便坐下了一种——教条儿？上小学以后便认定自己不应该不能再玩羊骨拐。戴上了红领巾便不再跳皮筋。上了初中以后便不再读连环画故事。上了高中以后便一再拒绝在联欢会上表演拔萝卜舞。上了大学呢，上了大学以后便退出了篮球队与田径队。恋爱以后便不再在夏天游泳。结婚以后呢，结婚以后连电影院都很少去了。丈夫是个了不起的人,她每丢下一样稚气丈夫就升迁一次,而家里便增加一样新的设施。有二十英寸的彩色电视,它便是她的影院、舞台、俱乐部。而当八年前生了孩子以后,当孩子从小患了需要卧床休养的肾病以后,她除了丈夫和孩子以外已经什么都不要了。三十六岁的女人,她只要幸福。她已经得到了幸福。守着生病的儿子,讲她当年参加夏令营到大海里去游泳的传奇一样的旧事,这也是幸福。儿子细声细气地问道:妈妈,真的吗?

真的,真的,当然是真的。别怕,这里的水很浅。你踢呀,你打呀,你趴下,妈妈托住你的肚子。咯咯咯,你笑什么?你已经康复了,你会成为一个和别的男孩子一样有劲儿一样勇敢一样调皮的孩子。刷,刷,刷,溅,溅,溅。你说,海水好吗?对,别怕,让海水在你脖子上流,让海水从你的腰间流过,扎个猛子,让海水托着你打你的脸,让海水顺着你的每一根头发流。哈哈,也顺着我的头发流,当然。你看,海多大啊,多宽啊。那里是游得好游得远的叔叔。那里是气垫,是橡皮船。有了它我们可以游很远很远。没有它我们也可以游很远很远,等你病好了的时候,也许一个夏天不够,那就两个夏天,过两个夏天你是几岁?妈妈是三十八岁。我们一直游到那个比橡皮船还远的地方。我们一直游到比那个轮船还远的地方。也许我们能一直游到天津去。什么?游到美国去?那也行,傻孩子,美国有什么好?可口可乐?岸上的倒儿爷就卖可口可乐,他们是从美国倒来的,哈哈哈。孩子喝可口可乐不好。妈给你买汽水。唔,这儿的汽水可真坏,颜色绿得像槐树虫子。那……好,你在这里吃冰棍,我往深处游一下,你数一、二、三、四,等你数到一百五十我就回来。

妈妈,你游一个远远的去!

对于海,又有什么远远的呢?又有谁能做到远远的呢?划水,蹬水,滑行,她感到了自己在海里的行进。抬头,吸气,四下里茫茫洋洋,海是我的,我是海的。每个动作都唤起海水流过她的头顶,耳朵,鼻孔,眼睛,钻过洗过摸过她的每一个部分每一块皮肤游泳衣里里外外的每一道夹缝。一下,沙,两下,沙,三下,沙,她超过了一个又一个在浅滩上嬉戏的爱海又怕海的生手。三天的时间使她的每一个关节和每一根手指脚趾都恢复了活力和轻盈,三天的时间使她的七窍和肺叶恢复了均匀剔透的畅通,三天的时间恢复了她十三年也许更多年的与海的疏远。在红领巾夏令营里她游得像一条梭鱼。那时候下海的时候高声朗诵"提高警惕,保卫祖国,要准备打仗"和"下定决心,不怕牺牲"的语录,去游泳就像去杀敌。无私的海,还有什么能像海这样在久久的疏离之后毫无保留毫无芥蒂地接受她拥抱她触弄她和洗濯她,而且引着她招着她不停地前进呢!已经数到了七十了。可儿子会不会数得快些呢!也许数到了一百三十八。也许数过一百五十他会惊慌会哭泣会以为她已经葬身在大海里。为了安全她给他讲过淹死人的故事。她已经惊吓过他的幼小的心灵。这里人们又饶有兴味地传诵着据说是去年的海上罗曼司。说是有一对新婚夫妇度蜜月来到这里,租了一只橡皮船到深海里去。他们携带了一个西瓜,要在橡皮船上,在海浪的起伏上一起吃甜甜的多汁的西瓜。多美!新兴的寒碜而又雄心勃勃的海滨休养地宣称他们的目标是建成东方的威尼斯!然而,现代派的恶毒的舌头嘲弄着一切浪漫古典的温柔,甚至也容不下淡淡的忧伤。新郎操刀切瓜用力过猛,划破了橡皮船,船沉了,新郎新娘双双失却在海里。是殉情还是殉西瓜呢?摇头叹息以后又忍俊不禁。

儿子,我回来啦。你看见我游了多远了吗?你数够一百四十九、一百五十了吗?你急了吗?妈妈,我没有数。我没有着急。我知道您一定会回来的。您游得可远了,您游远了,我再一数,您该多着急呀……

我亲爱的儿子!是你幼小卧床的经历使你懂得了被爱被照顾也懂了爱与照顾妈妈吗?该死的托儿所的二把刀医生!竟然在孩子感冒发烧的时候给孩子注射预防针。愚蠢是怎样的罪恶,它夺去了儿子那么多童年乐趣。当陌生人纷纷夸奖这个孩子真乖的时候,妈妈想大哭大闹一场!

她和儿子说得、玩得正好,世界只剩下了海、儿子和她自己。海能够代替父亲吗?海有没有父亲的性格?无所不在的海面的反光怪耀眼的。然而,以海的光为背景,她感到了出现在这里的逆光的黑影一条。

转过脸去。是他。

清晨,她起得比等着看日出的人还早。在疗养所门口,她听到一个青年人与所长的谈话。

"我想找个住的地方……"

"房间全满了。"

"我可以住会议室或者仓库或者食堂或者随便什么地方……实在不行,您能允许我在树底下廊檐底下露宿也可以,我交钱。"

沉默了一会儿。钱的力量是动人的。钱就像爱情,你越抗拒就越是无法抗拒。

"可以。你可以住在木工房里。天亮了,你就得走。天黑以后,你可以回来。一天八块。你可以在这里洗淡水澡,只要有水。"

"吃饭呢?"

"吃饭不行。我们的食堂太小,只供应在这里休养的本机关的干部……外边有得是吃的,一碗汤面一块五,包子一块钱四个……"

协议达成了。这是一个瘦削的,虽然劳顿汗垢仍然令人觉得潇洒的青年人。潇洒的是他提起他的怪模怪样的行李的姿势。他像乐队指挥在演奏序曲以前那样地甩一甩头。他个子很高,脸上身上没有一点多余的块块条条。眼睛有点小,却又像是因为矜持和礼貌而故意眯起来的。为什么要睁大眼睛呢?在面对未必欢迎你的目光的世界的时候?他向所长一笑,笑得既谦卑又骄傲。

他为什么站在那里,挡住一条条海的光,看着她呢?

她对自己的泳衣不好意思起来,拉着儿子就走。

便去吃冰淇淋。农民经营的"万国酒店"的冷饮部。有气派的名称，有闪闪灭灭的彩灯，有淋洒饮料的机器，有大柜台与各式各样的瓶子，有霓虹灯，有天知道是中国内地的还是港台的还是干脆是外国的咣唧咣唧的流行歌曲，有啤酒也有三色冰淇淋。冰淇淋的颜色鲜艳得过分便显得伪劣，吃到嘴里粘牙，莫非是放多了面粉？

便去冲淡水澡，一会儿有水，一会儿没有。一会儿水冷得刺骨，一会儿烫得她大叫。真是绝了。

便和伙伴们一起玩扑克牌。牌老是出错，竟把红心当成了方块。伙伴们取笑她在想孩子的爸爸。然而她不知道自己在想什么。在乱哄哄的夏天，在海边，在有病的儿子身旁，在三十六岁的时候，她怎么知道自己在想什么呢？想家想丈夫想再下海想休息想抓着一个大鬼？

不玩牌了，去邮电局。新盖的邮电局散发着油漆味。营业厅很不小，只是到处蒙着一层尘土。有两个外国女孩子到这里来发信。她感到羞愧，不由自主地掏出手绢擦柜台的土。然后她与丈夫通了电话。在疗养所叫电话总是叫不通。

"出了什么事？宝宝发烧了么？"丈夫的口气里充满了惊慌。

"没有。宝宝很好。我问……"

"呵，把我吓坏了，他真的没有发烧？医生说，一定要避免感冒。而且他对青霉素过敏……"

"……"

"那你打电话干什么呢？有什么别的事吗？安全方面怎么样？没有把粮票钱票弄丢吧？在我回来以前，你一个人最好不要下海，下海也不准离岸超过五米。太危险！这可不是闹着玩儿的！安全第一！安全第一！你有什么事？你方才说你问，你要问什么呢？我刚开会呀，现在还在开会呢。"

她很抱歉，她放下了电话，交了四块多钱。无缘无故地打长途，又干扰丈夫的工作又浪费钱。她太不对了。

便回房间，听正在施工的掘土机的轰响，闻柴油燃烧所释放的气体。听小贩叫嚷："包子！包子！大馅的包子！一块钱四个！""盒饭！盒饭！两块钱一份！""照相来！照相来！柯达彩色照片！"中国真伟大，要什么有什么。说红卫兵呼啦一下子都成了红卫兵，说做买卖一下都成了买卖人。说旅游呢，到处便都是"万国酒店"了。

晚上一处红红绿绿的霓虹灯闪烁的地方说是有歌舞表演。歌舞团才组织起来三个月，大多是农民的女儿。看着农民的女儿们穿着超短裙、高跟鞋，烫着头发抹着口红拿着话筒说着"谢谢，谢谢……"在架子鼓和电吉他的伴奏下唱起邓丽君唱剩下的歌！

　　银河，银河……伴着我……

曼然不知道是有趣还是肉麻，是热闹还是寂寞。

她领着孩子走出来，心想，也可以睡了。在家里过去一般是十一点睡觉，有了孩子便陪孩子早睡，十点睡过，九点半睡过，九点也睡过。那年夏天，孩子病得最厉害的时候，一天傍晚乌云密布，雷雨交加，孩子要睡，丈夫出差开会，她便在八点多陪孩子睡下了。刚睡下不久，阵雨过去，雨过天晴，夕阳竟又把世界照得亮亮的。她醒了，看着窗外的耀眼阳光，一时竟以为已经是睡到了第二天早上——原来长长的一夜还没有开始呢！

在与自己住的休养所相邻的一间大楼里，传出来极悦耳的钢琴声。她停住了。

看门人向她做出一个"请进"的手势，她进去了。

她来到大厅。只有二十几个观众。一位女钢琴家正在用不知道多少个的手指撅动琴键，发出令人沉醉的高雅的声音。

她屏气静神。钢琴，竟然也成了已逝的往事。小时候她还练过琴、想过琴呢。一上中学她就断然与钢琴告了别。她呆住了。她没有想到超出周围的环境与人之上，这里竟有真正的艺术家。她静听着潮水一样、风一样、马蹄一样的琴声。琴声一阵又一阵地弹过来又弹出去，好像一只在树林里迷了路的鸟，东飞西撞，急切而又天真，偏偏找不到飞向天空的路。鸟变得急躁、失望、痛苦。鸟的翅膀已经扇不动了,鸟落到了积满落叶的地上……那钢琴家的容貌和神态尤其令她动心。是不是上中学、梳两条辫子的时候她听过她的演奏呢?那时候她用吃早点节省下来攒下来的钱去买音乐会的票子。那一位女钢琴家也是穿着黑色的连衣长裙,头发上系着一根丝带。她好像忘记了自己身在何处和正在做什么。好像正有一个感觉从她的身体深处灵魂深处升起。那样痛楚,那样紧皱,那样切割,那样逗弄,那样纠缠得甜蜜,而又那样的舒展自由。你要仔细地端详,努力去发现她的随着音乐不断变化的表情,那种自身比钢琴还灵敏的对于手指的感应。她是笑了吗?痛苦了吗?紧张了吗?迷恋了吗?摇头了吗?闭眼睛了吗?用力了吗?快乐而又满足了吗?她的表情似乎和音乐一样微妙、变化多端、不可思议而又令人落泪,令人兴奋激扬。她的神圣体验把十一岁的女小学生曼然带入了一个彼岸的世界。

像旧梦的重温。像打开了一间封闭已久的房屋。像找到了一封遗失多年的来信。曼然盯住了钢琴家,随着钢琴家神情的变化而变化起自己的神情来。

我真羡慕呀:曼然不知道自己是不是说出了声。

又一个新的曲子开始演奏了。曼然竖起耳朵捕捉着这陌生的旋律——有什么办法呢,很长时间,她没有听过正经的音乐特别是钢琴了。丈夫回到家,顶多听听通俗歌曲和电影插曲。

"是 B 小调奏鸣曲,李斯特的。"旁边似乎有人轻声告诉她。

她略一旁视,才发现身旁坐着的是那个住木工房的潇洒的年轻人。他也在这里!

他们一起走回休养所,随便说了几句后来完全记不起来的话,分手时还说了"再见"。要不要说"晚安"呢?似乎太洋了一点。

第二天他来敲她的门。那时她吃过早饭,正与儿子下动物棋。

"我想给您画一张像。我是美术学院的教师,这是我的工作证。"他说,公事公办,很严肃。

"不,对不起,我不同意。"她立即拒绝,而且慌乱起来。

"真的不可以吗?"

"嗯。您为什么要画我呢?您可以画别人。"

年轻的画家毫无表情地转身而去。

她心慌意乱。和儿子下棋的时候竟把大象往老鼠的嘴下送,又把狮子当成了豹子,给她画一张像?这么说,她有什么值得入画的吗?为什么不去给那个女钢琴家画像呢?还没有见过比她更美丽更动人的人。而自己,自己又有什么可画的呢,她将在画家的画笔和颜料下,留下什么样的形象呢?昨晚还和人家并排坐着听音乐,并听取人家的介绍。而今天突然这样不讲礼貌地拒绝了。连考虑都没有考虑,连一声"让我考虑考虑"都没说就断然拒绝。难道有什么断然拒绝的道理或者规定吗?有什么不好呢?即使是被一个陌生人画进了自己的画。真是从小就不知不觉地变成了不折不扣的教条主义者了呀……再也不会有这样的机会了。

我想给您画一张像,可以吗?

一连几个小时他的问话、他的声音都在耳边回旋。那声音似乎是黏重的,滞留在空气里和她的耳朵里,难以消除。在下午游泳的时候,在游离了海岸一百五十米以后,在有规律的划水蹬水声中,她突然听见海浪轻轻地说:

给您画一张像,可以吗?

可以,可以,她要大喊。欢迎!欢迎!谢谢你!谢谢你!为什么不给我画像呢?就画我在海边,在海里。就画我穿着泳装。就画我跳猴皮筋。就画我坐在音乐厅的软椅上听音乐。就画我弹钢琴或者开飞机或者在空中跳伞吧。我还没有那么老,我还活着。我的手臂划水的时候还憋足了力量,我还分明受到了海潮的鼓动与催促。我分明感受到了大海是如许温热。我还像李斯特的钢琴曲一样的热烈和活泼。

给您画……可以吗?

不，我不同意。她却是这样回答。是谁命令她这样回答的？

一阵激动。她呛了一口水，咳嗽起来。她忽然一闪念，也许就是这一次了，她将沉没在汪洋大海里。她将晕倒，呛水，抽筋，恐怖地挣扎，愈挣扎愈陷入海底。十几分钟以后——也许用不了那么长时间，她的身体将会轻轻静静地漂浮上来，她将变得苍白、浮肿，像一块被浸泡的面包，她将受到惊呼，受到痛惜。她的儿子将呆呆地望着已经永远失去的母亲。她的丈夫将哽咽着跺脚：真是胡闹，真是胡闹！临走时我早就嘱咐过她，我不在，你不要下海！你不得下海！绝对不准下海！一片混乱。然后，她被忘记，她没有留下肖像，连一张理想的照片都没有，她所在的城市照相馆的技工，怎么都那么蠢呢？所以世界照常运行，连丈夫和儿子也将接受这一切并且习惯下来。画家也将把她忘记。她有生以来本来也没有引起过任何画家的注意。这究竟有什么不好呢？反正人总是要死的，老得不成样子了麻麻烦烦地去死，往鼻子里插管子、割开喉头，不间断地输氧，一身屎、尿、褥疮，然后在手忙脚乱的假惺惺的抢救之后彻底完蛋，又比淹死在大海里好在什么地方呢？

这实在是一个非常勇敢非常美好的幻想……可惜的是，她摆脱不了俗套子，摆脱不了那把她拴在岸上的铁的法则。怎么游出去的，便又怎么乖乖地游了回来。往大海深处游去的时候又兴奋、又壮丽、又紧张、又骄傲。往回游的时候，又安全、又忧伤、又单调、又疲乏。就像高高昂起了倔强的头颅，却又深深地把头低了下去。

晚上儿子突然发起烧来。乖儿子一再说："妈妈，您别着急，我没有什么。"孩子的懂事更使妈妈心疼，曼然掉下了泪来。她找休养所所长，又麻烦了服务员、司机，找来一辆面包车。从木工房里跑出来年轻的画家，他也在一边忙忙活活，意欲助人为乐，好像也有他的什么事似的。曼然几乎是粗暴地把他轰走了。然后去到一家部队的医院。然后说好话，亮牌子，说明儿子的爸爸是谁是谁。休养所所长还暗示他们曾经帮助这家部队医院解决过名牌白酒和新鲜对虾。便给孩子临时在病室走廊加了一张床,静脉打点滴,生理盐水、抗菌素和葡萄糖。医生说这个海滨的发病率非常之高,高烧拉肚子的人比比皆是。食品卫生是一个大问题。曼然不住地点头,完全赞成医生的看法而且认为这些看法与儿子的病一样的重要。

后来孩子就睡着了,医生也去睡了。病房里的所有病人与病人家属都睡得很香,好像根本不存在什么恼人的病。当然,所长、司机、服务员与面包车早已走掉了。只有曼然难以入睡,她摸着儿子的发热的额头,痛苦地感觉到这场病是上天对她的惩罚。游泳游的,她的心太野了。

第二天天亮以后儿子病就好了。回去休息,巩固一下,再吃点消炎药,退烧药备用,发烧时再吃,不烧就不吃。面包车便又来了,只有司机和年轻的画家。画家赶忙解释说:"所长让我来的。别人,白天脱不开身,您去办手续,我帮您抱孩子。"

孩子平安地回到了休养所。妈妈不停地给孩子讲小时候已经讲过许多遍的孔融让梨与猴子捞月亮的故事。给孩子的爸爸又打了一个电话,她向丈夫忏悔,她没有照顾好孩子,她没有完成任务,她对不起他们父子。恰恰丈夫也要打电话来,说是这个会以后又有一个新安排的会,必须去。这就是说,不可能再回来陪她休息。怎么变成了陪我?她不解地想。便说等孩子的康复—巩固便马上回家,而且她加了一句:"我再也不下海去游泳了。"

第三天上午十点四十四分的回城火车。吃过早饭以后,画家拿来一张炭画素描。画的是那个女钢琴家,她高雅地坐在琴凳上,目光那么含蓄,那么深情,那么遥远,好像有许多话要说。微微偏着头,那角度和阴影令人赞叹。

"如果您喜欢,就把它留下吧。"画家毕恭毕敬地、温柔地说。

"您画了那个钢琴家!真难得,只不过听了一晚上的曲子。您画的这个角度,这个神态实在是太好了!"曼然十分友好地说。

"您再看一看……您再看一看……"画家请求说。

"是的,这衣裳和琴凳画得也非常好,整个气氛非常协调……"

"我不是说这个……"画家的声调似乎有点急躁。

"您难道看不出来……"画家又说,"我画的是您吗?您和那位女钢琴家,双胞胎一样的相像。您的眼睛您的神态比她的还更富有情感……对不起,我并不认识您,我也许不应该这样画。我请求为您画像,遭到了您的拒绝……但我还是画了。如果您生气,就把它毁了吧。再见。您好像给孩子穿得太厚了……祝您好。"

离去的时候曼然才意识到,自己对这个新兴的海滨旅游点的腹议,是太苛刻了。最重要的是这里有海,有人,有涨潮与落潮。连那吵吵闹闹推推搡搡肮肮脏脏也叫人心疼。农民的女儿扭着腰肢唱邓丽君又有什么不可以呢?难道中国的女孩连扭腰的资格也没有吗?也许终于会扭出点新花样,也许扭了一阵子就不扭了,也算是坐到了,坐过了这一站。了不起的钢琴,离着真正欣赏你,还远得很。那些高雅的绅士淑女,那些伟人,如果落到了我们的农民我们的百姓的境遇,也许表现出来的风度还不如他们。谁也没有权利抱怨和责备别人,正像没有权利抱怨和要求退换自己脚下的土地。这是多么可爱的土地哟!

她怀着完全谅解、疼爱和留恋的心情在火车站台上徘徊。她东张西望,等待着,等待着。离开车只有十分钟了,广播喇叭在催促"送客的同志"赶快离开车厢。列车员示意要她迅速上车。她仍然满有把握地等待着。直到最后一分钟她仍然相信,他会来的。那个素昧平生的画家孩子会来的。是他发现了她,了解了她在海里、在钢琴演奏的时刻乃至孩子生病的时刻所感觉到的一切。他画的那个"她"的目光里有多少含蓄的渴望和飞不出茂林的鸟儿的痛苦,那圣洁的面容正是她梦寐以求的。那肖像才是真正的被找出来的她!她愿意为这样的面容这样的目光去死。这次,在车站上,在临别的时刻她要接受他的赠画。然后,她也要去弹钢琴,她也要去做画。她将欢迎他再画自己,她可以为他的绘画端坐四十分钟或四百四千分钟。

她还要再问问自己,你是怎么样的,你能够是怎么样的。她要握紧他的手,说一声"谢谢你"!

火车开了。她恍惚看到那画家奔跑而来,那个画上的更好的她奔跑而来。她向他们招一招手。她知道这一年的夏天已经离她而去。

发表于《作家》1988年第3期

组　接

头　部

一

　　锣鼓声敲得喧天。火光照红了你的脸。你扭着秧歌,扭着人人都扭的秧歌。很可能,你的"材料"并不宜于做一个舞蹈演员。你的腿不够长,腰也不够纤细。然而当时只知道胜利,只知道狂欢,只知道青春的骄傲与圆满。我知道你爸爸是个大地主大官僚,你上学的时候有汽车、有老妈子接送。而你革命了,背叛了自己的阶级。你为地下党搜集过重要的情报,而你并不是党员,这实在令人怜悯,因为归根结蒂,你还只是一个被帮助被改造的对象。我怎样帮助你?

　　而你像玉一样柔润光圆。你的手你的脸都在放光。看到你像农妇一样包上了彩色头巾,穿上臃肿的绿绸灯笼裤,喔、喔、喊喔喊喔喊,你像儿童、像儿童团员一样地傻里傻气地跳舞,我心疼得想落泪。我,一个孩子,已经像大人一样生活、思索、战斗、感受。而你,一个大人,却要像孩子一样跳舞……而歌声是欢愉的、舒心的、热烈的,像大风大火一样。

　　更热烈和舒心的是你的笑容,笑得开怀却仍然那样文雅,你的出身和教养就是不同哟!我为我们的革命而骄傲!革命的血与火把皇帝的女儿从深宫中引了出来。革命的大旗把贵族的少女从花园中引了出来,你的笑容便是对于革命的报答,便是对千千万万刘胡兰与董存瑞的报答。你的笑容便是对于革命的人们的明天的预兆显示。多么神圣,多么无私! 万民相亲如一家! 而当你走过我的面前的时候,你向我扬一扬眉,你好像还叫出了我的名字。

你的眼睛不算大,然而清水一样的明亮。你的鼻梁像一条优美的长线。你说话的声音又像南方人,又像北方人。都说你会说很好的英语。你参加基督教的团契活动,并从中受到了地下党的教育。你会弹钢琴。你曾经住在一幢红色的小洋楼里,二楼正厅有一台漂洋过海而来的钢琴。二楼窗外是一个岸边积满落叶的湖。

你从不革命的钢琴,走到革命的秧歌舞里,开始了你奇妙灿烂的青春。

一

你的身材高大,眼窝深陷,留着短发。最伟大的是,你穿着宽敞的棕色皮夹克。这身材和这夹克使我倾倒。你的形象立即与我心目中的苏联女革命家苏菲亚或者斯薇特兰娜相重合。你如果到西伯利亚去看望你的因企图暗杀沙皇而被流放的情人,你将首先亲吻他的镣铐而不是他的面庞。如果你被要求用点亮灯盏做暗号表明刽子手"总督"业已到达,然后你的情人将拉响炸弹与总督同归于尽,你会毫不犹豫。你会把所有的眼泪吞到肚子里。

果然,宣布了,你是地下党的领导人之一,解放以后你首次与你的下属,与你的敢死队员见面。当然,你是领导。我们期待着你的下一步命令。

于是你讲话了,你尖锐地批评了无组织无纪律状态。你的嗓音浑厚深沉,用语简洁有力。讲到可笑的地方,你发出了丹田之气冲破闸门的笑声。

说是你的情人是游击队长，在一次掩护撤退的阻击战中牺牲。说是你曾经在一次危险的交手战中打倒了一个国民党特务，掩护了地下党的领导。

我目不转睛地看着你。你的转身，你的叉腰，你的摊开手掌，你的只坐在椅子边缘的习惯和有力的双腿，你否定什么意见时鼻孔发出的声音，直到你喝水时拿茶杯的手势，都使我如醉如痴。我知道，我一辈子也赶不上你。

一

经过了许多天干旱的跋涉。沙丘连着沙丘。多刺的白草，使得干旱更加干枯。每一丝云都预言着不祥的风暴，世界似乎转瞬就会被吞噬。骆驼也显得疲惫。

然后是一排遥远的树影，一排令人难以相信的温柔生机，是一个蓝得如玉的湖，湖里的白云比天上的白云还要晶莹凸透。这不是海市蜃楼？

你就在湖上，在原始的木筏上唱几支歌颂新生活的歌。你全无矫饰，全无顾忌，你有什么样的声音就唱出什么样的声音，你有什么样的天真就唱出什么样的天真。

你戴着花帽，你梳着长辫，你戴着耳环和银镯。你就是一个民族，你就是一个地区。黄沙的漫漫包围之中，不但有树，有水，有庄稼，而且有丛丛玫瑰。有你的如水的清澈流畅的声音，有你的如花的笑容。真诚和本色是最好的笑容。你赞美。你的赞美正是对你自己的满意。你的漫不经心正是你天性的表达。你伸手举步便是跳舞。你发声便是唱歌。你的出现便是对艰难的大自然的补偿，便是对长途跋涉的慰安。

你也是生灵，而你为愉悦众生灵而生。每一块石头和木头，每一只小牛和小鸭,都因为听了你的歌而微笑,而共享欣然,而洋溢生机。

一

你爱说傻话。你像一个上满发条的小机器人。你把头发剪得这么短,说是模仿苏联卫国战争中的青年女英雄卓娅。你突然积极活动起来,一天接二十个电话,一天打二十个电话。手里拿一个笔记本,把每天要做的事密密麻麻地记下来。你走路像一阵风,脚也不沾地。你的穿着也是卓娅式的,两条宽宽的带子,一条中学生的竹布裙。而你的白衬衫,一直保持着——我要说是"资产阶级"式的——清洁。

然而越来越多的人不喜欢你。"她真是愈来愈骄傲了!"一个人这么说。两个人这么说。三个、四个,越来越多的人这么说。她怎么骄傲了?骄傲就是骄傲,并不需要列举和逐条分析。

于是,你突然没有了。像流星一样地迅速地出现,又迅速地消失了。

许多年以后说是你参了军,却没有能去你们所希望去的朝鲜。说是你堕入了情网,疯疯痴痴,难解难分。说是你堕落了,竟和一个面貌可疑的人同居生了孩子。而终于被骗。

值得遗憾么?

你总是信任那些不信任你的人。

一

我们在公园的草地上见面,你带来你的恋人。他身材高大,背着照相机,穿着米色风雨衣,说一些高级的话,提到我从未去过的一个俱乐部。而你的眼珠如黑漆,如两滴墨汁落在清水里,将欲扩张尚未弥漫。你的热情似乎正在你的睫毛上、你的厚嘴唇角上、你的晒得有点红黑的皮肤上燃烧。你手大脚大,却仍然举止有致,说笑起来又大方又不失娇柔。你谈文学、谈绘画和音乐,还谈到一个声名狼藉的女戏子,为她鸣不平——你真豪侠。是的,我觉得你更像一个女侠,像一个江湖女子,我想象着你柳眉倒竖、杏眼圆睁,挥动兵刃杀向不平的情景。我忽然问你为什么不去拍电影,使你们俩莫名其妙,使我觉得自己谈吐不得体,便冒出汗来。你开始唱歌,歌唱草原。我觉得好笑,想公园的草地与草原实在并无共同之处。最后你们才宣告下星期六晚上结婚,邀请我参加你们的婚礼,使我突然觉得怅然,连祝贺的话都说得结结巴巴。

后来我便叹息,为什么有的人生活得自来高雅、自然、畅快,而有的人却那么狼狈艰窘困难……你们有令人羡妒的命运。

腰　部

二

转瞬就是十几年,旧地重游,我想念着你,重温着你的名字,你的风姿。我走进大院,走上楼梯,回忆着初次来这里的情景,奇怪这房屋竟比人老得还快。只见一个虎背熊腰的妇人在楼道里大喊大叫,可能是与人吵架,也可能只是习惯了大声发表自己的意见。我不好意思看陌生的、正在激动的人,为她感到莫名的羞愧,便赶紧收起目光,找到了我要进的办公室的门。

科长公事公办地向我介绍了这些年的情况,介绍的都是"无情况",即不必介绍也可以知晓的千篇一律的情况。我们每天早晨起床,每天晚上睡觉。我们学习,大家都拥护,都行动起来了,出现了可喜的现象。当然也不平衡之类。我们是默契的。

我装作漫不经心地提起了你的美丽的名字,一股清纯的泉水涌上了我的心头。科长说:"刚才在楼道里大喊大叫的就是她呀,难道你没有遇到么?你敲我的办公室门的时候她还在大叫呀!"

我怔住了。

是她在叫。叫什么?不是唱歌。不是跳舞。不是谈理想也不是谈艺术也不是谈革命。她在叫,伸着胳臂,直着脖颈,好像还不断地跺脚。

她不再是个美好的梦了么?也许只是我不巧,碰上了这不佳的一瞬。这美好的失去,未免也太快啦。

其实也没什么。

二

事隔许多年,我们又见面了。你的大眼睛仍然明亮,眼珠却比以前灵活。你的声音仍然响亮,说起话来却有更多的抑扬顿挫。你的表情仍然活泼,各种神色却有更多的"召之即来,挥之即去"的熟练。我们一见如"故"——本来也"故",一见如几十年从未隔绝。然后你向我分析形势,把各种报纸上没有的新闻内幕透露给我。真得感谢你的信任,与你一个小时的谈话竟使我恍然以为自己也变成了一场游戏,一场较量中的不可少的角色。而我原以为,见面以后要回忆我们的少年时代、要询问各自的坎坷经历的……

谢谢,我知道了我的价值。我也是一票。你的亲切迷人的微笑,可以说是对老友的微笑,也可以说是对于一票的微笑。很紧张也很充实。其乐无穷,其苦无际。

祝你成功……告别的时候,我只觉得有点——"怕"你。

二

你穿着臃肿的、带补丁的棉衣来开会,面黄肌瘦,脸上放着虔诚的光。你给每一个年龄比你大、名声比你响、地位比你高的人鞠躬，讨好地、生怕不被接受地称这些人为老师。你刚发了几句言，竟因为紧张而说不出话来了——你说，你从来没有在这样的场合说过话。倒是几位老前辈真诚地称赞了你，称道你的贡献，你的才具，也称道你的清高和你的恒心。然后每一个发言都是对于你的劳作的肯定。你的眼眶里浮着泪花……只是在散会以后你才说，你没有想到，这么多你崇拜过羡慕过向往过的人集合起来向你致敬。而几十年来，你欲向这些人致敬而不可得，你欲一睹这些人的容颜而不可得。你说，你的渺小的生活突然与这些了不起的人物连接起来，这使你觉得幸福得头晕……

你是幸福的。只是你的笑容与你的目光仍然饱含着苦味的谦卑。

二

你拨拉开警卫走入了"常委楼"。你的早生的白发使你的形象变得可亲可敬。而且都知道，你的老汉原也是在这个楼里办公。还在走廊里你已经大喊大叫，说了第一句话就哇哇大哭起来。你的哭声打开了一扇又一扇沉重的、关得严严实实的门，一个个惊讶的、迷惑的面孔向着你。你获得了初步的成功，你获得了大的鼓舞。于是你诉说，你抱怨，你指名道姓地责备一个又一个的领导亏待了你。你咧着大嘴哭，然后把比眼泪更多的鼻涕甩到地上，抹到门上，抹到楼梯扶手上。你跳起脚来，大骂那些在位的领导人……终于，你被优礼有加地请进了主要负责人之一的堂皇的办公室。

事后你说，你实不愿出此下策，但硬是拖着不给你解决，你只好舍出老脸。你还轻松地说，这一招的核心是甩鼻涕，鼻涕甩得越多，越肮脏，问题就越容易解决。

是的，在你大甩鼻涕后一个月，新居落实了，你们家乔迁志喜。

二

你来信说，你入党了，这使你好几天睡不着觉。年轻的时候你像一个无望的情人，一次又一次地追求党，期待党给你以考验。你愿通过哪怕是生与死的考验只求得到党的信任。你曾经一次又一次在梦里举起右手宣誓。

而后你终于死了心。你感谢那位说真话的同志，他干脆告诉你，你属于"不能发展"（入党）之列。你的家庭，你的社会关系，党不能因为你而玷污自己的队伍的纯洁。你哭了。

从此你的日子坦然愉快。你像农民一样养鸡，每天早晨摸鸡屁股，每天下午核查捡蛋数与预计数是否相符。你"偷"工地的砖瓦木材为自家盖小房，并坦然地说："公家的木头算什么，我们人还是公家的呢。"你接受病人的礼物并给他们开贵重的药，"反正礼物是个人的，药品是国家的。"遇到心情不好，就干脆弄一张病假条，歇他十天半月。

而这时候要发展你入党。你说自己条件不够。他说你的条件早就够了……

等我们见面的时候，你已经平静了。

三

你的面容使我沉重得说不出话来。面如死灰，但死灰也没有这样沉重。你待在属于自己的一间狭小的屋里，如已判处死刑的囚犯。一辈子你追求事业，你不辞辛苦，大年初一也不回家，连儿子也不再认识你。你下了一次又一次的决心，为俗人所不容，为领导所不容，为婆母所不容，为嫉妒你的同事所不容……最后，为自己的丈夫所不容。他提出要与你离婚，你的已经十几岁的孩子也在法庭上明确表示不愿意跟随你。

而今天，专家委员会最后宣判了你的"死刑"。你的研究、你的论据、你的实验记录全部都是反科学的、靠不住的，从一开始就注定了要彻底失败的。而且，这一切是被一个极有权威极无知识的大人物所利用、所主使的。现在，大人物已经告别人间。昨天还在向大人物献媚的人一夜之间变成了新派，变成了最时髦的批判者、解放者、先锋人物。而你呢，一夜之间从大人物的宠儿变成了"心比天高、身为下贱"的小丑，变成了一厢情愿而又一事无成的可怜虫。而就在这个时候，连你的丈夫，你的孩子也杀向了你。

我要炸了。你说。

老战友、老同事们说起你来的时候都包含着如下的潜台词：

老天保佑，我们总算没有倒霉到她那步田地！

足 部

三

我不能相信，这封告密信是你写的。

你捕风捉影，你夸大其词，你渲染一大批人的政治上的可疑的面貌，你把个别的人和事说成一群，你大声喧哗"狼来了，狼来了"，你呼唤枪炮火力与猎狗，而且，你说不出的委屈。

你点了那么多的名，都是大半生与你共甘苦的同志。越是友人，你就越痛恨。你觉得人人对不起你。

你唱过愉悦的歌，现在不唱了，现在只唱愤恨的歌。

你写过热烈的情书，现在不写了，现在是咬牙切齿、字斟句酌地写告发信。

你显现过花一样的笑容，现在是一脸的杀机。温柔的你却是嗜血的？

而所有这一切,是那样堂皇,那样真诚,那样悲壮。你气不忿,你咽不下这口气,你祈祷着地震,你求告着火山爆发……哪怕,你也与之共亡。

三

在游泳池里。

你一次又一次地练习漂浮,练习水中呼气,练习划水与蹬水夹水,练习仰卧。

一个很简单的问题:如果活在阳间一辈子,却没有游过泳,不懊悔么?

你喜欢水。你喜欢江河湖泊,喜欢大海。你的少年时代的幻想,就是在江河湖海里乘风破浪。当你在电影里看到游泳、看到跳水的时候,你觉得那是一个奇妙的梦。

你一点也不怀疑,只是在你过了退休年龄以后,你才有了偿还少年时代的海恋的可能。虽然许多同辈人叹息:从前我们有很好的牙齿,可是没有花生豆儿可吃。现在到处是花生豆儿了,可我们没有牙了。

你代替哀叹的是买了一件尼龙泳衣,一个彩色橡胶救生圈,你甚至买了一艘橡皮汽艇,你常常在你的客厅里给橡皮艇打足气,你的地毯便变了万顷碧波。

你的进步真大,你几乎学会了蛙泳和仰泳。然而彩色的救生圈限制了你。所有的泳伴劝你丢掉救生圈,你完全接受他们的劝告。你每天都下决心丢掉救生圈,你完全有信心丢掉圈后在水里畅游。但你抓惯了橡皮圈,在欲丢的一刹那你忽然体验到了那种无抓无挠的自由沉浮的恐怖,于是你把丢救生圈的任务留给了下一次。

又是盛夏了,大海在等待你。

二

两元五角钱加四元三角钱又加五角四分钱是多少钱呢？
学习,学习,什么叫商品经济？为什么又学起商品经济来？我们奋斗了一生,难道是为了……
为什么,为什么我还只是副司局级？和我一同参加革命的,有的已经当了中央领导。连那个小鬼都主持一个省的工作了。自己不争,谁管你？
谁说我糊涂？我怎么糊涂了？丢掉了飞机票就是糊涂吗？拿丝袜子发票报医药费就是糊涂吗？至少应该再给我提升两级！什么,已经提过了！什么时候提的？为什么不补工资？谁说补过了？钱在哪里？
药！快给我拿药来！便秘？对,便秘！血压？对,我已经有了血压！挂号？挂号怎么还收钱？我们不搞社会主义了吗？跳舞？谁让你们去跳舞的！电视？快把电视机关上,全是一男一女的你啃我我咬你的事……

三

只是在退休之后,你变成了年轻人。
你染黑了头发。你戴上了金项链和景泰蓝手镯。你穿上摩登的两色蝙蝠衫和贴身的裤子。上帝保佑,你有那么好的身材,从背影看,你还那么窈窕。唯一的缺陷——牙齿,你也采取了革命性的措施。你换上了一口永远洁白如玉的牙,你完成了再生,第二次青春。
你再不会苦自己。革命、事业、群众反映,直到爱情,没有一样东西值得你为之而受苦,为之而牺牲你自己。并不是每一个人都需要或者都可以成为革命家。并不是每一个人都需要或者都可以成为居里夫人。(一个国家的女人都成了居里夫人,不是比都成为茶花女更为难以想象吗?)并不是每一个人都需要参加竞选,热衷于争取选票的——参加竞选的越多,结果不就是落选的越多吗?至于为爱情而痛苦,而发疯,而患不治之症或者自杀,其实不都是自我的灾难么?那些爱情上得到了成功得到了满足的人,他们的幸福又能持续多久多深呢?那些写了感天地而泣鬼神的爱情作品的人,在自己的爱情上,不是表现了更多的轻薄和靠不住吗?

去掉了这一切,剩下的便是快乐。你出现在舞场、餐馆、俱乐部里,老而犹媚,风度翩翩。多么荒谬啊,年轻时候你看到老妇人常常奇怪她们为什么还要不依不饶地活下去,简直赖皮!而如今你发现了新天地。你仍然有自己的社交,自己的趣味,自己的卖弄风情,自己的乐趣。而当这一切结束的时候,也就可以轻松地说一声再见了。何必那么沉重呢?

三

你发脾气,你摔东西。你在大庭广众之下突然与慕名而来的人大喊大吵,而且说出一系列脏话,甚至令男人也逃之夭夭。你回忆过去,越回忆就越没有好气。你现在是誉满全球的白天鹅了,你要为你丑小鸭时代受过的气向公鸡、向白猫、向农夫与农妇、向对你掷过石块的孩子们复仇。你到处喊喊喳喳,每天说十个人的坏话恶语。当公众为你鼓掌的时候,你缩缩脖,吐吐舌头,忽然一撇嘴,骂道:"你算什么东西?"

你成就愈大,就活得愈不自在呀!你越发难受了。

三

想不到,我们在这样一个"敬老会"上相遇。

你的头发变成了银色，此外一切的一切，你还是四十年前的你。

一样的光泽，一样的温顺，一样的含笑的眼睛，一样的转身的姿势。一样的口音，一样的洁白的牙齿，一样的嘴角的善良，一样的谈吐。

而你说，你的丈夫已经死去了十载。你自己，已经退休三年。你的孙子已经上了小学。你已经无事可做，除了看护孙子。

"还那么喜欢音乐吗？"我问。

你似乎点点头，又似乎是摇头。后来告诉我，你的儿子正在计划给孙子买一台钢琴。你问："好买吗？"

喝了几口龙井，你说，你要提前离去，因为"孙子要找我的"。

"可你还那么年轻……"我嗫嚅着。

你摆一摆手，像拂去一个虫子，一笑。

你真高贵。四十年，五十年，六十年的岁月在你的安详面前，无形无迹。

尾　部

连续几夜失眠，便干脆披衣而起，出屋，搬一把藤椅，坐到院子里。

一株盖有年矣的枣树，据说结过许多枣，红枣与半红的枣曾经落满院子。这几年已经不大结枣了，要费力地搜寻，才发现星星点点。

而且现在的枣，已不像当年那般甜香脆鲜。

一株米兰，整整一个冬天是完好的，偏偏入春之后受了寒风，至今没有出芽。折又折不断。剥开皮，还有绿色，使你始终抱有复生的希望。

小时候奶奶说过，伏雨一浇，一切没有死绝的东西都将重活。

还能再闻到米兰的香味么？

一只猫，小时候肮脏得很，曾经想扔掉，却又舍不得。谁让它来了这一家？有第一天便有第二天，便有第二天的第二天，便有许多纠缠，叫做"命"的。

最近小猫白了，雪白的长毛，令人刮目。说是猫儿已陷入情网，每天晚上都要闹的。同时学会了偷。春节期间，吃了四斤冻带鱼。又一次口诛心伐，抛之荒野而后快。终于留了下来，不忍。

既然来了，何必人为地抛弃？人为抛弃，太残酷。

风习习吹着，和从前一样。

星星一个一个，有时清楚，有时模糊，可以连成这样一个线，一个图，也可以那样连。可以当围棋看，也可以当跳棋看。几十年看过去了。

都睡下、都安静下以后，你忽然觉得苏醒。觉得一切都那么容易。

你分不清这颗星和那颗星的故事了。你更分不清今年的星和五十年前的星或者以后的。

比如说，转眼就是第六十个夏天。

这个夏天雨多。鸟也比从前多了。想起那一年敲锣打鼓扬旗发疯剿灭麻雀的情景，就和天上的星星一样远。

你相信，鸟类已经原谅了我们？

结构，是可以变化和摸索的。一位不逢时的小说家这样对你说。

你又说什么呢？

小时候的夏天夜晚，城市里也有萤火虫，有蝙蝠，有蛙鸣。大雨以后，胡同里有没膝的积水。冬天，院里还见过黄鼠狼呢。

发表于《北京文学》1988年第9期

夏 之 波

无论是前一分钟还是前一万年,都是已经一去不复返的往事,都是已经永远失去了的历史。

所以说,一瞬即是万年。

那一年的夏天热得出奇,那年夏天热得飞鸟从天空坠下摔死,太阳烤得蝈蝈笼子燃烧起火。一家晚报刊登消息说,一只富有解放意识的蝈蝈,由于抗议人类为之设立的藩篱,纵火自焚。这是这家报纸该年发表的最接近事实的客观的消息之一。

人们由于天热而激动。人们计算着我国人均收入水平,并且说六十年代我们的国民生产总值与日本大致相仿;而在唐朝,我们的生产总值仿佛是日本的六十倍,如果不是七十倍。一位科学家早在五十年代已经指出,根据能量守恒定律和对正在转化为碳水化合物的日光能的计算,在北纬二十度以北的我国大部地区每亩地可以生产小麦两万斤。只要做到这一步,我们将重新居于世界第一。而从西安附近发掘出来的秦代的铜车马来看,我们的冶炼、造车与喂马技术都一直是遥遥领先。直到孙悟空接手饲养天马任副处级长官弼马温为止。

我们在讨论会上谈到了这些令人难寐的事实、史实。而且说,如果砸破了铁饭碗、大锅饭,就一定可以使劳动生产率提高九倍。这个数字的根据是一条妇孺皆知的表述:十亿人民九亿侃,只有一亿在发展。大家说，只要九亿人也来干活，只要每天干足八个小时，就可以实行每周五日工作制，就可以马上占据地球的前列。大家抨击说，市公共汽车公司调度员提高了工资，于是售票员怒而不售票。小张昨晚坐358路车回来，拿着钱去买票，反而被售票员呲儿了回来。小张在慨叹报国无门的同时愤然喝道："我看中国人就欠以阶级斗争为纲！"如果送百分之五的人去劳动教养，也会"一抓就灵"的。

大家都为国运民运劳动生产率纪律效益百分比绝对值急得愁得掉了牙，然后承认"这几年好多了"，然后老董说："这几年好多了，早几十年这样干多好！""废话！"一致斥责。又一致叹息："真是不说白不说，说了白说啊！"

然后急急忙忙地夺路而逃。离下班还有二十分钟，办公室里已没有人影。为了躲过乘公共汽车的高峰，所以下班要提前，上班要推迟。人同此心，高峰便也同步，该提前则提前，该推迟推迟。我的前任一千五百度近视眼的老杜想扭一扭。他甚至亲自坐镇传达室考勤，据说还搬到大办公室办公——意在监工。他激起了众怒，站到了人民的对立面。全局只有他一个人是按生辰八字准时退下去的。说是，既然他那么一丝不苟，那么……

与此同时晚报上说农民万元户买了钢琴。买了汽车。买了飞机。即将可以买原子弹。电视新闻里出现了农村的摩托车大赛。我们的人更急更气了，说是我们从事的是高级脑力复杂劳动，为什么制造导弹的人还不如制造茶鸡蛋的？报上说一个卖茶蛋的小姑娘已经自费买了机票，自费去美利坚合众国留学。便进一步质问，他在世的时候是知识愈多愈反动，现在呢，是不是知识愈多愈贫穷？老董还跺脚说，为什么人家属人参，越老越补，而我们属萝卜，越老越苦？大家鼓掌。老董跺脚又大跺，把地板跺出了一个洞，从中跑出一只白老鼠。便又笑又赞，确实生活提高了，连老鼠都白白胖胖，活像天天吃壮儿糕与肥儿散。

飞机的马达发出了尖锐的啸声。送行的人大声与他说着道别的话。他与这个寒暄，与那个惜别，又时不时把头转来转去向每一位友人投以迷人的微笑。而所有这一切都是下意识地进行的。就像十五年前的那次酩酊大醉。他知道自己醉了，而在那个场合，是绝不应该醉的。他保持着谦恭礼貌的微笑，保持着主人应有的耐心与周到，使每一个人都不会感到自己是被忽略了。然后，他送客人回去，他走过三条街，过了两个十字路口，在汽车与自行车的河流中穿过。一切都恰到好处。而这一切，他事后完全不知道自己是如何做到的。

他的浑身都在发烧，又甜蜜，又酸楚。他像一条自由的、骄傲的鱼。他像一条被烧煮、被烹调的鱼。醋、酱、辣椒和烧到了一百五十度的菜籽油都浇到了身上。落地窗白晃晃地耀眼。像是海水被日光煮得沸腾。尖利的、杂乱的、重叠的噪声像海浪一样地扑打着他，吞噬着他。他觉得耳聋。空中交通的指挥塔正在膨胀、正在解体、正在震摇而且涌进候机室。正在起飞的飞机扬起了期待的脖子，那样渴求，那样无望。另一架飞机则向着他们冲来，不怀好意。一片混乱中他仍然听到那低低的、过于天真的声音，就像耳边的私语：

"我不乖吗？"

他已经听不到这私语了，而私语仍然在重复。她的大眼睛使他吃惊，甚至是使他害怕。没有一个中国女人长有这样大的眼睛。那好像是把一双普通的眼睛用力扩开了似的。那黑眼珠还在不停地扩张，透明而又执着。那眼白坚硬而且，他要说是——愚直。

我传达了领导的指示。七月八月，是改革月。松绑。承包。岗位责任制。分成。聘任与解聘。计件工资与分成工资。奖金。基分。第三次浪潮带给华夏的机会。电脑考勤。需要大胆试验。需要开拓型的人才。需要有新的面貌、新的局面，需要向前迈一大步……

于是进一步激动起来、沸腾起来，好像天上已经布满了蛋糕馅饼。好像我们的河里将要流淌茅台白酒。各种闻所未闻的信息遍地开花。新的口号:遍地开花。叫做:一心想着富字。叫做:能干会花。叫做:直接进入第三次浪潮。新的措施:为所有的职工每人做一身西服,包括坎肩和领带。新的公司,不需要任何设备和房舍,也不需要任何资金的公司——信息服务公司。掌握了信息就能发财,就能大翻身。新的"三三制",机关里三分之一留守上班,三分之一各地巡视包括出国考察,三分之一经商搞钱。恭喜发财,高消费是光荣。现在都什么时候了,还讲勤俭节约——简直反动!其实把我们单位改成一个养猪场也早就发了大财。不,养猪太臭,最好是养苍蝇——我们专门培植全世界自然科学家都离不开的苍蝇。这在全球都是创举,需要为你雕一座铜像,摊开两只手,手心上爬满各色各等苍蝇。然后全世界的生物学、遗传学、生态学、遗传工程学、医学、生物化学……科学研究机构与科学家都会向我们订货。而我们要的价很公道,每只国际标准苍蝇1.50美元或2.50西德马克。

她穿着一身黑丝绒的衣服。脖子上围着白绸纱。在契诃夫的剧本里有一个人物尼娜,她总是穿黑衣服。当问起为什么穿黑衣服的时候,她回答说:

"我为生活志哀呀,我不幸福……"

"我们的领导应该民主产生,是的,要选举。一切由上面指定就会是淘汰精英而选拔低劣。因为没有一个领导愿意承认别人比自己强或者有可能比自己强,这样一种估计本身就注定了要黄鼠狼下耗子——一代不如一代……"小张讲得慷慨。他的湖北口音更渲染了他讲话的气势。

已经有愈来愈多的人向我推荐,小张是个人才,而且是"官"才。他早就把一句话挂在嘴上:"如果我当省长……"

"我们倒是想选一个能人,选一个新型领导人物,领导我们走向现代化,领导我们先富起来……有这样的人我们不选才怪……可是我们选谁去呢?"众人说。

"选谁去? 人人都应该来竞选! 拿破仑说,不愿意当元帅的士兵不是好士兵! 同样,不愿意当领导的干部就不是好干部。现在是改革的年代改革的月份,每个人都应该拿出自己的改革纲领,不想改革不会改革不能改革的人只好请他走开,他可以去倒卖香港丝袜嘛!"

"算了吧,倒儿爷们改革意识才强着哩……"哄堂大笑。

"那么小张,你先带个头儿,你来竞选一下嘛,你说说,如果把我们单位承包给你,你怎么办?"

"我不说……先让别人讲!"小子还有点神秘。

"小张说得对。就是要竞选。没有这点精神的人干脆滚蛋……"几个年轻人热烈起来了,响应起来了。

"我不竞选,滚蛋的话我就去大街要饭。"老董说。又是一阵哄笑。

如此这般、三起三落以后,小张恶狠狠地说:"要我承包也可以,第一,每年的经费必须翻三番。第二,人员裁掉三分之二,所有的老的不听话的跟不上的包括你,"他用右手食指狠指了一下我,"我都要裁掉。裁了的就一律不管,死活没我的事儿。第三,我必须真正拥有权力——财权、人权、决策权与处置权,谁也不要干涉。比如说用人,我就是要顺我者昌、逆我者亡,否则领导还有什么权威,工作还有什么效率? 比如工资,我想给谁开多少就给谁开多少。否则,发再多的工资有谁领你的情? 有谁为你卖块儿?"

至少有一半人为小张鼓掌。有的干脆喊出了声:"我们拥护小张!""由小张来承包!""让小张领导我们先富起来!"

我不知道该怎么办。也许,真的应该"让贤"了,就干脆让小张来试一试? 也许,他们会使生活焕然一新? 可他为什么说得那样龇牙咧嘴,那样吓人!

当飞机呼啸着升空而起,当地平线陡然倾斜起来,他知道,这一切已经永远地逝去了。他告别这个孤岛告别她如告别逝者。什么是往事呢?坟墓和十字架。

当他用潇洒优雅的姿态与送行者一一握手道别的时候,她拥抱了他。他觉察了她的脸,粗糙、冰凉,而且坚硬。那颧骨大概是粗大的。这大概是她的命。她不会有更好的命,比一切温柔小巧更令人痛苦。痛苦就像一场大火,烧毁了楼阁,烧毁了须发,烧焦了心。剩下的是一片废墟,是一片瓦砾,是已经冰冷、但仍然散失未尽的烟。

然后在废墟上,在分裂的土地上重建起了不夜的城市。到处是耀眼的白灯,是富丽的店铺,是浓妆的女子,是烤肉的油烟,是哭一样的歌唱,是货物的琳琅,是疯狂的节奏,是抢劫的危险,欲望的陷阱,是越来越赤裸的肉体与越来越难以辨认的灵魂。

你好。

你好。

在五星级旅馆的旋转门旁,他们互相问安。他一点也不了解这个城市、这个旅馆、这个人。也许他的动人之处就在于他的陌生?他像外星人。他不是这架充分发达的回旋加速器上的一颗原子。他好奇地、傻子一样地瞪着眼张着口,悲伤地看着它们。

她好奇地、傻子一样地、悲伤地看着他。

而他发抖了。

领导班子连夜开会,争执不下。消息却立即不胫而走:小张即将上台。

告状信飞上来了。小张"偷"过木匠房的油漆与清漆。小张在当"红卫兵"的时候砸过柴可夫斯基的《天鹅湖》唱片。小张给美国人写信,活动出国。小张贿赂一个司机,全家坐他的车到一百二十五公里以外的风景点去旅游。

推荐信和拥戴信也随即飞了上来。小张是开拓型人物。早在一九六八年小张就说过，农村必须搞包产到户。在一次会议室险些失火的事故里，小张一个人就向燃烧的沙发泼了五洗脸盆清水。而且他急中生智把痰盂扣到了帽子冒烟的科长头上。小张既懂业务又有组织能力，是不可多得的"四化"干部。小张是卧槽的千里马，现在需要的是伯乐的眼光与伯乐的决心。

惶惶然。人们在争辩小张上任究竟会是祸还是福、现在是站在"反张"还是站在"拥张"的立场上更正确而且更加有把握。×××与×××是否明反暗拥或者明拥暗反或又拥又反，简直说在这样的事情与一切事情上搞八面玲珑脚踏两只船留一条退路究竟是明智还是缺乏人格。人们在担忧如果真的实行了聘任制自己会不会被聘用。有的认为现在就应该给小张送点枸杞子与青春宝。有的则利用一切机会慷慨陈词，维护体制给自己的千般好处。有的开始巡回拜访已退居二线但仍是最有影响的人物的老领导，哭诉自己受到了小张的打击。老领导问："小张不是还没有上任吗？"答曰："没有上任就开始打击，上任了就更要打击老骨头们。"有的去找小张献策交联络图交类似《红楼梦》中的"护官符"。有的声明如果自己不被聘用就上吊，开始起草准备复印绝命书。有的则有意当着小张与我的面声明："不聘我可以！又没奖金又没有出国机会，我压根儿就不想在这里干！可是有一条，看你们聘不聘老李，我们两人都不聘，也就罢了。聘我不聘老李，应该！聘老李不聘我，我跟你们拼了，咱们白刀子进红刀子出——我不捅别人，我攮我自己的心口还不行吗？"

五天以后，小张受不住了，正式写来了书面报告："我是死活不当领导的，请上面千万不要考虑让我做什么长。我发发牢骚说说大话还可以，真干，我干不了！请不要因为某些人起哄就聘用我，聘用我只能给人民给国家给我个人也给别人带来不可弥补的损失！"

底下，小张说得更绝："去他妈的吧！口头上都忧国忧民盼改革、催改革、要改革，实际上，拔一毛而利改革，就没有人肯干！都等着天上掉改革的肉包子呢！依我看，只有喝西北风的份儿！"

领导班子终于否定了对小张的提名。

领导班子决定还是聘用我,而且举行了隆重的发聘书仪式。其实我在这个单位当领导,已经两年多了。

一个花花世界。一条每座店铺都明丽得像天堂里的宫殿的街。每个人都心事重重,衣冠楚楚。一家每一件商品都发出诱人的红光、垂荡着触目惊心的价目卡片的店铺。一个服务得这样周到、满足得这样熨帖、规定得这样严密的地方。

在这样的地方漫步,你内心的感受当如何呢?

感到满意。好像被按摩。好像被爱犬舔遍了全身。好像笑得更加高雅。好像随着花瓣撒下,被花瓣埋葬。

感到消受不了,承受不了。感到自己的肠胃太无能。感到胃胀、停食、漾酸水。好像一艘船因为超载而正在沉没。

感到愤怒,感到侮辱。像一个乞丐,像一个被逮捕被押解的囚徒。感到羞愧,像不肖子卖掉了传家宝。

而最根本的,只是孤独。越热闹越红火就越孤独。人与环境、人与土地、人与族姓的关系竟是这样脆弱的吗?

下起了小雨。为了躲雨,他们紧靠着店铺的橱窗和门户。而使城市变得安静幽雅。汽车也开得小心翼翼。他们穿过一个又一个商场。假发、首饰、大大小小的皮箱、化妆品。又穿过一个空荡的、堆放着许多塑料垃圾袋的小街,小街发出一种陌生的刺鼻气味而且街面发黑。然后他们走进一间白房子。白桌子白凳子白圆椅。落地镜面里也是一片洁白。然后他们要了咖啡。土耳其式还是意大利式?侍应生问。加不加一种兑咖啡的酒,南非出品?联合国正在对坚持种族隔离的南非进行贸易制裁。

他凝视着窗外的树影,车流,人行。匆匆而又心事重重。"从前有两个最淘气的孩子,一个男孩子一个女孩子,就用这两个孩子命名了一个著名的餐馆……"

"我小时候非常淘气。姑妈老是说我,管我,还打过我。她养着一只金毛狗,有一天我把狗鼻子涂成红色……"

他变得闷闷不乐。"咱们走吧,我累了。"他说。

过去是我领导,现在是我承包,而且说是,承包三年。说是一切权力下放到我这里了,我可以"生杀予夺"。

第一个问题,我聘用谁,不聘用谁。

我最不想聘用的是老赵。他喜欢串宅门,送礼请客,叫做"关系学""名单学""致敬学"。对任何实际事不出主意、不出头办,不解决任何实际问题,却又事事计较,事事争先,事事作梗。在我们讨论要不要给每一个科室发一听速溶咖啡的时候,他撇着嘴说:"也不能说喝咖啡就是对外开放,不喝咖啡就是保守僵化。"当我们为了尊重他的意见拟议不发咖啡的时候,他又说:"也不能说不喝咖啡就维护民族传统,喝了咖啡就崇洋媚外。"当我们追问他到底是什么意见的时候,他说他根本就没有意见,"一切听大家的。"

但是不能不聘。不聘他就会造成震动。就会使有关领导有关人士都同情他。就会落一个排斥异己,不顾大局的恶名。就会得罪一串人。就会使一直在那儿"反"老赵反得起劲的小张他们得到错误的信息做出错误的判断忘形起来放肆起来越发成事不足败事有余起来。又会使老董他们得到一种错误的信息做出错误的判断就会纷纷地请求调动请假休养去住医院,然后群起上书对我进行弹劾,而我是最不愿意成为他们的对立面的。

我其次不想聘用的是老董。她"文化革命"中补来了三代贫农家庭出身、本人从七岁做童工的证明。去年又突然补来了五十年代已经在夜大学本科毕业、具有高等教育毕业学历资格的证明。她要求评次高级职称,为这个又哭又闹而且当着许多人的面喝了敌敌畏。最后连小张也服气了,说:"评吧评吧,捏着鼻子也承认她是副研究员吧……我只提一条建议,咱们单位需要给老董规定一条特殊的劳动纪律:上一天班扣工资一元,旷工一天奖励一角,旷工一年就算全勤一年,年终戴红花发全勤奖。"

说得过分了一点。但她上班只能带来麻烦,是事实。

但是不能不聘。不聘她就会闹你个人仰马翻。而且她的舅舅是一个公认的好人,一个可敬的人,一个大人物。这位可敬的人物小时候讨了农村老婆,比他大五岁,小脚、文盲。而他们相敬如宾,白头偕老。对这样的人物的外甥女是不能怠慢的。连这点面子都不给,在公众中通不过。

想聘的,未必是可以聘的。不想聘的,却是一定不能不聘的。所谓生杀予夺的全权,只能使我更加为难,更加狼狈。因为,不再有一个无形的"上级"代替我负得罪人的责。不要把事情做绝了啊!人人都这样说,包括我自己也在提醒自己。

接到老友A、K患癌症去世的电报。猝不及想。就像一架正平稳飞翔的飞机,没有任何预兆便突然爆炸坠毁了。

在挨斗的那几年,他却那么活泼。做打油诗。唱"临行喝妈一碗酒"。跳"忠字舞"。学了一手好木匠活。当"文化大革命"结束,他要回自己的工作岗位的时候,同车间的老木匠师傅叹息说:"我这一辈子还没收过一个这样灵的徒弟,完全是八级工的材料呀,去当那个熊干部,多可惜了儿的!"

一架飞机飞着飞着,没有任何原因,就会突然爆炸吗?

这是一架巨大的秋千。秋千慵困解罗衣,画堂双燕归。这是一艘风浪里的帆船,帆船随着圆号声翻滚腾跌。这是一张破了孔的降落伞,我欲乘风归去,飞将军自青天落。

完全错了。他本来不该问:"你要不要喝点什么?"后来他才得知,依据这里的风俗,晚间的这种提议有一种过分亲昵的含义。

城市在旋转。灯光如线如缠。地面倾斜了,直立了,罩到了头上去了。人影绰绰,笑语滔滔。错落的喊叫声充满青春的欢乐。无烟的晕眩。无花的芬芳。无缘由的心悸。就像坐"碰碰车""碰碰船",互不相识、互相提防互相躲闪而又终于互相碰撞。躲避的是碰撞。期待的也是碰撞。人为什么愿意和陌生者碰碰撞撞呢?

而她太寂寞了。寂寞如花坛的枯草。寂寞如雪地的灰雀,寂寞得过早地出现了一根又一根白发。白发三千丈,缘愁似个长?

而她是无助的。像一架下坠的飞机。像一艘下沉的船。像一幢洁白的房子。墙上是洁白的浮雕。连壁炉也是洁白的。为什么夏天也需要投几片木柴呢?这里有夜的海风,凄凉。需要听木片燃烧的剥剥声。需要看火焰的升腾。似乎世界上只剩下了这点声音和这点运动。

而城市是一片喧嚣一片豪华一片欢腾。莫非她和他都是乞丐?在呛人的发臭的烟气中,不可想象的超分贝的滚石乐震动耳膜、震动心室、震得胃痉挛,而且震得牙疼,震得牙齿一个又一个松动,再震一会连舌头也会脱落下来。

一片喧嚣中他疲倦得睁不开眼。如睡如痴中他被击打被揉搓被碰撞。

如果三十年前,他也许会翩翩起舞。他愿意回答这寂寞这热情这喧嚣这陌生,他会拥抱这陌生。

不。飞机是不应该在空中爆炸的。

我远非一无所为。

"停滞的论点、悲观的论点、无所作为和骄傲自满的论点,都是错误的。"伟大的毛泽东主席说。曾几何时,人们已经不能流利地背诵红宝书上的语录了。报纸上愈来愈少看到他的教导的被引用。固一世之雄也,而今安在哉?愿他老人家的灵魂安息。

我增设了一个搞生产、搞有偿服务、搞第三产业的"中心"。让四分之一强的人员转而从事这项有风险有麻烦但也不无油水的事业。也就是说,事实上,我裁减了四分之一强的人员。即使人人心中有数我也必须多次郑重声明:不是裁减,不是裁减,不是裁减……直到说破了嘴,听厚了耳膜。否则,就会不堪承受。

年轻的父母给年幼的孩子吃药的时候有时候解释说:"那不是药。是糖。是果汁。"而年幼的孩子会哭诉:"是药。"

我们的成人比孩子更孩子。多么好的人民!

大喊大叫了许多天。最后,有两个人没有被聘用。一个是小刘,他已经打了三次请调报告,他正在忙着筹备婚事,他埋怨在我们这里既提拔不成官又难以成名成家而且还捞不上钱,"我干脆去做生意!我有路子!我们可以去倒腾彩色电视接收机,一台赚一千!"他说。小张说,中国的未来看小刘。

一个是老张,她病休已经三年。再有半年,也就达到了退休年龄。为了使她接受不被聘用,我们先提升她为副处长,再宣布暂不聘用,却仍然保留处级干部待遇。

炎热的夏天就这样过去了。"改革月""改革季"就这样过去了。人们陆续从北戴河、从青岛、从大连和哈尔滨松花江的太阳岛回来。人们称赞我的魄力,称赞我迈出了一个大的步子。部属们点点头,说:"你办事还差不离。"老赵在有些会上批评我改得太慢,在另一些会上指出我改得太急。还批评玻璃窗擦得不干净,汽车司机不应该用公款做服装并且指出汽车司机的服装必须改善,这不仅是一个服装问题。老董找我谈,既然老张可以做副处长,为什么她不可以做副局长呢?她明确指出,在她离休以前(还有一年),必须明确她的副局级待遇。

几个平行单位除一个地方按既定计划做了些人事变动外都由原来的领导人承包,都聘用了原来的工作人员,都宣布了任期与聘用期,都讲了一些提高效率效能破除大锅饭铁饭碗的弊病的话。

然后一切照旧。

报纸上出现了一些调门儿不同的文章。说铁饭碗是长期斗争的果实,不能笼统否定。说提倡穿西服是消费过热。说新三年、旧三年、缝缝补补又三年的精神永垂不朽。

蝉鸣也放慢了节奏,没有那么多切分音。呦——无比的悠长,若有若无,半疑半信。

我感到你的亲切,你的温暖。但是我不知道你是谁。

我不忍看你的含泪的眼睛。如不忍看璀璨的华灯下的一个踽踽独行的老人。如看一个拉提琴的病人,他不停地、千次万次重复地拉着一个悲哀的曲子,欲罢不能。

拒绝她伸出的手是太残酷了,像杀人。

本来不应该建议您喝一杯金黄的橙汁。为什么在我们伟大的祖国,就喝不上这样一杯橙汁呢?有许多笑话,有儿时的回忆。就像你燃放的第一枚爆竹,你紧张得全身发抖,好像长大了,去炸碉堡。然而,你期待着,发着冷,发着热。爆竹没有响。

机会就这样永远地失去了。

也许,世界可以重新开始?昆仑山可以按照我们的意志飞到大海,北冰洋可以按照我们的意志欢迎游艇,树上将会结出红宝石而所有的绵羊都会露出凶猛的、却是无上尊严的牙齿?也许,就在他和她拥抱的一刹那,天堂的钟声将会敲响,巨大的海龟将驮着天启圣图爬到议会大厦前的广场,而所有的绳索,所有的戒律,所有的关于恒星、行星和卫星的规则都将解体,一轮红日将会把他们烧尽而她的眼眶里的泪水也将蒸发散失?

不。

只剩下了一个字。一个英雄与懦夫都喜欢的字。

还是让我们平平淡淡地度过我们的一生吧。

时间就是这样度过的。其实你不知道是已经过了五个月,还是已经过了五年。

忽然连续收到了讣告,得知一个又一个老友凋谢的消息。还有一个由于大脑软化变成了植物人,没有人认为他还有康复的希望,也没有人愿意他早日平安归去,至少是为了:待遇。死者无论怎样受尊敬,却不可能获得生者的待遇。死者无论怎样受尊敬,在我们这个越发古老和越发孩子气的国家,都会很快被淡忘。

没有遗忘的帮助,炎黄子孙怎么可能绵延至今日!

我去理发店理发,排队,等待,锻炼意志与性格。问理发员:"你们不是租赁承包了吗?"

"是的是的,都包了。唉,只是个形式。"

"形式?国营理发店包给个人是形式?"

"该怎么样,还怎么样。"

"你们不是计件工资制吗?理发不是最容易搞计件吗?而且,现在理发价格不是翻了一番还多吗?"

"计什么件?老师傅怎么办?哪个承包的人敢得罪老师傅?您承包三年,三年以后还活不活?什么多劳多得?多劳多得罪!干得少的挣得更多!"

他的牢骚太多了。你将信将疑。

而在我"承包"的这个单位,攻击也开始了。带头攻击我的恰恰是小张。

"什么改革什么改革!改革了这么些日子了,也没给我们涨工资!也没给我们发皮大衣!瞧人家××部,一人发了一架钢琴!"

于是我懂了,改革就是涨工资。改革就是发皮鞋发铜火锅发电冰箱发钢琴。改革就是给每个男人发两个媳妇、给每个女人发四个情夫。改革就是冬天不刮冷风、夏天吃冰棍不收钱。改革就是每个人去美利坚合众国去日本去澳大利亚加拿大意大利瑞士公费旅游,而儿孙们去那里自费留学。改革就是每个人张开大嘴,然后源源不绝地输送灌溉啤酒茅台酒人参蜂王浆果汁牛尾汤。改革就是给每人发一柄中子枪,目标:咽喉,距离:七十五厘米,预备——放!

而小张他们,在一些时日以前,像嗷嗷待哺的小鸟一样地盯着催问着我:"怎么还不改革呀!"

"您要点什么喝的?"

侍应生彬彬有礼,穿着黑上衣、烟色裤子,打着标准如爵士的黑领结。

钢琴声在大厅里回旋。洒落如夏日的雨点,来自一朵黑色的、犹豫不决的云。

你也是彬彬有礼的,好像是经过了精心排练。苏打水和杜松子酒和插着牙签的柠檬,竖在他和她中间,像《北大西洋公约》与《华沙条约》,据说是保障了两个方面的安全。

"我们缺少的,只剩下悬挂在头上的氢弹。"

而她是无望的。她是不解的。你知道她在问:为什么?

她甚至迟疑地说:"让我们捅破那面墙。"

先捅破他的心吧,如果没有墙和炸弹。如果当真如东方歌舞团众歌星在激光束挥舞中演唱的《让世界充满爱》那样,世界真的充满了爱,这将是第几次洪水泛滥的年代?

世界充满了爱。你有救生圈吗?

我倡导的搞生产搞有偿服务的"中心"办起来了,发挥了潜力,增加了工作项目,也增加了收益。但是小张叫道:"累死我们了!累死了!"

然后接到通知:我们应该与"中心"脱钩。通知应该补缴税款一大批。通知要提成上缴。通知"中心"经办人账目不清,作风不严谨,应该立案审查。通知"中心"要立即腾出办公室,或者补交房租百分之二百六十。通知"中心"的电费、运费、邮费支出都要增加百分之三百。通知重新办理登记注册领取执照手续,否则即按非法机构取缔解散。通知"中心"的汽车因违反交通规则已被交通大队扣留。通知"中心"的防火设施与食堂卫生状况不合标准,已被勒令停业整顿。

于是"中心"负责人主持了十七次宴会,请了二百余名贵客。筵席中被交口称赞的菜肴叫做"佛跳墙"——佛闻到了这样的肉香也会跳墙过来大嚼,罪过呀,阿弥陀佛!

于是记者来访,说是准备披露这个"中心"大搞不正之风大宴宾客的丑闻。于是"中心"五次宴请众记者。

急流勇退,有魄力的我拍板决策:"中心"停办。我的具有无比威力的论证是一句反诘:你愿意进监狱吗?

她说:"你像一个王子。"又问:"也许你愿意请我吃自助早餐?"

回答是:"那是我的荣幸和快乐。"

礼貌使人愉快也使人疲劳。

她的嘴不好看,像一只小青蛙。他怕看她的嘴。

而她的笑是真诚的与苦涩的。她吃了一个梨子,吃了两片干酪,甚至喝了一大杯冰冷的牛奶,还有昨晚没有喝的饮料。

他什么也不想吃。他只是索要矿泉水。

那天晚上他们经过一个空旷的商场。有仨一群五一伙的年轻人在那里吸着烟。他们是无事可做吗?他们在等待世界革命吗?摇滚乐和做爱都已经使他们厌烦了吗?如果让他们参加一次政治学习讨论或者干脆上一期"五七干校"呢?

而同行的一位青年同胞,堂堂的"中国心",收藏飞机上给的饮料铁听及塑料餐具,收藏旅馆大厅陈列的所有非卖印刷品、主要是各种广告画页,收藏每一个肮脏的塑料袋……离去的时候,他把一卷大便纸也收到自己的皮箱里。

还有另一位异国朋友,离开旅馆的时候把桌上的电话机卸下来,带走了。

又有一些时日过去了,没有收到什么讣告,死神正在喘息。

从事第三产业的各位弟兄妹姐在经历了一个轮回以后各归

各位。

小刘呢？小刘说是要走，其实并没有走。他在家休养了自由自在了好长好长时间。这期间他娶了媳妇生了孩子掩埋了母亲——当然是在母亲死后。他打了家具、为墙壁贴上了塑料壁纸又把住房的日光灯全部换成了艺术吊灯。这期间他还回了两次老家，翻译了一部心理学著作。这期间他的倒卖彩电的朋友一个又一个进了监狱而他最终被证明根本没有参加过电视机交易，他只是豪迈地谈论过那些诱人而又遥远的交易罢了。这期间……那个炎热的夏天他还没有结婚，现在呢，他的儿子已经长出了八颗小牙。

老张呢？病入膏肓的老张在不被聘之后身体日趋好转，医生不断地开来日益健康直至完全彻底健康的证明，就像以前不断开来日益病弱直至完全彻底病趴下的医疗证明一样。

怎么办？继续不聘他们？让他们在家继续休息而又照拿工资？

如果停发或打折扣发工资，一没有这个规定，二那难道不是把他们逼上绝路吗？

而且两个人、两个人的亲属、老战友与老上级都来找我说项。怎么能不让他们工作呢？

何况我自己的聘任期也已经超过了，也没有再聘我，也没有让我下去。原来给我发聘书的人可能早忘了聘任期的规定。

好吧好吧，我沉稳干练，笑容可掬，天道有常，小刘与老张各归各位。又过了一些时日，老张送来了只能半日工作的半休证明。小刘交来了请调报告，说是那些交易电视机的朋友都已释放，而且步步高升。小张因为在无轨电车上与人打架被派出所拘留，我去派出所把他领了出来，他却念念有词地责备我没有坚决与坏人坏事斗争、没有用勾拳把派出所长打倒在地。

我们分到了五套房子。经过了几场几乎打出脑仁儿的血战之后，老赵老董老张小张小刘都分到了新房子。搬家的时候我才惊异地发现，哭穷哭得最厉害的小张家，不仅有电冰箱洗衣机彩色电视机,而且有钢琴电吉他。他的儿子才三岁,已经开始受音乐教育了。而且,说来难信,他还饮"人头马"白兰地,吸"三五""万宝路"香烟。

老董拿来了新的证明,她不但是三代贫农出身、大专学历而且是台胞眷属。上级催促我——提拔她。

我终于看到了自己的力量——我说:不! 顶在了那里。

夏天过去了。再见。一路平安。也许再相逢的时候,我们将不再相识。

浪花体现的是海洋的力量么? 不论怎样的巨浪,都将平息。

不论如何平静的海面,都将掀起惊天巨浪。

你珍视平安而又渴求巨浪的心! 一只海鸥从大洋上飞过。它期待于海的是什么呢? 它拒绝于海的,又是什么?

夏天还要到来。夏天才刚刚开始。夏天将不会被忘记。序幕以前的骚动平息了。好戏还能不上演吗? 当你凝视海浪起伏的时候,你为这个不能不错过了的夏天发了一会儿呆。

发表于《文汇》1988 年第 9 期

坚硬的稀粥

我们家的正式成员包括爷爷、奶奶、父亲、母亲、叔叔、婶婶、我、妻子、堂妹、妹夫，和我那个最可爱的瘦高挑儿子。他们的年龄分别是八十八岁、八十四岁、六十三岁、六十四岁、六十一岁、五十七岁、四十岁、四十岁……十六岁，梯形结构合乎理想。另外，我们有一位比正式成员还要正式的不可须臾离之的非正式成员——徐姐。她今年五十九岁，在我们家操持家务已经四十年，她离不开我们，我们离不开她。而且，她是我们大家的"姐"，从爷爷到我儿子，在徐姐面前天赋人权，自然平等，一律称她为"姐"。

我们一直生活得很平稳，很团结。包括是否认为今夏天气过热，喝茶是喝八块钱一两的龙井还是四毛钱一两的青茶，用香皂是用白兰还是紫罗兰还是金盾，大家一律听爷爷的。从来没有过意见分歧，没有过论证争鸣相持不下，没有过纵横捭阖、明争暗斗。连头发我们也是留的一个式样，当然各分男女。

几十年来，我们每天早晨六点十分起床，六点三十五分，徐姐给我们准备好了早餐：烤馒头片、大米稀饭、腌大头菜。七点十分，各自出发上班上学。爷爷退休以后，也要在这个时间出去到街道委员会值勤。中午十二点，回来，吃徐姐准备好的炸酱面，小憩一会儿，中午一点三十分，再次各自出发上班上学。爷爷则午睡至三点半，起来再次洗脸漱口，坐在躺椅上喝茶读报。到五点左右，爷爷奶奶与徐姐研究当晚的饭。研究是每天都要研究的，而且不论爷爷、奶奶还是徐姐,对这一课题都兴致勃勃;但得出的结论大致不差:今晚上么,就吃米饭吧。菜吗,一荤、一半荤半素、两素吧。汤呢,就不做了吧。就做一回吧。研究完了,徐姐进厨房,劈里啪啦响上三十分钟以后,总要再走出来,再问爷爷奶奶:"瞧我糊涂的,我忘了问您老二位了,咱们那个半荤半素的菜,是切肉片还是肉丝呢?"这个这个,这确实是一个重大的问题。爷爷和奶奶互瞟了一眼,做了个眼色,然后说:"就吃肉片吧。"或者说:"就吃肉丝吧。"然后,意图得到了完满的贯彻。

大家满意。首先是爷爷满意。爷爷年轻时候受过许多苦。他常常说:"顿顿吃饱饭,穿囫囵衣裳,家里有一切该有的东西,而又子孙团聚,身体健康,这是过去财主东家也不敢想的日子。你们哪,可别太狂妄了啊,你们哪里知道挨饿是啥滋味?"然后爸爸妈妈叔叔婶婶都声明说,他们没忘记挨饿的滋味。饿起来腹腔胸腔一抽一抽的,脑袋一坠一坠的,腿肚子一沉一沉的,据他们说饿极了正像吃得过多了一样,哇哇地想呕吐。我们全家,以爷爷奶奶为首,都是知足常乐哲学的身体力行者与现今体制的忠实支持者。

这几年情况突然发生了变化。新风新潮不断涌来,短短几年,家里突然有了彩电、冰箱、洗衣机。而且儿子说话里常常出现英文词儿,爷爷很开明开放,每天下午午睡后从报纸上、晚饭后从广播和电视里吸收新名词新观念。他常征询大家的意见:"看咱们家的生活有什么需要改革改善的没有?"

大家都说没有,徐姐更是说,但愿这样的日子一代一代传下去,天天如此,年年如此,世世代代,永远如此。我儿子于是提了一个建议,提议以前挤了半天眼睛,好像眼睛里爬进了毛毛虫。他建议,买个收录机。爷爷从善如流,批准了。家里又增添了红灯牌立体声收录机。刚买时大家很高兴,你讲一段话,他唱一段戏,你学个猫叫,她念一段报纸,录下来然后放出音来,一家人共同欣赏欢呼鼓掌,认为收录机真是个好东西,认为爷爷的父辈祖辈不知收录机为何物,实在令人叹息。两天以后就降了温。买几个"盒儿带"来,唱的还不如收音机电视机里放送的好。于是，收录机放在一边接土蒙尘。大家便认识到，新技术新器物毕竟作用极为局限，远远不如家庭的和谐与秩序更重要。不如老传统更耐用——还是"话匣子"好哇！

那一年决定取消午睡，中午只休息四十分钟到一小时，很使全家骚动了一阵子。先说是各单位免费供应午餐，令我们既喜且忧，喜的是白吃饭，忧的是不习惯。果然，吃了两天就纷纷反映上火，拉不出屎来。没有几天，宣布免费供应的午餐取消，叫人迷惑。这可怎么办呢？爷爷教育我们处处要带头按政府指的道儿走，于是又买饭盒又带饭，闹腾了一阵子。徐姐也害得失眠、牙疼、长针眼、心律不齐。不久，各机关自动把午休时间延长了。有的虽不明令延长却也自动推后了下午上班时间，但没有推后下班时间。我们家又恢复了中午的炸酱面。徐姐的眼睛不再起包儿，牙齿不再上火，睡觉按时始终，心脏每分钟七十到八十次有规律地跳。

新风日劲、新潮日猛，万物动观皆自得，人间正道是沧桑。在兹四面反思含悲厌旧，八方涌起怀梦维新之际，连过去把我们树成标兵模范样板的亲朋好友也启发我们要变动变动，似乎是在广州要不干脆是在香港乃至美国出现了新的样板。于是爷爷首先提出，由元首制改行内阁制度，由他提名，家庭全体会议（包括徐姐，也是有发言权的列席代表）通过，由正式成员们轮流执政。除徐姐外都赞成，于是首先委托爸爸主持家政，并议决由他来进行膳食维新。

爸爸一辈子在家内是吃现成饭、做现成活（即分派给他的活）。这回由他负责主持做饭大业，他很不好意思也很为难。遇到买什么样的茶叶做不做汤吃肉片还是肉丝这样的大事，一概去问爷爷。他不论说什么话做什么事，都习惯于打出爷爷的旗号。"老爷子说了，蚊香要买防虫菊牌的。""老爷子说了，洗碗不要用洗涤剂了，那化学的玩意儿兴许有毒。还是温水加碱面，又节省，又干净。"

这样一来就增加了麻烦。徐姐遇事问爸爸，爸爸不做主，再去问爷爷，问完爷爷再一口一个老爷子说地向徐姐传话，还不如直接去问爷爷便当。直接去问爷爷吧，又怕爸爸挑眼而爷爷嫌烦，爷爷嫌烦也是真的，几次对爸爸说："这些事你做主嘛，不要再来问我了。"于是爸爸告诉徐姐："老爷子说了，让我做主，老爷子说了，不让我再问他。"

叔叔和婶婶有些窃窃私语。说了些什么，不知道。但很可能是既不满于爸爸的无能，又怀疑爸爸是不是拉大旗、假传圣旨，也不满于爷爷的不放手，同样不满于徐姐的啰嗦，乃至不满于大家为何同意了实行内阁制与通过了爸爸这样的内阁人选。

爷爷有所觉察，好好地开导了一次爸爸，说明下放权力是大趋势。爸爸无奈，答应不再动辄以爷爷的名义行事。爸爸也来了一个下放权力，明确做不做汤与肉片肉丝之间的选择权全由徐姐决定。

徐姐不答应。我怎么做得了主啊，她垂泪垂涕辞谢，惶恐得少吃了一顿饭。但大家都鼓励她："你在我们家做了这么多年了，你应该有职有权嘛！你管起来吧，我们支持你！你想买什么就买什么，你想做什么就做什么，你给什么我们就吃什么，我们信任你！"

徐姐终于破涕为笑，感谢家人对她的抬举。一切照旧，但人们实际上都渐渐挑剔起来。都知道这饭是徐姐一手操办的，没有尚方宝剑为来历为依据，从下意识的不敬开始演变出上意识的不满意。首先是我的儿子，接着是堂妹堂妹夫，然后是我妻子和我，开始散播一些讽刺话。"我们的饭是四十年一贯制，快成了文物啦！""因循守旧，墨守成规，凝固僵化，不思进取！""我们家的生活是落后于时代的典型！""徐姐的局限性太大嘛，文化素质太低嘛！人倒是好，就是水平太低！想不到我们家八十年代过着徐姐水平的生活！"

徐姐浑然不觉，反倒露出了些踌躇满志的苗头。她开始按照她的意思进行某些变革了。首先把早饭里的两碟腌大头菜改为一碟分两碟装，把卤菜上点香油变成无油、把中午的炸酱由小碗肉丁干炸改为水炸，把平均两天喝一次汤改为七天才喝一次汤，把蛋花汤改为酱油葱花做的最简陋的"高汤"。她省下了伙食钱，买了些人参蜂王精送到爷爷屋里,勒我们的裤带向爷爷效忠,令我们敢怒而不敢言。尤其可恶的是,儿子汇报说,做完高汤,她经常自己先盛出一碗葱花最多最鲜最香的来,在大家用饭以前先饮为快。还有一次,她一面切菜一面在厨房里嗑瓜子吃,儿子说,她一定是贪污了伙食费。"权力就是腐蚀,一分权力就是一分腐蚀,百分之百的权力就是百分之百的腐蚀。"儿子振振有词地宣讲着他的新观念。

父亲以下的人未表示态度。儿子受到这种沉默鼓舞,便在一次徐姐又先喝高汤的时刻向徐姐发起了猛攻:"够了,你这套低水平的饭!自己还先挑葱花儿!从明天起我管,我要让大家过现代化的生活!"

虽然徐姐哭哭闹闹,众人却没说什么。大家觉得让儿子管管也好,他年轻,有干劲,有想法,又脱颖而出,符合成才规律。当然,包括我在内,还是多方抚慰了徐姐:"你在我们家做饭四十年,成绩是主要的,谁想抹杀也抹杀不了的!"

儿子非常激昂地讲了一套理论:"咱们家吃饭是四十年一贯制,不但毫无新意,而且有一条根本性的缺陷,碳水化合物过多而蛋白质不足。缺少蛋白,就会影响生长发育,而且妨碍白血球抗体的再生与活力。其结果,也就造成国民体质的羸弱与素质的低下。在各发达国家,人均日摄取的蛋白质是我国人均日摄取量的七倍,其中动物蛋白是我们的十四倍。如此下去,个儿没人家高,体型没人家好,力气没人家大,精神没人家足。人家一天睡一次,四五个小时最多六个小时就够用了,从早到晚,精气神十足。我们呢,加上午觉仍然是无精打采。或者你们会说,我们不应与发达国家比。那么,我要说的是,我们汉族的食品结构还比不上北方兄弟民族——总不能说兄弟民族的经济发展水平高于我们啊!我们的蛋白质摄入量,与蒙古、维吾尔、哈萨克、朝鲜以及西南地区的藏族比,也是不能望其项背!这样的食品结构,不变行吗?以早餐为例,早晨吃馒头片稀粥咸菜……我的天啊!这难道是二十世纪八十年代的中华大城市具有中上收入的现代人的早餐？太可怕了！太愚昧了！稀粥咸菜本身就是东亚病夫的象征！就是慢性自杀！就是无知！就是炎黄子孙的耻辱！就是华夏文明衰落的根源！就是黄河文明式微的征兆！如果我们历来早晨不吃稀粥咸菜而吃黄油面包，一八四〇年的鸦片战争，英国能够得胜吗？一九〇〇年的八国联军，西太后至于跑到承德吗？一九三一年日本关东军敢于发动九一八事变吗？一九三七年小鬼子敢发动卢沟桥事变吗？日本军队打过来，一看，中国人人一嘴的白脱——奶油，他们能不吓得整团整师地休克吗？如果一九四九年以后我们的领导及早下决心消灭稀粥咸菜，全国都吃黄油面包外加火腿腊肠鸡蛋酸奶干酪外加果酱蜂蜜朱古力，我国国力、科技、艺术、体育、住房、教育、小汽车人均拥有量不是早就达到世界前列吗？说到底，稀粥咸菜是我们民族不幸的根源，是我们的封建社会超稳定欠发展无进步的根源！彻底消灭稀粥咸菜！稀粥咸菜不消灭中国就没有希望！"

言者为之动火，听者为之动容。我一则以惊，一则以喜，一则以惧。惊喜的是不知不觉之中儿子不但不再穿开裆裤不再叫我去给他擦屁股而且积累了这么多学问，更新了这么大的观念，提出了这么犀利的见解，抓住了这么关键的要害真是天若有情天亦老，人间正道是儿强！真是身在稀粥咸菜，胸怀黄油火腿，吞吐现代化之八方风云，覆盖世界性之四维空间，着实是后生可畏，世界归根结底是他们的。惧的是小子两片嘴皮子一碰就把积弊时弊抨击了个落花流水，赵括谈兵，马谡守亭，言过其实，大而无当，清谈误家，终无实用。积我近半个世纪之经验，凡把严重的大问题说得小葱拌豆腐一青二白千军万马中取敌将首级如探囊取物易如掌都不用翻者，早晚会在亢奋劲儿过去以后患阳痿症的！只此一大耳儿，为传宗接代计，实痿不得也！

果然，堂妹鼻子眼里哼了一声，嘟囔道："说得倒便利！要是有那么多黄油面包，我看现代化也就完成了！"

"啊？"儿子正在气盛之时，大叫，"好家伙！六十年代尼·谢·

赫鲁晓夫提倡土豆烧牛肉的共产主义，八十年代姑姑搞面包加黄油的现代化！何其相似乃尔！现代化意味着工业的自动化、农业的集约化、科学的超前化、国防的综合化、思维的任意化、名词的难解化、艺术的变态化、争论的无边化、学者的清谈化、观念的莫名化和人的硬气功化即特异功能化。化海无涯，黄油为楫。乐土无路，面包成桥！当然，黄油面包不可能像炸弹一样由假想敌投掷过来，这我还不知道么？我非弱智，岂无常识？但我们总要提出问题提出目标，国之无目标犹人之无头，未知其可也！"

"好嘛好嘛，大方向还是一致的嘛，不要吵了。"爷爷说，大家便不再吵。

吾儿动情图治，第二天，果然，黄油面包摊鸡蛋牛奶咖啡。徐姐与奶奶不吃咖啡牛奶，叔叔给她们出主意，用葱花炝锅，加花椒、桂皮、茴香、生姜皮、胡椒、紫菜、干辣椒，加热冒烟后放广东老抽、虾子酱油，然后把这些"哨子"加到牛奶咖啡里，压服牛奶咖啡的洋气腥气。我尝了一口，果然易于承受接受多了。我也想加"哨子"，看到儿子的杀人犯似的眼神，才为子牺牲口味，硬灌洋腥热饮。唉，"四二一"综合症下的中国小皇帝呀！他们会把我国带到哪里去？

三天之后，全家震荡。徐姐患急性中毒性肠胃炎，住院并疑有并发肠胃癌症。奶奶患非甲非乙型神经性肝硬化。爷爷自吃西餐后便秘，爸爸与叔叔两位孝子轮流伺候，用竹筷子粉碎捅导，收效甚微。堂妹患肠梗阻，腹痛如绞，紧急外科手术。堂妹夫牙疼烂嘴角。我妻每饭后必呕吐，把西餐吐光后回娘家偷偷补充稀粥咸菜，不敢让儿子知道。尤为可怕的是，三天便花掉了过去一个月的伙食费。儿子声称，不加经费再供应稀粥咸菜亦属不可能矣！事已至此，需要我出面，我找了爸爸叔叔，提出应立即解除儿子的权柄，恢复家庭生活的正常化！

爸爸和叔叔只有去找爷爷，爷爷只有去找徐姐。而徐姐住院，并且声明她出院以后也不再做饭了，如果人们感到她没用，可以赶走她。爷爷只得千声明万表态,绝无此意,而且重申了自己的人生原则。人生在世,情义为重,徐姐在我家,情义俱全,比爷爷的嫡亲还要亲,比爷爷的骨肉还要近。徐姐在我们这里一天,我们就与徐姐同甘共苦一天。哪怕家里只剩了一个馒头,一定有徐姐的一瓣。哪怕家里只剩了一碗凉水,一定有徐姐的三勺。发了财有徐姐的好处,受了穷有徐姐的安置,岂有用完了人家又把人蹬掉之理哉!爷爷说得激动,慷慨陈词,热泪横流。徐姐听得仔细,肝胆俱暖,涕泪交织,最后被医护人员认定他们的接触不利于病人康复,劝说爷爷含泪退去。

爷爷回家召集了全体会议,声明自己年迈力衰,对于吃什么怎么吃及其他有关事宜并无成见,更无意独揽大权,但你们一定要找我,我只有去找徐姐。徐姐又因你们的怨言而寒了心,因吃重孙子的西餐而寒了肠胃,我也就无法再管了,谁爱吃什么吃什么吧,"我自己没的吃,饿死也好。"爷爷说。

大家面面相觑,纷纷表态。都说还是爷爷管得好,半个世纪了,老小平安,四代和睦。堂妹表示她准备每天给爷爷做饭吃。就是说,她、妹夫、爷爷、奶奶、徐姐是一组,吃他们自己的饭。爸爸声明:他可以与妈妈一组,但不管我和妻。因为我和妻有一个新潮的儿子,不可能与他们吃到一块儿。我也声明只和妻一搭。然后叔叔婶婶一搭。然后儿子单奔儿。堂妹见状,似乎相当满意,发挥了一句:"各吃各的吧,这样才更现代些!四世同堂一起吃饭,太像红楼梦时候的事了。再说,太多的人围着一个桌,又挤,又容易传染肝炎哟!"堂妹反问:"在美国,有这样大的家庭吗?有这么好几代人克服掉代沟一起吃饭的吗?"爷爷的表情似乎有些凄然。

分开吃了两天就吃不下去了。十一点多,堂妹这一组点着火做饭,由于挟爷爷之资格威重,别人只能望灶兴叹。然后爸爸,然后叔叔。然后我能做饭时已经下午两点,只好不做先去上班,然后晚饭同样是望灶兴叹。然后讨论计议论证各置一灶的问题。煤气罐不可能,上次为解决全家共用的一个煤气罐,跑人情十四人次,请客七次,送画二张,送烟五条,送酒八瓶,历时十三个月零十三天,用尽了吃奶拉屎之力。买蜂窝煤火炉也须手续,无证买不到煤。有证买到煤了也没有地方搁。如果按照现代意识设四个灶,首先要扩张厨房面积三十平方米,当然最好的是设立四个厨房,比最好更好的是再增加五套房子。人的消费要求真如脱缰野马,难怪报报谈消费过热,愈谈愈热。于是恍然:不盖房子而谈现代意识观念更新隐私权云云全他妈的是站着说话不腰疼的扯淡!

分灶软科学没有研究出子丑寅卯,一罐子煤气九天用完了。自从今年液化石油气限量供应,一年只有十几个票,只有一罐气用二十五天以上才能保证全家用熟食、饮开水。九天用完,一年的票四个月用完了,另外八个月找谁去?不但破坏了自己的生活程序,更是破坏了国家的安排!

众人惊慌,唉声叹气,牢骚满腹,闲言四起。有的说煤气用完以后改吃生面糊糊。有的说可以限制每组做饭时间十七分钟。有的说现在就分灶吃饭是生产关系超越了生产力的发展水平。有的说越改越糟还不如爷爷掌管徐姐当政。有的抨击美国,说美国人如禽兽,不讲孝悌忠信,当然没有大家庭。我们有优秀的家庭道德传统,为什么要学美国呢?大家不好意思也不忍再去打搅爷爷,便不约而同地去找堂妹夫。

堂妹夫是全家唯一喝过洋水之人,近年来做西服两套,买领带三条,赴美进修六个月,赴日参观十天,赴联邦德国转悠过七个城市。见多识广,雍容有度,会用九种语言道"谢谢"与"请原谅",是我家有真才实学之人。只因属于外姓,深知自己的身份,一贯不争不论不骄不躁,知白守黑,随遇而安。故而深受敬重。

这次见我们虔诚急切,而且确实一家陷入困难的怪圈,他便掏出心窝子,亮出了真货色,他说:

"依我之见,咱家的根本问题还是体制。吃不吃烤馒头片,其实是小问题。问题是:由谁决定、以怎样的程序决定吃的内容?封建家长制吗？论资排辈吗？无政府主义吗？随机性即谁想做什么就吃什么吗？按照书本上的食谱吃吗？必然性即先验性吗？要害问题在于民主，缺了民主吃了好的也不觉得好，缺了民主吃得一塌糊涂却没有人挺身而出负责任。没有民主就只能稀里糊涂地吃，吃白糖而不知其甜，吃苦瓜而不知其苦，甜与苦都与你自己的选择不相干嘛！没有民主就会忽而麻木不仁，丧失吃饭的主体意识，使吃饭主体异化为造粪机器；忽而一团混乱，各行其是，轻举妄动，急功近利，短期行为，以邻为壑，使吃饭主体膨胀成有胃无头的妖魔！没有民主就没有选择，没有选择就失落了自我！"

大家听了，都觉如醍醐灌顶，点头称是不止。

堂妹夫受到了鼓舞，继续说道："论资排辈，在一个停滞的农业社会里，不失为一种秩序，这种秩序特别适合文盲与白痴。即使先天弱智者也可以理解、可以接受这样一种呆板与平静的，我要说是僵死的秩序。然而，它扼杀了竞争，扼杀了人的主动性创造性变异性，而没有变异就没有人类，没有变异我们就都还是猴子。而且，论资排辈压制了新生力量。一个人精力最旺盛、思想最活跃、追求最热烈的时期，应该是在四十岁以前。然而，这个时候他们只能被压在最下层……"

我的儿子叹道："太对了！"他激动地流出了眼泪。

我向儿子悄悄摆了摆手。他的西式早餐化纲领失败之后，在家里的形象不佳，多少有点冒险家、清谈家、成事不足败事有余甚至造反派的色彩。包括堂妹与堂妹夫，对吾儿也颇看着不顺眼。他跳高了，只能给堂妹夫帮倒忙。

我问："你说的都对。但我们到底怎么办呢？"

堂妹夫说："发扬民主，选举！民主选举，这就是关键，这就是穴位，这就是牛鼻子，这就是中心一环！大家来竞选嘛！每个人都谈谈，好比都来投标，你收多少钱，需要大家尽多少义务，准备给大家提供什么样的食品，你个人需要什么样的待遇报酬，一律公开化、透明化、规范化、条文化、法律化、程序化、科学化、制度化,最后,一切靠选票靠选民公决,少数服从多数。少数服从多数,这本身就是新观念新精神新秩序,既抵制僵化,也抵制无政府主义随心所欲……"

爸爸认真思考了一大会儿,脸上的皱纹因思考而变得更加深刻。最后,他表态说:"行,我赞成。不过这里有两道关口。一个是老爷子是不是赞成,一个是徐姐……"

堂妹说:"爷爷那儿没事。爷爷思想最新了,管伙食他也早嫌烦了。麻烦的是徐姐……"

我儿子急了,他喊道:"徐姐算是哪一家的人五人六?她根本不是咱们家的成员,他没有选举权与被选举权。"

妈妈不高兴地说:"奶奶的孙儿呀,你少插话好不好!别看徐姐不姓咱们的姓,别看徐姐不算咱们族人,你说什么来着?说她没有选举和被选举权是不!可咱们做什么事情不跟她说通了你就甭想办去!我来这个家一辈子了,我不知道吗?你们知道个啥?"

堂妹和妹夫也分化了,争论开了。妹夫认为,承认徐姐的特殊地位就是不承认民主,承认民主就不能承认徐姐的特殊地位,这是一个根本性的原则问题,没有调和余地。堂妹认为,敢情站着说话不腰疼,脱离了实际的空话高调有什么用?轻视徐姐就是不尊重传统,不尊重传统也就站不住脚,站不住脚一切变革的方案便都成了云端的幻想。而云端的改革也就是拒不改革。堂妹对自己的丈夫说话不客气,她干脆指出:"别以为你出过几趟国会说几句外国话就有什么了不起,其实你在我们家,还没有徐姐要紧呢!"

堂妹夫听罢变色,冷笑一分半钟,拂袖而去。

过了些日子,是叔叔出来说话,指出两个关口其实是一个关口。徐姐虽然顽固,但她事事都听爷爷的,爷爷通了她也就通了,根本不需要人为地制造民主进程与徐姐之间的激烈斗争,更不要激化这种人为制造出来的斗争。

大家一听,言之有理,恍然大悟。种种烦恼,原是庸人自扰。矛盾云云,你说它大就大,说它小就小,说它有就有,说它无就无。寻找各种不同意见的契合点,形成宽松融洽亲密无间,这才是真功夫!一时充满信心,连堂妹夫与我儿子也都乐得合不拢嘴。

公推爸爸叔叔二人去谈,果然一谈便通。徐姐对选举十分反感,说:"做这些花式子干啥嘛!"但她又表示,她此次生病住院出院后,对一切事概不介入,概不反对。"你们大家吃苍蝇我也跟着吃苍蝇,你们愿意吃蚊子我就跟着吃蚊子,什么事不用问我。"她对自己有无选举权也既不关心,又无意见,她明确表示,不参加我们的任何家事讨论。

看来,徐姐已经自动退出了历史舞台,大家公推由堂妹夫主持选举。选举日的临近给全家带来了节日气氛。又是扫除,又是擦玻璃,又是挂字画,又是摆花瓶和插入新产品塑料绢花。民主带来新气象,信然。终于到了这一天,堂妹夫穿上访问欧美时穿过的瓦灰色西服,戴上黑领结,像个交响乐队的指挥,主持这一盛事。他首先要求参加竞选的人以"我怎样主持家政"为题做一演说。

无人响应。一派沉寂。听得见厨房里的苍蝇声。

堂妹惊奇道:"怎么?没有人愿意竞选吗?不是都有见解有意见有看法吗?"

我说:"妹夫,你先演说好不好,你做个样子嘛!现在大家还没有民主习惯,怪不好意思的。"

堂妹马上打断了我的话:"别让他说话,又不是他的事!"

堂妹夫态度平和,富有绅士派头地解释说:"我不参加竞选。我提出来搞民主的意思可不是为个人争权。如果你们选了我,就只能是为民主抹黑了!再说,我现在正办自费留学,已经与北美洲大洋洲几个大学联系好了,只等在黑市上换够了美元,我就与各位告辞了。各位如果有愿意帮我垫借一些钱的,我十分欢迎,现在借的时候是人民币,将来保证还外币!这个……"

面面相觑,全都泄了气。而且不约而同地心中暗想:竞选主持家政,不是吃饱了撑的吗？自己吹一通,卖狗皮膏药,目无长上而又伤害左邻右舍,这样的圈套,我们才不钻呢？真让你主持？你能让人人满意吗？有现成饭不吃去竞选,不是吃错了药是什么？便又想,搞啥子民主选举哟！几十年没有民主选举我们也照旧吃稀饭、卤菜、炸酱面！几十年没有民主选举我们也没有饿死,没有撑死,没有吃砖头喝狗尿,也没有把面条吃到鼻子眼屁股眼里！吃饱了撑的闹他爷爷的民主,最后闹他个拉稀的拉稀,饿肚的饿肚完事！中国人就是这样,不折腾浮肿了绝不踏实。

但既然说了民主就总要民主一下。既然说了选举就总要选举一下。既然凑齐了而且爷爷也来了就总要行礼如仪。而且,谁又能说民主选举一定不好呢？万一选好了,从此吃得又有营养又合口味,又滋阴又壮阳,又益血又补气,既增强体质又无损线条与潇洒,既有色又有香又有味,既省菜钱又节约能源,既合乎卫生标准又不多费手续,既无油烟又无噪音,既人人有权过问又个个不伤脑筋,既有专人负责又不独断专行,既不吃剩菜剩饭又绝不浪费粮食,既吃蛤子又不得肝炎,既吃鱼虾又不腥气……如此等等,民主选举的结果如果能这等好,看哪个天杀的不赞成民主选举。

于是开始选举。填写选票,投票,监票计票。发出票十一张,收回票十一张,本次投票有效。白票四张,即未写任何候选人。一张票上写着:谁都行,相当于白票,计白票五张。选徐姐的,两票。爷爷三票。我儿子,一票。

怎么办？爷爷得票最多,但不是半数,也不足三分之一。算不算当选？事先没说,便请教堂妹夫。堂妹夫说世上有两种法,一种是成文法一种是不成文法。不成文法从法学的意义上严格说来,不是法。例如美国总统的连任期,宪法并无明确规定。实际上又是法,因为大家如此做。民主的基本概念是少数服从多数。何谓多数？相对多数？简单多数（二分之一以上）？绝对多数（三分之二以上）？这要看传统,也要看观念,至于我们这次的选举,由于是初次试行,又都是至亲骨肉父子兄弟自己人,那就大家怎么说怎么好。

堂妹说既然爷爷得票最多自然是爷爷当选,这已经不是也绝对不可能是封建家长意识而是现代民主意识。堂妹进一步发挥说,在我们家,封建家长意识的问题其实并不存在,更不是主要危险、主要矛盾,需要警惕的倒是在反封建的幌子下的无政府主义、自由主义、自我中心、唯我主义、超前消费主义、享乐主义、美国的月亮比中国的圆主义、洋教条主义。

我的儿子突然激动起来,他严正地宣布,他所获得的一票,并非自己投了自己的。他说到这里,我只觉得四周目光向我集中,似乎是我选了儿子,我搞了选人唯亲的不正之风。我的脸唰地红起来,并想谁会这样想?他为什么这样想?他知不知道我并没有选儿子而且即使选了儿子也不是什么不正之风因为不选儿子我也只能选父亲选叔叔选母亲选妻子选堂妹而按照时髦的弗洛伊德学说堂妹又何尝会比儿子生分儿子说不定还有杀父娶母的俄狄浦斯情结呢,他们知道吗?为什么儿子一说话他们都琢磨我呢?

我的儿子喊起来了。他说他得了一票说明人心未死火种未绝烈火终将熊熊燃烧。他说他之所以要关心我家的膳食改革完全出自一种无私的奉献精神,出自对传统的人文主义的珍视和对每一个人的泛爱。说到爱他眼角里沁出了黄豆大的泪珠。他说我们家虽然有秩序但是缺乏爱。而无爱的秩序正如无爱的婚姻,其实是不道德的。他说其实他早就可以脱离摆脱我家膳食系统的羁绊,他可以走自己的路改吃蜗牛吃干酪吃芦笋吃金枪鱼吃龙虾吃小牛肉吃肯德基烤鸡三明治麦当劳与苹果排桂皮冰淇淋布丁。他说他非常爱自己的姑姑但是他不能接受姑姑的观点虽然姑姑的观点听起来很让人舒服顺耳。

这时叔叔插话说(注意,是插话而不是插嘴,插嘴是不礼貌的,插话却是一种亲切、智慧、民主,干脆说是一种抬举),堂妹关于当前应警惕的主要矛盾与主要危险的提法与正式的提法不符。恐怕最好不要过分强调某一面的问题是主要危险。因为半个世纪行医的经验已经证明，如果你指出便秘是主要危险，就会引起普遍拉稀，并导致止泻药的脱销与对医生的逆反心理。反之，如果你指出泻肚是主要危险就会引起普遍的直肠干燥，并导致痔疮的诱发乃至因为上火而寻衅打架。火气火气，气由火生，火需水克，五行协调，方能无病。所以既要防便秘也要防拉稀。便秘不好拉稀也不比便秘好。便秘了就治便秘拉稀了就治拉稀。最好是既不便秘也不拉稀。他讲得这样好，恍惚获得了几许掌声。

鼓完了掌才发现问题并没有解决，而由于热烈地讨论五行生克，新陈代谢的进程似乎受到了促进，人人都饿了。便说既然爷爷得票多还是爷爷管吧。

爷爷却不赞成。他说做饭的问题其实是一个技术问题而不是思想问题、观念问题、辈分（级别）问题、职务问题、权力问题、地位问题与待遇问题。因此，我们不应该选举什么领导人，而是要评选最佳的炊事员，一切看做饭烧火炒菜的技术。

我儿子表示欢呼，大家也感觉确实有了新的思路、新的突破口。别人则表示今天已经没有时间，肚子已经饿了。尽管由谁来管吃饭做饭的问题还处在研讨论证的过程中，到了钟点，饭却仍然得照吃不误，讨论得有结果要吃饭，讨论得没有结果也还是要吃饭。拥护讨论的结果要吃饭，反对讨论的结果也还是要吃饭。让吃饭要吃饭，不让吃饭也还是要吃饭。于是……纷纷自行吃饭去了。

为了评比炊事技术，设计了许多程序，包括：每人要蒸馒头一屉，焖米饭一锅，炒鸡蛋两个，切咸菜丝一盘，煮稀饭一碗，做红烧肘子一盘等等。为了设计这一程序，我们全家进行了三十个白天三十个夜晚的研讨。有争论、行动、吵架、落泪，也有和好。最后累得气也喘不出，尿也尿不出，走路也走不动。既伤了和气，又增长了团结，交流了思想感情。既累了精神，又引起了极大的兴趣。说起要炒两个鸡蛋的时候，人们笑得前仰后合，好像受到了某种神秘的暗示性的鼓舞。

说到切咸菜的时候，人们忧虑得阴阴沉沉，好像一下子衰老了许多。终于最后归根结底，炊事技术评出来了。评的结果十分顺利，谁也没有话说。

评的结果名次是：一等一级，爷爷、奶奶。一等二级，父亲、母亲、叔叔、婶婶。二等一级，我、妻、堂妹、堂妹夫，三等一级，我那瘦高挑的儿子。大家又怕儿子受到打击，便一致同意儿子虽是三等，却要颁发给他"希望之星特别荣誉奖"。虽然他又有特别荣誉又成了"希望之星"，但他仍然是三等。总之，理论名称方法常新，而秩序是永恒的。

许多时日过去了。人们模模糊糊地意识到，既然秩序守恒，理论名称方法的研讨与实验便会自然降温。做饭与吃饭问题已不再引起分歧的意见与激动的情绪。做饭与吃饭究竟是技术问题体制问题还是文化观念问题还是什么其他别样的过去想也没有想过的问题，也不再困扰我们的心。看来这些问题不讨论也照样可以吃饭。徐姐平安地去世了，无疾而终。她睡了一个午觉，一直睡到下午四点还不醒，去看她，她已停止呼吸。全家人都怀念她尊敬她追悼她。儿子到中外合资企业工作去了，他可能已经实现了天天吃黄油面包和一大堆动物性蛋白质的理想。节假日回家，当我们征询他对吃什么的意见的时候，他说各种好的都吃过了，现在想吃的只有稀饭与腌大头菜，还有高汤与炸酱面。说完了，他自我解嘲说：观念易改，口味难移呀！叔叔与婶婶分到了新落成的单元楼房，搬走了。他们有设有管道煤气与抽风换气扇孔的厨房，在全新的厨房里做饭。做过红烧肘子也做过炒鸡蛋，但他们说更经常地仍然是吃稀饭、烤馒头片、腌大头菜、高汤、炸酱面。堂妹夫终于出国深造，一面留学一面就业了，他后来接走了堂妹，并来信说："在国外，我们最常吃的就是稀饭咸菜，一吃稀饭咸菜就充满了亲切怀恋之情，就不再因为身在异乡异国而苦闷，就如同回到了咱们的亲切质朴的家。有什么办法呢，也许我们的细胞里已经有了稀饭咸菜的遗传基因了吧！"

我、爸爸和爷爷幸福地生活在一起。我们吃的鸡鸭鱼肉蛋奶糖油都在增加，我们都胖了。我们饭桌上摆的菜肴愈来愈丰富多彩和高档化了。有过炒肉片也有过葱烧海参。有过油炸花生米也有过奶油炸糕。有过凉拌粉皮也有过蟹肉沙拉甚至还吃过一次鲍鱼鲜贝。鲍鱼来了又去了，海参上了又下了，沙拉吃了又忘了，只有稀饭咸菜永存。即使在一顿盛筵上吃过山珍海味，这以后也还要加吃稀饭咸菜，然后口腔食道胃肠肝脾胰腺才能稳定正常地运转。如果忘记了加吃稀饭咸菜，马上就会肚子胀肚子疼，也许还会长癌。我们至今未患肠胃癌，这都是稀饭咸菜的功劳啊！稀饭和咸菜是我们的食品的不可改变的纲，其他只是搭配——陪衬，或者叫做"目"。

徐姐去世以后，做饭的重任落到了妈妈头上。每顿饭以前，妈妈照例要去问问爷爷奶奶。汤呢，就做了吧，就不做了吧。肉呢，切成肉片还是肉丝？古老的提问既忠诚又感伤。是一种程序更是一种道德情绪。在这种表面平淡乃至空洞的问答中寄托了对徐姐的怀念，大家感觉到徐姐虽死犹生，风范常存。爷爷屡次表示只要有稀饭、咸菜、烤馒头片与炸酱面，做不做汤的问题，肉片与肉丝的问题以及加什么高级山珍海味的问题，他不准备过问，也希望妈妈不要用这种愈来愈难以拍板的问题去打搅他。妈妈唯唯，但不问总觉得心里不踏实。饭做熟了，唤了大家来吃，却要东张西望如坐针毡，揣摩大家特别是爷爷的脸色。爷爷咳嗽一声，妈妈就要小声嘟囔，是不是稀饭里有了沙子呢！是不是咸菜不够咸或者过于咸了呢？小声嘟囔却又不敢直截了当地征求意见。虽然，即使问过爷爷也不能保证稀饭里不掺沙子。

于是，每一天，妈妈还是要在黄昏将临的时候忠顺地、由于自觉啰嗦而分外诚惶诚恐地去问爷爷——肉片还是肉丝？问话的声调委婉动人。而爷爷答话的声调呢？叫做慈祥苍劲。即使是回答"不要问我"，也总算有了回答。妈妈就会心安理得地去完成她的炊事。

一位英国朋友——爸爸四十年代的老友来华旅行，在我们家住了一个星期。最初,我们专门请了一位上海来的西餐厨师给他做面包蛋糕计司牛排。英国朋友直率地说:"我不是为了吃西餐或者名为西餐实际上四不像的东西而来的,把你们的具有古老传统和独特魅力的饭给我弄一点吃吧,求求你们了,行不行?"怎么办呢?只好很不好意思地招待他吃稀饭和咸菜。

"多么朴素!多么温柔!多么舒服!多么文雅……只有古老的东方才有这样的神秘的膳食。"英国博士赞叹着。我把他的称赞稀饭咸菜的标准牛津味儿的英语录到了"盒儿带"上,放给瘦高挑儿子听。

发表于《中国作家》1989 年第 2 期

阿咪的故事

要不要养猫,怎么养呢?

女儿说:"咱们住到平房小院了,快养一只猫吧。最漂亮、最温柔、最招人疼的动物就是猫。人有什么不痛快的事,一摆弄猫,就全忘啦。"

奶奶说:"养猫最毁东西,它没事就磨爪,把地毯,把沙发巾,把新潮家具都会毁掉……又偷肉偷鱼偷奶,什么都不吃它也要上桌子闻上一遍……再说,猫屎归谁管?"

儿子说:"对不起,我可不同意养猫。我的儿子小辉刚出生两个多月,被猫抓了会得一种特殊的儿科疾病……叫舞蹈病还是黄热病?"

女儿说:"美国有一个黑人家庭,不养猫,闹耗子,后来他们襁褓中的孩子被耗子咬掉了鼻子。"

"不要说话这样难听……"妻子连忙使眼色。

儿媳妇说:"养猫就要剪掉猫的爪子,还要给猫做(去势)手术,那样的猫就好养了。李院长和赵主任家的猫就是这样经过安全处理的。经过安全处理的猫,有猫的各种好处,没有猫的各种缺点。"

最后由教授——一家之主做结论:第一,猫还是要养的。第二,为了猫道主义,不要给猫剪爪子做手术,不要妨碍猫的天性。再说,安全手术也是做不彻底的。比如去势,总不可能去掉排泄机制,它不闹春了,仍然会闹尿闹屎。第三,如果养猫,必须确立一套规矩,不准猫进卧室、客厅、书房,只准猫进厨房、饭厅、锅炉房。当然,猫在户外的活动不受限制。为此,只能从很小很小培养起一只猫,使它适应咱们家的养猫规则、咱们家的猫的生活方式。

小猫来了,白色的细长毛,灰蓝色的眼睛,黑鼻头,红嘴,脑瓜顶上有两瓣黑斑。见到人,它发出细而长的声音:"咪呜——"曲折有致。

"噢,它真是太娇小了,像个婴儿,而且它和人是多么亲啊!你们看,它看着我们大家,那么信任,那么依赖,我都要为它哭出来了!"女儿说。

"品种还是不错的,基本上还是波斯猫,当然,祖系不一定完全纯。白毛固然好看,但很容易染脏,一旦染脏了就非常恶心。太小,也不好养,多喂它一口馒头它就能撑死。问题还要看它是公猫还是母猫。公猫不如母猫讲干净。母猫会招一大堆公猫来……"儿子说。

"我最怕的就是猫在房顶上叫。"儿媳插嘴说,"叫起来我全身起鸡皮疙瘩。猫一旦乱跑起来,就更容易传染疾病……这个猫的皮毛和眼睛还都是不错的,但是它的下巴太尖,像猴,不像猫,猫头猫脸应该是圆嘟嘟的,不是吗?"

按照教授所确定的,能够被各方面所接受的原则开始养猫。母亲为猫找了一个大木匣子做窝。奶奶专门为猫做了一个小褥子,虽然褥子里装的是旧棉絮,但对猫来说,至少应该算是"四星级"旅馆的条件了。女儿为猫预备了专门的食盘与水碗。奶奶吃饭的时候喜欢不断地给猫喂食,不断地与猫分享自己的食物,从炸油饼到红烧肉。儿子提出,过分地、毫无界限地把吃食任意提供给一只小猫,未必是可取的:一、猫可能撑出毛病;二、许多食品因猫吃不了而剩下而变馊,是一种浪费;三、猫本来就有馋的缺点,如此满足供应,只能使猫的胃口比人的胃口更刁更娇更贵族化,一旦例如肉食供应上出现了什么问题,人说不定挺得住而这只猫会出现悲惨局面。教授首肯了儿子的意见，认为对猫对人太娇惯了都没有好处。教授和他的妻子回忆起，三十年前他们养过一只猫，这个猫专门喜欢吃白薯皮、南瓜皮、烂白菜帮……这样的饮食习惯就很值得肯定。儿媳妇甚至说，她的娘家养过的一只黑猫，夏天的时候靠吃蜗牛和土鳖而生存……连白薯南瓜白菜帮都毋庸提供。女儿略带感情地说，她的一位女友家也养了一只猫，品种还不如咱们这只，但人家每天专门购买三角钱的羊肝两角钱小鱼喂食之。底下的微词，她没有继续说。但大家认为女儿对猫的关怀和袒护，基本上也是理论性的——因为女儿一周之内，难得在家待上几个小时。奶奶趁着人们争论的机会把半块豆腐丢给小猫，小猫不领情，对豆腐的反应是莫名其妙然后退避三舍。

不管人们在猫食问题上展开了怎样的论争乃至吵闹，猫儿对饮食状况似乎并无大的不满。相反，对它的"四星级"卧榻却显出了十足的难以适应。白天晚上，它都不肯在木匣里呆。它总是凑到各个房间特别是客厅门口凄楚地哀叫，显然，它希望有人活动的房间能对它开放门户，希望人们能够容纳它的共存。开始，人们感到它的哀求的叫声婉转动情，充满着幼者弱者的天真无助与对主人的殷殷期待："你们不要我了么，放我进来吧，我只在一个角落待一会儿……不要让我一个睡在厨房，离开主人我多么害怕……"它的曲折起伏的咪鸣声似乎在这样说。

"要不把猫放到屋里来吧，怪可怜的……"教授说。

"小孩送托儿所还要哭两声呢，一个猫……"教授的妻子想了想，说。

于是教授推门走出，抱起猫，给以抚摸安慰，特别是帮助猫抓搔一下它的下巴至脖颈处。据说猫"洗脸"时靠前爪够不着那个地方，据说人这样抓搔一个猫是搔到了痒处，是对猫的最友善最恩惠堪称仁至义尽的表现。果然猫被教授搔到痒处以后喉头发出了幸福的咕哈咕哈声。然后教授像抱着自己的孙儿去托儿所一样地抱着抚着猫咪，走入饭厅，亲手轻轻柔柔地把它置入"四星"榻，蹲下，以十足循循善诱的课堂授业声调对它说：

"阿咪，不要吵，不要闹，就在这里好好地睡觉，你看这儿多舒服呀……"

教授尽到了自己的类于慈父的责任，他觉得自己对于猫够仁慈的了。

可能两小时以后，也可能一小时乃至半小时乃至十分钟五分钟一分钟以后，又传出了猫的哀鸣——它又跑到了卧房客厅门口，它期待着主人的接纳，它要的是人的亲昵而不是"四星"软席。

最动人的抒情曲在持续三分钟以后也会引起厌烦，如果是深夜或是夏日中午人们好梦正酣的时候，嗷嗷的惨叫只能引起痛恨而不是怜惜。"这个猫真讨厌！""臭猫！""滚！"人们渐渐发出这一类语言信号。如果单凭语言——因为说到底人与猫并没有可心无误地进行交流的"共同语言"——不能停止猫的吵人清梦的咪呜花腔，接着人们就会开开门向猫大喝一声乃至轻轻踢它一脚，使它认识到它的所为已经很是不受欢迎了。

有一次，当儿子推开门准备给吵闹的猫以适度告诫的时候，不等告诫生效猫儿已经嗞溜钻进了屋。"死猫，进屋了。"儿子说。于是形成了对于猫的围剿。猫吓得钻入柜子底下，抖个不住。人越伸手去捉它它便钻得越深，似乎要钻入墙角墙缝。这种表现显得益发不高尚不光明正大不展样，甚至带有故意与人作对的含意：你不让它进屋它偏进屋；你想捉住它它偏藏藏躲躲不让你捉；它究竟要干什么？它找人追人哀鸣着要求进屋，不就是和人亲对人好喜欢人么，那它为什么不听人的话不合人的意而且和人对着干呢？它是不是陷入猫的怪圈了呢？它是不是陷入心思与行为动机与效果的矛盾中去了呢？

反正它最后被捉出来了，它当然不是人的对手，它挨了一顿打，被抛入"四星"木匣。它的两眼大睁、上视，眼珠里反映着电灯泡的红光，本来是灰蓝色的眼睛变成令人不快的褐红的两枚弹子，不知道是猫眼充了血还是电灯光与波斯猫眼珠之间的光学反射作用，使猫眼变得那么褐红得骇人。人们不再用软语和爱抚来劝它安心木匣而是咆哮着呵斥说："你再捣乱，揍不烂你！"

经过了许多次一次比一次严厉的训斥与体罚以后，猫似乎终于明白了也不得不接受了主人对自己的要求。它长大了、长胖了，除去吃饭喝水拉屎撒尿及其前前后后懒洋洋地、漠然地伸伸腰、动动爪子和尾巴外，不再走出木匣了，甚至连咪呜也很少了。它的嗓子似乎愈来愈嘶哑了，再一点就是猫越来越脏，它不再用自己的猫办法清洁自己的皮毛。白猫不白，这是非常难看的。

"这回猫倒挺老实的了。"

"可是这个猫太傻，太懒，太蔫！"

"脏死了……你看人家家里的波斯猫什么样儿！"

"这个猫是不是生理上有缺陷？怎么它不上房，不叫春？我看咱们养了个太监！"

"也可能不是生理缺陷而是心理变态吧。"

人们议论着，笑着。只有教授有点严肃又有点沉重，他说："我看这个猫的性格扭曲了。"人们笑了起来。他又说："我看它缺少的是爱呀！"他叹了一口气，大家沉默了。"我常常不在家，"女儿说，"要不我就让它每天晚上睡到我身边……"儿子说："那好吧，'让世界充满爱'嘛！既然爸爸要给它爱，我看从今天晚上起就让它睡到爸爸被窝里去吧……"

教授摇摇头。人们又笑了。他甚至与妻子也是分床睡的，遑论一猫？教授的妻子说："别分析了。你这一辈子，什么事都分析，连一只猫也分析得叫人难受……除了分析，你又做了什么，你又做得了什么？"

教授苦笑了："所以我是教授呢……我做不了兽医，也做不了屠夫……"

此后的一天，猫忽然不见了。

"四星"级木匣空空荡荡。猫食盘与猫水碗无"人"问津。当慷慨慈善的主人想把鱼头鱼刺鸡臀鸡爪牛肉硬筋赏赐给依赖人恩过活的小动物的时候,他们发现他们失去了施恩的对象。

有猫的时候常常觉得猫儿讨厌,甚至猫围着你的裤脚转、抓你的裤脚、舔你的脚指头、向你乞怜邀宠也让你心烦,它多么碍事!你踩着它的爪子,它尖叫一声,倒叫你吓了一跳。而现在它没有了,你走路不会受到任何阻碍。你切好的酱牛肉摆在餐桌上也不需要加罩防范。晚上睡觉无需关好门,没有什么东西——除去关门也挡不住的苍蝇蚊子蟑螂细菌——会跑进来。当你想要呵斥两声逞逞威风或者指桑骂槐地发发怨气的时候,你的主体失去了客体对象,而对人逞威风与发怨气就没有那么便当了。

于是都有了失落感。

女儿呜呜地哭:"它多可怜!来到咱们家就没过过好日子……如果它被别人抱走,它也许会受虐待的。我的一个朋友,他们家养猫是把猫拴在床头的,给猫上了套包子、缰绳……他们对阿咪要是也这样可怎么办呀!"

教授的妻子到离家不远的一家个体饮食店买馅饼,看见了一只白猫,大小与那只波斯猫相仿,额头有一块黑斑,眼睛不是灰蓝而是暗黄。这个发现使全家非常激动,会不会是我们那只猫?会不会为猫做了整容、割了双眼皮、染了"发"并且染了眼珠?于是女儿和儿媳也去买馅饼,嘴里说买馅饼眼睛却盯住了猫,使女店主直眨巴眼、发毛。

"不是我们的猫。"三次核查以后,大家说。

那猫是怎么丢的呢?上房了?迷路了?猫还会迷路吗?出大门了,被抱走了?很可能。现在的道德水平太低,这样把人家的猫抱走,形同偷窃乃至抢劫,不知我国刑法对此种行为有没有制裁的规定。听说还有偷了猫去剥皮出售的呢,太残忍了。听说养鸽子的人在房上下夹,如果这个猫被猫夹打住,早就没有命了……谁下的夹?太缺德了!市政府应该明确规定,不准任意下夹……那天早上猫在吗？谁看见了？谁出大门没关门？为什么这么好的一只猫竟没有人关心？

探讨了一番，没有结论，女儿又哭了一场。

五天以后，教授忽然心事重重地讲了一个故事：据晚报刊载，市郊一个区为防止狂犬病，规定在某月某日前必须把所有的家养狗消灭或上缴集中处理，某月某日为"无狗日"，这一天见狗人人得而诛之。有一家兄弟，偏爱一狗，这一天把狗藏在房中，搂着狗不让狗出声吠叫，一副与狗共患难乃至共存亡的架势。谁知天色黄昏之后，人也松懈了狗也受不了了，突然狗跑出房间跑出宅院跑上大街。兄弟俩在后面追，狗在前面跑。打狗的积极分子在后面追，狗在前面跑。石块木棒纷纷向狗身上落去，狗在前面跑。人们大声吆喝，狗在前面跑。人们使用了弹弓、长矛等土造"武器"，狗在前面跑。最后狗筋疲力尽了跑不动了。爱狗的两兄弟终于追上了狗。他们用身体保护狗宁可以己身代狗受木石的打击。忽然，狗跳起来，咬断了兄弟之一的喉管。晚报记者指出：两兄弟不按规定办，自作自受。

大家没说什么，觉得教授的故事很不得体。

又一周之后，凌晨，全家都在沉睡，忽然听到阿咪的咪鸣声。声音响亮，完全没有哀求的意思，嗓子也毫不嘶哑了。

教授一个蹦子从床上跳下来，赤身穿上大衣去欢迎它。全家都起来了，欢呼着欢迎这个猫。教授急急忙忙从冰箱里拿来了牛肉和牛奶，准备用最新鲜的高质量动物蛋白来欢迎这只猫。而且，他们打开了每一个房门。他们准备优礼有加地请猫进入任何它"认为方便"的房间。

咪咪，咪咪……教授叫着，妻子叫着，儿女叫着，儿媳妇也叫着。年已两岁的孙儿也醒了，也叫着。叫咪咪的合唱感人肺腑，催人泪下。

阿咪舔了舔牛奶，嗅了嗅牛肉。阿咪很瘦，毛显得很长，也挺脏。但它的眼睛闪闪发光，兴奋而且野性，好像刚刚打了一个胜仗。阿咪抬起头一个又一个地看着大家,几乎可以说是检阅。然后它走进一个又一个的房门,走进一个又一个它想进而不可得的房门,它看了每间房内的摆设。众人屏神静气,不出声。

然后阿咪突然转身,一溜烟地爬上槐树,跳上屋顶,回身望了望惨叫着它的主人们,离去了。

发表于《小说界》1990 年第 2 期

神　　鸟

　　孟迪第一次拿着指挥棒站在众多的足以穿透他的身体与灵魂的顶灯下面。

　　为了这一天,他等待了许多年。

　　乐团不给他买,他就用积攒下来本来准备买录像机的钱做了一身燕尾服。穿上黑礼服,拿着指挥棒,走到辉煌的乐团面前,向观众点头致意,转过身来,他的脸色完全变了。他知道,底下是一生的关键时刻。关键的时刻将决定他的一生,也许会决定音乐在我国的命运呢。

　　阿勃罗斯的被人们称为《痛苦》的交响乐,气魄的宏大与结构的繁复,使举世没有几个指挥敢碰它。孟迪竟然选择了它作为自己的处女作,简直骇人听闻。他这种不顾众友人的告诫的做法,确实反映了他不成功宁可灭亡的背水一战的决心。

　　开始了第一乐章的头两个乐段以后,孟迪感到事情有蹊跷。是天气的异常造成了乐器的失常还是他的耳朵出了毛病?甚或是所有的演奏家喝了迷魂汤?为什么提琴不像提琴巴松不像巴松?为什么所有的他的独到的处理与谆谆讲解过的细腻要求,他的已经充分体现在他的脸上身上臂上棒上的入微的感觉竟没有一个能在声音上体现出来?为什么就像吃米饭的时候吃到了沙子或者接吻的时候吻到了脓包一样,不时在和声里出现那样一种差错,那样的暗箭和陷阱,把针一样的刺扎向他的脆弱的心?

第二乐章,民歌风的行板是在麻木不仁中走过去的,他像是被催了眠。一种输到家的沮丧感使他冷汗淋漓,而汗还没有出透,便蒸发尽了。他似乎正在变成一具失去生命的躯壳。

有什么办法呢,失败就像死亡,不能避免也不能理论。而且,他快到四十岁了。

第三乐章是小步舞曲,情势突然发生了变化。一只黑鸟飞进了音乐厅,飞到了舞台上,他无暇思考为什么一个封闭良好靠空调机调节空气的现代化的音乐厅会飞进一只鸟。鸟沿着低低高高的优美的曲线飞翔,自由而潇洒。他隐约听到了鸟扑扇翅膀的扑扑声,声音溶进了忧伤的声响。一只飞鸟给了他一种不寻常的撩拨,他的心热了,想哭。鸟显然引起了全体演奏人员的注意。他们的乐器随着鸟飞的高低疾徐而发出声音。鸟在盘旋,声音在盘旋。鸟在展扬,声音在展扬。鸟有一点疲倦了,声音也变得历尽沧桑而含蓄地疲倦着。鸟犹豫,鸟摇了摇头,声音也立刻传达出了不安和摇曳。

观众显然也被鸟所吸引,所激动了。孟迪的后背上似乎长出了眼睛,他看到了观众的关切、被吸引、共鸣与普遍的激动。音乐就像一只莫名地飞入了厅堂的鸟,高飞然后低回,任意而又绝望,百态千姿而终无解释。

第四乐章与第三乐章之间没有停顿。情绪渐渐激昂。一座山又一座山在崩裂喷火。鸟愈飞愈大,黑羽毛变成了红色。黑羽毛在燃烧,发出了刺鼻的臭味。孟迪甚至看到了鸟的愤怒而悲壮的大眼睛。厮杀没有结果,鸟飞不出去。敌人和人民像小麦一样一大片一大片地被割倒。天上石落如雨。红鸟变成了空中霸王式轰炸机。鸟向孟迪俯冲,吓得孟迪瑟瑟发抖。鸟向提琴手俯冲,提琴发出深谷中的蛇音。鸟向鼓手俯冲,大鼓发出地震的轰鸣。鸟没有出路。声音没有出路。千军万马左冲右突。观众的热情愈炽愈烈。鸟快飞如梭,乐曲如疾风瀑布闪电。最后,鸟像子弹一样地向指挥头上的顶灯冲去,砰的一声,玻璃灯罩炸裂了,舞台瞬间暗淡下来。《痛苦》戛然而止。

掌声如雷。鼓了掌又鼓了掌,然后全体起立再鼓掌,鲜花从四面八方扔到台上。买不起鲜花的中学生也献上了纸花和塑料花。本市首长及白发苍苍的老音乐家上台与他热烈握手。不明国籍的女郎吻了他并要他的签名。有两个外国使节上台祝贺他的成功。记者像苍蝇发现了蜜糖一样地粘住了他。成功,成功,成功,各种不同的口音不同的音调与不同的语种交响出同一个成功的主题。他似乎听到了一个德国人说:"你是卡拉扬之后全世界最伟大的指挥家!"

他头晕目眩而又身轻如燕。他自己就像一只终于起飞了而且燃烧了的鸟,腾云驾雾。连常常对他显示恶声恶容的妻子也笑得如此姣好,如含苞的玫瑰。他在一批中外人士的簇拥下进入了本市最高级的五星级酒店。喝了酒吃了夜宵,连拿酒杯的姿势也与素日不同。干脆说他就与卡拉扬一样……腾云驾雾般地最后回到了家里。妻子祝贺他感谢他称颂他,他与妻子如胶似漆化做一团烈火。

深夜三点,他忽然醒来。一醒来就想起了那只鸟。他忽然明白,《痛苦》的后面两个乐章,那使他转败为胜获得了如痴如狂的轰动效应的演奏,与其说是他指挥不如说是那只奇特的鸟儿所指挥的。鸟儿飞翔的路线与节奏重新在他的头脑里出现,清晰如画,它显然与音乐的结构完全吻合,最好地体现了阿勃罗斯的激情,达到了他梦寐以求、心有向往、心知其所却始终没有达到过的境界。这些印象非醉非狂非幻。

他相当恐惧。但是他不能否定自己的念头或者转移自己的注意力。尤其使他大悸大惊的是鸟儿在最后一个音符的最后一拍冲向了顶灯撞碎了玻璃——然而,他没有看到鸟儿的坠落的尸体。

他叫不醒妻子,便自己穿好衣服步行来到音乐厅。他拼命敲门,叫值班经理。他要过问一下那只鸟的下落。鸟如果还活着,他要把鸟放出去。鸟如果死了,他要带走尸体而且郑重地将它埋葬。他觉得这很重要。

没有人开门,虽然音乐厅每晚都有好几名拿国家俸禄的值勤人员。他的深夜的异常举动引起了巡逻民警的注意。这个地区前不久发生过恶性盗窃杀人案件,被害者是一个在农贸市场上收售鸟儿的老头儿。民警把他带到了治安机关,多方询问并且在第二天上班以后与乐团、音乐家协会的负责人联系以后才放他出去。

他不回家,径直从公安局再次去到音乐厅,问不到任何结果。清洁女工头一天晚上并没有参加音乐会,第二天来打扫也没有发现任何异常的物体。顶灯碎了一个灯泡,这是常有的事情。再说她们那副懒洋洋的样子即使发现了一只老虎只要没被咬一口她们也不会理会。音乐厅经理更不关心一只鸟飞进音乐厅的问题。他向孟迪强调的是《痛苦》交响乐演出的票子三分之二是送给专家、兄弟乐团和领导机关的,三分之一的门票收入不能使他这个经理满意。而且更坏的是,经理知道了孟迪深夜来敲音乐厅的门被民警带走查问的事,他为孟迪的尴尬而感到快慰。他回答孟迪关于鸟的提问的时候带着一种半是嘲笑半是怜悯的俯视神态。孟迪再问,他则是一串干笑。

孟迪不肯罢休。他想尽一切办法去寻觅那天晚上欣赏他指挥的《痛苦》交响乐的听众。有一些还是他的同学、同事、友人,还有那天晚上粘上他不肯离去的记者。只有极少的几个人回答:"是啊,我们看见了。是一只鸟,随着您的乐曲的节拍飞上飞下飞来飞去。"很多的人回答是:"没看见。音乐厅是二十世纪八十年代新建筑,连蚊子也进不去,哪儿来的鸟?"相当多的人回答是:"也可能吧。那个鸟有什么特别的吗?会下蛋么?会送信么?炸着吃还是烤着吃香?"更多的人回答是:"什么?什么交响乐?什么《痛苦》?什么鸟?什么人是你?什么指挥?什么阿勒罗斯?什么什么什么?我们早忘记了。我们的事儿太多了。要买酱油和修抽水马桶。要评工薪和配外衣纽扣,我们为什么要去记住一段可能听过的也可能没听过即使听过也早已忘了的音乐和一只不是我们购养的鸟儿呢?"

而孟迪从此名声大噪。南京、北京、广州、兰州的乐队都邀请他去指挥。每次一站在乐队面前,一挥起指挥棒,一听到乐器发出的新鲜而又古老的声音,他就想起了那只黑——红鸟,想起那鸟儿的活泼有力的飞翔,想起那鸟儿的随心所欲与走投无路。他盼望那鸟儿的重现,他等待和痴望地搜寻。一种对非人间的、奇迹的力量的信念,一种企盼和一种激动从他的指挥棒、从他的目光与全身流露出来。它使所有的乐手传染上了这样一种神秘的激动。有时,他突然恍惚看到了那鸟,迸发出震撼山岳的激情,音乐如洪水般地释放,将世界淹没。有时,他突然迸发出了令江河倒流日月变色的情感,鸟儿随之出现在他的眼前,奋力扑翅,拼死冲撞。此后,鸟儿不见了,热烈也不见了,他冷冰冰地指挥着,旋律冻结成铁的硬块。

神秘,焦渴,奇特,冷峻,各种音乐评论像雪片一样围绕着他纷飞。他仍然急切地与自己的同行、自己的听众探讨一只飞到死的鸟儿的事,没有人懂得他的话。一封又一封反映他神经不大对头的信写给乐团和乐团所在的市政府的领导人。经过一段吹捧以后紧接着出现了对他的严厉批评和放肆嘲笑。异己的、超前的并从而脱离了广大人民的审美趣味的、过分西化的……这是一种指责。无法摆脱本民族的局限即人均收入三百五十美元的局限的、西化得太不到家的、非卡拉扬又非小泽征尔的原装是不可能走向世界的……这是另一种指责。"孟迪的音乐是什么?只不过是在一个黑暗的大厅里寻找一只既不存在也不会飞翔的死去多时因而早已随着飞鸽自行车而过时的鸟儿罢了!"一位曾经请孟迪为自己指挥的交响音乐会赞助五千元外汇券而未被孟迪从命的新冒出来的自学成才的小小音乐家这样写道。

这么一批评孟迪就引起了外国人的兴趣。波士顿、洛杉矶、悉尼、惠灵顿、维也纳、马德里以及卡萨布兰卡的音乐家团体都向孟迪发出邀请。还有两个大学致函孟迪,愿意向他提供奖学金——假若他愿意去该国留学的话。

孟迪出了一圈国,头发变得更长,眼睛变得更大更呆,换了眼镜架,又买了一件式样奇特的一半白一半黑的毛线外套穿在身上。这一切气煞了过去不知孟迪为何物的音乐界同行。

而日益瘦削的孟迪日益疯狂地想念他的红鸟。他一夜又一夜地不眠,唉声叹气,折磨得他的妻子发疯。他在一切座谈会迎新会经验交流会与学术报告会上谈鸟。他接待友人会见记者一直到去咖啡厅喝咖啡的时候不停地絮叨着的仍然是一只鸟。

"我真傻。为什么当天音乐会散了场我没有立刻去找鸟而是在深夜三点才想起它来呢……"

终于在各方面的关心下孟迪被送进了精神病院。精神病院主治医生正醉心于弗洛伊德的精神分析学。他立即断言鸟是阳性的象征,孟迪患有因为性伤害或性变态所引起的偏执狂。他给孟迪服用了大量超强力镇静剂,还扎了伴有强电流刺激的改良针。在精神病院住院四个月后,孟迪又被送到深山里的一座气功康复中心,整整半年,他在气功师指导下练梅花桩气功,并接受当地音乐协会按摩师的按摩。

康复以后孟迪胖了,头发秃了一点,人显得比原来随和善良。他承认,根本没有那只鸟,是他自己错了。他承认,他不懂音乐也担任不了指挥。乐团管理体制改革的时候便有人出来提议干脆由他担任团长。有人反对,说是提拔精神病人会影响乐团的声誉乃至改革的声誉,便没有让他担任团长。

不久他得了肝炎,两个月后变成肝硬化。人们嘲笑说,孟迪因为既当不成指挥又当不成团长,染上了重病,半年后查出是癌症。

弥留之际,他喃喃地描绘那只鸟,哭喊那只鸟,伸出枯瘦如柴的胳臂向着天空,吓得妻子跑出了病房。医生给他注射了镇静剂,然而他仍然激动地叙说:"我看见了,我看见了!"

发表于《上海文学》1989年第4期

初 春 回 旋 曲

那天晚上的火锅吃得很不成功。木炭有火却没有足够的热。肉片在始终没有大开的水里浸置,然后生硬地嚼下,然后我们一起出门。冬月把巷子的土地照得光滑,我们小心翼翼地去看一位老友。老友因为年长已经从工作岗位上退了下来,她有点怨气,更有点悲哀。记得吧,那位一生耿直勤恳的老首长从岗位上退下来以后从早到晚只剩下了吸烟,他坐在桌前一动不动地吸"大重九"。之后他得了癌,现在住在肿瘤医院。那天晚上的电视像任何一天一样庸俗,不是广告就是三等歌星。有的电视新闻也快要成为变相的广告了,你花钱给记者摄像师请客送礼,他才给你拍。

从老友那儿踏着惨白清冷的月光回来我们就喝茶。就想我们也都老了。就想从前多么热情多么青春多么怜惜。忽然我说,可惜的是六十年代写的一部小说稿子丢掉了。你问:"是吗?"

我向你叙述小说的梗概。你怎么会忘了呢?写一个年轻人,在工会办的图书馆当管理员。有一个姑娘每天晚上到图书馆阅书。有政治书、文学书和技术书。她爱读的也是他爱读的。姑娘很美,可能有长长的辫子,有黑得深不见底却又映照着世界光亮的眼睛。我已经记不清我是怎么描写的了,可能写到了清水潭,反正二十七年以前我的文笔在描写一个姑娘的肖像的时候肯定比现在强。那时候我精通现实主义,注重细节描写,叫做"栩栩如生",用外行内行白痴一起嗡嗡的话说就是那时候的感觉好。后来那些神秘而又细微的感觉就随着汗水蒸发了。

你问:"后来呢?"

你还跟从前一样,虽然有白的鬓发。那个姑娘常常对小伙子现出笑容,就像珠海特区宾馆的小姐对顾客的笑容一样。特区小姐微笑得少了就会扣奖金乃至被炒鱿鱼。从她们每笑一次大概可以统计出来,后面有一分还是两分、人民币还是港币的报酬。在工会图书馆读书的可能留了长辫子的姑娘只要和小伙子对上目光就会微微一笑,这实在已经算不上现时的我这个作家的审美理想。现时我倾向于认为,美丽的姑娘应该节制自己的微笑,不用虚假的温柔点缀坚硬的人生。

你说:"别插嘴……"

我很感动,你还能耐心听我讲六十年代初期的并未发生过的往事。

那篇小说并没有发表出来。因为提出了"千万不要忘记阶级斗争"的口号。《新港》的编辑给我写退稿信说:"因稿挤,尊稿不拟采用了。"我们便又沉默了。

如果从阶级斗争的旋律来构思这篇小说呢?我会不会写一篇类似《夺印》的小说呢?小伙子等待姑娘前来研究发现的敌情:有一位图书馆的常客是恶霸地主的后代,他带来了无线电台还是变天账?最好姑娘本身就是个特务、间谍,她的微笑是美人计,而小伙子是编外的侦察员……六十年代时兴写"编外"豪杰,写一个理发师修复了一架飞机,一个售票员医好了乘客的前列腺炎,一个卖菜大姐发现了一颗行星。

而所有这些都已经过时了。现在人们最爱唱的歌是《一无所有》。没有图书,没有辫子和黑眼珠,也没有敌情。连特务也没有了。其实六十年代初期惊魂未定的我的这篇小说稿,受的是苏联作家安东诺夫、纳吉宾的影响。不知道后来的舒克申是不是也这样写作。一九八三年铁凝为了舒克申几乎对张炜发起火来,在涿县,因为停电烧不成暖气,食堂免费招待白酒。初春虽然冷却很诱人,小伙子在工会图书馆等候一个不为外汇券而微笑的姑娘,当然也是在一个初春的夜,许久以前的事。

现在是不是应该换一个,完全换一个写法呢?像说的那样,回到"肉"上去?我问。一个刚刚把自己的爸爸推到粪坑里的小伙子到图书馆值班,他怒气冲冲地告诉别人(或在心里自言自语):这里的所有的书都是虚假的错位的与不存在的,读了《海明威传》以后他深感我们都是被骗过了的。小伙子应该向读者建议,与其读被阉割的作家的被阉割的小说,不如组织大家每人撒一泡尿酿红高粱酒。这时冲进来一个红裙姑娘。不,冲进来一个白衣白裙姑娘。还是蔚蓝色的呢?可惜英语里蓝色指的不是开拓而是忧郁。这个姑娘一点也不。她进了图书馆就哇哇地呕吐,吐出了钉书钉吐出了操行鉴定又吐出了王蒙的《青春万岁》。然后她一跃骑上了书案,撩起裙子往电脑控制的图书信息显示荧光屏上撒了一泡尿。这算不算《伤心咖啡馆之歌》的"精致的仿作"?

我问,这样的作品有没有超前走向世界的可能呢?

你没回答。你以为我在昏说。不。人们就是这样为新的角度新的手法新的思索新的形式而憔悴,然后用他们的小眼睛审视着一切,抱怨目光够不着的山峰。

这时门铃响了。门铃一响我们就惴惴不安,我们难得的无心无悲哀回忆将随着这一声门铃而化为灰烬。不是抢匪,胜似他们,门铃一响我就四处乱躲,为自己的形体的客观性而沮丧万分。一切都是这种不可承受的存在之过招来的。

幸好,只是收电费。缴完电费顺手给了电业局的她一包烟。她太匆忙,没有时间留下微笑,摩托车嘟嘟嘟地冒着青烟。摩托车在月光下像一只饥饿的狐狸。我呢,一株荆蒿。

你说,你建议我把六十年代初期未能发表的短篇小说《初春》写下来,凭记忆尽可能地恢复,然后注明原委。不仅仅是为了纪念,因为你说你喜欢这个故事。

我谢谢你啦。

我说这种苏联模式的故事也可以不写啦,即使写也不能是老样子。比如说要写这个青年在等待,但他也不知道在等待什么。他两眼发直,明察秋毫而丧失视力。他本来已经弄到了护照弄到了签证,他考了"托福"。他已经花了两千多(或者再多)美元,但他忽然又不想去了。他问自己,既然阿猫阿狗都在出国都在反思都在更新观念都在写信口开河的小说和更加信口开河的评论,他得了博士又怎么样呢?进入"博士后"又怎么样呢?这是一个好问题。英国人就是这样,你提出一个他感到不好回答的问题,他便绅士风度地称赞你提了个"good question"——"好题儿",就像电影《金色池塘》里,孙子骂爷爷"放屁"以后,爷爷说:"good words."——"好词儿"。

那么还写不写姑娘呢?写姑娘还有什么新意呢?要不写个母夜叉?当然不是孙二娘而是服用类固醇的铁饼冠军,不。还是写个刚刚吃了大剂量的镇静剂的女子吧,从"小鲍庄"来的。写来到图书馆以后就站到了期刊架前。她站着,站着。青年愣着,愣着。你和我也都愣着。后来才发现,原来电子石英时钟停摆了。没换电池。

我兴奋起来,我说这可能是一篇好小说,一篇倍儿"潮"的小说,甚至,这是超第九代的"好词儿"。

你笑了。

我的文学想象的翅膀迅猛翱翔,可以是一个个体户等待一位公关小姐。可以是一只狗等待一只猫。可以是一排中程导弹等待拆除。可以是一位港客等待一艘缉私船。可以是一个杀手等待肯尼迪总统。可以是一个瞎了眼的母亲等待从台湾归来的儿子。可以是一个蜘蛛等待一只苍蝇。可以是蚊子等待哪怕是美术馆画上的光润的人体。可以是正等待不等待无等待伪等待……

这时,你打了哈欠。

我说,我还没有给你讲完呢。

你一笑,说:"那就继续下去吧。"

电话铃响,通知我明天在第七会议室开会,进南门。又一个电话,问泡好了的海参要不要,每斤七块多钱。小伙子在工会图书馆等着姑娘,他看到许多人,也有熟人。他很奇怪,为什么他等的人,就硬是不来,而他没有等的人来了一个又一个呢?六十年代初期我写下这句话的时候带着得意。我说,这种心情是在我等待你的时候体会到的。那天你领了票去怀仁堂看莫斯科歌剧院表演的《叶甫根尼·奥涅金》,我等你等了七个小时,我不停地望着窗口,望着东四大街。我说过许多次了。

你轻轻叹息,目光变得温存。你告诉我,你收到了钟秀的信。这对患难夫妻终于离婚了。

即使等到了,也会离婚的吗?

我不能回答。然而并没有等到,我说。不,我说错了,我的旧日的小说的结尾是这样的:终于那个眼睛黑得像春夜一样的姑娘来了,同来的还有一个英俊得多的青年,比如说,我的描写暗示他是一个劳动模范,一个共青团小组长,或者是夜大学的优秀学生。那时我完全相信苏联作家协会书记伊萨柯夫斯基的抒情诗里的姑娘爱的是佩戴奖章的年轻人。这使我们的图书馆管理员尴尬而且酸楚。他彬彬有礼地为这一对显然的情侣服务,为他们找出了艾芜的小说《雨》和巴甫连柯的《幸福》。我的六十年代的小说的结尾是这样的:

闭馆了,人们散去。××(那个管理员,对不起,我已经忘记了他的名字)一个人沿着积雪没有化净的林间小路走向宿舍区。他闻到一种只有初春的夜晚才闻得到的类似酸梨的气味,他祝福那个姑娘和那个比他好得多的青年。他分辨着天上的明亮的与暗淡的星星。为什么星星模糊了,难道他已经蒙上了一层泪水?他不好意思地笑了。雪还没有化尽,绿草已经萌生。他好像看到了那个未来的真正属于他的姑娘的温柔的眼睛。那个姑娘还在远远的地方等着他呢……

我不能保证这一切都是原文,特别是关于气味的描写。我相信那个时候我的听觉嗅觉都特别好,直到三年以前也还是非常好的。我描写气味的文采一定比现在恢复的那两句话抒情得多。我推敲每一个字的平仄。把六十年代的旧作拿出来,教授和研究生,就会称道我的"炼句"的功夫了。我让他们满意过的。

"而抒情也已经过时了。"你说。

我问是吗?他们和她们只是那样说"过时"罢了。刘索拉对汪曾祺说:"你们这一代人爱得太沉重了,而我们爱得轻松。"汪曾祺问道:"轻松?"我一九八八年六月在伦敦见到了刘索拉。她说:"我现在只是一个人。"她说话的样子不像她宣布过的那样轻松。

"后来呢?"你又问。

后来他下放乡下去了。后来他三十多岁了没有结婚。后来经人介绍搞了个"对象"。对象,这是哲学,也是生产劳动。他们常吵。不像张贤亮,绊一跤就会碰见温顺的羔羊李秀芝和人间尤物马缨花。再后来他也就到年龄啦,退休啦,窝囊和牢骚啦,要个职称啦,托人给孙子买一架钢琴啦……

"然而他总算在一个初春的夜晚等待过。"你说。

"这个……请你给我倒一杯酒。最好给你自己也倒一杯。"

你倒了酒,说:"你喝得太多了。"

是太多了。都太多了。所以变得太少了和一无所有了。我便只把酒杯碰了碰唇边,让杯中的酒在房中慢慢消散,放出那苦涩的芳香,让酒香想念它的主人和它的前生。

然后我们都有一点失眠。

说"有一点",因为我们不好意思。失眠就像怀旧,以及干脆还有爱情和文学。早已经过时了。没有旧可怀的人有福了。他们一定会在个什么《自由谈》上写用不着怀旧的"批评"文字。

发表于《人民文学》1989 年第 3 期

纸海钩沉——尹薇薇

翻出三十二年前的旧作,是什么滋味?竖写横格稿纸,编辑勾画的痕迹,稚嫩而又温柔的书写……都已是迢迢往事。

一个批评者写道:驱散王蒙身上的迷雾,是必要的。非常熟悉的语言。那些年月常说的。还有叫剥开"画皮"的。

春季多云的天气,可以叫"暖阴"。麻雀终于又在这个城市的上空飞鸣。丁香花才盛开,便已凋谢。香椿叶老,芝麻酱面条也过了时。我养的盆花却还没有开启。

陈旧的纸。曲别针也是那个年代的。那时候你还没有出生。一个作家未发表的作品,算不算"迷雾"呢?一九五六年初冬的一个晚上,我写下了小说的题目:

尹 薇 薇

"老天……是你!这是哪一阵风吹来的?"尹薇薇惊喜无措地攥住我的手。

我惶惑中随她进去,脱掉大衣,坐在火炉旁。

"你瘦了,满脸的风尘呢!可我仍旧一眼就认了出来。"尹薇薇快乐地说。

"是哪一阵风吹来了您……"我记得这是《青年近卫军》第二版里的一句话,如果我的记忆力不错的话。法捷耶夫接受了斯大林同志的批评,第二版里加进了突出克拉斯诺顿州党的领导作用的情节。

我那个时候担任着先是新民主主义后来是共产主义青年团的基层领导工作，我完全理解布尔什维克党对青年先锋主义的批评。我甚至还知道托洛茨基"匪帮"最喜欢蛊惑青年人。

修改后的《青年近卫军》里加了一个"地下工作同志"马特维·柯斯季叶维奇·苏尔迦，属于第一批响应号召去帮助农村（收集余粮还是搞集体化？）的工人，后来就一直在顿巴斯各区担任和农村有关的职务。由于本人的请求，"仅仅两天以前"，党同意他留在德军占领区从事地下活动。为了寻找一个住处，他想起了李莎——叶李莎维塔·阿列克赛叶芙娜。十几年前，苏尔迦向李莎说过："可惜我有了老婆，不然会向你求婚的。"

《青年近卫军》（第2版，中译本107页）中写道：

  她敌意地询问地望着这个站在她家台阶上的陌生人……"马特维·康斯坦丁诺维奇……苏尔迦同志！"她说，她的握着门把手的手软弱无力地落了下来。"是什么风把您吹过来的？在这种时候！……"

  ……马特维·柯斯季叶维奇非常镇静地、和解地说，虽然他心里的一根极细极细的弦已经被突如其来的忧伤拨动了……

我喜欢读这一段，虽然西蒙诺夫早在一九五七年已经著文指出，法捷耶夫对《青年近卫军》的修改是不必要的，而法捷耶夫的自杀甚至是愚蠢的。每当读这一段的时候我就会流下泪来。

至于"惊喜无措"呀，"惶惑"呀这些词眼，似乎与鲁迅的作品有关。五十年代，中国青年出版社出版了四卷本的《鲁迅选集》，我来得及得到前两卷的馈赠。我一遍又一遍地读《呐喊》《彷徨》和《野草》，而我的大叫着"青春万岁"的心也时而变得沉重了。

《尹薇薇》——名字起得可好——继续写道：

  我凝视着她——她还是尹薇薇，六年来并没有变很多，卷起发边，更漂亮，更丰满了。随着目光的头一刹那接触，那久已遗忘的、无数的甜和苦的回忆一股脑儿全翻上来了。回忆搅扰我,压迫我。于是眼泪无端地上涌,于是我讲不出话。

……她引她的两个孩子见我,小女儿刚会走路。我吻他们,但是,小的那个却哭了。大的男孩子穿得很阔气,推开我,又口齿不清地说:"讨厌!"

这是怎么回事?因为那时候我还未婚么?我喜欢"凝视",却不希望视野中闯入一个骄横的孩子。我为什么要用一种暗淡的调子描写一个姑娘做了妻子,做了母亲,又做了母亲。我不喜欢孩子?我不喜欢青年人长大?青春,这究竟是一根怎样敏感的弦呢?

苏尔迦没有停留在李莎家。李莎向他发了许多牢骚,而马特维·柯斯季叶维奇(即康斯坦丁诺维奇的乌克兰语发音)认为,在希特勒军队攻进来、大敌当前的时刻,李莎的牢骚是不能够原谅和理解的。总之,李莎变得"不可靠"了。瞧,就是这样一个普普通通的人身上也笼罩着未必能轻易驱散的"迷雾",何况您的经历还远远比不上苏尔迦呢?苏尔迦什么也没说便离开了她。他去找福明,去找那个叛徒去了。他自己把自己送到了地狱里。

《尹薇薇》的第一个编辑是一家报纸的文艺部,他们发了稿,最后因为小说的调子不够高亢而决定不予采用。他们曾经不得已试图改一改,便把两个孩子改成一个孩子。尹薇薇变得只有一个孩子了。这倒与今天的计划生育政策融洽地契合了。

我喜欢"无端地上涌"这样的句子。那时候写小说的人是多么雅致温文啊!后来,我们粗暴了,粗糙了,终于粗俗了。我的女儿有时为我的粗俗而感到无地自容。而我重读《尹薇薇》的时候,我也为小说中的"我",这样一个多愁善感的酸溜溜的小子而惭愧害羞,我怎么会去写这样的——"鼻涕虫"!

多缺少男子汉气啊!

……我止住了滔滔不绝的话,一个人看屋子的陈设。我看见了不新不旧的桌子、椅子、茶几、收音机、盆花、柜子和柜子上大大小小的许多包袱。我看见四壁上贴满了从苏联画报上剪下来的画片,有芭蕾舞、运动会、动物园、时装。有的画片右下角盖着"××机关俱乐部"的图章。隔壁传来尹薇薇的声音,似乎在埋怨,还有一个老太太的声音,似乎在生气。

尹薇薇回到这间屋子,告诉我:

"上了年纪的人真啰嗦!我给大宝买了一双小皮鞋,大宝吃饭的时候就爱把脚放在桌上欣赏自己的新鞋。这要什么紧?我妈非不许他这样,惹得大宝哭了一场……唉,摆弄孩子真麻烦!"

"柜子上大大小小的许多包袱"、"画片右下角盖着……图章"。那时候,我的讽刺仅此而已,而第一个编辑把大宝改成了大宝宝,第二个编辑又把大宝宝改成了大宝。这份旧稿子真有点"哏"呢!

美国人喜欢把脚放在桌上,倒不一定是因为妈妈给他们买了新鞋。据说脚抬高有助于血液回归心脏有助于休息。请问,我为什么不喜欢男孩子?是一种逆向俄狄浦斯情结?

而你看不出来么?那"我"对于"物"的厌恶或者干脆说是惧怕。桌子、椅子、柜子、包袱……或者像毛泽东主席喜欢用嘲笑的口吻提到的——坛坛罐罐。毛泽东教导我们说,不要怕打碎坛坛罐罐。我的一个朋友,整个"文化大革命"的后期都忙于坛坛罐罐。木匠就住在他们家。他们最早做起了各式各色家具。不久,家具就显旧了。后来他在舞会上结识了一个新的女朋友。后来他们的家庭也就瓦解了。

革命因"物"的匮乏而崇高。一个老前辈常常回忆战争中他们随军转移的情景。他近视眼。来到一条河前同志们叫他脱鞋,准备蹚水过河。他脱下一只鞋,往下一放,被河水冲走了。原来他打算先放下第一只鞋好腾出手来脱第二只鞋的,却不知眼前已经是滔滔的流水。当然是在深夜。深夜行军才是革命。深夜接吻或者饮酒或者迪斯科或者睡觉却多半是反革命。六十年代我们生活在一个城市，我是他的下级。一场连绵的暴雨漏掉了这个城市的百分之八十五的屋顶，他也临时迁移。我和几个下级为他拉运过砖块，修炉灶。那时我已经不害怕"物"了。我终于接受了坛坛罐罐。

底下的叙述使我不忍卒读：

我问："你生活得好么？"

"我么？"她用食指指一下自己，"真没什么可说的……你申请转业吧，在部队里，不容易找爱人。等你复员以后，我给你介绍一个……"

我皱皱眉，"……我费了好大劲来找你，有一点事情呢……"

食指指自己，介绍对象，我把我当时最不喜欢的一切举动都给了尹薇薇。那时候我一点也不懂得宽容，不懂得"理解比爱更高"。也不懂得国情。我常常生气、悲哀，在生气和悲哀的时候连读老子的《道德经》与庄子的"此亦一是非，彼亦一是非"也不管用。

下面进入了《尹薇薇》的核心，也就是最不成样子的部分了：

我怎么能不记得呢？六年来，多少次我回忆起那难忘的夜晚和不可思议的谈话，多少次我充满懊悔地温习起这一切……一九五○年暑假以后，我们要好了。那时候什么都不懂，又想要好，又不好意思，没有在一起的时候盼着在一起，在一块儿的时候两个人都觉得别扭，谁都不敢看谁一眼。我们怕同学议论、起哄，怕，怕许多，初恋是无以复加的脆弱的呀！抗美援朝开始了，学校里紧紧张张，同学们忘我地参加各种工作，一下子严肃多了。那时，不知哪儿来的一股劲，使我断定和尹薇薇好下去是不必要的，我觉得任何私事都应该摒弃……批准了我参加军事干部学校以后，晚上，我们在学生会一间放油印器材的小屋里，作了唯一的一次长谈。从国际形势谈起，最后决定结束我们个人

209

的情谊，更加全心全意地献身给伟大的革命斗争。我们决定，为了避免情绪波动，以后就不再通信。当时，我们都很坚强，谁都没透露一点悲哀。我们谈完了，好久，好久，好像还有一点什么事。我建议，五六年以后，等我们成长了，要设法聚在一起合作写一个剧本，或者一篇小说，或者诗，要写写那值得纪念的解放初期的大学生生活。我们郑重地约定了。每当我想起那次不可思议的谈话，只有后面这个神妙的决定留下一点快活，使我相信尹薇薇——这最初闯入我的生活的人还未完全与我离开，使我掀起美好的憧憬。于是六年后的今天，怀着同样的心，我来了。

一个王蒙说：不知为什么我联想起一个故事。这当然只是民间传说。你当然还没有忘记那第一个登上天安门城楼给毛泽东主席献红卫兵袖章的女孩子。她颀长，白皙，梳着长辫子，戴着近视眼镜，活脱脱一个女秀才。后来据说是主席教导她只是文质彬彬不行，还要搞"武"的。于是她改了名字，说是不再文质彬彬，剪短了辫子，改换了军装，很可能也抛掉了眼镜，哪怕是露出外凸的黑眼球，哪怕是视力模糊也要充溢革命造反的蛮气。于是她提着牛皮腰带，口里说着"滚滚滚滚他妈的蛋"冲到了"革命"的第一线，亲手用皮腰带打死了一个又一个"地富反坏右"。也可能并没有打更没有打死，传说完全不是事实。让我们假设她只是虚构中的人物。即使如此，所有这一切也只是令人震惊和恐惧而已。也许我们还可能想起一个又一个巧言令色的"斗私批修"与"活学活用"的典型。如果这个时候她忽然又改换了一副腔调，委婉多情、优雅温柔而又雄辩滔滔地讲述自己是怎样为"革命"牺牲了自己的女性青春，再把这一套陈词滥调用零落的花瓣装饰成一碟不能下酒的拼盘。还可以联想或者设想这里出现了一个发表喋喋不休的演说的光屁股婴儿。一把自称是"见红"千次的豆腐做的牛耳尖刀。一个五颜六色的会唱歌的驴粪蛋儿。一个用模具冲压生产的标准件儿。一种可以避水火的口诀。总而言之这一切令人作呕！而我还根本没有提到那叙述的拙劣，语言的苍白，完全失去信心的胆怯……这样的写作只能是一个真正作家的羞耻!

另一个王蒙说:奥斯特洛夫斯基的《钢铁是怎样炼成的》只有两个情节特别使青少年时期的我感动。一个是保尔·柯察金的第一次入狱。正像列宁所说的,监狱是革命者的课堂。然而除了钢一样的革命者以外,保尔还邂逅了一位纯洁无辜的姑娘。那姑娘在禽兽般的狱长的威胁下宁愿把自己的"处女宝"献给保尔……保尔想起了他爱着的贵族少女冬妮亚。他推开了失身前夕的姑娘,"像喝醉了一样",而留下那姑娘嘤嘤啜泣了一夜。当然,换了一个痞子就不会这样做与这样写。特别是中国痞子。在中国电影里,都是中国男子娶了外国女子。而实际生活恰恰相反,是中国(包括我们亲爱的台湾)美女追逐"老外"。而更动人的是保尔主动结束了他与乌斯金——一位同样坚强的女布尔什维克的爱情。而当保尔终于省悟这是一种"左"的幼稚病,希望能恢复他们的情感关系的时候,乌斯金已是人之妇了。这比陆游的"钗头凤"故事还要动人。渺小的陆游与伟大的奥斯特洛夫斯基!如果说是愚蠢,哪个年轻人不狂热呢?这又为什么不是真诚的呢?如果我还能记得那一年如火如荼的抗美援朝的冬天。如果我还记得你和你,长雀斑的你与有一个不错的歌喉的你。如果我还能记得寂寞而又深情的你们在那个寒碜的角落里的男女声二重唱……那暖人心窝的二重唱哟!然而你们各自有自己的应许,你们的信义是在战火纷飞的前方……你们是怎样自然而然地理智地迅捷地克制了自己。到了你们的晚年,你们会回忆这歌声吗?会流泪吗?会为你们的坚强自制而追悔吗?愿意和那些不负责任的据说是具有神父意识的小痞子们调换自己的位置吗?啊!

尹薇薇用"不论我想写什么著作,孩子撒一泡尿也就冲它个干净了"的话语拒绝了"我",于是"我"有点悲凉。

从理想始,到尿布终,这就是生活在乌托邦中的那时的我为无数"女同志"概括的一个无喜无悲的公式。

然后是——

她家的保姆进屋添火，扫净了灰以后嗫嚅着和尹薇薇商量："刚才杨大嫂捎信来，我那二小子又病了，我想回家看看……"

　　尹薇薇沉下脸，问那保姆："你的二小子怎么老病啊？这个月你已经回过两次家了。咱们讲定是没有休息，所以每月给你二十八块钱——我们部里干部雇的人都是给二十五块钱……"

　　那保姆低着头，赶忙说："是，是，不回家也成。好在他病得也不重。"然后拿起装满炉灰的簸箕，退走了。

　　我看着那保姆的背影，心上闷闷的。这时候尹薇薇向我说起雇用保姆的困难，特别是动员盲目流入城市的农民还乡以后，老实人如何难找等等。我注视着她，我看见她嘴动也听见她的声音，却不知道她在说什么。我奇怪她为什么讲这些。我看见她还是她，同样的细长的眉毛，同样的说话的时候显得尖了的下巴，同样的美丽的小嘴。但是，她的眼光大大不同了。从前尹薇薇的眼光是多么火热和不安呀……

　　实在不能说这样的描写有什么不平常。但在五十年代后期的那一场运动中，《尹薇薇》被油印成"不得外传"的绝密文件。这篇小说的写作成了一项严重的政治罪行。第一个编辑部已经发了稿并排出清样，又遵命进行了许多删削，包括把两个孩子改成一个孩子，把保姆听了尹薇薇的指责以后乖乖从命的句子删掉，把"我奇怪她为什么讲这些"删掉。即使如此小说仍然不能过关，终于因为不对调儿而被枪毙。然后转入第二个专业文学杂志的编辑部，第二个编辑部的编辑用红毛笔画上三角，把第一个编辑删掉的段落或句子恢复了过来。谢谢他们！终于也因"运动"的急剧进展而停了车。而后来，是我自己送货上门交代说"我还写过一篇《尹薇薇》"。三十二年以后，回忆起二十三岁时候这种做法的潜意识动机，我甚至怀疑自己骨子里是为了炫耀。作为一个"作家"来进行批评，哪怕是最坏的作家也罢，毕竟是作家呀，我怎么好意思只贡献出一篇《组织部新来的年轻人》呢？而《小豆儿》《青春万岁》，即使想批评也批不出货色来呀！

于是《尹薇薇》印成了秘密文件。《年轻人》批起来很不自在,不仅是作者不自在。因为短短的几个月以前毛泽东同志的多次发言保护了这篇东西。而尹薇薇对待保姆的连虐待都谈不上的描写就成了最"反动之处"——叫做"要害"之处了。

而我不怀疑那批评是真诚——而且有一定的文采。一位青年工人出身的团干部是这样发言的:

"就在小说里的'我'去找尹薇薇并进行那苍白狭隘的谈话的时候,一列列的火车从黑龙江大兴安岭拉来了木材,一幢幢新楼从过去的荒原和沼泽地上矗起,一个又一个的油井喷出了黑色的石油,一队队地质勘探队员在祖国的地图上做出了新的标志,一艘艘轮船在乐曲声中下水,一面面镰刀斧头红旗下面新党员在宣誓……看,你与你的尹薇薇是多么渺小,多么卑鄙!"

他的声音洪亮,气宇轩昂。我过去认为,后来认为,现在也认为他批得情理并茂,超出了平均水平。

然而渺小不一定就卑鄙。膨胀着拉大旗者,倒可能是卑鄙的。

下面一笔是写尹薇薇为了买收音机把自己的文学专业书籍给卖了。这样的痛苦的经验是实有的。或者也许可以干脆说:又有什么可痛苦的呢?

我说我得走了,因为晚上有事……

"真的不吃饭了?"她失望地问了我一句,披上呢子外衣。

门外刮着刺骨的寒风,胡同里静悄悄。只有一个卖萝卜的老头儿,背着筐,提着摇摆欲坠的煤油灯踯躅着。我们并排走,像六年以前,我在左边,她在右边。我劝她不必送,她没言语,跟着我。

"你不高兴了吗?为什么?毕竟,我们是朋友。六年,一晃就过去了,今天好容易见了面……连顿饭都不肯吃……"

我用低沉的声音告诉她:"……你家的墙上贴满了各种小画片,像一块块的膏药似的。你应该允许保姆回家看望生病的儿子。你责备你的母亲也没有道理,大宝的习惯是不好,儿童教育不能不……"

原稿到这里就没有下文了。丢失了一页手稿。残缺的美。这篇复原小说的题目应该叫做《残缺的尹薇薇》。这篇旧稿是在一九七九年由"摘帽办公室"还给我的。

有一个长着大眼睛的肤色红黑的圆脸姑娘,解放前她已经上了学。据说有一次吃鸡她表示要吃鸡的"后腿",因而被工农干部所嘲笑。即使在批评的时候她的态度仍然礼貌而且文明。她大概是分工批老头儿卖萝卜的,"怎么能这样写呢?你看你把我们的生活写成什么了?你才这么小就这样写……"

她很可爱。不止一个人追求过她。祝她幸福。

读《青年近卫军》的时候,我觉得苏尔迦的遭遇写得很动人。李莎或者叫叶李莎维塔向苏尔迦发牢骚,责备干部和军人通通向东方撤退而抛下了人民。于是苏尔迦判定李莎是不可靠的,他转而去找早已彻头彻尾地腐烂了灵魂的福明。福明出卖了他。他关在监狱里,受了酷刑。他一次又一次地忏悔,为什么不分忠奸,不相信人民。为什么不相信自己的直觉而相信一小片公文纸——公文纸介绍说福明是好人……还说到了苏尔迦当政期间怎样使小学教师失望,没有给小学教育以足够的关怀重视……这是"最主要的失望"呀!沉重的忏悔是何等动人,这取得了政权变成了当权者的共产党人的沉重!

福明的叛卖与最后被青年近卫军处死,是作家的虚构还是写实,我不知道。但《青年近卫军》中还有一个真名真姓的人物斯塔霍维奇。书中、同名电影中表现他是一个叛徒,由于他挨不住刑讯,一个又一个地招供,使青年近卫军的成员一个又一个地落入德国占领军手中,全军覆没。最后,在德军撤退以前,叛徒和爱国者一起被处决了。

虽然是一起被处决了,爱国者流芳百世而叛徒遗臭万年。

苏共二十大以后,说是经过调查,斯塔霍维奇并不是叛徒,他也是爱国者。他的名字将与奥列格、邱列宁等列在一起。而这个时候,法捷耶夫已经自杀了。

又是春天了。一两天阴雨,然后是晴朗的骄阳下空中飞舞的柳絮。参加完胡耀邦同志的追悼会,汽车驶过故宫紫禁城边的筒子河的时候,柳絮如雪浪起伏。"我"与尹薇薇他们别来无恙吗?以"我"的幻想和心情,他的日子不会是顺利的和快乐的。三十余年以后,他变得心平气和乃至游刃有余了吗?尹薇薇的丈夫提升成什么官儿了?按年龄她该退休了吧?一事无成而年龄已长。他们的孩子没有去天安门广场闹事吧?更重要的是身体健康,没有得肝癌?或者没有因为心脏疾患而突然结束了一切?今天一天就相继得知了儿童文学作家刘厚明与京剧艺术家方荣翔的死讯。如果尹薇薇去世了呢?他们的讣告上应该写什么呢?

这里埋葬着一个普通的人,他幻想过也苦恼过,后来不幻想也不苦恼了,后来就结束了或者成了小孩子们眼中的迷雾了。

这里埋葬着一个普通的人,她没幻想过也没苦恼过,她还没有开始就结束了或者成了小孩子眼中的迷雾了。

小说的结尾应该是"我"告辞走在胡同里,没错儿,我记得"我"走得很快,但还是听见背后尹薇薇的叮咛的叫喊:

"风大了,竖起你的大衣领子!"

那么大的风,竖领子又有什么用呢?不过旧情如柳絮,拂也拂不去就是了。这句话我在一篇纪念鲁迅的散文中写过。

又要起风了吗?

发表于《十月》1989年第4期

我又梦见了你

一

从哪里来的？我从哪里发现了你？那个秋天的铜管乐怎么会那样钻心？铜号的光洁闪耀着凋落了树叶的杨树林上方的夕阳。夕阳在颤动，树林在鸣咽，声音在铜壁上滑来滑去，如同折射出七彩光色的露珠。天打开了自己的窗子，地打开了自己的门户，小精灵像一枚射上射下、射正射偏的子弹。一颗小小的子弹占据了全部秋天，画出了细密的折线，从蝉翼的热狂到白菜绿叶上的冰霜。而你就从那晃眼的铜壁上溜下来了，那时硝烟还没有散尽，戴着钢盔的战士蹲在地上，用双手掬起车辙里的积水。你轻轻巧巧，从从容容，沉默得像一个天使的影子，朴素得像一个草绿色的书包，你握了我的手，微笑了，飘走了，像一个气球一样被风吹去了。夕阳染红了树林。树叶飘飘落落。

你有两条小小的辫子。这使我产生了一个疑惑，为什么男子不能留辫子呢？

二

后来我们在摆荡着的秋千上会面，那秋千架竖立在一个贸易集市上，四周弥漫着浓郁的茴香气味。我们的身下是骡马的交易与羽行的洗染,插着羽毛的帽子像海浪一样涌动。秋千跟随着笑语和喘气声摆来摆去,越摆越快,越摆越高,集市和集市旁流淌着浑水的大渠都被卷过来卷过去,卷成了一块大蛋糕。蛋糕上铺满了核桃仁和葡萄干。秋千上上来的人愈来愈多。我说上来的人太多了,我怕秋千支持不住,你什么也没说。我说我害怕我们的秋千碰上飞翔的鸽子,我说完了遍天果然出现了红嘴巴鸽子,鸽哨响作一片。你什么也没说。我说我不喜欢有这么多人看着我们,我们已经不是孩子,我们已经超过了荡秋千的年龄。你什么也没说。我说无论如何要让秋千停一停,我要下来,要下地,我感到了太长的晕眩,我想下地喝一杯酸酸的红果汁,你什么也没说。秋千不但摆荡,而且剧烈地旋转,四面都是太阳。

然后你嫣然一笑,所有的鱼都从太液池底跳了出来。怎么又是夏天了呢,不然哪里来的这么多的莲花! 你的笑是无声的,是可以融化的。在你的笑声中,鸽子散去了,众星散去了,宇宙变得无比纯净,然后没有秋千,没有人群,没有水渠和牛马了。没有你和你的笑和你的飞扬的辫子,我不是成为多余的了吗?

甚至于在睁开眼睛直到黎明以后,连晕眩也不知去向。

三

然后我急急忙忙地给你打电话。我急急忙忙地坐了火车又坐了汽车,我下了火车又下了汽车,我跑,我摔倒了又爬起来。我跑过炸山的碎石,跑过临时工棚、钢钎和雷管,跑过疾下的洞流,跑过坚硬的石山。没有到这样的山里来过的人可真白活一世。在一家香烟店里我找到了电话。电话是老式的,受话器和号盘固定在墙壁上,听筒可以取下,我可以拿着听筒走开,只要我长出长长的嘴,例如像一只白鹤。我知道你的好几个电话号,我知道你并不是固定待在某一处的。53427打通了,说是你不在那里,你一个小时以前刚刚离去。虽然说你不在,而那声音又像是你自己的,电话里响着那永远的温柔的大管的乐声,只是声音分外低沉。是你自己亲口告诉我你不在那里,匆匆地我根本不在乎这里面有没有分析。我赶紧又拨另一个电话,不再是东城的电话了,现在是西城的,43845,我真喜欢这五个数字,这几个数字好像出自李白的诗。西城的电话告诉你不在西城。许许多多的电话我不停地打着、拨着、听着、叫着,电话变得这样沉重,号盘好像焊死在话机上了。所有的电话都告诉我找不到你。当我拨通东城的电话的时候你到西城去了。当我拨通4局的电话的时候,你到3局去了。当我拨通南城的时候你在北城。当我叫通市中心的时候你在市郊。我看见你奔忙在市郊的麦地里,再一定睛,你不见了,我仍然没有与你接通电话。无论如何我不知道你在哪里。但是我知道你已经不梳小辫子,墙上的电话变成了一只猫,猫发出凄婉的喵呜声。电话线变成了绿色的藤蔓,藤蔓上爬着毛毛虫。货架上摆着的香烟都冒起了蓝色的烟雾,每包香烟里都响着一座小钟,钟声咚咚当当,钟声为我们不能通话而苦恼地报警。队伍缓缓地行进。猫说:"她也正在给你打电话呢。"这时,星星在满天飞舞,却一个也抓不着。然后天亮了,我急匆匆地跑回汽车和火车,跑回我的铿锵作响的工地。我们在修公路。

四

后来我们在一起点燃炉灶,我砌的炉灶歪歪扭扭,这使我怪不好意思。人家往火里添煤,我们往里面填充石头,这怎么行!然而石头也能燃烧,发出蓝色的迷人的光焰。火很美,很温暖但又不烫手,我们可以把两双手放在蓝火里烧,我们可以在火里互相握手,只觉得手柔软得快要融化。你的手指上有一个小疤。我惊呼你受伤了,你说受伤的不是你,而是"你",就是我。我就是"你"。这火变成了温暖的水流,这水流变成了大洪水。洪水从天上流来,从房檐上冲下,从山谷流来,从地底涌出,汩汩地响。人群纷纷躲避,我不想躲避。洪水流来了,却没有冲走我,或者已经冲走了却和没有冲走一样,就像我坐在火车上一动也不动,火车却正在飞驰一样。

我好像停止了呼吸,在水里人是可以不呼吸的。是不是我长出了鳃?我的周围是漂浮着的房顶、木材、锅和许许多多的月亮。青蛙成队游过,我好像已经变成了一只青蛙,而你穿着白纱做的衣服,显示出你的非人间的笑容,只有我知道你笑容的芳香,只有我知道你笑容里的悲苦。你坐在水面上,问我吃不吃饺子,你把饺子一个又一个地扔到水里,水里游动着一条又一条白鱼。有一条水蛇在泡沫中灵活地游动,它领着我在水底打了一个电话:

喂,喂,喂……

是我。

你说,是我。我感动得在水里转起圈来,像一个旋涡。从旋涡中生出一朵野花,脖子上套着花环的小鹿在山坡上奔跑,松涛如海。

五

你生气了,你不再说话。"是你吗?"我问的时候你不再说"是我"。我拉开了抽屉,抽屉里有许多纸许多书信还有许多钱,包括纸币和硬币。我拉开抽屉后它们通通飞了出来,像一群蝴蝶,我没有找到你。我也没有在乎它们这些蝴蝶,我深知凡是离去的便不会再返回,我不再徒劳地盼望和寻觅。我打开房门,房门外是一团团烟雾,好像舞台上施放干冰造成的效果,烟雾中出现了一个个长袖的舞者,她们都梳着辫子,都陌生而冷淡地笑着,没有你。我想,她们的辫子已经落伍了,现在辫子应该梳在胳肢窝里。果然,她们的腋下甩出了发辫,我吓得叫不出声来,我成了哑巴。我找了墙角的柳条包,那里有许多铜碗铜碟铜筷铜勺铜锤,在我寻找它们的时候它们跳跃起来,飞舞起来,碰撞起来,叮叮咚咚嗒嗒,一片混战。我才知道,这是我们之间发生了争吵。我们为什么争吵？这真使我喘不过气，而且疲劳。我们的争吵使我们筋疲力尽，我知道我的食道上已经长出了恶性肿瘤，肿瘤像一个石榴，红白相间的果皮，许许多多籽粒，流着血。

多么冷的风啊！我知道了，我奔跑如飞，我打开了电冰箱的门，冰箱内亮得耀眼，空空如也。难道不是？

啊！这种可能性使我战栗。我打开了速冻箱的小门，果然，你蜷曲在那里，坚硬得像石头，而你仍然是微笑的。你怎么会寻这样的短见！我的眼泪落在你的脸上，你的脸在触到泪滴时冒着热气……

六

多么宽阔的花的原野！一匹黄马在草原上奔驰。当它停下来扬一扬头的时候，我才看见它长着一副教授的受尽尊敬的面孔，他一定会讲几种外语。我的面前是一台白色电话机。也许这只是一只白色的羊羔吧，柔软的羊毛下面埋藏着一台电话。然而，我已经忘记了你的电话号，我甚至于忘记了你的名字。这怎么可能呢？你不是就叫？？？吗？恨死我了，我知道你正在等着我的电话，至少等了三十年。

我拿起了电话，我茫然地拨动着号盘，电话通了，这是什么？呼啸的风，尖利的哨音，叽叽喳喳的鸟，铜管乐队又奏响了，只是旋律不可捉摸，好像音乐在隐藏着自己。是你！是你的温柔娴静的声音。我又拨一个奇怪的号码，0123456789，仍然是你，仍然是你的从容的倾诉。又拨一个，又拨一个 98765……拨到天上，地上，海里，山里，飞机上，小岛上，舰艇上，大沙漠的古城堡里，哪里都是你，哪里都是你，哪条电话线都通向你，哪里传出的都是你的声音，虽然有的嘶哑，有的圆润，有的悲哀，有的欢喜。你说："是我！"像是合唱。

我不敢相信，这幸福这可靠的凭依，我一次又一次地问：是你吗？你是谁？是你吗？

你说是我。你说是我。你说是我。铜管乐演奏起来,我演奏起来了,嘹亮的号声吹走了忧愁,也吹走了暗中的叽叽喳喳。地上全是水洼,亮晶晶地映着正在散去的阴云。好像刚刚下过雨。你缓缓地说:"是我。"

白鸽成群飞起。楼房成群起飞。我们紧紧地拥抱着,然后再见。然后我们成为矗立街头迎风受雨的一动不动的石头雕像。几个孩子走过来,在雕像上抹净他们的脏手。

发表于《收获》1990 年第 1 期

现　场　直　播

某年某月某日,一个幸福的家庭的全体成员——包括父、母、祖母、儿媳、女儿和一只波斯猫,观看中央电视台的第一套节目——世界女子排球赛的现场直播,由中国队对古巴队。解说员是大名鼎鼎的单德言。

解说:中央电视台,中央人民广播电台,我们现在在日本的名古屋向各位现场直播……

……这两个队都是世界级强队。两强相遇勇者胜,两勇相遇智者胜……那么,这次比赛的前景如何呢?为此,我们走访了两队教练、排球界的著名人士以及各国的体育记者。他们普遍认为,中国队获胜的机会仍然是有的,当然,古巴队获胜的机会也是有的。中国队会使出全部力量来夺取这一场事关大局的胜利的,而古巴队呢,也是秣马厉兵,志在必得……

儿子:废话!

父亲:看屏幕,少说话!

儿子:(小声嘟囔)只有中国人才这么土,看电视的时候还关了灯,分几排坐好像进了电影院一样。外国人家里,二十八英寸的电视就一直开着,你吃喝玩乐做自己的事情。高兴了,你抬起头来看一眼,不是饼干广告就是男女搂抱。不高兴了,你可以转过脸去用后脑勺对着电视机。忽视电视机的存在才算得上真正拥有了电视机。还有的人开电视机只是为了防盗,电脑控制,天一黑电视机就开,好像家里老有人似的……

媳妇:别讨厌啦!崇洋媚外那一套……

解说:中国队要想打好这一场球,关键在于网上的争夺。就是说,一定要注意拦网,特别要注意对方四号位的球,同时主动进攻要果断,要打出自己的特点,快速、多变、准确有力,还要压着对方打,使对方"疯"不起来。那么,其次就是接发球了,一传到位,就能组织起快攻……还要加强发球的攻击性,用有威力的发球破坏对方的一传,使对方接发球抢攻的优势发挥不出来……

儿子:多新鲜哪!一传到位,快攻有力,拦网成功,发球又破坏了对方一传,干脆古巴队举双手投降算了……

女儿:不愿意看别看,不愿意听别听,这儿不止你一个!

儿子:你才不愿意看呢,你低着头打毛衣,压根儿没往电视那儿看一眼……

父亲:少说这些没用的话吧。古人说过,话太多会患"话痨","话痨"严重了,就会半身不遂!

儿子:(沉默)

媳妇:活该!

母亲:看吧看吧,比赛开始了!

解说:……现在发球的是古巴队15号×××,×××身高一米八二,弹跳力爆发力都很出色,富于比赛经验……中国队一传不到位,调整,吊球,古巴队接起来,扣杀,好球!一比〇……二比〇……三比〇……

儿子:我就知道中国队得输!

女儿:中国队赢!中国队赢!我敢打赌,中国队赢!

儿子:我打赌,二十块钱!

解说:……二比三,换发球,刚才的双快球,打得很漂亮,令人想起张蓉芳和郎平。大家知道,中国女排等于是去年冬天才重新组建的,除了××以外,都是新队员,她们缺乏世界大赛的经验。但是,正因为是新手,她们不背包袱,放得开,打得很有生气,以己之长,压住对手之短,即使在对方比分暂时领先的情况下,不气馁,不手软……四比三,现在古巴队领先两分了……古巴队这个加勒比海旋风确实名不虚传,后排强攻……唉呀,中国队后排没有保护……刚才扣球得分的古巴队员2号×××是古巴的主力队员,她身材不算高,只有一米七六,但臂长,弹跳好,跳起来摸高可以达到……好,刚才中国队8号单人拦网把球拦死了,网上争夺我们从实力上并不占优势,但是要敢打敢拼……

祖母:(打起鼾来)

女儿:奶奶,奶奶您看球赛要没意思,就睡觉去吧,要不您去听收音机吧,没准儿有梆子……

祖母:我没有睡着!谁说我不爱看?赢了还是输了?也够难为她们的了!

众笑。母亲低声自语:老太太是一看电视就睡,一关电视就醒。醒了再开,开了再看,看了再睡,睡了也不承认睡。父亲咳嗽了一声,母亲不再说话。

解说:各位听众,各位观众,场上比分十二比十一,中国队超出一分。这一局打得非常艰苦,先是古巴队以三比〇、四比二、七比四领先,中国队追到六比七,又被古巴队打成九比七,然后是九平,十一平,两次出现平局……应该说,两队的实力还是比较接近,从以往的战绩上看双方各有胜负,也差不多,但是古巴队的情绪不稳定。中国队这一批小将,确实是发扬了敢打敢拼的精神,打出了水平,打出了风格……唉呀,又失一球,场上比数是十四比十二,古巴队领先。古巴队主要是利用发球破坏对方一传,并且不断变化扣球的点,她们的高点强攻,是我们所不具备的……好,古巴队9号发球失误了,双方打的都是同一个战术,宁可发球失误,也要加强发球的威力,好球!刚才中国队10号打了一个背快球,看起来打得很轻松,扳回了一分……好球!中国队4号通过发球直接得分,十四平!中国队临危不惧又扭转了局势……中国队教练在赛前就提出了要求,关键时刻一定不能手软,心理素质的要求不能含糊,输了球也不能输人,赢球更要……

儿子:他怎么那么会说?

媳妇:他不会说你会说?中央电视台怎么不请你去名古屋?

解说:十五比十四,中国队领先一分!现在,关键的时刻到了,关键的时刻要沉住气,要保持头脑的冷静,要对瞬息万变的场上情况做出正确的判断和处理,而且,要避免失误,关键的时刻能不能避免失误,也可以说是一个严峻的考验,看一个队成熟不成熟,看一个运动员成熟不成熟……

女儿:我早就说过,中国队能赢!我有预感,我有特异功能,打赌,我赢了,快准备三十块钱吧!

儿子:谁说三十块了?我说的是二十块,明明是二十块,而且说的是最后结果,可不是这一局!

女儿:我说的是这一局,我只管这一局,赢一局也算赢!赢一局也不容易嘛,要不,你去!底下当然有输有赢,我管不了每一局!我只管这一局,赢一局不好吗?赢了第一局才能赢第二局!输了第二局也不能抹杀我们已经赢了一局!

儿子:真没意思!我们打赌说谁赢,当然是指一场,什么叫赢一局呢?如果一局的输赢也打赌,咱们赌一分好不好,赌一次发球权好不好?不合逻辑!中国的事就是要讲逻辑!

媳妇:别急,谁输谁赢还不一定呢。

解说:十五比十五,双方争夺已经到了白热化的程度。能不能顶住,这要看素质,也要看训练,还要看临场发挥,当然,也还有偶然因素……好球,中国队夺回了……噢,刚才裁判判中国队员14号触网,副裁判判古巴队员触网,最后还是判中国队员触网。

媳妇:我看这个裁判够呛!

母亲:也难保每个球都看得那么准。

女儿：谁知道有什么"猫儿腻"？

儿子：太狭隘了！就不可能是咱们的14号真的触了网？

祖母：（从椅子上滑到了地上）

父亲：（连忙搀扶）您怎么了？

解说：十六比十五，中国队又领先一分！刚才4号×××打得非常出色：她打了一个时间差，跳起来，先做了一个假动作……这就是两勇相遇智者胜了，双方斗力，也在斗智！这叫做战术意识……整个说起来，中国队是不差的……

儿子：又吹上了……

母亲：您摔着没有？

祖母：没有没有，我看着哪，赢了，赢了。

儿子：谁赢了？

祖母：她们赢了呗！反正不是咱们赢了，就是她们赢了！

父亲：对，对，我输了就是你赢了，你输了就是我赢了，反正有一家输有一家赢！

女儿：奶奶您说得真明白！

儿子：我建议咱们全家推荐奶奶去当体育记者，当体育广播员，老太太的解说比单德言深刻多了。

波斯猫：喵，喵……

儿子：叫得好，它也是体育评论家！

解说：十七比十五！各位听众，各位观众，我们在名古屋现场直播，中国队对古巴队，第一局，古巴队以十七比十五先胜一局。看起来中国队在意志、技术和体力上，比古巴队略逊一筹，关键时刻顶不住，这确实是一个问题，是一个老问题……

儿子：输了两分，叫做略逊一筹。输了八分呢，大概叫大逊好几筹吧？如果这场球赢了呢，那就是胜了一筹。怎么那么对！怎么他老有理？

女儿：你是哪国人？中国队输了瞧把你高兴的！

儿子:我?我是恨铁不成钢!别给我扣帽子,拿二十块钱来!

女儿:啧啧,是你说的,一局不算,看总成绩……

儿子:哼,真好意思……

母亲:我还是佩服这些体育广播员的。解放初期那个叫张之吗?张之还是张芝?后来是宋世雄。现在又有单德言。容易吗?眼快,心快,口齿也得快。说出话来得完整清楚,语法修辞一直到大政策上、礼貌上、外交上都得过得去,凡事看着容易做着难呀!

女儿:本来嘛,球场上千变万变,瞬息万变的,你让他怎么说呀?能跟得上,能说出个调调儿来,也就不错了。

儿子:那有什么难?赢了就说打得怎么好怎么好,输了就说怎么不足怎么不足,一会儿说好一会儿说不足……

父亲:我最厌恶的就是这种人,可以叫做刻薄的看客。自己什么本事都没有,专门看不起别人,专门挖苦别人。自己什么事都不做,一边看风凉一边耍贫嘴……中国的事坏就坏在这些人身上。

儿子:(结结巴巴地低声半自语)您有什么本事?房子,差事,级别,外汇券,出国,哪一样是您给我们解决的?大彩电还是我带回来的呢!

父亲:(大怒)滚出去!这样的精神面貌还看赛球!这样的境界还打什么球?还上哪里去为国争光?你还"恨铁不成钢"呢,我看你简直是铁上长的锈!

儿子:我……我……我……

媳妇:(使劲捅儿子的肋骨)

女儿:冲哥哥这个结巴劲儿他还想当体育比赛现场直播的解说员呢!你还不如去参加选美呢。

解说:古巴队又得一分,七比〇。各位听众各位观众,我们在名古屋向各位转播,现在是中国队对古巴队,第二局。第二局开始不久,我方连连失分。中国队打得有些失常。现在中国队教练要求暂停。古巴队这七分当中,扣球得两分,拦网得一分,其他四分全部是

227

由于中国姑娘的失误造成的。我们刚才已经介绍过,中国队员绝大多数都是新手,缺少世界大赛的经验,在紧张的比赛中容易出现失误。当然,这和战术指挥也有关系。古巴队是一个强队,善于强攻,往往一记就把对方打死。跟这样的队打,要斗智斗勇,一下一下地硬拼是不行的。关键是速度,掌握节奏,以快压猛,争取主动。要做到你急我不急,你慌我不慌,你乱我不乱,你失误我不失误。这样一个球一个球地争,一分一分地争,才能力挽狂澜,转危为安,转败为胜。相反,如果继续打得这样被动失常,没有章法,在对方强攻下面束手无策,那就难逃败绩了。

女儿:中国队这一局能胜!

儿子:我打赌,五百块钱!胜不了!

女儿:我可没有五百块钱!

儿子:我的五百块对你的一百块行不行?

女儿:不搞"不平等条约"!

儿子:你害怕了!

祖母(忽然搭碴儿、打岔)什么,打架了,是不是打完了球又打起架来了,不要打嘛,和气生财……(继续打鼾)

解说:……好球,又是一个背快球!五比七,中国队接连捞回了五分!古巴队有点乱,她们的情绪不稳定,有时候技术发挥不出来。中国队员年轻,最近赛球常有胜负,不背世界冠军包袱,她们有一个口号,叫做"从零开始"……六比七……七平……看来中国队的战术还是多变的,攻球时腕力发挥得很好,手腕一个动作,球忽然改了方向……八比七,中国队领先一分……古巴队叫停……九比七……场上的局势发生了戏剧性的变化……中国队拦网得分……(热烈鼓掌)

女儿:我早说了,赢!我就知道赢!

媳妇:这是怎么回事?小妹说完,果然一连就赢了十个球!这是奇迹!是不是特异功能?

女儿:当然是,这就是意念的作用!意念的力量谁闹得清?意念也是物质,而且是最精妙最神奇的物质……我正在运用我的意念帮助女排打球……你没看过那本书吗?连大兴安岭的火灾也是用意念扑灭的,这是绝密,对外国人还不说呢!一位大科学家说过,气功、命相、特异功能和针灸,正在引起一场新的科学革命……这场科学革命的摇篮当然是中国!

解说:十五比九,中国队胜了第二局,现在是一比一平。

众:(鼓掌,大笑)真棒!

儿子:还有点希望,姓单的解说的也还可以……我饶了他了。

媳妇:教练也还不错嘛!

母亲:打得好,我看新队员比老队员打得还好呢!

父亲:应该重奖,像这样的运动员,打赢一场球应该马上一人发一万元,不能等到他们老了、打不动球了才涨工资!

母亲:教练应该提拔!

儿子:一万元太少,应该发五万元,要不就发美金。你不服你打去,谁敢不服?

媳妇:不但有奖金,还分房子呢!现在搞体育的比搞文艺的强多了。

父亲:当然,也不是钱的问题。二十六届世界乒乓球,庄则栋、徐寅生、张燮林大胜荻村伊智朗、木村一雄和什么小野来着?那时候哪有奖金?那时候还是困难时期呢!

儿子:说该奖的是您,说不奖的还是您。

父亲:谁说不奖了?

女儿:爸爸哪说不奖了!

儿子:我说不奖了!还不快看!第三局输定了!输了奖个屁!

解说:……古巴队以十五比十的比分赢了第三局。这样,中国队就处于背水一战的位置上了。那么中国队应该……

父亲:就看第四局了。

媳妇:妹妹,妹妹,你发功呀！你弄那个意念啊！

女儿:意念有时候灵,有时候就不灵。发功谈何容易？

祖母:谁中煤气了？冬天,中煤气最危险了。我十四岁那年中过一次煤气,都死过去了,后来灌了两瓶子醋,我才活过来……

最后,中国队以一比三失利,单德言把这次失利的原因分析得清清楚楚。儿子说,以后不再看球赛现场直播了,太费时间。媳妇说,不看白不看,看了白看。女儿说,如果当初那个主裁判判古巴队员触网,局面就会大为不同。父亲说,有输有赢,也是正常的。能得第三名,也不容易,期望值不要过高,做看客也要有水平,有良心,有节制。母亲说,说下大天来,袁伟民和郎平的时代已经一去不复返了。媳妇说,还有孙晋芳呢？曹慧英、周晓兰、杨希、张蓉芳、陈亚琼,唉,提起那时候的阵容,您就别说别的啦！祖母说,我们刚才看的,是琼瑶的电视剧《几度夕阳红》吗？笑声中电视屏幕的画外音,也就是单德言说:"各位听众,各位观众,再见！"

发表于《钟山》1990年第2期

话、话、话

他俩年过半百,各自经过了一番曲折以后,终于把命运结合了。而且,都为自己生命的小船找到了停泊港而庆幸万分。

星期六晚上,丈夫说:"我们明天去郊外吧,我们太需要郊外了!青草,阳光,风和杨树林!我们整天坐在办公室里,办公桌前,弯着腰,低着头……我们的四肢特别是下肢在萎缩,静脉在曲张,我们的脊椎颈椎在变形,我们的肺活量在缩小,我们的心脏在老化……"

"是的是的,我们应该去郊外,一定去……"

第二天早上,躺在床上,丈夫觉得四肢酸懒,便说:"今天不去郊外了,对不起,可以吗?我们怎么去郊外呢?先坐地铁,再倒郊区公共汽车,费两个小时在路上不说,而且人挤着人,不讲礼貌也不讲卫生,谁碰谁一下都要吵一架。到处都是肝炎、肺结核,至少也是流行性感冒的过滤性病毒,生了病看病又很麻烦,你必须提前去挂号、排队……"

妻子笑了,说:"好了好了,我去不去郊外无所谓。好容易有个星期天,在家里歇歇,不是也挺好的吗?告诉我,你想吃什么,我给你做去……"

丈夫说:"让我们吃牛肉!牛肉,这才是国际流行的最佳食品!中国食物的最大弱点在于它富有脂肪与碳水化合物,却缺少优质的动物蛋白。牛肉就是这种优质蛋白的最佳载体,它含的脂肪大大低于猪肉与羊肉……在美国,牛肉比鸡肉贵得多呢。为什么美国人的劳动效率那么高,科学技术那么发达,这和他们经常吃牛肉是分不开的……"

妻子说:"好了好了,你说什么都是一套一套的,现在我就去买牛肉……"

"到哪里去买?"丈夫问:"国营商店如果没有就去自由市场……"妻子回答。

"自由市场是不能去的,那里的肉往往没有经过认真的检疫,检疫人员来了,肉贩子塞给他两包香烟,一切就'猫儿腻'了……"

"去国营商店……"

"你以为国营商店就可靠?现在社会风气这样坏,国营商店的人躺在社会主义的大锅饭上却一心自己抄肥,有的国营卖的肉还不如私人摊贩……"

"那……"

"上帝造物的时候就是这样造的,越是好东西越容易腐烂,越是好东西腐烂以后就越毒……谁不怕?牛肉不干净不新鲜,其危险性赛过传播一号病的老鼠!越怕还越防不胜防……"

"那……我们就不吃牛肉了?"

"不吃牛肉又吃什么?吃烤鸭?"

"对,就吃烤鸭……"

"……烤鸭太肥,又太贵。我说吃烤鸭,其实是自嘲,我们吃得起烤鸭吗?嘲弄旁人是幽默的初级阶段,而自嘲才是达到了幽默的高级境界……"

"那就吃炸豆腐……"

"那就吃方便面……"

"那就吃松花蛋……"

"那就……"

饭后,丈夫点了一支香烟,他解释说:"我请你谅解,我要吸一支烟。从原则上讲,我是坚决反对吸烟的。一切文明国家的政府都要求他们的国家的烟草商在自己的产品的包装纸上印上'吸烟有害健康'的字样,这无疑是正确的。但世界万物的存在,毕竟都有自己的道理。人类吸食烟草已有漫长的历史。最初发源于中东,tobacco,你知道这个词吗?英法德西班牙阿拉伯波斯土耳其,都有这个词……吸烟总可以带来某些愉快,而愉快,按照现代的科学观点,总是有益于健康的。既然有害于健康又有益于健康,到底是益多还是害多呢,就像世界上的其他事物一样,谁知道?总之我反对吸烟,我反对堂堂的人成为烟草的奴隶。我赞成戒烟。但不等于我赞成人成为戒烟舆论的奴隶……"

妻子说:"瞧你说的,哪有那么严重?吸就吸吧……"

几天之后,吃完晚饭,二人无事,妻随口问:"你不吸一支烟么?老赵送给咱那条'万宝路'还多着呢。"

丈夫点点头,说:"我不吸。为什么有一条万宝路就一定吸呢?有十条烟,但是我不吸,不可以吗?也许可以等客人来了再吸,也许客人来了也不吸。也许将它当做礼物可以转送给别人。也许……"

"也许谁也不送,当然可以,当然可以。"妻子抢过话头,笑了起来,又加了一句,"你爱吸不吸。"

十几分钟以后,丈夫觉得无聊,便拿出一支烟,并向妻子解释说:"这个问题……"

妻子央求说:"不必说了,不必说了。"说完她跑了出去。

是夜,丈夫睡了一觉以后,约莫夜里三点,他醒了,思前想后,翻来覆去地睡不着。

他唉声叹气,终于吵醒了妻子。他说:

"语言是心声。语言是表达自己的最主要的方式。世界上最痛苦的人是什么人呢,你知道吗,就是哑巴。儿歌是这样说的:'要媳妇干吗,做鞋做袜,点上灯说话……'可见,人民群众千百年来已经懂得语言交流在夫妻生活中的重要性。可以说,说话是婚姻的重要的、也许可以说是首要的内容。性关系也只有纳入语言交流的轨道才显示了人性,失去了妻子或者丈夫,也就是失去了说话的对象,失去了反响、回声、共振、互补或者互相辩论互相斗争,多么孤独!在没有和你结婚以前,我是多么孤独,像一截吸了两口便丢到路边的香烟,我的热,我的光,我的香甜而又有毒的气体,我的商标和我的经历……全都被遗忘了!"

丈夫含着泪说,他动情地抚摸着妻子的头发、脖子,他开始去搂抱妻子。妻子躲着他。

"我是多么孤独啊!"丈夫长叹一声,睡着了。

妻子却睡不着了,她闭上眼睛,眼前仍然是滔滔不绝的丈夫的形象,耳边仍然是丈夫的声音,她觉得有点怕。

几天以后,丈夫的心情非常好。上床以后,他一直拉着妻子的手。他说:

"噢,我的那口子!我想,我说话太多了。语言是人的创造也是人的负担,语言是人的智慧也是人的愚蠢。语言可以把人载入天堂也可以把人打入地狱——语言的地狱,你明白吗?如果我们不懂语言,如果我们只是两匹马——不,比如说是两头熊猫,它比马更沉静——说不定我们两个人的关系更纯,我们两个人的感情更纯,我们的为人会更加天真,我们的交流会更加有力量……没有空话,没有谎言,没有强词夺理,没有虚假的许诺也没有粗暴的恫吓……只有亚当与夏娃式的爱情……太阳和月亮就从来不说话,然而它们互相吸引,互相照耀,互相美丽……"

妻子仍然躲避着他,他失望了,然而他更加抓紧了妻子的手,接着说:"然而除了死亡,没有什么东西能阻止我的话语。说话是人类原罪中最大的罪。我说话了所以我有罪。我有罪了所以我说话。人生太困难了。你去郊外,需要你说话——你为什么要去郊外,怎样去郊外,不去郊外又有什么不好。你不去郊外,需要你说话——你为什么不去郊外,你不去郊外又要做什么,如果去了郊外又有什么不好。

你不吸烟有很多的话要说,你吸烟也要说话。你结了婚,或者又离了婚——你得说一车一车的话。你没有结婚没有离婚——你还得说一船一船的话。不但要对别人说还要对自己说。不但要说一次而且要说一次一次又一次。甚至于,你想说话了,你需要说话说明你想说话、想说什么怎么说;你不想说话了,你还要说话,你为什么不说,你需要作出解释与取得谅解……"

丈夫为说话的痛苦而激动,他动情地去拥抱妻子,如他们说的,像一匹激动的马。然而,发生了奇迹,妻子没有了,像一股烟一样消失了,床上只剩下了他一个人。

发表于《家庭》1990年第4期

济　　南

　　我没想到那天早上接到你的电话,你的声音苍老而且温和。你说久违了。我还以为你有什么信息要告诉我。其实离上次我们的会面还不到一个月时间。上次会面我提到小莉学提琴的事只不过是没话找话而已。小莉的事自有她的父母操心——太多的操心,哪有我这个姥姥的事。你说你一天都在家,我相信你不只这一天而是差不多天天都在家。除了政协委员,你已经不承担别的任务,我们退到二线,都已经许多年了。我竟然是过了一会儿才明白过来你是邀我到你家。自从那一年在老同志的春节茶话会上重逢,你从来没有主动要我去看过你。我看你,你看我,我们都争取被动,这也是一种礼貌,把友谊探访的主动和慷慨留给别人,把接受别人的主动的看望的温暖和安慰留给自己。客人——老友的敲门声是令人喜悦的。你知道你被记挂着,你的名字虽然从在职干部的花名册上消失了,却没有从你的老友——老战友的心中蒸发掉。

　　你问:"今天你能到我这儿来一下吗?"我说当然。我原来的计划? 什么计划? 买鸭子和豆芽菜、看报和发信,去新落成的百货商场物色一件生日礼物的计划吗? 好的,我下午去看你。

　　我猜测你有什么话要告诉我。上面有什么新的精神? 你大概这一生总是这样津津有味而又严肃万分地说上面的事。老侯活着的时候,他也是这样的。人事有调整还是"提法"有发展呢? 他为上面,我为他,倾注了一切。照顾他的偏瘫,这一切的麻烦帮助我度过了退休后的日子。使不工作的日子不至于像羽毛一样轻飘。然后他去了,剩下了太大太空的房子。也许你有什么事需要我帮着办?你说过你的孩子们总是磨着你换房,他们不喜欢住在那边。还有医疗,还有出国访问,还有家用电器的免税指标,还有老三的工作调动……这一切我又能帮得上什么忙呢?要不就是找我谈谈国际形势吧,就像你或者是我即将担任外交部长或者中联部长似的。不论黎巴嫩的还是尼加拉瓜的事情,我们管得了吗?

你坐在躺椅上。给我倒茶的时候,你的手抖得厉害。你的脸上有一块特殊的黑。我问你到哪里晒了太阳。你说一冬都是足不出户,有一次去附近的菜市场买粉丝,来去十六分钟,就感冒了,躺了十六天。然而你不苍老,我说。是吗?你扬了扬眉毛,我发现你的一向显得严厉的眼睛竟是那样有神。你的眉毛长得那样长,好像一生的沧桑都隐藏在花白的长毛中。我说现在天好了,昨天最高温度是十二度,昨晚上预报今天最高温度是十五度,今天早晨拨电话121就说是十七度了,已经是非常非常的春天了,也许桃花就要开放了吧?开放真是个诱人的词儿。说着我不由得动了动我的外衣领子,那领子的面是单色的素,而里子是鲜艳的花格。

便说起了天气。你说你十年前访问过埃及的历史名城卢克索,你说卡纳克神殿我说我不知道。你说配乐解说我说小莉的事您不用费心了,我上次只是随便说说的。你说五月的卢克索已经是四十八度了,我说那可真糟糕。你说不论巴黎还是罗马还是慕尼黑,冬天虽然结冰,草坪却仍然是绿的,因为它们的土地是潮湿的。我问难道我们多浇一点水,勤浇一点水就可以使华北的小草不枯萎吗?你说即使是海南岛首府海口市,冬天阴雨天仍然很冷。我说飞机票票价上涨了,退居二线的人更难报销差旅费了。你说韶山冲秋天的风景实在美,那才叫"风水"呢。我问关于调整经济,中央开会了么?听说要增加信贷投放。物价越来越平稳了吧?

后来你说起了孩子，我也说起了孩子，我说你的那个最小的孙子可真胖，有一种天不怕地不怕横冲直撞的劲头。他常吃健儿粉——与新加坡商人合营的一个食品公司的出品么？你说你的姐姐的两个孩子都到国外去了，新年的时候、春节的时候、国庆的时候、过生日的时候他们都给父母打电话。我说听说从国外往国内打电话更方便也更便宜。你说你姐姐和你一样奋斗了一辈子，为了中国，但是她的孩子一个又一个地往外跑，还领了绿卡。你在国外看到过新从中国大陆去的某些人，就像在北京看到来自安徽省无为县的保姆，有一种说不出的令人心酸的狼狈劲儿。我说我家那个小保姆忽然辞活走了，我送她一件毛背心……这时我抬起头，我恍惚看到你的眼角是湿润的。你一见到我就显出微笑来了。你眨了眨眼睛，立起身来去取暖水瓶，往茶壶里续水。你的藤躺椅咯吱响了一声。你的已经并紧了的嘴角又变得轻松和柔和了。

这我才发现了一只黄色的猫，猫睡得昏天黑地，我把它抱在我的膝下，搬过来拨过去它只是不醒，它就像从来不会醒也没有醒过似的。过去到你家，我似乎从来没见过这只猫。你可不像喜欢猫的人。但我刚刚一走神，它就跑掉了，它又蜷曲在你的身边，继续做它的与生俱来的梦。

我扬头看了看四周。一盆巴西木长得葱郁茂盛。花盆里，在巨大的绿叶的庇荫下面，长出了一排小蘑菇。一幅书法写的是"心如清风明月……"桌子上仍然堆着公函信封、报纸和文件，倒好像你还在忙着，日理万机。台历上并没有多写一个字。摆着一个仿造的铜马。你建议我看阳台门附近摆着的鱼缸，水草，金鱼。你说金鱼最大的优点是它们的沉默。不管你喜欢它还是痛恨它还是羡慕它还是轻蔑它，它总是不出一声。你很难说出它个幺二三来，但是你会看着它，看着它的一动不动与或有的沉浮自由。没有任何道理和说法的动与静吸引你的目光，时间就会不知不觉地过去。在我和你的交往中这也是第一次听你说到金鱼。

我问你要不要可以自动换水、供氧及保持恒温的鱼缸,要不要花纹斑驳的热带鱼,虽然我和那个行家已经有好几年没有联系了。老侯养过热带鱼也养过君子兰,集过邮也收集过各式烟斗,现在,老侯没有了,热带鱼没有了,君子兰、邮票与烟斗也都四散。我还问你的猫喜欢吃什么。

可能你说了句什么或者是问了句什么,在我的眼前正有小鱼邮票和桃花木的红烟斗飞舞。我捃了捃鬓发,不让它们盖上耳朵。都说我的耳垂比较大,像有福的人,像菩萨。我不懂心怎么能如"清风明月"。再有一个月就是清明了,是老侯他们的节日,我忽然听见你好像在远远的地方问:"你还记得我们第一次在哪里见面的吗?"

"一九四九年七一党的生日纪念会上。那天我们冒着雨开大会,听郭沫若朗诵颂诗,回家都夜三点了。"我说。你说不是,更早。"……那是在老侯的办公室?"你说更早。我说那我就不记得了。你说是在老区,你看过我扭秧歌,是庆祝济南解放,活捉国民党的守城司令王耀武的联欢。你说我们文工团的人举着火把,脸照得红扑扑的。你说你一眼就认出了我是来自城市,是个学生娃。你说我的头发上系着的不是红头绳而是丝带,你说我很特别。我们说话了吗?我问。我们说了,你告诉我你会弹钢琴,但是到了老区,你找不到钢琴了,我说钢琴会有的,什么都会有的。你说。是这样吗?我怎么完全不记得?我是学过几天钢琴,但根本谈不到会弹还是不会弹。在解放战争节节胜利的高潮,刚刚到老区的我居然会和一个陌生人谈钢琴的事,这不可能。这不可思议。我无法相信这是真的。扭秧歌的人惦记钢琴做什么?有了秧歌不就行了吗?

我说我不记得了。真的,我一点也不记得。你失望了吗?你好像轻轻地叹了一口气。

后来就说身体,说吃药,说气功和特异功能,说病房设备的改善,说中美合作生产的多种维生素"施尔康"。我想起你的腰椎疾病，我发现你这次找我最终可能还是为了医疗事务，老侯在世的时候毕竟管过很长一段时间这方面的工作，虽说是人走茶凉，毕竟还有点热乎气。我提出要不要请那个名噪一时的特级气功大师为你发功治病，而你却像没有听见一样。你问：

"有多少年了，你不再跳舞啦？"

我没听懂你的问题，便没有回答。我在想你找我到底有什么事。

后来在菜市场排队买叉烧肉和酱鸭。很可能售货员少找给我一毛四分钱。后来到前门的茶叶店，有一百六十元一斤的银毫。后来回家收阅组织老干部春游的通知。如果不去春游，通知暗示说，可以发给本人一些钱。后来接到女儿的电话，说这个星期天他们带孩子去郊外踏青，便不到我这儿来了。后来炒菜吃菜，洗碗洗碟子。我想起女儿说的，金鱼牌洗涤剂不宜常用。后来看电视，看了许多次的冰上芭蕾，如要我当年学的话一定和他们跳得——滑得一样好。我本来可以多学一点东西的，却没怎么学。连续两个电话都是错号，一个非说我是公用电话，一个要我接 456 分机。当我说"错了"的时候他们一定要我回答我是谁。

我一直在想，你找我去是为了做什么。是为孩子出国的事么？你说到你的姐姐。是为腰疼？你似乎对气功大师不是那么感兴趣。是为寻找一个故人、一个老战友？你问起一些旧事，庆祝济南解放，最早济南是没有解放的，解放军英勇作战牺牲才有了解放济南，有了新中国。也不是为了鱼缸。难道是为了猫食？也没告诉我上级最近有什么新精神。每次听你严肃认真而又津津有味地讲精神我都特别爱听。我知道那是特别重要的，跟我们每个人的命运都有关系。我以为我已经知道了精神，十一届三中全会，一个中心两个基本点，不会变的，我早就相信了……你找我到底做什么？

对我们的会面的回忆与琢磨影响了我，电视节目结束了，没听到预告,明天的译制片会是什么呢?"大岛茂"的连续剧我看得够多的了,《苦难的历程》我也坚持看完了。就那么一点点"历程"么?

很快入睡,子夜醒来。我想起你的含泪的晶莹的眼睛。老人本来不应有那样明亮深沉的目光,本不应有那样温柔。我忽然明白,你找我只是为了友谊,只是为了你"想"我了,只是为了说话。这不是非常自然,十分明显的吗?我怎么会体会不到呢?我们本可以更多地一起坐坐,一起喝喝茶水,不一定必须为了传递信息,不一定互相托付交办什么事情,不一定有什么具体的目的具体的任务。我们可以干脆你看我我看你而没有什么"事"。难道不是真的么?尽管我们都享受着很好的照顾,尽管我们拥有一切,然而我们仍然——不是有点孤独吗?你的花白的眉头并不舒展呀,而在你的心目中,我还保持着庆祝济南的秧歌舞、那条彩色丝带和生疏了的弹钢琴的手……这真叫人感动。噢,除了你,除了你又有谁会和我谈这些呢?前个星期,我刚刚拔去了第六枚牙齿。莫非青春年华的记忆和龋齿一起拔掉了?而这一切竟然在过了那么长时间以后,在我睡下又醒来,终于心静下来以后,经过那么多隔膜寻觅和误解以后才被觉察。莫非我们所有的情感的细胞都已枯萎,我是木头人么?我甚至临别时没有说一声"请保重!"怪对不起的。

月光照亮了窗帘的一角。风吹着树枝。就要吹出新绿的叶子来了。远远传来汽车鸣笛的声音。我的鼻子酸了起来。我想起济南,当然。我相信我的眼睛在发亮。在黑暗中,我的目光在回应你的目光。我的含泪的笑容在回答你的含泪的笑容。许多的话语像热浪一样涌上我的心头。我舔到了自己的泪水的咸苦。老侯死后,我再也没有这样哭过了,我怀着近于狂喜的心情,万分珍重地把眼泪一滴一滴地咽下去……然后,天一亮我就给你打电话,不在乎从睡梦中搅起你,我只需说:

"我想起济南来了……"

没有等到起床，你的孩子就来了电话，他连阿姨都没顾得叫就说你昨夜猝然去世了。心肌梗死？不是心肌梗死。叫做心房震颤，吃硝酸甘油片也没有用。本来应该及时地按摩心脏的，但是发现晚了，一句话也没有来得及说。送到急救室，心电图已经只剩下一条直线了，阿姨，您听见我说话了么？您别难过。昨晚上他没吃晚饭，说是有点胃疼，我们本来应该引起警觉的。来了许多领导，都说爸爸是好同志。后事会好好办的。讣告会寄给您……他的临终的样子很平静。我和你的孩子互相等待了很久很久，没有说话也没有把电话机挂断。

这一天，我一连接了三次从济南打来的电话。"我是济南长途。"对方说，那声音很认真、很陌生，好像在念一段电文。我慌忙报上自己的名字。电话断了。后来我仿佛听到，电话耳机里传出的是欢庆解放的秧歌锣鼓……一切寂静。

发表于《上海文学》1990 年第 7 期

室内乐三章

晚 霞

　　那天晚上老张或者张老睡着睡着,他想起或者梦见他的妻子有一块紫色的毛毯。那应该是他们结婚以后不久才买的。那时候他们的新房里最讲究最气派的东西就是这块鲜艳柔软温暖厚实的毛毯。那时候和他们的身份差不多又是邻居的其他新建立的家庭都是买那种灰白杂色又染出两道血红来的棉毯。棉毯给人一叠就会折断的感觉,因为一折就露出了麻袋似的基底。

　　在欲醒未醒的时候老张为不知这块毛毯哪里去了而焦虑不安。真奇怪,有许多年了,不是十年也是八年,要不至少是五年、三年,反正不能再少,他们忘记了这块毛毯,也再没有用过这毛毯,甚至数年来也许十年来他们就像是根本没见过这块紫色毛毯。

　　在醒来的一刹那他感觉到了这块毛毯的珍贵,揪心。那毛毯是一朵雨后的晚霞,令人依依不舍。他感觉到了新添置的卧室用具的过多和重压。席梦思、锦缎床罩、丝棉被与鸭绒被,有了席梦思便用不着了的狗皮褥子、驼绒褥子……还有数不清的枕巾。夏天用过的凉席没有及时洗涤便长了绿霉,买了新的广东凉席却又舍不得抛掉旧的。仅仅毛毯他就添了不知多少块,上海产的与天津产的,拉舍尔的与普通的,巴基斯坦进口的与澳大利亚带回来的,腈纶羊毛混纺的与纯毛的……但是,那块紫色的毛毯是多么好啊!它燃烧着,渐渐沉入了黑暗。

醒来后他又觉得茫然，也许没有过，根本没有过那么一块毛毯？也许在搬家的时候，在"红卫兵"运动开始的时候，在落实政策的时候，在分到了新房子的时候，在收购废旧物品的小贩来到家门口的时候，他们已经把这块毛毯卖掉了？或者是被偷掉了？一九七六年还是一九七七年，他们家不是失盗过一次吗？报过案的……

他问妻子："我们有过一块紫色的毛毯吗？"

妻子茫然地点点头。妻子得了脑血栓，后遗症包括行路不便与语言的部分障碍。妻子成天微笑着看电视节目或者看电视录像，包括球赛、外语讲座、电视剧、驱虫药广告与人民币汇率。从前妻子还会拉手风琴呢！

他翻箱倒柜。他遗憾地想，他的有限的人生用在找寻东西的时间大概与用在做检查上的时间一样多。他相当平静地想，找东西与做检查也是重要的人生。没有什么毛毯，没有他所回忆、他所想象的那样的毛毯，只有后来置备的，他并不需要的别样的毛毯。他找出了两双半袜子，不知脱下来多久了，没有洗，好在也还没有化学成芥子瓦斯。

他问曾经拉过手风琴曲《伏尔加河源远流长》的妻子："我们结婚的那年，是真的买过一块紫色的羊毛毯吗？很鲜艳，很柔软，很厚实，很温暖……"

妻子茫然地摇摇头。她微笑着，眼睛里含着泪，她又转过头，看着电视屏幕上的一个如花似玉的美人从天上掉下来。妻子喃喃地说："早晨……很贵的……都有销售。"过了很久，她还在自言自语："有——销——售……"

后来张老就忙别的事情，后来和孩子吵了一架，吵完了就忘记了毛毯。只是一年中有那么几次在欲睡未睡或者欲醒未醒的时候他会急切地想起毛毯，会断定毛毯是有过的，丢掉毛毯是非常可惜的，而且，没有及时去找毛毯是他的一个不可原谅的过失。他甚至觉得，对待毛毯的这种冷漠、麻木不仁,是一个可怕的征象,他的情感,他的智能,还有他的心,已经疲软得不成样子了。

又过了一些时日,不太短也不太长,他的妻子死了。

办完丧事,他回到家,却觉得家已经不能辨认。他甚至怀疑自己是否真的已经在这所房子里住了五年。厨房里的墙壁上挂着一层褐色的油珠;卧室的门把手脱落了一颗螺丝钉,拧了半天,实际上把手并没有旋转,而门也照样开了;稍微起一点风,窗缝中就渗进来一种类似野兽挨了一刀的哀嗥的声音。还有许多别的早该有所处理之处,这些,他怎么从来没有注意到呢?

在不眠的夜晚他愈来愈清晰地感觉到那块毛毯,看到它的愈旧愈雅的颜色,摸到它的温柔的气质,拉到身上就承接了它的温热与重量。然后毛毯浮走了。与毛毯一起他回到了他们住过的房子。那是一排平房,他们住其中一间,房前有美人蕉、万年青和玉簪花。花上落着一只紫色的蝴蝶。那个房间既温暖又清新,他可以像一条小鱼儿一样地在这间房子里游泳,游泳的时候他的身躯伸展得很长很长,他弯来弯去,可以打弯也可以盘旋。他很心疼这个房间。好像这个房间里还有他的柳条包、他的小书架、他的洗脸盆和他自制的一个台灯。在这个房间里有他的一副铺板,参加革命工作的时候他从家里搬了三块铺板两条板凳到机关宿舍,三块板对得并不严丝合缝,可在上面睡得照样很香。此后他调动到别的单位,此后又调到了别的城市,又以后回到了这个城市,但铺板他始终没有拿走,铺板已经化私为公了,而不是现时流行的化公为私。三块铺板和两条板凳应该还在那房间里等着他去使用,或者是等待他去搬走。他的房间里好像还有一张照片,他的结婚照,把他的嘴唇涂得挺红,把妻的眼睛涂得有点棕绿,像猫。那照片永远年轻地挂在那里,当轻风吹拂起窗帘的时候,照片上的他的脸上将会现出笑容,他的嘴角将会生动得有趣,而他的妻子的眼睛里,眼泪似乎就快要滴出来。

他醒来,长叹一声,震动了屋宇。他蓦地获得了灵感,他断定紫色毛毯是放在门楣上的壁橱的深处。这个壁橱太高,他搬了两把椅子叠在一起,他冒着跌断腿乃至跌断腰的危险爬了上去。他没找到毯子,只是弄起了许多淡黄色的灰尘,呛得他咳嗽不已。他不明白为什么这灰尘是淡黄色的。他还找到了几张破纸头,是他几十年前写的诗。是诗?!

过了一些日子,老朋友们劝他重新建立生活。有的人从医疗保健的角度给他讲找一个老伴儿的必要性,说是有配偶的人的平均寿命比鳏寡者要高百分之十五到二十。有的人给他讲"黄昏恋"的魅力。他觉得"黄昏恋"这个词儿挺美。他想起雨后的晚霞,燃烧着。

他没有点头也没有拒绝。于是他开始在一些热心的关心他的友人家里与一些女性见面。有一位女士穿着一件灰白色的紧身粗线外衣,头发染得黑亮黑亮。从背影看简直是少女,她说话的声音带点上海味儿,也蛮好听。只是他觉得她的口音不对,肤色不对,眼镜式样不对,牙齿的大小与排列也有点别扭。他不认识她。

但他们终于有了一些来往。夏天,他们有一次一起在公园的茶座上要了一壶龙井,坐了一晚上,他们交换了各自大半生的饮茶经验,也谈了嗑了吃了瓜子儿。

回家以后他觉得非常清醒,清醒然而疲劳,除了清醒地躺在床上他做不成也不想做任何事情。他觉得天气炎热,不想盖被子但又不习惯不盖被子。后来他漫无目的地坐起来,翻动他妻子的床铺,忽然,他发现妻子的褥子底下垫着一块紫色的毛毯。

完全不像他想象的那样,这块毛毯很难引起他的什么感触或者兴趣。不像晚霞也没有诗意。旧物是没有生命也没有魅力的,何况,毛毯的颜色正在变黄,变成那种门楣上的壁橱里的灰尘的颜色。这未必就是那块毛毯。

但是后来他没有再与那个背影像少女的很有一把年纪的女人一起喝茶。他推托说,他要到他的孩子家住些日子,他要离开这个城市,也许过年也不回来。

"对不起。"

他想说"真不好意思",没有说出口,他总觉得"不好意思"的说法来自台胞和美籍华人,来自可以说是一些"资产阶级"。学他们说话的口气?他毕竟是相当老了。

诗 意

刘教授五十九岁那一年忽然患了口吃症。年轻时他本来是以巧舌如簧、口若悬河而著称的。他的声音也好听,许多人刚听了他讲的几句话就询问他是否学过声乐。现在呢,嘶哑、结巴、嗫嚅,真不知道怎样办才好。

人生最要紧的就是说话,他模模糊糊地想,一切都表现为说话或者决定于说话。胜利、失败、致敬、讨伐、崇高、卑下、爱恋、怨仇、富贵、贫贱、伟大、渺小、聪明、愚蠢、真理、谬误……莫不维系于、区别于、形成于和瓦解于说话。干脆说吧,人生就是说话。而他现在尚不满花甲,就感觉到了说话的障碍……太糟了。

他到许多医院、中医院、医学研究机构就诊,各派各医用尽了各种检查手段,把他从里到外翻过来又翻过去,卸成零碎再拼接成整块,查不出究竟来。

于是他只好求助于自己的直觉和想象,他在夜深人静的时候谛听日月、众星、风露,他寻找自己的内心,他希望能得到一个答案。许多年来,各种歧途、各种关口,当他深受选择的苦恼的重压的时候,他的最后也是最强的手段便是这样以心问心,让心来说话,倾听心语。经验证明,这样做出的判断和选择,大致是不差的。

于是他得到了顿悟。问题出在他的枕头上。

几十年来,他一直睡着儿时从父母手里得到的枕头。用乡村纺织的原色土布缝起一个口袋,里面装上荞麦皮,便成了枕芯,枕芯上有时铺一块毛巾,有时披一块亚麻布,有时什么也不铺。他不知道这个枕头的历史,但是他相信这个枕头的面世要比他本人的出生更早。乡村的土布呀,何等结实,虽然摸起来厚厚薄薄、粗粗糙糙,有棱有疙瘩有毛刺,睡得久了,土布乃至充填用的荞麦皮吸满了他的头油和汗水,渗发出一股特殊的气息,像巧克力。

妻子早就劝他换一个枕头。妻子早就买来了各式各样的枕芯,木棉的、蒲绒的、茶叶的、鸭绒的,长方的与正方的,还有各种花色品种的枕套。他以旧枕头睡惯了、旧枕头还好呢为理由拒绝了。儿子嘲笑说他的枕头早就应该送博物馆,儿子说这枕头是他们的祖传"家粹",就像气功和武术是"国粹"一样。女儿捂着鼻子指责他的枕头污染了本来就并不清新的空气。他也愈加感到了古老的枕头与几度更新了的房舍与卧室其他用具太不协调。终于,半年以前,他把旧枕头扔掉了。

他回顾,确实是在换了新枕头一个月后,他开始有轻微的口吃。两个月之后,开始有轻微的沙哑。然后愈演愈烈,直到今日,声已不声,言已不言。他询问妻子、孩子、保姆,他的那只旧枕头哪里去了。如果还在,在哪里,能不能洗干净缝补一下再用。如果不在了,是谁扔掉的,什么时候扔掉的,扔到了哪里。奇怪的是所有的人都回答"不知道"。他们的样子是企图叫他相信,这只枕头压根儿就不存在,至少是,存在着存在着,然后自行消失了。

他追问他的亲人和保姆,逼得紧了、久了,人们便反诘说:"你自己的枕头,你不知道,还问谁呢?如果说有人丢了,那丢了的人就是你。如果说有人扔了,那扔了的人就是你。"

果然,他无话可说。

他回了一趟故乡,乡、区、县的干部一次又一次请他吃烙饼、炖肉、水鱼和炸鹌鹑。他们都在争着搞化肥、搞塑料、搞木材、水泥、玻璃,收礼送礼。当他谈起枕头来的时候,乡亲们告诉他,现在包括农民在内,大家用的枕芯也是从北京、上海、天津、苏州这些个地方运来的,"绵绵软软的,外边绣着花",他们说。

"那荞麦皮呢？"

"我们这里早就不种荞麦了。"乡村干部说，"产量太低，吃了又不好消化……现在有了化肥，又修了水利，哪有上着化肥浇着水种荞麦的？"

他知道荞麦一向是种在边远的高山坡地上的。但是他不相信荞麦不好消化，再说他并不是要讨一碗荞麦面面条吃。"我只需要一点荞麦皮呀！"他说。

"没有荞麦，哪里来的荞麦壳子呢？"村干部的话当然有理。

他终于走了许多里路从邻村找到了荞麦皮，但是没有土布，走到哪里也没有织土布的了。他只看到几台已经散了架的农用织布机，他抚弄着织布机上的梭子，想起了"光阴似箭，日月如梭"的陈词烂语。

他悻悻地回到了城市，他的口吃和沙哑更加厉害，他说每一个字都觉得困难，他渐渐不急于说话了。生病也会改变一个人的性格，乃至世界观。他想。有说话才有了一切，不说话就有了更加宝贵的一切。他又想。

在寻找荞麦皮与粗土布的过程中，他回忆起许多事。他每天晚上都梦见童年，梦见外祖母纺线，那纺车的声音令他心碎。梦见乡村里家里的两个大掸瓶，掸子上的鸡毛在日光下显出一种变幻莫定的五颜六色。莫不是要成精？他也梦见夏天和童年的伙伴们一起洗澡，比赛扎猛子看谁潜游的时间最长，距离最远。他还梦见一条大黑狗，那只狗老是用它的湿润的舌头舔他的脸，他很舒服，又怕被咬一口。他又害怕又幸福又甜蜜。那只狗的目光是那样深沉坚定和成熟，像一位令人倾倒的思想家……他还梦见了一只喜鹊，叫着。

他干脆不怎么说话，而是把自己的所忆所思所感所梦写下来。他的妻子说他有病，要送他进医院，可他的孩子说他写下来的东西是诗，而且是好诗。孩子未经他的同意就把他写下来的东西寄到北京的一些大销量的文学期刊。诗发表出来了，他获得了成功。他以花甲之年而成为诗坛新秀。早已秀了的众诗人诗评人为他祝贺，请他吃酒，给他颁奖。他的名字被列入了一本文学辞典，为此他给辞典的编者汇去了二百五十块钱。

又过了几年，据说那一批文学刊物受到了指责批评。据说他的诗也写得不好，感情不健康，"玩文学"，受西方思潮的影响，把美国人玩腻了的裤腰带当围脖绕到了脖子上……

一位按辈分说是他的孙儿的老人从乡下来看他，劝他不要再写诗了，说是耍钱盗墓嫖妓抢劫砍电线杆杀熊猫，都比写诗好。并且给他送来了土布荞麦皮枕芯，说是潮流又变了，开发土产看好，越古越好，越土越好，古、土，才能走向世界，得奖赚外汇。为此他们家乡建立了一个传统枕芯加工厂，承包给了一个跛子，他头一年就赚了六万块钱。

于是他重新睡土布荞麦皮枕头，并且按时吃中药。中药成分里有桑叶、蚕皮、蝉蜕、蝎尾、红花、黄芪、田七、穿心莲、琥珀、朱砂、车前子……用三岁以下男孩的小便做引子，据说小男孩的尿清火最有效。据有经验有水准的人说，这样服二百剂，服药治疗期间不再写诗，再加上天天枕荞麦皮，一准见效。他一定会痊愈如初，健谈如初，今后老来再上一层楼，前途未可限量，云云。

d 小调谐谑曲

大冬天，冷空气入侵，气温降到零下十度，室内却温暖如春。

"看来，今年锅炉工干得不错，瞧，"王院长拿着温度计，"二十一度，我们的意见没有白提……"

"光提意见就给你好好烧了？几瓶'刘伶醉'送去了，你知道吗？年前光挂历就送了十几本，你知道吗？"老伴说。

王院长不以为然地哼了一声，叹息着世风的不正与日下，又想着反正挂历也都是白给的，便回到卧室。近几年，为了休息得自如，他与老伴各住一间房。

读了一会儿书他才睡的觉。读书的时候他半盖着丝绵被,脱掉了夹克衫也脱掉了毛线衣,只穿一件秋衣,就着壁灯阅读《庄子·外篇·刻意第十五》:

……夫恬淡寂寞虚无无为……则忧患不能入,邪气不能袭……生也天行,死也物化,静而与阴同德,动而与阳同波……故无天灾,无物累,无人非,无鬼责……不思虑,不预谋……

真漂亮!真暖和!真高明!真深刻!冬天,温室,古书,夫复何求!

院长心满意足地熄了灯,心满意足地伸展开四肢,与天物同步,与阴阳合阖,不一时就发出了均匀的鼾声。

一段时间以后,似有细细的嗡嗡声。

是风吹响了窗户纸?他的家早已没有纸糊的窗户了。是提琴?大提琴?箫?亦西亦中。怎么声音越来越大了?是消防警笛?是坦克?是飞机?是轰炸机?原来是——蚊子!

醒来时他脸上手上已经咬了几个包,像火烧一样疼痛酸痒。什么?秋天的蚊子?他的卧室暖和得使冻僵了的蚊子复活了!他的温暖的卧室把寒风中的蚊子吸引了进来!他竟拥有这样美妙的卧室,这样惊人的温暖!这蚊子是早已潜伏在他的卧室里的么?怎么三个月即十月中旬以来这房间里从来没有蚊子的踪迹?是从室外新近入侵的么?它们如何穿过严寒的空气?它们如何跨越了冬天?这个小小的害虫,销声匿迹之后,怎么稍一暖和就又飞出来了呢?

几个包痒、热、疼,如割如刺如焚。冬天的蚊子比夏天的蚊子厉害得多,狠毒得多。处于逆境的很可能是已经三个多月没有咬过人的蚊子复生以后,它的咬人带有一种疯狂的、不管不顾的、赚回老本的性质。夏天也有蚊子,夏天的蚊子咬过以后但痒而已,而冬天的蚊子似虎如狼似蝎如蛇而又不失蚊子的细小与鬼祟。

它的那些同类们呢？它的同伙们业已正寝寿终。是发生在"寒露"那一天还是"霜降"那一节令？至晚在"立冬"那一天以前，所有蚊类都通通冷冻而死，这有多么悲伤！而这只蚊子多么幸运！它藏在了——例如天花板——一个角落，而恰巧这个房间冬天有这样好的温度。如果这间房子不烧暖气，或者虽烧暖气但不好好地烧，如果人们没有送挂历也没有送"刘伶醉"，如果锅炉和暖气散热器疲软，如果这个房间冬天也能冻冰——像他过去的住房那样，这个幸运的蚊子在潜伏了一阵以后，不还是要呜呼哀哉的吗？

他真诚地为这只蚊子庆幸，又为自己卧室的温度而得意了。

然而脸上与手上的包疼痒不已，迷糊之中他又听到了蚊子的嗡嗡声，这嗡嗡声比夏天标准的蚊子嗡嗡声低几度，如果夏天的蚊子的咏叹是 B 调的，那么冬天的蚊子的呐喊则至多是 D 调的，就算是 d 小调的吧。

低抑而又不祥的声音靠近耳朵，他使劲打了自己一个耳光，他快意地搓着自己的手掌，手掌上似乎有一点黏稠的流质与半流质物质，那应该是蚊子的溅血与遗骸，而那血毕竟又是自己的。

"滚你的蛋！"他骂道。

耳朵轰轰地响。脸疼手痒再加上耳朵干、烫，轰轰隆隆。他干脆开开灯，找止痒的风油精。找不到风油精便找万金油，也没找到。后来就到洗手间往包上抹了一些肥皂水，肥皂水是碱性的，据说可以中和蚊子口中的蚁酸给人造成的痛苦。

熄灯以后又听到了蚊子声。蚊子没有死。要不就是一个蚊子死了，一个蚊子又飞来了。挺顽强。

"我家里到底潜伏着多少蚊子？"这个思想使他紧张起来。听到蚊子声他就往自己脸上身上手上腿上乱拍乱打。安静了一会儿。然后蚊子嗡嗡如故，d 小调谐谑曲。

他再开灯，找出了日本国造象球牌杀虫剂。打完药他觉得呼吸不畅，便开窗子开门。外面正刮风，不但刮进了刺骨的寒气而且刮进了尘土与烧锅炉烧出的硫化氢,硫化氢与杀虫剂结合,他更加喘不过气。

他关上门关上窗干脆开空调。生活真是提高了,超前消费,又加暖气又放冷气。谁说我们差?据说尼克松当总统的时候就是这样,夏天,他的办公室放冷气放到了零度,然后他生起壁炉,他欣赏金色的火焰与松木木柴的劈啪声,在这光焰与劈啪的启示下他做出了决策,响应毛泽东——周恩来的乒乓外交。

空调机一响全家人都醒了,他努力证明自己的状态正常。老伴强迫他关掉了空调机。找了一个蝇拍,往墙上乱打一气,告诉他蚊子已经消灭。

他给老伴讲起尼克松。

"可人家的办公室里绝对没有蚊子!"

"不一定。那年我住在波恩的布里斯托旅馆,吃早餐的时候,发现餐桌上爬着蚂蚁!不要崇拜西方,以为他们的蚊子比我们的蚊子招人喜欢。"

后来就平静了,睡下了。他想起童年时代他住的土房。冬天,临睡前烧一烧热炕,然后热炕变成冷炕,卧室变成冰窖,不但头一天晚上没有倒掉的洗脚水冻成了冰,连尿罐里的尿也冻成了淡黄色的半透明体琥珀,颜色很不错。

而且没有蚊子。

第二天,他的气色很好。一位老朋友问他是否常吃杭州产的"青春宝"。他点点头,接茬说,"青春宝"是根据明朝永乐太医院的宫廷秘方制造的。

都说:"他活得挺潇洒。"

发表于《天津文学》1991年第3期

小　说　瘤

　　正是春播时节,赶上了连阴天。雨呀,雨呀,雨呀,雨下得让人忘了天还晴过,太阳还有过,让人不相信天还能晴,太阳还会出来。对于天气,人们只剩了一个问题供揣摩和讨论:"会下得更大吗?"

　　城里人忙着用各种大小锅盆接房顶的漏水,叮叮冬冬当当,不似编钟石磬,胜似编钟石磬。农村人怕房漏雨又怕田积水,人们跑来跑去,问来问去,问气象台问领导问邻居,还召开会议、电话会议,还写简报。忙了一天又一天,雨下了一日又一日。谁都拿雨没有办法。

　　只有他不忙,他在写小说。他在写大太阳晒着两个地质勘探队员,迷了路了,走不出干旱的沙漠——夏日的火炉了。

　　"快迁出危房!"队长叫他。他没有应声。

　　"快救灾去!"哥哥叫他。他没有动弹。忽然,他不知道小说该怎么结束了。开始,他还以为他写了一篇好小说呢。不知哪个洋人说的,短篇小说的结尾最重要的……吧唧,掉了一块灰泥。吧唧,又掉了一块。整个房顶子都快掉下来了……后来,他被砸伤,他被千辛万苦地扒了出来。

　　婚礼进行得正热闹。两箱茅台酒都喝完了。一个电话打过去,又送来了二十四瓶。新娘和新郎正在对着唱:"我想爱你,但又不能够……"宾客喊道:"那还有什么不能够的?"又唱道:"你拥有我,我拥有你,天长地久不再分手……"宾客喊道:"够味了您啦!"

　　都来叫他去参加婚礼,去喝喜酒,去闹一闹。他不去。他在写小说,他写一个老单身汉,他一辈子爱过许多女子,他很钟情,但是他总觉得自己配不上他的所爱,他总是用自己的怯懦伤害了所爱的女子又伤害了自己。一个对他有好感的女友来找他一同去参加婚礼,他说他不去,因为他正在写小说。女友生气了。女友噘起了好看的小嘴。他吻女友的凸起的嘴唇,却在嘴唇接触的那一刹那分了心,他想起了秋天的河岸的风景,他想起了自己描写风景时所用的词语的拙劣……女友终于彻底离开了他,连他的电话也不接。他很伤心,他拿起了安眠药瓶。他忽然感觉到这是一篇小说的题材。他要写一篇小说,描写一个老单身汉的故事。那个老单身汉伤了许多女子的心。

  他最后功成名就。他和那两个地质勘探队员一起走出了沙漠。走出沙漠后才发现那里根本没有沙漠。四周都是草坪,都是花坛,都是还没有凝结的奶油巧克力,都是挤在一起跳舞的酒吧间,都是宴请和献花,都是激光唱盘,都是法式时装表演。"我真幸运!"他哈哈大笑,得了幸运癌。幸运癌是一种新流行起来的时髦癌症,很风光也很寂寞。至于那个老单身汉,也找到了自己的天使,老单身汉焕发了又一次青春,像石榴花,五月开放一次,十一月又开放一次。他沉醉在成功的爱情里,再也不读小说了。

  他最后一无所成。人们认为他很不好。很多人关心他,建议他去医科大学教授门诊部或者外宾门诊部或者关系户门诊部或者中医研究院博士预备部去就诊。治疗了很久,有效果,但没有除根。最后诊断为"小说瘤",这个瘤的割除手术很难做,因为瘤子埋得太深。"小说瘤"的主要症状是过分冷漠却又自以为过分热情,过分愚蠢却又自以为十分精明,过分自信却又十分无能。小说瘤是一种美丽的瘤子,但是没有这种瘤子人会更加美丽。

  他后来吃了许多苦。他忽然明白了:自己应该做小说的主人而不是小说的奴隶。人生不满百,何怀小说忧?千苦万苦,千错万错,不就是因为写小说吗?

我再也不写了！

他很踏实。呼吸不再急促。不再得罪友人、亲人、仇人。他觉得自己果然变成了一朵莲花，倚偎着团团荷叶。他还变成了一只蠓虫，栖息在湖水的表面。遇到连阴天，风大的时刻，它顺着风在水面上爬行（不是游泳）。它比梭鱼行进得还快呢！

当然，不劳再做手术啦。

发表于《小说林》1991 年第 5 期

灵芝与五粮液

灵 芝

越是不服老就越要面对老的一切表征：血压高、白内障、动脉硬化、前列腺肥大……直到最近又查出了点内脏的什么阴影。医生与家人的样子有点特别。莫非得了绝症？

老刘不想追问。如果没有那病，自然不必追问寻找。他深知天下找什么都可以，只是一不要找骂，二不要找病。如果真有了点情况，那就要和家人与医师配合——而不是作对。第三是不要找别扭。

都说："休息休息吧，休息休息吧，休息休息吧。"他本来觉得，同胞们同志们够能休息的了。这才知道，自己也应该休息休息，不休息不行了。

便偕老伴坐了飞机，又坐火车汽车，过了桥钻了洞绕了湖穿过了树林子，好远，来到一个景色迷人的风景区——疗养地。树木葱茏，鸟鸣蝶舞，青山历历，溪水潺潺。有医生查房。有服务员擦桌子扫地。有不坏的伙食。有补助。他到的那天，地方领导还设便宴招待了他。

安心休息。练气功。郭林功。吸吸呼。太极拳，云手，抱琵琶，揽雀尾。散步，云淡风轻近午天，傍花依柳过前川。搓脚心。扎耳针。洗温泉澡澡盆里还安装了水按摩器。如果不多活几年，也太对不起各方面的亲切关怀了。

每天上午来打扫房间、送水,下午送来日报和晚报与《参考消息》的女孩子态度非常和蔼。她亭亭玉立,脖子细长,眼亮如星,发黑如夜,雪白的衬衫,藏青裤子,整齐利落。她干活不算认真,浮皮潦草地(几乎是形式主义地)扫两下地,擦两下桌子,就主动与他们攀谈:"伯伯从哪里来?""阿姨还有没有事?""晚上睡觉冷不?""伙食吃得惯否?""伯伯练的什么功夫?""阿姨怎么不练?"嘘寒问暖,笑容盈面,主动关心,送春天入室。送来报纸以后甚至与"伯伯""阿姨"讨论一下时事:韩国学生是怎么回事?他们不是很有钱吗?她吃力地说着不标准的普通话,别有风味,很好听。

伯伯与阿姨便也问她一些话。我是农村的。我是临时工。我上过初中。温泉是给你们用的,农村没有。如果我们也用,就不够用了。我的名字叫灵芝。请你们多提意见。

灵芝使伯伯与阿姨客居疗养地的生活得到了安慰。他们的子女已经大了,而且关系处得不好,很快他们觉得灵芝像是他们的孩子。"我真想把灵芝认成咱们的干女儿。"阿姨说。"方式未免陈旧了吧。"伯伯说,"但是她确实非常可爱。一相面就知道她是个好姑娘。"

"伯伯有什么病?"一天当医生检查完他的身体,留下一些药物以后,灵芝进房间打扫来了,她问。

老刘说了自己的病。

"您要喝灵芝仙水。治病的,最好的。中央首长都要的。"

"什么灵芝水?"

"我们这里的山上有灵芝。白蛇传里的白蛇,就是用灵芝救活了被她吓死了的许仙的。我们这里的山上还有人参。有专门采参花酿蜜的蜂群,你不知道吗?它们做的蜂王精就别说了。还有一种金银果,没有听说过吧,这种东西太少了,政府说了,不让我们讲出去,怕是被日本人学了去。金银果只有我们这个地方有,要保密。金银果是比人参西洋参鹿茸蜂王精更好的滋补剂。我说的灵芝仙水就是用灵芝、人参蜂王浆、金银果还有许多药材这些东西做的。"

"你这样内行？"

"所有的首长来了都买这种灵芝仙水呀！他们都是最有知识的呀。伯伯们给我讲的呀。"

"在哪里买呢？"

"那可不容易啦……我们这里只有那个八十岁的老中医杜神仙会配这种滋补药。不会配的话，药水不但不能滋补，而且有毒。卫生厅已经把这个老中医重点保护起来了，说是一级保卫，不能见外人的……"

伯伯和阿姨笑了起来，他俩且信且疑。他们讨论了一个晚上，结论是宁信其有。灵芝仙水就像特异功能，有争议也罢，仍然许多许多人信它的。"宇宙万物，特别是生老病死，尚未被人类认识的对象还多得很呢！"老刘"哲学"地喟叹着。

他们向灵芝姑娘提出了见老中医、买灵芝仙水的要求。灵芝姑娘面露难色。

……如此这般，费了不少周折。终于在灵芝姑娘倒班休息的一天，老刘要了一辆车，由姑娘坐在前排座位上领路，他们到县城一所新建起来的小楼上会见了须眉尽白的老中医。老中医的会客室里挂满了"华佗再世""妙手回春""祖国瑰宝"之类的牌匾、锦旗。他们看了针剂般装在细玻璃瓶里、再装到讲究的盒子里的橙黄色灵芝仙水，看了省卫生厅、专区卫生处、县卫生局的批件，看了省医学科学院药品所与专区营养滋补学会联合对"灵芝仙水"进行化验鉴定的结论以及"灵芝仙水"的详细说明。说明书上讲到正负离子，讲到蛋白链，讲到细胞膜，讲到经络系统与激素，讲到生物钟与生物电……讲得他们肃然起敬。老中医还讲了自己的灵芝仙水的故事：这配方是世代家传，只管宗室之内近亲防老治病之用，祖训此药是不可公开、不可出售与外姓人的。"文革"中他蒙冤入狱，判处极刑。执行枪决前一天，他听说一位敬爱的领导人病重，出于公心，他向监狱长公开了自己的秘密,枪下留了他的活口。后来,领导人用了他的仙水,痊愈了。重新审查他的案件后,他无罪释放了。

老刘伯伯当机立断,不顾阿姨反对,立即买了十盒仙水,用了身上带的全部的钱。阿姨越犹疑,伯伯越坚决,坚决中还有"这几个钱我还做不了主吗?""女人家懂什么?""我一辈子当领导,还不懂得该拍板的时候就要拍板?"之类的潜台词。

仙水有异香,喝到嘴里以甜为主,兼及酸苦。仙水看起来不够清纯,但说明书上写着啦:"有沉淀物时摇匀服用,对疗效无影响。"

一盒还没喝完,首先是胃口好了,气色也好了。"伯伯越活越年轻了。"灵芝称赞,老刘高兴,便让老伴也喝,便给老伴讲黄金有价健康无价的通俗而又深刻的道理。两盒喝完,便觉身轻体健,中气足,眼睛亮,看电视再不头晕眼花。喝到六盒的时候,他坚持与老伴恩爱。恩爱前、恩爱中、恩爱后,他不停地赞美灵芝姑娘和灵芝姑娘介绍的灵芝仙水。

次日,他打电话给秘书,叫秘书把保管的他们的定期存款全部提前取出电汇来此。"日子不到没关系,你找办公厅去盖个章。"他说。

又与灵芝姑娘谈。姑娘又面露难色。说是仙水无多,已不允许卖了,再说,短短二十天,行市又暴涨了,太不好意思了。

"该涨就涨,该多收款就多收。当然,优惠一点少涨一点也好,但是不勉强,我们绝对不能占群众的便宜。"

在他们离去的时候,带了不少灵芝仙水。

回到大城市,去医院检查,医生说他的情况有改善。他的这种病,不恶化就是胜利,何况他的精神状态极佳。他没有与医生讲灵芝仙水的事也没告诉战友同事。他不想找麻烦,也无法无力代劳代购或转让转赠。

一年以后,老伴从一家报纸的周末版上看到一篇长篇通讯:《揭开"灵芝仙水"的骗局》,通讯说的就是他们购买的这种"仙水",这是一个骗子集团所为,不但老中医是骗子,灵芝也是骗子。老伴读后震惊万分,"老头子老头子老头子!"她叫着去找老刘。老刘正在用砂片锉"灵芝仙水"的小玻璃瓶颈,他样子很高兴,"来,我们一人一瓶!"他招呼老伴说,边说边笑,笑声震动着屋宇。

老伴在最后一刹那把报纸放到了背后,藏好。她也拿起一瓶"灵芝仙水",像丈夫一样用砂片去割锉。她为自己的急转直下的当机立断而暗自欣慰。这简直是神来之笔,她也凑趣地咯咯地笑了起来。

五粮液

老赵迁入了新居,四室两厅。厅又大又亮堂。室的面积有限制,人们便在厅上动脑筋,脑筋越动生活就越改善。按照老赵的亲自部署,厅里放着个大酒柜,酒柜里装满了五粮液,他喜好的五粮液。

新居离鹦鹉公园很近,老赵每天晚饭以后逛公园,散步。有时候老伴随着去,大部分时间老伴不去。老伴长骨刺,腿疼。

为去公园绕到楼后,找一条捷径,经过一排大约是六十年代修的简易楼。简易楼破破烂烂,阳台上晾着破旧衣衫,令人觉得与大好形势不相称。

"赵如成!"他听见有人叫他。

一个白头发、满脸皱纹的人从一幢简易楼的楼梯口凑了过来。"你是赵如成吧?你的样子真是一点也没变。"

"你是?"

"你看我,我都老成什么样子了啊!你认不出来了吧?我是小魏呀……"看着老赵仍然没有反应,他便补充说,"初中三年,在仁德中学,咱们俩的位子是挨着的呀……"

实在是想不起来。与他挨着坐?自然是有挨着坐的了。谁呢?

"唉呀,你怎么忘了?我们共用一张课桌呀!考几何的时候,我偷看你的卷子,被常老师发现了,我挨了一顿好打!那时候的教师是打人的呀。常老师,常玉堂老师——那时候不叫老师,叫先生啊!"

"……哦,噢,好像是吧,想起一点来了……"老赵只好应付着说。到这时候如果仍然坚持不记得,未免失礼。不那么相干的往事,到底什么叫记得,什么叫不记得呢?他分辨不清。听别人说得有鼻子有眼,有根有据,他无法否认、推辞。他也就觉得好像有这么一回事,就是有这么一回事,一定绝对有这么一回事,"对了对了……"这算是想起来了呢,还是其实已经是忘记了呢?

他奇怪,别人都说他聪明,记忆力好,各种数字张口就来,很少差错。但遇到熟人他常常忘得一无所有。熟人对他是那样亲切熟悉,他呢,几经启发引导,硬是想不起熟人的面孔来,他抱歉了。便更热情主动地与当年的"小魏"搭话。"是的,是的,可不是吗?"他做恍然大悟状、什么都想起来了状。他应小魏邀请还到他家略略坐了一下,已经走到门口了嘛。三代人,两间房,很挤。小魏的爸爸身患不治之症,卧床不起。看到与自己经历差不多,但是"混"得不如自己的人的贫穷艰窘的生活状况,老赵歆歆同情,并谨慎地不流露出任何不敬的意思来。

第二天去公园路上又经过这里,老赵给小魏送去了一些营养药和补品,表示对"老伯"的慰问。小魏很激动,"你等等,"他阻止住告辞转身的老赵,跑到另一间屋,翻箱倒柜,乒乓作响,然后他出来了,手捧一瓶四川五粮液酒。"拿上。我们也不会喝……你不是爱喝五粮液吗?"

"你……怎么知道……"老赵惊喜而又迷惑。

"晚报上登过的嘛。老同学,我们可是没有忘记你呀。晚报上登出你的专访,真令人高兴!你是咱们班同学中最有出息的一个啦!"小魏笑了,多皱早衰的脸上焕发出一个光亮。

老赵五内俱热。他紧紧握住小魏的手:"有什么困难,告诉我。老伯要不要住院,转院,我可以帮……"

"不不不!"小魏连忙摇手,生怕老赵把他的这瓶五粮液看成求办什么事情的开路"手榴弹"。

老赵便不去公园,高高兴兴地回了家,把五粮液放到酒柜里。即使喝光了酒的瓶子,他也舍不得扔。装上水放在那里"提气",他如是说。一位朋友取笑说:"五粮液酒厂应该给你发最佳酒徒金奖的!"

后来小魏的父亲死了,老赵与长骨刺的老伴去吊了唁,还按最新恢复的老风俗撂下了钱。又后来小魏要搬家了,搬到一个比较远的地方,虽然交通不便,住房条件是好多了。"鸟枪换炮了。"小魏高兴地说。搬家前,他又给老赵送了一瓶五粮液。"我不喜欢喝酒。偶尔喝一点也分不出好坏来。让我喝五粮液纯粹是浪费!"他解释说,很抱歉的样子。"不好意思。"不是老赵,而是小魏一再说。

搬家以后,他们没有再联系过,各有各的工作,各有各的生活,住得又远了。几十年不见的老同学,因为一个偶然的机会而重温一下这近半个世纪前的同窗之谊,也就可以了。只是想到那两瓶五粮液,老赵就热乎乎的。

一天晚上,看电视里打击伪劣商品的节目,却原来有那么多五粮液是假的,连高级宾馆、国营商店里出售的五粮液都有许多假货。老赵看了这节目,只觉受了当头一棒。却原来,他这些年喝了那么多五粮液,还不知其中有多少瓶是冒牌货呢。难怪有的喝着好,有的觉得气味差一些。过去,是依仗着对五粮液商标牌子的信赖与崇拜,即使喝着不对味,也坚信其佳不信其劣,乃至反求诸检讨自己舌头味蕾细胞的退化,毫不犹豫地把它们喝下去的。如今,知道不能光认牌子了,长了心眼儿思想"复杂"了,反而把最美好的对五粮液的雀跃之情给破坏了。天啊,今后叫人可怎么喝五粮液呢?

他想起了小魏。小魏那么困难,既不红,又不专,没有官衔,没有职称,没有港台亲戚,没有在外资企业工作的子女,又没有到五粮液的故乡四川绵阳出差的机会,他哪儿来的五粮液?

假的,一定是假的。铁一样的事实是,真诚艰难的小魏,送给了他两瓶伪五粮液,情再真也弥补不了五粮液之伪。

他连忙去翻酒瓶子。酒柜里共有五粮液瓶子二十五个,有酒的七个,空瓶装水作摆设用的十八个。另有茅台一瓶,优质二锅头两瓶,王朝干白一瓶,沙城长城干白一瓶,还有一瓶黑方苏格兰威士忌和一瓶据说是真正"XO"的马爹利白兰地。酒柜流溢着走向小康的大好形势,立足本国面向世界的大好形势。

他拿出了七瓶有酒的五粮液。七瓶诚于中而形于外,全无二致。他早已忘记了哪两瓶是小魏送的啦。小魏送的也好,市长送的也好,全一样。也许已经喝啦?不多不少,小魏搬家以后至今,他似乎喝过两瓶五粮液,他喝的是真的还是假的?小魏那两瓶是还是不是,还是一瓶是、一瓶不是呢?好伤脑筋。回忆这刚刚发生的事竟比回忆小半个世纪前的初中同学还困难。

他看着自己的七瓶装潢美妙而又熟悉亲切的五粮液,觉得它们忽然变得陌生起来,变成了七个问号。

他想起小魏和仁德中学的往事,渐渐也成了问号。

走到街上,进入食品商店,凡有五粮液的地方,他都感到了没有把握,不确定,难以选择。

只有到超豪华的大酒店里去赴宴的时候(这样的机会不多,如果"老外"与部以上首长不来,他也不会有这样的机会),当听说宴会上的一瓶"五粮液"定价是市场价的四点八五倍的时候,他才略略放下了一颗悬着的心。不论宴友是他喜欢的或者不喜欢的;不论宴会上的谈话是真诚交流还是虚与委蛇乃至言不由衷的,当他拿起由步态轻盈的小姐斟满了五粮液的大连产含金属玻璃酒杯的时候,他心安理得地想:

"这回可是真的啦……"

又想:"再一两年,我也就退了。上哪儿找真的去呢?"

发表于《特区文学》1992 年第 4 期

名　　壶

我们的小说主人公姓李。抽样统计证明"李"是我国的第一大姓,"张王李赵"的座次排列已经落后于形势的发展。老李同志这几年过得有意义,也有发展,业务地位和社会——政治地位以及随之而来的知名度和各种待遇,一高再高,水涨船高,船高水就更涨,连河床子也上升了。这天他接到一封笔迹陌生、发信人地址更加陌生的信:

李老:

我等待了三十多年,终于从报纸上的一篇报道当中找到了您。您已经是海内外闻名的大人物,您该没有忘记王宏图吧?他是我的哥哥,他是我曾经最尊敬也最挚爱的人……

王宏图?老李的心情立刻沉重了。

写信人的署名是王宏芳,看来是宏图的妹妹。宏图是老李大学时代的好友,是全班功课最好、最有才华的一个。三十多年前,在那特定的不正常的政治气候下,他,含冤过早地离去了。这是一个令老李心碎的事。多年来,这件事他连想也不敢想。他无法哪怕是窃自在内心里碰一下这件事情。后来他的情况好了,忙了,几十年也过去了,他本以为自己确实已经把王宏图的事情淡忘了。

他及时给宏芳回了信,针对她"只求一见,谈谈哥哥当年的情况,一个小时足够,别无他求"的意思,他表示愿意与她见面。

回完这封信,他又忙起他的科研项目来了,忙得忘记了别的。及至一个多月后接到一个电话,对方是个男子,用浓重的乡音自报:"我是王宏芳。"他回答说:"对不起,我不认识您。"

"我是王宏图的弟弟呀!"

"王宏图?哦,一个多月前我接到过他的妹妹的来信……"

"不是妹妹,是弟弟,就是我。我们家就我们哥儿俩,王宏图哥哥比我大十三岁。我收到了您的回信,我好不容易来到了您这里……"

"那……好,欢迎,明天下午我们在办公室见个面吧……"

然后见了面。王宏芳是一个蓄起小须的中年男子,不是他想当然地认定的女性,这使老李略感尴尬和失望。宏芳一辈子生活在一个偏僻的小镇,这一次是第一次不远千里到大城市来。他的信写得很动情,他的信曾经唤起了老李的伤心的回忆,及至见面,寒暄几句,反而觉得别扭。说什么好呢?宏图死的时候才二十一岁,现在宏芳都三十九岁了,他当时不可能了解他的哥哥,他现在也无法对一个二十一岁就决定结束自己的人生道路的大学生了解多少。宏芳生活在边远小城,平平淡淡,没见过啥世面。老李饱经沧桑,先苦后甜,倒也不负此生。两个人素不相识,一切从最基本的履历表上的项目开始:你结婚了吧?有孩子吧?在哪儿工作?在哪儿上过学?如此这般,问答殊无趣味。说是只需谈一个小时,谈谈停停两个多小时过去了,其实啥也没谈出来,找不着谈话的"感觉"。然后老李请他去陶陶居用饭,夹菜,斟啤酒,关心如仪,代找招待所。然后再见。

再见前王宏芳拿出一把紫砂茶壶,他说这个其貌不扬的小壶是名匠张二木的制品。老李连忙推辞,名匠制品更不能受,他虽然不懂紫砂也不懂一切工艺美术,却听说过本城炒名匠紫砂的惊人价码。王宏芳解释,这个名壶,是他们的县长给他的,因为他救了县长的溺水的儿子。他是那个县的"活雷锋"。"这个壶在我们乡下一文不值,你说它名贵也没人信。闹不好说不定哪天被我那坏脾气的妻子砸了,要不被我那淘气的儿子摔了。看在我死去的哥哥的面上,您就把这壶收下吧,您看到它就想起我的哥哥,我就心满意足了……"

老李无法不收下了。

他把这把张二木名壶拿回家去,引起了全家人的热烈讨论:

"假的。小地方人哪里知道张二木名壶?别说县长,省长也不见得有。"

"真的。越是小地方的人越大方。他能认识你,也够他光荣一阵子、吹一阵子的啦。"

"假的。一把张二木名壶在咱们这儿的最低价是两千五百元。他疯了,第一次见面就送这么重的礼!"

"真的。两千五算什么?别小农经济意识了。礼越重越是真的。真礼重礼才好求你办事啊?"

"干脆明天一早把壶还给人家……"

"怕什么?收下再说。不行明天请个懂行的看看。"

老李同志虽然年近花甲,又是这主席又是那教授,挨过斗也受过奖,见过首长也见过外宾,去过美国也去过日本,只是完全不懂紫砂茶壶。更不知道接受一把名壶会有什么后果。

搞得晚上失眠。想来想去,他设想了下列一些可能:

A:茶壶是真的。情谊是真的。尊敬和善意是真的。王宏芳送壶,带有对其不幸的兄长的心祭性质。此后,王宏芳走了。此后,他时时想到这把名壶。他会时时想看看这把名壶。

看到这把名壶他就惭愧,不但在王宏芳和他送的壶、在祖国的高超的传统技艺与人间的真情面前惭愧,而且在王宏图的在天之灵面前惭愧。怀疑真品珍品真心是假的,就证明他自己的成色不纯不真。

B:假的。不但壶是假的,"只求一见"也是假的。"一个小时足够"是假的,"怀念乃兄"也未必有多真。电话铃响了,是王宏芳。又要谈,这次谈出了实质:他要求解决三个户口,一个批件,两封推荐信,介绍五个首长……老李面有难色。他支支吾吾。过了一天,又送来一把紫砂茶壶,真的,或者假的,反正求他办事是真的。

求他办事却不能说是假的。王宏芳确有困难。他没有门路。他确有潜力。他缺少机会。他当然不能放弃任何可能性。他不容易。为了找到老李,他已经付出了代价。过了这个村没有这个店,他必须紧紧抓牢他老李不放松。他肯定是真的王宏图的弟弟。应该帮助他。壶或不壶都要帮助。但又怎么帮助他?虽然老李同志已经人五人六了,离搞户口搞批件之类还远着哩。

C:壶是假的,心是真的。王宏芳上了伪劣产品的当。老李上了伪劣风气的当。其实王宏芳是一个非常可取的人。老李不应该与他失之交臂……

D:他去请教行家。行家当中有人说壶是真的。说真的,可能是真的,也可能是假的——为了讨好,或是为了不得罪人。说假的,也可能是真的,也可能是假的——为了门户之见,或是为了推销自己更伪劣的假壶。

E:壶不是张二木的名牌,但质量比名牌还高,无名工匠的技艺早已超过了张二木,却打不出名字来,只好把荣誉让给张二木。公众只相信名牌。其实张二木早已疲软。或者是张二木压根儿就是靠广告十几个人七八条枪吹出来的。这么说,张二木反而是第一个假的了。越是名牌越唬人,也就越容易假。

F:不必问真或是假。您给我一把称做名壶的紫砂,谢谢。您无所求,再见。您有所求,我尽力,不用谢。您有所求,我办不到,对不起。您不满意了,我可以把壶还给您,再还赠给您一些礼物,我没事。

G、H、I、J、K、L……老友王宏图啊,你的在天之灵安息了吗?

凌晨,他睡着了。睡着睡着电话铃响了。不是王宏芳。是通知他下午到多功能厅开茶话会,要讨论科学技术转化为生产力,促进改革开放的事。这事很重要。他很高兴得到这个电话通知。早餐他喝了一杯牛奶,吃了一枚煎鸡蛋、两片烤馒头抹酸奶油。早餐后精神奕奕,越活越年轻。失眠算什么?

发表于《羊城晚报》1992年5月27日

调　　试

　　这对夫妻在积攒了许多年钱以后,买了一台二十英寸的彩色电视机。

　　从此,电视机占领了他们家庭的阵地。他们只要一有空闲,就看电视,广告也看,外语学习也看,教围棋也看,会计学授课也看,节目开始前的调试图也看。一面看,一面不住地说:"真好!太好了!我们这些年生活提高太快了!我们的节目太有意思了!又好看又受教育您上哪儿找去?家里有台电视机,不养儿子也行了!电视开辟了家庭生活的新纪元,新时代了!电视已经使我们的生活巨变了!电视已经使咱们国家巨变了!四个现代化咱们实际上已经实现了三个半了!中国的月亮越来越圆了!"总之,这台彩色电视机,成了他们家名符其实的小太阳。

　　大约半年以后,他们开始对节目评头论足起来:"怎么老是这么一套?怎么老是广告?片头片尾登那么多人名字干什么?这个广播员的双眼皮是假的。这个广播员的颧骨太高!唉哟,都胖成什么样儿了?瞧那个假招子劲儿,还假装深沉呢!这衣服都是发的吧?这相声人家都不笑!这妆化得可吓死人了!这回倒好了,洋人不接吻了,换成了国粹——讨小老婆,选王妃!"

　　慢慢地,评论就尖锐了:"纯粹是胡扯!玩蛋去吧!怎么连中国字都念不准呀?越是卖不出去的次品才越做广告呢!看这节目这不是白耽误时间吗?出洋相就出吧,还装腔做势!干点什么不好,在这儿傻看这些狗屁节目！明儿我要再看电视我他妈的……"粗话也上来了。

第二天,吃完晚饭,怎么办？新闻总还是要看的。国家大事,世界大事,人人关心。看看哪个地方出了车祸,打起仗来,飞机失事,油船漏油,首脑被暗杀,鲸鱼上岸,大象被偷猎……这一对夫妇甚至挺感谢的,感谢人类世界为电视提供了有刺激性的材料,感谢电视节目吸引了自己的注意力。也感谢自己,没被鲸鱼吃掉,没被炸死,也没碰上飞机失事。

既然看了新闻,就看看下面是什么吧。起码得看天气预报。开着电视并不妨碍人们做别的事。据说比较"潮"的办法是电视打开,声音拧小,想看就看,不想看就视而不见,连脸都不要掉过去。

但是这对夫妻不能。开着,就得看,打开电视机,不是为了看,难道是为了不看吗？也许看着看着,看出一个好节目来呢？再说潜意识里有一笔经济账,开着,电表就走着字,一个小时一角多钱,开着,就"烧"着机器,而这台机器,花了他们两人的半年多的工资总和。又走电表又开机器,他们不看,那不是造孽吗？那不是超前消费加超级消费吗？那不是太不尊重别人的劳动——电业局的劳动,发电厂的劳动,电视台技工技师的劳动,广播员主持人演员的劳动包括自己的劳动——自己不劳动哪儿来的这电视机——了吗？

那就关上。关上干什么去？散步？上下班已经走了不少路。看书？累眼累神。听音乐？看不见画面不生动。去探亲访友？人家也正看电视。关了,至多关半个钟头,又开了,因为关了也没有更好的选择。看电视觉得不满意,不看电视说不定就更不满意。关了又开,开了又关,晚报上说了,这样做最损坏显像管,而且还更费电,比一直"烧"着还费。越想省越费,越想省越费,穷嘛！

那就凑合着看,反正有得看还是好一些。反正懒洋洋地坐在简易沙发上傻看已经成了习惯,越习惯就越不想改变,这样,评论也渐趋平稳："凑合看吧！也还不太惹人烦心！噢噢,反正还看得下去！

那个衣服可真不错,你下次要见到这种 T 恤衫,千万别忘了买一件。这个××过去怎么没见过呀?这个××最近怎么不见了啊!嚯,这么大明星也给人家做广告去了!外国片,外国片又有什么了不起?跟咱们的片一样次!"

有时候妻说出一些比较奇异的评语,令夫咀嚼不止。看完一本本大电视剧,妻说:"嚯!假得就跟真的一样!"夫为之击节赞赏。不是赞电视剧,是赞妻的评论。什么叫"假得跟真的一样呢?"夫思忖良久想不清楚。他感谢这部电视剧,使妻说出了警句妙语,使他思考开了,要不,他这样笨,早就愧对"思考的一代"的称号了。再一想,思考的一代,这不也"假得跟真的似的"吗?还是看"画面的一代"吧。

这样,从蜜月阶段到危机阶段到和解阶段,正、反、合,黑格尔,否定之否定,他们家的看电视的过程很正常,很可以理解,终于也还是很好。

万恶自"比"始!这句话早晚要上电视台的"名人名言"专栏,如果嫌这一对夫妻不够"名",就上"广而告之"专栏或者"忍者神龟"动画片节目。

说的是猴年马月鱼日,妻到一个同学家去了一趟,一起看了一晚上的电视节目,回到家,妻就不满起来。妻说:"真是不比不知道,一比吓一跳!"妻说:"人家那电视才叫电视呢,多清楚,多鲜艳,多细腻,多稳定,多保真,多干净,多柔和,多层次,多丰富!比美琪、大佛、百乐门、真光、蟾宫、银星豪华座、金星超豪华座的电影全强!"妻说:"跟人家的电视相比,咱们家的电视不叫电视,叫幻灯!不叫幻灯,叫哆嗦重影下雪起雾变色变形气人机!"

夫比较冷静。一般的家庭规律可以表述如下:夫热了妻冷,妻热了夫冷,妻不冷不热了夫半死不活,夫不冷不热了妻要死要活……所以夫妻永难和谐,所以夫妻谁也离不开谁,所以这一家也就保持平衡了。相反,如果家是夫蹿妻跳,夫火冒三丈妻火冒四丈五,夫从而火冒七丈,妻又从而火冒十丈……得,这一家算是砸了!

冷静的夫问道:"他们的电视机什么牌子的?不行咱们再攒点钱买一个,反正又不置房子不置地。反正……"

激动的妻说:"不是牌子问题,人家说了,是人家调试得好……"

"那你调嘛。"夫说。夫内心里不太相信调试的威力,半年或是一年前,他也不是没调过。不但调过,而且购置制作了好几套"天线系统",室内半角,室内圆环,用可口可乐易拉罐做的土造室外天线以及用外汇券买的进口鱼骨。夫说:"你调吧。"还有一句潜台词:"我才不信你有那么大的本事呢!"因为素来,电视机都是由夫调的,妻不插手。这样,夫就多了心,批评电视机就是不点名地批夫,表扬人家的电视机就是表扬人夫。"哼!"夫的鼻子里开始冒气,"我不行你来。"他开始微微冷笑。

于是妻开始了调试。先试四套天线,可悲之处在于哪个也不比哪个好多少,圆环不如羊角,易拉罐不如圆环,鱼骨不如易拉罐,那么干脆恢复羊角吧,羊角这回又不如鱼骨了!不如鱼骨也铁了心用羊角了,拉长缩短,左转右转,越动就越糟,费了老半天劲,好容易才大体恢复原状,能恢复原状就不错了。

"好了没有?"妻问。

"没有。"夫答。

"好了没有?"妻又问。

"没有。"夫答。

"好了没有?"妻又问,语调急切了。

"看不出来。"夫冷冷地答。

妻满头大汗,对夫不再指望也不再信任。自己拉开距离,自我审视,满意地说:"好多了!"潜台词是:"我调的比你强多了。"

夫无言。

妻问道:"你凭良心说,是不是好多了。"

夫又一次面临抉择:凭礼貌、凭善意、凭友谊、凭爱情、凭义务、凭使命、凭修养、凭最起码的文明、凭维护家庭和睦的愿望,他完全可以说:"就是,好多了!"

但就是不能凭良心。凭良心,他实在看不出好在哪里,如果不是更坏的话。

他为什么看不出好在哪里来呢?为什么妻硬是觉得好多了,而他不论怎么眨眼也看不出一个好来呢?他为什么要和妻作对?他故意捣乱?他和妻犯倔?他不爱妻了?感情危机?他有了外遇?他是一个不忠实的丈夫?他想休妻另娶,他是新一代陈世美?他心情不好?他心理不平衡?他在单位里受了气?他眼睛有了病?他刚愎?他不合作?他是杠头?他吃了不该吃的药?他青春期?更年期?弗洛伊德?他应该去安定医院一游?

何必呢?他没有那么坏也没有那么病态。退一步海阔天空。聪明难,糊涂难,由聪明转入糊涂更难。放一着,退一步,当下心安。鸡毛蒜皮乱哄哄,争来争去一场空……服了还不行吗?这确实是真功夫。

"好了。"他说。不勉强。

"真好了?"过了一会儿,妻也谦虚了,便诚恳地征求意见。

"真好了!"他无所谓地说。

"你说的是真话吗?"妻狐疑地问。

"我……"夫为之语塞。不说好不行,说好也不行。我怎么办呢?他在心里,与自己较上劲了。

"你不要对付我!我调了半天,到底调好了没有,你总应该说句心里的话,我调为了谁?我从来不看球赛……"

"球赛已经看不成了。"夫悲凉地说。画面上的阿根廷裁判正在吹哨,AC 米兰对比利时,〇比〇。

"你到底说句明白话!调好了没有?调不好我好再调。就算今天影响你看一场球赛,我们为了一劳永逸,我们少看一场球赛也是值得的。你不知道,电视机要是调好了会有多么好,完美的画面会有多么好……"

"我说了好多次了,好,好,好!我百分之百地说真话,一句假话不说!你调得好!"夫本来想说"不好","不"字的辅音 b 已经做好爆破发出的唇形准备,忽然听说"调不好还要再调",便决心承认是调好了,绝不翻供,绝不改口了。

"嗯!"妻重重地吐出一口浊气。"你看,多好!你看了一年电视了,从来没这么清楚过,就是好么。就是好!好!!"夫欲哭无泪,球赛结束了,屏幕上出现的是化妆品的广告。广告片拍出来的效果就跟傻瓜机照出来的相片一样标准,当然比户外自然光下的球赛的实况转播效果好多了。这怎么能算是调天线的功劳呢?但他怎么办?去辩论?与谁辩论?与妻辩论,与亲爱的妻辩论?为什么辩论?为否定妻调天线的成绩而辩论?否定了妻的成绩对谁有利?肯定了妻的成绩又是对谁有利?否定了妻的成绩你怎么办?再换一副天线?再换一个电视机还是再换一个妻?他配吗?可能吗?钱和精力,够用吗?何去何从,还犹豫些什么呢?

于是夫的表情从无奈的苦笑变成了由衷的甜笑,他甚至去抚摸了一下妻的头发。

"嗯?怎么又坏了?"妻去了趟厕所,回来发现画面不好了。夫也发现画面不清晰了。

"可能是播放的问题。"夫说,看看妻阴沉的脸色,他又补充说:"也可能是电压的问题。"再看脸色仍然阴沉,便又补充说,"可能是有什么故障。""可能是气候的关系。"……

"不可能!"妻说,"别唬我了,当我不知道呢,咱们这个机子有稳压装置,能自动增减电压……"妻走出门看了看,"再说,现在天上连一片云彩都没有。至于机件,是进口的,质量没问题,没有故障。"妻进行了一一的想当然的批驳,批驳了夫的一条又一条的想当然的解释。最后妻指着夫的鼻子说:"我知道,你动了天线了。"

"我没动。"

"你动了。"

"我没动。"

"你动了。"

"我没动。"

"你动了！你就是动了！"妻大喝一声。

"我……也可能……动了。"夫又复习了一遍郑板桥等先哲的名人名言与广而告之，觉得自己有了新的体会。

妻哼一声，慢慢消了一点气，夫已经承认了嘛。哪怕是敲碎了一个显像管，承认了就好说。于是妻又重新开始了调整天线长短方向角度的试验。重又开始了各项问答，妻一直觉得不满意。忽然又悟道："要不换室外天线？"

妻不辞辛苦爬上梯子，爬上房顶去动室外天线再爬下来，两套室外天线——外汇买的与自己动手土造的试了不知多少回。夫受了感动，也爬了好几次房顶，直到各频道节目陆续放出了"谢谢""再见"为止。

第二天继续调，调完天线再调微调。想调得更好一些，难上加难。一碰就坏了，彩色也没了，画面全黑了或者全白了，屏幕上出现了各种奇怪的星星点点条条道道，声音嘶哑了变质了消失了。出现这样的情况真是容易方便，调成这样真是易如反掌，无师自通。但这还不是最可恶的。如果出现了这种有些可恶的情况，只消逆方向再调整亦即恢复原状就是了，最可恶的一点是你费了九虎二牛之力，你向左转了十五度又向右转了二十五度又向左转了十度又向右转了八度，又拉长了三厘米又缩短了二厘米……你一次又一次地认为调好了。过了一会儿，你又失去了信心，你发现你甚至无法判断究竟是变好一些了还是变坏一些了。如果你发现不了哪怕是些微的变好，如果你同时又无法证明些微的变坏，那么按照逻辑学理论上你应该确认事情并无变化……偏偏你又觉得似乎变了。就是说，你不但无力分辨好坏，也无法分辨变了还是没变。

这样妻就不断地征求夫的意见,她极其需要夫的反应作为重要的几乎是唯一的参照系。夫便不断地反映"好好好",天线拉长了,说好,缩短了,又说好。"到底长了好,还是短了好?"妻急了。"两样都好。"夫说。"怎么可能两样都好?"妻火了。"那就两样都不好!"夫也火了。当夫反应不佳时她感到愤怒。当夫反应良好时她感到可疑。夫的反应只能使她更加迷惑。

这样的调整不仅妨碍了看电视,而且使夫与妻之间产生了隔膜。真诚只能引起冲突,虚与委蛇只能使他们之间的距离越来越大。他们陷入了怪圈,躺在了低谷。

"你为什么不对我说真话?你为什么老是闪烁其词,应付我?你究竟对我是什么想法?我们之间究竟还有没有热烈的真诚的忘我的沉醉的最最美丽的爱?"终于,妻流着泪提出了这个严重的问题。而且追问:"你究竟爱上了谁?"

"这个……这个……"丈夫觉得凄然,歉然,似乎相当无聊。这是可怕的。据说夫与妻之间可以互相拥抱也可以互相厮打,可以互唱情歌也可以互相责备,可以发疯发怒发痴发怔……总之什么都可以,只是不能无聊。

于是夫勇敢地叙述了自己的见解。他说电视机接收图像的质量是由多方面的因素决定的,放送质量与接收质量密不可分。放送质量既有技术问题软件问题也有材料问题机器问题硬件问题。接收质量既有使用问题调整问题也有元件问题组装问题以及环境问题。再说,对不同的图像的质量要求不能一样。比如表现黑夜中一个坏人在撬保险柜,怎么能和晴朗夏日海滨浴场许多外国女郎穿着比基尼泳装的图景相比较呢?能同样清晰吗?能同样艳丽吗?能同样完美吗?能有同样魅力吗?把你活活调死你也做不到把两者都拉平啊!

夫说:"不要太挑剔,不要求全。水至清则无鱼,人至察则无徒。金无足赤,人无完人,图像无完美,图像至清则看不成。最佳状态不是固定的,气象因素,外界干扰,能源状况……一切都需要调整,要最佳就得不断地调,不断地调您就甭看了。"

妻无话可说。妻最痛恨的就是夫的一套一套逻辑。比如说妻要吃拌豆腐夫要吃炒豆腐,他能讲出一套一套。反过来她要吃炒豆腐他要吃拌豆腐,还是逻辑,逻辑,逻辑。压死人的逻辑,气死人的逻辑!你说你想吃炒(或拌)豆腐(或别的)不就完了吗?偏要逻辑。逻辑和夫权、君权、神权一样,和节烈观念一样,是妨碍妇女解放的桎梏,是大男子主义的最恶劣的表现,是捆绑女人的绳索。男人的逻辑这个大胖子,已经把爱情这个瘦小枯干的偶像挤出每一间房子去了。

妻不再说什么,只是默默地掉泪。看电视的时候,不管图像的质量多么糟,她绝对一动也不动。她能做的、想做的只有时不时地落下一滴泪水而已,最后终于泪也不落了。

夫却从此心潮难平不能自已,心痒手痒不能自已。是妻把接收效果调坏了的想法像魔鬼一样地跟随着他。我可以调得更好的想法像美女蛇一样地诱惑着他。他开始去调天线、调微调、调各个旋钮去了。先是稍动一两下。然后中动。然后大动长动来回动反复动想动不动不想动乱动调试不已。妻越是在场,他就越是要调。

"好了么?"夫问。

"没有。"妻回答。

"好了么?"夫又问。

"没有。"妻答。

"好了没有?"夫又问,语调急切。

"看不出来。"妻冷冷地答。

夫满头大汗,对妻不再指望也不再信任。他自己拉开距离,审视着……

妻莞尔一笑,立场不一样了嘛,反正谁动手谁着急,谁旁观谁当裁判,真有意思。

…………

他俩几乎为调电视离了婚。他俩为调电视更加谁也离不开谁。

调电视的过程中暴露了他们各自的愚昧偏执自以为是不切实际。调电视的过程又是他们互相迁就互相体贴互相支持的过程。尤其是，调电视比看电视更有趣，他们对哪怕是最拙劣的电视节目，也不再感到愤怒了。

夫狠狠调了一次以后，用电烙铁把电视机的一切旋钮都焊死了。终于把这台电视机断送了。

偏偏这个时候妻购买社会福利券中了彩，妻拿钱买来一台一切由电脑自动调控，人除了选择频道以外，基本上不需动手的高档电视机。

"这不成了傻瓜机了么？"夫不服地说。"原来如今不但有了傻瓜照相机还有了傻瓜电视机了。以后肯定还有傻瓜做饭机，傻瓜酿酒机，傻瓜绘画机——一切都是自动调试到同一标准的最佳位置。"夫讽刺说。

妻不理。妻看着傻瓜机的由电脑自动调出的可能的最佳画面，非常满意。如果有个傻瓜丈夫，那才更好呢——她心里说——傻瓜最好。

"我们毕竟还是幸福的。"夫说，他吻了一下妻的肩膀，他感受到了幸福的真谛。

发表于《北方文学》1992年第8期

奥地利粥店

那一年,我在 G 国访问。我的陪同,一位长着火红色的头发和一双又大又蓝的眼睛的蓓丽小姐带我到一家名叫"奥地利粥店"的餐馆去吃饭。去以前她就一再宣告:"这是 F 城最有特色的餐馆了,到那里用餐的人太多了,我们预订得晚了,只能九点以后再去。"九点?九点钟吃晚饭对于中国人来说是太晚了,对于欧洲人来说倒也还可以。我便唯唯,心想走天下而尽尝其美味,固快事也,盛时盛世盛事也,何妨九点之匪早乎?入乡随俗,反正您也甭想十二点以前睡觉啦。

我在旅馆房间里等候召唤。八点三刻了,心想如果九点吃饭可就该动身了,没有动静。九点了,还没有动静。莫非是小姐忘记了?小姐被别的人别的事缠住、脱不开身了?又不好意思打电话去问,那样显得未免"嘴急"了些。便训练自己的耐性。直到九点二十分,电话铃响,小姐却说是还需要再等一小时左右。天,吃什么龙肝凤髓、灵芝仙草,竟要人等了又等,谱儿还真不小呢!这算不算餐馆与饮食的异化呢?如此这般,直到十点五十分,才得令出发。

是一家非常不起眼的餐馆。在一个昏暗的看来有点偏僻的十字路口,没有五颜六色的霓虹灯,没有明亮娇艳的橱窗,没有震彻耳鼓的摇滚乐。在一批陈旧低矮的建筑物中,隐藏着一个好像是小教堂、又像是私家低智能儿童补习学校的二层小楼。进入一个灰色的拱形小门,走过一个狭长的通道,进入前厅。侍应小姐问了我们的姓名,要我们坐在外面等候。原来得了令来的,也还需要等候。我们坐在一把很像是公园里给游客预备的大靠背椅上继续焦躁地保持着高雅的微笑。对面坐着一对大约三十岁上下的男女,他们好像是新婚或者新交往,双方爱抚有加,互相看个不够。又时而把目光转过来,向我们嫣然一笑,使我觉得等候吃饭也未必是全然乏味的事情。侍应小姐给我们拿来了葡萄酒和抹着酸奶油的小饼干,免费招待,算是对我们的久等的一点安慰和补偿。

哦!多么漫长的等待呀,我已无力再保持谈兴,也保持不住礼貌型、外交型、快乐型的微笑了。我进入了半睡眠半饥饿状态,好像已经过了很久很久,也许已经过了一个世纪了吧?终于,在快到次日零点的时候,恩宠落到了我们的头上,我们被叫去用饭了。

很讲究,很认真,以常规看年龄偏大了些的小姐一丝不苟地侍候我们帮助我们,我还要说是监督我们受用了每一道饮食和每一项服务。一切都很好,一切都无话可说,因为一切都像它应该好的那样。只有一项奇处:在上热菜、上生菜配菜的同时,每人上了一小碗稀粥。稀粥很稠,内有玉米、大麦、燕麦、牛肉丁、土豆丁、生菜和干酪(或叫计)。这里不是华北农村,吃正餐而喝粥,实在令人惊讶,若不是粥里的浓厚的计司的奶酸奶臭之味,我说不定真以为回了老家了呢。"奥地利粥。"蓓丽看出了我的疑惑,向我解释说,"这里的特点,这个餐馆的名称就叫奥地利粥店。你觉得这粥怎么样?"

我摇摇头,说:"我实在没有尝出什么特别的来。"

她笑了:"也许,也许很普通。而且我要告诉你,这根本就不是奥地利粥,奥地利人不喝这样的粥,我姐姐的丈夫就是奥地利人嘛。依我看,它更像土耳其式稀粥。"

我赶忙说:"说不定,最早是由中国传过来的呢。"

"对,对,那很可能,很可能,我们的许多东西都是从中国学来的。中国是伟大的文明古国,当然。"顿了一下,她又说,"先不管这稀粥的来源吧,我可不可以给你讲一下这个餐馆和它的稀粥的故事？"

"当然，当然，我很有兴趣。"我说。其实不该急于论证稀粥的中国古已有之，她的回答反而使我觉得有点酸溜溜的。

离现在一百四十多年以前，我们这个 F 城还只是个小镇，它的地理位置，使它成为 E、W、P 三国拉锯的一个战场。顺便说一下，我们现在吃饭的这座小楼，大结构还是一百四十年以前的原样，当然，里面已经装修改造了许多次，面目全非了。那时候，这里就是粥店。更准确地说，是一个酒吧，兼营早餐。这里，我要给你解释一下，早餐、午餐和正餐对于我们来说，不仅是个时间的概念，更是品种的划分。早餐是指那些比较简易价廉的食物，鸡蛋制品，各种肠子，许多奶制品水果制品，当然，还有粥。那时候，这儿的人没有喝粥的习惯，是这家酒吧的老板，去过奥地利也去过土耳其，当然也可能是受了中国的影响，他是第一个在我们 F 镇带头做粥吃粥卖粥的人，而第一个总是最受人重视的。至于他为什么不给它起名叫土耳其粥或者中国粥，那我就不知道了。也许当时这里的人崇拜维也纳的希茜公主？也许是宗教信仰的关系？这里历史上就少有伊斯兰教或者道教的信徒。做生意嘛，总归要迎合时尚的嘛。你看，我还没有告诉你这家老板的名字，他的姓是普瑞支，就是粥的意思。

普老板的稀粥酒吧生意非常兴隆，谁让他姓就姓粥呢？据说许多人到这里喝粥就是冲着他的姓，这样的姓可真是绝无仅有。我知道你们中国也有姓周的，但那是"周"，与"粥"是不相干的。隔一条街，斜对面，也有一家餐馆，老板的姓是托依来特，本来是香料、香水的意思，后来大概是美国人起的头，把厕所叫起托依来特来了。嗨，老一辈人说，咱们这个世界上的所有坏事都是美国人造成的呀！

也许真的是老板姓名的关系，也许是美国人的破坏造成的，也许还有别的原因，反正托依来特的餐馆生意实在是糟糕透了。眼看着一批又一批顾客到普老板的店里去喝粥，而托老板的店却无人问津，年年蚀本、月月蚀本、天天蚀本。托老板恨得要死，气得要发疯，他认定这种局面是普老板造成的，他把普老板看做不共戴天的仇敌。他集合了几个经营餐馆、酒吧、咖啡馆失败倒闭了的人，你知道，失败者对于成功者是有一股天生的嫉恨的。他还趸摸了一位名叫朱丽延的同性恋者。朱丽延究竟是男是女据说谁也说不清。朱丽延曾经在学校里任教，因为和学生发生了一些莫名其妙的事情，几乎被逮捕，你知道那时候不像现在，这些事是看得很重的。朱丽延老是在奥地利粥店喝酒吃东西，又总是赊账，只欠不还。时间长了普老板便不再接纳他（或者她）了，他对普老板也是恨之入骨。

他们几个人没事就聚在一起研究对付普老板的办法。他们可能试过各式各样的巫术。我读《红楼梦》的时候，对赵姨娘和马道婆向王熙凤和贾宝玉施巫术的情节特别感兴趣，我们过去也有类似的迷信，人类的共同性你是很难否认的呀！看来巫术没有奏效。朱丽延说他经过调查发现普瑞支的祖父的祖父的祖父，我可不知道中文对这种祖先怎么称呼，朱丽延发现这位老祖父不姓普瑞支而姓普鲁士，他替托老板他们起草了一封控告信，向W国大公控告普瑞支偷改姓名，于法有违。这样的告密当然不会有什么结果，要知道，即使改姓有罪也是普老板的祖父的祖父的父亲改的，事情并没有发生在普老板身上。再说改姓有罪，这种规定在世界各国从古到今的法典上都是找不到出处的。

不久E国占领了F镇。一位E国的枢密官家的女仆到普老板的粥店吃早餐，当天晚上肚子疼，越来越疼，疼得天翻地覆。先请了医生刮痧，再请了医生放血，然后灌肠，那时候的医生就会这三手。女仆奄奄一息，眼看就不行了。这时候朱丽延找到门上来，自称是断疑解难的巫师。他一接触病人，先一口咬定是喝粥中了毒，要救病人先要把粥店砸烂，晚了就没有救了。女仆的一帮亲朋一哄就来到了普老板的粥店，仗着枢密官的势力横冲直撞，又打又砸。这儿还没砸完，那儿女仆断了气。众人顾不得砸稀粥酒吧，连忙回去看死人，见了朱丽延又把朱丽延揍了一顿。据说这顿打使朱丽延变成了瘸子，好的是从此他不再搞同性恋了，成了男人，娶了妻子，只不过没有子嗣，这当然是另外的话了。

　　托侬来特几个人利用这件事大做文章，他们投书E国大公，说普瑞支在粥里下毒是有政治企图、政治背景的，说普瑞支的祖父的祖父的父亲改姓的目的就是为了向P国和W国效力而反对E国。托侬来特不惜重金收买一些报纸刊载普瑞支粥中下毒意欲谋害E国枢密官的消息。天知道事情怎么从枢密官的女仆转到了枢密官本人身上。一传十十传百，全欧洲都知道了F镇出了一个粥里下毒的危险人物普瑞支。E国议会、枢密院、法庭、医疗署、治安署都派人去检查奥地利粥店的稀粥。一时间举镇皆惊，谁也不敢光顾普老板的酒吧——粥店了。托侬来特欣喜若狂，不管最后做数不做数，反正一搅和，普老板的生意完蛋了，他的目的就算是达到了。

　　普瑞支店被砸、人被怀疑传询、生意被搅垮，他又惊又气，病倒在床。托侬来特、朱丽延一伙彻夜饮酒庆贺。后来才发现，普老板的餐馆垮台并不等于他们的餐馆的成功。他们的餐馆照样无人问津，他们又迁怒于什么人，我们就不知道了。

　　普瑞支有一个女儿，名叫芭珐罗，当时只有十七岁。芭珐罗胆大心细，性格坚强，她走遍F镇，一个人一个人地问，一家一家地找，一共找出了与枢密官女仆同一个上午喝粥的二十三个人，请求他们出来做证，证明那天他们喝了同一锅的粥，喝完一切没事、一切正常。二十三个人都对她和她的父亲表示同情，都痛骂托侬来特和不男不女的朱丽延，但是十九个人拒绝出面做证，两个人答应考虑考虑，只有两个人给予了完全肯定的答复。人啊，人就是这样的啊！

　　后来的情节说法不一，反正最后各方面确认了普老板的酒吧里的奥地利粥无毒无害。普老板因为脑血栓下肢不能运动。坐着手车继续经营奥地利粥。由于这场风波他的店他的粥大大出了名，全欧洲以及北非、中东、远及印度的客商人等，只要来到了F镇，都要喝这里的奥地利粥。普契尼写了一个歌剧,描写这个粥的故事。什么?你不知道?当然,这个歌剧没有写完,当然也没有上演过,这件事只有少数专家知道,也还有争议。"

坐手车的普老板发了大财,酒吧改成了正式的餐馆,增添了许多经营品种。普老板后来担任了一个文学基金会的会长,还担任了四个歌剧院的董事长。他成了一个坐手车的大人物,历史上只有美国的罗斯福可以与他媲美。普瑞支活了九十多岁,临终时留下遗言,餐馆继续经营下去,但是,第一,不扩大房舍门面,第二不论卖什么高级菜肴,不放弃稀粥,不放弃稀粥店的名称,不降低稀粥的定价。这个店一代一代传到了今天,当然,有许多东西已经变了。可毕竟这是一个有历史、有传奇色彩的店呀,它怎么能不特别地招引顾客特别是只有二百年历史的美国的游客呢?

"那么托侬来特呢?他后来又怎么样了?"我问。

蓓丽抱歉地耸了耸肩,"我说不清楚,这毕竟只是传说,不一定靠得住。"她又犹豫了一下,好像不太情愿说下去,"有一种说法是这样的,托侬来特为了找麻烦亲自跑到奥地利粥店去喝粥,喝完粥就疑神疑鬼觉得自己中了毒。结果真的胃里长了毒瘤,长了一串葡萄一样的瘤子。后来就死啦。"

"这个故事的结尾怎么有点像受了中国故事的影响,善有善报、恶有恶报的结局嘛!"我说。

她莞尔一笑。我意识到,到了这个钟点,即使是在 G 国,除了睡眠休息,再没有什么事可说可做的了。

发表于《小说界》1992 年第 2 期

棋 乡 轶 闻

赵聚旗的家乡飞象省双车县的人世世代代耽于下棋。那里的人可以不吃饭,不可以不下棋。可以不会写自己的名字,不可以不会下棋。男的不会下棋,甭想娶媳妇。女的不会下棋,甭想找婆家。学生不会下棋,甭想毕业。干部不会下棋,必遭精简。小时候不会下棋,无人疼爱。老了不会下棋,死了都没有人埋。连急腹症病人动大手术以前也先要与护士小姐下一盘棋,不下,硬是不往手术室里送;不下,就不消毒、不麻醉、连无影灯都不给你开开。

近百十年,双车县的棋艺以赵聚旗家一系为最。早年间虽然不知道什么冠军亚军金牌铜牌升旗奏乐之类,可都懂得要给棋下得好的人家送礼,送钱送粮、送香炉送瓷瓶送鸡毛掸子、送猪送羊、送鸡送蛋、送瓜送菜。这样赵家成了双车县的首富。故此,赵聚旗的曾祖父土改那年被划为大型地主,经群众斗争后就地枪决。到了"文化大革命"中,赵聚旗的祖父又被揪斗游街,终因恐惧忧虑紧张压抑患肝癌而去。

赵聚旗的父亲赵善思是省里的一个小学教员。他因为一直十分注意与父亲祖父划清界限,虽然几十年来一直被骂做"狗崽子""狗崽孙",最后,还是被看做"可教育好的子女"。几十年过去了,他的身家性命大致上保持着安全囹圄的纪录,符合古训中的"无咎"原则。谁想得到,改革开放以来双车县所在的飞象省的棋风又重新炽热起来,而且与过去不同,都是以新的灿烂光辉的名义下棋来的。诸如:职工大联欢、新春大赛、五一大赛、友谊赛、对口赛、有奖大赛、拥军赛、支农赛、救灾义赛、弘扬东方文明大赛、支持北京申办2000奥运会大赛、智力开发赛、伯乐赛、千里马赛、孺子牛赛、护发素大赛、大力壮阳丸大赛、百鸟矿化磁化壶展销助兴大赛、此手也要硬大赛等等。赵善思鉴于爹爹爷爷的遭遇,本来不想再下海摸棋。无奈各次比赛旗高名大,来头不俗,气象逼人,他顶不住。而且众人心理是赵善思不来这棋赛就不热闹,这棋赛就不算棋赛。他一到场就引人注目,人们纷纷介绍他给外来棋手:"他就是赵家头号传人,他爸爸他爷爷都是为下棋而死的。"说这话的人似乎以为这事迹是他赵某人的光荣与骄傲,也是他们全省全县全村乃至整个棋类运动的光荣与骄傲。而他听到这种揭旧伤疤的话语,实在是欲哭无泪,欲笑无颜,欲答无语,欲躲无地缝而陷于萎缩昏乱状态。然而奇妙的是,即使在昏乱中,他也是每下必赢,子无虚发。祖宗在天之灵硬是保佑着他的棋运,门第不同带来了感觉的不同,感觉的不同又带来了水平的不同。于是县而区区而省省而大区大区而全国全国而国际,赵善思呼啦一下子成了如风如火的大棋星,只一年他就获得了金杯六个金牌十五个金奖三十三个。

于是到了我们想说的那一年——谁知道是哪一年——进行终身特等大奖赛,赵善思一共需要下七十九盘棋,如果七十九盘棋都胜了,加上前几年的成绩,赵善思将获得金棋巨擘的终身称号和一笔由大力壮阳有限公司资助的巨款,另外,省体委将要奖给他三室一厅单元房间一套,并让他从此享受正科级待遇。果然,不负家乡父老,不负飞象山与双车河的风水,他一口气赢了七十八盘棋。下完七十八盘而且盘盘皆胜之后,各体育报刊记者已经写好了有关金棋巨擘赵善思的传奇生涯的报道,摄影记者整天围着他转,各种小报天天对他进行电话采访区域联防采访以及人盯人贴身采访,同时他还接到了不少以记者名义打来的莺声燕语流淌柔情蜜意甜汁的电话:"是赵先生么?巨擘的种子,我们喜爱您!""您得了奖金以后打算拿这笔钱做什么用？""您得了这一笔钱以后，和没有这一笔钱以前会有什么区别吗？比如说，您有了大款和没有大款对您的太太态度不会有什么变化？""功成名就财发以后，您是否准备移居国外？美国？法国还是澳大利亚？""席卷棋坛之后，您是否打算从政？您认为您是否能担任正司局级的省体委主任或是五（讲）四（美）三（热爱）办公室的负责人？您有没有可能当选下一届的省政协副主席？""您一般怎么样对待给您写表达倾慕的信件的女孩子？""发财以后您愿不愿意下海炒股票？您看好哪一种？""您是否有意去台湾访问，以棋会友，促进两岸的接近？""您对黎巴嫩长枪党有什么看法？""您愿不愿意向残疾人协会捐款？""您愿不愿卖掉您的名字搞一种赵善思丰乳器并且到商标局登记？""您是否打算整修您的先人的坟墓，搞一个棋艺先烈纪念馆？您怎么样解决批判地主阶级与继承棋艺先人的辩证关系问题？"

意外的是，在被称为"世纪大战"的决赛前夜，赵善思猝亡于榻上。医学专家解剖了赵善思的遗体，对于他猝死的原因其说不一。心肌梗塞乎？脑血管阻塞乎？急性胰腺炎乎？中枢神经爆裂乎？上呼吸道阻断乎？维生素A中毒乎？乃至于被谋杀暗害乎？

莫衷一是。于是记者们把他们写好的报道赵善思的光荣胜利的稿子改成了追悼文章：《二十世纪的最后一个谜》《光荣与终结》《深刻的后现代悲剧》《智慧太空船的发射失败了》《警策，不仅仅为了你我》为其中之最昭著最有希望获奖者。

至于再往下一辈的赵聚旗，早在小学三年级时候，与少先队的中队长下了三盘棋，三盘都是他胜。中队长面红耳赤，噙着眼泪与他分手。从此，他发现中队长对待他的态度与过去不一样了。次年爆发了"无产阶级文化大革命"，他的祖父被揪斗游街，他也被少先队批判，列为不得参加"文化大革命"的黑六类"狗崽子"。他从此烧掉了棋盘棋子，再也不摸棋了。

八十年代以来，赵聚旗的父亲赵善思转战活跃于棋坛，赵聚旗略有心动。但毕竟他从小罢棋,学的搞的是牙医专业,连续许多年牙医少口腔医院少而病牙多牙病多口腔病人多,赵聚旗每天上午给门诊病人、下午给住院病人治牙,上班前下班后还要给关系户治牙,无暇重整棋艺。巨擘大赛时他去给老爹助阵,开始感到了一种跃跃欲试的共振,感到了一种对自我的发现,甚至开始激荡起一种棋艺浪漫主义的美好情愫,他看到了一种新的前景……就在这个时候,他的老爹死了。于是他棋因(子)破碎,寒彻骨髓,思棋而惊,望棋而畏,触棋而痉挛,谈棋而色变矣。

进入九十年代,赵聚旗任省口腔医院第六分院的第四副院长,提拔为副科级。当了官,便不再去磨、洗、填、拔、钻,时间显得略略宽裕了些。接着他搬进了一幢处级干部住的单元楼。他本来只是副科级,因为为人老实,以中专毕业的学历获得了住院医生的职称,为落实知识分子政策,破格按高一级的住房标准给予优惠分房。飞象省的这个做法大得人心,受到各方的赞颂。在新居,赵聚旗的对门邻居便是卫生局的老局长,与老局长住在一起使赵聚旗深感荣幸。这位局长退下来以前干的最后一件事便是提拔赵聚旗并为他解决住房问题。为此,赵聚旗更有种靠近恩人的被照耀扶持被感化的甜蜜感。许多年来他被告诉是"身在福中不知福",告诉说他们是"泡在蜜缸里长大的"。他不太懂这个泡在蜜缸里的滋味。这回他真的懂了,这回他可真的泡在蜜缸里了,他飘飘悠悠,甜甜腻腻,黏黏糊糊,舒舒服服,憋憋闷闷,实在不知道怎么样报答蜜之源才好。

春节之前,赵聚旗好不容易买了两瓶古井贡酒,一只符离烧鸡,半斤芝麻,一斤花生,装到一个大塑料袋里,系上一个红绸子带,打算在腊月二十四那一天恭恭敬敬地送到老局长府上以略表寸心。谁想得到,腊月二十三那天晚上,轻轻叩门三响,是老局长的最小的女儿送年礼来了。

老局长抢在前头给赵副院长送的礼是:飞天标志出口茅台酒两瓶、南京板鸭两只、半斤夏威夷果、半斤开心果、一斤腰果、万宝路三五登喜路红塔山香烟各一条。

"我爸爸说赵副院长辛苦了。"老局长的小女儿说。她穿着宽松的皮里毛绒面上衣，紧身的砂洗条绒裤，前额上用雅黛定型胶固定了一绺高高翘起的飘逸而又凝重，怎么看都是完美无缺的发绺。她画了眉毛和黛绿色的眼圈，身上有科隆花露水的香味。她的到来、言语、举止以及送来的高级礼物使赵聚旗有一种从蜜缸里腾空，直上云霄，天旋地转，美不胜收的感觉。

"初二那天晚上，请您和您爱人到我们家吃便饭，我爸爸说的。"老局长的小女儿说起话来如同港台歌星谢幕，音调高高低低，升升降降，不知道是不是受了英语语流的升调降调的影响——主持"正大综艺"节目的可爱的小姐也是这样说国语的。然后，她不等待任何回应，也不允许讨论，袅袅地踏动钉子一样的高尖跟皮鞋，扭动丰俭由人的腰臀，甩出一阵袭人的比高档的大众比大众的高档的花露水香，千娇百媚地走去了。

突如其来的幸福就像突如其来的癫症，赵聚旗一下子遍体酥麻、神魂颠倒、二便失禁、口眼歪斜起来，九分钟以后开始恢复正常，但整整一夜他仍然是傻笑个不住。

根据"小心无不是"的箴言，赵聚旗在赴宴前先去城郊的关帝庙去求了一签，他换了五次才获得了阴阳调和的木鱼的认可，签是"上上第十八"，词曰：

庸人自扰乱纷纷，护驾神丁法力深；
前程似锦风云会，积德守性胜遗金。

寻人不远，失物复得，官司有理，疾病痊愈，发财莫急，口舌自消。

"去得去得。老局长的家我们去得。"他告诉妻说。

"可是，我们送什么礼呢？"赵聚旗又转喜为忧道。在接到老局长的小女儿礼物以后，他们原先准备的礼物已经拿不出来了。他们没有钱，他们没有海外的阔亲戚，他们没有来自先人的老古董，他们是彻底的无产阶级——除了哆哆嗦嗦受宠若惊受惊若宠的心态以外他是什么都没有。

到了这种时候老婆便是起死回生的菩萨了。她说："我还藏着一盒佧佤石棋。"

"什么？"赵聚旗迷惑得如同老婆告诉他他们的床底下藏着一枚原子弹。

佧佤石是产自昆仑山的一种比较算不上特别珍贵的玉石。佧佤石棋应该不是他的曾祖父留下来的，而是前清官府赏给他祖父的，可以说这个东西也是很封建很反动的。据他所知这副佧佤石棋是在土改时期就被没收了，那时候老婆不但还没有下嫁给赵家，而且她那时候尚未出世，叫做还不知道在哪一个的腿肚子里转筋。后来历经风雨，保命亦非易事，遑论保棋？再后来他爹死的那一年他把家里的棋盘棋子全烧了。怎么可能又出来这么一副棋呢？这样的棋竟然到了老婆手里，这可是人间的一切逻辑所不能解释的，他的一无可取的黄脸婆却原来非仙即妖、非狐即蛇，端的一个可人一个精灵一个特异功能一个摩登巫婆天外来客是也。

联系到卦辞，他恍然大悟，神丁护驾，神丁护驾也者，他的老婆即是神丁是也。回想起五年前一次看电影看到一位美丽女星，他忽生邪念，心想如果能与这样的美人亲近一番也算不枉走一趟阳世。再想想老局长的小女儿的到来竟使他这个身为叔叔的口眼歪斜，不忠不敬不端之贼心一至于斯，下贱呀低劣！真是罪该万死！幸亏大人不记小人过，神丁肚里装得下航空母舰，有道是真人不露相露相非真人！面目一般语言乏味感情淡漠智商偏低的赵太太却原来是菩萨旨意神丁下凡！又道是天生我材必有用，千金散尽还复来！玉在匮中求善贾，钗于奁内待时飞！有佧佤石棋就有其主，有其主必有其运，有其运必有其劫，有其劫必有其护持保藏、金刚力士，有其护持保藏金刚力士必有其非凡之用！现在是给这一副本来只能引起悲惨的回忆的佧佤石棋派用场的时候了。时至矣，贾善矣，腾飞吧我亲爱的佧

291

佧佤石棋!

于是大年初二傍晚,赵聚旗偕夫人沐浴更衣头发上洒花椒水,意气飞扬地进入了老局长的家门。他们受到了极好的招待。从茉莉花茶香烟瓜子到扎啤变蛋,从八碟七碗到牙签扎哈密瓜小块,再回到茶碗瓜子碟旁边来,赵聚旗诚惶诚恐,感恩戴德、五内俱热、拜舞颤抖地说:"我一个小小医士,不瞒您说,由于'文化大革命'的关系我其实没有学到多少本领,承老领导一而再再而三三而四地照拂提携,无微不至地关怀,真是天大地大不如领导的恩情大,爹亲娘亲不如革命的老同志亲。没有您就没有我赵聚旗的今天!只希望您今后多教导我督促我训诫我修理我。我呢,身如草芥,心如微尘,满脑袋糊糊迷迷,一无所有,一无所长,一无所知,连该怎么到您这儿来做客我也实在是不明白。我有个破烂东西想拿出来又实在不敢,既非吉祥之物又非值钱之宝,食之无味,弃之可惜,送之无礼,藏之无益,罪过罪过,乞谅乞谅!"说着他从包里拿出一个红纸包,拆开红纸包,拿出了佧佤石棋。

老局长的眼睛一下子瞪大了,注视良久,哆哆嗦嗦地说:"我可找着你啦!"

老局长的话使赵聚旗一下想起了《红灯记》里那人冒充我党的地下工作人员去与李家接关系、险些叫铁梅上了当了的日本特务,没等灯举起,特务就说了话:

"我可找着你们啦!"

老局长的小女儿连忙从里间屋拿出一个红布包袱,解开红布是绿布,解开绿布是白布,解开白布又是一个盒子,打开盒子是一副佧佤石棋!赵聚旗拿来的棋是黑佧佤石做的,老局长家的棋是白佧佤石做的。除颜色不同外,里里外外,形形状状,大大小小,两副棋完全一个样,端端地是天生的一对地造的一双也!

老局长说这是他的一个在"文化革命"中被迫害致死的战友临终前交托给他的,死者说这个棋有雌雄两副,雌者为黑,雄者为白,相失则天下乱,棋道衰,阴阳不调而五行失范,水旱交迭而瘟疫流行……相得则天下治,棋道昌,阴阳和谐而五行良性循环,水旱咸宜而传染病预防为主。好了好了,总之是世道兴则棋道兴,世局微则棋局微。老局长十分激动,竟与赵聚旗热烈拥抱,不知道是不是受到了外国电视剧的影响……外国影响真是无孔不入,不受也难!

激动中老局长提出咱们俩下盘棋吧。赵聚旗连连称是,使他近二十年戒棋的成效尽付东流矣!

一面下棋一面立下了规矩。老局长境界很高,一再说:"我们下棋一不赌钱二不争名次,三不做记录四不宣传报道。不争一日之短长,无所谓胜负之分野,更不要往心里去。胜败乃兵家之常事,赢输是棋艺之末节,不足挂齿,不足一提!但是我们还是要切磋一点棋艺棋道斗争哲学,长点知识学问,提高一点知性悟性,寻觅一点真知灼思,体会一点为棋为人的道理。所以古人说,世事洞明皆棋艺,攻防练达即文章!另外,我们也搞一点小花头,我们也算是返老还童,不失赤子之心,平和而又略有刺激,刺激而又不失平和——我们喝凉水!就是说,下一盘,谁输了谁就喝一碗凉水。不知尊意如何呢?"

赵聚旗唯唯。但心中仍有警惕,不能动真的,下棋不是好事,不能来真的。我家三代人因下棋而遭祸,我早已痛下决心永不摸棋,此次破戒不无危险。一对一地下,你赢我就只有输,我赢你就绝对赢不了。赢的快乐以输的气恼为代价,太不好了。他在此种状况之下自然又无法推辞,便只想应付一下而已,只要输,不要赢,要赢并非易事,要输还会为难吗?赢不了还输不了吗?忖度已毕。他便摆出一副屎棋的样儿来。

"三十多年没有下过棋了。"他长叹一声,解释道。

"最近电视台的小品怎么都那么没意思?南竹竿胡同的自由市场茄子比国营商店的还便宜。最近新出一种健老洋参吃了以后白头发都能重新变黑,您没服用一下试试?"赵聚旗一面下着棋一面扯着闲篇,以示潇洒。

293

几下，他推盘认输。

赵聚旗略感不安，多对付几下就好了。几下就输，显出他不用心玩来了，未免是对对方的不尊重。老局长若无其事，只是亲自倒了一碗凉水，让赵聚旗喝下去。立即重码棋子，并下出了第一步棋，头一局是赵聚旗先行的，第二盘当然是老局长先走了。

第二盘赵聚旗稍稍用了点心，才发现老局长确实下得很好，厉害！赵聚旗倒吸了一口冷气。拳不离手，曲不离口，家世不可能自然带来技艺，生疏了也！来真的也不见得能赢老局长，惭愧了也！稍稍一用心，也就来不及说废话了。一停闲话，一静下来，就有一点"战斗"的气氛了。此时无声胜有声，无声最厉害也。

他又输了。又喝了一碗凉水。觉得水很不好喝，喝下去噎得慌，态度也不那么自然潇洒了。

"我太笨了。我纯粹是屎棋。差距太大，让您玩不痛快。对不起了。"他客套说。他本意通过客套话使气氛自然一些。没想到客套话说得这样假，就像他是在演电视肥皂剧似的。老局长仍然是毫无反应，这也使他尴尬，心想这种不咸不淡的话还不如不说。

第三盘他想赢。他觉得自己无聊，冒傻气，甚至有些个可耻。这不是自己背叛了自己，忘记了曾祖父、祖父、父亲一代又一代的遭遇了吗？一个多小时以前他还不可能想得到自己会破了棋戒。两分钟以前他还不会想到自己居然要赢。多么愚蠢呀！简直是白痴加混蛋！他在内心里大骂着自己。他干脆觉得自己变成了自己的敌人。他不知道哪里来的一股邪劲，说不定是魔鬼附体，他觉得自己的心性像一个满地乱窜逮也逮不着的耗子。他完全没有能力抓住它，他这里又没有猫、灵之猫。他完全掌握不住那玩意儿了。

他开始感到了有那么点紧张。

可笑！莫名其妙！吃错了药了是怎么的？他忽然笑了起来，笑得干巴呲咧，笑得像奸臣，要不就是像神经病。

而且，愈紧张愈失常，愈想赢愈赢不了，愈注意愈出错，第一步错了第二步就还是错,真是一步错而后步步错,步步错也就是眼瞅着自己堕入深渊。他脑门子上出了汗,心跳加速,嘴唇紧闭,拳头握紧、声音颤抖,眼珠发直……然而,这一盘他还是输了,而且是真的输了,结结实实地输了。

他噙起了眼泪。

然后他喝了凉水。

凉水如毒鸩,喝下去腹如刀绞。

然后他如坐针毡地与老局长切磋了几句"为棋之道,大矣哉,恍兮惚兮,曰罔曰象。不战而胜,是为上上,以退为进,以失为得,祸兮福所倚,凉水赛蔗糖,赢棋没本事,屎棋最芬芳"之类的道理。

这些道理比骂他先人还让他难受。

回家以后他失眠一夜。三碗凉水使他腹内开始长出一点什么东西。

他请假一个星期又续假一个星期去医院检查肠胃肝胆心脏,未发现阳性反应。

两星期后老局长又派女儿来请他去下棋。他咬一咬牙,去了,认真地下了,三盘全赢了。他眼看着老局长喝凉水,一再说不要喝了不要喝了,老局长坚持非要喝不可。他表现得颇为不安,实际上又暗暗解气。人是太可怕了,他想,怎么报一点根本算不上仇的"仇"也是这样令人痛快呀!简直比娶媳妇还美!

最后切磋棋艺的时候赵聚旗说了许多谦虚的话。他发现不论说得多么谦虚,只要是在赢的时候说的,就愈谦虚愈得意愈谦虚愈报仇。赢了棋以后说自己是王八蛋也是痛快的。相反,如果是输了棋,说什么得体的话也全白搭了。谦虚完毕之后,他忽发奇想,说是自己想喝一碗凉水——他想以此种姿态缓解一下老局长一人连喝三碗凉水的窘态。老局长却是很认真,给他倒茶倒可乐果珍倒咖啡硬是不给他喝凉水。喝完一切,老局长建议再加赛一盘,不考虑输赢也不喝凉水。下完,连切磋也不必。

下吧，偏偏赵聚旗输了。输掉这最后的一盘，前三盘的胜利似乎化为乌有了。不喝凉水的输棋比喝凉水还难受——不受惩罚的失败比受到惩罚的失败还难以挽回心理的失落感。他开始怀疑，这一切都是老局长的圈套。在输了这最后一盘加赛的棋以后，他看到了老局长的庄严的然而是窃笑的脸。这张脸流露着阴谋与杀机。下完这次棋，赵聚旗失眠了三天。

其后，赵聚旗成了棋痴棋狂，愈下愈疯，愈下愈精，沾了棋就红眼，不赢就活不了。

他很快就从老局长家里杀到社会上去了。

赵聚旗连续三年获得壮年组金棋大腕称号。一家企业奖给他一辆嘉陵牌摩托车，用这辆车不久他就摔了个肩胛脱臼。于是他计划下次赢回一辆桑塔纳来。与此同时，因为下棋他也得罪了不少人。上级部门已收到多封匿名信，检举赵聚旗的思想问题经济问题作风问题历史问题拔牙拔不干净的问题等等。

有人说赵聚旗是大器晚成终于回归自我在盛年开了春花，是人才的解放，是潜能的开发，是盛世的盛事，是棋坛的佳话，是祖宗有灵的显示……

也有人说此事不祥，是赵聚旗的人性的异化，是勾心斗角的人性恶的变相泛滥，是遗传黑线回潮，是恶有恶报的造孽……

还有人预言赵聚旗不可能得善终。

便又有人问：为什么一定要善终呢？

社会上还流传着一个说法，说是老局长的佤佉石棋的原主人其实是"文化革命"中被老局长迫害致死的。毁其人而夺其棋，其心又何其毒也。

也有人说这纯粹是放屁。

发表于《上海文学》1993 年第 4 期

XIANG MING 随想曲

——《来劲》续篇

Xiang Ming 这一天忽然觉得有些异样,不知道是灵感还是晦气感使他不无来劲。我已经是一个著名的作曲家了。他向妻子郑重宣布。

即使 Xiang Ming 宣布自己是一只波斯猫妻子也未必会感到惊异。她的镇静令人觉得她本来能胜任外交大臣。可惜了。

那我要上街去找一个黄山来的姑娘。也就是说一个小保姆、一个家庭服务员,作曲家先生您对此有什么指示么?

Xiang Ming 便思忖了一下,深刻地说:

一定要面貌丑陋、口眼歪斜、目光迟钝、口齿不清、没上过学的。切记切记!

临出门时 Xiang Ming 又说:扣住她的身份证!

他觉得他已经有一点火候了。

Xiang Ming 来到贵妃城中。朝阳在护城河的水面上闪烁,闪烁如提琴的琴弦。Xiang Ming 的脑海里浮现了柴可夫斯基的《回忆佛罗伦萨》。他从口袋里掏出一张天蓝色的信笺,上面有他给香香想想 Xiang Xiang 的诗。诗已经写了五百个世纪,由于没有胆量和地址始终没有能把信寄出。他把信笺叠成一艘船,把船扔到护城河里。他纵身一跳,身如芥子鸿毛,落至船上,欣赏着古老的剥蚀了的城砖上反射的日光,心中无限的"生的门答"——感伤。

Xiang Ming 绕着护城河转了一些圈。设计好了下一个交响乐的结构和主旋律。下一个亦即作品第九十二号《D大调来劲交响乐》将分六个乐章而不是一般的四个乐章：大步舞曲，来劲的快板，如歌的不快也不慢的快板，臭虫舞曲，宣泄曲，来劲的慢板。他保持着自己的内心的秘密。他打算谁也不告诉。这显然关系到专利与著作权。

然后他购票进入贵妃宫。我的妈！他完全没有想到，宫里人山人海，全都是艺术家！就是看见同样的一大堆耗子也比碰到这么多艺术家吉利得多！显然这是他刻薄择保姆的报应。怎么了怎么了？他吓了一跳，回头就要跑，人多了他怕出事。还是人少点好。再说，艺术家应该各在各的家里埋头潜心，非礼勿视——扎堆干什么？扎堆没好事。他前边跑朋友们在后边追，他跑得愈快人家追得就愈快，人家追得愈快他跑得也就愈快。最后他气喘吁吁，倒在地上假死，来了一群白衣天使给他做后桑拿浴式心脏按摩。他哭着笑着站立起来，哆哆嗦嗦地问，究竟出了什么事？

同行们告诉他，自从前一段昂昂闹闹他们宣布贵妃宫里发现了鼠疫一号传染病出了事以后，这里颇冷落了一大阵子。昂昂闹闹他们搞了一批人说是什么卫生队，拿着斧子锯子六六六敌敌畏一六〇五必扑必死喷剂烟剂火剂踏剂，来到这里大折腾了一家伙，说是还不够彻底，还要拆房顶子。从此谁也不敢再进贵妃宫了。昂昂闹闹他们把这里变成了赌城。昂昂不久又为争车子与闹闹闹翻了，双方在贵妃宫里大打出手，贵妃宫变成了战场。最后卫生局来了专家组，抽样化验反抽样化验搞了一年半，又请联合国卫生组织协助鉴定，终于做出这里没有鼠疫的结论。这么热闹，好事的狗改不了吃屎的艺术家们谁不过来瞧一瞧？

Xiang Ming 惊魂乍定，便一一与多日不见的同行友人们握手。彼此嘘寒问暖，十分亲热。看看人愈来愈多，Xiang Ming 心想，三十六计，走为上计；有言是银子，无言是金子；有为是银子，无为是金子。

便说我还有事，要到机关去，告辞了不恭了，保重保重，下次再见，转身去了。

Xiang Ming 一进机关的大门就听到了朋友们的窃窃私语，原来大家都知道他要写一部《来劲交响乐》了。大家认为这是一件冒险行为。原来他在赴汤蹈火。Xiang Ming 十分惊讶，怎么我自己刚想到的事情立刻就成了公众的话题了呢？他的一个没有名字的挚友鬼鬼祟祟地告诉他，说是在那张报上早就登出了对于他的《来劲》的严厉批评，指出那是艺术的堕落，是受了西方现代派的影响，是背离了正确的方向，还有什么什么的。

Xiang Ming 不信。没有名字的朋友便拿出了那张报纸，还说是当时是为了照顾 Xiang Ming 的情绪才没有把报纸给他看。Xiang Ming 便把报拿了过来。一看，却原来是一篇批评《来劲儿》的奇文。Xiang Ming 哈哈大笑。他说，我的作品是《来劲》，他批的作品是"来劲儿"，什么是"来劲儿"呢？是不是一篇儿童文学作品呢？儿童文学作品而写得叫人看不懂，该批该批，我也要批！但是它和我又有什么关系呢？比如元代的画家王蒙与当代的小说家王蒙，他们之间，能有什么关系吗？何必连提到元代的王蒙也要"激灵"一下子呢？他又问，难道世界上还有弄不清题目就先批一通的胡日鬼么？

话是这么说了，Xiang Ming 的心里其实还是怦怦地跳。他的血压忽高忽低，他的嘴唇青了再紫。他想起了香香。

下一个挚友传来了另外的消息。昂昂又在愤愤不平地大吵大叫大闹大骂猛攻起 Xiang Ming 来了。由于过于激动引起眩晕，倒地口吐白沫，一身酒气肉气臭气熏天，送往 PD 医院急救。Xiang Ming 听后，歇歇不已。他想，嫉妒心人或有之，不足为奇；但太厉害了未免伤身体，为他这个不成气候的 Xiang Ming 伤了自己，实在划不来。其实他们俩各来劲各的，谁又能碍得着谁呢？他连自己的名字都弄不清，他能有什么大劲？他与那个选择中的小保姆其实只有分工的区别。为他而憔悴,为他而住院,为他而一往情深,这不是自作多情吗?就连他的老婆——他也不知道他怎么会有了一个合法的妻子——也从来没有为他真的动过情、生过气啊!莫非昂昂爱他超过了妻,这可是性变态的大大的有啊!

没想到就这个时候,锣鼓喧天,百乐大作,一队一队的人马来到了他的眼前,举着标语:热烈祝贺《来劲交响乐》完满成功!热烈祝贺《来劲交响乐》夺得巴塞罗那音乐大赛金牌!向《来劲交响乐》的光荣作者致敬……

而从另一个方向又杀过来另一支队伍,所有的人刺刀见白,走着正步,左有灰狼,右有哈巴狗,搭着战车举着标语:你到底姓什么?坚决帮助《来劲儿》作者转变立场!大是大非问题决不能调和!路线斗争不能休战……

两支队伍都是所向披靡,踏倒一切的气概。Xiang Ming 原以为两支队伍就要交火。没想到两支队伍文明礼貌,互相挥旗致意。然后一起向他攻来,大吼:

可别让 Xiang Ming 那个小子跑了!或:

Xiang Ming 我可找到你了!

不是我不是我不是我,我不来劲,我再也不敢了,我压根儿就不来劲!Xiang Ming 边说边抱头鼠窜。开麦拉频频闪耀。记者围成里三层外三层。子弹的尖利的啸音在他头上飞过。歼击机与轰炸机同时俯冲。飞毛腿式导弹在他头前臀后连连爆炸。人民币甚至还有美元哗啦哗啦地往下掉,把他绊了左一个跟头右一个跟头。这时候他迎面看见了香香想想 Xiang Xiang, Xiang Xiang 像是来自大人国。她怎么这么大的块呀!Xiang Ming 大声:SOS!

她终于出现了她就是香香想想 Xiang Xiang。她是一只蝴蝶。一只白色鸟。一个时装模特儿。一个公关小姐。她刚从美国留学回来。她在外资外企做事。她躺在颈腰康复枕上扬头微笑,好一个接受热情的美丽姿势!Sex is beautiful(性是美丽的)!他不由得吓得要死，死无葬身之地。她鱼跃而起，掏出无声手枪瞄准他的心窝噗的一下——

Xiang Ming 一个跟头翻到了天上。孙悟空……他喃喃地说。他来到了一个新奇的城市：里约热内卢或许是卡萨布兰卡？所有的窗子都在为他打开，所有的窗子都为他亮起了灯。郁金香在音乐电光喷泉上盛开。所有的女人都为他在衣襟上插上了洁白的香手帕。男孩子在大街上滑旱冰。车站的古钟底下一对老夫妻长吻不休。一个流落异乡的音乐家的铜像在初冬的寒夜里承受着雨夹雪。一只乌鸦唱起了安魂曲。周围是一片钱钱钱钱钱的呐喊……我亲爱的妈妈一个样的祖国！他哭死过去了。

Xiang Ming 终于醒了过来或睡踏实了过去。他知道一切都很好很不好。他不知道自己是向名、湘命、香茗还是想冥。他是作曲家或者卖烤白薯的或者红色买办或者治安警察或者一个死鬼或者长生不老或者一个早该进博物馆的泥塑……

他又哭又笑又不哭又不笑又又又。

发表于《收获》1993 年第 3 期

白 先 生 的 梦

白先生给我写信说是他远行归来做了一个"梦"。
他的信是这样写的：

王"梦"吾友：

远行百日，不亦活得太累乎？下飞机后，颇有抽金拔皮之感。乃大睡，不知三七二十三，不知老之将直。不知一个美元换几个外汇券啦。

是晚得一甍，甍甚完整，主线若有若无，情节七零八落，故事着三不着两，人物深深浅浅，白字别别扭扭，恍兮惚兮，其中有象（牙？）混兮沌兮，其中有盗（盗可道，非常盗，西西里巴勒莫市之教父是也。）宁愿免废奉献先生，聊为小说之恶作剧也。

于是来了来了两个绅士，尖头之曼，说是："我们真高兴见到你。见到你是我们的光荣……"

我说："也是我的。"

（这样说话是为了译成英语的方便。我为了走向世界，已经憔悴得没了人形啦，您老！）

尖头绅士说："请你为我们酱淹。为了表达我们对于您的尊重，讲后将会付给您巴里巴嘟元。"

（请不要以为我会把具体数字告诉您，那是我的阴死拳！）

我便随他们而去。我进入了一个帐篷，帐篷里亮满了四百瓦的白炽灯泡,你觉得,太阳被他们偷到了帐篷里。

我看不到听讲的人,我看不到陪我来或者是嘟着我来的人。我看不到主持我的酱淹的人。我只听到了乱乱哄哄的声音。好像是拳击。好像是做爱。好像是气声。好像是谋杀。好像是文化小革命。好像是发生了火灾。却原来酱淹就是火灾就是拳击就是做爱,而做爱就又是气声又是谋杀又是淹酱干脆是文化小革命。

但我还是维虎礼猫。我保持着市场经济以来已经下了海湿了毛的章大左家的矜吃。我端坐如钟,立如(稀)松,只是卧不能如弓,只能如公如工如恭如攻如蚣如觥。

"酱啊,酱啊,将啊!"

"象棋?谈笑风生卫冕?"

"将!"

我一言不发,难道连介绍都不介绍就可以讲话么?你不隆重地主持介绍我就不酱,我也不淹……六必居与天源酱园的酱菜已经涨价十几倍了,我能掉价吗?爸爸爸也不灵啊!

许多的秒、分、小时就在这僵持之中过去了。我是一个英雄,我即将成为烈士了。他也是一个英雄一个烈士了。将要有一个对于我的纪念活动与关于他的纪念活动分别举行。将要由现代著名雕塑家贾阳阳分别为我们俩塑像。我的塑像是一块大切糕,切糕中间用棍子捣了好几个洞。他的塑像是一窝无头无尾小老鼠,一通电,小老鼠便发出便秘者的排便声与飞机三等舱厕所里的香料气味。

我们已经勇吹不咻啦!

就在我成人取衣的一瞬,灯暗,人显,扬声器发出交流电流声。主席开始说话了:

"今天,我们热烈地欢迎白渍教授,白渍先生别号达白署博士,他研究……天上的日月星,地上的狐狸精,外国三板斧,中国三字经,史前北京猿,史后元明清,上下亿万年,纵横八面风,文科数理化,理科蓝白红,艺术十八般,技术五日通,挣钱过百万,赌钱回回赢,股票买就赚,房产值倍增,求爱人人爱,求婚个个应,做爱天地覆,做官日日升,上天阿波罗,入地潜水艇,上级见了喜,百姓见了疼,逢凶自化吉,遇事祥来呈,壮似猪八戒,灵似孙悟空,长命过百岁,不服蜂王精……

"看呀,大百墅博士可真称得上是禁拉又禁拽,禁蹬又禁踹,禁铺又禁盖,禁洗又禁晒,禁吹又禁卖,禁捏又禁改,禁好又禁坏……

"答摆树博士领导世界新潮流,头脑优秀,思想进化,学贯中稀,书破亿卷,论述精屁,一针贱血,春风化雨,惠我凉多,久旱干雨,他乡故知,字字真理,句句荒金……"

他是不会讲完的了。于是我想起了谦虚。毛主席教导说谦虚使人进步,骄傲使人落后。可恶的人们啊,曾几何时,你他妈的把毛主席的教导忘得光光的啦!要是"文革"期间,你们敢吗?你们不是厉害吗?你们不是解放吗?你们不是打着自己的嘴巴奏爵士乐吗?你们不是从良了而别人都是妓女吗?你们不是勇不过气的吗?你们不是精英前卫先驱救世主包治内外妇儿性牙皮骨放射各科疾病吗?你们不是预言家吗?你们的酱淹不是可以与电视广告相媲美吗?哟哟哟,好痛呀,时疯日瞎,人辛不骨呀!

我,激流永推平安着陆了也!三十六计走为上,四十八招鸾为先,五十九式熊为本,二十二招缩为安!正如明末某将领的不战不和不攻不守不殉不降秃正策……我为什么要酱淹?究竟是谁在酱淹?为什么不出声就谁也不出声,一出声就没结没完了呢?

我毅然决绝地离开了会场。却原来天已经大黑了,夜色无边,如盲如吃,站了一小会儿我听见了马达的轰轰声,是汽车还是工厂,是拖拉机还是特区装配日本名牌冲电刮胡子刀?我开始走路。左面是水,是湖是海,右面是栅栏,是房是乡材俱乐部。我只有很窄的路。我愈走愈快,原来我的鞋底下面安装着轮子。我是在滑旱冰吗?像是科隆、吕贝克的英俊少年?

道路曲曲弯弯,我在划行,我在漂移,我在失散,我在蒸发,我如泣如烟,我已经没有形体,我已经没有灵魂,我只会磨磨唧唧:

你还欠我二百块钱呢!

谁欠你？谁歉你？谁嵌你？一大堆汽车喇叭拉得交响。

我渐渐安静了下来。我走出了窄道。我抬起了头,我看到了天空。天上有一片星星。星光虽然并不灿烂,然而安详如初起,帝曰:

应有光!

1993年12月写于访美甫归睡梦之后

发表于《中国时报》1993年第12月18日

白衣服与黑衣服

一

都说我不该参加白衣服先生的婚礼。

我也知道白衣服先生做过对不起我与我的朋友们的事。他与我们不是一路人。他见到董事长时候的那副表情没有几个人能受得了。董事长打过他的耳光,他笑着说感谢老板赏了一个脸。董事长当众让他站到自律岗上反省,他掉着泪说是"生我者父母,知我者董事长"!他竟然跪下来号啕大哭而且谁都知道他是一个打黑煞拳和告小密的大王。

那天他喝醉了酒突然来敲我家的门。他含着泪说,我不能和你们比,你们是业余拳击七段,你们不在公司里当差了可以上电视充嘉宾当裁判获铜牌吃澳大利亚龙虾收受含量等于百万分之一的中华老鳖精时不时地还接到外国拳击协会的邀请。我呢?我不伺候他们行吗?我从小长这么大容易吗?二十八岁了我突然得了小儿麻痹,差点没变成了残废,是董事长一脚踢到我私处才治好了我的小儿麻痹后遗症!这种经历你们体会吗?我的苦大仇深杀父霸母,你们知道吗?如果我没有今天的头衔,在拳击场上,我早就让人一拳灭了。然后,他嫣然一笑,如妇人好女,从大褂里边掏出一只水晶猴子,猴子会说:"豪毒油毒?"猴子还滔滔不绝地给我讲了许多此亦一是非彼亦一是非的深刻原理。

从那一天起我就谅解了他。

然而他的婚礼仍然使我不快。那天,他的领带夹总是高高地别在领带上端,与衬衫分离,自说自话地荡来荡去,松松垮垮,这种悠荡简直可以说是令人发指。他的松垮而且荡来荡去的领带与领带夹常常使我联想起骟过的毛驴的阳具——聋子的耳朵,摆设,这是最深邃的北京歇后语。每天想几遍这样的歇后语人就聪明得成了老子庄子苏格拉底,一辈子代表正确输入信息路径。我不想提他的牙缝里的菠菜和眼眶里的眼屎,免得读者误以为我的这篇小说抄袭了谌容或者刘心武。

这使一切有血性的男儿恨不得当场枪杀血溅鸳鸯楼杀人者武松也。我想这里没有弗洛伊德的因素。他是二婚头子。我可能其实还是封建的,结婚本来就是吃苍蝇。一次又一次的结婚就是吃了一颗苍蝇再吃一颗苍蝇。

我的妻子喜欢女方,她说那人写过私小说,长得虽然黑,但确实是一个纯情女,两只大眼睛活像两颗黑钻石。她能下嫁白衣人实在是令所有的私小说写家昏倒。她的小说里写过少女的怀春与妇人的失落,写过一朵玫瑰花怎么样变成了红蜘蛛,一块巧克力夹心糖怎么样变成了窃听器,一条银鱼怎么样变成了手榴弹。即使这样的巨变也赶不上她的婚姻那样荒诞离奇。她也会唱歌,都是我们父辈年轻时候喜欢的歌。比如《喀冬莎》和《小河淌泥》和《东波涅》和《梭罗蜜》,我们听起来只觉得黏糊糊的,像是煮猪脚的汤,给坐月子的女人吃了,一定促进下奶。

我想也许是穿白衣服的先生给我的妻子送过了——金戒指或者速效救肝丸?妻她们的企业效益不佳,医疗费用刚刚报销到一九九二年六月以前。我无法把人们对于白兄的领带的真实感受告诉她,即使是妻子,我也只能是有所不言。我是一个有着七段职称的绅士,我正在申请特殊技能补贴,起码应该有花袭人得自王夫人私房的每月另加的二两银子。我有一贯风纪记录良好的铁证如山。

……历史作证,这是一个很好的婚礼。不是很好的人也可以有很好的婚礼,懂得了这个就意味着进一步的成熟。满天星的手表是新郎反馈贺客们的礼物,满天星的灯火是人类的第三个宇宙。第二个宇宙是我们的渺小的弯弯绕的心,哪一个我们也看不明晰。所有的菜肴都洋溢着从传统到后现代的东方与西方以及南北对话的文化。所有的饮料都是 XO 干邑茅台。所有的小姐都足以参加服装表演和平演变的糖衣炮弹。所有的伴奏都来自去年诺贝尔文学奖金获得者大江健三郎的弱智儿子,为他的可怜的儿子,获奖者已经写了一部又一部书。而餐厅呢,我还没有写到餐厅,餐厅是从香港用起重机完整地运过来的,采用了世界最新最科学的后现代超级整合大力乾坤再造回春壮阳滋阴技术。服务小姐也是花巨款从旅游服务学校租来的,所有的小姐都会讲"多谋""多佐""噢哈腰裹砸姨妈死"。而比这一切更重要的是,我的天,新娘子长得活像是玛丽莲·梦露!只是肤色浓烈一些。那梦露式的含苞欲放的红唇令男人燥热而令女人阴狠,她的嘟里嘟噜的脸蛋儿柔润丰厚如皮球苹果花开花放,她的声音嘶哑艰巨野性疯狂如狼嗥狮吼虎啸龙吟。而且她一开口就说:

"寂寞啊,寂寞啊,我是爱罗先珂一样的孤独呀,坐地日行爱天遥看神州大地竟没有一个真正的男人!阴盛阳衰,不仅是在巴塞罗那呀!"

所有的男客都低下了头,包括穿白衣服的人。一时男性的惭愧像阴云下的山岭一样地弥漫着重压着善良和不中用的同性同胞们。

什么时候能振作起来,什么时候能够振奋起来呢?

白衣先生侃侃而谈:"朋友们,女士们,先生们……"他忽然打住了,眼睛盯着新娘子,说:"翻啊!"

新娘子不屑地译道:"福软子,累呆三得尖突门……"

"我的婚姻实在是上勾拳门派的一个伟大的胜利,是人心所归的一个证明,谁说我们是少数?且看今日,竟是谁家的天下?我们是多数。谁说我们形象不好？形象好得如梦露的人儿不是投向了我的怀抱了吗？然而，不。这一切都已经过去了。生活像是花蝴蝶的翅膀，爱情像是兑了威士忌的咖啡，拳击不过是变相做爱，潇洒练一回，你海风轻轻地吹！而宾客呢，拉拢就是快乐，快乐万岁！"

"多么堕落了呀！"一个戴深度近视眼镜的瘦高个儿叹息了一声，痛苦地流出了许多口水。我赶忙递给他一个NW国际航班波音飞机上用的清洁袋。

"抬头望见北斗月心中想念呀……"他咕咕哝哝，忽然呛得咳嗽起来。

"然而这毕竟是一个胜利。"一位穿翻领青年服的小个儿大力摇一摇头，他说："怎么能说是堕落呢？如果是在'文化革命'当中，你想堕落还没有条件呢！那个时候倒是没有快乐主义，因为快乐是没有的，没有快乐哪儿来的主义？堕落当然是不好的，但是，如果你改变一下观念，你就会知道，你所说的堕落不过是人们开始活得有了那么一点意思。比如说，女人抹了一点雪花膏，系了一条花围巾，男人吃了一剂枸杞乌骨鸡汤，穿上一双冒牌意大利皮鞋，小孩子玩了一个变形金刚，过年的时候得了二百块钱压岁钱……莫非你就如丧考妣了吗？"

一片嘘声，谁都不愿意听谁的话了。

然而仍然是喜气洋洋。这里谁与谁结婚其实并不重要，谁在讲什么话也并不重要。这里只不过是一个场：联欢会（我的原意是聚会，然而王码电脑软件硬是把这个词组改变成为联欢会）加吃饭加啤酒加背景音乐加衣冠楚楚加男男女女加扭搭扭搭的服务小姐加满天星的灯光特别是加你心目中的梦露，这就足够了。哪怕是新郎和主宾在这个场合做波黑与车臣形势的报告也与大家没有关系。后现代的最主要的特点就是谁也听不见谁的话，人人又聋又瞎而且口若悬河，种种的小恩小怨小打小闹就这样化为了乌有如果不是发展成星球大战。自由民主废除RFC议价兑换RMB移民新大陆达成知识产权协议即将入关早晚要在北京南京拉萨开世界奥林匹克大会以及让一名炎黄子孙获得诺贝尔文章奖等就是遵循这样的必由之路实现的，傻子！

二

我的小说侃到这里忽然发生了突变。事情是从一次晚饭开始的。白衣先生的婚礼之后才一个多月，竞技公司的代总裁请我陪世界拳王达里达特拉博士吃晚饭，我自是受宠若惊欣然雀跃。地点就在白衣先生举行婚礼的那个香港正宗餐馆，几个星期不见，餐馆更加辉煌，只是在我迈进餐馆的第一秒钟我就觉得味道有点不对。八个服务小姐都靠着墙背手而直立，好像是被处罚站壁角。她们对于我们的到来的欢迎显得勉强。经理——婚礼上他前来祝贺而且喝了一杯准拔兰地酒——面色阴沉，好像已经决定自焚，把餐馆与全体员工一火而尽。我们被让到了正中间的座位上，我觉得我们是被展览被揪出来批斗——如果不是被标上价拍卖。

我吞吞吐吐，不知道该不该点菊花普洱茶或是百事可乐。代总裁告诉我由于非常特殊的原因达里达特拉拳王无法出席今天的晚餐了。那——我们来干什么呢？我显出了幼稚。代总裁不屑于回答我的问话。

有四个菜我们点了但是小姐说是没有。说没有的时候小姐不说对不起，于是只好由我说真对不起。点餐馆没有的菜肴，这实在是对他人的一种冒犯。我无法不痛感失礼。

代总裁还约了几个客人。一个又一个的电话打入代总裁的大哥大，总之是说来不了了，每个人都言之凿凿。一个是妻子正在动手术，一个是早晨从床上跌了下来，造成踝骨软骨损伤，还有一个是孩子进了公安局。便只剩下了我们俩。而在吃完了一个八宝拼盘之后，代总裁接到了董事长的命令，他也匆匆地离去了。

一桌子菜,只有我一个。四下里一看,世界上最可怕的事发生了,整个一家餐馆只剩下了我一个顾客。

一阵寒气袭来。我低下了头。我看到自己的裤腿一个长一个短。我的衬衫缺一个扣子,而且衬衫领子太龌龊。我想拉一拉裤腿,不小心却碰翻了茶杯,我想抢救茶杯,却碰落了筷子,我去拾筷子,袖子又带下了咸鱼煲,我想优雅地打自己一个耳光,却干脆把一桌菜肴掀到了地上。

经理抬起他忧郁的眼睛向我瞥了一眼,竟像什么也没有看见似的,他麻木地低下了头。

究竟是发生了什么事情呢?我想起了这里的盛大的婚礼。我想起了执着而又殷勤的小姐。满天星与激光效果。卡拉欧开与摇摆舞。跪式服务与信用金卡。连门口都站着顾客,为了吃饭他们排队!多么火的餐馆,多么火的生活,多么火的场所,多么火的感觉,感觉感觉!

现在呢,孤独,凄冷,无人问津,等待死亡。我是来陪拳王吃饭么?我活脱脱是来参加一个葬礼!

传来了一阵窸窣声。最初像是衣裙的摩擦。以后是微黄的床笫欢声。而后是胶鞋底子在地板上探求。再以后是你正在入睡的时候来了一个人在你身边不停地翻报纸。我的每一根神经末梢都在被绞动被点燃被揉搓。我大喝一声发现是一个人坐在沙漠和荒草间。在我的面前有一条大蟒,姿态平安地凝视着天空的云。

"你是蛇?"

它问我。

我是蛇么?是什么?

我眨了眨眼,回到了餐馆。我心慌起来,便要求付账离开。

您还有一个菜——蛇餐,正在剥皮,腌完了还要蒸四十五分钟。小姐无声地提示说。

她说得真可怕。我连忙声明,这个菜我不等了,但是我可以为我没有见到的这一客菜付钱。

那是不可以的,真不好意思,您多等一会儿吧。小姐无声地说。她的无声语言使我魂飞天外。

我于是发觉,我也说不出声音来了,我们都失去了语音。

绝望使人平静。平静使人进入崭新的境界。我的平静如等待处决的犯人。我的深沉如密封起来了的拔兰地酒。我悲哀地坐在我的敌人似的朋友和朋友似的敌人举行婚礼和狂欢的豪华餐馆里。我深知我只是一个人而餐馆人多势众,他们个个阴郁险狠,都练过太乙鸳鸯剑和哭败家门功,可以百步之外取人首级如探囊取物。除了听话,我没有选择。

我充满了沧桑感与沉重感。一个餐馆,曾几何时,是那样的如火如荼,如花似锦,千种风情,万种气象,效益第一,贡献最大,春风得意,笑傲众生,一览苍茫。

到如今,竟然萧条冷寂到这般地步。

我觉得我不是来吃饭而是来参加遗体告别。哀乐缓缓地奏响,黑纱戴在手臂而白花别在胸前,遗属哭得死去活来,连同来吊唁的体委主任都与众宾客一样地叹息:"人这一辈子,人这一辈子,这辈子究竟有什么意思呀!"

三

我见了人就想谈谈餐馆的事。我问我的女友 A。A 说,哪有什么冷落,原来压根儿就没有红过嘛。我大吃一惊,她竟然不顾事实一至于斯!她太不了解我了,她不知道我的重重心事,她缺少对于我的终极关怀。我的心如铅之下堕,我的心沉重得如直奔黑洞。而 A 只知道形而下的俗事,一点也不深沉升华。她甚至在我与她痛苦地探讨餐馆的秘密的时候让我给她揉脚心搓脚背,抱怨我的嘴里有五天以前的蒜味。她既丧失了思维能力同时又丧失了现实感。我决心与她断交。

我问我的女朋友 B。B 说,您累了,您吃不吃速可眠或者氯丙嗪?

建议自己性伴侣吃强镇静剂,这种史无前例的大革命性事件使我顺手给了她一记并不犯规的敲门拳。B 晕过去了。

我问我的业余拳击教练。教练说,好的好的,市场经济条件下,每日每时总是会有一个或者好几个餐馆倒闭的,否则世界就没有进展了。有新开的,有新开的,就在状元楼对过,是法国潮州菜,加拿大淮扬宴。你到那里去不就齐了吗?

而且,我不喜欢我的女朋友们了,A 与 B 都不理想。我嗫嚅着。

今天晚上到夜总会来,我会介绍你认识美雅小姐 C、D、E、F……

我知道我完全错了。拳击,就是说只应该用拳头尤其是要用脚后跟思想判断。

我想起了我的姨妈,她是一个老处女,会看手相,会隔着信封读信,会在电话里听一听人的声音就给人诊病。五年以前,我去她那里拜年,临走时候她给出租汽车公司打电话为我叫一辆车,出租车公司的业务员一接电话,她忘记了要车,而是告诉人家:"不好了,你有肝癌,只怕过不去今年了。"业务员在电话里用粗话骂了起来……赶巧四个月后那个业务员就死了。一家小报的周末版刊登过我姨妈的特异功能事迹,为此那一家小报受到停刊一个月的奖励。

姨妈说:"哼,虎子,你与你的女朋友全吹了。"

"姨妈明察,您老圣明,前五百年,后八百载,您全清澈见底!"

"改改风水,该改一改风水了!"姨妈苍老的声音如秦砖汉瓦秦时明月汉时关。

"您这是说什么?"

"我什么都没有说。"她的电话挂上了。再拨,剩下了应答机的回话:"主人不在家,在蹭的一声响后,请留言,谢谢。"

风水!风水!从此我见人就谈风水。我给那家餐馆打电话,刚

313

一开口人家就把电话挂断。夜间做梦，我哭醒了，我梦见我的家风水不行，对面的楼房像一把尖刀一样地捅入我的心房，我的心脏喷出的血溅红了一个网球场。上班以后老板找我谈话，说是如果我再在班上谈风水就炒我的鱿鱼。从老板的办公室里出来我先是向女秘书打了一个榧子，然后照直去找穿白衣服的人。我的计划是见面先给他一个耳光，那样也就取得了某种平衡，使反对我参加他的婚礼的非职业拳坛上的朋友得到一些满足。然而，我的计划完全破产了。穿白衣服的人不在，人们告诉我说他正在打离婚，他因为不愿意离婚乃服了十三片安眠药还喝了五公撮敌敌畏，经抢救已脱离了危险期……结婚才这么几天就打开了离婚了，打得黑煞拳与告小密大王差点送了命。我感觉我主已经惩罚了他，我不再关心他的道德情操，转而更痛切地思考我们的风水大局。

我去找我的老班主任。老班主任建议我认真阅读最近的机关报纸，他说也许从那里边可以找到最新的精神，能够帮助我弄清餐馆、我们家以及白衣服人的家居的风水走向。我一听就摇开了头，我说我情愿左右腮帮子各挨一直拳也不愿意看报纸。老班主任一笑，叹道："你所以进步最慢呀！"我也无耻地一笑，说："是呀，我就是不愿意进步的啦，辜负了您老人家的栽培的啦！"

老班主任给我出主意：可以花几百块钱雇一个人文科学教授替我读报纸。我乐了，老师长的观念更新也这么快了，真是人过七十一朵花呀啊。

教授很好雇，他立即给我用红笔圈了一批段落，据说能够帮助我弄清餐馆冷热盈亏的秘密法则。

一段是这样写的："同化主体的客体选择性的直线延伸与曲线延伸的变量与常量之间的非稳定比已经成为当代第四产业熵值的主要指标的软性符号……"

另一段是这样写的："顾客、经营者、大厨、领班四者的矛盾的对立与统一，硬件、软件、兼容性能、过滤性能、抗毒性能、功利性能与非功利性能数者之间的龃龉、尴尬、渗透与整合,自然选择与人文选择,社会选择与公民选择,选择与淘汰,活着还是不活着的哈孟雷特式的永恒的终极疑团,付方与贷方,白条与金卡,政治账与经济账,羊杂碎与大盘鲍翅的转型挑战——这是一个永远的秘密,是二十世纪的最后一个黑箱。"

还有一段说:"反正您是又想吃好的又不想给钱,他是又想要钱又不想下功夫,都希望人都像绵羊一样守纪律,像蚂蚁一样做工,像奶牛一样吃的是草而挤出牛奶,又要马儿跑又要马儿不吃草。马儿呢,不跑还要吃革命的小酒天天醉,喝得机关没经费……"

再一段:"马无夜草不肥,人无外财不富。不打勤的不打懒的,专打没眼的。先下手为强,后下手遭殃。拼一个够本,拼俩赚一个。赔本赚吆喝,赔了夫人又折兵。舍不得孩子打不了狼,舍不得脸面站不直腰。吹牛皮不上税,吹死西山的牛还有东山的狗,被窝里放屁崩苞米花!"

我读着读着,一阵头晕,大喝道:"痛杀我也!"直挺挺倒在了地上,恍惚听人文科学教授喊了一句:"他还没有买单呀!"他的声音小得像是蚊子。

四

我住了一个月院,经过专家会诊,确定我得的是"餐馆焦虑综合征"。诊断虽然十分科学到位,医疗对策却差不多是零。而我的症状一天比一天严重,持续低烧,进食与二便日益困难,意识忽明忽暗,常常语无伦次,时时血压高低,心律失调,转氨酶、血沉、尿蛋白、澳抗指标全部是+至+++++。连已经与我分手的女友A、B也联袂前来看我,她们捧着鲜花,隆重推出的潜台词是:

"放心地去火化炉吧……不要恨我们!"

起死回生。老师长通知我,餐饮学会决定为我举办一次"餐馆起落与婚姻预测学国际研讨会"。会议将以我的名字命名,研讨会将在九月黄金季节于南方某特区城市举行。

这个消息赛过了一切灵药,我活了,我在电视台的直播节目中回答了电视记者的采访提问,并把这次我的病的突然好转归功于中欧合资的医药公司新药——"神如灵",为此神如灵公司给了我三万元的谢礼——说是这样说的,实际上我到手的只是三百盒"神如灵"。按照药品的说明书,我吃了这些补药,非变成原子弹并获得世界业余拳击赛冠军不可了。然而,我能通得过药检吗?

我是乘头等舱来到特区城的。我们住在丽丽花大酒店。每个标准间里都有芒果、番石榴、香槟和放置着总经理名片的小花篮。房间里的电视机不但可以收到全套电视节目而且收得到美国有线台CNN的全天新闻节目,包括小儿尿不湿广告。每天中午十二点半至三点。每天晚上八点一刻到十二点半两次播送闭路电视,每个录像带片头都有一段中英文警告:本片仅供家庭放映,严禁在公众场合包括机场、旅店、酒吧、餐馆放映。我想起到处可见的在禁止通行的牌子边人们长驱而入的风景,我坚信我们这儿才是世界上最最自由的地方。

会议组织了早筵午宴晚宴,我们吃了金刚天王大将军,吃了千年王八万年龟,吃了炸蝎子煮蚂蚁穿山甲娃娃鱼果子狸香肉火锅鸡蛋内膜活鱼眼珠二鞭药酒九鞭精英液。

会议组织了参观访问,观看了歌舞厅时装表演夜总会交易会证券市场跨海大桥船上游乐园屋顶咖啡馆流动卡拉欧开一年赚一个亿的白手起家小作坊。人人称奇个个流涎。

会议给与会人员发放了零花钱、公文包、派克笔、另加一对说玉不是玉说石头不是石头的玉石手镯。我只感动得热泪盈眶,温暖呀,胜过三春一样的温暖呀。

我们开了会,宣读贺信贺电就用了四十分钟,各方面人士致词用了七十分钟,合影留念用了二十五分钟,通过主席团名单用了五分钟,通过议程用了八分钟,然后休会。

……我始终闹不清楚的是我们这些人来研讨的主题在什么地方。是我病后健忘?是我一时糊涂?是我听力锐减?为什么开了这么多天会我最后完全想不起来什么时候讨论过我所关心的那个餐馆的营业额与白衣服先生的婚姻状况问题呢?我对他的婚姻远远说不上感兴趣,只是我总是觉得他的婚姻与餐馆的命运有一定的关系。我为之而常常深深高度困惑迷惑蛊惑。

尤其使我惊异惊慌的是,虽然没有研讨餐馆与婚姻,虽然旧的困惑未除,新的困惑又来,我的焦虑症却完全好了。会议治病,会议延年,会议健体,会议可以平肝健肾消食去邪除风湿壮真阳,这实是医学界一大发明创造。

五

沉下心来的确是一个好主意。气功也好,下神扶乩也好,发明也好,写诗也好,防拳或出拳也好,乃至拥抱接吻做爱也好,如果心浮气躁那是绝对搞不成功的。我的短短的三四十年黑白两道的生活经验告诉了我,这是一条颠扑不破的真理。

一结婚即与白衣服先生离了婚的女子,来看我的妻子。她回避关于她的婚变这一话题。我的妻子向她叙述了我的怪病。她叹了一口气,那叹气的样子足以上电视大特写——如秋雨残荷,如烛影摇红,如山角夕阳,如轻轻拉了一下风箱,如黑天鹅在黎明前死去。

只一声叹气便使我魂飞天外。这时黑美人唱道:

> 这是一个乏味的故事,
> 我嫁给一个诚实的骗子,
> 我也利用了这个骗子,
> 谁是,谁不是骗子呢?

> 欺骗是一道腐臭的菜,
> 而诚实意味着白痴与被欺,
> 一首又一首倒胃口的歌曲,
> 我只觉心灰意懒力尽精瘦。
> 没有男子,没有男子,
> 失落情义,失落情义,
> 谁知道我们的痛楚?
> 谁把凋零的花朵怜惜?

这时候奇迹发生了。她的歌声如一种特殊的符咒,我忽然脑清目明,洞察一切,婚礼的画面音响重新以超越CD光盘的高保真高清晰度再现在我的眼前。

"寂寞啊寂寞啊……阴盛阳衰,不仅是在巴塞罗那呀!"

美丽的叹息打开了我泪泉的闸门,永远的寻找温热着我渺小的魂魄,在庸俗与浅薄之中,在直拳勾拳与暗器毒汁的包围之下,我看见了那个阴沉的黑衣人了!

那是一个缩着脖子的穿黑衣服的人,他戴着一顶肮脏的黑色前进帽,即使室内温度很高,他是死活不拿下帽子。他的夹克衫黑乎乎,脏兮兮,油唧唧。他的一双脚忽然伸出忽然收回,好像始终找不到放足的地方。更可怕的是他的手,那是一副绝对的鸡爪子一样的所谓手,那手伸出来也畏畏缩缩,好像刚刚在电车上用这一双手偷了女士的钱包,好像刚刚在居民楼里用这双手撬开了一家房门。现在他开始用那佝偻的手指挖自己的鼻孔,轮流用十个手指挖完鼻孔,然后开始把右手食指横过来在鼻孔下面来回地蹭,那样子活像是在用一只牙刷刷长在唇外的龅牙。然后是左手食指"刷牙"。然后是其他各指。然后继续挖鼻孔。轮流操作,如圆环之相接,无始无终。

再看看他的表情,令人胆战心惊! 他戴着一副黑框眼镜,眼皮不停地哆哆嗦嗦,乱挤乱夹,眼珠抖抖颤颤,左顾右盼,气短心虚。不知道是由于惊惧还是由于紧张,他连一忽儿的正常与平静也没有,他究竟怎么了？是在逃避追捕？是在躲闪黑枪？是打算自己净了身去当太监？是入座时屁眼里坐入了一根药针？是在发狠要杀死自己的妻子？是犯了吸毒的瘾？是押上了身家性命等着赌博揭盖儿？是等待法庭的死刑判决？是构思入人于罪的诬陷不实之词？是正在编织一套弥天大谎？是准备自杀或是跪下来求饶？是刚刚吃了一条四脚蛇？是梦见自己当了某一个自己又恨又妒的名人的专案组长？是想着把穿白衣服的人和他的新婚妻子送到电线杆子上吊死？

忽然他竟然在大庭广众之下一转脸就解开了腰带，把手放到裤裆里去了。人们还以为他有湿疹或其他恶疾，人们甚至认为他也可能是某种变态，结果他摸摸索索摸摸索索掏出了一个钱包，他在人家婚礼上数起小票来了。他是把钱包放到裤子里的什么隐蔽地方的，老天！在哪怕是不无瑕疵的白衣服人的婚礼上，他怎么会有这样奇怪的姿态、表情、穿着与举止！

我的最大的特点就是常常在欢乐之时对于不愉快的东西视而不见。非礼勿视，这是我们民族的优良传统。我当时就转过了视线，转过了身。尽管穿黑衣服的人样子那样可怕可恶不协调如一只苍蝇飞到了一盘杏仁豆腐上，尽管我当时是那样地受到了恶性的刺激，我还是转眼就忘记了他。

在那个怪女子的歌声的启发下面，我想起他来了。

于是，我向妻与黑美人讲述了我的回忆。

她们都说我说得对。那个黑衣人实是灾难的根源，那是戾气的化身，那是病毒的载体，那是一个大家都说不好但是什么地方都清除不干净的脓包。

"这是没有办法的事。"妻说。

我没有太听懂。

黑美人见到我惶惑的样子，她哑声说："有一次我去庐山山麓的聪明泉——那里一个非常美丽的泉眼，一年四季流着清水，相传人们喝了那水就会变得分外聪明。我找到了泉址，那地方美极了。然而，你想得到吗？泉眼正中不知道谁吐了一口浓痰。"

"太恶心了！"我们三个人同声惊呼道。

"夜斯夜斯奥瑞提！"一声尖细的呼叫，出自白衣人送给我们的水晶猴子。然后猴子给我们讲了许多天道有常的深刻道理。

妻走了，她说她要与离了婚的黑梦露去梦巴黎餐馆吃法式西餐。我非常怀疑妻与这样的人交往的后果。如果她也变成阴盛阳衰的理论的拥护者呢？可怕呀，可怕呀，第三次世界大战一样的灾难呀！看来，我需要未雨绸缪了。

于是我给半巫半神的姨妈通电话。姨妈说：

"这就是上帝的启示，这就是上帝的愤怒，这就是上帝给我们这个民族的惩罚。婚礼上的穿黑衣服的人，就是聪明泉眼正中的那一口浓痰。你能想到这里自然会觉得豁然贯通了呢。"

"我懂，是的，我懂，天机不可泄露，当然。"我在猴子的启示下用心说话。我们都没有把真话说出来，难以完全免俗的我们不敢咄咄逼人地再想下去。但是我们相信，对方所说的也就正是我们自己所想说的。

人们，我是爱你们的，你们要警惕呀！

发表于《上海文学》1995 年第 7 期

寻　　湖

都说山那边有一个湖通连着天,疗养院的人谁也没有去过。

我对方说,我们去。

方问:真的有湖吗?我现在不像年轻时候那样听什么信什么了。也许并没有湖,是想着有湖。

我说有湖,我说有一天傍晚我看到了天上的反光,像是有小孩子拿着碎镜片晃动,我想那就是湖的光。

方说你总是到处发现光辉。

我说所以我们不是瞎子。

我便拉着她往高处走,我们似乎是在攀登一座古塔,在我们俩的年龄的乘积等于三千六百,等于十个圆周,早已度过了银婚,向着金婚挺进的时候。

我们走到了塔顶。看!果然看到了天边的湖,似乎并不遥远,如面前的一面大镜子,由几个交错的平面组成,分别向不完全相同的方向放射着天光亮丽,互相交叉映衍,一片辉煌明亮,由于只有明亮过于明亮便显得混沌模糊昏暗,令人喜悦而又晕眩莫释。

"船!红色的帆!船长立在船头,手里拿着双筒望远镜……"

"多么大的海鸟,飞起又落下来。啊,停在水面上了。它又扇动了它的双翅,它的翅膀要挡住山头的落日呢。"

"有许多人在湖边游戏,他们是露营者,是科学考察者也是流浪者。他们打着的一面面三角小红旗,正在那儿迎风招展。"

"好像从水里出现了一个人影,沐浴而出,霞光万道。"

"也有房子,二层小楼……"

"不,是三层。"

"是二层。"

"是三层。"

"那不是三层,是树,是银杏还是梧桐?"

也许还有凤凰呢,我心里不以为然。

那里有一个湖。那儿有一切的一切。除了景象风物,还传来了声音。方说是丝竹乐,我说是管弦乐。方说是瞎子阿炳,我说是柴可夫斯基。又有儿时春天常常听到的卖小金鱼的吆喝。还有鸽子的与风筝的哨子。也有浪花拍岸,像过敏性鼻炎。乡下的土溜溜的小公鸡,阳光灿烂之下突然打起了鸣。

"我还听到了从那里传过来的口号声。"方说,"他们喊,前进前进前进!"

"那是不可能的。"

"不,可能的。"

至今为止,我知道只有中文是这样的语法。人可以说不,然后坚持一种肯定的意思;人也可以说是,然后坚持一种否定的意思。

从这一个明亮的黄昏开始,我们每天眺望我们心中的湖。我们争论着是与不。我们就开始做出发的准备。我们相信那将是一次远征,在我们走不动以前的一次壮举,趁着还能走的时候。现在不去,以后就更加去不成了。我们这样想,而且发现这样一个显得消极的想法有很大的积极力。

一个秋天的上午,上好的晴朗而又爽快的日子,我们出发。

"你累吗?"

"没有。一点也没有。我们只是玩玩而已。欧洲的医学家论证,年龄其实是一个相对的东西,很大程度上在于感觉——也就是心理年龄。我们累吗? 我们不累。我们会累吗? 我们不会累。如果我们累了怎么样呢？怎么样也不怎么样，休息一下，我们会比原来更加精力旺盛，朝气蓬勃。毛主席不是说过么？踏遍青山人未老！有青山就去踏吧，趁着还能踏的时候。"

在第一个路口我们进行了方向性的争论。我说向左，她说向前。我说湖在我要走的那个方向。她说是的，然而你说的那个方向是一个圆环，走上去以后你就转开了圈，指路牌上的箭头已经这样指示着了。方奇怪我怎么会看不出来。

我退后几步，调整了一下自己的视野，我看到了那个美丽的圆环。从那个圆环的任何一点出发，向前或是向后你怎么走都会走到原地。我开玩笑说方是掌握方向的里手，是无误差之人。她一面得意一面怀疑我是故意取笑以掩饰自己的没有面子。

我发现，即使是反讽意味的好话，也还是好话，而人是爱听好话的，哪怕事后发现了讽刺的意思。

在没有幽默感的地方反讽了也白讽。

为了更彻底地说服我，她向一个对面骑自行车而来的很可能没有身份证的青年人问路。其实我已经没有异议了，方还是要再次证明自己的正确。人为什么那样愿意让别人认同自己的正确呢？我不会因为她的无误差而增加她的奖金，她也不会因了我的有误差而扣除我的维他命。

青年人很友善——从现在起，我们一路上遇到的人都是一个更比一个友善的。所以我们觉得世风日下的悲叹与挽狂澜于既倒的呼唤未免言过其实。所以我们绝对是大大的良民。我们从来不感到失落了什么，除了青春。青年人打量了一下我们的政治面目，亲切地春天一般地说：

"老师傅！你们二位呀？那可得走一阵子呢。是，是，捡直了走，就是说还要拐弯，就是说说话就是。噢，还要过一个小坡，再绕过一条土路，穿过一个村子，到了湖边，还不是湖边，又过五处湖边，那才是……反正你们走到哪里就算是哪里吧。"

我思忖他的导引与禅机。石头路滑。当头棒喝。相信他如果不是文盲就一定是院士,如果不是慧能再世的话。

我们走过了正在播种小麦的农田,翻耕过的新土散发着大地的香气。我们说我们已经很久没有这样在乡间道路上漫步了。空气真甘甜。劳动着的农夫健康而且愉快。从我们的角度观察,世界上最幸福的人是农民。而从农民的角度来想——我知道他们会怎么想,我也有弯腰在田地里劳动看干部们在路边走过的经验——又会觉得世界上最幸福的人是不需要弯腰干活的干部。既然我们互相羡慕,这也就说明我们不需要互相羡慕。

这个世界上没有比安分守己更可贵的了。安分守己了就可以炼出内丹。我主张,设立诺贝尔安分守己奖。

这样我们走过了一座被盛夏的山洪冲垮了的木桥,桥身断裂的地方用两根不圆不方的小树干代替。我们相信已经成为桥的小树仍在生长。我们互相搀扶着走过了断桥。我设想如果方失足落到水里,我还有能力把她救出来。我游蛙式和仰泳,最近正在攻打侧泳。我们又面临一个路口,从口的那一边走来了一个长着紫记的面孔,我走过去向他问路,方吓得变颜变色。紫面孔其实没有回答我的问题,可能是我的口音太城市而他的听觉太农村,也可能是我的声带太弱或是他的听力不足。于是我以自己的见解冒充紫面孔的指示,告诉了方下一步应该怎么走。

方且信且疑。我也就不再争论,只是一口咬定口齿不清的紫面孔就是这样说的。

我们信心九足地走了下去。我们看到了并排的两三个商店,商店的录音机正大声播放配乐诗朗诵《黄河边的纤夫》,惊心动魄,还有惊涛骇浪——我的电脑里居然没有输入惊涛骇浪这个词。

我想电脑是正确的,惊涛骇浪这个短语太做作。真正陷在惊涛骇浪里的人不会觉得是惊涛骇浪。

我们的腿开始打抖。我们互相没有说。她说我的样子有点疲劳,我严词否认。我说她有点吃不住劲了,她几乎发作,说她的感觉与没有走路时一样,或者更好。

这个时候过来了几辆汽车,尘土飞扬,废气令人窒息。我开始怀疑,我们是不是不应该独自步行寻湖。

然而已经没有退路。我们走得气喘吁吁,腰部似乎是扭了一下,小腿肚子开始抽筋。又经过了一个商店,商店的喇叭里放送着歌颂红太阳的歌曲。推开商店的门,货架上摆满了劣质白酒和香烟,有一些糖果与饼干,还有煤油。煤油和食品靠得这样近,我颇怀疑他们的食品是不是带有煤油味。

我便从理论上发挥,不要以为找湖的目的就是找湖。找湖是一个过程,找得到湖或者找不到湖我们已经拥有了一个美妙的散步的过程。您还上哪儿找去?

而过程就是一切。人生就是生与死之间的一个过程。战争就是失败与胜利之间的一个过程。建设就是艰苦与幸福之间的一个过程。找湖就是出发与回家之间的一个过程等等。

方忍无可忍,便向出售带煤油气味的食品的老板询问走向湖的路径。她已经不相信我所说的紫面人的指示,在走向柜台的时候她向我回眸冷笑。她这样快地看穿了我的假冒伪劣,使我油然失落。

回答是这么走也可以,那么走也可以,那么走可能更好,但也不一定。回答的水平超出了大学的老师,如果是五年以前,我一定向有关部门或友好国家科学院举荐。我相信我们已经走入了院士村,哲学店,终极关怀的形而上镇。我们要找的湖是司脱拉咕达嚅达底湖。

于是我表现了成熟与宽容,平静与和解。过程是斗争的过程,而斗争的过程就是和解的过程。到了夫妻二人的年龄乘积等于十个圆周的时候,您也会认同我的主张的。我对走哪一条路不再提什么意见。反正都可以,我说。

我等待她的迷路或者跌跤,到那个时候再说点什么不迟。即使是亲爱的银婚已过金婚将至的夫妻,也都自以为是并且希望对方犯错误,人啊,人!你什么时候才能得救呢?

在被夏季的洪水淹掉了的两块玉米地间,我们看到了一小块湖,应该说只是一个脏水洼。脏水洼而连接着大湖与天空。

"到了。"

"不,没有到。"

"不,到了。"

"不,没有到。"

于是再走。天也愈来愈热了,便脱下了毛线衣。汗出得愈来愈多了,也就更觉得脏。

路已经弯弯曲曲。我悟到,这是因为愈是接近湖,道路的设置就愈要依照湖滨的地势而定。我们环湖而行。这是一个流行歌曲的标题。我可以肯定,湖已经近在咫尺。湖已在我。太多的山丘、庄稼、房屋挡住了我们的视线。我们无非是要绕过阻挡视线的东西,我们将走近湖面。我们好好地生活在地上,为什么要走向湖面呢?又不是尼斯湖,没有怪兽等待我们,没有谁能回答这一个简单的乘法问题。

"你们是来做总结的么?"

在鸡鸣声中,正站立在村口一面虎皮墙前大声谈笑的几个老头儿发现了我们,便与我们搭讪。他们说,如果是做总结的,他们愿意与我们交谈一番,我们十分惭愧,因为我们没有总结的任务,也不想向他们发扬民主。辜负了老人们的积极性。

我们趁机问路。他们让我们直直地走去。

我们穿过了一条狭小的村街,我们忍受着恶狗吠叫的威胁。我们走上了一条泥泞的小路,我们忍受着蚊蝇蜂蚁。

"我现在体重差不多七十公斤,即使放开政策,让蚊蝇蜂蚁来螫来咬,也损失不了一公斤。"

"但是它们会传染疾病。"

"我有抵抗力。"

"我不想把抵抗力浪费在它们身上。"

我们发现了一段伸展到田地里来的狭长的湖。这个糊或是湖使人想起一条江水的码头。道路变得愈来愈泥泞。我们不满足。我们希望见到的是天连水水连天的浩浩渺渺的大海一般的湖。我们希望这个湖上停泊着几艘航空母舰。我们渺小，便希望看到伟大。我们干枯，便希望看到无边的湿润。我们怯懦，便希望看到巨大的实力与深刻的危险。我们急躁而又芜杂，满面尘土而又汗流浃背，便希望看到清洁彻骨的无言的平静。

我们看到了一个又一个的水洼。我们看到了水边的洗衣妇，她们说在湖边洗衣远远比让洗衣机转呀转呀地好。我们看到了水边的小鸭小鹅。我们看到了曲折导引的小渠，灌溉着为了秋冬的白菜。我们逢人便问路，我们接受一切人的指导而不再自以为是。其实谁是是谁不是是一点也没有意思。我们随便说着关于湖的笑话。我们走了一条街又一条路。我们躲着又迎着狂叫的狗子。我们很累。我们觉得愈走愈远。我们相信，我们立刻就会找到我们心中的那个大湖了。

后记：后来我们找到了。已经很累。觉得它确实是很亮很亮。后来一步一步往回走，都快到家了才想起来搭汽车，花了十几块钱，占我们俩的月薪总收入的百分之一点三。

发表于《北京文学》1995年第1期

没　　有

　　我独自一人,长夜难眠,我等待久违了的你的造访。

　　我被一座座山岭,一条条大河占领得太久。我被历史、人生、回忆、死者与生者,以及一大块一大块的浓重的色块、亮点与阴影占领得太久。我被沉重的与冰冷的思想占领得太久。已经四年了,我们朝夕聚首,四年像一个晚上一样地飞逝去了。我的生活是每天为它们寻找和供应碳水化合物与维他命。他们是我的主人,我充实如天天分享涮羊肉与澳大利亚龙虾。我富有如把 XO 的管道接到了卧室,要饮吮只须打开黄金龙头。我的体重如巨象与黄牛。我每天都忙于搭架立骨、砌砖垒瓦,我只得徜徉于我建筑起来的新建筑的门口。问:"这是我做的吗?"

　　但是我并不希望总是这样。我有时候喜欢调皮、轻快和电光石火的柔情一闪。我喜欢与老师们家长们开开玩笑。我喜欢与你共同温习那渺小的温馨。我喜欢撩拨那些装腔作势的吝啬鬼,看着他们痛不欲生如热锅上的蚂蚁。

　　我等待小巧的,灵活的,虚幻的短篇故事的到来。如等待你。

　　我知道她会半夜乘风而来。她像一条鱼,绕着心潭游来。她像我的雨点,穿过层层夜空的雾霭。她像一个陀螺,旋转着独特的华尔兹。她像一根羽毛,在我的居处近旁飘浮,却总是到不了她想来的我家。

　　她太轻了,何况有风。

　　她是一个风铃,随风发出叮叮的铃声。

我的房间太冷。我的门口贴了一张闲人免进的布告,盖着派出所的章。另一面是当月水电费的清单,又涨了百分之四十五。

这个时间来了,我知道,每遇到这种时候,我的心就像吹凸的帆,我从来没有像这种时候这样地渴望自己的眼睛哪怕只大出一微米。我害羞得几乎落泪。我幸福得如同即将与你销魂。我天真得如同儿童,放一个大风筝,把自己放上了天空,听鸽哨,寻找我的白色的和平与爱情的云朵。

门响了,你来到我的身边,坐在那张我刚刚从新疆回来时购买的大沙发上。

你好。你说,声音是泛漫的、立体的、怀疑的,而且令我大惊的是,你的声音里充满了忧伤。

"我们的灯管旧了,我们的灯泡质量没有保证。你瞧,你好容易来一次,我却看不见你。"

"即使你的灯泡是日本进口货,即使你有波斯猫一样的眼睛,即使我一直向你走去,走到你的心里,你也不会看见我的。"你说。

"为什么?"我立刻感到了陌生。

"我是你的邻居。整个一个童年,我与你近在咫尺。好几次你踢皮球踢到了我的门前的树洞里,是我像司马光一样灌水使它浮起来,掷还给你。你喜欢唱那个关于月亮和妈妈的歌,但是你总是把第二段唱错,你唱跑了调,我就在墙的另一边为你把调儿捡回来。有一年冬天,你生了肺炎,我听到了你粗重的喘息声,我偷偷给你送去了西瓜,你吃了我的保留到严冬的西瓜,病就好了。你竟然没有问一问西瓜是哪里来的。你没有注意我,你失去了我。也就是说,我失去了你。我本来有那么多精彩的故事,比安徒生多。我本来可以给你那么多激动和灵性。有什么办法呢?后来你的心太大了,你忙呀忙呀忙呀,又开会又讲话呀什么的,你不会理睬我……"我们失之交臂。

邻居,邻居。月亮与妈妈的歌。我怎么想不起来了呢?

你哭了,没有比遗忘更无罪又无礼的了。有一点埋怨也罢,你总算来了,你之埋怨我是因为有信心告诉我你是谁。然而,我忘了。

我一点也不知道你是谁。

我也沉默了,我不可能知道你像谁。我不可能知道你的美丽。

很长时间的静默。我不知道你在静默中是怎么消失的,正如不知道你在无声中是怎么到来的。

或者你并没有消失,你仍然与我同行,我仍然看不见你。

好像是一阵竖琴的声音随风飘摇,于是来到了你。你的时装如朝霞与清溪,你的声音如风铃与瑶佩。我大喜,我说:

"原来就是你。我已经等待了你很久。我知道有的人一辈子无缘与你相会。我知道与你隔膜的人事倍而功不及半,行百里而原地踏步,耗尽心血干瘪僵死,反复推敲而愈益凄惶……上天何等的不公平啊。而我,我有幸得到了你的青睐,我领略了你的丰姿,我共鸣了你的颤抖,我拥抱了你的活力,我是太幸福了!"

你不回答,你只是悄悄地讲述了你与我的故事。

你说:"我不妨把自己比喻成为一只小鸟。更正确一点说我已经不是小鸟了,我只是一只小鸟的灵魂。我长久以来知道你的善良和敏慧。在你年轻得像是青草的时期,我常常与你共读新书。我们其实进行过许多交谈,然而太简单了,你说:'嗯?'我说:'啊!'你说:'咦?'我说:'噢!'你说:'啦啦啦……'我说:'哈哈哈……'我们就是这样应和着享受共同的青春。"

"原来如此。原来你就是那个总是与我一道并且安慰和鼓舞我的鸟的灵魂。我常常奇怪,为什么年轻时候我的兴致会那么好,读一本书的时候我似乎听到了你的啁啾,唱一支歌的时候我好像得到春雨的沐浴,见一个人的时候我好像打开了一扇山洞的大门……后来就再也不能这样了。因为我失去了你。我常常想,让我再体验一下与你同行的快乐吧,再恢复我一次十九岁与二十岁的青春吧,再有一次这样的经验,我宁愿放弃此后的一切。"

你挥手止住了我。你说:"在你现在的这个年龄,再说这种不得体的话,未免让我替你不好意思。该是什么样就是什么样,自然才是美。其实我一直陪伴你。你记得吗?就在那一年运动刚刚开始的时候,你已经想不开要寻死了,你已经为自己预备好了绳子和安眠药,后来你是怎么活下来的呢?"

"原来是你!"我大呼,"在我行将告别这个世界的时刻,我听到了怎样的音乐!雄浑与委婉,悲怆与欣然,有独唱也有合奏,有钢琴也有萨克斯管。我忽然明白过来了,世界无论如何还是有味道的呀!连厄运也是旋律的素材,强横也是交响的节拍。我怎么能够死?是你救了我呀!你是我的恩人呀,我谢谢你!"

"不要说这些。我没有一定要去救你。我只是发出我自己的声音,我只是告诉人们那世界本来就具有的一切。但是,我要说的是你最后把我杀死了。"

"你说什么?"我吓得差不多要闭过气去。

"后来你养了一只黑猫,你阉割了它的器官,你喂了它许多牛肉,你把它抱在怀里接待客人,你与它合影登载在名人画报上。你欣赏它的残忍,它把一切猎物叼到你的门前表演抓抓放放的游戏,使猎物一点点因伤更是因为恐惧而死在它的利爪之下,而你为之鼓掌——有这样的事么?"

"有。然而世界就是这样创造的呀。弱肉强食,大鱼吃小鱼,生态平衡,如果没有猫和别的食肉动物包括人,这个世界的其他动物反而会因了缺少竞争与淘汰而衰弱下去。"

"很好。我就是这样被淘汰的。在竞争与厮杀之中,不会有我的位置。我知道的只有古老的也就是陈腐的爱心和善意,而在你们的世界中愈来愈不需要爱与善了。"

我肃然,我低下了头。

你的到来如同一支滚环,叮叮咣咣,叽叽喳喳,好吵。

你一来就坐在我的腿上,搂住我的脖子,吻我的脸,再把我推开,在我快要摔倒的时候扶住我,再在我离近你的时候把我推开。

"我要给你唱一个歌。"你说。

也好。

> 我从来没有见过你,
> 却不妨前来邀请你。
> 让我们有一会儿在一起,
> 然后彼此彼此忘记。
>
> 我不需要你的了解,
> 我也不想去了解你。
> 我只愿意像一个皮球,
> 滚动过来又滚动过去。
> 我愿意像一朵浪花,
> 奔腾过来再消失无迹。
> 我愿意做一条小鱼,
> 游进网里再游出网里。
>
> 你为什么不和我一起?
> 你为什么不和我一起?
> 和我一起你会生机充溢,
> 和我一起你会喷涌珠玑,
> 和我一起你永远不会衰老,
> 和我一起你永远不会枯寂。

我说你唱得很好。我想你唱的是真实的。我想我也许可以和你在一起并从而享有这一切好处。我也相信人是可以改变自己直到认不出自己来的。但是,不,我已经那样了,我已经老啦。我宁愿咀嚼我已有的命运,也不再去辛辛苦苦地重新营造一次了。

有时候咀嚼改变的可能比真正去改变更舒适。

你的到来如同一片月光,每一条缝隙,每一个洞孔,每一片玻璃或者白纸都透露着你。

你披着银纱,你含着笑意。你一言不发。你给我看你的不同的侧影,你给我你不同的表情,悲天悯人的、一笑置之的、百无快乐的、怡然内向的。

我的名字是什么?猜一猜我的名字,请!

我想了很久,我说:"亲爱的,你没有名字。你没有故事。你没有动机。你没有激情。我可以把你的名字叫做平静,然而平静也不能概括你。我可以称你为超脱,超脱又是何等的做作与吃力。我还可以称你为自然,自然又太普泛而且廉价。你就是你。"

"你太了解我了,太熟悉了。所以从今以后你再也写不出优美隽永的故事。短篇小说其实不是小说,是诗,而诗总是偏爱青年。你生气了么?"

"诗也有疲劳的时候。等到诗累了的时候,我们就会坐到一条板凳上了,不是么?"

我仍将继续等待下去。直到我们不但可以交谈,而且可以挽留你住下来为止。

听了我的话,你们都吃吃地笑了,如耻笑一个彻头彻尾的白痴。许多许多的故事就在这笑声中诞生和消失。我飞翔起来,用爪子和翅膀去追赶她们。

你们。什么时候呢?

发表于《芙蓉》1995年第1期

怒号的东门子

东门子是一个倒霉的,倒了仓的合唱队员。那一年由于彗星的位置,由于厄尔尼诺,也由于他在一个不雅的处所偷看了一些不洁的部位,他得了萎缩症,他的妻子与他离了婚,他在银行的存款被电脑盗贼窃走,他被公司老板炒了鱿鱼,还有,他在东经大道上平地摔跤,撞倒了一个老太太,引发了老太太的心脏病造成了老人家的死亡,为此他赔偿五万美元,而他自己也摔得小腿骨折,住院治疗费用花了二万美元。

直到下一年复活节,占星师才告诉他,他的晦运告一段落。

随后他接到了已故市长的夫人邀他参加鸡尾酒会的请柬。请柬是烫金花体字,请柬上有电脑制作的前市长夫人头像速写。

他更加相信而且感激占星师的博大精深的学问,料事如神的智慧,超凡脱俗的关怀。他定做了一条领带,领带上印制上了占星师的签名。

他打着这条领带去参加前市长夫人乒乓乓举行的聚会。

他出现在金碧辉煌的大厅里,他与本市政要及头牌艺术家们见面(其中有刚刚获得了纽约罗马伦敦巴黎联网奖的杜度肚小姐),他端着加柠檬、冰块和苏打水的杜松子酒,用红玻璃搅拌棒搅拌着,与各位人五人六交谈问候,每个男妇的姿态都非常讲究,有的交叉着双腿,有的斜倚着立柱,有的前伸着手掌,有的微倾着脖子,像一组仿中古时期的人体雕像。

但是,听不到说话的声音,看得见优美的嘴动,看得见灵活与性感的粉红色的精灵般的舌头,看得见皓皓玉齿足以乱真胜真的假牙的轻松开合嚼动,然而,听不见声音。

开始他以为是自己耳朵出了麻烦,然而在听不见说话声音的同时,他却听到了搅拌冰块与酒水的响动,像钢琴,像竖琴,像木琴,更像小马驹的蹄子踏在丘陵小径上。他有一阵几乎醉倒在这奇妙的天籁加人籁里。

东门子向杜度肚小姐优雅地倾斜着自己的身子,他用歌剧演员擅长的意大利语而不是母语说:"请原谅,我没听见您的声音,就是说我听不清楚,我可不可以请求你把刚才的话重复一下,你能不能提高一下声音?"

杜度肚小姐一怔,用那样蔑视和厌烦的目光瞟了他一眼,陡地转过身,示威般地袅袅离去了。

他只好学着上层人物的样儿耸耸肩。

就在这个时候他听到了窃笑声,那声音愈来愈诡秘,愈来愈阴险,愈来愈放肆……

他四顾周围,只见所有的人都在笑他。

怎么了?他惊恐地反顾自身,他的裤链忘记拉上了么?他的领带抖到西服上衣外面了么?他的脸上是不是有鼻涕?他的臀、腰、臂、腿……的配合是否恰当?或者,莫非是他的阳具非其时地突然翘起了么?

他没有找出自己的毛病。便又问身边的戴假发的绅士,前文化局长库里裤院士:"请问,对不起,阁下能不能告诉鄙人,各位究竟在笑什么,是不是有人举措不当?是不是鄙人有什么做派方面的缺陷?是不是例如我的上下身比例或者着装上或者发式上有什么不妥?如蒙阁下指出,本人将万分感激……"

老绅士笑得瘫倒在意大利式亚麻布面沙发上了。

再环顾四周,笑的笑,指划的指划,交头接耳的交头接耳,只是没有一点声音。

东门子诧异至极,他东张西望,寻找酒会主人前市长夫人乒乓乓女士,他从大厅东找到西,从南找到北,好不容易找到了坐在轮椅上的女主人。他躬身说:

"尊敬的夫人,我承蒙你的盛情邀请,来参加这个聚会,实是深感荣幸。然而,我不能理解,这里似乎有些什么事情,我是说有点蹊跷,有点不太对劲,好像是,我是说好像是这个比如说,是不是磁场方面或者镇静剂方面或者视窗软件方面出了一些不对头比如黑客之类的?"

前市长夫人一张口,一大口又腥又臭的痰吐到了他脸上。

东门子气呆了。

一时间,近年来所有的不顺利,所有的打击,世界上的所有的不公正,包括中东战争与波黑局势,包括瑞士航空公司空难与独立检察官的调查,包括他幼小时期被高年级的大同学劫去了两块钱和做爱以后被前妻踹到了地板上,包括他向那个智商低下无比而又喜欢做诗附庸风雅的前市长低声下气甚至在他的独唱音乐会上唱前市长作词作曲的狗屁歌儿,还有一次他在跟随别人的车正常前进时候被警察罚了高达一百元美金……全都被他想起来了,酸咸苦辣,百感交集,怒火填膺,悲从中来……生活呀,你太野蛮也太欺软怕硬了,你怎么这么混蛋!

突然,只觉得是大潮大风袭来,一片嗡嗡哄哄,世界嘈杂若沸,如千箭万镞射耳。他若明若暗地怔了一下,忽然明白,他的耳朵好了,他像聋子复聪似的突然又听得见人声了。却原来聋子复聪的感觉是这样丑恶和恐怖,却原来这个世界的声音特别是人的声音是这样混乱和刺耳。

他悲痛欲绝!他万念俱灰,他自己也没有想到,他忽然不顾一切地悲声嚎叫起来了:

"呜……哟……呜……噢!"

他的音量强大如春雷,他的音质碎裂如地震时被碾压的房屋公路石木钢梁,他的嗓音如用金刚石刀切割玻璃。他为自己的突然复声而且强大百倍而既惊且喜,他又为自己的不合礼仪与声音中的某种令人恐惧的夸张与令人难以忍受的野蛮而捂住了耳朵。

"你……他……娘……的……"

他声不由己地骂出了声。

他吓坏了,在这个美丽的点着上百个中古时期的蜡烛形电灯的大厅里,在诸位过气政要与精英以及灿烂资深明星荟萃的地方,他怎么竟然失声嚎叫起来,他怎么大出粗口,从此他不被看成疯子、野人、白痴或者扰乱社会秩序的恐怖分子才怪,他还怎么在上流社会立足,他还怎么求职求偶,他还怎么向信用卡公司请求续卡换卡,他还怎么向银行申请按揭……

果然,全场都惊呆了。

大家看着东门子,东门子面色苍白,浑身颤抖。

一秒钟,两秒钟,一分钟,两分钟,东门子等待着自己被前市长府保镖——几个大汉——像掼垃圾袋一样地掼到门外。然而,三分钟后,是一片热烈的掌声。接着是潮水般的欢呼,声音听得十分清晰。

东门子受到了鼓舞,他不知不觉地再次调整了一下声音,把音量开得更大,把音质也调得更有特色,他吼道:

"噢……呀……噢……呀……"

他的声音酷似三级片或五 X 片里配合某种动作时发出的声音。

又是一片欢呼和掌声。他的耳朵也一下子就听明晰了:

"布拉沃(好啊)! 东门子!"

"东门子! 我爱你!"

"好样的! 于无声处听惊雷!"

"再嚎一个要不要? 要!"

"振聋发聩! 醍醐灌顶!"

"高昂! 振奋! 冲击! 刺激! 真正的阳刚之气! 一扫骄奢

浮靡!"

"千钧霹雳开新宇,万里东风扫残云!"

"东门子!好样的!东门子!棒棒的!"

"东门子!过瘾!"

在混乱中,杜度肚小姐挥手说道:"女士们,先生们,我感到骄傲的是,东门子先生,我亲爱的东门子是我的朋友,我遗憾的是我还不能说是我的男友,虽然我已经在梦中与他见面交欢许多次了……"

掌声和哄笑淹没了杜度肚的话。

"朋友们,"传来了威严的女低音,是东道主乒乓乓女士说话了,"让我们齐声感谢东门子先生,他的不同凡响的吼声打破了千年沉寂,他的悲嚎结束了我们的板结无趣、死水一潭的生活,他的到来给我们的联欢会增加了光辉,他是我们今天的贵客一号……"

他没有等乒乓乓说完,用大粗话骂道:

"臭大粪……发哥(fuck)……臭大粪……发哥……"

他被欢呼着的人们抬了起来,他被抛到空中,又落到大家手里,直到他的腰椎疼痛欲断,他惨叫起来了,掌声反而更加热烈。

第二天各大传媒竞相发布有关他的消息。有的称之为雄狮怒吼,有的称之为对现存秩序的勇敢挑战,有的说是耐人寻味,有的说是出奇制胜、是新新人类诞生的报春的燕子。《前卫时报》发表题为《伟大的断裂》的社论,社论说:

> 中产阶级小市民的美声唱法禁锢着人们的灵魂,平庸和有毒的颤音强奸着公众的耳朵,不自然的共鸣失落了人性的天真。而通俗歌星的叫声像一只只发情的猫,他和她们的歌曲只应该出现在性用品商店里,只应该用以促销各种为萎缩症患者准备的性代用品。那令人作呕的风骚,那狗屁不通的语句,那扭臀摆尾的下贱,充分暴露了眼下公众的蠢猪癞狗般的恶俗品位。还有什么改头换面的假冒伪劣的民谣,还有什么所谓来自东方的天生劣等媚俗杂货,还有什么千奇百怪的电脑作曲与高科技布

下的迷魂阵……请问,我们的真诚哪里去了?我们的痛苦哪里去了?我们的愤怒哪里去了?我们的冲动哪里去了?我们的精英的伟大孤独的灵魂哪里去了?莫非我们已经尽数阉割去势,莫非我们已经失落了血性?然而,真正的呐喊出现了,真正的恶魔撒旦出现了,真正的为全人类唱出愤懑与绝望的大悲戚大疯狂出现了!他就是东门子的横扫千军的吼声!与这真正的声音相比,人类以往的几十万年声乐史只不过是史前时期的白卷。几十万年的音乐毫无用处,历史从此时此刻崩塌,遗产从此地此方溃决,传统从此人此嚎叫中爆炸,头脑从此文此意中更新。让我们欢呼,音乐的新时代到来了,让我们宣告,陈旧的废物不投降,就让它灭亡!啊,灭亡,啊,欢唱!啊,欢唱,啊,灭亡!亡亡亡亡亡亡亡,唱唱唱唱唱唱唱唱,西游(see you),西米(see me),乔丹,约翰逊,乔伊娜,海曼……嘟格嘟格嘟格!!!

东门子接到了无数传媒的电话,要求对他进行采访,他(她)们问他:"您的'挑战者'号升空计划制定了多久了?"又问:"您是否准备组织反对党?""您是否准备访问耶路撒冷?""您要不要找人帮您写一部自传?""您是否认为婚姻制度正在摧毁人的情感与才华?""您是否认为您的嚎叫开创了音乐历史的新纪元?"

还有一个记者问他:"请低声告诉我,你到底和多少个女人做过爱?或者,你是否杀死过自己的母亲或情人?"

他无法回答。他嗫嗫嚅嚅。他说:"No,no,no!"他说:"请原谅,我什么也不知道。"他还被穷追不舍地询问。他骂道:"滚你妈的蛋!"

传媒上的报道愈加花样翻新。有的说他是神秘主义,有的说他是行为艺术,有的说他是老谋深算,有的说他是颠覆阅读,有的说他是后后文化人类学掌门人,只有一张无人阅读的小报说他是一个流氓骗子王八蛋。小报说今天的时代是王八蛋们行时而伟人受屈的时代。小报说东门子掀起了一场全民的王八蛋化运动,而这个运动又是抄袭了古代中国的模式。

　　从此东门子成了此地虽小有争议却大受欢迎的歌唱家,或者更正确一点说是呐喊家,更更正确一点说是六十年代出生的思想者。他被请到世界各地,或高喊,或痛骂,或哀嚎,或长吟,或短叫,或作虎啸,或作犬咬,或作狼扑,或打喷嚏,或捶胸顿足,或倒立,或前后滚翻,声威大震。

　　前文化局长库里裤院士写了一部书:《呼号是必要的》,这本书第一版印刷了四十万册,翻译成了二十九国文字,为此,他已被提名为吉尔光当文化传承奖候选者。

　　杜度肚几次与他约会,他都因为社会任务太忙未能赴约。最后,在一个周末,杜度肚来到他的住所,等了他四个多小时,终于等到了他。杜度肚穿着袒胸露肚的衣装,浑身香气醉迷,两人一见就电击火光,抱成一团,做一个吕字……最后未成好事,是因为东门子在嚎叫中耗费了太多的内气,叫完了只觉得遍体酥麻,不似做爱,胜似做爱,既充满快感更充满倦怠迷蒙失落,再也无力征战腾挪进退了。然而,杜度肚态度极佳,可不像他原来的妻子。杜度肚称不打紧不打紧,只要感情深,铁杵也能磨成针,只要感情好,能干多少算多少,只要感情铁,管它出血不出血,只要感情厚,遑论搞得透不透。东门子十分感动,热泪盈眶赞美说他叹服于他们俩的思想美人性美觉悟美。

　　不料第二天清晨送杜度肚出门时,他的家门口竟排着队站了十几名貌美女性,她们都是怒号的东门子的崇拜者,苦于找不到东门子,为他憔悴得紧。她们不熟谙东门子的行动轨迹,却熟悉于跟踪大明星杜度肚。昨夜她们尾随杜度肚找到了东门子的寒碜住所,便排队立在那里等候。她们破釜沉舟,只为要与东门子一享旖旎。东门子见状大惊,心悸汗虚,屁滚尿流,狼狈逃窜,半个月不敢回家。

　　无怪乎古老的智慧的中国哲人认定女人是祸水。盖自从杜度肚前来小住(纯洁地小住)一宿之后,东门子的声音不行了,说是不行其实也还响亮,只有东门子自己听得出自己声音的高潮业已过去。

两三天里他的表演效果也还差强人意。东门子知道大事不好，便改换发声方法，尽量用更科学的方法追求他的类歌唱的声音效果。谁想得到，人们已经听惯了他的高潮高调高号，凡来听他嚎叫的观众都期待着强刺激期待着爆炸期待着天崩地裂。他的一般性的唱法已经无法满足声饥饿的人群，高调后任何声音都显得味同嚼蜡。他刚刚唱起舒伯特的一首抒情歌曲，台下就哄成了一团：

"打倒舒伯特！东门子万岁！"

"反对投降！坚持嚎它个天翻地覆天翻地覆！"

"东门子，你不要背叛自己！"

"要东门子！不要蚊子哼哼！"

"没吃饭怎么着？回家吃点饭去！"

"东门子，今天你就把自己的心剖出来！"

"是时候了，还等什么？"

"杀杀杀！干干干！冲啊！"

全场激动，万人呼喊，声音超过了东门子或任何别的门子。观众干脆站到了座椅上，又哭又闹，手舞足蹈，不知道谁碰了谁，于是你与我，我与他，又拳打脚踢起来。再过一会儿，空手道演变成了械斗，攮子、改锥、木棒与左轮手枪全上来了。最后血流遍地，死伤无数。东门子和若干观众作为肇事者被警方拘留。三天后，缴纳罚款，具结释放。

东门子是一个见不得血的人，儿时，有一次一个顽皮的同学当着他的面把一只小鸟撕成两段，他当时就呕吐起来了。

此次剧场闹事后，东门子是愈想愈后怕，他正式解除了与各剧场及演出代理人的合约，为此他变卖了房子以缴纳违约罚款。他向记者发表谈话称，他的怒号只是一场误会，是皇帝的新衣，是传媒的炒作造成的。于是各大报刊纷纷发表文章揭露他的欺骗行径。库里裤院士建议将他绳之以法，他的律师援引刑法第四千五百八十二条有关诈骗罪的处罚条款，认为他极宜处五年以上、四十五年以下的有期徒刑,剥夺政治权利二十六天。

这个小国的人毕竟比较厚道,骂了一阵子也就不再提他了。

高叫期间东门子积攒了一些钱,他用来看病,终于治好了各方面的疾病,然而,他还是失了业,没有哪个音乐团体肯与他签合同,他自己也为自己不再行骗而是准备老老实实地唱歌而感到惭愧后悔,敢情调门起得太高之后,底下的歌儿曲儿词儿是如此的难以为继。

他的各种病都好了,但是仍然没有哪个女子愿以身相许。后来他独身一人靠领取失业救济金生活。有时太寂寞了便到红灯区走走,专找人老珠黄价格低廉的,彼此还真产生过相怜之情。

四十岁,他不幸染疾,遂不起。

临终,高热,呓语中他一再重复:"别闹啦,别闹啦,求求你们!"

死后,他的一个远亲将他的遗物变卖,拿出了一些钱,将他的名字列入了欧共体编辑的《宇宙名人录》中。根据交的钱,他的事迹占用了三行,算起来,每行约折一百四十五欧洲货币单位云云。

再后,无人相信真的有这么一个故事,也不相信这些有关人士的名字,世上有这样起名的么?

发表于《北京文学》1998 年第 12 期

枫　　叶

　　他与她是在大学时期的一次秋天的郊游中相识的,从那时到现在,已经过去了五十年。那次远足他们去了因枫叶而著名的北山。本来,他们俩不在一个系,但他们都喜爱歌咏活动,都是合唱队员,他们都渴望着一次熊熊燃烧的烈火,烈火之后将是一切的再生和新生,将是光明和光明取代黑暗和黑暗。尤其是,他们都喜爱大诗人阿枫的诗。阿枫写道:

　　　　秋天的山野为何而燃烧?
　　　　青春的愤怒为何而咆哮?
　　　　我的诗歌是呼啸的炮弹,
　　　　它勇敢地向一切邪恶征讨!

　　　　啊,咆哮!啊,征讨!
　　　　啊,射击!啊,燃烧!

　　他们特别喜欢朗诵"为何"两个字,拉长了声音说"为何——"真是神气极了,过瘾极了。
　　等到炮弹当真就在他们郊游过的山坡上震响起来,熊熊的大火即将把旧世界彻底焚毁的时候,她收到了一纸电报,说是远在江南的母亲病危。她走了,并且保证两周内回来迎接圣火的燃烧。
　　分手时候他与她有一次刻骨铭心的初吻,纯洁而又热烈,如梦尤其如阿枫的诗。后来的青年已经不知道这种初吻了,不论你如何努力扫黄,你已经不可能体会到初吻的温柔与羞涩,含蓄与诗情了,现代的花朵毫无顾忌地腾的一下子就怒放盛开了。叶子是心形的,那应该是代表她年轻的心。

　　枫叶生北国,秋来发几枝,
　　劝君多采撷,此物最相思。

　　那天他改了王维的诗。唐人的诗太好了,他已经离不开它们了。
　　此后几十年再没有消息。当然,她去了那边。想起来让人伤心,更让人气愤。这是双料的背离,理想与爱情。
　　这也许可以算做他的初恋,也许连初恋也不算,他们从来没有说到什么和爱情有关的词儿。至于亲吻,也许现代人不认为亲吻就一定代表爱情。甚至那样温柔的嘴唇的记忆,也随着五十年的岁月渐渐稀薄、淡漠,终于消失啦。
　　然而,他保存着那片枫叶,甚至在那狂暴的年代,他的《阿枫诗集》全部毁掉了,这枫叶却安然无损。
　　大诗人阿枫呢,在新时代一次又一次地被宣布为坏蛋、流氓、定时炸弹、披着羊皮的豺狼、画着美女脸蛋的恶鬼。报纸上登出了污辱他的漫画,画着他与一个肉麻的女人围着一张大面额钞票奔跑。他一开始不信,后来也就惯了。既然这样说就这样说吧,这样的弹、狼、鬼又不是只有阿枫一个人,一提溜到处都是一大把。
　　只是一想到他的感天动地的诗,他就难受,不是为阿枫,而是为自己,也为她,为逝去的青春岁月。
　　他的那些从来不读诗的同事们滴着口水津津乐道阿枫的丑闻。一个有先见之明的科长说:"我从来不读阿枫的诗。火炬呀枫叶呀爱情呀,一通的小资产阶级疯狂。屁!"另一位处长说:"诗,那本来就不是老实人写的嘛!"
　　他毫不犹豫地抓住了空子,问:"你们也不读毛泽东的诗词么?"

科长和处长变了脸色,他们本来是要表达自己的无产阶级立场之坚定的。

于是他又觉得黯然,觉得变了味儿。

又过了许多年。一年比一年过得快。人们都老了。

他接到了她从很远很远的远方写来的信,她说是要回来一趟,说是多年来费了好大力气找他,给他写了许多信,也没有与他联络上。

还说什么一直想念什么的。

他明白了,为什么这么多年他不被信任不被重用,除了太爱唐诗以外,海外关系当然也是缘由。他惨然一笑,把这一段故事告诉了妻子。他新买了一本阿枫的诗集——阿枫不是坏人而是好人了,再找出那张暗淡破脆的枫叶。把枫叶夹在诗集里。

阿枫频频在电视屏幕和报纸上露脸,还老是出国。阿枫去了以枫叶为国旗的加拿大,却没有写出诗。诗是不写了,大同小异的诗集出了许多不同的版本,领导同志出席了他的一些诗集的首发式。

妻子看着夹在诗集里的枫叶说:"等她回来,你把那片枫叶还给她吧。"

他一怔。他低下了头。

妻子笑了,说是"要是你不愿意还就自己好好保存着吧"。

他唔了一声,把诗集和枫叶放到书橱里。

结婚四十年了,他从来没有过这样的不自在的感觉,虽然只有一点点。

过了一会儿,他还是很兴奋,与妻合计着等她回来请她去吃上海风味的本邦菜,说她爱吃拌马兰头和炸臭豆腐和小笼包子。

结果到了约定的夏天,她又不来了,这个那个的,挺过的;信也不来了。

不来就不来吧,回头来了又嫌这里的厕所不好,还是让这里的人在这里活吧……说是已经有一个美国老太太因为厕所不好尿不出尿来,游完了地下宫殿石人石车马,憋死了。

他倒是得到机会与阿枫见了一面,在一次不用自己出钱的饭局上。阿枫给他的印象似乎是一个贪吃的说话尖酸刻薄的老人,一个嗜吸烟如命的"烟鬼"。他咒骂着每一个年轻诗人,表示他决不看年轻诗人的诗。不读而又知其不妙,这令人不解。

阿枫即使不吸烟时一张口也从嘴里喷出浓烈的烟气和霉气。

阿诗人的妻子也很有趣,吃饭前从桌子上把两瓶酒放到桌下,说是:"阿枫爱喝酒,既然你们不喝,这两瓶我给他留下来好了。"

谁说过不喝呢?谁给了诗人的妻子这样做的权力和允诺呢?好在没有人追究。酒也罢菜也罢,反正不吃白不吃,不拿白不拿。

又是几年,日月年愈过愈快。她来信说是这一年秋天一定回来。他又很高兴。他去找阿枫的诗集和枫叶。诗集在,枫叶找不着了。

他炸了。他翻箱倒柜,他钻床底搜壁角……就是没有。

妻子信誓旦旦,绝对没有动他的枫叶。一开始他怀疑妻子,后来也相信,是的,不是妻动的,有什么必要去动呢?

他怀疑女儿,女儿比他的火气大多了,女儿哭了,说是爸爸侮辱了她。最后,他只好给女儿赔不是,说明自己老糊涂了,自己已经是老年痴呆症初期。说是初期,女儿还是不答应,最后,他们协议,他是老年痴呆症中、晚期,就是说为期已经不远。这样一说,女儿和妻子都笑了,他们终于满意了。他寂寞地想。

他怀疑轮值来收水电费的邻居,他联想到那位邻居极可能偷拿过他的大白菜——过去,他们的大白菜都放在楼道里。他没有证据,但是怀疑的时间久了,也就不容置疑。他怀疑房管所的管工,那位管工只长了一只耳朵。他怀疑前来通知挂国旗的街道积极分子——她们被叫做小脚侦缉队。他怀疑这期间他接触过的每一个人。

他的脾气愈来愈坏。他问,罗蒙诺索夫早就提出了物质不灭定律,既然谁也没动他的枫叶,那么枫叶为什么会灭掉了呢?

妻说,既然不灭就一定没灭,所以,根本不必为枫叶而急躁暴跳。

女儿跟着说:"是呀,您这就叫急火攻心!"

他听了,只觉心绞痛发作,恨不得立时攻回老家去。

他的消化也时时闹毛病——头一天便秘后一天就拉稀,他有许多胃癌肝癌的症状。他去医院检查身体,吞了许多钡,有许多指标都呈阳性,检查到最后最后,他才脱去了癌症嫌疑的帽子。

为此他十分欣慰,欣慰完了他向女儿提出,他不是中、晚期,而是超晚期老年痴呆症患者了。

他这样说,女儿又不乐意了,直到他承认自己什么病也没有,这一段一直是"成心吓唬人折腾人气人"为止。

他悟出了一个道理,那片破枫叶(女儿语)就干脆别找了。它值钱吗?否。它是文物吗?否。它有纪念意义吗?否。不找到它就不行吗?否。否,否否,否否否。

物质不灭,也就是灭,灭了再还魂,转变了存在形式,也就是灭灭,灭灭不灭灭,不灭即灭灭,灭灭终不灭,何异长灭灭?

还有丢失,什么叫丢失呢?没有灭,却找不着了,不归你了,被拿走了或者被遗忘了,至少对于特定的人来说就是灭了。这样的事天天都在发生。旧的不去,新的不来,丢了的也就不必找了,来了的也就不必死乞白赖地欢迎了。

这是真正的顿悟,没有读老子的《道德经》,没有读庄子的《齐物论》,也没有与哪个哲人或某一年出生的思想者谈话,没有坐莲花坐菩提树也没有注射可卡因。他有一天起得早,吃了一个油饼喝了一碗开水拉了一泡屎,这不,一下子就明白过来了。

然而,还是坏了俗事,后来听说的,说是本来有一个指标,那个指标本来可以给他,使他在退休前再提半级。由于他为枫叶事与家属邻居关系不好,违背了本市公约守则,不能再保持已经保持多年的"五好家庭"称号,因而升级的事也就随之泡汤。

他有点不快,已经得通大道的他仍然摆脱不了鄙俗,这使他颇感惊异。随之,他原谅了可能偷过他的白菜的邻居,找他一起打了一回扑克,摆脱不了鄙俗却毕竟无关宏旨。反正自从知道可以不再去找枫叶以后,他日益身轻体健,食欲良好,阴滋阳补,各项指标都恢复并超过正常。他日益心胸开阔,健康向上,家庭和睦,邻里团结,与人为善——物质与精神两手都愈来愈硬。

他们重新获得了"五好家庭"称号。

到了秋高气爽时节,她袅袅地来了,他与妻请她到北山吃了上海本邦菜,不但有马兰头、炸臭豆腐干、小笼包子,而且有水晶虾仁、雪菜干丝、炒鳝丝和大闸蟹……充分显示了咱们这儿的美好。虽然有太多的丑恶,但是有更多的美好。所以,除了少数,多数人都活得挺高兴,连唱歌也是没完没了地唱:"高兴,真高兴,太高兴,谁个不高兴!"

他们谈到了阿枫的诗,他把新版诗集送给了她,她称谢不已。他们回忆起了阿枫的诗,他们仍然很佩服很欣赏,唏嘘赞叹。她认为阿枫应该得诺贝尔文学奖。

他说起了那片去向不明的枫叶,她说:"真的么?"她忘记了,也许是忘记与不说更得体。她又说一片旧叶子怎么可能保存五十年。

是啊,怎么可能呢?

妻说:"故人的情谊,那是比枫叶更长久呀!"

他们都很高兴。他也觉得,五十年过去了,他还是他,她也还是她。谈论与想象那片找不到了的枫叶,也许比看到与把玩那张干枯欲碎的旧叶子更好。

只是在告辞的时候,他悄悄地说:"你,你原来说是两个星期一定就回来的。"

她幽雅地一笑,又像一哭。他也一笑一哭。

他写了几首旧体诗,以"无叶居主人"的笔名发表在一家没有订户的刊物上。

在她离去后半年,阿枫去世。他死后一片哀荣。文学报纸上登了一版阿枫的照片,他年轻时在英国留学时的,从旧中国的监狱里刚刚出来时的,初到革命根据地时的,与革命领袖在一起的,与外国诗人——诺贝尔奖金提名者合影的……一直到逝世前一周读决议学理论的。他非常感慨,自己惭愧了半天,觉得那次把诗人看成一个尖酸刻薄的饕餮者与烟鬼是太浅薄也太片面了,丢份的是自己而不是诗人。而诗人的妻子本来也不是不可以为诗人多留一些茅台、五粮液,写了那么多好诗,就不能多喝点好酒么?李白在唐代,不也获得了多喝佳酿的特许了吗?难道今天的我们比唐人还不尊重缪斯?那么多的好传统都失落了。

次年秋天他又去了郊外,枫叶也商品化了,被采摘下来,压平,包上塑料膜,镶到卡片中,做成情人卡、生日卡、新年祝贺卡等等,写上了英文字,卖得火。游人非常多,挤得像庙会,再没有昔日的安静啦。

附:关于《枫叶》

《枫叶》写于一九九八年夏,由于电脑出了问题,写完一稿后丢了,便再写了一遍。

这些年主要精力放在写"季节"系列上,写得比较洋洋洒洒,到写短篇《枫叶》,我特别注意和追求写得平静含蓄,尽在不言中。取材当然与我几次在北京西郊香山看红叶有关,从红叶的装潢上,我也看到了世道的变迁,叫做也是一番沧桑。中国近百年近几十年变化很大很快,月月年年都那么激动人心,但时过境迁以后,也不妨把翻天覆地的过程当平常的事说,即"闲话说玄宗"之谓也。这样写,也许可以叫做热题材的冷处理。至于为什么这样想,这个题材是怎么冒出来的,我怎么也想不起缘由来了。

发表于《当代》1999年第6期

满涨的靓汤

李先生终于得到了董事长汤公请吃饭的口信:多半就在星期六晚上。

汤公现年四十一岁,由于财产、职位、威望、头衔、成就、权势与人格魅力(包括长相,他身高一米九一,天庭饱满,地角方圆,妩媚的大眼睛带几分女性的魅力,睫毛长得令人沉醉,一笑单边深酒靥,一生气另一侧显出浅笑靥),被尊称为"公",盖有年矣。

李生(循时髦港例,先生简称"生",太太简称"太",董事长或可称"老板",秘书简称"秘",下同)接到了汤老板赵秘电话,令李生把周末晚间空出来,并神秘地透露说老板或有可能请李生便餐云云。李生心喜,精神旺盛,朝气蓬勃,当晚与李太成就好事后,搂住太太的脖子,款款软语之:"卿卿知否?喜从天落。汤公有邀,当在周末,(小子)何德何能,何能何德?天从人愿,地教人乐,慎毋泄漏,恐其有诈。卧薪尝胆,软泡硬磨,苦战鏖战,厮杀拼搏,忍辱负重,石出水落。我他妈的,总算入了道了,也就是快要出道了也!"

李太神思,敏捷过人,听到喜讯,即刻落到实处:"我要旗袍,我要小袄,我要项链,我要珍宝儿,我要香水香粉香液香波,我要法国化妆品郎口玛系列长把芳容保……"

李生叹曰:"卿自适我,固未尝穿金戴银,使奴唤婢,吃香喝辣,人五人六也!某无能,不好意思者也;玉在匮中求善贾,钗于奁内待时飞,什么时,就是现在!什么贾,就是汤公这顿快要到手的晚饭!

车辚辚,马萧萧,箭在弦,刀出鞘,只是莫急莫慌,莫躁莫骄,汤公对我还要把验考!"

李生话未说完,李太已鼾声大作矣。

"女人……"李生摇摇头。

想不到第二天一上班众同僚便前来道贺,曰:"李生飞黄腾达信有日也。"曰:"汤公赐饭,天可怜见。不鸣则已,一鸣冲天!"曰:"汤公好禅,玄机无限,着着皆奥,哑谜绕圈,醍醐灌顶,堪惊堪羡!"有一绰号识途老驴的老职员告之曰:"文无定法,宴无定饭,善食者不餐,善做者不干,善游戏者不玩:吃之不吃之,饮之不饮之,阴阳虚实,进退静变,有无相通,饥饱相伴,成则大成,天雨金刚钻!失则全失,变成穷光蛋!"李生闻而大惊,三鞠躬,四稽首,执孝子礼,表孤哀子之怨,泣问再三,行礼四遍。识途老驴告之曰:"汤公姓氏,慎避之!席上珍馐,慎食之!言语应对,慎出之!毋做出头椽子,牢记之!"李生闻言,感激涕零,屁滚尿流。

赵秘虽然打了招呼,该周末汤公并未赏饭,临时取消,令李生失魂落魄,肾寒鸟蔫。如此约了再废,废了再约,多少回合,多少冷热,多少销魂,多少梦寐,不但苦了李生,更苦了耐不住的李太。终于,一月又三周后,李生如愿以偿,来到汤府——光是汤府的门楼就让李生哭了一场:瞧人家也是人,不服行吗?同去者同僚二十名,都与李生同样受宠若惊,同样汗流浃背,同样欢欣雀跃,同样垂涎三尺,同样面有菜色。二十人围着一个特大号圆桌坐定,兴奋之呼吸此起彼伏,录下音来,竟被认为属于"黄"毒焉。

汤公笑如春风,先由摇滚乐队奏《必胜曲》《凯旋颂》《我公司天下无敌赞》与《祝君生日快乐》,然后汤公致欢迎词曰:"欢迎惠顾,本人有厚望焉。诸君来公司效力,日复一日,年复一年,没有功劳亦有苦劳,没有苦劳亦有疲劳矣。本公感谢诸同仁!特奋薄酌,聊表谢忱!"

掌声雷动。乐再起,奏《我很丑,但是我很温柔》《玫瑰玫瑰我爱你》与《大约在冬季》。一奇瘦的侍应生着燕尾服紫红领结上,行霹雳舞步,上菜,鸡鸭鱼肉、生猛海鲜、娃娃鱼、果子狸、穿山甲……瞧人家这气派,禁止吃什么偏有什么,你保护什么我就捕猎什么,红黄白绿黑紫酱,色彩缤纷,声势夺人。再看侍应生,身高两米,手如黑鹰爪,瘦骨嶙峋而又拳屈难伸,手指如锥如钳,如刀如钻,睹之惊心动魄。诸菜上毕,又奏《嚼你没商量》《我把你背影啃个够》《发财在今朝》《你明明是在骗我》。李生四顾,众宾客笑容可掬,频频点首,唯无人敢举箸也。

汤公劝客道:"请吃请吃,请赏光!不客气!各位以公司为家,吾家即是汝家,吾桌即是汝桌,吾菜即是汝菜,汝腹亦是吾腹也。请举杯,为了列位的健康而干杯!"

李生举杯,唯杯内无酒,李生举箸,略一触盘,但觉诸菜硬如铜铁,休想动它分毫。李生不敢妄动妄言,不敢吃亦不敢不吃,佯作吃状。四顾同僚,都吃得口水涌流,津津有味。李生纳闷,亦不敢左顾右盼,细瞧实辨,以免失礼。李生乃啧啧作响地大嚼大啖,吞下几许口水;又发觉吃出响动亦属不雅,便把声响控制到好处,既吃得香甜吃得忘情吃得感激涕零,又吃得谦恭吃得忠顺吃得遵纪守法。

乐队改奏《快乐的寡妇圆舞曲》与《尼姑思凡》,汤公下令:"上汤!"

"上汤"二字,略带愠意,另一面表示不快的浅酒靥显露出来了。

众宾客听到一个汤字,想起了避讳教导,已是不安,再看到汤公神色,便都吓得自椅上跌落下来,匍匐觳觫。

汤公转喜,笑曰:"可以食无肉,不可居无竹。可以箸无菜,不可口无汤!汤某养生,唯靠一汤。浩浩汤汤,固若金汤,天不下汤我煲汤,地不涌汤我即汤,万物皆备于汤,众美俱出于汤,延年益寿全靠汤,滋阴壮阳唯凭汤,汤中自有美天堂,汤中自有颜如玉,汤中自有后学识,汤中自有天与道,汤中自有悲与壮,众位喝汤!"

这时鼓声大作,众乐齐鸣,军号声声中,八个穿金线制服壮丁抬着一口巨煲,整齐地踏着正步前来,一二三,预备起,上了一巨煲汤!

李生偷眼看煲,但见煲身盘龙舞凤,巨耳如轮,煲釉金光闪闪,煲头如虎如豹,煲盖盖得严丝合缝,完全密封,煲内发出呼呼之声,如火如荼,如雷如风,如潮如汐,如做爱如分娩,如便秘如深翻地,如乾坤未开之混沌,如太一混元大道无极真如因果,煲外火气扑脸,异香刺鼻,香中又有咸辣腥甘苦臭诸味,只轻轻一嗅便觉天旋地转,魂飞天外。李生在众宾客中较年轻,大家怂恿他去掀盖,李生不敢造次,用箸头轻轻一触,只觉煲盖重若千钧,同时盖处发出一声闷吼。于是面面相觑,大气不出,不知煲内是吉是凶是神是鬼,只是互相传染,个个身上觳觫抖个不住。李生干脆闭上双目,默念敕勒嘿南无阿弥陀佛,但求保佑宽恕,不敢正视。

掌声雷动中宴会结束,李生一会儿觉得如入五里雾中,诚惶诚恐,心慌意乱,一会儿又有茅塞顿开,豁然新我之感。

天机不可泄露,李生宴会归来,李太问何如?曰美矣哉,汤公之美食也,此饭只应天上有,人间哪得食几回?

问:哪道菜最好?

答:汤。

问:什么汤?

答:迷魂汤。

问:什么做的?

答:诸肉诸骨诸海鲜诸山珍诸药材诸果诸蔬诸粮诸豆诸调料诸虫诸菌诸维生素诸矿物质诸基本元素钙铁磷铬钼硒锰铜碘醋……

问:这么说你喝了此汤定与小马驹一样的强壮了也!

答:那还用说,赌着好吧,迪尔(dear)!

于是李太大喜,春波荡漾,春光无限,春意盎然,把李生死死抱住。唯李生受一晚上折磨,神经紧张,消耗极大,又未用饭,未得补充;当着李太的面不敢说是赴宴之后竟是饿着肚子回来的,不好意思再从冰箱中找出剩饭充饥,便打肿脸充胖子,出着虚汗沉着应战,终因饿乏虚弱而败下阵来,甚是无趣。

　　李生辗转反侧,彻夜无眠,想起宴会种种,只觉太怪太怪,太神太神,太妙太妙,老虎吃天,无从下嘴。

　　数日后,他和最最铁杆友人谈起,才知道那天有一人不死心,在宴会结束后试图强行打开盖子看煲的内存,谁知蚍蜉撼树,谈何容易?他不但没有打得开煲盖,而且烫坏了手,一臂从而坏死,现时截肢苟活。

　　他悄悄地询问那天一同赴宴的同僚——张生王生赵生刁生苟生牛生之属:你们吃了么?喝汤了么?吃到了什么?看到了什么?吃饱了没有?尝出了什么味道?

　　没有谁正面答复。而只是说:很好很好。当然当然。那还用说么?是啊是啊。真是名不虚传,百闻不如一见哟!也就是了也就是了。彼此彼此。嘿嘿哼哼。哎呀,汤公的面子好大呀!

　　董事长家的盛宴令李生获得了大震动大启示大鼓舞大打击,回想吃此晚餐前他的人生只如傻瓜白痴一般。吃此晚餐后,他的每一个细胞都变得活跃,每一根汗毛都变得灵动起来,而他的每一个念头,却也变得稀奇难测起来了。

　　晚宴后,别的参加晚宴的人个个加薪升职,而独独对他,什么意思都没有。他思前想后,想是他受了怂恿冒了傻气用筷子头动煲盖是犯了错误。李生后悔莫及,只怪自己拿不定主意。李生本是个悟性极高的人,事已至此,晋升不晋升他也就顾不上了,他只是昼夜揣摩,一心求解求悟。他回想晚宴种种,其威仪,其盛情,其服务,其氛围,都称得起刺刀见红,棒喝当头,枪枪十环。过去种种比如昨日死,今后种种比如今日生。餐非餐,食非食,菜非菜,肴非肴,请客吃饭不是吃饭请客,出席正是不出席,饱食正是饥饿,无中生有有本无,汤公盛宴如梦如雾如烟如露如影如幻……其学问之深奥,教训之丰富,场面之宏伟,态度之郑重,都是本世纪与下一个世纪初没有先例后例的。然而这一切究竟意味着什么呢？一想到这里他就青筋暴露,双臀只剩了炸瘫子了。

菜肴之坚硬令他惊讶,但犹有迹可求,至少不妨在硬字上做文章:或谓为人应该硬如菜乎？大丈夫应该骨如铜铁乎？只要功夫深,菜炼金刚身乎？任尔钢铁硬,终上我餐桌乎？牙坚不怕菜硬,志强不怕世险乎？要揽瓷器活,先求金刚钻——工欲善其事必先利其器也——不带钻头莫到公司来乎？大火不怕湿柴,软舌不怕硬鸟乎？以软制硬以静制动以无制有以饿制撑乎？吃汤公家菜做天下文章,硬文硬做,还是大有可为的啦。

而对汤他是全不明白。巨煲何物？煲内何汁？为什么汤公那样面带怒色地强调它,为什么用那样的可畏的器具装包它？为什么该煲发出那样多的热气与芬芳？无人敢于尝一口倒也罢了,为什么竟无人真正掀开盖子小睹汤容？想到这里他竟产生了一种浪漫主义英雄主义的冲动,他十分后悔,当时,他为何不冒险掀开煲盖子一看？是福不是祸,是祸躲不过,即使看完汤公之汤,自己化为汤料汤汁汤渣,也该看完了再死,死而瞑目。世上什么事最痛苦？不是穷不是熊不是阳痿不是残废,世上最折磨人的莫过于把你憋到闷葫芦里,四壁严丝合缝,晦暗无光,死也是糊涂鬼！糊涂难糊涂实在难呀！

好奇心折磨得他不吃不睡不做爱,他见人就想打听,却始终得不到回答。

李生转而去极灵验的"一清观"求签,无解,就那个阴阳木鱼,他硬是摔了四十多次得不到果证。再去神卜张铁口处问惑,无答。后闻本地来一"灵鸽",系一五岁小儿,能知天下吉凶诸事,前五百年后五十年都说得十分准确。李生去问,焚香,诵经,跪拜,小儿作法,昏睡过去,然后灵鸽四肢发抖,画了一个说头不是头说球不是球的图影,把图影给了李生。

是头颅？什么头颅呢？狮子头？猴头？白水羊头？酱烧猪头？香芋头？龟头？鱼头？我们是多么喜好以头命名我们的菜肴呀！还

没有到家,李生已经明白过来了,煲的是×头汤!只这样一想他就吓得呕吐如注,幸被一基督徒援救,送往医院洗胃打葡萄糖,脱离危险。当问及病因,李生吞吞吐吐,说不明白。乃继续留院接受心理治疗。后来,他明白了,圆圆一物,何必非×头不可?可以是猪头,可以是羊头,可以是鱼头、冬瓜、南瓜、茄子、西红柿、椰子、凤梨、榴莲乃至维他命丸,更可以是地球仪、篮球、足球、排球、马德里半球……或者世上最圆的莫过于〇,圆即〇,〇即圆,何必凭空见鬼,自己吓自己?这不是心理有病又是什么?

"汤里没有×头。"他告诉医生护士病友与对他愈来愈不耐烦的李太。于是他又被医院挽留了四个月,继续进一步深入接受心理治疗,直到每次只知说:"吃葡萄不吐葡萄皮儿,不吃葡萄倒吐葡萄皮儿"和"张结巴李结巴,二人下河摸鲫瓜,不知道张结巴的鲫瓜大还是李结巴的鲫瓜大"为止。

于是李生日趋正常,接受医生的心理测试,医生给了他一张试卷,内容有:"你爱喝汤吗?"他答对。问:"你怀疑汤料吗?"答不。问:"你爱你的公司吗?"答对。问:"你失眠吗?"答不。问:"你爱你的太太吗?"答对。问:"你常常觉得门没有锁好所以要不断地检查锁子吗?"答不。问:"你对自己的做事有信心吗?"答对。问:"你是否常常怀疑你的上司、你的朋友、你的邻居……"他回答绝无此事。总之,该是的都对,该否的都不,完全合乎统一标准。

他被认定业已痊愈,乃出院,已丢公司饭碗。李太遂离去,不知跟着谁跑了,被人贩子拐去卖到烟花柳巷亦说不定。要说李太也就够有耐心的了,参加老板晚宴后半年多,李生没有与李太恩爱过一次,没有给李太添置过一件衣服首饰,要不是李太受过孔夫子的教育,具有东方美德,早把李生蹬了。

她没有福呀。想起太太,李生怅然,不是为自己而是为她懊悔不已。这次出院他信心十足,他模模糊糊地觉着自己已经进入了新的境界。他相信自己这一回是真的要成事了。

李生出院后，变卖了一些物品，开了一个小门脸靓汤店，几样素菜咸菜，几样面点，主要经营靓汤：酸辣汤、甩果汤、鱼头汤、粟米汤、松仁汤、萝卜丝汤，汤店生意日好，遂扩大了铺面，增加了山鸡胡桃洋参枸杞汤、水鱼石蛙珍珠粉汤、大鲍翅汤、银耳燕窝高丽红参汤、猴头黑蚁金针木耳椰茸汤、白莲南北杏天麻地黄汤、香狗肉汤等等。并请外籍厨师做了乌克兰红菜汤、法兰西乡下洋葱浓汤、德意志土豆香肠汤、奶油鸡茸汤、番茄奶油汤、阿拉伯苦尔达克与肖尔帕汤……生意节节佳妙，不太久已成了方圆五百里的一家名店。李生囊中亦渐渐凸胀充实，便又娶了一房代理妻室——该女年轻活泼，苗条丰满，嘴厚手小，湿润温暖，回啭低昂，曲折有致，而且读书识礼，会讲英语，一天说十遍"I love you！"十分温柔体贴，强似前李太十倍。街坊邻舍，谁不羡慕，谁不赞美？塞翁失马，安知非福，想李生如不被汤公召去饮无可饮无胆饮之汤，哪有今日之小康？想原李太若不随人开小差，李生焉有机遇得今日之舒适女子？设若当年李生虽赴了汤公盛宴，若不陷入靓汤情结，若不发作心理疾患，若不是被汤公慨然炒了鱿鱼，也就没有今天了。宁为鸡首，毋为牛后，宁自己开一个尕尕靓汤店，也胜似在汤公公司做一高级职员也。

这就是李生的厚道之处了：李生饮水思源，喝汤思泉，把一切好处仍然归功在汤公身上。李生备了厚礼，前往拜谒已患偏瘫住院的汤公。汤公形容憔悴，瘦得已经脱了形，头发脱落殆尽，剩下几根干如枯草。汤公腰也弯了，说话也显得十分吃力，一面说话一面还不停地干咳。曾几何时，汤公是那样的八面威风，仪态万种，不可一世，固一时之雄也，而今安在哉？李生嗒然叹息，对世间诸事，看开了不少。谈起离开公司后的遭遇，二人唏嘘不已。李生知道自己这种后富之人实赶不及汤公这样的有来头的大款腰上的一根汗毛，见汤公仍然作诚惶诚恐屁滚尿流之状，作今生今世来生来世世世代代永远是汤公的奴才永远忠于汤公之状，汤公大喜。问道："你且回答我，当年你到我处吃饭，你喝的汤到底是什么汤？你说得出来吗？"

李生敛神屏气,小心翼翼地说:"小人不敢小人不敢,天机不可泄露,天汤不可漫议,小人几个脑袋,敢对恩公的天威靓汤说三道四!"

汤公笑道:"但说无妨。"

李生说:"好汤好汤好汤,不可说不可说不可说也。"

汤公说:"知其不可而说之,请!"

李生说:"小人放肆了。汤非汤。汤非非汤。汤有汤,汤无有汤,汤无无汤。靓即是丑,丑即是靓,靓自非丑,非非丑,非靓,非非靓。〇即是圆,圆即是〇。有就是没有,没有就是什么都有。无为而无不为,无汤而无不是汤。天地一煲,造化熊熊,万有皆汤,万汤皆靓,汤公神威,何汤不汤!"

汤公狂喜,噙泪叹道:"得某真传者李生也乎?天不亡汤,天助我汤也乎!且记切记:我汤本无奇,奇在费思量,思量生百景,此意何深长!"说到这里,汤公已喘成一团了。

未几,汤公卒,遗嘱拨给李生美金二千万元,专做汤学基金。

李生亦噙泪召集了一批专家,制定了纪念汤公精进汤学创造新型靓汤计划。他考虑到自己的条件,无汤公之威之貌之出身之财产之府第,不能照搬汤公模式。他征求了一些谋士的意见,觉得难于再煲不可开盖之靓汤,乃致力于有为,致力于真刀真枪熬真汤。天道恢恢,三十年河东三十年河西,汤公以无胜有以非胜是以硬胜柔以奇胜正,他却只能以有胜无以是胜非以柔克刚以正续奇。此乃定数,非人力可以左右。

他的第一步是召开国际汤学大会。会议在瑞士阿尔卑斯山中一五星级饭店举行。会议收到各国汤学专家论文一百余篇。东西方前后现代专家一致认为突破现在的汤模式,创造非中非西、非补非泄、非荤非素、非甜非咸、非浓非淡、非汤非非汤的新型汤,乃是历史给汤学提出的根本性挑战。换言之此新型汤必须是亦中亦西、亦补亦泄、亦荤亦素、亦甜亦咸、亦浓亦淡、亦非汤亦非非汤之巨汤,此种新型汤亦即汤的新纪元,应该包括所有的引力场、所有的光电子、所有的毒素与解毒素、所有的营养与废料、所有的语词语法逻辑非逻辑、所有的味道与反味道、所有的哲学光学生物化学史学地理学比较文化学医学体育文学艺术电脑程序的研究成果。参加瑞士国际汤学大会的还有四百余名记者。仅仅在此会上,各与会者包括记者与宾馆工作人员昼夜品汤数十种,即兴举行国际汤品大赛,并列第一名者共有汤品四十余种。本来金牌只有一枚,无奈实在摆不平,为避免为了汤荣誉引起国际纠纷地区冲突直到世界大战,会议决定将金牌得主扩充到四十名。会议还决定,今后每年七月举行国际汤艺术节,每年八月举行国际汤研讨会,每年十二月举行新汤种鉴定会,每年一月举行新汤品种专利大拍卖云云。

　　从此,李生变成了国际汤学巨擘,他担任了本国参议院议员,担任了世界烹调协会副主席,担任了人民生活关怀委员会干事长,担任了联合国教科文组织特聘顾问,还担任了世界人权与慈善大会执行委员。有时想起他在汤公病重时的看开一切的感慨,只觉恍若隔世。到哪儿说哪,此一时也彼一时也,此一地也彼一地也,只要还没有呜呼哀哉,人又能看得开什么呢?活着而什么都看开,又何必活着呢?

　　穷则独善其身,达则兼济天下。李生不满足于已经取得的成就,他是老骥伏枥,壮心不已。靓汤店他已无暇照管,他把它交给自己的侄子。他则联合了一批大专家研制新汤种,他发誓要造一种经天纬地功德圆满登峰造极的天一巨靓汤。汤公留下来的两千万美元终于被造汤事业用罄,李生乃卖掉自己的靓汤店,又卖掉几处房屋,还不够应用,乃自银行贷款,充作研究经费。好在他已名震寰宇,募集资金是有求必应,绿灯长明。为了炼汤,他光是高炉平炉转炉就进口了十几套。他决心精益求精,严上加严,造出前无古人后无来者代替一切压倒一切的吞吐六合吸纳四极融化八方囊括万象长青亿代的李氏天一巨靓汤来。

巨汤渐成,奇妙无比,唯专家说是仍缺人气人精神。李生决绝,愿以肉身以生命换不朽之伟汤。乃高唱巨汤颂,自割双耳,抉一目,割九指,割大腿一,投入巨煲。还不够,乃割双睾丸。人残汤全,人丑汤美,是谓极品。李氏集团终在李生花甲之年煲出天下第一世上无双天一巨汤。各传媒纷纷报道李生以身献汤壮举,被称为本世纪最具浪漫精神之英雄志士。李生彩色照片,刊登在各国十余种新闻杂志的封面上。李生当选为当年的世界风云人物,上了最最畅销色情刊物《花花公子》的封面。欧洲共同体首脑决定授予他金骑士勋章。太平洋大西洋联盟授予他双洋伟上奖。而李生,自残自废,说人不是人,说鬼不是鬼,直如被吕后砍掉了四肢的戚后——人彘一般,抬在担架上,主持天一巨靓汤开饮典礼。

鸣礼炮,唱亚欧美澳南极洲歌,阅兵,升旗,各饮汤代表团入场分列式,少年儿童献花,男女青年献花,大型团体操,叠罗汉,走钢丝,运动员跳伞,直升飞机拉烟成标语:"天地悠悠,唯汤为大","大道止于汤"。又有诗人赛诗,诗曰:"煲如六合汤如海,饮罢巨汤腾宏宇,古有刑天舞干戚,今有李生入汤煮!""吾愿纵身汤煲里,痛饮巨汤三千许,饮罢化作香汤料,更令旁人嚼我体!""哦,你是汤么?不,你不是汤,你是爱情,你是生命,你是痉挛,你是疯狂的灵性!你是恶狗,你是疯牛,你是艾滋病毒,你是传染瘟病的鼠!你是鲜花,你是山泉,你是林间的麋鹿!你是李生的汤哟,你是诗的渊薮!你是我的幽灵与肉脯!"……

各种仪式进行了七个半小时,才开始饮汤。初时,鸦雀无声,一片白茫茫大地真干净。突然,一人喝道:"我的娘哟,太不好喝了呀!"

李生闻听此言,一跃从担架上飞起,说时迟那时快,他跳到说这个话的贵宾身上,一只手扼住贵宾的脖子,发出一声凄厉怪叫。幸得保安人员将二人拉开。

这声叫唤震动山河,天昏地暗。怪叫声中,众客人还是把汤喝了下去。

未几,五大洲四大洋的人众分成两派,一派说是巨汤好得很,一派说是巨汤好个屁。前者简称H派,后者简称P派。然后每派又分化成若干派,有说汤基本上好但有缺点的,有说汤料好水质差的,有说水好汁好但调料差的,等等。有将汤公评为阴谋家把李生树为英雄的,有把汤公树为先哲,把李生评为南霸天,将批评巨汤的人树为英雄的。有把汤公说成狐狸,把李生说成虎豹,把批评者说成豺狼的。有说汤公乃智者,李生乃仁者,批评者乃勇者……各种排列组合应有尽有。天下从此多事,各种文化派别、学术集团、政治体系、军事同盟、核保护伞、阵地战线逐渐形成,天下压根儿就没太平过,如今更乱乎矣。

李生死后,在国内被争论不已,却被国际社会盛赞,几经交涉,国际汤学大会决定将李生骨灰罐葬于火星之上,成为一新的宇宙旅行景点。

又,不久前,李生的后妻提供了一李生遗稿,李生称自己壮志凌云反被凌云壮志误,不该将虚做实,将无做有,尤其不该打破汤公不开煲盖的规矩。他预言自己为制造新型巨靓汤而付出的代价愈大,造出来的汤质量愈好,其结果必然就愈悲惨。他预见到自己的一败涂地的下场,他希望后人以他为戒,一定要闹清至文无字,至理无言,大音稀声,大象无形,大器免(注意,不是晚)成,大汤至汤无汁无色无味无物无边无际无可饮啜更无法制造的深刻道理。他建议在他死后焚汤书坑汤儒,灭绝汤学……这部文稿拿到商行拍卖,起价一百五十万美元。但拍卖中途被搅乱了,盖多年无声无息的李生前妻突然出现,白发苍苍,声情并茂。前妻称她有确凿的证据,能证明这份遗稿纯属小老婆伪造。前后两个太太,大打出手,并各自请了律师,打了一场旷日持久的官司。各无聊传媒为此很是热闹了一阵子,许多吃饱了没事干而失落良好的自我感觉的人也跟着闹哄了一阵子,又是站队又是表态又是声明又是怒斥悲愤又是上书著文签名画押。有的称为前后（妻）之变，有的称为大二（太）之争，红火了半年多，忽然大家又觉得是上了当，多没劲呀！可不是吗？于是人们改斥之为泡沫为狗屎为庸人自扰。

　　一部分纯学者虽对大二太之争不感兴趣，但对此稿的论点深表兴奋。另一些学者斥为半文不值，他们正热衷于建立全新的汤学体系，审父跨父，他们深信现如今的汤学造诣早已超越了汤公李生的形而上的哲学化或形而下的工业化传统，现在的世界是他们的，现在的汤学是后殖民后科学后革命后权威的汤学了，至于旧汤学的出路只能是博物馆要不就是垃圾堆。不久，极具先锋性的新汤学派即后汤后李学派又分裂为若干派：东方精神派、清汤派、浑汤派、营养派、医疗派、气功派、义理派、神秘派、波普派、后后汤李及后新或新新汤学派等等。派别虽多，背后仍难免前妻后妻大太二太的山头迹象。纯粹学者对此种说法虽痛恨万分，愚众却总是忍不住往二女之乱上想。愚众的搅和使汤学之争无法深入进行，汤学学者莫不摇头叹息。新型靓汤到底如何，消费者并未见到喝到，餐馆里的汤质量每况愈下，而汤学内外的哄吵却愈演愈烈，一发而不可收，成为本世纪一大景观矣。

发表于《钟山》1998年第2期

短篇小说之谜

一

以文字佶屈聱牙著称的短篇小说老作家李沉重的雷达表不走了。

永不磨损型 X058729984 号雷达表是十年前在王府井大街亨得利表行买得的，当时的价钱是一千四百九十六元，据说现在值八千块了。为何停摆？如果说是电池没电了，应该是秒针跳着五秒五秒地走。依旧例，秒针一进行超阶段运作，就是提醒表的主人该换电池了。可是这次，突然突然，说不走表就一动也不动了。

无限沧桑忆今昔。从前，把一只手表看得那样珍重。他是直到一九五四年，最后一批供给制干部改成薪金制以后才买到了自己的第一只表，还托了一回人，花了上百块钱，买的是大英格旧表。然后有了国产表，他的第一只国产表是天津的五一牌的。没用两年，就一天快一个半小时地发作起急性病来了，怎么治也不灵。后来又换了上海牌黑盘的。五一牌拿到委托商店去寄卖（如今想起来他真无地自容），寄了半年，幸亏没有人买。否则他的良心怎么过得去！

雷达牌进家后，上海牌就不见了。这是至今没有解开的一个疑案。人生多疑团，思之心怆然。

雷达牌，拿去专门店换电池和擦油泥。要付九十元，等一周。

李沉重打开自己的床头柜，拿出一个小盒子，那是参加庐山笔会时候赞助单位赠送的礼物,里边是一块镀金的印有企业名称的纪念表,拿回家后就放到小柜里去了——已经两年多了。现在打开,表还有,也不走了,而且,表链也发乌了。

还有一对表,是在电视台做完节目送的,这个拿回家时间不太长。李沉重寻来搜去终于找到了盒子,一看,只是空盒,没有表了。

于是和妻子赵轻松研究这一对乾坤表的去向。赵轻松说大概是送给哪个新婚夫妇了。沉重不信,不依不饶,穷追不舍。轻松便说是送给娘家兄弟了。沉重甚是不快,说照你这样送法,我短篇小说写得再多再快再好再得弱彼儿奖也没有用了。

轻松大笑。逗你玩呢。伟大的作家呀,原来你是这样庸俗。你为什么庸俗?因为你的小说写得太脱俗了。文章太伟大,到了实际生活里,就只剩下渺小的那一面了。倒也情有可原。

赵轻松唱道:

英俊的男人见过万万千,
唯有你最讨厌,
虽然讨厌我还把你恋呀,
你吹牛从不怕舌头闪!

赵轻松提醒:电视台给的鸳鸯表恰恰是老公本人送给作协党组副书记的儿子啦。

我以为我有那么多手表,最后呢,这一个星期我竟然没的戴了。这就是老庄讲的那个道理啦:龙多不下雨,僧多不挑水,妹妹多了没有真情,虱子多了不咬——表多了没的戴没法看时间啊。

作家夫君!我给你留着呢。你忘了那个韩国留学生了吗?

李沉重大喜。于是翻箱倒柜,找了一个晚上。李沉重早就讽刺过赵轻松的善于收藏的本领,他歪引《红灯记》里鸠山找不着密电码时的台词说:共产党藏的东西是一万个人也找不到的。

韩国女学生送的表找到了,走着呢,然而是一块小小的坤表。表壳背后写有 DAIWOO 字样——戴吴？就是"大宇"公司的出品。

于是资深作家李沉重戴了一周坤表。在冥思苦想之中，似睡非睡之时，他仿佛听到小坤表莺声燕语地对李沉重讲话。它娇喘着告诉李作家，他戴过的或拥有过的 X 只手表，正好是 X 个精彩的短篇小说：就是说，他应该写五十年代的大英格故事，六十年代的五一牌故事，六七十年代的上海牌故事，八十年代的雷达故事，九十年代的镀金表、电视台表、韩国女表与一切手表包括陈希同与何平小姐的劳雷士罗曼斯。小表的声音何等迷人，大珠小珠落玉盘，心花怒放，心慌意乱，销魂断肠恁可怜。

从此李作家的短篇小说大有精进，儿子刚刚结了婚的副书记说他的小说快要成为精品了。只是一周以后他闹了一场婚姻风波——差点和赵轻松离婚。迟了几天，他老交了九十元，取回了雷达牌，再次把小表交给李赵氏或李赵不轻松，赵轻松照旧以藏密电码的方式将之收藏起来。这之后，夫妻频频敦伦，感情渐渐复苏。终于，他们通知友人，次年六月庆祝他俩的蓝宝石婚，他们已经预订好了文豪大酒店的多功能厅——共有三十多家企业和传媒单位赞助他们的这次和睦家庭活动，据说这和什么文坛两派斗争还有关系，要长自家人的威风，灭对立面的志气。据悉，参加庆典的宾客每人将获得一只镀金表作为纪念云云。

二

李沉重近日常常做梦。他梦见走在沙里，每一脚都轻轻飘飘的，像是滑冰，又像是久病。走着走着他看见一株大黑草，带着锯齿，威严得很。

"你是谁？"他问，声音如在深井中。

无答。

"你是谁？"他又问，声音如在群山中。

无答。

"你到底是谁？"李公怒，大喝，于是群山回响，雪崩，泥石流，地震，暴风雨。

带锯齿的巨草不见，但有一些模模糊糊的纸片，如李公小说集活页然。

李沉重继续滑行。

两片柔软的嘴唇。一个温柔的吻。李公难以自持，但他还是拼命地告诫自己，这么大岁数了，不要闹笑话。而且，冬不藏之，春必瘟之。但他还是浑身发软。

呵，是什么，把他的脖项围得紧紧的？是人？情人还是敌人？是蛇？毒蛇还是无毒蛇？

他醒过来了。没事。

这是什么意思？是小说还是非小说？主题是什么？找不着主题，他写不成小说。

他又睡着了，眼睛里含着泪。

三

李沉重带的一个文学创作研究生名李亦不轻挂职下放深入生活，担任一个县的文教局副局长。

他们县剧团排了一台内容健康的晚会，恰好省里的一位领导路经此县，李亦不轻研究生便请领导观看他们的晚会，以示关怀鼓励。

领导看了一半，要走，要赶最后一班火车。于是未来的大作家亦不轻下令正在演出的演员暂停，与领导合影。合影完了，再演。

演出正进行到比较煽情的场面，台上台下即将痛哭失声，插上一个领导接见合影，便有些不伦不类，观众演员，哭笑不得，觉得烦人。

这个事就传开了，愈传愈夸张愈不好听。有人说，这应该编入韩复榘新编故事集。

李沉重怒,把这个研究生除名打发了。

过了一些日子,李亦不轻把他的这一段经历写成了短篇小说,小说获得了当年的地方文学大奖提名,都说这篇作品是什么回归传统了。但李亦不轻已无法再在那个县挂职了,人们说这小子吃谁的饭砸谁的锅,他的名誉受到很大伤害。

李沉重叹道,早知道你写,还不如我写呢,我写至少会空灵美文一些,堆砌生活素材,算什么小说?

不久,李沉重与李亦不轻和好了,他们常常切磋琢磨,常常共吃涮羊肉火锅,常常共读并讨论新到的《北京文学》杂志,特别是杂志上刊载的"新星杯"短篇小说大赛参赛作品。

发表于《北京文学》1998年第1期

杏　语

　　你觉得头年夏天缺少了雨。理论上，专家们说，这个城市每年七、八两个月的降雨量应该占全年的降水量的百分之七十九。这个比例不怎么合理，但人们很少讨论纠正的途径。人究竟能纠正什么，不能纠正什么，这也是你越走得长越想不清楚的问题。世界气候在变暖吗？河南从前是热带，所以简称豫，豫者，人牵象之地也，说明河南从前多大象。还有河姆渡文化遗址，证明当年浙江那边也是热带，到处都是热带雨林。那么多的热带后来不热了，谁知道变暖了变凉了为什么变为什么不变？

　　然后秋天雨星寥寥。然后整整一冬天不下雪，大雪已经与童年同时离去，童年时期每年冬季你都堆雪人。雪到哪儿去了？雪到了她前年到了的地方。要不就是躲一些年再回来，现在它很遥远，当遥远接近于无限，时间也就变成了圆周、圆球，复活着她他他她，纪念着许多小说、诗、悔过书、考卷、通知单，化成无言的天空，有时有雾，有时晴朗，晴朗得令人怀疑为什么有人造谣生事，煽动雾霾。干杯！

　　冬天干燥得令人失去了对于春天的信心，无雪雨的冬天之后的春天还能是春天吗？一冬不水的五个月过去以后，鸟儿还会飞回、青草还会发芽、花儿还会开放、小河还会流奔吗？一个大男人经受不住一个星期的干渴失饮，一块城市的先天不足后天又失调的土地，能经受小半年的干旱吗？

　　随便你悲观、乐观、片面、全面、善良、刁恶、鸡汤、粪汁、取缔或者提倡……怎么思想怎么浇灌怎么念藏经还是喜歌、唱衰还是唱帅，三下五除二，三月二十二日，全市的杏花都开了。三天以后，白玉兰挂上一树又一树，五天以后，紫玉兰昂首挺项，后来居上，如火如荼。干脆就如荼也没有什么不好，老了老了吧，荨麻疹干脆念"寻"麻疹而不是"前"麻疹了，叶公好龙干脆念页公而不念射公了，邹领导念平声揍而不念周了，大家来个如火如荼岂不更好？有时候将错就错，有时候歪打正着，有时候以退为进。老天爷的特点也是约定俗成，抓大放小，一风吹，向前看，人艰不拆，有容乃大，容天下难容之事喽。

到了这个年龄，你终于坚定了对于杏花的体认。春天始于杏花。杏花开放像泼成的一大片一大片的水，杏花如湖如波如小小的泛滥。杏花开放使春天成了气候，使春天像忧郁与温柔一样地扩散。这是玉兰、迎春、刺梅、碧桃什么的做不到的。

所以你们早就喜欢杏花。你们移栽了不止一株杏花。你们当年总是在一起说，喀什噶尔的杏子比桃还大。与杏相比，桃太艳，梨太迟，海棠酸，樱桃太静，丁香也缺少规模优势。

时间有时候深文周纳，有时候网开八面，却又是按部就班。它们千篇一律，却又是毫厘不爽，该咋的咋的。雨水节气之后是惊蛰，惊蛰之后春分大大方方地来到了，她压根不为失雪、雾霾、在该冷的时候没有冷、在不该起尘土的时候扬起了土粉而不好意思。小渠与大渠里的流水仍然如银带闪闪。青草的繁盛仍然不减，虽然去年的枯草可能比往日更多，仍然压不住芳草的青翠年年、春色连连。不知道是不是由于大气污染，似乎今年的鸟儿也少了，你仍然在凌晨欲醒的时候听到了柔情活泼的鸟鸣，如果鸟儿没有来到树梢，至少是来到了你的心尖即梦的深处，啼啭得如此婉约生动，让你伤感得不好意思，世人不识余之戚，犹谓偷闲学少子！

十六岁的时候你可以给同桌的与非同桌的女生写信，你每个春天给自己出一本诗集，内部发行，只限女友。哪怕你计划自杀或者卧轨或者思想过人体炸弹的疯狂辉煌也还是青春。三十岁时候你声称你在战斗中负过伤,而且在重伤后向敌人甩出了手榴弹。四十岁时候你开始谦虚,讨好上司而且见了女士就笑美如莲……如今已经成熟,你,您,还酸馒头个什么劲儿呢?

树枝上的玉兰高举如炬,树冠上的杏花纷披如纱,连翘的小黄花如随心点染,海棠比它们矜持一点,桃李也跃跃欲试。榆叶梅的鲜丽略有突兀。梦中的鸟鸣使你想起了往事,你错过了太多的花开,包括花谢。花谢大美,花开揪心。盛开不过是开始,谢落才是美丽的完成与升华。你还能有多少遭芳华凋落呢,你哭了。

我们的生活有时候科学得要命,就像有时候荒唐得要命一样。春天,花儿始放始凋,小雨初降再降的时候,清明来了。这是到坟墓上献花的季节,这是怀念先人与亲爱的季节,这是钟情与诚挚的日子,这是深沉与低下头默哀的日子。这是悔恨与惋惜,不再悔恨也不再惋惜,默哀得愈多,你的生活的滋味就愈厚。也许你有理由为你的泪水自豪。这是春天的多情多思静谧却又不安的日子。

你开起了车。你的好友开起了宝马760,五年过去了,他住了医院,他可能是得了重症,他脸上长了斑点,你到了病房不敢与他相认。他说活到老就是要学到老,要学会安静地勇敢地死亡。谈起死亡来,他甚至有一点兴奋,就像五年前他谈起了他购买的宝马车,原装,他声称:我本来就是一个俗人嘛。

疾病与大限使你的这位朋友超越了凡俗。你可能讲述过书写过不知多少次光阴、生命、春天、劝君惜取少年时,你永远赶不上他的此时深深的痛苦中的幽默。他终生敏感、吹嘘、浮躁、自恋,所以他是好样儿的。

在高速公路的第一个出口你被告知出早了一个口,你开出去,见了第一个左面的路口就拐回来,你再上了路,白白交了五块钱。下一个也就是你应该出去的那个路口为交费已经排起了长龙,他想起了在豫地开车的经验,从洛阳到开封的收费口上写道,如果为交费而排起的队超过了二百米的话,应该立即打开道路,免费放行。这几句话像是男子汉豪壮的诗篇。只是不知道实行了没有。

证实了的是你自己陷入了停滞的车龙,为什么到这时候才想起了一切:第一,今天是清明前的一个周日,天又好,这时通往四郊的公路当然拥堵。第二,这里是四条道,一公里以后并成农村的小路一独条,独挑,再两公里后并上一个狭窄的石桥,从石桥下来是连续的拐弯,都是一条独路,桥后的路还有三公里,即使这些路都跑完了,进了墓地也会你堵着我我堵着你。你的车还能怎么走?

墓园这里是一个帝王的景区,人民过去是不可以到这里来的,所以这里的路很窄,现在人民都要来了。人民一拥,道路难通。而且今天没有雾霾。今天有点风,有少量的沙有少量的土却没有雾霾,这已经是阿弥陀佛,妙哉善哉了。

现在的四道快车线,走哪条?这里也有概率论的原理与法则。命运学就是概率论,所以说数学是上帝的学识。命运是公正的,这是大数定理。你抛硬币,抛了一万次,四千九百次是字儿朝上,五千一百次是幂儿朝上,它们的公正率是百分之九十九。一亿次的抛掷,公正率则可能是百分之九十九,或者更高。你看着现在是四条车道,有时是最外的第四道慢,第四道的车主不安分了就往里撇,有时是三道二道显慢了,有时又是第一道一动不动。越是撇过来撇过去的车越是落到后面。而你已经老奸巨猾,老成持重,老马识途。你不会在堵车的当儿存在幻想羡慕他道老是折腾自己。你不费那个油那个劲儿那个细胞与心力手力,你知道放弃了幻想就不再痛苦不再愤青儿不再装腔作势乱打无定向横炮。也就不再怨天尤人,牢骚满腹憋出病长出什么来。你第一是苦笑,第二是苦笑,第三还是苦笑着。

堵成长龙后你睡着了至少一整分钟。你以为是一分或一加一一加二分钟,突然你从驾驶仪表上看到,已经过去了两个半小时。你不能明确你是不是,不,你应该明确,你不可能是连续睡了一百五十分钟。你的感觉是在遭堵而且随遇而安以后,整整两个七十五分钟了,你才明白发生了什么事情。堵车,一篇法国小说描写的是高速公路的开车者们利用这段时间进行了公关、商务、政务、集会、结社、推销、调情、求偶、拉皮条与贩毒、寻找杀手的活动,各项业务绩效斐然。有一男一女已经进入做爱的准备按摩,脉搏、血压、肾上腺激素的分泌都已达标,就差勇敢地进入了……突然,交通畅通,唰唰唰,每个人都忘记了堵塞中正在进行的诸端好事,一切烟消云散,开车走人。它的启示真如僧侣的沙事,一个月用沙建筑最美的城郭与宫殿,用扫帚在十秒钟内把美妙清光。

不像有这样的得趣。不像有堵车期间与美女做爱的机会,中华的发展程度当然与法兰西不同步。更不像有交通突然畅通的可能。

你享受的仍然是春天,你边堵边欣赏。堵到极处是欣然,你有几分得心应语。道路两旁是含烟摆拂的垂柳,是早杏如浪花四溢。那早春的新绿穿过污染泄露着春风春雨。那片片的繁花述说着季节的转瞬即逝。那毕竟没有被汽车尾气扫灭干净的鲜嫩气息艰难地赞美着花季的好景无常令人心碎。那愈行愈近了的青山并不干旱,它们仍然妩媚多情,它们好像在说"爱我吧,我是湿润的"。这天有点小风,天空多少显现了一些蓝的清洁。拥堵的车流跃然闹心,却也坚持着春季苏醒的兴奋与躁动。坐在正副驾驶位置上的青年男女隔着车窗玻璃仍然显示了韶光正好。人们春天的出行是为了对逝者的怀念,但也可能还是有人为了春游,为了与沉闷的冬天告别。是为了凭吊也为了赏心,生者与逝者将在清明前后相会,将在相会中饱尝生命的痛惜与大悲的奇妙。他们在怀念当中尽情抚摸,他们的哀恸当中渗透着刻骨铭心的珍惜。百感交集中你不忘强调节气是阴历与阳历的结合,清明是终极与此岸的际会。

半仰着头颅看着路边林带形成的拱形绿色凯旋门,众多的凯旋门连接重合起来成为长的洞穴。一切都深不见底远不及端。原来被堵塞也是一种欣赏,城市风光只有在堵车的时候才被留意也被微笑,美丽的郊区,绿色的穴顶通道,疾走与被困,这就是我们。

从早晨九点钟奋斗到下午三点钟,他驾车行走了百多米。至少有几十年了,他没有这样充裕地耐心地感受春天。他本来十分明白,知道这个季节的周末不可以驾车走向北部山区。他突然忘记了这一切被卷入车流应该是天意。他怀念着这一生的数十个春天,多数是与她在一起。幸福的人从来不接受伤害,与她一道他不怕水深火热,俄罗斯的"二战"歌曲唱的是"火里不会燃烧,水里也不会下沉"。回想一切他感觉到的是坎坷的幸福与甜蜜。

他终于醒悟,今天不必再坚持下去了。等待使你空前地清醒,穷则变,变则通,通则久,其实也不会太久。你根本不应该这时来到这个地方,你本来不应该是空着手,你本来不应该当日就到达墓园。或者说,你本来就应该是明天再到达墓园,你虽然有自己的日程,你自幼有安排日程的习惯。世上还有另一种日程,例如与她的日程,你欲安排也安排不了。你早早地开始了你的扫墓之旅。从糊涂开始向明白过渡。现在你应该掉头打道回到你们共同的别居,你应该大量地准备好盛开着杏花的枝条,你可以明天凌晨五时前起床,再用你有的剪枝剪子剪下杏的花枝,用微波炉打热一碗粥出发。剪子是你们一起买的,微波是你们一起建构起来的,粥的结构与你们当初一样。你要保证在晨六时前到达墓园,你要独自与她说话,这次就说说别居的杏树。那株大白杏结果进入了盛期,不但量大个儿大甜美,而且芬芳得令人沉醉。那株连续五年没有开花以致你两人曾议论杏树分不分雄雌与这株树是不是得了不育症,今年粉红色花盛开,此树正在雄起。你可以与她共同回想你们植杏树与樱桃的情景。一起种树是人生的多么大的幸福。要保证七时十五分前告别墓园,在其他车辆涌来以前。凌晨而去,清晨而归,拥堵于我何有哉?

然后回到别居的时候约好或者是忘记了约没有约过的客人已经来到,他们耐心地平和地蹲在你的防盗门前。客人还带来了两位你所不识的客人,你们一起在社区的小小会所里吃了烤羊腿宫保鸡丁干烧鱼,你们喝了不少酒。喝到了你根本忘记了客人是怎样走掉的与你是怎样睡着的。

你梦到了许多花枝,似杏非杏,似花非花,似有雨有语非语非声。醒来时天已相当亮,你激动得发起了抖,原来一夜春雨,淅淅沥沥。大地因水渍而闪光。太阳从云层中飘然走出。清明时节的早晨是多么明亮,它彻底告别了郁闷与污浊的冬天。但是你耽误了杏花也耽误了出祭的时间表。莫非真的老了,你如今做任何事都缺少缜密与预见性、提前量、合理化、优选法。你本不是这样的人。

这时吓坏了你,你在自己的会客厅里看到了堆存在沙发桌上的杏花枝杈,它们灿烂光明地进入了你的家。早春杏花在你家中爆炸了,横七竖八,鲜活挺棱。你隔着玻璃窗向后花园望出去,你看到了杏树边支放着的铝合金人字梯。你起来,往外走,你发现了你的房门只锁了一道,没有锁第二道。

这是什么?是奇迹?是梦游?是醉趣?是你的你托了梦?是午夜你开开房门进入了花园?你还搬动了铝合金梯子?你从抽屉里找到了剪枝剪子,有条不紊地完成了为亲爱的逝者准备杏花的任务。这是危险的游戏,你可能绊倒在门前,你可能坠落到梯子下面,你可能被树枝扎到眼睛,你更可能四脚八叉到雨与泥里。你没有摔倒。然而,你一点也不记得了。你的心怦怦跳了起来。记忆与逻辑的失落使得人生、春天、杏树与墓园为之颤抖。没有了记忆与逻辑,你摸到了赤裸裸的生命、自我、思念、甜甜的苦。你面对的是生与死的交流,是醒与睡的共享,是不可能与或可能的神秘。当然,那就是她,她帮助你,她指引你的生活中发生了这午夜清明的杏花雨。

你摸了一下自己的头发,你大叫起来,有雨湿水迹,可怜的、可贵的、星星点点的雨。

我的人!你疯了,你疯狂地原地打转。我的杏!你摇着头大哭。

是冥冥中的怀念向草坪与杏园述说了自己的心思。是她与袍帮助你准备好了春天的花枝。小楼一夜听春雨,墓地明朝献杏花。杏花,春雨,墓园。你跪下了,你热泪如注。

早起三光,晚起三荒。你早早超越了交通堵塞。你到了你的你的墓前,你摆放供献了春光灿烂的杏花,杏花使坟墓生机勃勃,比什么花束花篮花盆都更单纯也更个性。杏枝饱含了你们俩的太多的快乐太多的话语。杏花使你们回到了青年时代。一切不但如昨日更如今日。你更觉得清明的天意与生机,墓园的永久与甜蜜,杏花的亲切与随和,在北方,杏花带来了她我你,激扬了春光春意。还有怀念的安详与辽阔。还有今晨花枝的永无查证的来历。你告诉说:"咱们的杏树。"你张开两臂,摆了一个当年她喜欢摆的新疆舞蹈的姿势。你在当天的拥堵形成以前,顺利地走了。带回去的,除了悲与伤的回忆,除了生与死的慨叹,还有充满杏花的春之语。你相信这一切杏语,大快乐,大悲悯,大欢喜,全无痕迹也全无道理。

发表于《人民文学》2014年第7期

仇　　仇

　　那年他二十三岁。那个礼拜天刮起了大风,但是天晴朗得爱死人,因为是深秋,或者更正确地说,是初冬,那天立冬。柳条刮得大把大把地歪来倒去,死去活来,难以自持。杨树上的黄叶纷纷飘扬,摇荡起舞。他决定要顶风去大湖公园。人生能在空明澄静的状态下游几回湖水、石桥、大公园和入冬的风?他悄然觉得,再没有几天树木会变得光秃秃、瘦棱棱,一片茫然。然后是连续五个月的冬的萧条与沉寂,除非有朋友带他去羊汤店,那里的汤锅,永远是繁花似锦,如火如荼。

　　后来他知道,慌慌张张的是他,不是落叶。立冬一个月了,树叶仍然没有落光。

　　那天早晨已经醒过来,时间过早,勉强自己再睡下去。渐渐他看到了炕上的自己变成了一个人头,金色的,欧罗巴型,只有头。既不恐怖,也不忧伤,而且他想到了一个雄浑的名字:约翰·克利斯朵夫。

　　人头变成了一本形状不太确定的书,不确定的一本或一些本。梦见了或者没有梦见,只是事后才想:可能?或者应该?看见还是不可能看见?

　　做了还是只是想着做了?虚?实?真?假?羞惭?无愧?

　　不,不是说那个人头砍自约翰·克利斯朵夫,也与书作者罗曼·罗兰无关,他后来长久想不明白为什么别的孩子只知道王二小、李逵、关公还有陈世美,而他会想起来一个其实也是极其模糊的约翰·

克利斯朵夫,姓不姓,名不名,谁不谁。是他起床以后才明白了罗曼·罗兰。"赞美幸福,也要赞美痛苦",法国大作家这样说过吗?想起罗曼·罗兰,这位实在不像"老革命"的二十三的老革命激动得喘不过气来。在金色而且模糊的头颅缓缓颤动的时候,他清醒地觉得自己是重新睡着了。如果他清醒,他不可能看到一个美丽头颅的旋转。如果他睡了,他不可能掂量头颅变书的真实性,也不会有能力判断自己的眨眼,乃是处于睡与非睡、醒与非醒的边界线上。少年时代他常常睡不好,他挣扎于红缨枪和文学、月光与青纱帐、地瓜与大黄米地头。

他知道他很早就是儿童团员了,并不明确自己是党员,也羞愧于自己寒碜的木头枪上没有拴红缨穗。

五年前被选拔上外国语大学以后,村支书给他开介绍信,让他填了一张表格,上面赫然写着李文财,一九四四年入党。他觉得"财"字不好,临时更名李文采。他喜欢这个采字,这个字有几分文学。过了很久,他才明白自己是十三岁零三个月的时候入的党。他记不太清楚了,他到底是哪一年生的,也说不太好。他生活在老解放区,日本没投降,他家乡就解放了,他没见过国民党,他成天参加共产党的会议和学习,唱共产党的歌儿,只是他不会扭秧歌舞。

外国语!你该死的外国语!可能是村支部发现了他炕头上摆着几大本以洋人名氏命名的厚书,想到了应该培养他做外交官。他们村历史上出过一个大官,代表清朝皇帝到琉球国封王,他抬着一块匾,上写"如朕亲临",他代表的是大清皇帝。大官的后代是恶霸,已经判处了死刑,应该是就地正法。恶霸家里有外国文学书的译本,没有人读,他读,一接触就如醉如痴如喝了糊涂汤。

到城市上外语学院后,他发不出卷舌音,看到别人嘚嘚儿的哆嗦舌尖儿他哭了。更发不出小舌音,他练习得作呕,据说只有呕吐的时候他的发声才是对的。他始终不会发没有辅音的元音 U 和 I。幸亏他有个少年入党、抗日战争时期的老革命的身份,他没有等毕业就调到了党委工作。

他从小迷上了外国文学,在他们那里远近百公里,再没有第二号。是外国的,是文学的,他就迷,他看一本迷一本,即使还没有开始读,他已经崇拜得五迷三道,泪眼蒙眬。他的感觉是外国文学能够催人生,能够催人死,能够催人勃起也能够给他一个透心儿凉。他觉得他就是约翰·克利斯朵夫。与约翰·克利斯朵夫一样,早早地就有双亲为他寻找女性的身体,逼着他十七岁娶了媳妇。读了《复活》他想来想去他绝对就是聂赫留朵夫公爵,如果不严加管束,他无法设想他这一辈子可能糟践多少身穿洁白连衣裙的卡捷琳娜——玛丝洛娃。如果没有文学,一个个臭小子该有多么硬邦邦地丑恶,多少花一样的女孩会被他们玷污蹂躏刺穿。他读了点雨果,一会儿觉得他是从小偷变成圣徒的冉阿让,一会儿觉得是呆板凶恶的警察杀(沙)威。因为他读《悲惨世界》的感想竟然是:当杀威毕竟比当冉阿让痛快出火得多。他甚至想到,人生一世,没有比做好人更窝囊的事。他为自己的肮脏乖僻无地自容。然后在《红与黑》里他是于连,一干干娘儿俩。在《双城记》中,他是草菅人命的侯爵,也是被迫害成精神病的医生曼奈特,动不动他钉鞋,他吓得喊出了声。还有时时结绳记下阶级的也是全家的血海深仇的德法奇夫人,叫做苦大仇深啊,他更是德法奇夫人准备着灭门的仇家。然而,读了法捷耶夫《青年近卫军》以后,他惊骇地发现,奥列格、邱列宁、邬丽娅和刘巴,自己哪个也不是……然后他发现,他连《少年维特之烦恼》里的维特也做不到,不是做不到因失恋而向自己的太阳穴上砰的一枪,而是他没有恋,没有恋则欲失不能;却有一个能够屏蔽与压倒他,却实在引不起他多少激情的大媳妇。结婚的收获是加深了对于黄皮肤与肉气味的认知。没有恋就没有一切,连"烦恼"、"惆怅"、"彷徨"与"辗转"也未曾拥有。干脆说他找不到自己应有的苦闷、伤痛、忧郁。我亲爱的高雅的温柔的少妇影子般的忧愁啊,您在哪里?他负面的经验只有长疖子的痛与长针眼的胀,与轻度痔疮。

其实他爱的不是哪一本外国文学书与书里的哪一个人,他渐渐明白,他爱的是外国文学书籍的气息,是嗅觉,尤其是封面与封底、油墨与纸。新华书店里的外国文学书籍有一种特殊的激活鼻孔的神秘元素。当然与羊汤铺、火烧店、豆腐脑挑子、酒缸的气味不同。那时候没有酒吧,只有酒缸。进门就看到了一个或者一排大缸,用提子打散白酒,缸边上有两三张桌子,光秃秃的木椅子,卖一点咸鱼、豆干、五香蚕豆。关键在于,外国文学与中国文学的气味也不相同,巴尔扎克《人间喜剧》的油墨、封面与纸张,绝对与《家》《春》《秋》《骆驼祥子》不同,与《唐诗三百首》《古文观止》更不一样。甚至于,西欧北美作家的书也与苏联图书气味有微妙的差别,别人不知道,仉仉知道。

欧洲文学书,翻译过来气味与它的人物一样强烈,像酒非酒,像"四合一"香皂,像龙涎香,像强奸犯也像火枪手,像拳击的猛烈,也不无多毛的老娘儿们腋下腺体味儿。

调入院党委得到工资,他用当时的天价三元多钱购买了一本精装厚笔记册,册子里有绘画插图与作家名言。我吃的是草,挤出的是奶——鲁迅。这世界要是没有爱情,它在我们心中还会有什么意义!这就如一盏没有亮光的走马灯——歌德。他在上面题了字:文采心波。他开始了自己的文学写作生涯。他信笔由缰,磕磕碰碰,东拉西扯,咕咕哝哝,诗诗文文……这个时候,神秘的神祇来造访了。

她名叫仉仉,开始他以为是叫唧唧。她梳着男生式小分头,同学们说那是卓娅·科斯莫杰扬斯卡娅式的发型。她面孔白皙,大眼睛目光炯炯。她的形象既有女生的机敏叫做鬼机灵,又有男生的清爽叫做英俊峭拔。她是新生,两个月后就当了学生会主席。她的女而男的魅力无与伦比。她的父母据说是极特殊的人物,虽然那时候谁也不在意谁的父母是谁。有一位学生会的文体部长父亲是著名的本地军统头子。

是她到校党委来办事的时候说李文采的办公室里有外国文学的气息,先说到味儿,后找到了书架上的梅里美小说译本《卡尔曼》与

《高龙巴》。仉仉告诉李文采,卡尔曼在歌剧里普遍译作"卡门"。

说起对于外国文学气味的体认,仉仉声音低柔而又凶猛,婉转而又憨厚。李文采从来没有听到过这样的兼具男生与女生伟力的嗓音。

李文采代表学校党委去参加学生会那一年举办的"'和平与友谊'诗歌演唱朗诵会"。头一个节目是俄语系同学的小合唱《喀秋莎》。第二个节目就是仉仉朗诵与歌唱德语民歌《勿忘我》:

> Blau blüht ein Blümlein
> Das heiβt Vergissmeinnicht
> …………

德语唱完了她用汉语朗诵:

> 有种花叫做勿忘我,
> 开满了蓝色的花朵。
> 你呀朋友,请把它佩戴于身,
> 愿你能当真,牢记赠花的我。
> 有什么法子,鲜花总要凋谢,
> 美梦也会,一个一个地破灭,
> 只有爱情,我们俩相依相爱,
> 永远如初,永远是那样真切。

仉仉上台,聚光灯打开,她的脸孔光洁纯净,她绷着令你想起卓娅就义的脸。满脸的严肃仍然驱不尽笑靥里的善良天真,她的亭亭玉立使李文采心怦怦乱跳。开口出声了,满溢的热烈,些许的嘶哑,毫无保护的孩子般的纯真,面对法西斯野兽毫不惧怕……她唱了德文,她朗诵了中文,她的小蓝花,她的卓娅,她的德意志民歌,她的心声,诉说得好苦、好甜、好梦幻、好云彩,好大的西北风啊。她的声音是低语也是呐喊,是喁喁也是忽忽,是大火也是微风。李文采一阵子自以为听到关于她的窃窃私语:她是学俄语的啊,她怎么会讲这么好的德语？除非她幼年是生活在德国,她是从德国回来的？西德？民主德国？或者是社会主义阵营绝对不承认主权属于西德的西柏林？不知为什么,像一阵阴风,李文采想,如果她是从西柏林来的,她会不会是美国中央情报局与西德阿登纳总理联合派来的间谍？晕,晕,晕……李文采晕过去了。

临床诊断是房性心动过缓与疑似心脏神经官能症。

然后李文采陷入了前所未有的痛苦。他的生活,他的经历,他的处境身份与他的对于文学尤其是外国文学的糊里巴涂的迷恋,他的已经三年未见的勤劳泼辣胴体通黄的媳妇与他的平生第一次晕眩,他对于仉仉的各方面的全然不同的印象,已经将他撕成好几瓣。第一,仉仉是不是西方的间谍？第二,他是不是有着强烈的奸淫仉仉的动机？这两个问题让他万分痛苦,此生的第一次认真的痛苦。

他们的家乡管商鞅受到的车裂之刑叫做"大卸八块"。他认定的是,他正在大卸八块,也许是十六块……他不知道是哪儿错了环儿,是脱臼也是裂缝,是爆胎也是滑扣,他已经是一个叛徒：他是父母的、妻子的、文学的、家乡的、八路军的、儿童团的、党支部与学院党委的、革命的、外语的、学生会的与约翰·克利斯朵夫的叛徒。

他在那个刮大风的礼拜天,在金色头颅带来的不安中,怀着对于春夏秋季节的恋恋不舍,慌慌乱乱地去到了大湖公园。其实是小小的湖。小湖里翻滚着大浪,他想起鲁滨孙、哥伦布与麦哲伦的航海。大浪使他走在公园的石径上,也感觉到了地表的起伏。夕阳使桥洞明暗庄严分明峻厉。西风使头发与柳条一样地不胜灵感,不胜胡思乱想,以及四季风雨,喜怒悲欢。寒冷与衣衫褴褛使青春年华屈辱莫名。游人瑟缩着零零散散,树叶不知道何方是归宿。李文采想了想是不是应该跳到波浪翻滚的湖水里去,那就更是彻头彻尾的叛变了。他在波涛的大浪边一坐坐了五个小时,直到公园管理人员将他驱逐。

他回到自己的单身汉双人宿舍,同舍人这天没有回来,他构思了一番,他写了一夜,一不做二不休,他虽然没有提名字,他在高级笔记本上写了一封给仇仇的信,他相信这封信的汹涌超过了大湖里的波浪,大浪没过了元代的石桥。他写得比歌德也比福楼拜还比泰戈尔好。

第二天一早,他去邮局挂号寄出了笔记本,给仇仇。回来,他到医务室,他的体温四十一摄氏度。

三天后,他又给仇仇发了一封长信,深责自己是一个叛徒。他连署名的勇气也在最后一分钟失去了。他画了一只兔子。

开始露馅的无非是他购买的大量外国文学书籍。他在朗诵会上的突然晕趴也令领导好生奇怪。大家一致认为他是忘了本,他自己也坚信自己是忘了本。他的家乡再也不会出他这样的人,他的同事里再也没有这样的人,约翰·克利斯朵夫也不是他这样的人。总之,他每况愈下,他频频在组织生活会上被"帮助"。而到了后来大的政治运动闹起来,他犯了更大的病,更大的错误,更大的糊里巴涂。他接受了所有令人涕泪横流的帮助。他的检讨发言胜过了托尔斯泰的自省忏悔。

糊涂的是,他事后无法分辨是不是在"帮助会"上他交代过,说他卑鄙地想着要奸淫仇仇……太恐怖也太惊人。更惊人的是,他可能不可能,硬是检举了仇仇的间谍嫌疑。

那些年的许多事都忘记了……后来,后来,在好多个后来以后,他见人只知道背诵:

  房间很深,两扇窗户又正对着一条夹在高楼之间的小巷子,这时房里便已经光线晦暗……

他受到了留党察看两年处分。他的家乡,他的组织,他的老革命经历与他的媳妇救了他。他的媳妇已经担任村里的妇女队长。李文采一摊糊涂糨糊,媳妇小葱拌豆腐,一清二白。媳妇在最困难的时期来到城市,不容分说地接管了对于李文采的路线掌管与命运决断,然后一切走上了正轨:"出人,出(或不出)书,走正路。"

从外国文学的毒害一直发展到他的名字，见多识广的同事认为他改名文采是别有用心，是为四川的恶霸地主刘文彩翻案。改名的事是他检讨中自己交代的。但是他一直没有交代他把自己的文学创作本本寄给了仉仉。他为此心如煎熬。不是他不老实，而是他怕给仉仉找麻烦。

这完全不合逻辑，如果仉仉有什么麻烦，还用问吗？是他给仉仉找上的。而后来，他却想，他没有用自己的创作笔记本加害仉仉。这个逻辑就像是说他没有杀人，因为，他已杀过了。

政治运动也扑向了仉仉，文采看见了大字报对仉仉的讨伐。党委机关的各种层级会议与文件已经与他无缘，他担心仉仉的命运，他无处可以打听，他干着急。

媳妇做主，他写下了对仉仉的揭发，他认识到仉仉与他谈的关于外国文学的香气（原话是气味，揭露时他给改成了香气）的话，是为了腐蚀他，蜕变他，是代表帝国主义与国民党反动派来争夺他的。

对，媳妇帮助他想出了一个伟大的说法：仉仉客观上是来自西柏林黑窝子的间谍。

最后，他算是过了关，明确了他属于"人民内部矛盾"，他幸福得涕泪横流。

…………

五十多年过去了，快一个甲子。他孪生龙凤胎一儿一女，都已经事业有成，生儿育女，收入颇丰。他媳妇"文革"结束以后也饱享了小康的人生之乐与儿孙绕膝天伦之乐，只是年前开始出现了间歇性脑软化，发展极快，一年后已经基本上进入迟钝状态。

李文采"文革"结束后到一个国有工厂当了一回党委副书记，光荣离休。他随女儿自费旅游去了趟维也纳，参观了当年两个阵营交换被俘间谍，并且常常进行外汇黑市与毒品交易的古德如甫咖啡馆，小小的咖啡馆在一区米西巷一号。然后是凯文登大街，那条街很宽大，卖最新款的银器与路易·威登箱包的专卖店吸引了许多游客。

而巴宝莉专卖店的橱窗里悬挂着的西服，牛气冲天，每件衣服申明，版权所有，只做此一件。商品和男女游人，都散发出高级香料与特级防腐剂的气息。他在那里伫立了二十多分钟，想不清楚他这一生的经历到底是怎么回事。他觉得有点乱。莫非他又要犯晕眩病？他扶着墙，闭了会儿眼睛。

除了维也纳，他还去了在那里拍摄了莫扎特家乡萨尔茨堡与山城因斯布鲁克。敢情奥地利的湖泊比他的家乡还多。

只是在老同学的聚会上，他看到了当年外语学院同班同学中的科学院院士、博士生导师、驻外大使、公使、参赞、合资企业董事长、局长级干部，还有一位是政治新星的父亲。他略显黯然地说一句："我是一事无成两鬓白啊。"然后所有的同学都来说服他，让他认识到他是全中国最最幸福的一个。他苦笑着。在聚会结束的时候，他承认，其实他挺好，平安、健康、阖家团圆。离休老干部，上上下下，都冲着他"送温暖"。

这一年他已经七十九岁。刚离休的那年他天天坐着公交车去爬山，带着行军壶去山泉打长命仙水。后来改成了遛湖、喂鱼又喂鸥。后来改成小区散步，买包子。后来改成拄着藤杖挪动。

这个礼拜天刮起大风，但是天晴朗得爱死人，因为是深秋，或者更正确地说，是初冬，今天立冬。柳条刮得大把大把地横在了空中。杨树上的黄叶纷纷飘扬起舞。他悄然觉得，再没有几天树木就会变得光秃秃、瘦棱棱，一片茫然。

这天早晨欲醒未醒的时候，他梦中看到的是一张老式胶木唱片，放到微波炉里加热，怕过于干燥，他往微波炉里加了一调羹水。

全都放下了。在那次聚会上，老同学们最后说他笑得真诚、纯朴、沧桑。"人可以用一生，打造一个真诚、纯朴、沧桑的笑容。"同学们说他的此话可以进电视节目"名人名言"。他大笑起来，一直笑出了眼泪。

他决心在大风起兮云飞扬的时刻去大湖公园。他记得年轻时候曾经在初冬冒着大风去过大湖公园。他穿上了西式格子呢大衣,是唯一的那次奥地利之游时候购的境外之物。戴上本市卖烤白薯小贩常戴的灰蓝毛线软帽子,围上紫色鄂尔多斯羊绒围巾,拄上藤杖。他来到当年来过的湖边,张望着,想念着,冷却着,叹息着,更空洞地笑着。慢慢地,笑容使他感到了满足。

后来仉仉怎么样了呢?他竟然一无所知。与他关系不错的学院图书馆馆长张老师告诉他,仉仉自杀喽。另一名俄语助教告诉他,仉仉可能被送去"教养"了。直到"文革"结束,原来的党委书记弥留之际,在ICU急救病房,插着鼻饲橡皮管子的书记告诉他仉仉退学了。退学?当一个政治运动像疾风暴雨一样地扑过来的时候,谁能幸免?谁能无祸?谁能退学从而置身事外?他不信,书记说不出话了。

新的世纪,李文采又一次来到了湖边,一个强壮的汉子走到他身边,斜着眼盯视着他,他奇怪。然后过来了一组中外老小人员,显然不是普通人,他一眼看到了一位白发老妇人,她仍然窈窕风致,也仍然目光如炬,他从来没有见过这样强大的老妇的目光。她穿着一件藏蓝色羊绒高领上衣,蓝与绿格间杂着黄色细道道的毛料裙子。她目不转睛地看着李文采。李文采突然想起了自己的一生,都来过了,慢慢地去着。

她说:"对不起,请原谅,您是李先生吗?"

她把本应轻声发音的"吗"字说得非常重,和惊叹"我的妈呀"时候的"妈"字一样。李文采知道,这样说话,是海外华人普通话,英语叫做"满大人"的。

他们互相答问了些什么,后来也就忘记了。他两眼发直,觉得世界上只剩下了两个人,聚在一起,相距十万八千里:

> 房间很深,两扇窗户又正对着一条夹在高楼
> 之间的小巷子,这时房里便已经光线晦暗……

她似乎回答:"我一直保留着您的笔记本。"然后她说:

其实他听到的,只是他自己的心跳声。

然后他们共同说了一句:"史托姆,《茵梦湖》。"

他们说话的声音很小,他是看着她的口型这样感觉到她的说话的。她应该也是。

他清楚地听到的是她说:"我在胡苏姆,住了三十年……"

他说出了三个字:"对不起。"

仉仉问:"什么?"她为什么完全不解?

别的忘却了,都忘却了,他似乎读过一篇散文《忘却的魅力》,人好比一台电脑,它必须释放太多的信息,它每隔几年需要格式化那么一两回,要不死机。他勉勉强强上了一回网,查到了施笃姆、茵梦湖,当时的译者郭沫若、如今的译者杨武能教授,如今的史托姆译作施笃姆……胡苏姆是特奥多尔·施笃姆的故乡。

其后一年多的时间一事无成的李文采脑子里只剩下了仉仉一个人。她飘然而来,她陡然而去,她寂然而息,她凝然而至。她唱着《勿忘我》,她应和着《茵梦湖》。她就是梦中的人头,她就是微波炉里打热了的唱片,她就是外国文学的该死与神奇。胡苏姆是史托姆的故乡。他虽然笨,但是知道。这一切根本不像是真的。但是他并没有这样大的想象力,有想象力的话,他早就飞黄腾达达达了。"我达达的马蹄,是美丽的错误",那是台湾背景郑愁予先生的著名诗句。

他经常自言自语,此次邂逅以后,孩子们不止一次听他念叨:"当然没有,我从来没有说过,也没有非礼。"孩子吓坏了,不知道他得了什么病,怎样出现了吓人的呓语。

两年以后,他收到一封德语来信,是仉仉的女儿写来的,说她的妈妈病故了。根据妈妈的遗嘱,把一本笔记寄到中华人民共和国的一所外国语大学,希望李先生能收到这本笔记。另外还附了一本小册子,是妈妈写作的一本德语书。

他给仉仉的女儿回了信,想了解更多一些事。女儿只能提供:据她所知,妈妈是二十世纪五十年代末期从香港移民到英国,又在英国结识了德国汉学家汉斯教授,迁居德国来的。在女儿出生后,妈妈与汉斯离婚,此后没有再结婚。除了两年前她与妈妈在大潮公园见到李先生,还有此次妈妈病危时谈到要她把笔记本邮寄给李先生以外,妈妈没有谈到过李先生。

李文采纳闷,为什么她们在大风中游大湖其实是小湖有那样的规格气势,他相信那个盯着他看的壮汉是本地警卫人员。他想写封信去问,又觉不妥,便没有问。他想,可能是女儿和女婿有什么特殊身份,也许仍然是由于仉仉的父母,仉仉的父母究竟是什么天神天星呢?

撕开层层包裹,李文采看到了自己当年胡写八写的笔记与文学"创作",他兴奋,觉得火烫,又觉得遥远可羞,甚至无聊。一位在出版界混了点模样的老同学劝他将之整理出版,并且论证这样的书请作协分会领导作序,弄好了可以卖五万册,他约莫可以获得十五万元报酬。他拒绝,朋友说服,再拒绝,再说服……终于被说服,而且收了一万元预付订金。

然后是治疗牙周炎,然后是媳妇辞世,悲痛欲绝。李文采说,媳妇是他命运里的贵人,媳妇使他逢凶化吉,遇难呈祥。谁能想到,人生就是这样,白驹过隙,不到时候,要多远有多远,到时候,要多快就多快。然后是春节直到元宵节,然后是慢阻肺。最后,他感慨万千地,却又是漠然无所谓地焚香沐浴,理发梳头,泡了一杯据说是真实可靠绝非赝品大红袍,呷了两口,李文采打开电脑,打开半个多世纪前的笔记本,想开始重拾他为之付出了不知多少代价的文学梦。二十的好梦八十圆,他自嘲说,他笑得傻帽而又无赖,沉稳而又满足。他发现了自己的幽默感,时至八十四岁,他毕竟开始产生了幽默感。如果多一点幽默与游戏精神,也许早就有一点文学成就了。他哼了一声。

……他发现,笔记本上原有字迹已经消失殆尽。天啊,人们常常在不可能再做的时候,才准备停当。

有的说是原来的保存人,即仉仉女士,花了很大力量,将笔记本放到少氧、无光照、恒温、恒湿的条件下,她是用日耳曼人的认真来保护这本笔记的……保存至今。寄到他这里以后,他没有着意保护,很快字迹就氧化淡出。

有的说,五十余年无人问津的文字稿,能留到今天已经千难万难了,您不立刻输入电子版复制保存,您还想干什么呢?

有人说此时无形胜有形,此时无字胜有文,此时仙逝胜坚持。正是他文采,写出了巨著大作,永垂不朽。

孩子则说,略略费点劲,其实能看见字。是爸爸的白内障与青光眼造成了当前困难,他应该立即做无创纳米磁石吸附手术,然后开始他的文学大业。他的小舅子则摇摇头,说姐姐才走,姐夫和一位外籍女人闹得这样不明不白……

据说李文采后来一个人悄悄地哭了一场。不一定是真的。他将订金一万元退还给了出版社倒是不假。他在二○一二年十一月十一号又由孩子帮助网购了一大批外国文学书,包括七大本《追忆似水年华》和《施笃姆小说精选》。后者的一篇小说题为《苹果熟了的时候》,李文采常常对书陷入沉思:"'苹果熟了的时候'?这不是朝鲜影片的片名吗?它怎么成了施笃姆的名篇?"

他陷入这样的深思,一连几个月,却没有掀动笔记本纸页一次。他想着的是,怎么样去阅读仉仉的德语小册子,那可不像仉仉女儿的信样平顺简易。仉仉的书他独自完全读不懂。他不想找任何人帮忙翻译,翻译就是宰杀,他想起了当年上外国语课时听过的一句怪话。

又过了两年,长寿的他病瘫在床,不能说话。孩子们在他此生唯一的"文学创作"笔记本上看到了他复得后写下的一句话:"其实挺好。"而这时再看他年轻时候写下的字,一个字也没有了。

他的字写在有作家名言的背景页上,名言说什么"不必要摆放悲哀的安琪儿"。悲哀的天使?儿女们眨一眨眼。

那时的油墨还不错,到现在插画呀、名言呀都能看清,但是墨水不好。"唉,俺们爹也有两下子,他一定经历了不少的事儿。"孩子总结说。

发表于《人民文学》2015年第4期

我愿意乘风登上蓝色的月亮

一

> 我愿意乘风登上蓝色的月亮,
> 回望地球上人类有多么匆忙。
> 也想化为歌声穿过青草树木,
> 与蝴蝶般盛开花朵共鸣感想。
> 而后化作满天云霞滴滴雨珠,
> 湿润孱弱的小苗干涸的土壤。
> 谁能想到却变成奔跑的野兔,
> 追赶你勇敢的猎人猎犬猎枪?

我不知道说什么好。前四句有点感觉,而后两句意味与情感已经接不上了,最后两句简直是狗尾续貂。但是我不能这样对她说。

她是这里新任的领导,地位排在副市长之二,好劲。我是历经艰辛终于担任了作协分会主席的报告文学写作人。文人相轻,同行冤家,当个破作协分会的主席,同行们与网民们恨不得生吃你的一百多斤。见了屄人压不住火,被反体制的时尚搅动起来的小哥儿们不敢反别的体制,不会去反他住家所在地的派出所与居委会,连文联都不敢反,可敢反作协与红十字会分会。主席了,我就算处级干部。在我们这种小地方,人们只承认行政级别。级别是硬通货,哪儿都能折算、兑换与经营。没有行政级别,您就是穷光蛋。她作为这里的政坛新星,则代表市领导来会见与招待我吃饭。

但是更重要的是,她是我的老相识。她自己说,可不是我说,她有今天,和我有很大关系。她一见面就说:"老周,我应该感谢你。"这证明她是一个感恩图报的人。此话到此为止,赶紧咽下。我摇头摆手,意思是早已忘到九霄云外,何足挂齿。我必须识相,不要忘乎所以,从感激到厌恶,有时候只是三秒钟的事儿。

尤其可爱的是,她拿来了她的诗稿清样,第一篇是《我愿意乘风登上蓝色的月亮》,她的笔名是"蓝月"。天啊,怎么会是这样?蓝月亮,明明是一种液态洗涤剂的品牌,经常在 CCTV 的广告里看到的。

是她太天真了?是我太低俗了?盛极必衰乃是天道。

我的对于蓝月的感觉已经被商品传播公益广告文体的装酸弄醋侵蚀调戏殆尽。公众已经读惯了这样的文体:

文明是蓝图也是分享,
保险是温暖也是希望,
美丽是责任也是贡献,
痰吐与谈吐同样恰当!

亲切、美好、故人情深之中,我有几分空茫的叹息。呼!

二

十五年了。她给我的第一个印象像个田径运动员,修长的臂与腿,面孔红里透黑,皮肤仍然细嫩光滑纯洁。脸圆,眼睛圆,手攥紧的时候拳头显得也是圆球样的劲道和蓬勃。也许与女子中长跑相比,她更应该投身女子轻量级拳击。

她穿着雪白的、带蓝色斑纹的蝙蝠衫,乳白的灯笼裤,一半是无拘束的青春,一半是山寨的怯土;一半是女权与女运动员的无畏——

简直是高高在上,东方不败,一半是准"二儿"的怔忡愣磕;一半是白花花的大胆,她甚至让我想起农村的孝服丧服,一半是从远方刮过来的清风明澈。

那时她是后桑葚村的民办小学教师。民办小学,说明她得到的一切待遇都低于有正式编制的同工种人员。啊,编制,体制,你是多么丰饶美丽迷人!

高等学校本科毕业,应聘做了民校教师,莫非她有什么短处例如口吃,或者在校期间有所谓的不检点?要不就是得罪了哪位大佬?我心里闪过一丝阴影。

后桑葚村,从火车站还要坐三个多小时的环山公路汽车,经过山重重,水溅溅,路弯弯,屁股硌得生痛了才看到它的仙境模样。

它位于万花山脚下碧蓝溪河边,分流出来一道溪沟,从西北到东南,水波跳跃着歌唱着迅速地流淌。高低落差很大,除了结冰的季节,昼夜都有稀溜哗啦的声响。农民的房舍,修在水流两岸。全村都建筑在地无三尺平的坡地上,俯视过去,房顶们错落参差,谁跟谁也不在同一个平面上。奇异的是,明明一个百十来户的小村,却保留了自己厚实的土城墙,说不定这里曾经是古战场,离后桑葚村二十公里处有一块大平青石,传说是穆桂英的点将台。说这里是土墙吧,却有一个气势不凡的城门洞子,城门洞子内缘是此地少见的拱形磨砖对缝结构,钉着七七四十九个大铜钉的大门则早已不知去向何方。一进"城",是高高搭起的戏台,"大跃进"中据说地方戏名伶——错了,应该叫著名表演艺术家筱铃铛,在这个戏台上唱过《红娘》。红娘是反封建的英雄,到了新中国,特别吃得开,就差报名"铁姑娘战斗队"了。从戏台上眺望全村,十五年前,依稀可以看到歌颂"三面红旗"的标语。此种字迹已经斑驳,更鲜艳的横幅则是"时间就是金钱,效率就是生命"……久违了,后桑葚的搏战与金鼓,还有几个朝代的悠远与安然。

后桑葚的一大特点是建筑材料用了大量石头。据说根据阴阳五行的传统文化,发达的地方石材只用于坟墓,是土木而不是石头才具有呼吸与渗透的活性,才适合为生活而居住。这儿偏僻穷困,就地取材,民屋也是石头垒墙,做得好的是漂亮大方的虎皮墙,做得差的则是七扭八歪的石头上糊上麦秸黄泥的厚墙,这种不规则的七扭八歪恰恰具有一种奇异的现代风格。

我到后桑葚村来的目的是逃脱我们市里的文人的明争暗斗。为了争个什么"代表""委员"当,满嘴高雅的"公知""公信""道义担当"与"批判精神"的写作人龇牙咧嘴,互相掐到那种程度,我只能远走高飞,暂避一时。我也相信想信,"心远地自偏"以后,将能"悠然见南山",将至少维护片刻自我的心灵纯洁与自我救赎。

到后桑葚的第二天碰巧听到白巧儿老师给学生讲故事,《卖火柴的小女孩》,把安徒生请到了咱村,连同邻村前桑葚与山顶上的白仙姑庙村,三个自然村的孩子在听白巧儿讲:

"她想给自己暖和一下……"人们说。谁也不知道她曾经看到过多么美丽的东西,她曾经多么幸福……

眼泪从没有洗干净的众小脸上流下。山村的孩子们惊呆了,那么遥远却又是那么亲近,那么梦幻却又那么真实。这里的亲近的真实是一个切肤的"穷"字。

听了白巧儿的故事二十分钟,她的声音我一连几年忘记不了,她的声音有一种内涵,有一种弹性、糯性,温柔却又劲道,小心翼翼却又杀伐决断。我觉得我在升腾,我在醉迷。这本身就是传说,就是童话。人生不过几十年,几十年中难得有几次醉迷的享受。我惊奇也赞叹,一个贫穷的或者说刚刚开始脱离贫穷的山村怎么会出现了安徒生。流水叮叮淙淙,话语清清明明,故事凄凄美美,讲述热热冷冷,口音标准得像是出自北京的中央广播,那时候这儿还没电视。

如诗如梦,如舞如歌,如泣如诉,如全不可能的幻想。尤其是女教师的声音,它的温柔强大使我回想起母亲的手指、往事、童年、萤火虫,那人对人对虫讲客气的年代。一个朴素的小山沟,一道厚厚的老城墙,一个上圆下方的圈门,一个单纯健康、满脸阳光与献身的城市或乡村女孩子,她在这里讲了"白雪公主",讲了"目连救母",讲了"孔融让梨",讲了"渔夫和金鱼的故事",还有"六千里寻母"……这本身就是最美的传说。

"您……是满族,是旗人吧?"我问。

"您怎么知道?您怎么什么都知道?"

"您说话特别礼貌,和气,您的那个声调就透着吉祥……再说,您姓白……"

大喜。一下子拉近距离,一见如故。我们就这样相识,我们谈了两天。时间虽然短,我知道了她的许多事迹,她有一个不幸的童年,四岁时候她死去了母亲,后来继母与父亲对她不感兴趣。她濡染在阅读里,从书里得到了她渴望的爱。她从初中就住了学校。高中一年级时她的父亲自杀。她的父亲出过两本诗集,父亲对她讲过,其实他的诗好过李白、徐志摩、普希金、艾略特。他父亲回答记者采访的时候说,他四十岁以后准备学习瑞典语,他要自己翻译自己的诗,他五十岁时要获得世界文学大奖。大学时期,她交了一个男友,一次说到自己的父亲,她介绍了这些情况后男友说他父亲是白痴自大狂,她伤心地离开了他。她报名做山村民办小学教师,开始时只是为了逃脱她的深受伤害的初恋记忆。但是她确实爱上了山村、土城、孩子们。尤其是她喜欢这个村名,后桑葚。她从小爱吃桑葚,爱吃紫桑葚,更爱吃乳白色的桑葚。因为这个村名,她毫不犹豫、兴高采烈地选择了这里。她果然吃美了桑葚。

"我爱吃紫桑葚,更爱吃白桑葚",她的这个说法让我马上想到巴金的《海行杂记》中的《繁星》一文,巴金年轻时写道:"我爱月夜,但我也爱星天……"这篇散文曾经选入小学高年级的课文里。许多人却硬是不知道,每当我提到巴金的《繁星》,他们就纠正我说,是冰心的新诗。

爱吃桑葚的白巧儿一年给孩子们有时候也包括家长们,讲上百个中外知名的美好故事。山村的农家,于是知道哥本哈根的美人鱼雕像,知道《百喻经》中的《瞎子摸象》,知道庄子讲的挥动巨斧、砍落鼻头上抹着的白的垩土,知道类似的威廉·退尔,知道了灌园叟晚逢仙女,也知道了阿拉伯大臣的女儿谢赫拉萨德用连续的故事讲说克服了哈里发的凶恶杀机、挽救了众姐妹的生命。这不是奇迹吗?

……也知道了她的苦恼,村民们都关心她的终身大事,村民们担心,她在这个狭小的圈子内找不到合适的郎君,最后只能走掉了事。

"也有人说我是傻子,是弱智……"她小声说,她的话声中不无轻微的疑问。

傻和弱智还可能是由于她的临时住所,那不是房屋,而是看瓜护秋的农人的"窝棚",是石头堆积起的一个大"馒头",外表更像坟墓,里面她有一只皮箱,有半导体收音机,有录放机,还有她自己做的用厚粗布包起来的草垫子,"这就是我的床!"她二儿二儿地说。

在我离开山村的时候,白老师带着几个孩子相送。在我回头张望的刹那间,我看到了她的一个奇异的笑容,我确然觉得笑容中有无奈,甚至有凄苦,有被遗忘的荒凉。我不敢再想她的白衣服,没有办法,我们的古老文化不接受茫茫大白。我努力去相信这仅仅是我自己莫名其妙。这个莫名其妙变成了我内心的动力压力,还有点隐私的酸楚。我要好好写一篇关于白巧儿这个民校老师的文字,我要让她摆脱凄苦与孤单,摆脱那失去了天良的弱智评论,我要让温暖的种子开放出好颜好状的蓬勃鲜花。

三

回到城市,我奋笔疾书,我写下了关于民校教师白巧儿的长篇报道《播种者姑娘》,写作中我数次落泪。我一连几夜梦中听到了她的非凡的声音,她的讲说比嗷嗷叫的千篇一律的朗诵好得多。我受到白巧儿的感动,更受到自己的感动,原来你写出了一个纯洁的好人的时候你自己也变得比没有写此篇作品的时候更加美好了,你提升一个你笔下的人物的精神境界的时候,恰恰是你自己的美好、善良、智慧的高扬与光耀。一个写作人,这时候有多么幸福!

没有想到这篇报道取得了大的反响,报纸收到了上百封读者来信,高层领导同志做了重要批示,教育行政部门与教育工会组织全国教育工作者阅读"学习",我获得了报告文学年度奖与当年的好新闻奖,次年,省电视台播放了有后桑葚村与白巧儿的生活工作背景视频的我的作品朗诵。

有人还说是我的作品推动了后来民办小学教师待遇问题的解决,我谦虚,我还不敢这样宣布。

也是次年,我当选为作协分会副主席。

白巧儿来信说,不但她已经有了"编制",而且我的报道使她收到了从帕米尔高原的边防、到深圳特区的商家巨擘发出的数十封愿意与她"交朋友"的附有英俊挺拔照片的火热的信。

两年半后,收到了白巧儿的婚礼请柬,她的丈夫是县人大副主任,请柬的双喜字与牡丹花图案显得俗气,但白巧儿手写的几个字纯真得出奇,她写道:"您是我命运中的贵人"。"贵"字洇湿了,我相信她写到这里时落下了泪水。

恰逢组织与宣传部门约我谈话,谈我的工作安排问题,我参加不了她的婚礼,给她寄去一套海峡对岸出品的床具,我写道:"是你帮助了我,你不仅在后桑葚播种了爱与文明,你也在我的命运中播撒下吉祥的甘露。一个好人、福星,带来的是一方好运,正像一个坏种、恶煞,带来的是一势乖戾冤仇。"届时我又拨通了她的电话,向她与她的那一半,说了许多美好热烈的祝福话,这里叫做"喜歌儿"的。

实话实说,文字生涯中遇到一个先进模范,是几辈子修来的机遇,它是社会之福,地域之福,报刊之福,宣传文艺教育部门与团体之福,本人之福,这是报道者即写作者几代人修来的福缘福分。以福祈福,以福造福,正能裂变,福福无穷!"

又过了五年,白巧儿三十三岁,她调任县妇联主席。她来信说她很矛盾也很不安,她觉得自己的前景很看好,但是更加值得珍惜的东西是在后桑葚。她说她婚后就已经是常常往县里跑了,每年的寒假与暑假,她都不在,五一、十一、春节假期,她也多在县里。她觉得对不起孩子们。她常常在梦中回到她的学校。

我回信说,她已经在山村工作了十一年,再说,她已经结婚五年,早该与先生团圆,我还以老辈的亲切直言不讳地对她说,她该考虑下一代的事儿了。

她回信说,听了我的话,她好受得多。临别的时候,她给后桑葚小学买了上百本书。听到此话,我寄给他们小学三十多本书,其中两本是我写的。后桑葚村渐渐小有名气了,在省的新闻节目里,它每年都有几次报道,也上过央视"你幸福吗"的专题采访报道。

四

又过了十年,也就是二〇〇九年,白巧儿已经是省会城市分管文教工作的副市长了。当我毕恭毕敬地接受副市长的接见,并向她致敬致贺的时候,她哈哈大笑,她说:"没多大意思,谁让俺是无知少女呢,稀里糊涂就上来了。"

"无知少女?"我大惑不解。

"您不知道?无党派、知识分子、少数民族、女人,提拔得快呗。"

"当然,能往上提我还有一个优点……"她做了一个干杯的手势。

她设宴给我接风,有老板鱼,有鸭舌鸭掌,有卤水什锦,有瑶台翡翠(是一种海鲜贝类的特殊制作)。她一再与我碰杯干杯,我几近天旋地转了。她的一套套的词儿也令我刮目相待:"数字出干部,干部出数字","系统有核心、核心有系统","压力是动力、阻力是助力",

"接待出生产力、喝酒出公信力","背景最重要、德才作参考",这大概是官经,还有商经:"投资、回报、商机、预付、报价、长线、短线、牛市、崩盘、套牢、飘红、执行力、模式复制"……真能干呀!问题在于发掘:发掘,才能出人才乃至于出天才,如果十年以后她当了国家部长,比如教育部长、卫生部长、民政部长或者全国妇联副主席,那也丝毫不足为奇。希望在于下一代,我的眼睛湿润了。

她拿出了她独生子的照片给我看,我要全家福,我希望能见到她的老公,她心不在焉。

第二天我参加省城读书节活动,开幕式上举行了根据白市长(在我国,除了部队,对于副职人员的称呼一律免去"副"字,听着多么舒坦)的倡议编写的《我爱家乡的三十一个理由》一书发行仪式。白巧儿代表市政府两次讲话,她把讲故事的亲切与温柔,官员的正气与有板有眼,字正腔圆,诚恳随意,"旗人"同胞的谦恭与多礼,蒸蒸日上、前途看好干部的自信自如……都结合在一起。她不拿讲稿,不用套话,不带官腔,符合最高最新精神,顺流而上,入情入理,官听了官点头,民听了民喝彩,文人听了赞赏文采,老干听了首肯其观点,海归听了佩服她紧跟时代。已经许多年了,我没有在任何县市听到过这样精彩的即席发言。许多年来,连宣布开会,宣布请哪个领导或代表讲话,讲完话表示刚才的讲话很重要……一直到宣布请起立请坐下直到散会,都是死死地念千篇一律的稿子上的"主持词"。

但是,她的讲话声腔里有一种圆熟、练达、自信,于无意中流露了高高在上……已经不是那个有独特的音响效果的女孩儿了。

我相信,再不要听那些唱衰家乡与祖国的狗屁段子了,希望在于少年中国,希望在于青春,希望在于文化教育,希望在于白巧儿她们。无怪乎省里的朋友们念叨,说是她即将更上一层楼,可能要调到省里担任职务。再想想她四十多岁的黄金年华,我怎能不为之雀跃呢?

同时我感觉到了她正式讲话的调门与单独相处或者共同吃饭饮酒时候说话的调门确有不同。场合不同,关系不同,几套语码。官员并非每一分钟都是官员,这是能放能收吗?这里有几个白巧儿吗?她还是后桑葚的播种者姑娘吗?

她接待我的时候有市府的一位副秘书长、一位接待办的科长,还有一位省城作协的党组副书记经常陪同,他们的点头哈腰满脸堆笑的样子,让我有点别扭。事物都不是简单的,然而权力是需要敬畏与抬轿的。我不是愤青儿,我懂。

次日她给了我她的诗集清样《我愿意乘风登上蓝色的月亮》,省人民出版社即将出版她的诗集,要我写个序。她什么时候成了诗人?我略感忐忑。

临分手时她送了我两盒茶干,两包大枣,两包香肠,还有两瓶本地出产、自称有三百年酿造历史的白酒。据说当年老一辈领导人夸奖过这个牌子的酒,可惜如今好酒如云,广告如花,信息如海,这个酒日益冷落,白副市长有"冠盖满京华,斯酒独憔悴"之不平。临别时风华正茂的女市长谆谆嘱咐我要写文章谈谈此地的酒,表现了她爱市如身的责任感。

此次会面,她既是故人情长,又是出于公心,既是谈笑风生,又是从心所欲不逾矩,如此得体,如此成熟,如此潇洒,俺知道绝非易事。女隔三日,刮目相待,人大十八变,越变越雄辩。历史搭上了高速列车,人人都在创造历史,创造自己。

要言不烦,她找了一个机会体己地告诉我,说我即将满六十岁,退下来后还有漫长的光阴,应该考虑考虑"后事"。她指出的路子是找省里的部门活动一下,争取明年换届时挂上一个市政协副主席,我就是副地师级干部了,一辈子都不一样了。说得我感激却又闹心不已。

临走时候我劝了她一句:"还是少喝点更好些。"她感激地捏了一下我的手。

……次年元宵节刚过,我在本城请几位老同学吃羊肉泡馍。本来"羊肉泡"是个大众饭,小铺子里、摊档上都可以吃到,边说话边撕馍边舐嘴唇,很方便的。由于近年旅游大发展,土特小吃,成了旅游看点卖点,再贴上千百年地域文化源远流长的标签,到处夸张造势,牵强附会,换场地,添背景,编造故事,挂凡尔赛宫式的大吊灯,摆洋不洋土不土的餐具器皿,菜单也印得如结婚请柬,加上上菜时的巧为解说宣传,发放广告彩页……种种泡沫服务,一下子价格上升了好几倍,搞得变成了专宰外地游客的奢侈大餐,而本地人少有问津的吃食了。我是因为为老友庆生,也为自己又有新作获奖,才闹腾了这么一下的。

就在我们吃喝得喊叫得最最红火之时,从里面雅间里出来一组客人,高雅富足,踌躇意满地走过我的身边,"老周!"我听到了分外亲切的召唤。

无意中在本乡本土遇到贵客,其乐何如!省城的白市长与我那样亲热,也是个体面事情。我心潮高涨,乐情荡漾。五分钟后,有一束百合花与马蹄莲配六朵玫瑰送到我手里,四十分钟后,我去结账,被告知已由雅间贵客结讫。

感动我的是"漂亮"二字,对于白巧儿,除了漂亮,还是"漂亮",就是"漂亮",硬是"漂亮"。瞧瞧人家,两千多块钱的饭钱与两三百块钱的花束事小,瞧瞧人家是怎样办事的:那出手,那风姿,那利索,那飘然而来,杳然而去,无迹无踪的身影格调……漂亮得令你醉迷,漂亮得像童话,你连感谢的话都没有地方可说。而她的美意永在身边,她的荣光罩严了你。人家果然是当市长的命,与臭鱼烂虾神经兮兮的穷酸文人们大异其趣!

回想自己该写的都还没有动手,辜负了故知新星领导的信任提拔。我不敢怠慢,秉笔含泪,激越疾书,给本省的文学刊物写了饮省城酒的散文,把刊物寄给了白市长,未有回复,我也自知此文改变不了此品牌酒的颓势。文学刊物发行量日益萎缩,我的一篇小文有什么用?无怪乎我们作协分会的党组书记调到劳动局当副局长,他跟摸彩摸到了大奖一样欣喜若狂,请我与所有的副主席与党组成员足撮了一顿。倒是酒厂来信要详细地址，说要给我送两箱子样品酒。我想，大概是市长小妹把拙文转给了他们。我没接茬。我不好意思。

我写了《我愿意乘风登上蓝色的月亮》的序，没有多谈她的诗，倒是回顾了在后桑葚村与"诗人"的相遇，我仍然强调她的播种的光辉。感慨系之。

没有回音。也没有见到此诗集的出版。也没有听到她再高升或者再调动的消息。自古讲"相府如潭，侯门似海"，相信她走在新的高阶起点上。

我识相一点，能当上地级作协分会主席就已经是祖坟冒青烟啦……不要去烦人了罢。

五

二〇一三年，我又被邀去省会参加读书节活动了。我已经六十大几，渐觉耳背眼花，说话重复，时而脑筋短路，说着说着会忘记了自己在说什么，而一些最最普及的名人人名，乔治·华盛顿、哥白尼、赫胥黎、伏尔泰……最近我多次卡壳忘记。我将此次的省城之行，视为自己的告别演出。

在省城当我问到白巧儿副市长的时候，接待的人互相看了一眼，说是"我们也不太清楚"，我的心咯噔了一家伙。

零零星星，蛛丝马迹。人们小心翼翼地透露给我说，白巧儿的老公，因为早早就患有严重的糖尿病，一直半休在家，两人的关系似不融洽。白巧儿到省城工作后，当然把老公也接了来，随后，老公的弟弟与弟媳也到了省城，到与他们哥哥相识的一家企业混生活。如此这般，年初小叔子与媳妇打起了离婚官司，为分割财产闹了个不亦乐乎。在法院，媳妇咬定，嫂子是大官，给了小叔子一套房产，还给了多少多少万元的现金，多少多少万元的股票，她全部要求按婚后财产收入归夫妇二人共有的原则分享。此事在网上曝出来了。

"真的吗？"我问，心乱了，如同吃了一只苍蝇，仍然不敢相信。"这怎么可能？怎么可能？不可能！不可能！"我的内心里山呼海啸，心、耳、思肉搏成了一团。

不，我并不是由于自己写了她，从而长了行市而为她事后的种种变故感到关切，三十年河东，三十年河西，小二十年后失足落水也算沧桑之一景。这也是报告文学，更是小说与诗歌的资源。我并不需要因为发生了某些尚无结论的说法而尴尬而晦气，我本来可以振振有词地说，当时有当时的情况，现在有现在的情况，写而不察未必会比用而不察更输理。但我还是觉得自己挨了窝心一脚，我当真要喊："天地不仁，以万物为刍狗！"我失去了成为著名作家与兹后青云连上的理由，我失去了为那样美丽陶醉得令人迷惑的感觉，我推动了山村、童话、土城上空的月亮。我的失落感当然不是为了自己的俗务。

"网上贴了四五天，小地方指名道姓地一传，早已满城风雨。后来屏蔽了一回，一屏蔽，各种爆料就更多了。"

谁都是欲言又止，大致的说法是：她的老公原来在县里就是"能人"，有些积蓄，后来倒腾了一下，有所发达膨胀，现在难以确定其合法性或非法性，事出有因，查无实据，上边也未必顾得上查他，比他问题大的人多了去了。这是第一种说法，认为白巧儿基本上没有太多责任。

第二种，是说她老公与这里的商企权贵家庭关系很深，尤其是老公善于与二三等的准红二代、准富二代交往，帮这个批地，帮那个批指标，起到了最需要起而他人无法起的作用。老公、小叔子、小叔子媳妇，都以市长家属的名义揽过事受过礼要过回报，也都用各种办法让市长嫂子去通过关节办过事儿。她本来一个"无知少女"，权力有限，问题是市里的几个关键人物对她印象特好，她确实是一个讨人喜欢的女子。

第三种，顺着第二种说法发展下去，就传出了她与本市一位权势满满的大佬有染的佳话丑闻。有男有女有关系有趣味盎然，形势大好,春色满园,底下的话可想而知。

再分析一下,戏后有戏,说是表面上看是小叔子夫妻打离婚,其实是老公导演的一场情节戏情景戏,时至今日,在网上把白巧儿臭了个三魂出窍,六魂涅槃,小叔子夫妇并未离婚,据说此年情人节人们看到了小叔子给妻子送了二十九朵玫瑰。倒是把白市长逼上了绝路,老公算是秀了秀自己的道行,出了一口鸟气。也有人痛斥此种说法不合逻辑,两口子之间不管有啥问题,维护共同形象,必然是利益与智慧的交汇点。

而最最要命的事件发生了,当通俗的也是最易普及的严重杀伤性爆料甚嚣尘上之时,在春天万物的发情期,白巧儿上演了一回"自杀未遂"的陈旧拙笨戏码。她吃了一瓶安眠药。

浑蛋透顶啊,你怎么会是这样,你你你……

自杀未遂,此事确然发生,没有争议。属于新知识新概念领域的争论是:她的自杀是什么性质:畏罪?堕落、蜕化变质后的自责?网谣杀人?畏谣言与舆论如阮玲玉?背叛社会主义事业、为我们的体制与统战政策抹黑?还是完全无能力负责的忧郁症:它是用脑过度、精神紧张、体力劳累所引起的一种机体功能失调疾病。现在美国城市的忧郁症患者占城市人口的百分之四十以上。赵匡胤、林肯、罗斯福、丘吉尔、林彪、姬鹏飞、凡·高、海明威、徐迟、许立群、崔永元……都有忧郁症。何况白巧儿的家族病史上就有板上钉钉的忧郁铁案。再加上个区区白巧儿,又有何妨碍呢?

多数市民与本市干部都不能接受这最后的说法,人们说,西医本来就不适合中国国情,西人亡我之心不死,忧郁中华之心未死,奇谈怪论更是为了给不良男女打掩护。孔孟老庄都教导我们,君子坦荡荡,无欲则刚,至人无梦,游刃有余,善摄生者无死地;为人不做亏心事,半夜不怕鬼叫门;一瓶唑吡坦,已经不打自招了她的贪腐……

很遗憾,无法了解得再多,我难以释然的一点是,这里似乎有我造的孽。我的笔毁了她,高高抬起,突然跌下。当然她必须对自己负责,但是如果我不写那篇高调的报道呢?我惶惑了。我恨白巧儿,更恨我自己。天上地下,怎么会这样快?完全无法相信。我唯一能做的是,给省城朋友留下了我的手机号与地址,还留下了一张字条,托他们转交。我写道:

白巧儿同志你好:请与我联系,永远不会忘记在后桑葚的日子,什么都不会大迟,美好在昨天也在明天,重要的是今天的勇敢面对与跨越……请接受我的惦念与祝福,保重,保重,再保重!

六

又一年多过去了,我得不到白巧儿任何消息。梦里,我见到了她,听到了她讲故事的独有的声音。而且,不好意思,我亲吻了她。她的泪水落到了我鼻尖上。我的泪水,落到了她额头上。

我痛心,我也期待。我惦记,我也顿足。我愤怒,我也撕心裂肺。我完全丧失了信息来源也就是完全无法做出判断,又不能死乞白赖地打问,对一个有问题的人你怎么这样钟情,你老糊涂了还是老变了态?

却对她仍然充满担忧,并且愿意为她祈祷上苍。

这是什么?一天半夜睡梦中我喊了起来。

鼠疫?霍乱?埃博拉?化武?冤孽?自取灭亡?

痛心疾首!

该死!

这怎么可能?

痛心疾首!

这是怎么发生的?

告诉我,我不信,我不明白,我不接受!

七

  又一年过去了，二○一五年除夕晚上从我的手机微信的"朋友圈"中看到了几张彩图，是雪景，我蓦然心动，若有所惊。初冬的第一次大雪？

  头一张照片是一条山里的公路，公路的一个侧面是白雪，另一个侧面是黑色柏油路的本色，一侧向阳雪薄，一侧背阴雪厚。公路拐着一个大弯，两端都通向远方，来处去处都还那么遥远。大路多雪的靠近河谷一侧安装了讲究的护栏，改革了，开放了，发展了。护栏下的流水并没有冻结，似乎听得到一点水声。山脚下有蜿蜒而上的电线杆，几道电线像是空中五线谱。好熟悉的地方，好疏朗的空间！

  另一张照片是白茫茫大地真干净，是雪的丘陵，是雪的海洋，是雪的波涛，是雪的原野。一片空无，千山鸟"BZZGN"，什么是"BZZGN"呢？来信息者的电话号标明是"私人号码"。那么难道我的叫通别人的手机必然会显示的电话号，是公用号码么？这里也有英语词汇的影响，以"私"加密，无孔不入。

  而BZZGN，莫非是"播种者姑娘"？

  我幻想着，我期待着，我愿望着，我感动着，心跳着，我糊涂得要活要死。我赶紧点击"赞"与"评论"，出现了"拒收"字样，是隶书。这是什么型号的后乔布斯手机呢，我还从来不知道任何手机有向来信方显示拒收隶书字样的功能。中国的设计师，快快设计出有强大拒收功能的手机来吧，拒收救国，拒收救世，拒收救人！

  播种者小姑娘，播种的人，糊涂的人，不堪回首的人，那么容易失落的美好与青春啊，播撒良种的，抑或是病毒吞噬奄奄一息的姑娘啊，你在哪儿？

发表于《中国作家》2015年第4期

地 中 海 幻 想 曲

　　温柔的地中海是无法拒绝的,蓝紫的海波编织着执拗无望与从容有定的花纹,雪白的浪花生灭着转瞬即逝的笑容。带有圆圆的周边弧线的海洋,由于一无所有而显得尽收眼底,地球也变小了些。我甚至于计算着,绕海平线一周游泳的公里数、时间,还有新作此篇小说里的女主人公"她",要不要跳下去一游试试。而原来看着十分伟岸的地中海邮轮,也由于它的安静无声,由于它的定力超强与减震设施,显得谨慎与委屈;一个海,一个可以装载数千名游客的超凡豪华邮轮,被包含多种懒惰、愚笨与贪婪的人类收拾得俯首帖耳,悄没声息。空间与时间就这样在大海洋上聚合与离散,扩大与缩小,积存与失落,而体验、感动与忘却,就这样落花流水,风起云涌,而又欲诉无言,欲唱无响。想起时间与空间,生命与感叹永远这样移动着变化着逝去着,我流泪了。

　　好的,假设在这篇耄耋之年的作者大龄青春小说里,她是一个三十九岁心猿意马的美女。身高一米七三,体重五十六点四公斤,长着广州人的眼睛、青岛人的身材、米脂人的脸庞与湖南人的仪态;还具有北京的学士、加州的硕士、海德堡的博士学位;有院士父亲、工商联主席爷爷、在梅兰芳门下学过戏的母亲。早在二十三年前,她陷入了公主与白马王子的感情旋涡,然后遭遇到身心俱碎的失望。然后用学历学位与超级体力训练报复了生活。然后……她走向四十岁。

　　最后在三年前结识了比她小五岁的声乐教师小李,小李在对圣彼得堡与拿玻里的比赛中都得了好名次。这终于使她恢复了美丽、笑容、狡黠，还有在大海上游览的美梦。

在一个月前，发生了隔膜，在他们二人已经确定了结婚日期，订好了婚礼举行的酒店。她热烈地希望小李为她做一件事。做一件什么事呢？请大家猜一猜：例如约小李与她一起看一部伊朗影片；例如是请小李网购一瓶匈牙利产的三十筐葡萄为原料的金色甜葡萄酒；例如是要小李替她与她的一位闹了点误会的好友通一个电话，说一件鸡毛蒜皮的小事。对于这个小小的请求小李居然未予置理。对了，就是类似的一件鸡毛蒜皮的事，使她伤心欲绝，她取消了婚事，仅仅酒店的预订费用她与小李就损失了八千块。她的父母为此痛心疾首，把她说了一顿。她则严正指出：她不可以为了结婚而结婚，她不是一件急于处理的、即将过期的罐头食品，一想到自己要做一件改变自己的生活、命运与身份的事而心有不甘，她很痛苦。她宁愿意一辈子不结婚，她愿意独身一辈子。然后父亲摔了一把罕见的坭兴（不是宜兴）陶茶罐，母亲哭出了声。她过了两周从北京飞到慕尼黑转罗马上了这条邮轮"地中海幻想曲"号。当然是游轮，它与邮政无关，但是旅行社一律称之为邮轮，也许是有中国人不喜欢把上船与游泳呀游泳呀什么的联系起来。

第五天她与数千名游客上了希腊的圣托里尼岛。她在岛上吃了小吃并要了一瓶干白葡萄酒。她觉得是养生的傻劲儿使得多年来红葡萄酒在我国大行其道，然而，她只喝干白。而圣托里尼的干白一瓶只卖十个欧元。这种用本地葡萄家酿而成的酒，说酸不酸，说甜也不甜。有酸有甜而且有一种高贵的凝结，有一种保留和恬淡，有一种敲击和嘲笑，这种干白好像对消费者绷着小脸，它为了自己的挑战，并不追求可口，它微微地保护着陌生，为了并不讨好而水晶般地高洁，它有着冰雪的聪明与清爽。

她在小小的神奇的岛上，喝了一整瓶，她喝得欲醉还痴。

傍晚上船以后她在阳台舱房倒头便睡。她后来梦见自己果然登上了邮轮，梦到自己喝了琼浆玉液，梦到自己在地中海与大游轮上飞翔。她贴着海面飞。她贴着舰舱飞，她与海鸥一起飞，她与海鸥一起降落到海面上，她也与海鸥一起戏水并且寻找小鱼作食物。她觉得有点凉。有风。头有点重。喝多了。不该喝许多酒。这时候有人敲她的舱门。

"我也在这条船上。我也在。我也上了这条船。上了船的也有我。"

像是读《弟子规》与《三字经》。像是九月一日的小学开学典礼。像是唱诗。像是念经。她哭起来了。

她飘到了第十一层甲板的咖啡厅。她走到了第十二层甲板的红色跑道。她轻盈地跑了一圈。她飞到了第十三层的迪厅，她又转到了泰国餐室。她没有看到任何人，她失望了。同时她开始更加清楚地听到声音："当然，我是小李。我也上了这条船。我就在你的旁边。你喝得太多了。你待会儿就看到我了。我给你买了三十筐标准的'多卡衣'酒，我已经联系好了回国后马上去电影资料馆看伊朗影片《天堂里的孩子》，还有印度大师阿米尔·汗导演的《小萝莉的猴神大叔》。我已经与你的闺蜜通了电话，她说下周五请我们二人到她家吃莲藕。还有，还有，还……"

还有什么呢？天啊，她睁开眼睛了，小李穿着邮轮的文化衫，黑色的图案，MSC的字样赫然入目。他拿着一把经过他的粘贴修理完好如初的坭兴陶茶罐。广西的坭兴正在学习江苏的宜兴，发展自己的特产工艺品。然后小李哭了。她也哭了。

一小时后她开了电灯，在安静的船舱里她感觉到些微的凄凉。她仍然相信自己内心的强大。她看了看手机，是凌晨三点。她去卫生间洗漱。她穿上一件风衣。脖子上围上一块纱。她悄悄地从十一层往上缓走。她走累了就坐一层电梯，只一层。然后在各种舱内和室内的沙发、藤椅、木凳上坐下。她发现，在这个钟点起身散步的全舰竟也有六七个人。已经有人用英语向她问早晨好。

此日的清晨应该在雅典卫城登陆,她坐了三个小时,提前在餐厅用了早餐,她轻松愉快地进入自己的666号舱间。坐下来后,她喊了一声。

　　她看到,自己房间的三人沙发面前的沙发桌上,摆着的是深色的坯兴陶罐,坚硬,光泽,如墨化了的赤铜,灰、黑、赤褐,逐步变化过去再慢慢归一,如金属如玉石又如玻璃。这就是被父亲在愤怒与怜爱中摔成八瓣的那件茶具上品。

　　……请设想:她终于明白了,信息中会有信息的隔膜,传播时会有传播的故障。小李在她的暴怒与伤心中只说过一句话:"我没有收到,没收到,没有收到你的微信啊!"

　　她喜欢这次旅行。她喜欢希腊的小岛上、悬崖峭壁上的,上圆下方的蓝顶白屋子。她喜欢拿玻里的桑塔露琪亚港,黄昏时候。一只鹰在海港的上空飞翔。小李给她唱过而且还会给她唱《桑塔露琪亚》。她甚至坚信,如果余下的几天她不能在这个邮轮上找到小李,那么小李一定会三天后在罗马附近的奇维塔韦基亚码头,要不就是在北京的首都机场,拿着一束产自荷兰的玫瑰等她。露琪亚的另一边就是庞贝,被爆发的维苏威火山埋葬于公元七十五年。一面岩浆。一面火山灰。历史上有过那么多悲苦恐惧。他们终于赶上了幸福。她祝愿自己与亲友过得幸福。

　　必须的。宋丹丹说。

　　　　　　　　　　　　　　　发表于《上海文学》2019年第1期

美丽的帽子

隋意如到今秋就满四十岁了,她至今仍然是一个人。她相信她的不幸是由于她在九岁那年被选去演了一个电影,演女主角、一个浪漫的女艺术家的童年。她为此得意扬扬,她为此被视为另类,整个中学阶段她被同班同学视为"臭美"与"自大多一点",而她觉得全班全级的女生里,拥有百分之四十的丑陋,百分之六十的拙笨,百分之九十八到九十九的庸俗;除了她自己。

她在学业等方面努力奋斗,她考上清华大学计算机软件专业,她获得了洋博士学位,她没有接受硅谷的聘请而毅然回国。她成为中国共产党党员。

她的好友体贴地告诉她,正是因为她的这些不凡的成绩、身份、荣誉、经历,许多人对于与她谈婚论嫁闻而生畏,她已经没人敢"要"了。还有一位近来迷上星相、占卜、测字的闺蜜告诉她,她的姓氏与她的名字,都不利于她嫁得金龟贵婿。新测字家体贴地告诉她:女人姓隋,远不如姓程或成,施或史;而"意如"暗示的是水性杨花,不守妇道。

她淡定坚决,她已经被认为是骄傲自大,干脆骄傲自大下去吧,她坚信人不会因了骄傲自大而判刑或者开除。否则她太痛苦。与骄傲自大的恶名相比较,自寻烦恼更是无聊、低级许多倍。她坚信为没有人"要"而痛苦,比没有人"要"本身的痛苦更痛苦。

为自己庆寿,她登上了"地中海幻想曲"号邮轮。她在雅典上岸买了一顶比幻想曲更美丽的草帽。黑底色。金黄耀目的大帽檐圆周带,还有同样金黄的帽顶与帽檐连接处的小圆周带。关键是用不知道是一种什么样的柔韧而又光亮的草茎编织得如此匀称整齐,无懈可击。这顶帽子的各条弧线,随心所欲,想是什么样的波形就是什么样的波形,想是什么样的弯曲就是什么样的弯曲,甚至于她可以把帽子叠四折放到路易威登提包里。

她回到房间,用各种手法操作,把美丽的草帽捏过来展过去,正戴上再歪戴上,死扣上再浮搁上,转过来再掉过去,歪歪头再转转颈。她照镜子照得喜欢,她尬蹦儿,她利用手机摄影的自拍杆给自己照相,左一张右一张,前一张后一张,发给同学再发给父母,要好好利用轮船靠岸用得上 Wi-Fi 在线的这段富贵时间。她再转过身去照到背影又照到镜子里的盛年美女。

"是谁这样美丽呢?"她问出了声。她联想起《白雪公主》故事中的恶毒女巫的提问,她笑了。

"是隋意如女士。"她坚定地勇敢地说。

"是的。是的。"四周传来应和的声音。

"当仁不让!"她又稍稍放低了一点声音,自言自语。

"不让!不让!不让!"周围是一片欢呼。靠岸结束,开船了。

"然而不是的,"她似乎平生第一次懂得人应该谦虚。人应该不要过度自夸,她诚恳地说,"并不是隋意如漂亮,是雅典的草帽漂亮。是戴上了雅典草帽的那个傻傻的大女孩儿漂亮,是因为戴上了这样神奇的帽子才漂亮,想不漂亮也做不到!"

"在真正的美丽面前,我从不骄矜。在真正的大大小小的美丽面前,我五体投地。我不行。对不起。我实在不行。"她落泪了。

她擦着泪迹开门走到阳台,坐下,看邮轮离岸,看海鸥飞起,看流苏后退,看波纹无边,看夕阳多美。

而且这么便宜,只要八美元,四十几块钱人民币。她把帽子放到阳台的小桌上。

她想起来应该看一看帽子内里印的几行字，她开始看，夕阳晃眼，看不清。她终于看到了。她惊呼了一声。帽顶里面写的英语意思是："百分之八十纸质，百分之二十化纤，中国制造，请勿着雨。"

惊人。取巧。精彩。想不到。什么纸呢？观感如草编织。这也是极致。

就在她且惊且叹且赞且自嘲笑的时候，一阵海风把她的到手不到一小时的美丽草帽吹飞了，帽子离开她的专用阳台，帽子超过了阳台扶手，帽子旋转着飞向大海，帽子跳着邮轮宝石剧场、头天晚上演出过的"布宜诺斯艾利斯探戈舞"。帽子转头，飞到船体这边来了，帽子看不见了。

她等了一刻钟。她再没有看见那顶美丽的帽子。她知道，此次，她与美丽的雅典中国草帽的缘分已尽。

直到旅游结束，美丽帽子仍然给她留下此次欧洲海上旅行的最美好最重要最不忘的记忆。她刻骨铭心。她买了一顶最美丽、最廉价、最好用、最独具匠心的本国制造的欧罗巴草帽。她戴上了这么奇葩的帽子。她留下了此生最珍贵的自拍照片。这个帽子随风飘去了。它飘到哪儿去了呢？

它会不会飘到我所一直等待的那个男生那里呢？会不会他拿着他无意得到的这顶欧罗巴中国造草帽，在我生命的未来的某个节点上，正诚挚地、热烈地、坚持不懈地等待着我呢？

那么，我的此生要追逐这顶黑金色的草帽，我要把自己喜欢的帽子找回来。

她感觉到爱与寻找的甜蜜了。

发表于《上海文学》2019年第1期

邮　　事

　　从前——装腔作势一点，可以说那工夫儿，我是多么年轻啊。我迷上了邮局，就像后来政治运动里落马，迷上了火车乘务员。我的想法是：工作在一个瞬间百米迅跑之列车上，每分钟的风景都是新的，给怀着激动的心情出远门的父老兄弟姊妹们添茶倒水，每一张面孔，都是新的。聆听钢铁轮与铁轨的清脆的撞击与机车汽笛的自信的地动山摇，声音与呼吸，黑暗与强光，嘈杂与絮语，一切都那么饱满地诱人。特别是午夜里经过某个过去只在地图上看过地名的车站，看到工匠敲着锤头，举着煤气灯，检查列车的机件，我相信火车里充满了我还没有完全把握的人生与文学，这种力量与热度还需要我做许多努力才能达到。

　　"咱们工人有力量，每天每日工作忙"，这是那时我的信仰、我的沉醉。

　　此前，我的一篇习作中写了"邮差"。按：一九四九年以前，送信人叫做邮差，环卫工人叫做清道夫，派出所叫做"段"，民警叫做"巡警"。编辑老师告诉我，不能叫邮差，叫邮递员。我脸红了，大家都是员，元帅是指挥员，列兵是战斗员，喂猪的是饲养员。我更爱邮政了。我爱他们的绿色着装。我至今不明白为什么绿帽子成了一句骂人的话，用"绿帽子"一词代表奇耻大辱的人，暴露无遗的，只能是他自己的野蛮、老土、无知、国民劣根性，多半还有性无能。历史上对于女人的风流所以疯狂地仇视，是因为那时的男性太弱势，食物链中缺少动物蛋白与维生素E。沿用"绿帽子"一词，才是真正的耻辱。

邮政邮件，比火车更能奔跑与拓新，不声不响，它们永远是激流，是风驰电掣，是与时间赛跑，是天下之政，是全覆盖之政，是万里江山一掌间。那时候许多美好都是通过邮政传布的，比如《人民日报》与《北平解放报》，比如纪念邮票，比如文学刊物。比如北影厂创作人员潘叔叔的信，他读了我的《青春万岁》小说初稿，说"你有了不起的才华"，这几个字让我如醉如痴，一魂出窍，二魂升天，只想哭趴下，最好是就地实时三魂涅槃。

我也钦佩邮递员的风度，他们的锃亮的自行车，挂靠在自行车大梁上的双邮包，装载着多少使得收件人望眼欲穿的我爱你、喜讯、录取通知、汇票、书报、包裹、赠品，还有朝鲜前线的捷报与烈士牺牲通知。反正是好东西靓东西比晦暗压抑的东西多五倍，伟大的强壮的信息比渺小的衰弱的消息至少多五十倍。我有一位亲戚，在国民党时期当过县长，在1950年底开始的镇压反革命运动中判了死刑，执行前邮递员送来了当年有关方面寄来的起义证书，立即无罪释放，并且被安抚酒肉松花蛋捏饺子散白酒过庚寅虎年。邮政帮助了党的春风化雨，海纳百川，老树新枝，邮政使一个自己也承认死有余辜的人又为人民服务了十五年。

比如我，我给亲朋好友写信，我给小小年纪的老战友写信，我还响应号召给苏联青年写信——用简单的俄语写在明信片上，给志愿军战士——最可爱的人写信，给边防军人写信，它们载着我的爱与祝福，它们代表着新生活新期待新风尚，邮政使相隔万里的年轻人彼此不陌生。"我们骄傲的称呼是同志，它比一切尊称都光荣。"这是苏联歌曲《我们祖国多么辽阔广大》的歌词，列别杰夫-库马契作词，杜那耶夫斯基曲。幸福的希冀就盘旋在自行车大梁上，邮递员的大口袋里。邮递车有极好的铜铃，清脆的声音告诉你，叮叮叮，当当当。好消息来了，好消息来了！

有一点我弄不太清晰，想起那个时代的邮政，我往往会想起同时期广播中的小喇叭节目,"小喇叭开始广播啦!"小喇叭的"定场诗"中,是不是提到了模拟的邮递员呢?哪位老小朋友告诉我,谢嘞!

后来呢,邮政带来的是我的文学燃烧、梦想、感觉与命运,包括编辑部、早闻其名的作家、评论家与作家团体,后来还有爱你的读者的信。还有,不好意思,我不能不谈本身不无庸俗,但是获得之道绝对不庸俗,不但不庸俗而且崇高伟大动人迷人,像歌声、像"假如生活欺骗了你"、像梅里美也像邓肯一样地潇洒翩翩,我说的是稿费邮汇通知单。当然,那是后来的事。

开始时多是退稿,多数只写给你"不拟用了"。个别人写道:"你的文字很有感情,但是……"但是没有写好——没写成,不像样子,当然喽,王蒙明白。那篇被认为有感情而没有写成的稿子,开始寄到《新观察》,得到退稿信后我用了四十五分钟,一节课时间,加上点情节,加点前后交代,没费吹灰之力,再走到邮局大柜台前,转寄给《文艺学习》杂志,一个月后就发表出来了,题名《春节》。那时寄稿件按印刷品收费,大概只用了两分钱。

顺便说一下,现在的大部分编辑部公示的约稿公约中都说明,"一般不退稿",此一时也,彼一时也。

而到了一九五五年底,当我收到一封信,公用信笺上面是印刷体"中国作家协会"几个字,到了此时,我真不知道应该到何方何处去叩头感恩与山呼万岁,去号啕大哭与浑身嗫瑟,有了这样的邮件,夫复何求?

我怀着与邮政的亲和温馨感觉,还有在原单位蜕变与脱皮,更准确地说是活活地揭皮的感觉,成了写作人。按:"温馨"是我最不喜欢的词儿之一,此外还有"鳞次栉比"与"天麻麻亮"。原因是,不知为什么,对于我,"温馨"显得假招子,温馨的嫩稚与小微令我无法认真对待。喜欢说什么"温馨"的人保证从没有经风雨、见世面,他们脱离了时代,脱离了历史的雷鸣电闪。我要的是高尔基的海燕,不是小男女小娇包儿的"温馨"。而"栉"与"鳞"的形象都不可爱,栉是梳子，带有没有条件经常洗头更没有听说过也确实尚未存在的"香波"与"护发素"的男女的头油、发屑、尘汗与哈喇气息，再说我还常常将"栉"错读为"节"。至于鱼鳞的腥气与排列的不舒服感，还有我绝对无法将朝日正在喷涌出现的辽阔天空与"麻麻"二字联系起来，都是无法改变的条件反射。而且，"麻"怎么可能不让我立即联想到麻醉、麻烦、麻痹，尤其是脸上的麻子呢？

但是青年时代的绿衣使者，扭转了我对南国小资喜欢的"温馨"云云的偏见。何况，对不起，这是我首次晒自己的少年时代的浪漫，我花了不少邮费，给苏联中学生写了不少半通不通的俄语信件，我得到一个"捷乌什卡"（姑娘）的回信，内有她自制的贺年卡，她画的是一棵枞树。当时的苏联不喜欢东正教，不承认十二月二十五日是圣诞或者耶诞节日，但是又无法消除是日前夕搞树搞家人团聚晚餐搞长胡子老人送给儿童礼物的风俗习惯。便命是日之名为枞树节，命该长胡子老头之名为枞树老人，实现了耶稣与枞树代码互换，互换其实就是共享，这其实很美好，很干净爽利，枞树本来就是世界、宇宙、温馨与恒久的表证，而崇拜与向往，天堂之梦落实为一棵棵挂满花花绿绿小礼物的枞树，让这样的小树遍布每家每户，也令人觉得是神来之笔，是冬日苏维埃时期的温馨幻想曲。

然后，一九五八年至一九六二年，一九六四年夏秋，一九六五年到一九六六年，一九七一年到一九七三年，在北京郊区，在新疆麦盖提县，在伊犁，在乌鲁木齐西郊乌拉泊"五七"干校，在一些我成长的关键时刻，在生命的新鲜与酣畅、艰窘与奇葩化的时间点，在我半认真半潇洒、半狼狈半随遇而安地品味着人生远比"温馨"更恢宏阔大刚毅凛冽一千倍的真味的时候，我数次都有与家人不在一起的经验，那时最快乐的莫过于见到绿衣人，见到邮局、邮所，至少是邮筒与邮箱了。世界由于布满邮政而……而什么呢，哈哈，只能说是世界因通邮而不再陌生，人生因邮务而不再寒冷，家人因邮驿而如闻声在耳，爱情因书信而高贵动人，只能说邮事增加了人间温馨，亲情友情人情因邮政而不再遥远干硬。但从那时开始,邮递员已经不怎么讲究穿绿衣装了。

分别两地时,芳给我写的信尤其多多,有时候到了我这里,是同时收到两封,个别情况下甚至是三封信。我憾憾于亲爱的命根子一样的邮递员投递频率赶不上写信的热情与思念的苦痛。我们的信写得认真,当时我被封冻,写作的情绪全部表现在家书上。除了芳,包括父母的信也充满文采真情。真应该出版一部我与父母妻子的通信集啊,至少可以发行八十八万册。不巧的是,在一九六六年春天我把所有的信全焚烧掉了。同时丢掉了我的有点奢侈的英雄金笔。直到一九七三年开始写《这边风景》,我写小说的时候更喜欢用蘸水钢笔,蘸水钢笔有点古典,令人想起鹅毛笔,它能控制我的写作速度,增进我的推敲投入,强化每个字的笔画感觉与形象结构。

与邮政朋友最熟悉最套磁的时候是一九六五年春天在新疆伊犁伊宁县巴彦岱,那时我的公干称作"劳动锻炼",真棒! 有一次王副大队长(就是我,时任红旗人民公社二大队副大队长),在公社党委管委大院大门边看到了邮政所的房间。屋里有好几个多格柜子,里边放着到来的各种信件与邮递物品。我找到我所属的大队生产队邮件格子,里边赫然放着芳给我写的信,要是等着他们送,不知等到哪一天,于是我喝吼叫唤两嗓子,快乐之极地自动取下我的信。这时,恰恰是邮所中我比较不够熟悉的一位回族人员来了,看到他我赶紧自报家门,如此这般,他的脸上半是不快,半是狐疑,向我盯视良久,批评了我的擅自取邮件,但最后还是勉强含笑地把我放走了。我出了公社大门,伊犁白杨树棵棵微醺摇曳多姿,它们列队欢迎并且祝福于我。我再一次咂摸思考白杨林与邮政以及家庭爱情带来的前所未有幸福经验。啊,我的太阳! 噢,吽索罗蜜噢,我们走在大路上! 并想有朝一日,要写一篇小说,歌唱一大二公的人民邮政。

我回想起来,快乐直至此日此时此分,是我登堂入室,从乡镇邮政所里自己找到来信,并径直取出,并且向着伊犁的白杨林带有所嘚瑟,"家书抵万金",天真美好奇异甚至于要说是凄美,那是一种舍我其谁的无双幸福。

甚至于大量信件化为火中蝴蝶,也不十分引起我的痛惜,为平安为未来,当然要舍得。此后我与家人们团聚在一块儿,一起生活一起吃饭、说话、打羽毛球与板羽球,一次比一次更好更大的房室被我们搬进去,这比最好的家信情书更幸福。

我想起德国作家、《铁皮鼓》的作者君特·格拉斯的名言,他回答法国《世界报》"你为什么写作"的提问时,答道:"由于其他事情都没有做成。"一些小朋友们儿为我的引用此语而遗憾,他们以为是老王竟然出口成贬,贬了自命不凡牛气多情的文学。他们也许一二十年后能体会到,把"未能"转变成某种宝贵的才能、功能,把"未成"转变成某种成品哪怕是半成品,变成环绕地球历经许多岁月犹存的作品,填补了人生的某些失落与失意,充实了那么多不够充实的空荡,使一切俗人们认为是白干了白费了白过了的经历得到纪念与反刍,使一切的蹉跎与遗憾变成智慧与心得,使沃土与非沃土上都长成了奇葩,使你感动,使你趣味,使你兴奋,使你饱尝,万物生于有,有生于无……这不正是我们向往的、因了别事的未能做成做有,而终于做成与做有了的文学吗?

我去各色各处邮局越来越多了,住南池子的时候去八面槽邮局,那里经常有新疆伊犁来的商贩往家乡寄服装织品,我感到的是货物与世俗生活的复苏,挣钱与赚钱的道路开通,伟大的国家与辛苦的人民同心。而且我趁机过一过瘾,讲讲带有北疆伊犁口音的维吾尔语,与他们寒暄几句。至于附近的清华园浴池与利生体育用品商店,也给人几多快意,几多活泼。放眼全国全球与小乒乓球,要洗浴干干净净,要健身与游戏,要跳跃与接住抽杀提拉,把攻过来的球反杀回去。

一九七九年至一九八三年住前三门的时候是前门东大街6号楼邮局,东长安街邮局,我成为它们的常客,我熟悉了营业员,营业员也熟悉了我的面孔。他们有一次在我赴外地出差时给我寄来了包裹通知单，我回来后去取包裹，他们说因过期而要罚我的款，使我恼火，我干脆不要这个包裹了。我的表现不无浮躁。我应该怎样反思这个举动，怎样三省吾身与加强修养，欢迎读者赐教。

前三门时期的一个重要收信经验，是那个时期的大量读者来信。一个作者会获得许多读者的爱、信、心，中国文学写作人这方面的幸福，全世界无与伦比。这样的幸福也是来自价廉方便的邮政服务。

一九八三年至一九八七年是住虎坊桥作协高知楼时去永安路的大邮局，然后至一九九九年十余年是东四邮局。去邮局的主要任务由发信变为取稿费汇款。

那时的邮汇可能是民间汇款的主要形式，老百姓最多有个活期储蓄折子，加几张定期储蓄存单，只能到开户的人民银行、后来的中国工商银行储蓄所去存款取款。每一步都离不开现金零整货币。而邮局的汇票，竟然能把新疆的或者上海的或者全国各地的文学报刊书籍出版机构的稿费，通过一张小小纸头变成你的凭据，而后你带上随便什么证件，持此凭据，找到投送此小小纸头到你家的邮政点窗口前排上队，通过很简单的手续，张张化成货真价实的人民币，买成四鲜烤麸、香肠腊味、花生瓜子，一直到天坛衬衫。

后来产生了一个逐渐复杂化的过程，中国好像越来越大，人丁繁育，金钱往来倍增，经济犯罪开始出现，道高一尺，魔高一丈，坏事与好事竞相争先。出现了"洗钱"一词，最初对这样的经济学兼法学名词真是百思不得其解，洗？用肥皂还是洗衣粉？对证件与手续的要求越来越严格，必须是护照或者身份证。身份证的号码起初是十五位，后来是十八位数字（含最后符号），记下这十八位数字不简单，好在中间是自己的出生年月日，而且我自以为是记忆力不赖的人，一看到这样的数与号我的血压也疑似升高。

我无话可说，但有微词，有腹诽：既然只承认一两样证件，还要求在汇单上填写"证件名称"干什么呢？更要填写"发证机关"做什么？身份证或护照难道是民间验方，可以由多种多样的人员、机构、传销团伙多渠道发售？邮局与非邮局人士，有谁当真不知道身份证是哪里发的吗？填了那么长的证件号码，而且格式固定，前面六位数字表示住地省份、城市、区县代码，然后是出生年月日，然后是同一辖区的同年同月同日出生人氏顺序码，最后两位数字是性别码与校验符。这样周密得风雨不透的码号，一星半点不落地填写上了，还需要说明是什么证件吗？至今我国有这样长长号码严严规则的其他证件吗？还需要查究竟是哪里发出的吗？先进的现代化国际标准邮政业务，给顾客找那么多互相重叠、唯恐不麻烦死你的手续究竟有什么必要呢？有时小小一张汇单，邮戳黑乎乎、脏乎乎盖得干脆找不到写字的地方。我隐隐感觉，我们的邮政的运数似乎碰到了什么挂碍了。是"夕惕若厉"，还是"潜龙勿用"，还是干脆到了此时，《易经》卦爻添上新口令："脱裤子放屁？"

但是我仍然喜爱到东四邮局的狭窄而且常常显得拥挤的营业点。那里人气洋溢，那里有许多供顾客使用的物美价廉好使的圆珠笔，靠尼龙绳固定在柜台上。东四是商业区，那里似乎也洋溢着一些货品、服装、玩具、家电用品的气味。那是生活、城市、经济发展、日子红火的气味。那里还常常听到北京人的多礼的口语，"您啊您"的称谓，"劳驾"与"谢谢"，"麻烦您啦"与"让您费心啦"的感谢词。啦啦啦，哈哈哈，嘟嘟嘟。那里充沛着乐趣。那里的业务员个个麻利快。那里的寄信寄包、买报订报以及汇款取款的人都驾轻就熟，妥当准确，没有一个人拖拖拉拉或者缺心眼子。

我干脆再多说几句东四，我喜欢朝内大街上的永安堂中药铺，它的清淡的草药香味令人安宁和淡定。我喜欢东四东北角的食品店里卖的牛骨油茶、八宝饭和北京果脯。我喜欢来来往往的行人与车辆，它不像西单、王府井那边的生猛与豪雄，也不那么阔绰与洋气，当然，它又从来都不寒酸。一九五〇至一九五六，我在东四区工作，住北新桥,常常到东四牌楼(后来拆了)吃一毛五一碗的大馄饨。一九八七至一九九九,又在朝内北小街一口气住了十二年。对于东四邮局的感情与对于东四风情的认同,与对于改革开放的欢喜,它们是合而为一的幸福指数。

后来我住到北四环,我常去的是亚运村邮局,它地方宽大,柜台线很长,经常是少半个柜台营业,其余的窗口上挂着"暂停"的招牌。

可以想象,可以回忆,一九九〇年九月二十二日,在北京举行第十一届亚运会开幕式。那天我也在举行这个开幕式的北京工人体育场,坐在场中的一个马扎上,我欢呼拿着彩旗花环从低空跳伞而降的天兵天将们,我鼓掌欢呼各国运动员的方队,我庆祝亚运会火炬的点燃……我只是没有想到那时的亚运村需要一个多么大的邮局,以及亚运会结束后,这个邮局的空间会不会一时派不足用场。更想不到二〇一〇年以后,一八七八年开始试办起来的中国现代邮政事业会怎么样发展变化。

亚运村邮局尤其留下了温馨与亲和,我搬到那边的时候四环路正在抢修,五环路也正在安排开工,每年节假日前后,邮局里大批的民工在那儿汇钱、寄包裹,熙熙攘攘。农民到城市打工,大大改善了农民现金收入的状况,而看到他们拥挤地排着队往老家家属那边寄钱物的时候,我确是感觉良好。我与农村来的家庭服务员也交谈过,她们说,只要允许农民进城打工,农村就不会有人解决不了温饱上的困难。

亚运村邮局里有一位我认定是首席的营业员,她三十多岁,面容上透着文雅与和穆,若笑若颦,忽然在为我办理邮汇取款的时候问我:"您,写作?"她的声音很低,像是在说什么悄悄话。我也悄悄点点头,笑一笑,她一下子满意地笑了,好像脸上出现了阳光和春天。她的笑容远远比在邮局、在公交车、在商店、甚至在餐馆里看到的所有其他服务员更温馨、单纯、自然、大方,她显然受过良好教育。我觉得惭愧,按习惯我自己说是"斩鬼",当某种场合被认出是王某的时候,我的感觉并不太好,因为我厌恶的是招摇过市,我讨厌那种说不定需要向人众摆摆手的念头。我不想被一个陌生的,尤其是文雅美貌的女生所辨认;我不是影星歌星,不是刘欢也不是韦唯,他们俩在亚运会开幕式上唱《亚洲雄风》,"我们亚洲,山是高昂的头";我也不是李宁那样的获得多枚金牌的奥运冠军,哪怕是后来一次汉城奥运会上从木马上跌落下来。请给我一次真正的辉煌,然后我可以下落到我所原本不希望下落的去处。

我从服务牌上看到可爱的营业员名叫苏霞。以后的状况发展到,只要是我去,只要是我填写了汇单背面的一些项目,我根本不需要拿出证件原件来。而且,我学着邮政工作人员的样儿,证件名称中填一个"身"字,发证单位最多填上"东城",代表北京市东城区公安分局。总之不论碰到什么问题,苏霞同志都帮助我解决好。去亚运村邮局办事,愈加令我快乐温暖,比温馨又升高八摄氏度,譬如温馨时是十七度,温暖时是二十五度。

虽然对邮政服务的复杂化有些微词,但是苏霞的笑容令我温暖。笑容?非常见人,见教育,见文明,见质素。过犹不及,笑大发了傻,愣愣磕磕。不及了,酸,装猫儿。而苏霞的笑容恰到好处,亚运村邮局对于我,正是北京市邮政的一个暖暖的笑容。

有一次苏霞办理业务时多找给我十块钱,我当然实时退还给她。笑容与亲和感也有它们的问题,财务不需要微笑,财务需要的是冷冷的准确计算。天地不仁,圣人不仁,首席邮政员也未必需要那样美好的笑颜,更重要的仍然是符合严格的要领的服务,服务需要人性化,也需要程序化规范化。她脸红了,我也觉得活活斩了鬼。后来,说是她调动到东四邮局。这与多找十元无关,那是自然。我觉得不无怅惘。我一直决心去一趟我所熟悉的东四邮局,去看看她,然后八年过去了,我没有再见过她。她已经退休了,我以为。顺致我最诚挚的祝福。

亚运村邮局对我还有一个不同之处,那时遇到所谓大额汇款,所谓包裹通知单,都需要先进入邮局内部,窗口后方,从严办理预审手续,领到正式文书以后,才能再出来,到柜台窗口前排队等候处理。我有多次进入此局后方办公区的经验,经验可喜,感受欣然:集集散散,来来往往,捡起放下,装载上车,停车卸货,都动人。它很少说话,它做着一整套主与客、得与失、送与收、财与物、体力脑力、人脑电脑、彼此内外的运作,它似乎在体会着什么总结着什么蕴藏着什么深刻的道理。邮何言哉,邮岂有言?四方通焉,八面喜焉,亲人亲焉,友人友矣。

不管苏霞在不在,亚运村邮局是我的一个邮局,我喜爱它更熟悉它,它是我的老朋友,是我的一个念想。

二十世纪末,有一次我得到一张两三千块钱的稿费汇单,我正好从和平西桥路过,看到那里有一个邮政点就去取款。网络已经进入我们的生活,改变了生活。邮政业务已经进步多了,不管你的邮址属于哪个小小社区,只要是在北京,你可以在任何一个邮政点兑现领取。后来则是在外地也可以领取,电脑发达,网络全覆盖,使邮政服务互相流通,不受分割局限,全国一盘棋,人类共同体。我这次去到和平西桥邮政点,却想不到邮局说柜台上没有这么多钱。天啊,那时北京工薪人员出门身上带着万八千块钱,并不稀罕啊!三千块,堂堂一个邮局居然不趁!我太奇怪了,奇怪了许久,终于感觉到,手机的应用,从大约二十年前开始,正在取代传统的邮政,从大哥大到BP机,再到噌地遍地开花的手机,支付宝、零钱包、红包、绑卡,然后书信呀,挂号呀,电报呀,长途电话的昂贵与复杂呀,电信局呀,都已经没有往日的光辉而走向黄昏了。我的天!

一九五八年,我在门头沟郊区劳动的时候,每与家人通一封信,一个来回是五到六天。一九八〇年我在美国参加爱荷华大学的作家活动,与北京家人来往一个回合的信件,大约需要十天。而有了手机信息,紧接着是有了微信以后,随时可以交流沟通,长途电话的奢侈感、敬畏感,打越洋长途时的心跳加速感,随之消散再消散了。

五年前我又继续往北,搬家搬到五环了。这里的邮局开始使我感到萧条。窗口的顾客寥寥无几。超过万元的邮汇要先电话约好再兑取,而你按它们公示说明的电话号拨去,常常是响起铃来了却无人接听。下班前一个多小时,营业窗口已经取不出款来,服务人员显得猥琐、败兴、懒洋洋、晦气。我终于觉察到信息技术的日新月异,正使历时一百四十年的中国(开始叫大清国)邮政面临前所未有的变局。

联想起我在秦皇岛邮储支行取汇的经验,同样是接近下班,窗口没有现款,看到本人成熟老迈的样子,拆东墙补西墙,他们给我付了汇。小地方的人,好说话呀。

终于,二〇一七年初夏,我尝到邮政变局的某些滋味。一次取款时,服务窗口营业员告诉我,汇款取款,已经从一般邮政服务窗口划归邮政储蓄银行办理了。

天!本来邮汇在窗口办清清爽爽,简简单单,不排队的话,两三分钟了事。现在呢,银行是怎么个规矩我还能不晓得?哪怕只存取五毛,身份证原件,正反面就地双双拷贝,然后是一道道手续一道道山,翻山越岭,再考虑能不能上前线。第一次从同一邮局同一营业厅里,从原来领汇兑的综合服务窗口,被迫离开,像弃儿或刚刚离异的配偶,像是被硬"休"了的媳妇似的不得不离开已经生活了八十年的婆家邮政界进入也不是娘家而是一个啰哩啰嗦的邮储界。排上队,送上了汇票,立即被抛了出来,原因是用圆珠笔填写不行,要我用碳素笔再填一遍。二是身份证也随即被扔了出来,因为我的身份证放在一个塑料夹子里,他们要求我把身份证从夹子中取出来,他三四十岁,我八十多岁,他不能帮我取出身份证来?然后他眼不像眼、鼻不像鼻地说是,他这边的复印机坏了,他需要到另一边去复印我的证件去。于是他走远了,走出我的视野,也证明我的视力的进一步下行。我还感觉到,五环外的邮政人员,不习惯说一些礼貌用语:你好,谢谢,对不起,再见。应该再加上南国风的"冇意思"。

如此这般,邮汇业务转入邮储,这本来就让我反感。邮汇双方是活人对活人,它用的是邮政的密密麻麻的网点,它靠的是人对人的直接互动互察与互相监督,它的手续相对简单,这样,它才有理由收取汇款钱数的百分之一,这个标准比银行的转账昂贵得多得无比大,因为银行转账是免费的,$N:0=\infty$。

从第一秒钟起,我就对我们亲爱的温馨的邮政汇款服务的变化感到狐疑。

而且二〇一七年我在邮政汇款上算是活见了鬼!收到福建一个刊物汇给我的稿费,三千五百多元,这一笔收入在近年的邮汇当中算是比较大笔的。我在五环外懒洋洋邮储营业窗口,交上身份证、汇票,小哥们儿做了各种周详的操作之后,又跑得远远地找领导去了,虽然电脑没坏,他还是跑到视力的红线底线上去了,位于可见与不可见之间,他显然找了领导,找了其他同人,然后几个人去了已经停办汇兑业务的邮政老窗口那边,看来需要找离婚不久的老配偶进一步深化探讨,看来我的稿费带来了新挑战。嘤嘤叽叽嘀嘀,果然碰到了怪事。然后小哥过来皱皱眉,对我说了一些话,我一个字也没有听到。按说我王某人的老脸就算不赖了,在阎王不叫自己去的八十四岁,平均每天走八千三百六十三步,夏季海上游泳平均每天八百米,泳装照上不但有那凸显的肱二头肌,而且腹部六块肌肉赫然在目,以至朋友们扬言要组织核查,调查我的涉嫌PS了普京总统或施瓦辛格的肌肉照片事宜。但是,悲哀的是,三年多来,我的听力功能性下行,通俗地说,敏感的喜欢音乐的王蒙,正在不慌不忙地靠近一个亲切踏实安稳的"聋"字。

听力下降给了我立于不败之地的理由,我对这个营业员严肃地说:"对不起,您说的话,我一个字也听不见!"

我的话产生了应有的小度施压结果,他服务态度好也罢,差也罢,无法不承认窗口站着一位比他爷爷年龄更大的老者。他提高了声音也加强了认真度,脸上略生礼貌之意,吐字分明地说:"你的汇单号错了,电脑里没有这张汇单,我们不能付给您这笔汇款……"他指着汇票右上角的一串数字,告诉我这叫做汇票号,现在的问题是将此号输入到电脑里,反馈除了"无",即不存在以外,其他也就都是无与不存在,一无百无,一了百了,一错到底。

"怎么办呢?"我问道。

"怎么办,怎么办?"唉唉,他好像也不知道怎么办。可以判断,此位朋友进入邮储行当以来,还没有碰到过这种怪事。也许,自从一百四十年前中国建立邮政以来,投递了汇票、汇票上的号码却是错的,这样的事端,绝无仅有。

小哥心不在焉,口齿不清地告诉我,这张汇款通知单,是酒仙桥邮局网点发出的,邮汇号也是他们打印的,而五环这个与他们邮储同在一起营业的邮政网点,只是投递者,投递者并不知道那个号怎么来的怎么错,错号对号他们都必须投递,他们没有任何责任,而此北五环外的邮储支行,是从非银行客户王某的手里看到这张通知单的,他们的责任是核查通知单是否属实。现在,经过二十分钟的查证,经过与邮政投递方核对,证明此单并非前来取款的老者伪造,他们也没有什么要说的。他们是毫无责任,也就无责任意识,也无须负责回应。他旁观地、距离遥遥地建议:"你或者也许要不可以去酒仙桥邮局查核一下,看他们是不是能够纠正,看他们能不能重新打印投递一次汇单。"

我完全不明白这个过程,这个手续,这个节骨眼上,到底应该做什么。我一而再、再而三地问这张邮政汇单是怎么回事,它到底算什么,为什么会是错的。我问不出个一二三来。窗口营业员很忙,他需要接待下一位领了票、苦苦等待着的客户,如果我再提问题,不仅小哥会不高兴,下一位下两位下 N 位客户都会不高兴。我走投无路。

我们的邮局到底是怎么了啊?我抱怨了一句,走出来了。遇到这种具体而微的事情,我完全反应不过来。恍恍惚惚,觉得有些不满足。我意识到,我缺少了点什么。他们都是邮政啊,收到汇单却取不出钱来,责任在他们啊,他们应该负责处理这张号码错误的汇票啊,他们应该向我致歉,至少说一句"不好意思",再详细地代为至少是配合我去回溯、核查、弥补。现在的一些人,为什么越是强调问责,越是致力于免责,致力于论证己方毫无责任呢?如果谁都不负责,好了,干脆我写一份奇葩检讨!

不怪他们了吧,也许邮件百倍减少了?也许包裹与特快专递业务被网售快递业的发展冲了?而邮汇业又被先进免费的银行汇兑业甩到一边。更不要说电报长话之类的了,当年西长安街电报大楼的落成是一大喜事呀,电报大楼的钟声是新中国与北京市的象征。现在呢,固一世之雄也,而今安在哉?一位老电报人感慨万端地在二○一七年大楼营业厅关闭前,花了九元五角给自己拍了份电报做纪念。

我感到的是精疲力竭,三天后,我委托我有幸得到的一位助手,到一个更大的邮政与邮储营业所去。他到了万寿路,我由于听不清说不清弄不清就里,助手对我的话也是半信半疑,他和我都认为找一个规模大而且先据要津的营业点,一切应该会迎刃而解。

他在人多业务强、态度良好、服务精到、非同寻常的万寿路这个地方,用了一个半小时,领票、等叫、上窗、查核、见鬼、出来领导、讨论切磋……经过与五环网点邮储工作人员做过的同样的多方检验,得出了相同的结论:汇票号码错误,取不出款来。这里的工作人员责任心好多了,他们的一位负责人电话打到酒仙桥,经过酒仙桥的工作人员查核,证明确实有误,他们答应几天后再次把号码正确的邮汇通知单投递到我家,邮政嘛,通向千家万户。等待同一张汇票的第二张汇款通知单也不无麻烦,我们的小区共六座公寓楼,每幢楼二十五或二十七层,现在这种小区的邮递员已经很少去被投递户的单元房家门,而是多半投放到一楼的各户邮箱中,遇到挂号等情况,邮递员想找到收件人也非易事,生活、衣食住行、门户联络,皆有不同,一切均已突飞猛进,想起来当年邮递员送信送报到手的日子,已经显得相当遥远了。

五六天后，总算通知单到手，这张通知单又是命途多舛，先是批上了送东坝河局，然后东局批上"不在我局，改送×局"，如此这般，越来越乱……我又请助手去领取，不可思议的是，明明右上角汇票号码处打印着赫然的崭新的改正后的十四位阿拉伯数字，下边一行则是叫做"标志码"的三位数字，仍然在各邮储银行窗口电脑中呈现出"您的汇票号码是空号"。叫人欲哭无泪哟。

　　与此同时，由于有一张大报要给我发稿费，我向他们领导提出了转账网汇的愿望，我相信从网上汇过来，只需要几分钟，而且不需要支付汇费。想不到这也被拒绝了，说是该报纸的财务处坚持认定必须邮汇，因为邮汇他们可以成批送到熟悉的邮局，而且立时逐一得到汇兑的收据，等等。有些服务者事事都是从我怎样更方便地服务你出发的，他们不大考虑被服务的你是不是由于对方的服务方式的古老与驾轻就熟，或者突然改戏，而绝对变得大大不方便了。

　　我经过自己的钻研，发现所有的网汇，在"境内电子回单"的下部，出现的字样是："重要提示：本回单不作为收款方发货依据，并请勿重复记账。"再往下最后一行是"手机银行汇款，免收手续费"。

　　当然，这也是网售服务业的安全保证。我想其含意是经营网售的商家，不必因对方发来了回单就发货，必须从账户的明细里查收到顾客的汇款才算数。因回单而发货，不行，并没有说不能证明已汇出啊，如果什么都不能以回单证明，还要回单做什么呢？而一切财务收支，怎么能不留下明确可靠的票据呢？虽说财会不是我的长项，我怎么觉得我也还没有太糊涂，怎么堂堂大报会拒绝网汇，只守着名存实亡的变了味儿的同样是银行汇的所谓邮汇呢？

　　天啊，我写来写去写成财经小说了。我没有露怯丢人吗？无怪乎《人民文学》杂志社近年责任编辑封了我一个"可以开发新领域的青年作者"帽子呢。

　　这样，邮汇云云，使我的神经受了刺激，连吃时髦的褪黑素都平息不了自己的神经。我完全无奈。我还想到两湖籍人氏偏偏要把无

"奈",读成无"赖"。"大儿锄豆溪东,中儿正织鸡笼。最喜小儿无赖,溪头卧剥莲蓬……"锄豆,养鸡,剥莲子;没有网络,没有汇款,也还没有用邮票的邮局,前现代的词人辛稼轩是多么幸福啊。

倒也不恶,我正在经历历史大变迁中的生活小故事,我感觉到一篇非虚构小说的十六磅保龄球正挡不住地向我的一批球柱冲滚而来,噼里啪啦,也许一击全中,得三十分,为了这三十分,球柱们必须全部倒地。过了一天我与助手再次远征酒仙桥,真想知道还会出现什么情节。经过顽强打问,负责汇兑数据的一位资深工作人员终于出现,听了我们的哀哀申诉后,开始他不信,后来查核一回,果然汇票号码再次错误。快下班了,资深业务员显出不快但绝不歉疚的强悍神色,同意重新打印与当场发出通知单。亲手将第三张通知单发到我们手里,对我等"这次的号是否正确"的提问,不予置理。他的脸是孔子讲的"色难"的标本。整个状态是我们向他乞求伸出援手。营业厅西面的邮储部分,已经停止放人进去,我们说了些请求的话,又等了半个多小时,在天色昏暗、正门紧闭、顾客即将散尽、清洁工开始保洁揩拭清扫以后,总算领出了三千五百多元。想想自己没有像民工那样拼死拼活就获得了额外的酬,不免惭愧不已。一路未出现预料的堵车,令人觉得庆幸。有志者事竟成,为邮政邮储与我的坚决干杯。

为什么这位朋友,死活绝对不说一句"对不起"呢?改革开放开始时期推广的礼貌用语,忘光了?

事后仍然唏嘘不已。遥想当年,一八七八年七月,我国第一套邮票——大龙邮票由天津海关邮局发行。一八九六年(光绪二十二年),光绪批准开办大清邮政,由总税务司英人R.赫德创办,一切仿照英国成规。然后民国时期,大清邮政过渡到中华邮政。我的民国生活经验早就告诉我,那时银行、邮政、铁路和稀少的民航行当是全国最洋气、最牛×、待遇最优厚、最受人艳羡的顶级行业,也是管理最好,信誉斐然的高尚职业。到了一九四九年后,中国人民邮政更是焕然一新，他们提供的是阳光和喜讯，是鼓舞和动力，是全国人民大团结，是嘿啦啦啦啦嘿啦啦啦啦，天空出彩霞啊哈，地上开红花啊哈。改革开放以后，邮储出现，充分发挥了全国五万多个邮局、四万多个邮储网点的密布优势，尤其是为农民工服务的效能……这是多么货真价实的为人民服务，以人民为中心，如此这般，怎么搞的，让我碰到一回这样糟糕的事故？邮政不再辉煌了？如果没有我的特殊条件与钢铁意志，三千五百多元就这样孤悬云端，叫你望眼欲穿，叫你到处碰壁，叫你一错再错，叫你无赖无奈？发展离不开革新，革新离不开取代，"取"上的欣欣向荣，被"代"下去的闷闷不乐，奄奄一息？不，不至于的，邮政有那么强的实力与队伍，有那么纯熟的经验与专业，有那么多业务的开拓与目标……

不久，在一次活动中我有缘见到中国邮政集团总公司的领导，他告知我许多邮政事业创新发展开拓进取的故事，使我快乐，并且反思自身的脆弱与浅薄狭隘。

同时我也寄希望于媒体与全社会，在网络时代，在互联网+时代，他们也应该推动各类汇兑业务的现代化简捷化标准化。相信邮政邮储也会调整自己的汇兑业务，银行业也完全可以满足借贷支付方的票据要求，提供不弱于邮汇的财务票据。那么，那些非常及时、非常先进、毫不迟疑地报道着中国的手机行业、网络行业，包括财务管理新貌的媒体报刊，他们自己的财务部门想来应该无甚困难地采取最简便、最及时、最少风险、最合法、最有利于收方付方，也最有利于防止洗钱、纳税掌控等国家利益保护的转账汇款方法，这不是一个纯粹的小技术小手段的问题，而是一个时代发展与进化的问题。

到了二〇一八年，我来到海淀区最北部的上庄镇，顺便取一点点邮汇。这里有翠湖湿地，这里有稻香湖风景区，这里有曹氏（雪芹）风筝坊，这里有东岳庙。虽然庙宇建筑破旧，杂草野花，但它的主体结构依然完整屹立。人们说，这个东岳庙，康熙年间，曾经由纳兰明珠牵头重修，这里供奉过纳兰词人的神主牌位。另外就在近处还修建了纳兰纪念馆。一位曹雪芹,一位纳兰性德,都在这里留下痕迹,而且是北京罕见的湿地湖泊区。

走在海淀与昌平两区间的沙阳路上,导航告诉我,这里有一个令人愉快的邮储银行。银行对面是专做皮皮虾的小餐馆,受到网民一致好评。我到了这里,看到四白落地的新粉刷过的墙壁,整齐而且油漆鲜艳的门窗,初冬阳光,干净而且疏朗的大厅。既不拥挤也不冷落的顾客,他们都穿得整洁入时。我当时判定,这是刚刚建立的支行。我去取几十元的小钱,营业员的笑容甚至使我觉得受宠若惊,使我对海淀与昌平的居民非常看好。看来六环这边的服务态度反而更好。我正好拿着小小汇单,取出来人民币,有一搭无一搭地问了一句:"您这儿能办手机邮储银行吗?"

"能啊!"

她的笑容使我不仅想起苏霞,也想起孔子,还想起《红楼梦》与纳兰性德的词。莫非这里仍然是文脉幽幽,老北京遗韵悠悠楚楚?是孔子提出来"色难"的命题,孔圣人认为,仅仅尽到赡养的义务还不能算是尽了孝道,孝与仁,都需要有好的容色与态度。睹色知文,我们应该乐观自信。孔子还说了礼失求诸野,《汉书》如是说。

我鼓起勇气问:"为了开通手机邮储,需要存下多少银钱呢?"

"这个,这个……"她一怔,然后笑了,她说,"没有这方面的规定,您一分不存也没有关系。"

"那、那、那我能不能给自己建立一个手机邮储银行?这个呢……"直到此时,我还有些将信将疑,吞吞吐吐,诚惶诚恐,惭愧斩鬼。

于是支行的平易文雅愉快的负责人将我带到营业厅安宁一角,开始对我进行个别辅导。我的手机上出现了邮储邮政的标志,绿色象征着和平与发展、清洁与纯正。左方是"中"字图案,右方线路像祥云,像波涛,像网络,像传书的鸿雁,也像抽象而且底蕴深厚的数学与天命符号。我明白了邮储的英语缩写,PSBC。BC 是 BANK OF

CHINA，我们则开玩笑说两个英语字母可能读成"不存"，"不存"也竭诚服务。邮储的心胸是多么辽阔广大！PS则可以是指邮政商店，同时这两个字母连续在一起，其含意与随心处理图片的缩写同样的PS相通。

由于我已经具有一点用手机银行的经验，行长的指导我是一听就懂，一点就透，耄耋老朽的摩登伶俐直至凌厉，受到了行长夸奖，我满意得屁颠儿屁颠儿的。

很快得到使用邮储手机银行机会，易如反掌，点开手机屏幕上美丽的邮标，点"登录"，再点"全部"，更可以直接点"邮政汇款"、登录密码，点"兑付"，在"按地址汇"与"按密码汇"二者之中选择前者，再登上汇票号十四位数字、标示号三位数字，钱数例如85.20，再确认一次，齐活，到账。快得你产生疑心，查来查去没有一分钱的差错，没有一秒钟的误差。

然后再选转账汇款点击，对方，就是俺方，姓名、卡号、开户行、身份证号，确认，本人手机号、等待验证码，六十秒、五十八秒、四十九秒，别着急，直到只剩三十六秒的时候，手机上方边缘出现了验证码，复制，再按"下一步"，实时到账，进入你的经常使用的卡存了。

白日放歌须纵酒，青春作伴好还乡，取汇何须排大队，键敲自有清明章。敲键的感觉如同弹钢琴小品《少女的祈祷》。我反思而且自责，世界就是苟日新、又日新、日日新，技术与设备在变化，方式在变化，习惯在改变，所有的日子，所有的现代化，所有的新技术，都来吧，都来吧！略遇不便就那样牢骚满腹，怨邮尤行，这样的人怎么进入现代化？怎么接受科学技术与其他各方面的创新突破武装？怎么前进勇往？对不起了，亲爱的邮政事业，邮递邮储邮事邮航！

乐极生悲，月盈则亏。经过几次以分钟计算的操作取汇转账业务后，处于现代化升温的狂喜中的我，突然，一次坐在交通工具上办理手机邮储业务，在顺利获得兑付以后，往自己的卡上转账时错按了汇出键，然后将错就错，选择了按密码汇出，在收款人空格里填写了卡号。如此这般，本人进入老年痴呆加浅薄浮躁状态，上千元钱汇到不知天上的哪片云彩、地上的哪个蚁穴、人间的哪个箱包里去了。此次汇出，还缴纳了汇费十余元，并再次产生了对邮局的困惑，明明你也是银行，而虽然几经周折，我不是不知道现在银行汇转，不收费用，你打着邮政的旗号，为什么又百分之一地收起费来了呢？

过了一周。我的常用卡没有收到这笔款子，但邮储的储蓄中已无原款。在打开手机上的邮储标志时，看到转账汇款栏目左下方的现成的我的卡号，说明经过几次往这个方向转汇后，智能软件已经为我做好了准备，等待我一旦有了收入，往同一个方向转账，自是水到渠成，不费吹灰之力。我果然是自找麻烦，找邮储的麻烦，找银行的麻烦。

于是又出现在文化底蕴丰厚的上庄，曹公纳兰公保佑！在下王蒙向你们致敬！向建立与发展了中国邮政事业的祖先致敬！小龙虾馆子对面，出现在干净爽朗的沙阳路邮储行里，但是这一天人员爆棚，说是这一周是发放各种费用特别是老年人补贴的时间段。据我所知，城区的老年人的补贴是由农商银行发放的，那么这边的依靠邮储，可能与这里是农业人口区域有关，我明白了，为什么靠近六环的地区，重新让人感到了老北京的文明。求诸野好，中国永远是礼义之邦！

又是人家的行长，以更加专注的态度倾听了我的申诉，脸上显出了同情而不是厌倦也绝非麻木的神色，然后采取了一切办法。先是问我错汇的汇票号，我打开手机上天入地地搜查，找不到。又帮我查手机短信的通知信息的组信，其中有各种验证码，有大风降温暴雨空气污染蓝黄与极少数红色预报，有各种商务广告，也有邮储信息，只是没有汇票号，我甚至怀疑是我自己拒绝了那又长又笨的十四位数字的汇票号，要不就是发来号后我看着啰唆，干脆毫不心痛地删掉了。

行长既表达了体贴理解，表现了适当的忧虑与责任感，也表示了乐观自信，说是虽然他们从来没有遇到过这种问题，但是她百分百地相信银行软件不可能使哪怕一分一厘钱失踪失联风化蒸发。她又拿上原来的汇款通知单到营业窗口的电脑上查究，上穷碧落下黄泉，搜了再搜，索了再索。然后她打电话，找银行总部，找软件顾问，找专家，找设计师工程师监护师运行师，找总公司技术部门，她使出了浑身解数，把全部注意力倾注在老王身上了。

　　我则不再能够等待，我还有约定的接受采访事务。我只好告辞，不是我而是行长显出了失望表情，我给她留了几个电话，我心里已经做好难得糊涂、随他去吧的准备，我甚至想这也是一个有趣的故事。美国前不久还在任上的美联储主席伯南克有一句名言，我常常在凤凰卫视上读到它："所有的故事都是好故事。"我不知道他说此话的背景与原旨，反正从文学的意义上看它是完全正确的。悲哀的故事有时比快乐的故事更感人，崩盘的故事有时候比暴发的故事更震撼。不用说了，有情人终成眷属的故事永远比不上《孔雀东南飞》、陆游与唐琬的《钗头凤》，罗密欧跟朱丽叶的故事，更能令你热泪横流。我在想，一篇关于汇兑到天幕之外的版税故事，说不定能引起读者的兴趣，现代化、数字化、中兴、华为、苹果、乔布斯、比尔·盖茨，扰乱了耄耋的平静，对于现代化，要且行且珍惜且回首且拭泪且抱怨，这样更时髦更福柯也更有文学性，也更能接上卓别林的传统，吃着西瓜，表现摩登时代。

　　这时，行长的短信来了。她说找到了电脑师，她告诉我，1.登录，2.我的，3.设置，4.日志，5.查询，6.设定交易日期，7.查询，8.明细，9.下箭头，10.查看汇票号码。我第一步，不是操作，而是转入收藏。信息时代，谁也不是善茬儿。号码出来了，小葱拌豆腐，一清二白：它是18200197353055。这就是天机，这就是科学技术，这就是财产，这就是正道，这就是秩序，这就是效果，这就是现代奏鸣曲的漂亮乐谱，这就是神功元气八卦阴阳一生二二生三三生万物。易如反掌，手到擒来。

乖乖地按程序执行，不允许丝毫误差，点滴皆准，畅通无阻，该出现什么出现什么，该点击什么点击什么，按号找钱，安然无恙，静静等候，冷冷一笑，底下就是俺的行云流水，清楚明白了，点击"退款"，缴纳手续费二元，款项光速回到邮储原点，回到转账汇款栏目，点击左下已经预备好的卡号地址，输入手机验证码，大功告成，皆大欢喜。

没有多少书信了，不大会再有《报任安书》《李陵答苏武书》，还有《与山巨源绝交书》，多数文章也不再有原稿。今后，送红包的包儿的鲜红色也很难当真看到了，钞票也越来越少见。于是最重要的是程序，第一是程序，第二是程序，第三是程序。程序就是生活，就是财富，就是才华，就是诀窍。

我向行长致谢，再致谢。她表示这是他们的工作，是他们的责任，她感谢是俺扩展了她的业务视野。多么好的行长，多么好的邮储，多么好的邮政啊。我说，你们虽然是新开的支行，你们的工作非常出色。她说，不，支行已经营业两年了，只是最近又粉刷了一下，他们愿意保持清洁与新鲜明快。

我受到了教育，虽然八十有五，活一天，也必须保持清洁新鲜明快，没商量。

后来她留下了她的手机号与姓名，她说她叫陶潜。大惊。感奋不已。天乎天乎，克己复礼，天下归仁。此中有真意，欲辨已忘言。采菊东篱下，幽然见南山。种豆南山下，草盛豆苗稀。好读书不求甚解？反正不能弄错一点程序，谁弄错谁责任自理，费用自付。晋人看到的桃花源里，也会出现现代化的全面小康，洞庭湖边，武陵山下，桃源市市民，也一人一部手机。不妨怀念一下什么程序也没有的日子，尤其是小说人，我们做不好也用不好互联网+，就让我们含泪而笑而涂鸦换汇吧，我们总还要跟上撵上，趔趔趄趄，多多学习一点新事物、新玩意儿，其乐何如！不是吗？

发表于《北京文学》2019年第3期

435